W0323917

STEVEN CONTE

DAS GEDÄCHTNIS DES WINTERS

Roman

Aus dem Englischen von
Joannis Stefanidis

HarperCollins

Die Originalausgabe erschien 2020 unter dem Titel
The Tolstoy Estate bei Fourth Estate, an Imprint of HarperCollins *Publishers*.

1. Auflage 2022
© 2020 by Steven Conte
Deutsche Erstausgabe
© 2022 für die deutschsprachige Ausgabe
by HarperCollins in der
Verlagsgruppe HarperCollins Deutschland GmbH, Hamburg
Umschlaggestaltung von Rothfos & Gabler
Umschlagabbildung von plainpicture / Bernd Webler und
Magdalena Russocka / Trevillion Images
Gesetzt aus der Stempel Garamond
von GGP Media GmbH, Pößneck
Druck und Bindung von CPI books GmbH, Leck
Printed in Germany
ISBN 978-3-365-00100-4
www.harpercollins.de

Klimaneutral
Druckprodukt
ClimatePartner.com/15109-2009-1001

MIX
Papier
FSC
FSC® C083411

Für meine Mutter, Rosemary,
und meine Schwester, Eira.

1

Herr Hauptmann?«, sagte Winkel. »Sie sollten Ihren Helm aufsetzen.«

Paul Bauer, vierzig Jahre alt, Feldchirurg, ließ die Augen geschlossen. Dass der Obergefreite sich um ihn sorgte, war anrührend, aber nachdem er im Zelt sechsundzwanzig Stunden am Stück operiert hatte, gefolgt von elf weiteren Stunden sabotierten Schlafs – zuerst unweit einer aktiven Geschützgruppe, dann sitzend in der Fahrerkabine eines schaukelnden Lastwagens –, kümmerte es ihn kaum noch, ob er lebte oder starb. Einen Moment lang schlingerte das Fahrzeug, und Bauer versuchte, sich nicht gegen das Armaturenbrett zu stemmen und dadurch zu verraten, dass er wach war.

»Er schläft«, sagte Pflieger.

»Dann weck ihn auf«, gab Winkel zurück.

»Das würde er mir nicht danken.«

»Dieser Wald ... Du solltest ihn wecken.«

»Warum weckst du ihn nicht selbst?«

»Pflieger, ich *fahre*«, sagte Winkel. »Du sitzt neben ihm.«

Der Lastwagen geriet erneut ins Schlingern, und Bauer schlug mit der Schläfe gegen die Tür. »Hey, Sepp, willst du uns umbringen, oder was?«, schimpfte Pflieger.

»Dieser verdammte Schlamm«, sagte Winkel. *Schlamm* – allein schon das Wort, ein triefender abscheulicher Affront.

»Leg die Karre bloß nicht auf die Seite«, sagte Pflieger. »Im russischen Straßengraben zu landen, wär nicht ruhmreich.«

Der Wagen steckte fest, die Räder drehten durch, bis es schließlich doch weiterging, das Tempo bestimmt vom langsamsten der siebzehn Konvoi-Fahrzeuge. Ihres war das vorletzte. Eine Weile sprach niemand. Ein wehklagender Motor. Ächzendes Getriebe. Das Regenprasseln auf dem Wagendach. Quietschende Scheibenwischer.

Pflieger sagte: »Es wird spät.«

»Ich weiß«, sagte Winkel.

»Wir hätten im Dorf nicht Halt machen sollen.«

»Sagst *du*.«

»Ganz genau. Ich sag das. Warum denn nicht?«

»Du, der große Taktiker.«

Gekränkt entgegnete Pflieger: »Ich rede nicht von Taktik, Sepp, sondern von gesundem Menschenverstand.«

»Schon mal etwas von Durchhaltevermögen gehört?«

»Ich meinte nur, dass es bald dunkel wird.«

Ein heftiger Ruck überraschte Bauer und er musste sich am Armaturenbrett abstützen.

»Willkommen zurück, Hauptmann«, sagte Winkel. »Gut geschlafen?«

Bauer öffnete die Augen. Zwischen den rasenden Scheibenwischern erkannte er den Krankenwagen vor ihnen, dessen Heck im Schlamm hin und her schlingerte, obwohl er kaum mehr als Schritttempo fuhr. Herbstliche Regenfälle und die Durchfahrt von mehr als sechzig Panzern hatten die Straße in einen gefurchten Sumpf verwandelt. Links und rechts davon lagen die aufgewühlten Randstreifen, wo Fuhrwerke, Lastwagen und Panzer vergebens festeren Untergrund zu finden versucht hatten. Kiefernwald auf beiden Seiten. Ein Ausschnitt des Himmels, aus dem der Regen fiel wie Tränen. Vor drei Wochen hatte ein sowjetischer Scharfschütze aus einem Wald wie diesem Dieter Clemens, Bauers engsten Freund im Bataillon und besten Anästhesisten, tödlich getroffen.

Winkel sagte: »Ich meinte gerade, dass Sie Ihren Helm aufsetzen sollten.«

»Aber Pflieger nicht?«

»Pflieger ist ein Idiot, Herr Hauptmann.«

»He … Ich bin einfach das Gewicht leid.«

»Und deinen Haarausfall«, sagte Winkel.

Pflieger strich sich über den Kopf. Mit sechsundzwanzig und immer noch zu Akne neigend, lichtete sich sein Haar tatsächlich unübersehbar. »Wär doch möglich, oder? Dass mir wegen des Helms die Haare ausfallen. Was meinen Sie, Herr Hauptmann? Sie sind Arzt.«

»Ich meine, der Obergefreite hat recht«, sagte Bauer und setzte seinen Helm auf. »Wir sollten auf Nummer sicher gehen.«

Pflieger grinste; dabei lugte seine Zunge ein Stück zwischen den Zähnen hervor, was ihm einen dümmlichen Ausdruck verlieh. »Ist vielleicht ein bisschen spät dafür, oder?«, erwiderte er, setzte aber seinen Helm auf. Ein anderer Offizier hätte ihn für die Bemerkung vielleicht gerügt, aber Bauer ging mit Pflieger nachsichtig um, der im Frankreichfeldzug eine Kopfverletzung erlitten hatte, die seine Persönlichkeit im Grunde nicht verändert, sondern sie vielmehr offen hatte zutage treten lassen, sodass nun vollends der gutmütige, einfältige Mensch zum Vorschein kam, der nicht mehr imstande war, seine Äußerungen einer inneren Zensur zu unterziehen. In diesem Fall musste Bauer ihm allerdings beipflichten: Vier Monate nach Beginn von Unternehmen Barbarossa war es tatsächlich längst zu spät, um sich über persönliche oder anderweitige Sicherheitsbelange Gedanken zu machen. Sicherheit war kaum noch ein Thema. Hätte der Größte Feldherr Aller Zeiten auch nur einen Funken Achtung vor dem menschlichen Leben gehabt, hätte er keinen weiteren Feldzug begonnen, und zwar einen, gegen den Frankreich rückblickend wie ein Kindergeburtstag wirkte.

Bauer fröstelte und schlang sich den Schal fester um den Hals, schlug den Kragen seines Wintermantels hoch. Dann zog er die Zigaretten aus der Tasche und hielt sie Pflieger hin, der eine nahm; Winkel lehnte ab. Er kämpfte mit der Schlammpiste, ein Leichtgewicht, die Finger um das Lenkrad geklammert, es sah aus, als würde er die Schläge eines unsichtbaren Gegners abwehren. »Ich kann sie Ihnen anzünden«, erbot sich Bauer.

»Nein danke, Hauptmann. Ich habe aufgehört.«

»Ach ja?«

»Ja. Letzte Woche.«

»Wegen der Gesundheit?«

»Nicht unbedingt.«

»Er hat Angst, dass die Glimmstängel seinem Wachstum schaden«, sagte Pflieger.

»Haha«, sagte Winkel, der kleinste Mann im Bataillon. Um die Pedale des Lastwagens besser erreichen zu können, hatte er sich seinen zusammengerollten Schlafsack in den Rücken gestopft.

»Also, warum haben Sie aufgehört?«, fragte Bauer. »Um damit Tauschhandel zu betreiben?«

»Darauf hat mich Leutnant Hirsch gebracht, Hauptmann.«

»Der Leutnant?«, fragte Bauer, sich der schalen Wirkung bewusst, die der Name des Zahnarztes auf ihn ausübte und die noch größer geworden war seit Hirschs Ernennung zu seinem Anästhesisten, um die durch Dieters Tod entstandene Lücke zu füllen.

»Meine Zähne sind gelb geworden«, sagte Winkel. »Leutnant Hirsch meinte, das kommt vom Rauchen und ich soll aufhören.«

»Ist sicherlich ein guter Rat«, sagte Bauer und steckte sich seine Zigarette an. Ungewollt brachte er damit Pflieger zum Lachen, ein lautes Wiehern, das meistens lustiger war als der

Grund, aus dem er lachte. Bauer lächelte und nahm einen tiefen Leben spendenden Lungenzug.

Immer noch wiehernd, stieß Pflieger demonstrativ Winkel mit dem Ellbogen an. »Willst nicht, dass dir deine gelben Beißer die Chancen bei den Miezen verderben, was?«

Der Obergefreite kämpfte weiter mit dem Lenkrad, sagte nichts. Winkels Eitelkeit – seine Haarcreme und die Zahnstocher, seine gezupften Ohren und Nasenlöcher – war unter seinen Kameraden ein geschätzter Anlass für Heiterkeit. Ihr Lachen war ein Ausdruck von Erleichterung darüber, einen Schwachpunkt bei einem Mann gefunden zu haben, den sie ansonsten in hohem Ansehen hielten, Bauer genauso sehr wie die anderen, wenn nicht mehr. Er und Winkel waren im gleichen Alter und teilten das gleiche Schicksal, über das sie zwar selten sprachen, das jedoch nie vollends aus Bauers Gedanken verschwand. Beide hatten sie kurz vor dem Krieg ihre Frau verloren: Bauers Frau war einer Krankheit erlegen, Winkels war bei einem Verkehrsunfall ums Leben gekommen. Beide waren sie kinderlos.

Eine Weile schwiegen die drei Männer. Der Regen prasselte aufs Dach, und Bauer wurde schläfrig.

»Dieser verdammte *Schlamm*!«, sagte Pflieger.

»Amen«, murmelte Bauer. Geboren aus dem russischen Staub, an dem sie und ihre Motoren den ganzen Sommer über beinahe erstickt waren, klebte der Schlamm schwer an den Stiefeln, Hufen und Reifen und brachte eine Armee von fast vier Millionen Mann entlang einer zweitausend Kilometer langen Front beinahe zum Stillstand. *Rasputiza* nannten die Russen die herbstliche Regenzeit – die *Zeit der Unbefahrbaren Straßen* –, ein Begriff, den Bauer vor drei Wochen von einer alten Bäuerin gelernt hatte. Sein Russisch war mittelprächtig, aber während der kurzen Unterhaltung mit der russischen *Babuschka* hatte er genau das begriffen, was das deutsche Oberkommando, das über Abwehrspione und russische Linguisten verfügte, augenscheinlich übersehen hatte: Ende Oktober waren die für die deutsche Strategie maßgeblichen Straßen per definitionem unbefahrbar. Nachdem er das verstanden hatte, hatte er vor Wut eine halbe Stunde lang kein Wort herausgebracht. Seit Beginn des Krieges hatte er dessen Ende herbeigesehnt, und da die Wehrmacht bisher an allen Fronten triumphiert hatte, schien ihm ein deutscher Sieg über die Sowjetunion der schnellste Weg zum Frieden zu sein. Es stimmte, das Verhalten einiger seiner Landsleute in der Sowjetunion war kriminell – manchmal sogar verwerflich –, aber mit dem Krieg würde auch das Töten enden, und danach war es möglich, dass die verbrecherischen Machthaber in Berlin ihre Politik mäßigen oder sogar gänzlich von der Bildfläche verschwinden würden. Zumindest hatte er das vor seinem Gespräch mit der Babuschka gedacht. Seitdem hegte er den Verdacht, dass der Größte Feldherr Aller Zeiten nicht mehr war als ein arroganter Emporkömmling, dass die letzten beiden Monate des Jahres 1941 keinen Sieg bringen würden und dass es Jahre dauern könnte, die Sowjets niederzukämpfen, falls es überhaupt möglich war. Und was, wenn nicht? Er war so unendlich müde, dass die Ränder des Waldes sich vor seinen Augen in gigantische Wände aus Wasser verwandelten, die sich für die Israeliten teilten, er selbst ein Soldat in der Armee des Pharaos, ein Fußsoldat, der über den schlammigen Meeresgrund stapfte.

Sie erklommen eine Anhöhe und fuhren dann wieder bergab, dem Regenwasser hinterher, das von einer Spurrille in die nächste überfloss. Regentropfen brodelten in den Hufabdrücken der Zugpferde. Von Anfang an hatte es Bauer beunruhigt, dass die sowjetischen Streitkräfte offenbar besser motorisiert waren als die Wehrmacht, doch der von Pferden gezogene Nachschub der 3. Panzerdivision hatte größtenteils mit den Panzern Schritt gehalten, deren Fortkommen nicht nur durch den Zustand der Straßen, sondern auch durch den Mangel an Treibstoff erschwert wurde – für Bauer ein weiterer gravierender Fehler der Einsatzplanung.

Eine weite Kurve rückte den gesamten Konvoi ins Blickfeld, und kurz darauf tauchte an der Spitze der Kolonne ein Motorradkundschafter auf und winkte dem Führungsfahrzeug zu, einem Lastwagen unter dem Kommando des Sicherheitschefs der Kompanie, Norbert Ritter, der seit zwei Monaten auch als kommissarischer Quartiermeister fungierte. Die nachfolgenden Fahrzeuge kamen eines nach dem anderen zum Stehen.

Pflieger seufzte. »Was ist denn jetzt schon wieder …?«

Wie um das Regenprasseln auf dem Dach nachzuahmen, begann Winkel aufs Lenkrad zu trommeln, ein lästiges Geräusch. Doch ihn zu bitten, damit aufzuhören, wäre nicht rechtens, denn einfach nur ruhig dazusitzen, lag schlichtweg nicht in Winkels Natur. Bauer hatte den Obergefreiten nur wenige Male schlafen sehen, aber wenn, dann hatte er auch da herumgezappelt, vielleicht weil er gerade von einem Motor träumte, den er zerlegte, oder von einer Blutung, die er stillte.

Nach ein, zwei Minuten setzte sich der Konvoi wieder in Bewegung, nur um nach einigen Hundert Metern wieder anzuhalten. In der Ferne sah Bauer, wie Ritters Sicherheitskommando aus dem Lastwagen stieg. In weitgefasster Auslegung von Artikel 8 (1) der Genfer Konvention (Waffenverbot für Angehörige von Sanitätskolonnen) trugen die Männer Maschinenpistolen, einer ein mittelgroßes Maschinengewehr, denn die Erfahrung hatte sie gelehrt, dass das Rotkreuz-Symbol auf Fahrzeugen und Armbinden in der Sowjetunion so gut wie keinen Schutz bot.

»So eine Scheiße«, sagte Pflieger. »Es wird dunkel.«

»Karl, Ausdrucksweise«, sagte Winkel. »Offizier an Bord.«

Pflieger entschuldigte sich und saugte an seiner Zigarette, bis die Glut beinahe seine Lippen erreichte, dann ließ er den Stummel fallen und zermalmte ihn unter seinem Stiefelabsatz. »Oh Scheiße, da kommt Ehrlich.«

Stabsgefreiter Egon Ehrlich kam zurückgelaufen und blieb an jedem Fahrzeug stehen, um kurz mit dem Fahrer zu sprechen. Schwerfälliger als nötig stakste er durch den Schlamm, wohl ein neurologisches Problem, wie Bauer dachte, und es dauerte noch weitere fünf Minuten, bis er sie erreichte. Kaum größer als Winkel, ließen Ehrlichs schlammüberzogene Stiefel ihn wie eine Zeichentrickfigur erscheinen – ein wieselgesichtiger Verwandter von Micky Maus in Regenumhang und wassertriefendem Helm. Er stieg aufs Trittbrett, und Winkel kurbelte das Fenster herunter.

»Was gibt's denn?«

»Ein gesprengter Durchlass. Wir legen Baumstämme drüber. Sepp, nimm dein Gewehr und melde dich bei Ritter. Pflieger –«

»Ich bewache den Laster?«

»Du nimmst eine Schaufel und gehst mit Sepp.«

»Aber ich bin doch gerade erst trocken geworden.«

»Keine Widerrede, tu's einfach«, befahl Ehrlich. Er hielt sich mit einer Hand lässig am Fensterrahmen fest und bequemte sich schließlich, Bauer mit der anderen Hand zu salutieren, jedoch auf eine etwas nachlässige Weise, was für ihn untypisch war.

»Hauptmann.«

»Stabsgefreiter.«

Ehrlich stieg vom Trittbrett und verschwand zum Ende des Konvois. Bauer war sich nicht sicher, warum der Mann ihn nicht mochte. Neid wegen seines höheren Ranges war es nicht, überlegte er, auch wenn sie etwa im gleichen Alter waren und einen ähnlichen Hintergrund hatten – sie waren beide auf

Bauernhöfen aufgewachsen. Nein, eher spürte Ehrlich wohl, dass er, Bauer, sich nicht viel aus dem Ränge-Brimborium machte. Wie und wann und selbst *ob* man ihm überhaupt salutierte, kümmerte Bauer nicht im Geringsten, und das machte es Ehrlich vermutlich umso schwerer, sich ihm unterzuordnen.

»Warum muss ich buddeln?«, fragte Pflieger missmutig und zog den Regenumhang aus seinem Tornister.

Winkel nahm sein Gewehr von der selbst gebauten Halterung an der Rückwand der Fahrerkabine. »Vielleicht damit du niemanden erschießen musst? Könnte ja sein, dass Ehrlich dich nicht in Gewissensnöte bringen will.«

»Meinst du wirklich?«

»Na sicher. Er nimmt auf diese Weise Rücksicht auf dich, ganz klar.«

Bauer wünschte ihnen Glück und sie kletterten hinaus. Pflieger zog an der Seite des Lastwagens eine der Schaufeln aus der Halterung, und die beiden Männer gingen los, zwei durch den Schlamm watende Marionetten, Pflieger schlaksig und über einen Kopf größer als Winkel.

Endlich eine Gelegenheit zu schlafen. Eine Decke wäre schön gewesen, aber es gab keine in der Fahrerkabine, also begnügte Bauer sich mit seinem Wintermantel. Er streckte sich quer über die Sitzbank aus und bettete seinen Kopf auf dem zusammengerollten Schal. Der Regen ließ nach, und das Geräusch auf dem Dach erinnerte ihn an die Regenschauer auf dem schiefergedeckten Bauernhaus seiner Kindheit, an das Bett mit der Daunendecke in dem Zimmer, das er sich mit Jürgen geteilt hatte, seinem Bruder – der schon lange tot war, Opfer einer verpfuschten Amputation in Verdun.

Ein Klopfen am Fenster ließ ihn aufschrecken. »Hey, Bauer!«

Molineux. Bauer legte einen Arm über seinen Helm. »Ich versuche zu schlafen.«

»Bah! Ihr Insomniker seid euch selbst der schlimmste Feind.«

»Hau ab.«

»Bewegung! Du brauchst Bewegung!«

»Um Himmels willen, es schüttet.«

»Nicht mehr. Hör hin.«

Es stimmte, es hatte aufgehört zu regnen.

»Mach das Fenster auf.«

Fluchend setzte sich Bauer auf und kurbelte die mit Wasserschlieren bedeckte Fensterscheibe herunter, sodass dahinter Hermann Molineux' rosiges Gesicht zum Vorschein kam. Schlupflider. Schelmisches Grinsen.

»Ich war fast eingeschlafen«, sagte Bauer.

»Lass uns einen Spaziergang machen.«

»Du stehst mit dem Schlaf auf Kriegsfuß, nicht wahr?«

»Unsinn, ich bin sein Verbündeter«, sagte Molineux. Die kalte Luft verwandelte seinen Atem in weiße Dampfwolken.

»Das ist dann irgendein psychologisches Berufstrauma durch deine Arbeit als Anästhesist.«

»Aber, aber, komm mir nicht mit diesem jüdischen Geschwätz. Du enttäuschst mich, Bauer. Du bist zu sehr mit deinen Gedanken beschäftigt. Vertritt dir die Beine. Bring deine Arterien zum Pumpen.«

»Ich dachte, du hasst Bewegung«, sagte Bauer.

»Da denkst du wohl an einen anderen, nachlässigeren Mann. Frische Luft, der Duft von Kiefern, Geschosse, die mir die Frisur zerzausen – darauf bin ich ganz wild.«

»Meine Socken sind fast trocken«, sagte Bauer. »Ich will nicht, dass sie wieder nass werden.«

»Unser Ziel ist nicht mehr weit entfernt, dort kannst du sie wechseln. Ehrlich behauptet, wir werden stilvoll untergebracht – angeblich hat Kompanie B ein stattliches Haus für uns gefunden.«

»Keine Brandruine?«

»Angeblich ist es *virgo intacta*. Vielleicht hat der Regen es vor den Flammen bewahrt. Irgendein armer Iwan wird für seine Unachtsamkeit erschossen werden. Der Punkt ist, wir werden bald Wodka schlürfen am offenen Kamin und uns am Anblick einer süßen kleinen Galinka oder Innuschka ergötzen, die unsere gewaschenen Uniformen aufhängt.«

Bauer seufzte und griff nach seinem Regenumhang.

»Also kommst du mit?«

»Jemand, der so wahnhaft ist wie du, braucht eine Aufsichtsperson.«

»Wunderbar, wunderbar«, sagte Molineux und sprang vom Trittbrett.

Bauer stieg aus und versank augenblicklich stiefeltief im Schlamm. *»Spaziergang …?«*

»Gewaltmarsch, Herumstapfen – nenn es, wie du willst. Ich habe es nicht mehr ausgehalten in der Blechbüchse, ich musste einfach raus.«

»Zumindest machen wir uns nicht ohne Publikum lächerlich«, sagte Bauer und deutete auf die Mitfahrer aus Molineux' Lastwagen, die am Ende der Kolonne eine Verteidigungsstellung gebildet hatten.

Nach wenigen Schritten wusste Bauer, dass er einen Fehler gemacht hatte; der Schlamm gab unter seinen Stiefeln leicht nach, klebte dann aber mit einer irren Kraft an ihnen fest. Er stellte sich vor, Leichen würden sich an ihm festkrallen und versuchen, ihn unter die Erde zu zerren, und um dieses Bild zu vertreiben, stapfte er energisch weiter, sodass ihm bald schon die Oberschenkel brannten. Ihm wurde heiß, und er musste seinen Mantel aufknöpfen, obwohl seine Finger immer noch klamm waren und der Schlamm seine Füße erkalten ließ. Er kam sich wie ein Narr vor, weil er mitgekommen war. Molineux schnaufte schwer. Sein Gesicht war puterrot, stellenweise violett angelaufen. Er war ein großer Mann, älter als Bauer und völlig außer Form, fast schon korpulent – ein Beleg für sein Geschick, Alkohol zu organisieren, und für die Liebe seiner Frau, die ihm regelmäßig kalorienreiche Leckereien schickte. Am vordersten Lastwagen fragte Bauer ihn, ob er verschnaufen wolle, aber Molineux schüttelte den Kopf und deutete auf ihr Ziel: einen Fluss, der quer über die Straße rauschte, daneben fünfzig oder mehr Männer, die Kiefern fällten und zurechtsägten. Die Dämmerung war noch etwa eine Stunde entfernt, aber unter den triefenden Bäumen breitete sich bereits Zwielicht aus.

Am gesprengten Durchlass überwachte Feldwebel Norbert Ritter, ein großer stiernackiger Mann, wortreich den Bau des provisorischen Übergangs; in seinem Berliner Akzent klang ein Kehlkopfschaden mit, den er sich bei einer lange zurückliegenden Schlägerei zugezogen hatte. Nahebei stand der befehlshabende Offizier und Chef-Chirurg des Bataillons, Oberstleutnant Julius Metz, dessen eines Knie auf und ab wippte, als wolle er dadurch die Arbeiten beschleunigen. Der Fluss war reißend schnell und so laut, dass Metz ihre Ankunft zunächst nicht bemerkte. Als er Molineux sah, runzelte er die Stirn. »Hauptmann, Sie sind ja völlig aus der Puste! In dieser Verfassung geben Sie den Männern kein gutes Beispiel ab.«

Molineux nickte, zu ausgepumpt, um etwas zu sagen.

Metz fuhr fort: »Es gibt zwei Arten von Männern auf dieser Welt: solche, die sich und ihren Körper respektieren, und solche, die das nicht tun. Als Mediziner sollten Sie es besser wissen, Molineux.«

Immer noch kurzatmig, erwiderte Molineux: »Oberstleutnant, was soll ich sagen?« Er deutete auf seine schlammbedeckten Stiefel. »Die reinsten Klumpfüße, Herr Oberstleutnant, schwer wie Blei.«

Metz, der weder trank noch rauchte, war mit seinen zweiundfünfzig Jahren in hervorragender körperlicher Verfassung, ein großer Mann mit einem länglichen Gesicht, von dem Bauer annahm, dass Frauen eines gewissen Alters es attraktiv fanden, wenn auch etwas streng: graue Augenbrauen, schmale Nase und ein Grübchenkinn, über das Molineux einmal zu Bauer gesagt hatte, dass es wie ein Hintern aussehe, und seither bekam Bauer dieses Bild nicht mehr aus dem Kopf.

»Und wo ist überhaupt Ihr Helm?«, herrschte Metz Molineux an. »Habe ich nicht ausdrücklich angeordnet, dass alle Offiziere im Feld einen Helm zu tragen haben?«

»Entschuldigung, Herr Oberstleutnant, das habe ich vergessen.«

»Ich kann es mir nicht leisten, noch einen Anästhesisten zu verlieren.« Er wandte sich zu Ehrlich. »Stabsgefreiter, geben Sie dem Hauptmann Ihren Helm.«

»Jawohl, Oberstleutnant«, sagte Ehrlich und gehorchte schnell, offenbarte dabei seinen Schädel, der genauso schmal war wie sein Gesicht spitz. Molineux dankte ihm und setzte den Helm auf, nahm ihn wieder ab und lockerte den Kinnriemen, als lautes Geschrei Bauers Aufmerksamkeit flussaufwärts lenkte. Zwei Sanitäter hatten am Wasser einen Baumstamm fallen gelassen, der nun in die tosenden Fluten hineinrollte und wie ein Speer auf den halb fertigen Übergang zutrieb.

»Herrgott noch mal!«, brüllte Metz, als der Baumstamm gegen das Provisorium prallte, und obwohl mehrere Männer ins Wasser eilten, um den Stamm wegzuziehen, war es zu spät. Der Übergang wurde von den Wassermassen fortgespült.

Metz brüllte eine Obszönität – bei ihm ein Zeichen brodelnder Wut –, aber verstummte schlagartig, so wie die anderen auch, als im nahen Wald das Geräusch eines überdrehenden Motors ertönte. Bauer hatte das Bild eines T-34 vor

Augen, oder sogar mehreren, die durch die Baumlinie brachen, aber während sich die meisten seiner Kameraden in den Schlamm warfen, blieb er stehen, hatte aus irgendeinem Grund keine Angst. Norbert Ritter, ein brutaler, aber tapferer Mann, hatte sich ein Gewehr geschnappt und stapfte ungelenk durch den Schlamm auf die Quelle des Lärms zu, gefolgt von den Männern seines Sicherheitstrupps. Sekunden später fuhr direkt vor ihnen ein sowjetischer Lastwagen aus dem Wald. Er hielt an, und Ritter und seine Männer richteten ihre Gewehre auf die Fahrerkabine. Die mit einer Plane verdeckte Ladefläche sei leer, rief einer der Sanitäter. Dann schwang die Fahrertür auf und ein junger Soldat stieg mit erhobenen Händen aus, stellte sich in den Schlamm. Er war unbewaffnet. Glattes dunkles Haar, auf dem Kopf eine braune Feldmütze. Bleiches Gesicht. Sein Körper bebte. Weitere von Ritters Männern trafen ein, und ein zweiter Russe, ein Offizier, kletterte aus dem Lastwagen. Er war älter, klein, dicklich und kahl. Er trug keine Kopfbedeckung. Stirnrunzelnd blickte er auf die Männer, die ihre Gewehre auf ihn richteten, dann schaute er zum Himmel auf, zog eine Pistole und schoss sich knapp über dem Ohr in den Kopf.

2

Winkel öffnete die Beifahrertür und rüttelte ihn wach. »Wir sind da, Herr Hauptmann.«

Abendzeit. Wind und Regen. Ferner Geschützdonner. Bauer gähnte. »Wie spät haben wir es?«

Winkel schaute auf die Uhr. »Einundzwanzig-null-fünf.«

»So spät?«

»Der Schlamm.«

»Natürlich. Warum frage ich?«

»Ich habe Ihre Sachen ausgeladen, Herr Hauptmann. Und mich um ein Zimmer gekümmert.«

»Gott segne Sie, Sepp.«

»Aber der Oberstleutnant möchte –«

»– mich umgehend sehen.«

»Korrekt.«

Bauer nahm seinen Helm ab und setzte seine Offiziersmütze auf. »Dann zeigen Sie mir den Weg.«

Er stieg aus dem Lastwagen, sein ganzer Körper schmerzerfüllt – ein Vorgeschmack auf das Alter, vermutete er, falls er so lange leben sollte. Sein Gesicht fühlte sich belegt an vom getrockneten Graupel. Willkommen war ihm hingegen das Gefühl von Schotter unter den Stiefeln, endlich fester Untergrund. Im Scheinwerferlicht des Krankenwagens erkannte er ein zweistöckiges Gebäude, das, obwohl es groß war, nicht ganz dem entsprach, was Molineux ihn hatte erwarten lassen. Ein Vorplatz mit einer geschwungenen Auffahrt. Kahle, im

Wind schwankende Birken. Auf der Veranda des Gebäudes salutierten er und ein Wachposten einander, dann folgte er Winkel in ein Vestibül, dessen hinterer Teil mit Möbeln vollgestellt war. An der Decke brannte Licht – offensichtlich hatte Kompanie B einen Generator angeworfen. Hinter ihnen trugen zwei Sanitäter einen der Aufbocktische der Kompanie herein, dann folgte der Funker mit seinen Metallkoffern. Neben einer verglasten Flügeltür stand Molineux leicht vorgeneigt an einem hüfthohen Kabinettschrank und schrieb in etwas, das wie ein Gästebuch aussah. Er wandte sich um und hielt Bauer einen Bleistift hin. »Hier, sei der zweite, der unsere Ankunft verewigt. Schreib etwas Würdiges.«

Bauer nahm den Bleistift. »Etwas Würdiges? Warum?«

Molineux räusperte sich und breitete die Arme aus. »Die Kompanie A des Sanitätsbataillons der 3. Panzerdivision ist nun im Besitz eines russischen Nationalheiligtums: der Stammsitz des Grafen Leo Tolstoi.«

Bauer blinzelte. Molineux war ein unverbesserlicher Witzbold. »Das ist ein Scherz, oder?«

»Würde ich einen solchen Moment mit Spott entweihen?« Er öffnete den Kabinettschrank, in dessen Fächern stapelweise Broschüren lagen, und nahm eine heraus. »Hier, der Beweis.« Auf minderwertigem Papier gedruckt, hieß die dünne Broschüre den Besucher in Jasnaja Poljana willkommen, dem Nationalen Gedenk- und Museumsgut von Lew Nikolajewitsch Tolstoi – »Leo« war, so erinnerte sich Bauer, eine Eindeutschung –, dem Autor der »unsterblichen Literaturwerke *Krieg und Frieden (Voyna i Mir)* und *Anna Karenina*«, die beide »in eben diesem Haus« entstanden waren. Auf der Rückseite befand sich eine einfache Karte des Anwesens.

Molineux grinste. »Und du hattest die Frechheit, an mir zu zweifeln.«

Bauer war wie vom Donner gerührt. Im letzten Krieg hatte er als Vierzehnjähriger *Krieg und Frieden* gelesen, ein sechswöchiges Unterfangen, das in ihm eine jahrzehntelange Faszination nicht nur für die Romane Tolstois begründet hatte, sondern auch für das Werk von Dostojewski, Turgenjew, Lermontow und Gogol. In der Hoffnung, sie eines Tages auch im Original lesen zu können, hatte er sogar angefangen, Russisch zu lernen, damit aber wieder aufgehört wegen der Anforderungen seines Medizinstudiums; zudem hatte er erkannt, dass er der Intensität und dem Schwermut der russischen Seele – zumindest so, wie sie in der Literatur des neunzehnten Jahrhunderts beschrieben wurde – überdrüssig geworden war, insbesondere nachdem seine Frau, Clara, ihre Diagnose erhalten hatte.

»Herr Hauptmann, der Oberstleutnant«, sagte Winkel hinter ihm.

Bauer steckte die Broschüre ein. »Natürlich.«

»Zuerst das Gästebuch«, sagte Molineux. »Deine Gelegenheit zur Unsterblichkeit.«

Bauer blätterte in dem Buch. Alle Einträge vor Molineux waren in russischer Sprache verfasst – die neuesten von Soldaten der Roten Armee, die ihre Dienstgrade sowie ihre Namen eingetragen hatten, aber nicht die Einheiten, denen sie angehörten. Molineux' Unterschrift war über die dafür vorgesehene Zeile weit hinausgeschwappt. In die Kommentarspalte hatte er *Veni, vidi, vici* geschrieben.

Molineux sagte: »Ich weiß, was du denkst; dass unser eigener Julius das nicht gutheißen würde.«

»Stimmt. Nicht bevor er sich selbst in dem Buch verewigt hat.«

»Sei kein Feigling. Der frühe Vogel fängt den Wurm.«

Bauer hob den Bleistift, aber zögerte. Winkel sagte: »Hauptmann, der Oberstleutnant wollte Sie *sofort* sprechen.«

»Jetzt beeil dich und schreib irgendetwas«, sagte Molineux, »oder Metz lässt dich erschießen.«

Bauer legte den Bleistift weg. »Vielleicht später.«

»Ach, komm schon«, sagte Molineux. »War doch nur ein dummer Spruch.«

»Es geht nicht um Metz.«

»Worum dann?«

»Nenn es mangelnde Inspiration.«

»Beim Schreiben ist der erste Gedanke immer der beste«, sagte Molineux. »Genau wie beim Reden.«

In Orjol hatte Dieter Clemens nur wenige Tage vor seinem Tod durch die Kugel eines Scharfschützen das beinahe hochverratstaugliche Thema aufgeworfen, ob das Unternehmen Barbarossa in irgendeiner Weise womöglich Napoleons Einmarsch in Russland ähnelte. Dieses Gespräch hatte Bauer an seine frühe, bislang einmalige Lektüre von *Krieg und Frieden* erinnert. Nun just in dem Haus einzutreffen, in dem dieser Roman verfasst worden war, fand er irgendwie unheimlich, ein Gefühl, dem sich nur mit Logik beikommen ließ.

»Ich muss jetzt zu Metz«, sagte er.

»Ich auch. Und weil du so rumgeeiert hast, bringt er uns nun beide vors Kriegsgericht.«

Winkel führte sie durch die verglaste Flügeltür in eine kleine Empfangshalle. Polierte Dielen, eine Holztreppe, cremefarbene Wände ohne Dekoration. Eine Tür auf der linken Seite führte in einen Salon, aus dem jegliches Mobiliar herausgeräumt worden war, bis auf einen Konzertflügel, um den herum Metz, seine Ordonnanz Ehrlich und die drei Subalternen der Einheit standen. Auf dem Klavierdeckel lagen Landkarten, Papiere und Notizbücher. Alle Männer waren schlammverdreckt, sogar der Oberstleutnant. »Wo ist der Major?«, fragte Metz.

»Er richtet sich oben ein, Herr Oberstleutnant«, sagte Winkel.

»Ich wette, er packt sich die Dicke Bertha ins Bett«, sagte Molineux.

»Holen Sie ihn runter«, befahl Metz.

»Jawohl!«, sagte Winkel und eilte davon.

Die größte Landkarte auf dem Klavierdeckel war auch die detaillierteste. Molineux fragte, wo darauf sie sich befänden; Metz tippte auf einen Punkt an einer Straße, die in Nordsüdrichtung verlief.

»Und der Feind?«

»Bei Tula«, sagte Metz und deutete auf eine Stadt am nördlichen Rand der Karte. »Gut vierhunderttausend Einwohner.«

Bevor Bauer sich für einen genaueren Blick vorbeugen konnte, trat Volker Hirsch von der Seite zu ihm heran und fragte ihn flüsternd, ob er ihn kurz sprechen könne.

»Natürlich«, sagte Bauer und trat vom Klavier zurück. »Worüber?«

Hirsch zögerte. Mit seinen vierundzwanzig Jahren war er zwar ein kompetenter Zahnarzt, aber schüchterner als die meisten Kinder. Groß, aber gebückt. Nicht so sehr mollig, eher von schwammiger Statur. Rotbraunes Haar, sommersprossiges Gesicht, runde Brille. »Dieser Rotarmist«, begann er, »der sowjetische Offizier …«

»Der sich erschossen hat?«, fragte Bauer. Er hatte nicht bemerkt, dass auch Hirsch am Fluss gewesen war.

»Ja, genau der.«

»Ein Volkskommissar«, sagte Bauer, die Frage vorwegnehmend. »Gefangene politische Offiziere werden exekutiert«, fuhr er fort und erwähnte damit freimütig den Befehl, über den er und Dieter heimlich diskutiert hatten. »Er muss es gewusst haben.«

»Sie meinen, wir hätten ihn erschossen, wenn er es nicht selbst getan hätte?«, fragte Hirsch.

»Wir? Eher nicht. Aber wer weiß? An Freiwilligen hätte es uns gewiss nicht gemangelt«, sagte er und klang dabei wütender als beabsichtigt. Hirsch schien ihm kaum ein Fanatiker zu sein, aber seine Generation war auf absoluten Gehorsam gedrillt worden, und so war es angeraten, in seiner Nähe eine gewisse Zurückhaltung zu üben. »Wenn nicht wir, dann hätte es die nächste Einheit getan«, sagte Bauer. »Und wenn nicht die, dann die SS oder das Reichskommissariat. Ich würde gerne glauben, dass ich an seiner Stelle genauso gehandelt hätte.«

Hirsch fingerte an seinen Kragenspitzen herum. »Haben Sie die Wolke gesehen?«

»Welche Wolke? Meinen Sie den Pulverdampf, der von seiner Pistole aufstieg?«

»Nein, nicht das. Die Wolke aus seinem Mund.«

»Glaube nicht«, sagte Bauer. »Was ist damit?«

»Als die Kugel ihn tötete, stieg aus seinem Mund eine kleine weiße Wolke auf«, sagte Hirsch. »Als ob ...«

»Als ob was?«

»Ach, ich weiß auch nicht«, sagte Hirsch. »Als ob seine Seele den Körper verlassen hätte.«

»Dann war es wohl eine Atemwolke«, sagte Bauer trocken.

In dem Moment kehrte Winkel zurück, gefolgt von Siegfried Weidemann, dem zweithöchsten Kommandanten und Chefarzt des Bataillons. Er erblickte den Flügel und blieb stehen.

»Ach, der Herr Major«, sagte Metz, »danke, dass Sie sich herbemühen.«

Weidemann, sechzig, würdevoll, schlohweißes Haar, grüßte Metz mit einem Nicken, schaute aber auf das Klavier. Er ging hinüber, hob die Tastenklappe und spielte eine Tonleiter. »Wunderschön«, sagte er und strich andächtig über die Tasten. »Ein Bechstein. Wie bemerkenswert.«

»Ich bitte um Ihre Aufmerksamkeit, Herr Major«, sagte Metz. Weidemann wandte sich um, durch seine verschmolzenen Halswirbel dazu gezwungen, seinen ganzen Körper zu drehen, eine eigentümliche Einschränkung für einen Mann, der Bauer an eine Eule erinnerte mit seinen geschwungenen Augenbrauen und den breiten, sichelförmigen weißen Koteletten. »Ich habe gerade erklärt, dass der Feind sich nach Tula zurückgezogen hat«, sagte Metz, »und dort eine Art Landzunge bildet – eine Protuberanz, wenn man so will, die reif ist für die Exzision.«

»Oh, sehr gut gesprochen, Oberstleutnant«, sagte Molineux.

»Unterdessen haben wir eine bemerkenswerte Kriegsbeute in Besitz genommen«, sagte Metz. Dabei schlug er auf den Konzertflügel, was Bauer kurzzeitig verwirrte. »Stabsgefreiter, die Broschüren«, fuhr Metz fort.

Ehrlich verteilte Exemplare der Broschüre, die bereits in Bauers Tasche steckte. Auf der Rückseite waren in einer nummerierten Legende die Gebäude des Anwesens und andere Landschaftsmerkmale aufgelistet: eine Zufahrt mit einem Zierturm an der Straße von Chern nach Tula; drei größere und mehrere kleinere Gebäude, die sich mehr oder weniger gleichmäßig zwischen Gärten, Obstplantagen und Teichen verteilten; am oberen Kartenrand eine schmale Waldung auf einer Anhöhe, auf der eine gepunktete Linie den Weg zu Tolstois Grab kennzeichnete.

»Wir sind hier«, sagte Metz und deutete auf ein Gebäude, das als *Tolstoi-Haus* bezeichnet wurde. Bauer ließ seinen Blick durch den leer geräumten Salon schweifen. Leo Tolstoi war in diesem Raum herumgelaufen, wurde ihm bewusst, hier hatte er sich unterhalten, gegessen und getrunken, zweifellos auch gelesen. Bauer erinnerte sich an ein Foto, das er von dem Schriftsteller im hohen Alter gesehen hatte, mit Rauschebart und stechendem Blick, gewandet in eine Bauerntunika, weite Hose, hohe Lederstiefel – ein zum Weisen gewordener Aristokrat, der sich ins zwanzigste Jahrhundert verirrt hatte.

Metz sagte: »Dies ist nicht nur ein idealer Standort für ein Frontlazarett, sondern, wenn die Front sich nach vorne verschiebt, auch für ein Basishospital. Es lässt sich nicht abschätzen, ob es in Tula genauso geeignete Gebäude gibt.«

»Oder ob dort überhaupt noch Gebäude stehen«, sagte Molineux und spitzte demonstrativ die Ohren für den Kanonendonner, der auch im Haus zu hören war.

»Eben«, sagte Metz. »Dementsprechend habe ich bereits Feldwebel Ritter angewiesen, an allen wichtigen Gebäuden Wachen zu postieren.«

»Oberstleutnant, eigentlich ist das unnötig«, sagte Bauer.

»Warum?«

»Weil die Sowjets diesen Ort bewusst verschont haben dürften.«

»Er ist ein Nationalheiligtum«, ergänzte Molineux.

»Wir könnten Ritters Männer gut für andere Aufgaben gebrauchen«, fügte Bauer an. Die Verluste durch Gefechte, Unfälle und Krankheiten waren bei ihnen zwar nicht so schwerwiegend wie bei einer Fronteinheit, aber sie setzten das Bataillon dennoch unter Druck und zwangen einige der Männer in Rollen, für die sie nicht vorgesehen waren, vor allem ihren Zahnarzt, der als zweiter Anästhesist einsprang, aber auch Ritter, der als Feldwebel wenig Geduld für die bürokratischen Aufgaben eines Quartiermeisters aufbrachte.

»Es steht mir nicht zu, die Motive des Feindes zu erraten«, sagte Metz. »Die Russen haben einen Fehler gemacht, und ich werde nicht zulassen, dass sie ihn korrigieren, indem sie die Gebäude von Partisanen angreifen lassen. Darf ich nun fortfahren?«

Bauer nickte, er fühlte sich sehr müde. Womöglich hatte Metz recht. Wer konnte im Krieg schon von sich behaupten, Zufall von Absicht unterscheiden zu können?

Kompanie C würde in Chern bleiben, verkündete Metz, und von dort aus die Verwundeten nach Orjol evakuieren. Kompanie B sei unterdessen vorgerückt, um in dem Dorf Malewka, südlich von Tula, einen Truppenverbandsplatz einzurichten. Das Divisionshauptquartier hatte von heftigen Kämpfen dort berichtet – der schwere Geschützlärm in der Ferne war Beweis genug dafür –, und morgen würden mit Sicherheit Verwundete eintreffen. Dementsprechend würde man in dem Gebäude, das Metz bereits als künftiges Krankenhaus auserkoren hatte, über Nacht einen Operationssaal einrichten. Hier zeigte Metz auf der Karte auf ein längliches schmales Gebäude, etwa dreihundert Meter entfernt, das Wolkonski-Haus. Die Offiziere würden im Tolstoi-Haus unterkommen, die Mannschaften gleich nebenan im dritten der Hauptgebäude, das die Kartenlegende als den Kusminski-Flügel auswies. Metz sprach schnell und überzeugend, offenbar unbeeindruckt von den Strapazen der letzten Tage. Das konnte Bauer nicht von sich behaupten, und als Metz zu logistischen Fragen überging, schweifte seine Aufmerksamkeit zu anderen Dingen ab. An den Wänden erkannte man blasse, rechteckige Schatten, wo vor Kurzem noch Gemälde gehangen hatten; doch dem Klavier und den Möbeln im Vestibül nach zu urteilen war die Räumung des Hauses noch nicht abgeschlossen. Des *Tolstoi-Hauses*, wie er sich erinnerte.

Metz beendete seine Ausführungen und lud zu Fragen ein. Molineux hob die Hand. »Gibt es heute noch Abendessen?«

»Nur Feldrationen«, sagte Metz. »Die Küche ist erst ab morgen in Betrieb.«

Molineux stöhnte auf. »Könnte Pabst uns nicht irgendetwas in die Pfanne hauen, Oberstleutnant?«

»Wir essen das Gleiche wie die Sanitäter, Hauptmann. Das wissen Sie doch. Zeigen Sie Rückgrat, und falls Ihnen das nicht gelingt, dann versuchen Sie sich vorzustellen, unter welchen Bedingungen Kompanie B heute wohl zu Abend essen wird.«

Weidemann fragte, ob es in der Nähe einen brauchbaren Flugplatz gäbe, und Metz wollte ihm gerade antworten, als im hinteren Teil des Raumes eine Tür aufging und eine Frau eintrat. Alle schreckten zusammen, besonders Metz, der sogleich seine P38 zückte und sie auf den Eindringling richtete. Sie sah unbeeindruckt aus. Sie war weder jung noch alt. Kleiner Mund, große Augen. Herzförmiges Gesicht. Sie trug eine Brille, ihr dunkles kastanienbraunes Haar war zu einem Dutt zurückgebunden.

»Ruki vverkh!«, brüllte Metz sie an und machte ruckartige Bewegungen mit seiner Pistole. Die Frau hob folgsam, aber betont beiläufig die Hände. Sie trug eine braune Steppjacke, einen knielangen Rock, Wollstrümpfe und saubere hellbraune Straßenschuhe – keine elegante Kleidung, aber auch nicht die einer einfachen Arbeiterin. Auf Russisch verlangte sie zu wissen, wer von ihnen das Sagen habe.

»Sieht man das nicht?«, blaffte Metz, nachdem Bauer übersetzt hatte. »Stabsgefreiter, durchsuchen Sie sie nach Waffen«, sagte er, und Ehrlich begann, sie abzutasten – gierig, wie eine Ratte, die ein Käsestück inspizierte.

»Ich glaube, Egon könnte Hilfe brauchen, Oberstleutnant«, sagte Molineux.

»Hauptmann, ersparen Sie mir Ihren Humor«, sagte Metz. »Das ist jetzt nicht der richtige Zeitpunkt. Bauer, finden Sie raus, was sie hier zu suchen hat. Und wie sie reingekommen ist. Ehrlich, das reicht. Sie ist eindeutig unbewaffnet.«

Bauer trat vor. Die Brille ließ die Frau gebildet wirken, ihre großen Augen blickten konzentriert und scharfsinnig. Zögerlich stellte er sich ihr auf Russisch vor und fragte sie nach ihrem Namen, sprach betont langsam, um keinen Fehler zu machen, sich seiner Erschöpfung bewusst.

»*Ty perevodchik?*«, fragte sie ihn. »Sie sind der Dolmetscher?«

Metz verlangte zu wissen, was sie gesagt hatte.

»Ich bin Chirurg«, erklärte ihr Bauer.

Die Frau entgegnete etwas, aber zu schnell, als dass Bauer es verstand. Sie sah seinen verwirrten Gesichtsausdruck und wiederholte es. »Sie sind ein Schlächter …«

Er sah sie an, zu müde für eine schlagfertige Erwiderung.

»… des Russischen«, fügte sie an.

»Oh«, sagte er. »Das tut mir leid. Aber wir sind Ärzte«, fuhr er fort, »eine medizinische Feldeinheit.«

»Wilde«, sagte sie, als würde sie eine selbstevidente Wahrheit aussprechen.

»Bauer, lassen Sie sich nicht vollsülzen«, sagte Metz. »*Sie* haben das Kommando, nicht die Frau!«

Die Frau wandte sich Metz zu und redete so schnell auf Russisch auf ihn ein, dass Bauer sie bitten musste, langsamer zu sprechen. Sie gehorchte, sprach nun wiederum herablassend betulich. Die Männer hätten etwas mit den Gebäuden angerichtet, sagte sie. Beschädigt, vermutete Bauer. Er schnappte die russischen Wörter für *Türen* und *Wände* auf.

»Wo war das?«, fragte er sie.

»Überall.«

»Hier auch?«

»In meinem Zimmer.«

»Oben?«

»Im Wolkonski-Haus. Übersetzen Sie jetzt oder nicht?«

Bauer gab den Inhalt ihrer Äußerungen weiter, was bei Metz einen ungläubigen Gesichtsausdruck hervorrief.

»Sie beschwert sich, dass *wir* etwas beschädigt haben? Wo

doch die Rote Armee jedes Haus, jede Hütte und jeden Holzschuppen zwischen hier und Brest-Litowsk niederbrennt? Sagen Sie ihr, dass wir ihre kostbaren Gebäude *gerettet* haben und sie uns dankbar dafür sein soll. Wer ist sie überhaupt? Was tut sie hier?«

Bauer fragte die Frau nach ihrem Namen.

»Trubetzkaja«, antwortete sie. »*Towarischtsch* Trubetzkaja.«

»Benutzen Sie bei uns bitte nicht die Bezeichnung ›Genosse‹. Auch nicht auf Russisch. Wie lauten Ihr Vorname und Ihr Patronym?«

»Ich ziehe *Towarischtsch* vor«, beharrte sie.

»Lassen Sie das bleiben, wenn Sie den Krieg überleben möchten.«

»*Towarischtsch* Trubetzkaja«, wiederholte sie, nun zu Metz gewandt. »Kommissarische Chef-Konservatorin von Jasnaja Poljana.«

Bauer übersetzte ihre Antwort, ließ *Genossin* aber weg. Sie kam ihm ziemlich jung vor für eine so hohe Position, ob kommissarisch oder nicht.

»Sagen Sie ihr, sie ist keine Chefin von gar nichts mehr«, antwortete Metz.

»Hauptmann«, meldete sich Major Weidemann zu Wort und schwenkte schwerfällig zu Bauer herum. »Ich würde gern erfahren, ob einer unserer Männer sie angerührt hat. Fragen Sie sie das. Sie sagten, sie habe beschädigte Türen erwähnt.«

Metz runzelte die Stirn. »Major, das ist kaum relevant. Und außerdem, kein Mann unter meinem Kommando –«

»Da liegen Sie leider Gottes falsch, Oberstleutnant«, sagte Weidemann. »Mir kommen jeden Tag neue Fälle von Geschlechtskrankheiten unter – leider auch bei Bataillonsangehörigen.«

Volker Hirsch stieg Farbe ins Gesicht – für Molineux eine zu gute Gelegenheit, als dass er ihr hätte widerstehen können. »Hirsch, du ralliger Hund, du holst dir ganz bestimmt einen Tripper.«

»Ich … das ist …«

»Brauchst es nicht abzustreiten.«

»Doch, das tue ich!«

»Was? Dass du dir einen Tripper holen wirst oder dass du schon einen hast?«

Mit angewidertem Blick wandte sich Metz zu Weidemann. »Sind die Bordelle nicht ein wahrscheinlicherer Übertragungsort?«

»Immer noch besorgt wegen unserer Bordelle, Oberstleutnant?«

»Nicht besorgt, Major. Es scheint mir nur, dass die Risiken den Nutzen überwiegen.«

»Unsere Bordellarbeiterinnen werden rigoros auf Infektionen untersucht. Nein, ich bin überzeugt, die Hauptursache liegt bei den einheimischen Frauen. Das werde ich in meinem Bericht an Generalmajor Oeding auch so darlegen.«

»Mit Verlaub, Herr Major«, sagte Molineux, »einen Mann wie Hirsch wird das kaum abschrecken.«

Weidemann ignorierte ihn und fragte Bauer. »Würden Sie der Frau meine Frage bitte übersetzen?«

»Das ist nicht nötig«, sagte Trubetzkaja in fehlerfreiem Deutsch und brachte alle zum Schweigen. »Die Antwort ist Nein. Ich war nicht so dumm, mich in meinem Zimmer zu verstecken, als Ihre Männer eintrafen. Ich habe die Schäden erst jetzt entdeckt.«

»Na, na, na«, sagte Molineux.

»Sie sprechen Deutsch«, sagte Metz.

»Ja und?«, antwortete sie.

»Sie haben versucht, uns zu täuschen.«

»Wohl kaum. Sie haben sich selbst getäuscht.«

»Sie wollten uns aushorchen, um an Informationen zu gelangen.«

»Informationen? Bringen Sie mich nicht zum Lachen.«

Bauer bewunderte ihr Deutsch, das sie ohne die Spur eines russischen Akzents sprach. Es war Monate her, dass er eine Frau mit solcher Verve seine Muttersprache hatte sprechen hören, doch seine Freude darüber wurde getrübt durch die Erkenntnis, dass sie ihn nun nicht mehr als Dolmetscher benötigte. Er rief sich Metz' und Weidemanns Debatte über Bordelle und Geschlechtskrankheiten ins Gedächtnis und kringelte sich innerlich.

Metz wollte wissen, warum sie Deutsch beherrsche.

Sie zuckte mit den Schultern. »Jede halbwegs gebildete Person beherrscht die fünf oder sechs wichtigsten europäischen Sprachen.«

Metz, der einsprachig war, ging darauf klugerweise nicht ein. »Aber Sie haben überhaupt keinen Akzent«, sagte er.

Eigentlich stimmte das nicht ganz, befand Bauer. Vielmehr sprach sie ein von jeder regionalen Färbung befreites Deutsch – vielleicht das platonische Sprachideal. Für eine Frau hatte sie eine tiefe, ansprechend raue Stimme.

»Ich habe es als Kind gelernt«, sagte sie.

»Wo war das?«, fragte Metz.

»In Leningrad. Damals hieß es noch Sankt Petersburg.«

»Von wem haben Sie es gelernt?«

Sie zögerte. »Von einer Gouvernante.«

»Einer Gouvernante. Und doch sind Sie Bolschewistin.«

Bauer sagte: »Oberstleutnant, wir sollten die Chef-Konservatorin nach ihrem Vornamen und Patronym fragen.«

»Die *ehemalige* Chef-Konservatorin. Und ihr Nachname genügt mir – schließlich sprechen wir hier alle Deutsch, Hauptmann. Ihr Nachname war noch gleich?«, fragte er sie.

»Trubetzkaja«, sagte sie und fügte an: »Katerina Dmitriewna.«

In Gedanken sagte Bauer ihren Namen einige Male auf, so, wie er es als Jugendlicher gemacht hatte, um sich die Figuren in *Krieg und Frieden* einzuprägen.

»Frau Trubetzkaja«, sagte Metz, »Sie werden uns jetzt in das Arbeitszimmer von Leo Tolstoi führen. Er hatte sicher eins, nehme ich an?«

»Natürlich. Aber warum sollte ich das tun?«

»Um das Warum brauchen Sie sich ab jetzt keine Gedanken mehr zu machen. Die Zeiten sind vorbei.«

Trubetzkaja lachte. »Kein Warum mehr? Erstaunlich. Hätte ich gewusst, dass die Deutschen so fortschrittlich sind, hätte ich vielleicht die Festtagsgirlanden aufhängen lassen.«

»Das Arbeitszimmer«, wiederholte Metz.

»Wie Sie wünschen«, antwortete sie und führte sie aus dem Raum, durch die Eingangshalle und durch einen Korridor in ein großes Eckzimmer, das noch leerer war als das erste.

»Das ist alles?«, fragte Metz.

»Was haben Sie denn erwartet?«, gab Trubetzkaja zurück. »Dass er noch am Schreibtisch sitzt?«

»*Hier* hat Tolstoi *Anna Karenina* geschrieben? *Krieg und Frieden*?«, fragte Bauer.

»Ja, und alles danach auch.«

Metz wandte sich zu Ehrlich. »Morgen früh lassen Sie mir hier einen Schreibtisch und ein Telefon reinstellen.«

Trubetzkaja spöttelte. »Hoffen Sie, dass dadurch etwas von seiner Größe auf Sie abfärbt, *Herr Oberstleutnant*?«

»Größe erlangt man durch Taten, gute Frau, nicht mit Worten. Schriftsteller schreiben von Dingen, große Männer *tun* sie.«

»So würde es ein Soldat formulieren.«

»Ein Soldat und Arzt«, korrigierte er sie. »Aber was ich sagen möchte: Mit seinem Gewehr prägt unser demütigster

Landser die Welt tiefgreifender, als Ihr Tolstoi es je vermocht hat.«

»Wie seltsam. Sie klingen fast wie er in *Krieg und Frieden* – die langweiligen Stellen: der kleine Mann, der große Ereignisse in Gang setzt. Aber hier irren Sie, *Herr Oberstleutnant*. Lew Tolstoi hat die Geschichte sehr wohl geprägt. Genau genommen beeinflusst er selbst in diesem Augenblick das Kriegsgeschick zu unseren Gunsten.«

»Unsinn.«

»Unsere Soldaten lesen ihn: *Krieg und Frieden*, die gekürzte Fassung. Und sie lernen daraus, wie man gewinnt.«

Metz schnaubte. »Ihre Rote Armee ist auf dem Rückzug.«

»Seit drei Tagen höre ich diesen Geschützlärm. Sie wissen natürlich am besten, wessen Geschütze es sind, aber für mein ungeübtes Ohr klingt es nach Widerstand.«

»Es ist nur eine Frage der Zeit, bis Tula fällt, gute Frau, und danach wird das Zentrum der sowjetischen Armee zusammenbrechen. Bis Weihnachten, das versichere ich Ihnen, sind wir in Moskau.«

Metz räumte der Frau erstaunlich viel Redezeit ein dafür, dass er ihr eben noch den Mund verbieten wollte.

»Nehmen wir an, Sie haben recht«, sagte sie, »obwohl ich das stark bezweifle.« Bauer ahnte, was kommen würde, und sie enttäuschte ihn nicht. »1812 hat Napoleon Moskau über den ganzen September und Oktober hinweg gehalten, und doch war seine *Grande Armée* im November – wie soll ich es ausdrücken? – kopfüber auf dem Rückzug.«

»Gute Frau, Kriegsführung ist nicht länger eine Sache von zusammengewürfelten Armeen, die sich gegenseitig durch die Landschaft jagen. Krieg ist total, und wir sind kräftemäßig überlegen.«

»Russland ist auch heute noch groß. Die Winter sind immer noch bitterkalt.«

Metz lächelte hochmütig. »Sie scheinen eine intelligente Frau zu sein. Wissen Sie nicht, dass Geschichte sich nicht wiederholt?«

»Ah, da liegen Sie falsch, Oberstleutnant. 1707, die Schweden. Hier in Russland haben sie gelernt, sich in Neutralität zu üben. Wenn Sie klug genug sind, werden Sie dieselbe Lektion lernen – obwohl ich das irgendwie bezweifle.«

Metz' Lächeln war verblasst. Er deutete zur Tür. »Sie zeigen uns jetzt den Rest des Hauses.«

Ihr nächstes Ziel lag auf der anderen Flurseite, ein ähnlich großer Raum voller Bücherregale, die allesamt leer waren.

»Die Bibliothek«, sagte Trubetzkaja. »Alles Russische haben wir weggeschafft, aber man findet vielleicht noch ein paar Sachen auf Deutsch.« Auf dem Boden standen einige Bücherkartons, und sie ging zu einem davon und stöberte darin herum. »Wer sagt's denn«, verkündete sie und hielt einen dicken grünen Band hoch. »Zu Ihrer Erbauung«, fügte sie hinzu und drückte Metz ein Buch in die Hand, der kurz auf den Titel schaute, ehe er es an Ehrlich weiterreichte.

»Vernichten Sie das.«

»Ist es etwa De Sade?«, fragte Molineux.

»*Krieg und Frieden*«, sagte Trubetzkaja. »Sie werden es nicht lesen?«, fragte sie Metz.

»Natürlich nicht.«

»Schade. Sie könnten etwas lernen.«

»*Ich* habe es gelesen«, sagte Bauer.

»In den Verbrennungsofen damit«, sagte Metz zu Ehrlich, »sobald er in Betrieb ist.«

»Ab morgen Mittag«, erklärte Weidemann.

»Danke, Major«, sagte Metz und wandte sich zu Trubetzkaja. »Wenn es Ihnen nichts ausmacht, führen Sie uns nun bitte weiter durch den Rest des Hauses.«

Angeführt von Metz und Trubetzkaja verließen die anderen

nacheinander den Raum; Bauer blieb zurück, bis nur noch er und Ehrlich übrig waren.

»Das nehme ich«, sagte Bauer und streckte seine Hand nach dem Buch aus.

»Der Oberstleutnant hat gesagt, ich soll es verbrennen.«

»Und ich befehle Ihnen, es mir zu geben.« Sollte Ehrlich ruhig einen Groll gegen ihn hegen; das war es ihm die Sache wert.

Widerwillig reichte Ehrlich ihm das Buch. »Das werde ich dem Oberstleutnant melden müssen.«

»Tun Sie das.«

»Er wird darüber nicht erfreut sein.«

»Lassen Sie das mal meine Sorge sein«, sagte Bauer und klemmte sich das Buch unter den Arm.

Sie gingen zu den anderen in eine Küche und folgten Trubetzkaja von dort ins obere Stockwerk. Ein Flur. Ein Badezimmer, drei oder vier leere Schlafzimmer.

»In welchem hat Tolstoi geschlafen?«, fragte Metz.

Sie legte den Kopf schräg, taxierte ihr Gegenüber. »Sie sind wirklich ein eitler Mann, nicht wahr?«

»Zeigen Sie uns einfach sein Zimmer.«

Sie zuckte mit den Schultern und führte die Gruppe ans Flurende. Dort öffnete sie eine Tür in ein winziges, weiß getünchtes Zimmer mit einem kleinen Fenster, kaum mehr als eine Zelle. Am Boden standen Weidemanns Koffer und daneben sein Grammophon, die Dicke Bertha, wie Molineux das Gerät zu nennen pflegte.

»Ich brauche nicht viel Platz«, sagte Weidemann. »Deshalb habe ich mir erlaubt, das Zimmer zu nehmen.«

Metz ignorierte ihn und fragte Trubetzkaja, ob das Zimmer wirklich Tolstoi gehört habe.

»In seinen letzten beiden Jahrzehnten, ja«, sagte sie.

»Ich kann das nachprüfen, wissen Sie? Hauptmann Bauer liest Russisch.«

»Wie beruhigend für Sie. Sprechen kann er es jedenfalls nicht.«

»Was ist mit dem ehelichen Schlafzimmer?«, fragte Metz.

»Am anderen Ende des Flurs. Obwohl das Zimmer dort eigentlich Sophia Andrejewna gehörte.«

»Seiner Ehefrau?«

»Richtig. Es ist deutlich größer«, fügte Trubetzkaja hinzu. »Mehr Ihr Stil, würde ich meinen.«

»Da täuschen Sie sich, gute Frau. Dieser Raum hier genügt mir. Major, bringen Sie Ihre Sachen in das Zimmer der Gattin«, sagte er zu Weidemann. Zu Trubetzkaja gewandt, sagte er: »Ihr Russen redet euch ja mit ›Genosse‹ an, aber eure Kameradschaft ist ein Schwindel, eine als Utopie getarnte Tyrannei. Wahre Kameradschaft findet man in der deutschen Wehrmacht, wo das Kommando absolut ist, aber die Strapazen geteilt werden.«

»Das trifft sich gut, denn Ihnen stehen mannigfaltige Strapazen bevor.«

Metz trug dem Stabsgefreiten Ehrlich auf, seine Sachen hochzubringen.

»Wegen des Geistes haben Sie keine Bedenken?«, fragte Trubetzkaja.

Metz hielt inne. »Es gibt einen Geist?«

Trubetzkaja musterte ihn, als vermutete sie einen Scherz, aber Bauer befürchtete, dass Metz es ernst meinte. Vor Monaten hatte er ihnen erklärt, dass er sich sein Horoskop hatte stellen lassen (langes Leben, bescheidener Ruhm, Enttäuschung mit den Kindern), und um den Hals trug er als Glücksbringer ein Souvenir aus dem letzten Krieg, ein Schrapnell, das an seinem Ohr vorbeigesaust war und sich ins Holz eines Unterstandes gegraben hatte.

»Natürlich gibt es hier einen Geist«, sagte Trubetzkaja.

»Den von Leo Tolstoi?«

»Ich habe ihn noch nicht gesehen.«

»Aber andere haben ihn gesehen?«

Trubetzkaja lächelte ihn neckisch an. »Sie können nicht erwarten, dass ich Ihnen das verrate, Oberstleutnant. Das Haus muss sich seine Geheimnisse bewahren.«

Metz sah nicht erfreut aus, drängte sie aber nicht auf eine Antwort. »Auf dem Gelände wird ein Wehrmachtshospital eingerichtet«, sagte er stattdessen. »Sowjetische Bürger, Sie eingeschlossen, müssen bis morgen früh neun Uhr von hier verschwunden sein.«

»Sie erwarten, dass ich den alten Mann im Stich lasse?«, fragte sie.

»Welchen alten Mann?«

»Lew Nikolajewitsch.«

Um sein Unverständnis zu verbergen, reckte Metz sein Kinn vor.

»Sie meint Tolstoi«, sagte Bauer.

»Ich werde nicht gehen«, fuhr Trubetzkaja fort. »Und mein Personal auch nicht.«

»Wie Sie wünschen«, entgegnete Metz. »Aber sagen Sie nicht, ich hätte Sie nicht gewarnt.« Er wandte sich zu seinen Offizieren. »Sehen Sie, was für ein Abschaum die Bolschewiken sind? Lassen ihre Frauen zurück, damit die sich dem Feind entgegenstellen?«

»Wir ziehen es vor, dass unsere Männer an der Front sind und Deutsche töten«, erklärte sie, wandte sich dann zur Tür und stieß Bauer im Vorübergehen an. Sie ging durch den Flur zur Treppe, und Molineux pfiff ihr bewundernd hinterher. Sie ignorierte es und war im nächsten Moment verschwunden.

3

Das Wort *jasnaja* – hell – kannte Bauer bereits; *poljana* musste er im Wörterbuch nachschlagen – nicht in dem dürftigen Phrasenbuch, das die Wehrmacht herausgab und das Ausdrücke wie *Hände hoch* und *Ergebt euch oder ihr werdet erschossen* enthielt, sondern in seinem eigenen Wörterbuch, das er seit dem Studium besaß. Dort stand *Lichtung* oder *Waldwiese*. Helle Lichtung oder helle Waldwiese also. Ein sonnenbeschienener Ort.

Aber nicht im Spätherbst. Es war der erste November, und draußen war es noch dunkel, als Bauer in dem Zimmer erwachte, das ihm und Molineux im Obergeschoss zugewiesen worden war. Das Frühstück wurde im Salon eingenommen, der jetzt die Offiziersmesse war. Hinter den Vorhängen und dem eilig angebrachten Verdunkelungspapier blieb es weiterhin finster.

Um 08:00 Uhr versammelten sich Bauer und die anderen Offiziere und Sanitäter im Vestibül. Endlich dämmerte es, aber trotzdem wirkte die Eingangshalle nebenan düsterer als am Abend zuvor bei Licht. Metz erschien, begrüßte sie gut gelaunt und blieb an der Haustür stehen, um mit Feldwebel Ritter zu sprechen. »Haben Sie die Umgebung gesichert?«

»Um die Hauptgebäude herum, Herr Oberstleutnant, dazwischen nicht«, sagte Ritter mit seiner kehligen, heiseren Stimme, die immer seltsam belegt klang.

»Aber wir haben eine Eskorte?«

»Eine Schwadron, Herr Oberstleutnant.«

»Ausgezeichnet. Und haben Sie das russische Personal zusammengetrommelt?«

»Ja. Wir haben die Leute bereits nach Waffen durchsucht. Auch ihre Quartiere.«

»Guter Mann«, sagte Metz, der hellwach klang und in seiner frisch gebügelten Uniform tadellos aussah. Bauer hatte schlecht geschlafen; Molineux' Schnarchen hatte ihn wachgehalten, und trotz eines Kleiderwechsels fühlte er sich zerknittert und gerädert.

Metz führte sie auf die Veranda und die Eingangsstufen hinunter. Nieselregen. Kein Wind. Am tiefen Himmel eine dichte Wolkendecke. Auf dem Gras totes schlüpfriges Laub. Auf der runden Rasenfläche in der Mitte des Vorplatzes bewachte ein Sanitäter das sowjetische Personal des Anwesens: fünf weißbärtige Männer in Bauernkitteln und sieben Frauen, die jüngste von ihnen die Chef-Konservatorin Trubetzkaja.

Bauer folgte Metz und den anderen über die Kiesauffahrt, und im nächsten Moment stürmte Trubetzkaja auf sie zu, ignorierte den Wachmann, der ihr hinterherrief, stehen zu bleiben.

»Wollen Sie uns jetzt erschießen?«, schleuderte sie Metz entgegen. »Ist das der Grund, warum wir hier sind?« Ehe sie Metz erreichte, packte der Sanitäter sie von hinten. Der Oberstleutnant bedeutete dem Mann, sie loszulassen. »Sie werden nie genug von uns töten, verstehen Sie?«, zischte Trubetzkaja. »Wenn jeder Russe an die Front käme und Ihnen seine Mütze vor die Füße würfe, würden Sie drei Wochen brauchen, um über den Haufen hinwegzusteigen.« Sie trug die braune Steppjacke vom Vorabend und eine Wollmütze, unter der kastanienbraune Locken hervorquollen. Ihre Nase war gerötet, und im Tageslicht sah man die feinen Fältchen um Augen und Mund, sodass Bauer ihr Alter gedanklich nach oben korrigierte, näher an sein eigenes heran, und darüber eine eigentümliche Freude empfand.

»Sind Sie Kommunistin?«, fragte Metz sie.

Sie überlegte. »*Oberstleutnant*«, sagte sie schließlich, »ich bin Ihr Feind. Ob ich auch eine Kommunistin bin, ist unerheblich.«

»Sind Sie Mitglied der Kommunistischen Partei Russlands?«

Sie sah ihn verächtlich an. »Ja, das bin ich.«

»Und diese Leute hier«, sagte Metz und deutete auf das Personal. »Sind das auch Kommunisten?«

Sie warf einen Blick über ihre Schulter. »Keiner von ihnen. Ich bin das einzige Parteimitglied hier.«

Metz sagte: »Wenn Sie lügen, wird das Konsequenzen haben, seien Sie sich dessen bewusst. Sie könnten im Lager landen oder standrechtlich erschossen werden. Im Moment neige ich zu Nachsicht. Gestern Abend habe ich Ihnen und Ihren Leuten befohlen, bis neun Uhr verschwunden zu sein.«

»Und ich habe gesagt, dass –«

»Aber«, sagte Metz und hob eine Hand, um sie zum Schweigen zu bringen, »falls Sie einverstanden sind, unsere Arbeit nicht zu stören, dürfen Sie jeden Tag herkommen, um Ihren Aufgaben nachzugehen.«

Bauer erlaubte sich ein kleines zufriedenes Lächeln. Das Personal des Anwesens könne sich als nützlich erweisen, hatte er Metz am Vorabend eingeflüstert, falls die Chefin ihr aufbrausendes Temperament in den Griff bekäme.

»Herkommen?«, fragte sie. »Die meisten von uns wohnen hier.«

»Jetzt nicht mehr. Wo Sie unterkommen, ist Ihre Sache. Im Dorf, nehme ich an. Es wird eine Ausgangssperre von einundzwanzig Uhr bis sechs Uhr geben. Ansonsten können Sie ungehindert kommen und gehen und Ihre Arbeit verrichten. Melden Sie sich einfach beim Wachposten am Haupttor und bei dem, der das jeweilige Gebäude bewacht.«

Trubetzkaja überlegte kurz und sagte dann: »Wir werden nichts tun, um Ihnen zu helfen.«

»Sie tun, was Sie immer tun. Wenn Sie das als Hilfe für uns erachten, dann lassen Sie es eben bleiben. Sie haben Reinigungspersonal, nehme ich an?«

»Natürlich …«

»Dann sollen sie putzen. Diese alten Männer, was machen die?«

»Gartenarbeit und Instandhaltung«, sagte sie.

»Dann sollen sie gärtnern und Sachen reparieren«, sagte Metz. »Solange Sie nichts Anderweitiges hören, bleiben Sie uns aus dem Weg. Und seien Sie gewarnt: Der kleinste Akt des Widerstands oder der Sabotage wird aufs Schwerste geahndet.«

»Werden Sie uns auch aus dem Weg bleiben?«

»Wie meinen Sie das?«

»Laut Ihrem Kollegen hier«, sagte sie und deutete auf Major Weidemann, »haben Sie Vergewaltiger in Ihren Reihen.«

Metz atmete so scharf ein, dass seine Nasenflügel bebten. Kühl sagte er: »Er hat sich geirrt. Intimitäten zwischen Wehrmachtsangehörigen und slawischen Frauen sind verboten.«

Molineux räusperte sich vernehmlich, zog die Blicke der Umstehenden auf sich. Er machte schnell eine entschuldigende Geste und hüstelte.

»Außer in Ihren Bordellen, offensichtlich«, sagte sie.

»Davon weiß ich nichts«, entgegnete Metz.

»Und Regeln werden gebrochen, nicht wahr?«

»Nicht von Männern unter meinem Kommando.«

»Oh? Wo rekrutieren Sie denn solche strahlenden Vorbilder?«

»Es ist keine Frage der Rekrutierung, gute Frau, sondern eine der Führung. *Führung*«, wiederholte er, ja, schwelgte in dem Wort. »Nun, seien Sie so nett und informieren Sie Ihre Leute. Anschließend begleiten Sie uns bei einem Besichtigungsrundgang.«

Sie schien sich darüber aufzuregen, und Bauer befürchtete schon, dass sie sich weigern würde, aber dann erklärte sie ihren Leuten, dass sie die »faschistischen Besatzer« ignorieren und sich bis zur Rückkehr der Roten Armee weiter um Jasnaja Poljana kümmern sollten. Es werde nicht lange dauern, sagte sie. »Aber passt auf, was ihr sagt«, sagte sie und deutete auf Bauer, der erschrocken zusammenzuckte. »Der mit der großen Nase ist wie dein Esel, Tichon Wassiljewitsch – er kann kein Russisch, versteht es aber ein bisschen.« Ihre Landsleute bogen sich daraufhin vor Lachen, besonders derjenige, der Tichon Wassiljewitsch hieß, ein großer alter Mann mit einem dichten weißen Rauschebart und einer Stirn, die gefurcht war wie die eines Widders.

Metz verlangte zu wissen, was gesagt worden war, und Bauer erklärte ihm, es sei nichts gewesen. Die Heiterkeit legte sich. Eine Krähe krächzte, und wie als Antwort darauf wies Trubetzkaja ihre Leute an, die Arbeit aufzunehmen. Einige verteilten sich auf Wegen und schmalen Pfaden zwischen den Bäumen, andere gingen ins Haupthaus, dessen Äußeres Bauer nun zum ersten Mal bei Tageslicht in Augenschein nahm. Weiß getünchtes Mauerwerk, grünes Metalldach, hölzerne Veranda.

»Als Erstes führen Sie uns dorthin«, sagte Metz zu Trubetzkaja und hielt ihr die Broschüre mit der Karte des Anwesens hin, deutete darauf auf ein Gebäude.

»Das Wolkonski-Haus«, sagte sie.

»Bis wir einen besseren Namen gefunden haben, ja.«

Sie sagte nichts dazu, bedeutete ihnen nur, ihr zu folgen, und ging dann so schnell los, dass sie sich beeilen mussten, um mit ihr Schritt zu halten. Etwa hundert Meter gingen sie auf der Straße, die Bauer als die Hauptzufahrt kannte, hinter ihr her, bevor sie nach rechts in einen Weg einbogen, der durch einen schmalen Obstgarten führte. Kurz darauf erreichten sie das Wolkonski-Haus, ein längliches, größtenteils eingeschossiges Gebäude, das wie das Tolstoi-Haus weiß gestrichen war und das gleiche grüne Metalldach hatte. Aus den beiden oberen Fenstern im mittleren, zweistöckigen Teil ließen zwei Sanitäter an Seilen eine Rotkreuzflagge herunter.

Metz deutete auf das Gebäude. »Meine Herren, unser Krankenhaus.«

In der gebohnerten Eingangshalle hallte es, und wie im Vestibül des Tolstoi-Hauses standen auch hier aufgestapelte Möbel an der Wand. »Haben wir Sie überrumpelt?«, fragte er ihre Führerin.

Sie zuckte mit den Schultern. »Alles Wichtige haben wir bereits herausgeschafft.«

Metz kicherte leise. »Dann steht hier also nichts mehr, das einen besonderen Wert hätte?«

»Eigentlich nicht, nein.«

»Sind die Sachen des großen Mannes nicht alle heilig?«

»Er war ein gewöhnlicher Mensch und ein, wie Sie sagen, großer Mann. Aber kein Gott.«

»Wenn ich also einfach so meine Pistole zöge«, sagte er und zückte seine P38, »und auf den hübschen Schrank dort zielte, würde es Sie nicht kümmern?«

»Ich würde mir lediglich über Ihre geistige Gesundheit Gedanken machen.«

Bauer schaute zu Siegfried Weidemann hinüber, um zu erkunden, was der Stellvertreter des Kommandierenden Offiziers von Metz' Gebaren hielt. Weidemann ließ sich nichts anmerken, hob vielleicht ein wenig seine eulenhaften Augenbrauen, ansonsten war seine Miene neutral.

»Aber ich vergaß«, sagte Metz, immer noch die Pistole in der Hand und den Schrank im Blick, »dass ihr Bolschewiken ja kalte Materialisten seid. Für euch ist das nur Holz und Leim, kein Gegenstand der Verehrung.«

»Der Schrank ist Eigentum der sowjetischen Regierung, und ich wäre Ihnen dankbar, wenn Sie ihn nicht beschädigen würden.«

»Ha!«, rief Metz, als hätte sie ihm in einem wesentlichen Punkt recht gegeben. Er schob seine Waffe wieder ins Holster und ging, weiter grinsend, durch die Eingangshalle. Direkt vor ihnen befand sich eine große Doppeltür und dahinter ein hoher Raum, von dem Bauer annahm, dass es einmal ein Ballsaal gewesen sein musste. Nun würde er als Aufnahmeraum für die Verwundeten dienen, wie Metz verkündete. Eine Verbindungstür führte in einen kleineren, aber immer noch geräumigen Raum, der über Nacht zum Operationssaal umfunktioniert worden war, mit einem langen Aufbocktisch entlang einer Wand, auf dem Instrumente, Behälter mir Verbandszeug, Verbandgips, Flaschen mit Kochsalzlösung und Blutplasma, Stethoskope, ein Blutdruckmessgerät und zwei Petroleumkocher ausgelegt waren. Des Weiteren gab es vier Sägebockpaare, auf denen man die Tragbahren ablegen würde; zwei der Paare waren mit OP-Leuchten bestückt, daneben standen Sauerstoff- und Ätherflaschen. Bauer staunte über die breiten Türöffnungen und den gebohnerten Dielenboden, den cremefarbenen Wandverputz und die großen Fenster.

»Optimal«, murmelte Metz, »optimal.«

»Eine deutliche Verbesserung gegenüber den Bruchbuden, in denen wir bisher arbeiten mussten«, pflichtete Molineux ihm bei.

Es war, als ob das Wolkonski-Haus ursprünglich speziell als Krankenhaus konzipiert und erbaut worden wäre. In seiner Mittelachse verlief ein Korridor, der in große Räume führte, ideale Krankenstationen. Im ersten dieser Räume standen bereits zwei Reihen mit Feldbetten, während in einem Raum auf der anderen Seite des Korridors zwei Sanitäter das Röntgengerät aufstellten.

»Katerina Dmitriewna«, sagte Molineux, wie ein gewissenhafter Tourist die Broschüre des Anwesens in der Hand, »wofür wurde das Haus früher genutzt?«

»Tolstois Mutter lebte hier als Kind mit ihrem Vater, Graf Wolkonski. Es ist das älteste der Gutsgebäude.«

Bauer kam ein Bild oder vielmehr eine Impression aus *Krieg und Frieden* in den Sinn – ein alter Graf und seine Tochter im Landhaus.

»Faszinierend«, sagte Molineux, der, wie Bauer auffiel, ebenfalls eine Gabe dafür entwickelt hatte, sich russische Namen einzuprägen. »Warum hat Tolstoi nicht hier gewohnt? Es ist viel größer als sein Haus.«

»Ganz einfach«, entgegnete sie. »Er wollte ein Haus für sich allein. Zu seiner Zeit wurde dieses größere Gebäude als Unterkunft für die Bediensteten genutzt.«

Und heute wohnt hier die kommissarische Chef-Konservatorin, dachte Bauer.

Sie gingen ins obere Stockwerk, das weniger weitläufig war als das untere; dennoch gab es genügend Räume, die Metz unter anderem bereits für Weidemanns Schreibkraft, die Apotheke und für Hirschs Zahnarztpraxis reserviert hatte. »Das ist ja der reinste Luxus«, sagte Molineux. »Wenn unsere Zeit hier endet, werden wir nicht mehr wegwollen.«

»Wenn Ihre Zeit hier endet, werden Sie keine andere Wahl haben«, sagte Trubetzkaja.

Molineux seufzte. »Wie wahr, Katerina Dmitriewna, wie wahr! Das Leben eines Militärangehörigen ist nie sein eigenes. Mal schicken sie einen hierhin, mal dorthin. Wir müssen es nehmen, wie es kommt.«

»Wo ist eigentlich Ihr Pflegepersonal?«, fragte sie Metz.

Die Frage schien Metz zu verwirren, und Bauer erklärte es an seiner Stelle. »Weibliche Pflegekräfte sind so nahe an der Front nicht erlaubt.«

Trubetzkaja schaute verächtlich. »Ihre deutschen Mädchen erschrecken beim Klang von Gewehren?«

»Die Front ist kein Ort für Frauen«, sagte Metz.

»Männer im kampffähigen Alter werden zur Krankenpflege eingesetzt – mein Gott, Sie werden diesen Krieg verlieren. Die Front ist kein Ort für überhaupt jemanden, Herr Oberstleutnant, aber die sowjetischen Frauen tun jeden Tag ihren Dienst an der Front oder kurz dahinter.«

»Katerina Dmitriewna, stimmt es, dass es in der sowjetischen Luftwaffe weibliche Piloten gibt?«, fragte Molineux.

»Natürlich. Einige von ihnen sind echte Fliegerasse.«

»Das glaub ich gern. Gott im Himmel. So würde ich gern enden, wenn ich es mir aussuchen könnte: im Fadenkreuz eines Fliegermädchens mit Lippenstift auf dem Knutschmund.«

»Hauptmann, es reicht«, sagte Metz und wandte sich wieder Trubetzkaja zu. »Als Nächstes die Kaserne«, sagte er und zeigte auf der Karte auf den Kusminski-Flügel, der unweit des Tolstoi-Hauses lag, aber eine eigene Zufahrt hatte.

Auf dem Weg dorthin erhaschten sie zwischen den Bäumen einen Blick auf die Anhöhe hinter dem Gut, die nicht besonders hoch, dafür recht nah und dicht bewaldet war – es war der Ort, wo Tolstoi begraben lag, wie Bauer sich erinnerte. Sobald sich die Gelegenheit ergab, würde er den großen Mann besuchen, der in ihm hoffentlich keinen Eindringling sehen würde, sondern einen Leser, der ihm seine Aufwartung machen wollte.

»Warum heißt es eigentlich ›Flügel‹?«, fragte Molineux Trubetzkaja, während sie auf das Gebäude zugingen. Wie das Haupthaus hatte es ebenfalls ein Obergeschoss, und obwohl es nicht so breit war, war es im gleichen Baustil gehalten. Davor versammelten sich die Sanitäter für einen gewiss langen und mühevollen Tag.

»Sowohl dieses als auch das heutige Haupthaus waren einst Flügel eines einzigen, wesentlich größeren Gebäudes«, sagte Trubetzkaja.

»Das abgebrannt ist?«, fragte Metz.

»Das Tolstoi beim Kartenspiel verloren hat«, sagte sie.

Von Molineux kam ein freudiges Glucksen.

Bauer sagte: »Ich hätte nicht gedacht, dass er ein Spieler war. Nicht auf Grundlage seiner Werke. Dostojewski, ja, aber nicht Tolstoi.«

»Als das passierte, war er noch jung«, sagte Trubetzkaja. »Es war während des Krimkriegs, als er die Franzosen und Engländer nach Hause schickte.«

»Die Spielschuld einzutreiben, war bestimmt nicht einfach«, sagte Molineux.

»Stein für Stein, nehme ich an«, sagte Metz. Er stieg die Eingangsstufen hinauf. »Es zeigt, dass dieses Volk es immer vorzog, Reichtümer zu stehlen, statt sie selbst zu erschaffen.«

Molineux deutete mit einer Kopfbewegung auf Trubetzkaja. »Ich wette, ihre Spezialität ist, Herzen zu stehlen.«

»Hauptmann, hören Sie auf, sich wie ein Narr aufzuführen«, sagte Metz. Und zu Trubetzkaja gewandt: »Wir gehen rein.«

Sie betraten den Kusminski-Flügel, der innen wie außen dem Tolstoi-Haus glich, aber da das Gebäude nun die Sanitäter beherbergte, ging es auf der Treppe wesentlich geschäftiger zu, und die Messe war erfüllt von lauten Stimmen und Stühlerücken. Karl Pflieger und ein weiterer von Bauers OP-Assistenten, der Ukrainer Juri Demchak, standen vor zwei Waschzubern neben der Tür und warfen sich fröhlich vulgäre Sprüche an den Kopf.

Vielleicht weil sie seinen ukrainischen Akzent bemerkte, deutete Trubetzkaja auf Demchak und verlangte zu wissen, wer der Mann sei, als es im Raum still wurde und die Männer Haltung annahmen.

»Das ist einer unserer Hiwis«, sagte Metz in die Stille hinein.

»Was bedeutet das?«

»*Hilfswilliger*. Ein Landsmann von Ihnen, der so klug war, sich uns anzuschließen. Ein schlauer Bursche, nicht wahr, Bauer?«

»Stimmt, Oberstleutnant, das ist er.«

Demchak blieb stramm stehen, seine Miene ausdruckslos.

Jung und blond, konnte selbst die schlecht vernähte Narbe einer operierten Hasenscharte seinem guten Aussehen nichts anhaben. Trubetzkaja wandte sich zu ihm und zischte ihm ein Wort auf Russisch zu, auf das er mit einem wütenden Blick reagierte.

»Ismennik«, wiederholte sie.

Mit empörter Miene schaute Demchak zu Metz.

»Deutsch!«, herrschte der Oberstleutnant die Konservatorin an. »Sie sprechen Deutsch mit uns!«

»Wer ist denn *die*?«, fragte Demchak.

Bauer hatte den jungen Ukrainer nie so aufgebracht gesehen. »Wir kümmern uns darum, Gefreiter. Sie dürfen jetzt abtreten.«

»Er geht nirgendwohin«, sagte Metz und drehte sich dann zu Trubetzkaja um. »Hören Sie, *Frau*, ich weiß nicht, was das gerade war, aber wenn Sie noch mal einen meiner Männer derart angehen, schicke ich Sie in ein Lager, verstanden?«

»Ich verstehe Sie ausgezeichnet«, sagte sie.

»Gut. Dann können wir ja fortfahren.«

Die Inspektionsgruppe verließ die Messe und folgte Metz ins obere Stockwerk.

»Mein Gott«, flüsterte Molineux theatralisch zu Katerina Dmitriewna, »wie haben Sie unseren Hiwi gerade genannt?«

»Einen Verräter.«

»Wie taktlos von Ihnen.«

»Ich habe lediglich eine Tatsache festgestellt.«

»Gott Gütiger, wir brauchen es nicht, dass Sie uns mit Tatsachen bombardieren – unsere Verteidigungslinien sind schon dünn genug.«

Metz betrat ein großes, zum Schlafsaal umfunktioniertes Zimmer und verlangte, auf der Stelle die Fenster zu öffnen.

»Sagen Sie«, fuhr Molineux leise fort, »wie kommt es, dass aus Ihnen so eine Furcht einflößende Frau geworden ist?«

»Ich wurde so erzogen. Und Sie wurden offensichtlich zu einem Mann mit schlechten Manieren erzogen.«

Molineux fasste sich ans Herz, als hätte ihn eine Kugel getroffen. »Sie haben mich verletzt, Madame, zutiefst verletzt.«

»Nicht tief genug.«

Molineux kicherte, klatschte in die Hände und wandte sich an Bauer. »Hast du gehört? ›Nicht tief genug.‹ Sensationell! Wir werden hier viel Spaß haben, das steht fest.«

***

Kurz nach Mittag trafen die ersten Verletzten ein, die in Ambulanzen und Lastwagen umgehend zum Wolkonski-Haus transportiert wurden. Den Gehfähigen wurde von Fahrern und Sanitätern hereingeholfen, die Schwerverletzten trug man auf Bahren in den Aufnahmeraum. Bald war er gefüllt mit kreidebleichen, dreckstarrenden Männern: Die, die noch gehen konnten, kauerten auf Sitzbänken entlang der Wände, während die Bahren dicht an dicht am Boden lagen, sodass Bauer sich vorsichtig zwischen den Reihen blutverschmierter bandagierter Soldaten hindurchwinden musste – einige mit kraterartigen Eintrittswunden, andere mit schweren Verbrennungen oder herausstehenden Knochen. Obwohl alle Fenster offen waren, stank es nach Erbrochenem, Fäkalien und Schweiß sowie nach Kordit von verschossener Munition.

Im Tandem mit Metz und ihren jeweiligen OP-Assistenten machte sich Bauer daran festzulegen, welche der Männer eine Transfusion bekamen, wer geröntgt werden musste und wer unverzüglich zu operieren war. Im Gedränge stieß Pflieger mit einem von Metz' Männern zusammen und schimpfte lautstark, worauf Winkel schnell dazwischenging. »Ruhig Blut, Kameraden. Es sind genug für alle da.«

Einige der Verwundeten stöhnten und wimmerten, die meisten aber waren stumm – entweder aus Gleichmut, weil sie bewusstlos waren oder weil sie im Sterben lagen und über jede medizinische Hilfe hinaus waren. Um den anderen zu ersparen, ihren Kameraden beim Sterben zuschauen zu müssen, trug Bauer Pflieger und Juri Demchak, dem Hiwi, auf, die Todgeweihten in eine abgehängte Ecke des Raumes zu schaffen. Andere Männer starrten erwartungsvoll zu Bauer auf, einige mit flehendem Blick, zwei oder drei vorwurfsvoll, als wäre Bauer persönlich für ihr Leid verantwortlich. Als Reaktion darauf trug er eine Miene ärztlicher Gelassenheit zur Schau. Äußerlich unbewegt registrierte er den Gestank, die grauenvollen Anblicke und Laute. An all diese Dinge hatte er sich nie gewöhnt, aber er hatte gelernt, sie auszublenden. Jeder Verwundete hatte in irgendeiner Form Erste Hilfe erhalten, entweder noch an der Front oder am Truppenverbandsplatz in Malewka, und jeder trug an einer Kordel um den Hals eine feldmedizinische Kennkarte, auf der nicht nur die Art seiner Verwundung verzeichnet war, sondern mittels zweier Lochstreifen auch deren Schweregrad: Waren beide Streifen vorhanden, stand es für eine leichte Verwundung; fehlte einer davon, handelte es sich um etwas Ernstes, fehlten beide, schwebte der Träger in akuter Lebensgefahr. Am Boden lagen viele Männer, auf deren Karten beide Streifen fehlten.

Neben dem Türdurchgang zum Operationssaal war Leutnant Hans Zöllner dabei, mehreren Schwerverletzten Kochsalzlösungen und Blutplasma zu verabreichen. *Anti-Vampir* nannte ihn Molineux liebevoll. Zöllner war dreiundzwanzig, hatte sandfarbenes Haar und ein offenes Gesicht, dazu war er athletisch und von Natur aus optimistisch; er gehörte zu den Offizieren, die man an seiner Seite haben wollte, wenn massenweise Verletzte eingeliefert wurden. Bauer trat zu ihm, um sich über den Zustand der Patienten in Kenntnis setzen zu lassen. Die meisten seien für die Operation vorbereitet, sagte Zöllner. Unter ihnen entdeckte Bauer einen Grenadier mit zwei tiefen Mörserwunden im Bauch. Der Kennkarte zufolge war er achtzehn Jahre alt, sah aber eher wie sechzehn aus, ein blonder Junge, der sich noch nie hatte rasieren müssen. Er war bei Bewusstsein, schaute aus graublauen Augen von seiner Bahre zu Bauer auf. Bauer sah sich die Wunden an; aus der im Unterbauch quollen Fäkalien, aus der darüber sickerte ein Brei aus Haferflocken und Linsen. Es gab keine Austrittswunden. Unwillkürlich blickte Bauer zu Winkel, der unmerklich zusammenzuckte und wegschaute. Bauer las die Karte des Jungen ein zweites Mal, hin- und hergerissen. Metz schimpfte gelegentlich, wenn Bauer einen Verwundeten operierte, der in Metz' Augen nicht mehr zu retten war, und aller Wahrscheinlichkeit nach fiel der Junge in diese Kategorie.

»Herr Doktor, werde ich sterben?«, fragte der gebildet klingende Junge mit plattdeutschem Akzent. Es war eine übliche Frage, die Bauer fast immer verneinte oder der er manchmal auswich, aber diesmal kam ihm, ehe er antworten konnte, der Junge zuvor: »Ich frage nur, weil ich so durstig bin, wissen Sie, sehr, sehr durstig, und die Sanitäter sagen, ich darf kein Wasser zu mir nehmen.«

»Das stimmt, vor der Operation darf man nichts trinken.«

»Aber wenn ich doch sowieso sterbe? Es ist schon in Ordnung, Herr Doktor, ich verstehe es ja – viele müssen sterben. Es ist nur so, dass ich davor so gern ein bisschen Wasser trinken möchte.«

»Wir operieren dich«, sagte Bauer entschlossen und fügte dann mit sanfterer Stimme an: »Du wirst überleben.«

»Du bist in guten Händen, Junge«, versicherte ihm Pflieger. »Du kommst nach Hause! Denk nur an all die hübschen Krankenschwestern, die nach deiner Pfeife tanzen werden.«

Der Junge wandte sich ab und starrte an die Decke. »Ich habe noch nie mit einer Frau geschlafen.«

Es gab eine kurze Pause, dann sagte Bauer mürrisch: »Das wirst du aber.« Er bedeutete Pflieger und Demchak, den Jungen hineinzutragen, und folgte ihnen in den Operationssaal. Dort stellte er dem Patienten Hirsch vor und erklärte, der Leutnant werde ihn in Narkose versetzen. Der Junge sagte nichts, und um ihn zu beruhigen, drückte Bauer seine Hand und sagte ihm, dass alles gut werden würde; das Placebo des Optimismus war besser als die Wahrheit – sowohl um Bauers als auch um des Patienten willen.

Metz erschien, übergab seinen ersten Verwundeten an Molineux und rümpfte dann, wie von Bauer erwartet, die Nase angesichts der schweren Verletzungen des Jungen. Wenngleich Metz über Einzelfälle streiten mochte, wählte er selbst auch manchmal einen im Sterben liegenden Mann für eine Operation aus, selbst wenn es bedeutete, stundenlang an ihm herumzuschnippeln und der Mann entweder noch auf dem OP-Tisch oder kurz darauf verstarb.

Hirschs erster Versuch, dem Jungen die Kanüle für das Narkosemittel in die Vene zu stechen, ging gründlich daneben und Blut spritzte auf den Boden. Ihm zitterten sichtlich die Hände. Bei Zahnbehandlungen ging er vermutlich geschickter vor, dachte Bauer, hoffte aber, dies nie am eigenen Leib herausfinden zu müssen. Glücklicherweise war der Junge nicht in der Lage mitzubekommen, was mit ihm geschah.

Bauer wandte sich ab, zog seinen Kittel an und seifte seine Hände ab.

Natürlich wäre es aus militärischer Sicht logischer gewesen, Männer mit mittelschweren Verwundungen zuerst zu operieren, denn oft führte die lange Wartezeit auf eine Operation zu Komplikationen, die die nachfolgende Genesung beeinträchtigten und den neuerlichen Fronteinsatz verzögerten. Doch es gab einen tieferen psychologischen Grund, Verwundete wie den jungen Grenadier zuerst zu operieren: Die Männer kämpften mit mehr Herz, wenn sie wussten, dass im Falle einer Verwundung alles unternommen wurde, um ihr Leben zu retten. Und manchmal geschah ein Wunder: Entgegen aller Wahrscheinlichkeit überlebte der Verwundete die Operation und genas. Wenn dies geschah, verspürte Bauer eine Art freudiger Erregung, die frei von Stolz war – zumindest fast –, weil er wusste, dass seine Rolle dabei zweitrangig war, dass schieres Glück und der Überlebenswille des Verwundeten es ihm erlaubt hatten, ein Leben zu retten, das für die Angehören zu Hause so kostbar war.

Schließlich gelang es Hirsch, die Kanüle einzuführen und den Jungen mit einer kleinen Dosis Pentothal zu betäuben. Zügig schnitten Pflieger und Demchak ihm die Überreste seiner Uniform vom Leib, dann säuberten und rasierten sie die Bereiche um die Wunden. Bauer nutzte die Gelegenheit, um im Aufnahmeraum den nächsten Patienten auszuwählen, und als er zurückkehrte, lag der Junge unter sterilen Abdecktüchern auf dem Operationstisch, sein Bauch frei und beleuchtet, eine Äthermaske auf dem Gesicht. Pflieger und Demchak standen neben ihm, am Kopfende der Bahre saß Hirsch. Neidvoll blickte Bauer zum anderen OP-Tisch, wo

Molineux den entsprechenden Platz einnahm. Es war nicht Hirschs Schuld, dass man ihn zu einer Tätigkeit zwang, für die er nicht ausgebildet war, aber es war schwer, sich nicht über seine offenkundige Lernunfähigkeit zu ärgern. Die Kanüle war dabei noch das geringste Problem. Zu oft schon hatte Bauer Muskeln abgetastet, die aufgrund einer zu leichten Narkose zuckten, oder es hatte Fälle gegeben, bei denen die Vitalfunktionen des Patienten durch zu viel Äther lebensgefährlich gesunken waren. Angeblich hatte Metz das Sanitätsführungskommando um die Entsendung eines neuen Anästhesisten gebeten, aber Bauer vermutete, dass der Oberstleutnant dem Anliegen nicht genug Nachdruck verliehen hatte oder gar damit geprahlt hatte, dass sie auf einen neuen Mann verzichten könnten.

Vom Rollwagen nahm Bauer ein Paar Latexhandschuhe und streifte sie über, wählte dann ein Skalpell aus der Instrumentenablage. Er trat an den Jungen heran. Von den beiden Wunden war die am Dickdarm die bedrohlichere, deshalb würde er mit ihr beginnen. Er atmete tief durch, nicht nur, um sich zu sammeln, sondern vor allem, um sich noch einmal zu vergegenwärtigen, dass es sich bei dem Fleisch und Gewebe, in dem er gleich operieren würde, um ein Individuum handelte, das für sich selbst und gewiss auch für andere Menschen unersetzbar war. Darum ging es bei alledem, dies war der Grund für den Aufwand, den sie hier betrieben. Von den rund zweihundertfünfzig Mann im Bataillon war mehr als die Hälfte auf die eine oder andere Weise damit beschäftigt, die Verwundeten von der Front auf einen Operationstisch zu transportieren, damit er und Metz ihr Leben retten konnten. Dies war sein Moment, der Augenblick, in dem es galt, sich zu bewähren. Er setzte die Skalpellspitze an und begann zu schneiden.

4

In der vierten Nacht auf dem Gut schlief Bauer noch schlechter als sonst. Halb drang ihm ins Bewusstsein, dass er fror, jedoch nie so sehr, als dass er sich zusätzlich zu seiner Unterwäsche noch etwas angezogen oder gar das Fenster geschlossen hätte, das er in Absprache mit Molineux einen Spaltbreit offen gelassen hatte. Und während er schlief, träumte er wirre Epen, in denen er ständig vor etwas weglief oder sich versteckte, und schließlich davon, lebendig begraben zu sein. Er wachte in aller Frühe auf und spürte etwas Schweres auf seinen Beinen, langte über seine Decken hinweg und fasste in einen Schneehaufen.

Beim Frühstück ließ Molineux es sich nicht nehmen, die Anekdote jedem zu erzählen, der hereinkam. Er war völlig aus dem Häuschen wegen des ersten Schneefalls und des Temperatursturzes. »Minus sechzehn Grad!«, wiederholte er ungläubig, als Winkel ihm die Außentemperatur nannte. »Und wir haben erst den vierten November! Mein Gott, ist das kalt. Das werde ich meiner Frau schreiben, das steht fest. Sie wird es nicht glauben.«

»Herrgott noch mal, Hermann, krieg dich wieder ein«, sagte Bauer. »Denk mal an die Männer an der Front.«

»Was ist mit denen?«

»Nichts. Du musst nur nicht so rumjubeln, das ist alles.«

»Wieso nicht? Denkst du, dann wäre ihnen wärmer?«

»Nein. Aber dein Tonfall ist unangebracht.«

»Ich spreche nur über das Wetter, Paul, ich *mache* es nicht. Sei nicht so empfindlich.«

Es stimmte, er war gereizt und zu empfindsam. Um etwas Versöhnliches zu sagen, gab er zurück: »Wenigstens wird es weniger Verwundete geben.«

Metz, der sich gerade vom Tisch erhob, hielt inne und fragte: »Wie kommen Sie darauf?«

»Na ja, der viele Schnee wird die Kampffähigkeit unserer Verbände beeinträchtigen«, sagte Bauer.

»Im Gegenteil, Hauptmann. Der Frost wird den Schlamm verfestigen und die Manövrierfähigkeit unserer Infanterie und unserer Panzer verbessern. Unterschätzen Sie nie die Kampfkraft deutscher Soldaten. Das lasse ich nicht zu. Es röche nach Defätismus und wäre ein schlechtes Beispiel für die Männer. Habe ich mich klar ausgedrückt?«

»Jawohl, Oberstleutnant«, sagte Bauer und unterdrückte seine Verärgerung.

»Das gilt für jeden von Ihnen«, sagte Metz und blickte in die Runde. »Ebenso für die Männer unter Ihrem Kommando. Ich will kein Gerede hören über Beeinträchtigungen oder nachlassenden Enthusiasmus.«

Das Frühstück wurde schweigend fortgesetzt. Bauer atmete tief durch und dachte an die vielen Operationen, die er und Metz am Vortag durchgeführt hatten – er selbst siebenundzwanzig, der Oberstleutnant sogar neunundzwanzig. Es war keine Überraschung, dass sie gereizt waren.

Er brauchte eine Zigarette. Die hatte er sich verdient, fand er. Selbst nach all den Operationen seit ihrer Ankunft machte ihm weiterhin der Tod seines ersten Patienten in Jasnaja Poljana zu schaffen. Der junge Grenadier hatte die Entnahme der Milz, eine Leberblutung, das Flicken der Risse im Dünn- und Dickdarm sowie die Schaffung eines künstlichen Darmausgangs überlebt, nur um zu sterben, als ihm die letzten Verbände angelegt wurden. Bauer hatte schon geglaubt, der Junge könnte eines seiner Wunder werden, und am Ende hatte er ihn dafür verflucht, so lange durchgehalten zu haben. Keiner seiner Assistenten hatte etwas gesagt. Das war auch nicht nötig gewesen, sie waren alle gleichermaßen enttäuscht. Irgendwie hatte der Junge sie berührt, hatte ihre normalen Abwehrmechanismen umgangen, ihre Akzeptanz, dass ein Teil ihrer Patienten starb. Besonders bedauerte es Bauer, dass er dem Jungen nichts zu trinken gegeben hatte. Es stimmte natürlich, nach der Entscheidung, zu operieren, hatte er keine andere Wahl gehabt, aber war seine Entscheidung richtig gewesen? Die Leidenschaft, Leben zu retten, konnte leicht in chirurgische Großmannssucht kippen, und in diesem Fall hatte sein Stolz womöglich sein Urteilsvermögen getrübt. Aber wer konnte schon abschließend darüber befinden? Anders als etwa im Ingenieurwesen, wo eine gute Vorbereitung und sorgfältiges Arbeiten den Erfolg mehr oder weniger garantierten, war die Chirurgie ein unberechenbares Gewerbe. Patienten starben oder überlebten auf unerklärliche Weise, unabhängig davon, wie konzentriert er zu Werke ging, und in diesem Sinne war die Chirurgie durchaus den Künsten oder der Politik ähnlich, beides Tätigkeitsfelder mit ungewissem Ausgang. Dennoch gab es Tage, an denen ihn die Kluft zwischen Ideal und Wirklichkeit, zwischen der anatomischen Darstellung eines Menschen und den zerfetzten Leibern, die man ihm zum Zerschneiden auf den OP-Tisch legte, in den Wahnsinn trieb.

Ausgerechnet Hirsch hatte versucht, ihn wegen des Jungen zu trösten – kein Chirurg der Welt hätte mehr für ihn tun können, der Junge wäre ohnehin gestorben. Es waren wohlmeinende Worte, aber die richtige Reaktion wäre Schweigen gewesen, und wäre ihr Hilfsanästhesist schon länger bei ihnen gewesen, hätte er das vielleicht auch verstanden.

Wegen des rauen Wetters organisierte man zwei Lastwagen für diejenigen, die die kurze Strecke zum Krankenhaus fahren wollten, und um 07:15 Uhr hatten sich die Offiziere und Sanitäter vollzählig im Vestibül versammelt, weil sie wussten, dass Metz auf eine pünktliche Abfahrt bestand. Wie die anderen trug auch Bauer beinahe seine gesamte Kleidung, und doch war ihm selbst drinnen kalt. Unter seinen Kameraden herrschte gedämpfte Stimmung – abgesehen von Molineux, den das Schneegestöber, das draußen herrschte, faszinierte. Bauer dachte an die Soldaten – auf beiden Seiten –, die die Nacht unter Planen oder in Erdlöchern verbracht hatten; daran, wie sie sich nun aufraffen mussten, um etwas zu essen zu besorgen; wie sie sich zu den Latrinen schleppten, wie sie sich um die Pferde und Fahrzeuge kümmerten, wie sie ihre Waffen reinigten und Dutzende andere notwendige Verrichtungen erledigten, um sich auf den Kampf vorzubereiten.

Als Metz erschien, hielt Ehrlich ihm die Tür auf und der Oberstleutnant führte sie nach draußen. Der diensthabende Wachmann kauerte in der windgeschützten Ecke auf der Veranda den Kopf unter so vielen Schals und Kapuzen versteckt, dass er vermutlich kaum etwas sah. Jenseits der Veranda blies ein arktischer Wind – es war schwer vorstellbar, dass ein menschliches Wesen so etwas lange überlebte. Die schnellsten Männer waren ungeachtet der Rangordnung bereits in die Fahrerkabinen der beiden Lastwagen geklettert, sodass Bauer mit den übrigen hinten einsteigen musste. Zwei Sitzbänke. Eine Wagenplane, die an den Streben rüttelte. Jemand – Zöllner – zog die Heckklappe hoch, und gnädigerweise setzte sich das Fahrzeug in Bewegung, wirbelnde Schneeflocken in seinem Windschatten. Die Luft war beißend kalt, aber die Plane hielt den schlimmsten Wind ab, und zum Glück mussten sie nur ein kurzes Stück fahren.

Gegenüber von Bauer saß Egon Ehrlich und musterte ihn eindringlich aus seinen eng stehenden Augen. »Hauptmann, glauben Sie wirklich, dass Schnee und Kälte die Kampffähigkeit der deutschen Wehrmacht beeinträchtigen?«, fragte Ehrlich und schwankte hin und her wie eine Kobra, als der Lastwagen den Gang wechselte. Die Sorge in seinem spitzen Gesicht war lachhaft gekünstelt, seine Arglist beunruhigend, da Defätismus prinzipiell ein Kapitalverbrechen war. Aus dem Augenwinkel sah Bauer, wie Hans Zöllner sich abwandte – entweder war er verunsichert oder schlicht ahnungslos.

»Der Oberstleutnant hat zweifelsohne recht«, sagte Bauer kühl zu Ehrlich, wie abgelesen aus einer amtlichen Verlautbarung. »Der deutsche Landser ist mehr als fähig, jeder Herausforderung zu trotzen, die sich ihm stellt.«

***

Als Bauer und die anderen Männer das Krankenhaus erreichten, sahen sie, wie Trubetzkaja in der Eingangshalle auf Metz einredete. »Ich protestiere aufs Schärfste«, sagte sie.

»Protestieren Sie, so viel Sie wollen«, antwortete Metz. »Es wird Ihnen nichts nutzen.«

»Es ist eine Entweihung«, sagte Trubetzkaja.

Sanitäter tauchten im Hintergrund auf, angelockt von den erhobenen Stimmen. Metz streckte die Brust raus und schob sein Grübchenkinn vor. »Die Gegenwart unserer Gefallenen *kann* keine Entweihung darstellen.«

Der Grund des Streits wurde schnell klar: die Ausweisung von Tolstois Grablichtung zum deutschen Soldatenfriedhof. Das war für Bauer eine Neuigkeit. Die erste Charge von Toten lag dort bereits unter der Erde, wie er erfuhr.

»Ich sehe Ihre Soldaten lieber unter sowjetischer Erde als

darauf«, sagte Trubetzkaja, »nur eben nicht in Tolstois unmittelbarer Nähe. Ich will, dass Sie Ihre Toten exhumieren.«

»Muss ich Sie noch einmal darauf hinweisen, wer hier das Sagen hat?«, fragte Metz.

»*Vorübergehend* das Sagen hat«, gab sie zurück.

»Ich höre mir Ihre unverschämten Prophezeiungen nicht länger an, Frau *Trubetzkaja*. Wenn Sie noch etwas zu sagen haben, wenden Sie sich an Hauptmann Bauer hier.«

»Ich soll mich mit einem Lakaien abspeisen lassen?«

»Sie hat recht, Oberstleutnant«, sagte Molineux. »Schicken Sie sie zu mir.«

»Deutsche Schweine«, zischte Trubetzkaja. »Es wird noch viele Bestattungen geben, verlassen Sie sich darauf.«

»Sehen Sie, Oberstleutnant?«, sagte Molineux. »Sie ist zu stürmisch für Bauer. Tut mir leid, Paul, aber du weißt, dass es stimmt.«

»Bauer spricht Russisch«, sagte Metz.

»Nicht laut Frau Trubetzkaja«, erwiderte Molineux. »Außerdem spricht sie wunderbar Deutsch.«

»Es bleibt bei Bauer«, sagte Metz. Er wandte sich um, sah die Schaulustigen und blaffte sie an, sie sollten sich an die Arbeit machen, dann schritt er in den Aufnahmeraum. Trubetzkaja blickte ihm mit einer derart hasserfüllten Miene hinterher, dass Bauer sich unwillkürlich fragte, ob es falsch gewesen war, Metz zu raten, sie auf dem Anwesen bleiben zu lassen. Sie wurde zwar jedes Mal nach Waffen durchsucht, wenn sie ein Gebäude betrat, aber in diesem Blick glaubte er, eine Frau zu erkennen, die sich zu opfern bereit wäre, falls sich die Gelegenheit böte, jemandem mit einem Schürhaken den Schädel einzuschlagen oder ihm eine Gabel in den Hals zu rammen. Der Scharfschütze, der Dieter Clemens getötet hatte, war für dieses Privileg gestorben. *Ihr werdet nie genug von uns töten*, hatte Trubetzkaja gesagt.

Molineux klopfte ihm auf die Schulter. »Glückwunsch, mein Freund«, sagte er, dann zu Trubetzkaja gewandt: »Aber bilden Sie sich nicht ein, Sie könnten unseren Bauer herumschubsen. Er mag wie ein Pudel wirken, aber in Wahrheit ist er ein Löwe.«

An der Tür zum Aufnahmeraum brüllte Metz: »Auch Sie sollen sich an die Arbeit machen, Molineux!«

»Ich komme schon, Herr Oberstleutnant«, rief Molineux ihm über die Schulter zu. »Schnell, verraten Sie es uns, Katerina Dmitriewna, wie kalt wird es werden?«

»Noch viel kälter.«

»Wie kalt?«

»Zu kalt für Sie.«

»Molineux!«

»Jawohl, Herr Oberstleutnant!«, rief er, strahlte sie ein letztes Mal an und verschwand.

Bauer ging zu Trubetzkaja.

»Ach, der *Leser*«, schnaubte sie.

»Falls ich denn Zeit zum Lesen finde«, erwiderte er und wünschte, nie erwähnt zu haben, dass er las.

»Glauben Sie etwa, ich würde Sie deshalb weniger hassen?«

»Ich nehme an, die Antwort müsste Nein lauten.«

Sie musterte ihn. »Wissen Sie, was ich denke?«

»Das kann ich nicht behaupten.«

»Ich glaube, Ihr Oberstleutnant erwartet, dass Sie besänftigend auf mich einwirken mit Nettigkeiten und Geplauder über Bücher.«

»Wenn ich das täte, wäre das so schlimm?«

»Ja, solange nicht die deutschen Soldatengräber verlegt werden.«

Er überlegte und sagte: »Metz ist nicht so unvernünftig, wie es scheint.«

»Ihr Metz ist instabil. Erst zückt er die Waffe und jetzt das.«

Es stimmte. Metz war in letzter Zeit auffallend erregbar. »Sie müssen sich klarmachen, wie besorgt er ist«, sagte Bauer und merkte dann, wie illoyal das klang. »Natürlich sind wir das alle auf unsere Art und Weise. Es wäre seltsam, wenn wir es nicht wären.«

»Mit Recht, denn die meisten von Ihnen werden Deutschland nie wiedersehen.«

So viel zum Eingeständnis, dass er und seine Kameraden auch nur Menschen waren. Er ärgerte sich über sich selbst. »Ich sollte nach meinen Patienten sehen«, sagte er. »Aber würden Sie mir danach Tolstois Grab zeigen?«

»Sie waren noch nicht dort?«

»Ich habe gearbeitet.«

»Freut mich«, sagte sie. »Aber wenn es hilft, gewiss; ich zeige Ihnen sein Grab.«

Neunzig Minuten später trafen sie sich an der Eingangstür. »Das ist Ihre einzige Kopfbedeckung?«, fragte sie ihn und deutete auf seine Feldmütze.

»Ich fürchte, ja.«

»Und Sie glauben, Sie werden es draußen aushalten?« Sie selbst trug eine Pelz-Uschanka auf dem Kopf.

Bauer blickte aus einem der Fenster neben der breiten Eingangstür. Es hatte aufgehört zu schneien, der Wind aber fegte weiter unablässig über das Land. »Sie haben zu Molineux gesagt, es würde noch viel kälter werden?«

»Das stimmt. Na, dann los, jetzt oder nie.«

Der Wind war noch schneidender als am Morgen, ein Sturm mit Eispartikeln aus den Weiten der Tundra. Riesige brodelnde, an den Rändern ausgefranste Wolken trieben am tiefen Himmel entlang. Trubetzkaja führte ihn nach draußen in den Wind, und er blickte neidvoll auf ihre Kleidung: ein dicker grauer Wollumhang über der Steppjacke, pelzgefütterte Stiefel und Fäustlinge, dazu die Uschanka, deren

Ohrenklappen sie unterm Kinn zusammengebunden hatte. Seine Stoffmütze hingegen schützte kaum vor dem Wind, ließ seine Ohren grausam unbedeckt. Seine Handgelenke brannten, da die Handschuhe nicht so weit reichten. Sein Gesicht erstarrte bereits.

»Frieren Sie, Herr Hauptmann?«, fragte sie.

»Ein bisschen«, bibberte er, nicht ganz Herr seiner Lippen.

Sie kamen an der Entlausungskammer vorbei, einer grob gezimmerten Hütte, die Weidemanns Männer an einem einzigen Tag gebaut hatten und die auch als Sauna fungierte.

»Wissen Sie, was ich eigenartig finde?«, fragte Trubetzkaja. »Dass es in der gesamten aufgezeichneten Menschheitsgeschichte nur zwei Männer gibt, Hitler und Napoleon, die nicht wussten, wie kalt der russische Winter ist. Finden Sie das nicht auch eigenartig?«

Bauer antwortete mit einem Brummen, und Trubetzkaja ging nicht weiter auf das Thema ein, vielleicht weil es ihr in der zornigen Kälte ebenfalls schwerfiel zu sprechen. Eine Zeit lang schwiegen sie. Zu seiner Rechten sah Bauer das Dach des Kusminski-Flügels, darüber wirbelnde Wolken, davor windschiefe Bäume. Die Kälte war fürchterlich, der Wind unerträglich, und so war er froh, als sie den Hang erreichten, in dessen Windschatten wieder etwas Wärme in seine Kleidung kroch. Vom Fuß der Anhöhe führte ein Pfad quer durch einen Wald, der überwiegend aus Birken bestand, ihre silbrige Rinde vernarbt und schwarz gebändert. Tiefer Neuschnee bedeckte den Boden, und aus Höflichkeit übernahm Bauer die Führung.

»Auch die Schweden haben es nicht gewusst«, sagte er und schaute über die Schulter zu ihr zurück.

»Stimmt, die Schweden«, erwiderte sie, nahm den Gesprächsfaden sofort wieder auf. »Aber die Schweden haben daraus gelernt. Ihr Führer ist ein Narr.«

Er zögerte, denn er wusste, dass dies gefährliches Terrain war. »Das kann ich nicht beurteilen«, antwortete er. »Ich bin bloß ein Chirurg.«

»›Bloß ein Chirurg‹«, spöttelte sie, worauf er wünschte, er hätte geschwiegen. Seit seinem Eintritt in die Armee war Dieter der einzige Mensch gewesen, mit dem er über Politik gesprochen hatte, und das auch erst, nachdem sie monatelang zusammengearbeitet, die Ansichten des anderen ausgelotet und peu à peu Vertrauen zueinander gefasst hatten. Der Drang, sich dieser Frau anzuvertrauen, fühlte sich gleichwohl stärker und gefährlicher an.

»Sagen Sie mal, Herr Chirurg«, fragte Trubetzkaja, »wann schickt Ihnen der Führer eigentlich Ihre Winteruniformen?«

»Das weiß ich nicht«, gab er zu. »Und natürlich erhalten die Fronttruppen sie als Erste.«

»Haben die denn noch keine?«

»Nicht alle«, sagte er, obwohl seines Wissens noch kein einziger Truppenverband Winteruniformen erhalten hatte.

Trubetzkaja lächelte ihn an. »Oh, Sie werden *leiden.*«

Er und Dieter hatten sich ihr Vertrauen über einen längeren Zeitraum erarbeitet, reflektierte er. Von Frau Trubetzkaja konnte er diese Kooperation wohl nicht erwarten.

»Wie kam es dazu, dass Sie eine Gouvernante hatten?«, fragte er.

»Wer will das wissen? Sie oder Metz?«

»Ich«, antwortete er.

»Aber Sie werden Metz Bericht erstatten.«

»Genau genommen bezweifle ich, dass er noch mal von Ihnen hören will.«

Sie lachte. »Dann erwartet ihn eine Enttäuschung.«

»Schön, aber weichen Sie meiner Frage aus?«

»Ganz und gar nicht. Ich habe nichts zu verbergen. Mein Vater war ein Graf. Wir hatten eben eine Gouvernante.«

»Und doch sind Sie Kommunistin geworden.«

»Wie gesagt, mein Vater war ein Graf.«

»Ist das Ihre Antwort?«

»Es ist *eine* Antwort.«

Oben am Hang ertönte ein lauter Knall zwischen den Birken; Bauer duckte sich und öffnete sein Holster. Hinter ihm kicherte Trubetzkaja. »Ganz schön schreckhaft, Herr Hauptmann.«

»Ein Ast?«, fragte er.

»Gefrorener Birkensaft.«

»Und das überleben die Bäume?«, fragte er.

»Natürlich. Es sind robuste sowjetische Birken«, sagte sie lachend, »mit Eis in den Adern.« Sie setzten ihren Aufstieg fort.

»Es heißt, den Schuss, der einen tötet, hört man nicht«, sagte Bauer. »Ich finde das tröstend.«

»Nur den, der einen verwundet?«

»Offenbar ja.«

Sie erreichten das Ende des Pfades und betraten eine kleine Lichtung, auf der gegenüber einem kleinen schneebedeckten Erdhügel, den Bauer für das Grab von Leo Tolstoi hielt, fünf Wehrmachtsgräber lagen; es sah aus, als wäre der große Mann auf der Lichtung von einem Erschießungskommando exekutiert worden, das dann seinerseits erschossen und in der Erde verscharrt worden war.

»Keine Gedenkplakette?«, fragte Bauer.

»Er war ein bescheidener Mann. Zumindest zum Ende hin.«

Bescheidenheit muss man sich leisten können, dachte Bauer. Die deutschen Gräber waren mit einem Birkenholzkreuz und einer Holztafel gekennzeichnet, auf der der Name und die Dienstnummer des Gefallenen verzeichnet waren – jene Biografieschnipsel, mit denen man Normalsterbliche davor zu bewahren versuchte, in Vergessenheit zu geraten. Bauer ging hinüber und las der Reihe nach die Namen der Männer. Als er das letzte Grab erreichte, das des jungen Grenadiers, riss die Wolkendecke für einen kurzen Moment auf, sodass ein heller Sonnenstrahl auf die Lichtung fiel. Er wandte sich zu Trubetzkaja. »Könnte das hier die ›Helle Lichtung‹ sein?«

»Vermutlich«, sagte sie. »Sie sollten sie im Sommer sehen.«

Das helle Licht verflog schon wieder. »Das würde ich gerne tun«, sagte er. Er stellte sich die Bäume vor, den grasbedeckten Grabhügel. Er wandte sich zu ihr. »Wenn Sie so sicher sind, dass uns die Rote Armee zurücktreiben wird, warum warten Sie nicht bis dahin ab und exhumieren die Leichen später?«

»Weil hier dann natürlich noch zahllose weitere Tote liegen werden. Und weil ihre Seelen dann noch lange in der Gegend herumirren werden, selbst wenn die Leichen längst weggeschafft worden sind.«

Er schniefte. Seine Nasenhärchen waren, wie er merkte, zu feinen Stacheln gefroren. »Wollen wir gehen?«, fragte er und machte Anstalten umzukehren. Selbst ohne den Wind schmerzte sein Gesicht vor Kälte.

»Erst wenn Sie mir versprechen, die Leichen umbetten zu lassen.«

»Dieses Versprechen kann ich Ihnen nicht geben.«

»Wozu sind Sie eigentlich gut?«

Er schaute noch einmal auf die Lichtung. Trotz der großen spirituellen Bedeutung des Ortes für die Sowjets war sie recht klein und damit unpraktisch. In wenigen Wochen wäre sie wahrscheinlich voll.

»Das kann nur Metz entscheiden«, sagte er.

Sie verzog das Gesicht. »Ich hatte recht. Sie sind das formlose Kissen, das man zwischen ihn und mich gestopft hat. Ich soll auf Sie eindreschen, bis ich nicht mehr kann.«

»Dann wird Ihnen wenigstens warm«, sagte er und tat so, als würde ihm die Herabwürdigung nicht wehtun. Erneut schaute er neidvoll auf ihre Winterkleidung. »Versuchen Sie mich auf diese Weise umzubringen, Katerina Dmitriewna? Indem Sie mich erfrieren lassen?«

Sie schmunzelte. »Sie erkennen, was dies hier gerade ist, oder?«

»Nein, wovon sprechen Sie?«

»Ein Wink des Schicksals. Sie kommen mit mir hierher und merken, dass Sie für diese Wetterbedingungen die falsche Kleidung tragen, worauf Ihnen klar wird, dass Sie Ihre Toten zurücklassen und nach Hause hasten müssen.«

Jetzt schlotterte er in der Kälte. »Sie haben gewonnen. Ich will zurück ins Warme.«

Sie schmunzelte erneut, lenkte aber ein, und sie machten sich auf den Rückweg. Bauer war erleichtert, aber auch enttäuscht, weil er ihre Exkursion auf diese Weise verkürzte. Es war lange her, dass er sich mit einer Frau länger unterhalten hatte, vor allem mit einer so klugen Frau wie Katerina Dmitriewna. »Wann genau wurden Sie Kommunistin?«, fragte er.

»Warum wollen Sie das wissen?«

»Will ich gar nicht«, sagte er. »Ich bin nur höflich.«

Darüber musste sie lachen, was sie allerdings mit einem Hüsteln zu kaschieren versuchte. »Offiziell?«, fragte sie und räusperte sich. »Im April 1919. Kurz nach der Revolution. Aus Überzeugung aber bereits ein paar Monate davor.«

»Wie alt waren Sie damals?«

»Siebzehn.«

»So jung?«

»Ist siebzehn nicht das perfekte Alter, um sein bisheriges Leben für ein neues aufzugeben?«, fragte sie.

»Manche schieben so etwas für später auf. Oder für immer.« Er rechnete im Kopf, dass sie jetzt neununddreißig oder vierzig sein musste, was ihm ein leises Gefühl der Überlegenheit verlieh.

»Damals galt, jetzt oder nie«, sagte sie. »Der Bürgerkrieg hatte begonnen, und mein bourgeoiser Vater hatte uns – meine Mutter, meine Schwestern und mich – von Sankt Petersburg auf die Krim mitgenommen, nach Jekaterinodar, wo er eine hohe Position in der Weißen Bewegung bekleidete. Er wollte uns nach Paris schicken.«

»Welche Position genau?«

»Justizminister. Die müssen ziemlich verzweifelt gewesen sein, er war nicht mal Jurist, und zu Hause war er ein Tyrann. Dazu Antisemit. Allein das konnte ich ihm nicht verzeihen. So ein vulgäres Vorurteil. Und dann sind ausgerechnet Sie und Ihre Männer die ersten Ausländer, denen ich seit Jahren begegne. Stellen Sie sich also meine Enttäuschung vor.«

»Sie sollten damals nach Paris gehen«, stellte Bauer fest.

»Ja. Und deshalb bin ich weggelaufen.«

»Einfach so?«

»Ich habe meine Eltern nie wiedergesehen.« Ihr Ton klang neutral, und da sie vor ihm herging, sah er ihr Gesicht nicht.

»Haben Sie sie vermisst?«

»Anfangs nicht. Ich dachte, dass die ganze Welt kommunistisch werden und ich wieder mit meiner Familie zusammenkommen würde – dass sogar mein Vater seine Fehler einsehen würde. Ich hatte Proudhon gelesen, ich hatte Engels gelesen. Ich hatte *Das Kapital* von vorne bis hinten studiert und glaubte, es verstanden zu haben. Ich hielt es für meine Pflicht, die Flamme der Revolution anzufachen, bis die ganze Welt Feuer fängt.«

»Ziemlich ehrgeizig für eine Siebzehnjährige.«

»Ich hatte es eilig. Weltgeschichte entspann sich, und ich wollte Teil davon sein.«

»Also sind Sie weggelaufen.«

»Am Ende war es ganz einfach. Ich besorgte mir schlichte Kleidung, stieg in einen Zug, ließ mich auf einem Karren mitnehmen und lief dann durch die Nacht. Am Morgen erreichte ich die Rote Armee.«

»Hatten Sie keine Angst?«, fragte er.

»Nein. Wovor hätte ich Angst haben sollen?«

»Sie waren siebzehn. Ein Mädchen, allein.«

Sie blieb stehen und wandte sich zu ihm um. »Angst, vergewaltigt zu werden? Sagen Sie, was ist los mit euch Deutschen – Ihr tut es mit Freuden, aber könnt es nicht beim Namen nennen?« Glücklicherweise wartete sie nicht, bis er etwas sagte. »Es kam mir überhaupt nicht in den Sinn, dass Bolschewiken Vergewaltiger sein könnten. Natürlich hatte ich Gegenteiliges gehört – von meinem Vater zum Beispiel –, hatte es aber als Propaganda abgetan. Heute ist mir allerdings bewusst, welches Risiko ich damals eingegangen bin.«

»Hat man Sie als Grafentochter identifiziert?«

»Ich habe nicht verschwiegen, wer ich war. Ich ging davon aus, dass die Revolution für alle da war, und meine Aufrichtigkeit hat wohl für mich gesprochen. Ein Spion wäre vorsichtiger gewesen. Führen Sie sich meinen sprudelnden Idealismus vor Augen, eine Art schützendes Glühen vielleicht, nicht wahrnehmbar für das menschliche Auge.«

»Wie bei Jeanne d'Arc.«

Darüber lachte sie. »Aber nicht so heilig. Eher ein Kraftfeld, wie es bei den futuristischen Autoren heißt, eine Schutzhülle aus Unwissenheit. Oder vielleicht hatte ich einfach nur Glück. Jedenfalls geriet ich an eine Einheit, deren Kommandant offen und intelligent war.«

»Ach ja?«

Sie waren am Fuße des Hangs angekommen. Sie blickte zu ihm zurück und sagte: »An Ihrer Stelle würde ich mir eine Handvoll Schnee nehmen.«

»Warum?«

»Wegen Ihrer Nase, sie ist schon ganz weiß. Das erste Stadium einer Erfrierung.«

Er fasste sich an die Nase, spürte nichts und klaubte eine Handvoll Schnee auf.

»Rubbeln Sie sich das Gesicht damit ab«, sagte sie.

»Im Ernst? Oder nehmen Sie mich schon wieder auf den Arm?«

»Es ist Erste Hilfe, aber was kümmert mich das? Tun Sie es oder lassen Sie es bleiben.«

Er drückte sich den Schnee auf die Nase, halb überzeugt, dass sie ihn demütigen wollte, aber erschrocken genug, um zu tun, was sie sagte. Eine Erfrierung mit Kälte zu behandeln, hörte sich plausibel kontraintuitiv an, eine Art von Impfung.

»Gut so«, sagte sie, »aber Sie müssen richtig rubbeln. Kräftig. Bis es wehtut.«

Er tat wie geheißen, spürte seine Nase aber noch immer nicht, während er sich wie wild das Gesicht abrubbelte, bis seine Lippen und Wangen brannten und der Schnee in seiner Hand zerfiel.

»Nehmen Sie neuen«, sagte sie.

Er klaubte Schnee auf und verrieb ihn so lange auf dem Gesicht, bis er schließlich ein Stechen in der Nase spürte. »Ich glaube, es funktioniert«, sagte er.

»Machen Sie weiter.«

Eine weitere halbe Minute lang setzte er die Rubbelei fort, bis sein Gesicht zu brennen begann. »Es fängt an, wehzutun«, sagte er.

»Lassen Sie mal sehen.«

Er nahm die Hand herunter und zeigte ihr seine Nase. Sein Gesicht musste feuerrot sein, aber genau das war ja wohl das Ziel, überlegte er.

»Trocknen Sie es ab«, sagte sie.

Er nahm sein Taschentuch heraus und folgte erneut ihrer Anweisung.

»Nun lassen Sie uns weitergehen«, sagte sie. »Sie gehören ins Warme.«

Sie gingen den Weg zurück, auf dem sie gekommen waren, hatten den Wind nun aber glücklicherweise im Rücken. Trotzdem begann er wieder zu zittern. Wenn ihm hier draußen beinahe die Nase abgefroren war, dachte er, wie erging es dann erst den Männern an der Front?

»Ich habe mich noch gar nicht bei Ihnen bedankt«, sagte Bauer. »Also, danke.«

»Nicht der Rede wert.«

»Sie hätten auch einfach den Mund halten können.«

»Meine Pflicht besteht darin, Sie umzubringen, Hauptmann, nicht darin, Ihr Aussehen zu ruinieren.«

Auf Höhe des Kusminski-Flügels, von wo aus Bauer das obere Stockwerk des Krankenhauses erkennen konnte, bogen sie nach rechts ab.

»Würden Sie das tatsächlich tun?«, fragte er, um einen unbeschwerten Ton bemüht.

»Würde ich was tun?«

»Mich umbringen?«

Sie schien eine Weile darüber nachzudenken, bis sie sagte: »Wenn auch widerwillig, muss ich einräumen, dass meine Antwort Nein lautet. Wie viele Leute aus meinem Personal würden getötet werden, falls ich einen deutschen Offizier umbrächte. Zehn? Zwanzig? Ehrlich gesagt sind Sie das nicht wert.«

»Aber falls es keine Konsequenzen nach sich zöge«, beharrte er, »für Sie oder jemand anderen?«

»Sind Sie auf ein Kompliment aus, Herr Hauptmann? Ob ich Sie genug mag, um Sie nicht umzubringen? Ich muss sagen, Sie setzen die Messlatte sehr niedrig an.«

»In Ordnung, dann lassen wir mich da raus. Rein hypothetisch: Wenn Sie damit durchkämen, würden Sie einen Deutschen für Ihr Land töten?«

»Wenn ich damit durchkäme, ganz sicher.«

»Das glaube ich Ihnen nicht.«

»Umso besser für mich.«

»Im Zweifelsfall würden Sie es nicht tun.«

»Warum? Weil ich eine Frau bin?«

»Weil Sie ein Mensch sind«, sagte er, und als er ihre sarkastische Miene sah, fügte er an: »Ein zivilisierter Mensch, meine ich.«

»Nun, tut mir leid, Sie zu enttäuschen, Herr Hauptmann, aber ich habe bereits für mein Land getötet.«

Er warf ihr einen Seitenblick zu, und der eisige Wind stach ihm in die Wange. Ihre Miene war ernst. »Nicht kürzlich«, erklärte sie. »Und es war aus einiger Entfernung. Dadurch war es leichter, wie ich zu sagen wage.«

»Im Bürgerkrieg?«

»Ich habe eine Zeit lang ein Maschinengewehr bedient.«

»Wo war das?«, fragte er. Nun wollte er es genau wissen.

»Entlang des Don. Im September 1919. Es waren Kosaken, die ich getötet habe. Da waren sie aber zu Fuß unterwegs.«

»Wie viele waren es?«, fragte er.

»Fünf von ihnen habe ich getroffen. Zwei sind weggekrochen. Drei sind liegen geblieben.«

Die Fremdartigkeit des Anderen, diese Wesensverschiedenheit, dachte er. Das Krankenhaus kam in Sichtweite.

»Habe ich Sie schockiert?«, fragte sie.

»Überhaupt nicht«, log er.

»Also habe ich Sie schockiert. Gut.« Sie hielt die behandschuhte Hand wie eine Pistole und zielte auf seinen Bauch. »Diese Gräber – ich will, dass das aufhört.«

»Wie gesagt, ich tue mein Bestes.«

»Ich meine es ernst.«

»Das sehe ich«, sagte er und deutete auf ihre Phantomwaffe.

»Gut«, sagte sie und schoss, eine Drohgebärde, die durch die lässige Ausführung nur ein klein wenig abgemildert wurde.

5

Ich bin Bayerns Pingpong-König!«, verkündete Pflieger und schlug einen Tischtennisball gegen die Wand. »Gegen mich hat keiner eine Chance.«

»Ach, ja?«, sagte Ritter. »Ich bin auch ganz gut.«

Bauer blieb in der Tür zum Quartiermeisterlager stehen, einem großen Raum auf der Nordseite des Krankenhauses. Pflieger und Molineux standen an einem aufgebockten Tisch, der als Theke diente; dahinter saßen Ehrlich und Ritter auf Stühlen, wobei Letzterer mit seiner plumpen, eines Quartiermeisters nicht würdigen Körperhaltung Bauer an einen Silberrücken-Gorilla erinnerte, den er einmal mit Clara in Berlin im Zoologischen Garten gesehen hatte.

»Bauer!«, rief Molineux. »Endlich Feierabend? Komm her und sieh dir unsere Kriegsbeute an.«

»Ich suche Metz«, sagte Bauer. »Weiß einer von euch, wo er ist?«

»In seinem Büro?«, schlug Molineux vor.

»Nein, dort habe ich schon nach ihm geschaut.«

»Er ist im Fuhrpark«, sagte Ehrlich. »Er ist mit Winkel rübergegangen.«

Das war seltsam. Auch wenn momentan weniger Verwundete eingeliefert wurden, herrschte im Krankenhaus kein Mangel an Arbeit.

»Eigentlich bin ich aber aus der Übung«, fuhr Pflieger fort. »Nach einer Niederlage gegen einen Judenbengel habe ich mit

Tischtennis aufgehört. Ein richtiger Jid war das. Da hab ich mir gesagt: ›Das ist doch kein richtiger Sport.‹«

»Das haben wir alles im Keller gefunden«, sagte Molineux. »Schläger, Bälle, ein Netz, die Tischtennisplatte. Wer hätte das gedacht? Aber leider keinen Wodka.«

Bauer versuchte sich den Autor von *Krieg und Frieden* und *Anna Karenina* beim Tischtennis vorzustellen. Es gelang ihm nicht. Unmöglich. Auch schien ihm unwahrscheinlich, dass die Sachen von einem Bolschewiken hergeschafft worden waren, besonders von einem so strengen wie der kommissarischen Chef-Konservatorin Trubetzkaja. Nein, die Sachen mussten Tolstois Kindern oder, was wahrscheinlicher war, seinen Enkelkindern gehört haben, entweder gegen Ende seines Lebens oder in den sieben Jahren zwischen seinem Tod und der Revolution.

Er fragte Ehrlich, was Metz im Fuhrpark wolle.

»Das müssen Sie ihn schon selbst fragen, Herr Hauptmann«, sagte Ehrlich.

»Ich frage aber Sie.«

»Der Oberstleutnant hat's mir nicht verraten«, antwortete Ehrlich.

»Warte, bis du das hier siehst«, sagte Molineux und öffnete ein Stoffbündel, das vor ihm auf dem Tisch lag. Zum Vorschein kamen ein Mörser und ein Stößel – aus Messing oder Bronze, angelaufen, die Schale kaum kleiner als ein Essteller. »Richtig schön, was?«, fuhr er fort und nahm den Stößel, um darin eine imaginäre Substanz zu zermahlen. Er drehte den Mörser auf den Kopf und strich über die Unterseite: »Muss man nur ein bisschen polieren.«

»Du kennst die Anordnung gegen Plünderungen?«, sagte Bauer.

»Immer mit der Ruhe«, sagte Molineux und machte ein betroffenes Gesicht. »Das ist doch keine Plünderung.«

»Warum nicht?«

»Die Bolschewiken glauben nicht an Privateigentum, also plündere ich nicht, sondern requiriere feindliche Vermögenswerte.«

»Um sie Pabst zu geben?«

»Warum Pabst?«

»Weil er unser Koch ist.«

»Ach, *das*«, erwiderte Molineux. »Scheiß auf Pabst. Pabst besitzt so viel Kochzeug, dass es ihm schon aus dem Arsch quillt. Nein, das Ding schenke ich meiner Frau – sie hat nichts gegen Privatbesitz.«

»Da bin ich ja beruhigt«, sagte Bauer. »Wenn die Herren mich jetzt entschuldigen würden, ich muss mit Metz sprechen.«

Von der Schotterstraße zum Fuhrpark erkannte man nur zwei Eisspuren im Schnee. Der Fuhrpark selbst, ein ehemaliger Wagenschuppen, war ein langer niedriger Bau in der Nähe des Haupttors mit drei kutschengroßen Holzpforten. Davor standen mehrere Lastwagen, und ein Wachposten stapfte auf dem Eis herum, sein Kopf umhüllt von Atemwolken. Bauer salutierte vor ihm und ging hinein. Ein Laster. Ein Krankenwagen. Eine dunkelbraune sowjetische Limousine. Winkel und Metz beugten sich über den Motor des Fahrzeugs, neben ihnen stand Fabian Drexel, der Apotheker des Bataillons. Hatte jemand einen freien Tag ausgerufen?, fragte sich Bauer. Winkel war ein begnadeter Mechaniker, aber Drexels Anwesenheit war seltsam. Bauer hüstelte dezent.

»Ah, Bauer. Schön, Sie zu sehen«, sagte Metz. »Was halten Sie von dem –« Er wandte sich zu Winkel. »Wie heißt die Bezeichnung noch gleich?«

»ZIS-101«, sagte Winkel, sichtlich begeistert.

»Ein ZIS. Genau. Die Sowjets haben ihn uns freundlicherweise überlassen. Wie finden Sie ihn? Eine Schönheit, nicht wahr?«

»Haben sie auch Benzin dagelassen?«, fragte Bauer.

»Na, na, Ihr Sarkasmus ist unangebracht. Verglichen mit einem Lastwagen oder gar einem Panzer ist der ZIS geradezu sparsam im Verbrauch.« Zu Winkel gewandt, sagte er: »Glauben Sie, Sie kriegen ihn wieder flott?«

»Denke schon, Herr Oberstleutnant. Könnte aber ein paar Tage dauern.« Als er Bauers Blick sah, fügte er an: »Ich kann natürlich nicht durchgehend daran rumschrauben.«

»Ausgezeichnet«, sagte Metz. »Dann lasse ich Sie jetzt mal machen. Nun, Hauptmann, was verschafft mir die Ehre?«

»Ich hatte gehofft, mit Ihnen reden zu können, Herr Oberstleutnant.«

»Dann begleiten Sie uns doch. Leutnant Drexel und ich gehen jetzt zum Haus zurück.«

Bauer blickte hinüber zu Drexel. Dreißig Jahre alt. Stämmig. Dunkles Haar. Brille. Breiter Mund und – welch unselige Paarung – überaktive Speicheldrüsen.

»In Ordnung«, sagte Bauer. Eigentlich hatte er mit Metz unter vier Augen sprechen wollen, aber warum sollte Drexel nicht hören, was er zu sagen hatte? Sie verließen den Fuhrpark, und Bauer kam direkt zur Sache. »Ich war gestern am Friedhof. Er ist zu klein für unsere Zwecke, falls wir länger als ein paar Wochen hierbleiben sollten.«

»Sie vergessen, dass wir in ein paar Wochen in oder bei Moskau sein werden«, sagte Metz.

»Aber Jasnaja Poljana soll ja ein Basishospital werden.«

»Guter Gott, Bauer, jetzt seien Sie doch mal ein bisschen optimistisch. Ihre Aufgabe ist es, die Belegung des Friedhofs niedrig zu halten.«

»Es gibt auch propagandistische Erwägungen«, gab Bauer zu bedenken. »Wie Frau Trubetzkaja anmerkte, bleibt Tolstoi selbst im Tod eine wichtige Figur für die Sowjets.«

»Na und?«

»Wir würden die Menschen nur unnötig gegen uns aufbringen.«

»Mehr, als wir es ohnehin schon tun?«

»Ich verstehe, was Sie meinen, Oberstleutnant, aber warum den Hass der Leute noch zusätzlich vergrößern? Sie würden uns nur noch erbitterter bekämpfen.«

»Ich kann Ihnen nicht zustimmen«, sagte Metz. »Der Propaganda-Vorteil liegt auf unserer Seite. *Wir* kontrollieren diesen Ort, und indem wir hier unsere Autorität behaupten, versetzen wir dem Feind einen Schlag. Wenn wir die Herrenrasse sein wollen, müssen wir uns entsprechend verhalten. ›Deutsche Schweine‹ nennt uns diese Frau, und wissen Sie, warum? Weil wir Deutschen so human sind. Schauen Sie sich unsere großen Männer an: Wagner, Beethoven, Goethe, Schiller – und trotzdem nennt sie uns ›deutsche Schweine‹. Sie nutzt unsere fundamentale Anständigkeit aus, um uns zu verhöhnen und zu beschimpfen. Seien Sie wachsam, Bauer. Passen Sie auf, dass sie Sie nicht um den Finger wickelt.«

Sie näherten sich dem Haupthaus, vor dem neben einer Wache auch einige Sanitäter standen, und obwohl es zu schneien begann, blieb Metz stehen, um seinen Punkt noch einmal zu unterstreichen. »Wir werden unsere Position hier nicht behaupten, indem wir Schwäche zeigen, Hauptmann. Leutnant Drexel, sind Sie nicht auch dieser Meinung?«

»Jawohl, Herr Oberstleutnant, das bin ich«, sagte Drexel und saugte sich Speichel aus dem Mundwinkel.

Bauer blickte in das große eckige Gesicht des Apothekers. Knollnase. Feuchte, wulstige Lippen. Vermutlich stimmte er Metz tatsächlich aufrichtig zu. »Oberstleutnant, den Feind zu demütigen, ist kein Zeichen von Stärke«, sagte Bauer. »Wenn überhaupt, ist es das Gegenteil. Eines Tages werden wir mit diesen Leuten zusammenleben müssen –«

»Wer sagt das?«

»Nun, ist es nicht unvermeidlich?«

»Wissen Sie, Bauer, Ihr Problem ist, dass es Ihnen an Fantasie mangelt, und wissen Sie, warum? Weil Sie rückwärtsgewandt sind. Oh, ich meine nicht als Chirurg – für Ihre beruflichen Leistungen kann ich Ihnen nur Lob zollen. Aber Sie leiden an einer krankhaften Verhaftung mit der Vergangenheit. Nehmen wir dieses Buch, zum Beispiel.«

Bauer wusste sofort, von welchem Buch die Rede war. »*Krieg und Frieden*?«

»Stabsgefreiter Ehrlich sagte mir, Sie hätten ihn gezwungen, es Ihnen zu überlassen.«

Dass Metz dies in Gegenwart eines Unteroffiziers ansprach, war ärgerlich. Machte er das mit Absicht?

»Ich dachte, es könnte eine Erstausgabe sein, Oberstleutnant. Der Übersetzung, meine ich. Und ich hatte recht damit.«

»Mir ist egal, welche Ausgabe es ist. Mein Befehl lautete, das Buch zu vernichten.«

»Ich dachte, wenn Sie von seiner wahren Bedeutung wüssten, würden Sie Ihre Meinung vielleicht ändern, Herr Oberstleutnant.«

»Und doch haben Sie es versäumt, mich darüber aufzuklären.«

»Offen gestanden habe ich es vergessen, Herr Oberstleutnant. Es ist viel los.«

»In der Tat. Und zwar *in der Gegenwart*, Bauer. In der Gegenwart. Um eine bessere Zukunft zu schmieden. Und doch sind Sie in der Vergangenheit stecken geblieben. Schlimmer noch – in der Vergangenheit des Feindes!«

»Oberstleutnant, es ist ein Werk in deutscher Sprache, eine Übersetzung des großen Albert Hauff.« Genau genommen hatte er noch nie von Hauff gehört, bevor er das Buch aufgeschlagen hatte, und er hatte keine Ahnung, wie angesehen der Mann als Übersetzer tatsächlich war.

»Die Übersetzung eines *slawischen* Buches. Eines Buches, das zudem von einem slawischen Sieg erzählt.«

»Ob ich wohl etwas sagen dürfte?«, fragte Drexel. Bauer und Metz sahen ihn an.

»Nur zu«, sagte Metz.

»Ich halte es für möglich, dass der Hauptmann, abgesehen von der Missachtung Ihres Befehls, das Richtige getan hat.«

»Ach? Wie das?«

»Weil er eine Kriegstrophäe gesichert hat. Wenn dieses Buch für die Bolschewiken so bedeutend ist, wie der Hauptmann behauptet, gehört es vielleicht in ein Museum. Als historisches Relikt. Als Kuriosität. Sonst vergisst man womöglich eines Tages, dass sich die Slawen einst für unbesiegbar hielten.«

»Interessant«, sagte Metz. »Ich meine mich zu erinnern, vor Jahren einmal von einer Ausstellung in München über entartete Kunst gelesen zu haben. Meinen Sie so etwas?«

»Etwas in der Art«, sagte Drexel und schluckte dann für jeden sichtbar wieder etwas Spucke herunter.

»Ein Reichsmuseum für Verdrängte Kulturen«, sagte Metz. »Sie sind da womöglich einer guten Sache auf der Spur, Leutnant.«

»Und wenn dies ein so bedeutsamer Ort für die Sowjets ist, dann ist unsere Besetzung dieses Ortes ebenso bedeutsam. Möglicherweise wäre es angebracht, unserer Ankunft hier mit einer Gedenkplakette zu kommemorieren.«

Ein entrückter Ausdruck trat in Metz' Augen, was ihm das Aussehen eines in Marmor gemeißelten römischen Kaisers verlieh. »Nun gut«, sagte er schließlich, »Sie haben mich überzeugt. Bauer ...«

»Ja, Oberstleutnant?«

»Geben Sie gut acht auf das Buch. Vielleicht sollten Sie es Quartiermeister Ritter zur Aufbewahrung geben.«

»Sehr wohl, Oberstleutnant.«

»Aber seien Sie gewarnt: Sollten Sie meine Befehle noch einmal unterlaufen, werde ich nicht mehr so nachsichtig sein.«

»Jawohl, Oberstleutnant. Und was ist mit den Gräbern? Sollen wir einen anderen Standort suchen?«

»Herrgott noch mal, Bauer, haben Sie mir nicht zugehört? Keine Rückwärtsschritte mehr. Und jetzt lassen Sie uns reingehen, raus aus diesem Sauwetter.«

***

Die Zahl der Verwundeten blieb weiter überschaubar, und da am nächsten Tag Metz die erste Schicht im OP übernahm, blieb Bauer im Haupthaus in der Hoffnung, dass Katerina Dmitriewna erscheinen würde. Draußen blies wieder ein stürmischer Wind, sodass sie sich möglicherweise nicht blicken lassen würde. Aber nachdem er in seinem Zimmer eine halbe Stunde lang an einem Brief geschrieben hatte, sah er sie schließlich die Auffahrt hinaufkommen, in Begleitung der Chef-Haushälterin, einer Frau von ähnlicher Größe, aber deutlich größerem Leibesumfang. Der Wind blies den Frauen in den Rücken und trieb sie voran, sodass Katerina sich immer wieder mit kurzen Trippelschritten dagegenstemmen musste. Unter ihrer Uschanka hing eine kastanienbraune Haarsträhne heraus und flatterte wild vor ihrem Gesicht.

Bauer legte schnell das Briefzeug beiseite und schob sich die deutsche Ausgabe von *Krieg und Frieden* unter den Mantel, eilte nach unten und erschien in dem Moment im Vestibül, als die Frauen die Tür öffneten. Mit ihnen blies ein Windstoß herein, der den fransigen Läufer am Boden hochsteigen und gegen die Knie der Frauen schlagen ließ, als würde eine Schlange nach ihnen schnappen. Bauer eilte heran, trat den Teppich zu Boden und drückte mit der Schulter die Tür zu.

Katerina lachte – nicht auf die zynische Art, die er inzwischen kannte, sondern fröhlich und offen, ohne Scheu. Ihre Mütze und ihr Mantel waren überzogen mit Eispartikeln. »Ist das kalt da draußen!«, rief sie auf Russisch. »Sogar für meine Verhältnisse. Wenn das so weitergeht, werde ich Sie bald wirklich bemitleiden müssen«, fügte sie in vertrauterer Weise an. Bauer verneigte sich ein wenig. Die Haushälterin machte einen Knicks, was ihr sofort einen Rüffel von ihrer Vorgesetzten einbrachte. »Dazu besteht kein Anlass, Genossin. Er ist nicht unser Gast, sondern ein Eindringling.«

»Würden Sie uns einander bitte vorstellen?«, sagte Bauer. Katerina Dmitriewna zog die Augen zusammen. »Wir sehen uns ständig«, erklärte er. »Ich würde die Dame gern mit ihrem Namen ansprechen können.«

Katerina überlegte, dann sagte sie: »Meinetwegen, wenn das alles ist. Sie heißen Paul, richtig?«

»Richtig.«

»Also, Paul Bauer, das ist Daria Grigorjewna, unsere Haushälterin«, sagte sie auf Russisch. »Daria Grigorjewna, das ist Hauptmann Paul Bauer, faschistisches Monster.«

»Erfreut, Sie kennenzulernen«, sagte Bauer und beschloss, sie nicht nach ihrem Nachnamen zu fragen, da Daria Grigorjewna alles andere als entspannt wirkte. Sie war eine füllige Frau mit breiten Schultern, mittelgroß, mittelalt. Teigiges Gesicht mit geplatzten Kapillargefäßen an Wangen und Nase. Gekräuseltes braunes Haar unter einem Kopftuch aus ungebleichter Baumwolle, das, wenn er das Kyrillische richtig entzifferte, aus einem Mehlsack gefertigt war.

»Dann auf Wiedersehen«, sagte Katerina Dmitriewna unvermittelt, und die beiden Frauen gingen weiter.

»Ich habe hier etwas für Sie«, sagte er schnell. Sie wandte sich um, und er klopfte sich an die Brust, wo *Krieg und Frieden* unter seinem Wintermantel steckte.

»Die Angriffspläne der Wehrmacht?«

»Wohl kaum.«

»Was dann?«, fragte sie und bedeutete Daria Grigorjewna weiterzugehen.

»Können wir irgendwohin gehen, wo wir unter uns sind?«, fragte er. »In die Bibliothek vielleicht?«

»Meinetwegen. Ich wollte sowieso dorthin.«

Vom Vestibül aus gingen sie in die kleine Eingangshalle, den Flur hinunter und in die Bibliothek. Bauer schloss die Tür.

»Sollte ich mir Sorgen machen?«, fragte Katerina. Ihr Tonfall klang spöttisch, doch mit einigem Bedauern registrierte Bauer das Unbehagen in ihrem Blick.

»Nein, nein, nein, ich möchte Ihnen nur Ihr Buch zurückgeben«, sagte er und zog es unter dem Mantel hervor.

Gleichgültig schaute Katerina darauf. »Hat Metz nicht angeordnet, es zu verbrennen?«

»Ich habe es verhindert.«

»Und jetzt erwarten Sie, dass ich Ihnen dankbar bin?«

»Ich dachte, Sie würden es vielleicht bereuen, das Buch weggegeben zu haben.«

»Wenn Sie weg sind, dürfte hier ohnehin alles Deutsche ausgemerzt werden.«

Dürfte ausgemerzt werden – wie angenehm es doch war, so ein geschliffenes Deutsch zu hören. Es war schwer zu glauben, dass es nicht ihre Muttersprache war.

»Ja, gut. Aber was ist nun? Nehmen Sie das Buch?«

»Wenn Metz es nicht lesen möchte, warum dann nicht einer seiner Unterlinge? Behalten Sie es ruhig, wo Sie doch so ein großer Leser sind.«

»Ich habe es schon gelesen«, entgegnete er.

»Stimmt, das sagten Sie bereits.«

Sie hatte seine kleine diesbezügliche Prahlerei also bemerkt. »Ist aber lange her. Ich war fünfzehn.«

»Und jetzt sind Sie wie alt? Fünfzig?«

»Ich bin vierzig«, antwortete er.

»Wirklich?«, sagte sie. »Das hätte ich nicht gedacht. Wahrscheinlich liegt es an Ihrem Haarausfall.« Unwillkürlich fasste er sich an den Kopf. Sein Haar fühlte sich nicht dünner an als sonst.

Sie lächelte. »Es ist also – was? – fünfundzwanzig Jahre her, dass Sie es gelesen haben. Zeit für eine Neuentdeckung, würde ich sagen. Besonders weil es jetzt ein warnendes Beispiel für Sie ist.«

»Ich stelle es ins Regal.«

»Das wäre schade. Ein Wehrmachtsoffizier, der in Napoleons Fußstapfen tritt – wenn ich es mir recht überlege, könnten Sie und das Buch wie geschaffen füreinander sein. Behalten Sie es. Lesen Sie es.«

»Wenn Sie meinen.«

»Ja, das tue ich. Aber erst möchte ich Ihnen eine Passage raussuchen«, sagte sie und streckte die Hand nach dem Buch aus.

»Sie kennen es so gut?«, fragte er und gab es ihr.

»Ich habe es viermal gelesen«, sagte sie und blätterte durch die Seiten. »Nie auf Deutsch, wohlgemerkt. Obwohl ich zugeben muss, dass *Krieg und Frieden* besser klingt als *Voyna i Mir* – der Halbreim könnte, wie ich denke, der Grund dafür sein, warum ihr Deutschen so mühelos von Frieden zu Krieg wechselt.«

»Ich sollte gehen«, sagte er. Im Krankenhaus würde man sich schon wundern, wo er blieb.

»Es dauert nicht lange«, sagte sie. »Reden Sie weiter. Erzählen Sie mir zum Beispiel, warum Sie mit fünfzehn *Krieg und Frieden* gelesen haben.«

»In meiner Familie gab es einen Trauerfall. Mein Bruder. Verdun. Lesen war meine Flucht. *Krieg und Frieden* war eine lange Geschichte.«

Hatte er je mit irgendwem darüber gesprochen? Er konnte sich nicht erinnern, jemals mit Clara darüber geredet zu haben. Vielleicht half es auch, dass Katerina Dmitriewna nicht ihn ansah, sondern das Buch. »Bevor ich Medizin studiert habe, wollte ich Schriftsteller werden«, fuhr er fort. »Auch danach noch eine Weile.«

Nun schaute sie zu ihm auf. »Wirklich? Was für eine Art von Schriftsteller?«

»Ich hätte wohl Romane geschrieben, nehme ich an. Zumindest war das die Idee. Ich habe sogar einen angefangen. Aber natürlich nie beendet.«

»Warum ›natürlich‹?«

»Die üblichen Gründe: Arbeit, Freunde, Liebe. Das Leben«, sagte er und verstummte, weil ihm bewusst wurde, wie erbärmlich seine früheren Ambitionen ausgerechnet hier, an diesem Ort, klangen.

»Ah, hier ist es«, sagte Katerina Dmitriewna. Sie zog einen Bleistift aus der Jackentasche, markierte die Stelle und legte als Lesezeichen einen kleinen Zettel zwischen die Seiten.

»Wollen Sie es mir nicht vorlesen?«, fragte er.

»Lesen Sie es selbst«, sagte sie und warf ihm das Buch geradewegs schwungvoll zu.

»Uff«, sagte er, als es gegen seine Brust schlug. »Wenn ich fertig bin, gebe ich es Ihnen zurück. Aber auf sanftere Art.«

»Wie Sie wünschen«, sagte sie. »Ehrlich gesagt erwarte ich, dass Sie vorher verschwunden sind. Und ich meine nicht nach Tula.«

»Zurück nach Chern?«

»Ich dachte eher an Berlin.«

»Nun, falls das passiert, können Sie unsere Gefallenen aus den Gräbern rausholen. Ich konnte Metz nicht überreden, sie zu verlegen, tut mir leid.«

»Sie waren zu zaghaft.«

»Er ist ranghöher als ich, das ist alles.«

»Und zu *ängstlich*«, fügte sie an und machte die Herabwürdigung mit ihrem Lächeln noch schlimmer. »Aber was soll's, nicht jeder taugt zum Helden.«

***

Den ganzen Tag über ließ er die Finger von der markierten Stelle in *Krieg und Frieden*, ein Unterfangen, das ihm etwas leichter fiel, weil es im Operationssaal viel zu tun gab. Erst als er um Mitternacht auf seinem Feldbett saß und Molineux auf der anderen Seite des Raumes lautstark schnarchte, schlug er das Buch endlich auf und las im Schein eines Hindenburglichts die Stelle, die ihm Katerina Dmitriewna markiert hatte.

Bonaparte ist ein Glückspilz. Die Soldaten, die er hat, sind ausgezeichnet. Da hat er nun zuerst mit den Deutschen zu tun gehabt; na, und um die Deutschen nicht zu besiegen, dazu muß einer schon ein besonders schlapper Kerl sein. Solange die Welt steht, sind die Deutschen noch von allen ihren Gegnern geschlagen worden. Sie aber haben niemanden geschlagen. Nur sich untereinander. Bei denen hat er sich seinen Ruhm geholt.

Bauer lachte leise. Ihre Unverfrorenheit gefiel ihm. Der Absatz stammte aus einem relativ frühen Teil des Buches, und der Redner war, wie er sah, der alte Fürst Bolkonski – einer der Patriarchen des Romans, wie ihm nun einfiel, während die Erinnerung wie ein Korken aus den Tiefen seines Geistes emporschoss. Bolkonski sprach zu seinem Sohn Andrej am Abend, bevor dieser abreisen und gegen die Franzosen in den Kampf ziehen würde, und verbarg die väterliche Sorge hinter seiner Flachserei.

Bauer klappte das Buch zu und fragte sich, ob Metz' Haltung zu *Krieg und Frieden* nicht in gewisser Weise gerechtfertigt war. *Solange die Welt steht, sind die Deutschen noch von allen ihren Gegnern geschlagen worden.* Der alte Fürst war zum Teil eine komische Figur, gab oft Albernheiten von sich, doch obwohl ein Teil seines Wesens den Nationalismus zutiefst verabscheute, bewegte Bauer die Vorstellung irgendwie, dass die deutschen Fürstentümer, die einst Spielball Frankreichs und Russlands gewesen waren, nun als geeinter Staat imstande waren, diese beiden Länder zu dominieren. Eine ganz ähnliche Ambivalenz hatte er während der Olympischen Spiele in Berlin verspürt, die er anfangs als Propagandaveranstaltung abgetan hatte, als Ablenkungsmanöver von den Verbrechen des Regimes gegen die Arbeitergewerkschaften und die Juden, dann aber hatte er sich zunehmend gefreut, als ein deutscher Sportler nach dem anderen Gold gewann.

Erneut schaute er auf das Buch. Es war ein dicker Wälzer, über tausend Seiten stark. In den letzten drei Jahren hatte er sehr wenig Fiktionales gelesen. Claras Tod hatte sein Verlangen, ja, seine Fähigkeit, sich von einer Geschichte bewegen zu lassen, immens geschmälert. Diese Auswirkung – diese Beeinträchtigung – hatte ihn überrascht, denn er hatte mehrere Jahre Zeit gehabt, sich darauf einzustellen, dass er seine Frau verlieren würde. Clara hatte vorher sogar davon gesprochen, wie befreiend ihr Tod für sie beide sein würde: für sie vom körperlichen Leid; für ihn von der Qual, dieses Leid mitansehen zu müssen. Doch so war es nicht gekommen. Nach ihrem Tod hatte er zwar Erleichterung darüber verspürt, dass ihre Leidenszeit nun vorbei war, aber als Befreiung für sich selbst hatte er ihren Tod bei Weitem nicht erlebt, denn es hatte ihm alle Freude an den Dingen genommen, die ihm einst Vergnügen bereitet hatten, nicht nur an Büchern, auch an Kunst, Spielfilmen, Freundschaften, Gesprächen über Politik und

Philosophie, an Reisen, an Sexualität und sogar an trivialen Dingen wie, sich in ein heißes Wannenbad zu legen oder im See oder im Meer schwimmen zu gehen. Selbst Zigaretten schmeckten ihm nicht mehr, obwohl er immer noch zwei Päckchen am Tag rauchte. Genau genommen war die einzige Quelle der Befriedigung, die von seinem Kummer unbeeinträchtigt blieb, seine Arbeit als Chirurg, vielleicht weil dabei nicht so sehr sein Herz gefragt war, sondern vor allem sein Verstand und das Geschick seiner Hände.

Er schlug das Buch auf. Ja, es war monumental, aber Schlaflosigkeit hatte auch positive Aspekte. Er blätterte zur ersten Seite, legte sich hin und begann zu lesen.

6

Eine Woche nach ihrer Ankunft in Jasnaja Poljana ließ der Strom der Verwundeten von der Front ein wenig nach, was Metz' Behauptung widersprach, dass der Frost die Kampfhandlungen intensivieren würde. Soweit Bauer es beurteilen konnte, war die Division ausgelaugt. Der Angriff auf Tula war an einer Verteidigung gescheitert, die weitaus stärker war als alles, was die 3. Panzerdivision bisher erlebt hatte: nicht nur konventionelle Schützengräben und Stacheldraht, auch Panzerabwehrgräben, Stahlspinnen und Panzersperren aus Beton, dazu gedacht, die Angreifer in Minenfelder oder Zonen mit konzentriertem Artillerie- und Maschinengewehrfeuer zu treiben. In diese Schießbuden hatte die bereits erschöpfte Division immer neue Männer, Maschinen, Munition und Treibstoff gepumpt. Und war dann schlussendlich keinen Schritt weitergekommen. Tula blieb von Westen, Süden und Osten belagert, aber laut Luftaufklärung erhielt die Stadt weiterhin Nachschub und Verstärkung aus dem Norden.

Ein morbider Humor machte sich in der Einheit breit. Eines Abends ahmte Molineux – schonungslos realistisch und deshalb umso lustiger – einen brabbelnden Kriegszitterer nach, der die Kontrolle über seine Gliedmaßen verloren hatte. In der Kaserne wurden die Streiche immer grausamer: Zwei Pfleger lasen einem Kameraden, der Analphabet war, einen Brief vor und taten so, als hätte seine Verlobte einen anderen geheiratet; andere überzeugten einen achtzehnjährigen Rekruten davon, dass seine Pilzinfektion Syphilis sei.

Die ersten Erfrierungsfälle trafen ein. Bauer hatte derartige Verletzungen noch nie gesehen, geschweige denn, sie behandelt, und war erneut dankbar für Metz' Erfahrung aus dem letzten Krieg. Das A und O sei Geduld, erklärte Metz den versammelten Ärzten und Pflegern. Unter den richtigen Bedingungen könne sich erfrorenes Gewebe regenerieren, entweder teilweise oder in manchen Fällen sogar vollständig. Um den Heilungsprozess zu fördern, sollten die Patienten in einer warmen, aber gut belüfteten Station untergebracht werden, die Bettdecke solle man umschlagen, damit die geschwärzten Gliedmaßen, Finger und Zehen trocknen konnten. Eine Amputation würde man nur dann in Betracht ziehen, falls sich eine klare Demarkationslinie gebildet hatte.

Zu der Zeit wurde irgendwann ein Infanterist mit einer klaffenden Mörserwunde am Bein in den OP getragen. Er gab an, heftige Schmerzen zu haben, und um ihn während der Untersuchung abzulenken, fragte Bauer ihn nach seinem Beruf vor dem Krieg. Steinmetz, antwortete der Mann. Er hatte einen schwäbischen Akzent. Er deutete auf die riesige Wunde am Oberschenkel. »Werde ich damit wieder arbeiten können?«

»Das hängt davon ab, was ich da drinnen vorfinde. Aber basierend auf dem, was ich bislang sehe, wüsste ich keinen Grund, warum Sie nicht wieder arbeiten können sollten. Der Knochen ist nicht gebrochen. Wir werden unser Möglichstes mit dem Muskel tun.«

»Danke, Herr Doktor«, sagte der Schwabe. »Ich weiß, dass ich bei Ihnen in guten Händen bin.«

Bauer tätschelte den Arm des Mannes, denn er wusste, dass eine Berührung zum richtigen Zeitpunkt mehr zur Beruhigung eines Patienten beitrug als jedes besänftigende Gerede.

Er übergab den Schwaben an Hirsch, ging zur Waschschüssel, seifte sich dort gründlich die Hände ein und spülte sie unter dem Wasserhahn ab, den Winkel aus dem Schaltknüppel eines zerschossenen Lastwagens gebastelt hatte.

»Mein Gott!«, rief Winkel hinter ihm, und er fuhr herum und sah, wie der Obergefreite dem Schwaben die Äthermaske vom Gesicht riss und sie durch eine Sauerstoffmaske ersetzte.

»Was ist los?«, fragte Bauer und eilte hinüber.

»Herzstillstand«, sagte Winkel und begann, dem Schwaben mit den Handballen rhythmisch auf den Brustkorb zu drücken. Bauer nahm das Handgelenk des Patienten und tastete nach dem Puls. Nichts. Nichts. Nichts. Nach einer halben Minute unterbrach Winkel die Herzmassage, riss den Vorhang auf, bat mit einem schnellen Ruf um Stille und legte dann das Ohr an den Brustkorb des Mannes. »Ich glaube, er ist tot, Hauptmann.«

»Setzen Sie die Herzmassage fort.«

Winkel gehorchte, während Bauer das Handgelenk des Patienten hielt. Demchak und Pflieger standen schweigend daneben, während Hirsch … Hirsch saß mit starrem Blick am Kopfende der Bahre. Es war ein Narkosetod, ganz eindeutig. Erneut lauschte Winkel nach dem Herzschlag. Er richtete sich auf. »Der Mann ist tot.«

Um die Bahre herum standen alle reglos da, als würden sie die Leiche imitieren. Bauer war wie gelähmt, fühlte sich schwach und leer, im Kopf ein Rauschen wie ein Tunnelwind.

Winkel erwachte als Erster aus der Erstarrung. Mit einer Kopfbewegung deutete er auf den Toten und wies Pflieger und Demchak an, ihn wegzuschaffen. Sie gehorchten. Bauer war bestürzt. Er hatte schon viele Patienten während der Operation verloren; damit musste man immer rechnen, es war Bestandteil seiner Arbeit. Aber nicht auf diese Weise. Nicht auf diese Weise.

Winkel zupfte an seinem Ärmel, dicht unter dem medizinischen Abzeichen mit dem Stab, um den sich eine Schlange wand. »Hauptmann?«

»Ich mache Pause«, sagte Bauer und zog seinen OP-Kittel aus. Er sagte kein Wort zu Hirsch, brachte es nicht fertig, ihn anzusehen, obwohl es dem Mann sicherlich selbst schlecht ging. »Ich gehe eine rauchen«, sagte er zu niemand Bestimmtem. In der Eingangshalle nahm er seinen Mantel und ging nach draußen in den schneidenden Wind. Er wandte sich um und zündete sich im Windschatten eine Zigarette an, zog den Rauch in seine Lunge und marschierte los, ließ sich vom Wind vorantreiben, wohl wissend, dass der Rückweg beschwerlich, ja, schmerzhaft werden würde, und es war ihm egal. Er musste weg. Es war Nachmittag, aber das Licht schwand bereits. Im Südwesten, jenseits der Hauptzufahrt, schien die blasse Sonnenscheibe schräg durch die Bäume.

Er dachte an den Steinmetz, Hans Jürgen Voigt, der sich bei ihnen in den besten Händen gewähnt hatte; ein Mensch, dessen Existenz als denkendes, fühlendes Wesen so einzigartig gewesen war wie das eines jeden Menschen, der je gelebt hatte. Es war so ein *unsinniger* Tod, und zwar einer, für den Bauer sich persönlich verantwortlich fühlte, denn er hatte bereits zweimal den Verdacht beiseitegeschoben, dass Hirschs Unfähigkeit einem Patienten das Leben gekostet hatte. Schluss damit. Mit Hirsch würde er nicht mehr zusammenarbeiten.

***

Das Abendessen verlief in angespannter Atmosphäre, zumindest empfand Bauer es so, während die blanke Wut in ihm aufstieg, sobald er zu Hirsch hinüberschaute.

Bisher wusste Metz noch nicht vom Tod des Schwaben, aber das würde Bauer nach dem Essen ändern. Metz wirkte bei Tisch gereizt, als würde er ahnen, was auf ihn zukam. Auch die anderen waren mürrisch. Molineux' Bemerkungen waren schneidend und perfide, ein sicheres Zeichen dafür, dass ihm der Alkohol ausgegangen war, während die unerfreuliche Lage in Tula wahrscheinlich die miese Laune der anderen erklärte. Aus strategischer Sicht kam der dortige Stillstand einer Niederlage gleich, eine weitere Verzögerung auf dem Weg nach Moskau. Das ausgegebene Ziel war, Moskau bis Weihnachten einzunehmen, aber wenn Tula weiter solchen Widerstand leistete, war die Hauptstadt bis dahin unerreichbar.

»Quartett?«, schlug Molineux vor, während zwei von Pabsts Männern die Teller abräumten.

Drexel rückte seine Brille zurecht, schlürfte Speichel aus dem Mundwinkel und sagte: »Geben Sie mir zwanzig Minuten.«

»Bauer, was ist mit dir?«, fragte Molineux.

»Das Gleiche.« Wenn er mit Metz fertig war, könnte eine Runde Kartenspielen genau das Richtige sein.

»Du wirst dich doch nicht zu deinem verdammten Buch schleichen, oder?«

Molineux zu verheimlichen, dass er *Krieg und Frieden* las, war unmöglich gewesen und ebenso, ihn dazu zu bringen, diesen Umstand nicht in der Messe zu erwähnen. Bauer warf ihm einen warnenden Blick zu, und er schien die Botschaft zu verstehen und wandte sich stattdessen an Zöllner. »Hans?«

»Klar, bin dabei«, sagte Zöllner und zeigte sein angenehmes Lächeln. »Aber nicht lange. Ich muss noch meiner Verlobten schreiben.«

»Herrje! Du schreibst ihr doch jeden Abend«, sagte Molineux.

»Jede zweiten.«

»Schön. Sie kriegt also ständig Post von dir, und wozu das Ganze?«

»Weil wir uns lieben?«, entgegnete Zöllner vorsichtig.

»Ha! Armer Trottel. Habt ihr es schon getrieben?«

»Herrgott noch mal, *Anstand*, Hauptmann«, sagte Metz am Kopfende des Tisches. »Dies ist eine Offiziersmesse, kein Bordell.«

»Bitte um Verzeihung, Herr Oberstleutnant«, sagte Molineux. »Hab mich hinreißen lassen.«

Eine Weile herrschte Schweigen, dann sagte Zöllner zu Molineux gewandt: »Ich bin praktizierender Christ, falls das deine Frage beantwortet. Und meine Verlobte ist es auch.«

»Das freut mich zu hören«, sagte Molineux fromm. »Solange du Lust auf Kartenspielen hast. Von mir aus könntest du Zoroastrier sein, solange du Geld hinlegst.« Er schwenkte herum. »Hirsch, was ist mit dir, du rückschrittliche Mikrobe? Bist du dabei?«

»Ich glaube nicht. Nicht, wenn um Geld gespielt wird.«

»Komm schon, nur um ein paar Pfennige. Damit es interessant bleibt.«

»Ich lasse es bleiben.«

»Jetzt komm, sei kein Weichei.«

»Letztes Mal hast du mir sechs Mark abgeknöpft.«

»Genau deshalb hast du heute mehr Glück.«

»Ich habe nie Glück. Nicht beim Kartenspiel.«

»Haben Sie das gehört, Oberstleutnant?«, sagte Molineux zu Metz gewandt. »Defätismus. Und er schämt sich nicht mal dafür.«

Hirsch errötete, offenbar stärker verunsichert durch eine spöttische Bemerkung als durch die fahrlässige Tötung eines Patienten.

»Wenn der Leutnant beim Kartenspiel immer Pech hat«, sagte Metz, »sollte er nicht spielen müssen.«

»Aber Oberstleutnant, er hat kein Pech, er ist nur feige.«

»Wenn die Sterne gegen ihn stehen«, sagte Metz, »wäre er ein Narr, wenn er spielen würde.«

»Die Sterne?«, sagte Weidemann und zog damit die Aufmerksamkeit aller Anwesenden auf sich. Es war selten, dass der Major bei Tisch sprach. »Ich nehme an, Sie meinen das im übertragenen Sinne.«

»Sowohl im übertragenen als auch im wörtlichen Sinne, Herr Major«, erklärte Metz.

»Sie glauben, die Sterne könnten – buchstäblich – das Kartenglück des Leutnants beeinflussen?«

»Ich behaupte nicht, dass sie es tun – zumindest nicht mit Gewissheit. Wie sollte ich auch? Aber, Herr Major, eine Gegenfrage: Können Sie beweisen, dass sie es nicht tun?«

Weidemann wischte den Gedanken beiseite. »Ich kann ein Negativ nicht beweisen, *Herr Oberstleutnant*. Aber was Sie da erzählen, ist abergläubischer Unsinn. Astrologie gehört ins finstere Mittelalter.«

Bauer unterdrückte den Impuls, Weidemann zu applaudieren.

»Sie gehen davon aus, dass die Wissenschaft alles weiß und unsere Vorfahren ahnungslos waren«, sagte Metz. »Ist Ihnen schon mal in den Sinn gekommen, dass Traditionen, die Sie als Aberglaube bezeichnen, Einsichten in die Funktionsweise des Universums enthalten könnten?«

»Wie zum Beispiel dessen Tendenz, Leutnant Hirsch beim Kartenspielen verlieren zu lassen?«

»Spotten Sie ruhig, Herr Major, aber bedenken Sie, dass unser Körper zu mehr als fünfzig Prozent aus Wasser besteht. Das Gehirn ist, wie wir wissen, viskos. Nun bedenken Sie bitte die Anziehungskraft des Mondes auf die Ozeane und die daraus resultierenden Gezeiten und sagen Sie mir, dass ein Himmelskörper keinen Einfluss auf unser Verhalten haben kann.«

»Stimmt«, sagte Molineux. »Ein himmlischer Körper beeinflusst unweigerlich mein Verhalten.«

Weidemann sagte: »In Ordnung, nehmen wir einmal an, dass Sie mit Ihrer Annahme über den Mond recht haben –«

»Und über die Planeten«, sagte Metz, »lassen Sie nicht die Planeten außer Acht.«

»Meinetwegen auch die Planeten, schön. Sollte ihre Wirkung auf das menschliche Verhalten dann nicht universell sein?«

»Ganz und gar nicht«, sagte Metz im müden Tonfall eines Professors, der einen begriffsstutzigen Studenten korrigiert. »Menschliche Körper unterscheiden sich nicht nur voneinander, sie reagieren üblicherweise auch unterschiedlich auf identische Reize.«

»Gut, aber Sie sprachen von den Sternen«, sagte Weidemann. »Sie wollen doch wohl nicht behaupten, dass deren Schwerkraft uns über die riesigen Entfernungen hinweg erreicht?«

»Noch einmal, Major, warum nicht?«

»Sie sagen also, die Sterne … nein, Sternenkonstellationen, die sich aus weit voneinander entfernten Sternen zusammensetzen, können aus den Tiefen des Alls das Verhalten der Menschen auf der Erde beeinflussen?«

»Major, wie gesagt, ich spekuliere lediglich. Die Wissenschaft hat keine Antworten auf derartige Fragen. Sie kann uns nicht einmal sagen, ob die Auswirkungen, die Sterne gegebenenfalls auf das menschliche Verhalten haben, gravitativer Natur sind oder die Folge einer unbekannten Kraft. Die Zeit wird es zeigen, nehme ich an.«

»Oder auch nicht.«

»Major, es gibt zwei Arten von Männern auf dieser Welt«, sagte Metz, »die mit offenem und die mit verschlossenem Verstand.«

Es folgte eine kurze Pause, dann sagte Hirsch: »Ich verliere beim Quartett praktisch immer.« Alle Blicke richteten sich auf ihn, und schlagartig schoss ihm die Schamesröte ins Gesicht.

»Da haben wir es«, sagte Metz ohne eine Spur von Ironie. Plötzlich sah er erschöpft aus und erhob sich vom Tisch, wünschte allen eine gute Nacht und entschuldigte sich. Bauer wäre ihm am liebsten hinterhergegangen, aber trotz seiner Wut auf Hirsch wollte er nicht sofort aufspringen und ihn über Gebühr verunsichern wegen eines Problems, das letztlich Metz verursacht hatte.

Und so war Drexel der Nächste, der sich vom Tisch erhob und ging. Anschließend musste Bauer Molineux noch einige Male versichern, dass er gleich tatsächlich zum Kartenspielen kommen würde, und als er schließlich die Eingangshalle erreichte, war Metz schon seit einer Weile verschwunden. Der Oberstleutnant pflegte früh zu Bett zu gehen, machte sich womöglich schon bettfertig, aber Bauer beschloss, es dennoch in Metz' Büro zu versuchen; er ging den Flur hinunter und klopfte zweimal an die Tür. Wie oft hatte wohl Sophia Andrejewna nach dem Abendessen hier gestanden und bei ihrem weltberühmten Gatten angeklopft?, fragte er sich. Wie oft war sie wütend genug gewesen, um einfach bei ihm hereinzuplatzen?

»Verschwinden Sie«, rief Metz von drinnen. »Ich bin beschäftigt.«

»Ich bin's, Bauer.«

»Später.«

»Oberstleutnant, es ist dringend.« Er würde sich nicht fortschicken lassen. »Oberstleutnant?«

»Später, verdammt noch mal.«

Bauer umfasste die Türklinke. Ein Mensch war gestorben, und das musste Konsequenzen haben. Er öffnete die Tür und trat ein, blieb aber abrupt stehen: Metz saß mit halb ausgezogener Uniformjacke am Schreibtisch und ließ sich von Drexel eine Spritze in den ausgestreckten bleichen Unterarm verabreichen. Metz fuhr herum, an seiner Halskette schwang der Schrapnell-Anhänger mit. »Ich bin beschäftigt«, fauchte er. »Raus hier.«

Bauer machte auf dem Absatz kehrt und schloss von außen die Tür. Sein erster Impuls war zu verschwinden, was Metz' Zorn aber nicht schmälern würde, und was er eben gesehen hatte, hatte nichts mit der Problematik um Hirsch zu tun. Hinter der Tür vernahm er leise Stimmen, und etwa zwei Minuten später kam Drexel heraus, grüßte ihn kühl und schlenderte davon, in der einen Hand eine buchgroße Holzschatulle, deren Deckel mit Elfenbein- oder Perlmutteinlagen verziert war.

Bauer klopfte erneut an die Tür.

»Ja?«, rief Metz, seine Stimme nun viel entspannter als zuvor. Bauer trat ein und machte hinter sich zu. Metz saß nun aufrecht und gerade am Schreibtisch, seine Uniform wieder zugeknöpft. »Hauptmann, was kann ich für Sie tun?«

Bauer blinzelte. Wenn Metz so tun wollte, als wäre nichts Ungewöhnliches geschehen, dann war es eben so, dachte Bauer und berichtete ihm in gemessenem Ton vom Tod des Schwaben.

»Das ist alles?«, fragte Metz, als er fertig war. »Wir verlieren ständig Patienten.«

Bauer war fassungslos. »Oberstleutnant, das war kein normaler Todesfall.«

»Und? Was soll ich jetzt tun?«

»Versetzen Sie Hirsch. Schaffen Sie einen neuen Anästhesisten heran, einen ausgebildeten.«

»Das haben wir doch schon besprochen. Ich habe Generalmajor Oeding geschrieben. Es gibt keinen Anästhesisten, der entbehrlich wäre.«

»Dann schreiben Sie ihm noch mal. Es kann doch nicht in Oedings Sinn sein, dass unnötig Patienten sterben.«

»Oeding hat andere Sorgen.«

»Und was ist mit Ihnen, Oberstleutnant? Haben Sie auch andere Sorgen?«

»Soll heißen?«

»Ihre Beförderung vielleicht? Und dass Sie deshalb keinen Ärger machen wollen?« Es war tollkühn, aber das kümmerte ihn nicht mehr. Es musste sich etwas ändern.

»Hauptmann, Sie sind überreizt«, sagte Metz, seine Stimme eigenartig ruhig. »Dementsprechend werde ich über Ihre Unverschämtheit hinwegsehen.«

»Tun Sie, was Sie wollen. Ich für meinen Teil kann über Leutnant Hirschs Inkompetenz nicht mehr hinwegsehen.«

»Inkompetenz? Ist das nicht etwas übertrieben? Hirsch ist immerhin ausgebildeter Zahnarzt.«

»Er hat kein Händchen für die Anästhesie.«

»Er braucht mehr Übung, das ist alles. Bitten Sie Hermann, ihn unter seine Fittiche zu nehmen.«

»Oberstleutnant, Molineux mag gut sein in dem, was er tut, aber er ist kein guter Lehrer. Und er mag Hirsch nicht.«

»Er mag ihn nicht? Wie kommen Sie dazu, so etwas zu sagen?«

»Oberstleutnant, es ist offensichtlich. Das müssen Sie doch bemerkt haben.«

»Hauptmann, ich habe zweihundertfünfzig Männer unter meinem Kommando. Man kann von mir nicht erwarten, dass ich all deren Vorlieben und Abneigungen kenne.«

Bauer hielt inne, sammelte sich. »Oberstleutnant, was ist mit der anderen Lösung, über die wir gesprochen haben: dem Obergefreiten Winkel die Aufgabe zu übertragen?«

»Nein und nochmals nein. Anästhesie ist eine Arbeit für Offiziere.«

»Schön und gut, aber Sie haben ja auch keinen Patienten verloren.«

»Hauptmann, ich warne Sie: Überspannen Sie den Bogen nicht. Falls Sie es noch nicht bemerkt haben, wir befinden uns im Kriegseinsatz. Der medizinische Standard hier deckt sich nun mal nicht immer mit dem eines zivilen Krankenhauses.«

»Vor einem Jahr hätten Sie gesagt, dass die Schwierigkeiten, mit denen wir im Einsatz konfrontiert sind, der *Grund* dafür seien, nach Perfektion zu streben.«

»Vor einem Jahr waren wir in Frankreich. Vor einem Jahr wurden meine Offiziere nicht von Scharfschützen umgebracht.«

Ein Anflug aufrichtigen Kummers lag in seiner Stimme, und obwohl unklar war, ob der Kummer ihm selbst oder Dieter galt, war Bauer gerührt – bisher schien Dieters Tod Metz lediglich verärgert zu haben. Ermutigt fragte er ihn: »Oberstleutnant, was ich hier eben mit Drexel gesehen habe –«

»Hat Sie nicht zu interessieren.«

»Als Arztkollege glaube ich sehr wohl, dass es mich zu interessieren hat. Ihr Urteilsvermögen –«

»Hören Sie, Hauptmann, mein Urteilsvermögen ist völlig in Ordnung. Mehr noch, ich habe selten eine so große innere Klarheit verspürt wie in diesen Tagen.«

»Ich kann nur kommentieren, was mir aufgefallen ist, Oberstleutnant. Ihre Sprunghaftigkeit. Ihre aufbrausende Art.«

»Sprunghaftigkeit? Unsinn.«

»In den letzten Wochen schienen Sie nicht Sie selbst zu sein.«

»Wenn ich manchmal wütend bin, dann ist das nur natürlich. Es sind harte Zeiten. Und es schadet sicherlich nicht, wenn ich meinen Männern hin und wieder ein bisschen Feuer mache. Das schließt Sie mit ein, Bauer.«

»Oberstleutnant, was war in dieser Spritze?«

»Das ist eine Privatangelegenheit zwischen mir und Leutnant Drexel.«

»Weidemann hat es Ihnen nicht verschrieben?«

»Weidemann hat nichts damit zu tun.«

»Sollte er das aber nicht?«

»Ich mache mich widerstandsfähiger, ich behandle keine Krankheit.«

»Aber wie?«

»Das möchte ich nicht verraten, zumindest nicht in diesem Stadium. Ich kann nur so viel sagen, dass einer der Inhaltsstoffe Pervitin ist.«

»Großer Gott, Oberstleutnant, und Sie erwarten, dass ich mir keine Sorgen mache? Was ist mit den Nebenwirkungen?«

»Hauptmann, beruhigen Sie sich. Drexel und ich führen ein Experiment durch, dessen Ergebnisse wir zu gegebener Zeit den Behörden vorlegen werden. Im Moment müssen Sie nur wissen, dass das Präparat die positive Wirkung von Pervitin verstärkt und gleichzeitig dessen Gefahren eliminiert.«

»Sogar die Gefahr, abhängig zu werden?«

»Sie als Raucher maßen sich an, mich über Suchtgefahren zu belehren?«

»Die Konsequenzen des Rauchens sind ganz andere, Oberstleutnant.«

»Ja, vollständig deletäre«, sagte Metz.

»Oberstleutnant, warum holen wir nicht Major Weidemanns Meinung ein? Er ist der Erfahrenste von uns. Wenn er Ihnen grünes Licht gibt, gut. Wenn nicht, überdenken Sie die Sache noch mal.«

»Ach, dieser Weidemann«, sagte Metz abschätzig. »Erzkonservativer Kerl –«

»Umso besser.«

»Dessen Zeit abgelaufen ist. Die Zukunft des Reiches gehört jungen Männern mit Tatkraft und Fantasie. Männern wie Drexel.«

»Vielleicht. Aber was ist mit den gesundheitlichen Spätfolgen? Haben Sie schon daran gedacht?«

»Hauptmann, uns allen stehen gesundheitliche Spätfolgen bevor. Das nennt man den Tod. Leben bedeutet Verlust. Krieg bedeutet Verlust. Uns bleibt nichts anderes übrig, als dies tapfer hinzunehmen. Tapferkeit ist das Entscheidende, wenn wir die Bolschewiken besiegen wollen, die zwar minderwertig, aber dafür umso zahlreicher sind. Zum Glück ist Tapferkeit eine arische Eigenschaft, die Drexel glaubt, gezielt verstärken zu können.«

»Er kann Deutschtum in Flaschen abfüllen?«

»Sie meinen das ironisch, aber warum nicht? Die angeborenen Stärken eines gewöhnlichen Deutschen wie mir – Intelligenz, Tapferkeit, Entschlossenheit, Härte – zu nehmen und sie zu verstärken, genau das tun wir. Davor zurückzuschrecken, wäre feige, eine Pflichtverletzung.«

Bauer zögerte. Er kam hier nicht weiter, das war offenkundig. »Oberstleutnant, ich kann nicht mehr mit Hirsch zusammenarbeiten«, kehrte er zum Grund seines Besuches zurück. »Nicht nach dem letzten Vorfall.«

»Hauptmann, Sie können und Sie werden mit Hirsch zusammenarbeiten. Sie sind ein fähiger Offizier, ich weiß, dass es Ihnen gelingen wird.«

Bauer verzog das Gesicht, wütend, aber auch ein wenig geschmeichelt.

»Außerdem«, fügte Metz hinzu, »ist es ein Befehl.«

7

Am nächsten Morgen, Dienstag, dem 11. November, fragte Bauer Molineux, ob er Hirsch nicht ein wenig unter seine Fittiche nehmen könne.

»Zeitverschwendung«, sagte Molineux und stieg mühsam in seinen Stiefel.

»Wieso sagst du das?«, fragte Bauer.

»Anästhesie ist eine Kunst – entweder man hat ein Gefühl dafür oder man hat es nicht.«

»Er muss ja nicht gleich dein Niveau erreichen«, sagte Bauer, »du sollst ihm nur ein bisschen auf die Sprünge helfen.«

»Da müsste er schon sehr hoch springen.« Molineux' zweiter Stiefel bereitete ihm noch größere Schwierigkeiten als der erste. »Meine Ausbildung hat Jahre gedauert.«

»Ich bitte dich nur, dir ein bisschen Mühe mit ihm zu geben.«

»Unter den Händen eines erfahrenen Anästhesisten ist der Patient ein Instrument, das man zupfen und bespielen kann«, sagte Molineux und schaffte es endlich, auch den zweiten Stiefel anzuziehen.

»Unsinn. Musiker erwecken ihre Instrumente zum Leben.«

»Genau wie ich!«, sagte Molineux. Er stand auf und griff nach seiner Uniformjacke. »Im Wachzustand sind sie schwer verletzt, in der Bewusstlosigkeit werden sie wiederhergestellt.«

»Wie auch immer, Hermann. Was ist nun, nimmst du Hirsch unter deine Fittiche?«

»Was ist für mich drin?«

Bauer hatte die Frage, oder etwas in der Art, kommen sehen. »Die erste Flasche Wodka, die ich auftreiben kann.«

»Abgemacht. Aber erwarte keine Wunder.«

»Tu ich nicht. Sorge einfach dafür, dass er keine Patienten mehr umbringt.«

Molineux trat vor den Spiegel, den er neben seinem Bett aufgehängt hatte, und kämmte sich das schüttere Haar. Bauer wartete an der Tür und widerstand dem Drang, ihm zu verraten, dass Metz Amphetamine spritzte, denn er wusste, dass Molineux es weniger als Grund zur Sorge betrachten würde, sondern vor allem als Klatschgeschichte.

Aber bot das Ganze tatsächlich Anlass zur Sorge?, fragte sich Bauer. Die Einnahme von Pervitin in Tablettenform war in der Wehrmacht seit dem Frankreichfeldzug weitverbreitet, vor allem bei Panzerbesatzungen, die das Aufputschmittel schluckten, um in den entscheidenden zwei oder drei Tagen nach dem Durchbrechen der feindlichen Linie wach zu bleiben. Soweit Bauer wusste, gab es keine Studien über die gesundheitlichen Folgen, zweifellos, weil es für das Wohlergehen eines deutschen Panzerfahrers unmittelbarere Bedrohungen als Pervitin gab. Die intravenöse Einnahme, so wie Metz es tat, verstärkte fraglos die Wirkung des Mittels. Es war angeraten, Metz im Auge zu behalten. Sein Verhalten zu beurteilen, würde jedoch nicht einfach sein, denn wie Metz selbst erklärt hatte, waren einige der Wirkungen regelmäßigen Amphetaminkonsums – Entschlossenheit, Dynamik, Selbstherrlichkeit, Aggressivität – ohnehin feste Bestandteile seines Charakters.

»Fertig?«, fragte Molineux.

»Seit fünfzehn Minuten.«

»So kennt man dich ja gar nicht. Die Sache mit Hirsch nimmt dich richtig mit, was?«

Sie verließen das Zimmer und gingen nach unten, wo sie sahen, wie Winkel mit der Haushälterin zu sprechen versuchte.

»Oh, *hallo*«, sagte Molineux. »Was läuft denn hier?«

»Ich frage sie nach ihrem Namen«, sagte Winkel.

Bauer wandte sich ihr zu. »Daria Grigorjewna, *da*?« Sie nickte, sah ihn aber nicht an.

Molineux sagte: »Planst du ein Techtelmechtel mit einer Einheimischen, Obergefreiter? Slawische Frauen sind tabu, weißt du das nicht?«

»Darum geht es nicht«, sagte Winkel. »Unsere Aufgaben überschneiden sich.«

»Na, da hast du aber Glück. Aber pass auf, sie ist ein ziemlicher Brocken. Sie könnte dich zerquetschen.«

»Hauptmann, Sie bringen sie in Verlegenheit.«

»Sie kann uns nicht verstehen, Obergefreiter. Oder doch, Milchkuh?«

»Aber Sie beäugen sie«, sagte Winkel. »Das ist unhöflich.«

»Guter Gott, Winkel, wozu sind wir die Herrenrasse, wenn wir keinen weiblichen Untermenschen beäugen dürfen?«

Bauer packte ihn am Ellbogen und wollte ihn Richtung Messe schieben.

»Nicht so schnell«, sagte Molineux, »ich bin hier noch nicht fertig.«

»Na gut, aber beeil dich. Es gibt Frühstück.«

»Tust du mir einen Gefallen, Sepp?«, fragte Molineux.

»Was?«, fragte Winkel, untypisch schroff.

»Die Außentemperatur?«

»Ich kenne sie nicht. Ich habe nicht nachgesehen.«

»Kannst du es jetzt tun, bevor es wärmer wird? Meinen klappernden Zähnen zufolge haben wir ein Rekordtief.«

***

Bauer traf Katerina Dmitriewna in der Bibliothek an, wo sie auf einer Leiter stand und Bücher ins Regal räumte. »Warum tun Sie das?«, fragte er.

»Damit Sie sie nicht so leicht wegschleppen können, wenn Sie von hier verschwinden.«

Es war so kalt in dem Raum, dass man ihren Atem sah, obwohl draußen zum ersten Mal seit Wochen die Sonne schien und den Reif an den Fenstern glitzern ließ.

»Keine Sorge. Falls wir uns tatsächlich zurückziehen müssen, werden Bücher nicht unsere oberste Priorität sein.«

»Und wenn es um Literatur geht, ist Verbrennen ja sowieso eher Ihr Stil, habe ich gehört.«

Er vermutete, dass es Jahrzehnte dauern würde, bis die Deutschen sich von den Freveltaten des Nationalsozialismus reingewaschen hätten. Um einen Anfang zu machen, sagte er: »Es macht mir großen Spaß, *Krieg und Frieden* zu lesen.«

»Schön für Sie.«

»Aber da ist etwas, das Sie über die Ausgabe wissen sollten, die Sie mir geliehen haben.«

»Ihnen überlassen habe«, korrigierte sie ihn.

»Darin sind einige handschriftliche Anmerkungen.«

Sie blickte von oben auf ihn herab, was ihn an sein vermeintlich schütteres Haar denken ließ. »Was für Anmerkungen?«

»Sie sind mit Bleistift geschrieben, eine Handvoll in den ersten Kapiteln. Kommentare zur Übersetzung. Konnte Tolstoi Deutsch?«

»Natürlich.«

»Dann sollten Sie sich das ansehen«, sagte er und hielt ihr das Buch hin. »Ich habe die Stellen markiert.«

Sie stieg die Leiter herunter, nahm ihm das Buch aus der Hand und studierte die ersten Notizen.

»Was denken Sie?«, fragte er.

Sie lächelte. »Ich denke, Sie haben eine kleine Entdeckung gemacht, Hauptmann. Ich gratuliere.«

»Sie glauben, es war Tolstoi?«

»Zweifellos. Die zackige Handschrift. Die Gereiztheit, wenn Sie so wollen.«

»Insgesamt sind es neun Stellen«, sagte er.

Sie las weiter, und Bauer nutzte die Gelegenheit, um sie zu bewundern. Ihr Hals war schlank und elegant, ihr zurückgebundenes lockiges Haar gab ein kleines braunes Muttermal am Hals preis. Nach einigen Minuten klappte sie das Buch zu, ihre Miene nachdenklich.

»Jetzt wollen Sie es bestimmt zurückhaben«, sagte er.

Sie überlegte einen Moment, schüttelte dann den Kopf. »Nein, ein Buch braucht einen Leser. Und wie ich neulich sagte, in diesem Fall sind Sie der Leser dieser Ausgabe. Wahrscheinlich der Einzige, denn ich bezweifle, dass Lew Nikolajewitsch weit über diesen Punkt hinaus darin gelesen hat.« Aus einer Tasche ihrer Steppjacke zog sie einen Bleistift. »Ich übertrage kurz, was er geschrieben hat.«

»Natürlich. Und keine Sorge, wenn ich es ausgelesen habe, gebe ich es Ihnen zurück.«

»Wie Sie wünschen. Sie wissen ja, ich bezweifle, dass Sie dann noch hier sein werden.«

»Ich werde schnell lesen.«

»Das werden Sie wohl müssen.«

Sie ging zu einem leeren Regal, legte das Buch hinein und begann, die mutmaßlichen Tolstoi-Notizen auf einen Zettel zu übertragen. Bauer trat unterdessen an eines der Fenster, um nach draußen zu schauen, aber das helle Sonnenlicht auf der vereisten Scheibe blendete ihn zu sehr. Deshalb drehte er sich um, wie um sich den Rücken zu wärmen, und betrachtete wieder Katerina. Ihre strenge Miene unterstrich, in Kombination mit der Brille, ihr lehrerhaftes Erscheinungsbild; sie schaute auf den Zettel, ihr kleines Kinn leicht gestaucht, und dennoch beschleunigte Bauers Herzschlag. Für ihn sah sie wunderschön aus – strahlend –, und er schüttelte erschrocken den Kopf. Derartige Gefühlsanwandlungen waren sinnlos, absurd.

»Erledigt«, sagte sie und gab ihm das Buch zurück.

»Das Originalmanuskript …«, sagte er. »Befindet es sich hier irgendwo im Haus?«

»Seien Sie nicht albern«, sagte Katerina. »Es liegt in Moskau.«

»Natürlich«, entgegnete er und kam sich töricht vor.

»Erzählen Sie, Hauptmann«, sagte Katerina und stieg die Leiter hinauf, »welche Passagen finden Sie besser, die Kriegsszenen oder die, in denen Frieden herrscht?«

»Das kann ich nicht sagen«, antwortete er und wandte sich ihr wieder zu.

»Seien Sie kein Feigling. Entscheiden Sie sich.«

»Würde es ein schlechtes Licht auf mich werfen, wenn ich sage, die Kriegsszenen?«

»Antworten Sie einfach wahrheitsgemäß.«

»Na schön. Die Kriegsszenen.«

»Warum?«

Er überlegte, sortierte seine Gedanken. »Weil die Salonszenen des Romans alle gleich sind, während jede Kriegsszene etwas ganz Eigenes hat. Ich verallgemeinere natürlich.«

»Natürlich«, sagte sie. Falls es ihm gelungen war, sie zu belustigen, ließ sie es sich nicht anmerken. Sie hielt noch alle Bücher im Arm, schien es nicht eilig zu haben, sie einzuräumen.

»Zum Beispiel, als zum ersten Mal die Franzosen auftauchen«, sagte er, »wie sie aus der Ferne die Russen auf einer Brücke mit Kanonenkugeln eindecken. Es ist irgendwo in Österreich. Ich habe den Fluss vergessen.«

»Die Enns«, sagte sie.

»Daran erinnern Sie sich?«

»Ich sagte doch, ich habe das Buch viermal gelesen«, entgegnete sie. »Fahren Sie fort.«

»Dann wissen Sie bestimmt, was ich meine«, sagte er, wohl wissend, dass sie seine Beobachtungen banal finden könnte. »Das Nadelöhr der Brücke, die Spannung – werden sie rüberkommen oder nicht? Wie die Russen auf unterschiedliche Art ihre Angst verdrängen – mit Humor, Verärgerung, Wagemut. Und dann schaffen sie es tatsächlich auf die andere Seite. Ohne einen einzigen Toten. Das ist die Überraschung. Aber als Leser ist man gewarnt. Es wird Blutvergießen geben.«

»Das deutet ja bereits der Titel an, finden Sie nicht auch?«

»Und wenn es dann tatsächlich geschieht, dann erschreckt Tolstoi einen. Die erste Schlacht bei ...?«

»Schöngraben.«

»Genau, bei Schöngraben«, sagte er, beruhigt, dass sie wusste, wovon er sprach, aber auch darum bemüht, ihr zu zeigen, dass sein Interesse nicht kindisch oder, schlimmer noch, militaristisch war. »Die russische Nachhut wird von einem jungen Offizier gerettet, einem homosexuellen Artilleriehauptmann.«

Trubetzkaja lachte. »*Daran* erinnere ich mich nicht mehr.«

»Es ist meine eigene Schlussfolgerung«, gab er zu. »Tolstoi stellt ihn als sanft dar. Man hat den Eindruck, der Artilleriehauptmann ist ein militärischer Ignorant, der seine Ziele rein intuitiv auswählt, so wie ein Kunstmaler Farbe auf die Leinwand tupft. Und doch hält er mit nur vier Kanonen das russische Zentrum zusammen und verhindert, dass die Franzosen ihre Reserven zum Einsatz bringen. So eine Kriegsszene habe ich noch nie gelesen.«

»Ich werde sie mir noch einmal ansehen müssen«, sagte sie

»Um mir zu sagen, dass ich falschliege?«

»Nicht unbedingt. Ihre Interpretation hätte Tolstoi vielleicht beleidigt, aber sei's drum? Er war nur der Autor. Gute Romane sind größer als ihre Autoren, und *Krieg und Frieden* ist besser als gut. Hätte der arme Lew sich dem zu widersetzen versucht, hätte das Buch ihn zurechtgestutzt.«

Was für ein Vergnügen es war, mit ihr über Literatur zu sprechen. Ein ähnliches Gespräch ließe sich wohl auch mit Molineux führen, aber nur in ironischer Form. Bei Katerina Dmitriewna schien man mit Offenheit punkten zu können, und plötzlich wurde ihm klar, dass sie sich womöglich genauso sehr nach Freundschaft sehnte wie er.

»Sagen Sie, warum ist Ihnen dieses bestimmte Detail aufgefallen? Über den Artilleriehauptmann. Sind Sie homosexuell?«

»Nein«, sagte er schockiert, aber entschlossen, es nicht zu zeigen. »Es erschien mir nur als ein Zeichen von Tolstois … charakterlicher Größe. Der Bandbreite seiner Neugierde, seiner Empathie. Wohlgemerkt, er schreibt eindeutig für Russen. Er benutzt Ausdrücke wie ›unsere Armee‹, ›unsere Flanke‹, ›unsere Kavallerie‹. Das hat mich ein wenig abgeschreckt, muss ich sagen.«

»Weil Sie sich ausgegrenzt fühlen.«

»Genau. Und natürlich lese ich das Buch nicht auf Russisch.«

»Oh, da würde ich mir keine Gedanken machen«, sagte sie. »Ihnen entgeht nicht viel. Als Stilist kann er es nicht mit, sagen wir, Turgenjew aufnehmen. Oder mit Flaubert.«

Er lachte. »Jetzt bin ich aber empört.«

»Ich sage ja nicht, dass er kein großer Schriftsteller war. Der größte sogar. Ich sage nur, dass es ihn wenig kümmerte, ob ein Text glatt dahinfließt. Für Flaubert waren Wortwiederholungen der reinste Frevel, während Tolstoi gut passende Wörter förmlich totritt.«

»Ich glaube, Sie wollen mich schockieren, Katerina Dmitriewna.«

»Glauben Sie mir, Hauptmann, sosehr meine Worte Sie auch schockieren mögen, für mich ist Ihre Anwesenheit in Jasnaja Poljana schockierender.«

Diese Bemerkung ignorierte er, und sie beließ es zum Glück dabei. »Die Salonszenen«, sagte sie stattdessen, »was ist mit denen? Die vielen Frauen. Sind Sie in Natascha verliebt?«

»Das war ich, als ich das Buch mit fünfzehn las. Ich war besessen von ihr.«

»Und heute?«

»Am Anfang der Geschichte ist Natascha dreizehn – das hatte ich vergessen –, es ist also nachvollziehbar, dass ich mich in sie verliebte, als ich selbst nicht viel älter war. Diesmal weiß ich nicht so recht, wie ich sie finde.«

»Im zweiten Teil ist sie eine junge Frau.«

»Aber ich bin kein junger Mann mehr.«

Sie lachte. »Wohl wahr.«

»Und sie wird nicht richtig erwachsen«, sagte Bauer. »Ja, es gibt Herzschmerz in ihrem Leben – ich bin schon im zweiten Teil, und sie ist bereits damit konfrontiert –, aber sie bleibt bis zum Schluss eine kindliche Person, oder fast bis zum Schluss. Deshalb hat mich auch der Epilog so schockiert – *daran* erinnere ich mich noch genau: wie Natascha sich in eine feiste Matrone verwandelt.«

»Kindliche Frauen sind von Natur aus konventionell, finden Sie nicht auch? Ich persönlich mag Natascha nicht besonders. Würde ich ihr begegnen, bezweifle ich, dass wir Freundinnen werden würden – obwohl ich Tolstoi damit natürlich ein großes Kompliment mache, denn selbst wenn ich mich über seine Frauenfiguren ärgere, fesseln sie mich. Nehmen Sie zum Beispiel *Anna Karenina*.«

»Sie mögen Anna nicht?«, fragte Bauer, erfreut, dass sich das Gesprächsthema ausweitete.

»Sie macht mich wütend. Sie ist so erpicht auf ihre Selbstzerstörung – als wäre sie kein Mensch, sondern eine Naturgewalt, ein Dämon der Begierde. Sie ist tragisch, im griechischen Sinne, und ich bin mir nicht sicher, ob eine solche Tragödie in den Roman passt.«

»Oh, warum denn nicht?«

»Weil das Buch von Menschen handelt, nicht von Göttern und Helden.«

Bauer dachte eine Weile darüber nach, sagte dann: »Eine Frau, die ihre Selbstzerstörung verfolgt – das klingt nach Ihnen bei Ihrer ersten Begegnung mit Metz.«

»Oh, Metz ist eher eine Figur aus einem Schwank, finden Sie nicht auch? Er würde eine gute Romanfigur abgeben.«

Ungewollt hatte er sie in die Gegenwart zurückgebracht. »Um zur Literatur zurückzukehren«, sagte er,»Tolstoi kann also nicht über Frauen schreiben?«

»Oh doch, er macht das hervorragend – gerade wenn er mich besonders entnervt, verblüfft er mich, indem er einen Blick in die Seele einer Frauenfigur gewährt.«

»Haben Sie ein Beispiel?«

»Gräfin Rostowa«, sagte sie, ohne zu zögern, »als sie einen Brief von ihrem Sohn Nikolai erhält, der als Soldat dient. Sie staunt darüber, dass er zum Mann geworden ist.« Sie blickte ins Leere, ihre Miene entrückt, und schlagartig verstand Bauer, warum.

»Sie sind Mutter«, sagte er.

Katerina schaute zu ihm herunter. »Bin ich so durchschaubar?«

»Zufallstreffer«, sagte er. »Sie haben einen Sohn, nehme ich an?«

»Er ist inzwischen ein Mann, der als Soldat dient, um so viele von Ihren Landsleuten zu töten wie möglich.«

»Sie müssen sehr jung gewesen sein, als Sie ihn bekamen«, sagte er.

»Versuchen Sie mir zu schmeicheln, Hauptmann?«

»Ich gebe nur die Wahrheit wieder.«

»Denn falls ja, verschwenden Sie Ihre Zeit.«

»Wie heißt Ihr Sohn?«, fragte er, ließ nicht locker. Sie zögerte, und er sagte: »Ich kann kaum dafür sorgen, dass wir ihm etwas antun.«

»Ich nehme an, es ist egal«, sagte sie. »Wir haben ihn Marlen genannt.«

»Ist das ein russischer Vorname?«, fragte er, obwohl ihn vor allem interessierte, wer die andere Hälfte von »wir« war. Warum war ihm nie der Gedanke gekommen, dass sie einen Ehemann haben könnte? Ein hochrangiger Offizier der Roten Armee, zum Beispiel. Oder vielleicht ein Zivilist, der wichtige Arbeit für die sowjetischen Kriegsanstrengungen leistete. Ein Wissenschaftler. Ein Politiker. Ein Ingenieur.

»Ja und nein«, sagte sie. »Der Name ist eine Wortkreuzung aus ›Marx‹ und ›Lenin‹.«

»Das ist originell.«

»Bitte, Sie müssen sich nicht verstellen. Marlen wurde 1921 geboren, während des Bürgerkriegs, und sein Vater und ich waren glühende junge Revolutionäre. Der Name ist lächerlich, aber er wurde vielen Jungen in seinem Alter aufgedrückt, er ist also nicht allein damit.«

»Er ist zwanzig?«

»Neunzehn. Er wird nächsten Monat zwanzig.« Sie stellte die letzten Bücher, die sie mit auf die Leiter genommen hatte, ins Regal, stieg hinunter und öffnete den nächsten Karton.

»Sie sind bestimmt besorgt um ihn.«

»Natürlich.«

Bauer zögerte. »Und sein Vater?«

»Der ist tot. Vor vier Jahren gestorben.«

»Tut mir leid, das zu hören«, log er und schämte sich augenblicklich wegen seiner Gefühle.

»Wir waren geschieden. Aber trotzdem vielen Dank. Sein Name war Wiktor. In vielerlei Hinsicht ein feiner Mensch. Und ein lustiger. Ich vermisse ihn. Sein Nachfolger bringt mich viel seltener zum Lachen.«

»Sie haben wieder geheiratet?«

»So weit bin ich nicht gegangen.«

»Der Nachfolger, wo ist er?«

»In diesem Zimmer, nehme ich an.«

Idiotischerweise warf Bauer einen Blick hinter sich, obwohl er wusste, dass sie allein waren. Verwirrt wandte er sich wieder zu ihr um.

»Lew Nikolajewitsch«, erklärte sie und deutete auf die Regale. »Gegenwärtig ist er der einzige Mann in meinem Leben.«

»Verstehe.«

»Mit einem toten Mann kommt man leichter zurecht als mit einem lebenden, finde ich. Bei Tolstoi kriege ich Genie, Mitgefühl und brennende Liebe ohne die Unannehmlichkeiten einer tatsächlichen Ehe. Denn er war Sophia Andrejewna ein furchtbarer Ehemann. Er hat sie nachweislich vergewaltigt, wann immer es ihm passte, besonders in späteren Jahren, nachdem er sich zum Zölibat verpflichtet hatte. Dreizehn Kinder gebar sie ihm – auf sein Drängen hin alle auf der Chaiselongue, auf der ihn seine Mutter zur Welt gebracht hatte.«

»Es klingt, als würden Sie ihn nicht sonderlich mögen.«

»Oh, ich mag ihn ganz und gar nicht. Aber ich bete ihn auch an. Es ist wie in jeder guten Ehe.«

»Sie haben eine düstere Vorstellung von der Ehe, Katerina Dmitriewna.«

»Sind Sie verheiratet?«, fragte sie.

»Ich war es. Meine Frau ist vor drei Jahren gestorben.«

»Sie trauern bestimmt noch um Sie.«

»Ich denke schon, ja.«

»Und wie wütend macht sie Sie noch?«

»Überhaupt nicht. Sie ist tot.«

»Sie glauben nicht, dass die Lebenden den Toten etwas verübeln können?«

»Doch, sicher. Aber nicht in diesem Fall.«

»Wenn Sie das sagen«, gab sie zurück. »Aber was war, als sie noch lebte? Wie wütend hat sie Sie damals gemacht?«

»Sie war ein Pflegefall«, sagte er. »Sie hatte eine disseminierte Sklerose, eine entzündliche Erkrankung des Zentralnervensystems.«

»Schon als Sie geheiratet haben?«

»Nein, es fing kurz danach an.«

»Das war bestimmt ärgerlich, oder?«

»Ärgerlich würde ich es nicht nennen. Wir waren frisch verliebt und haben uns nie gestritten; dann wurde sie krank, und, nun ja, sie war sehr tapfer, sehr gefasst. Ich konnte sie nur bewundern.«

»Sie Armer. Haben Sie Kinder mit ihr?«

»Nein. Claras Krankheit …«

»Oder mit einer anderen Frau?«

»Nein.«

»Aber Sie wären gern Vater geworden?«

»Als sie krank wurde, war ich noch Student und hatte nicht darüber nachgedacht. Wahrscheinlich nahm ich an, dass ich eines Tages Vater werden würde. Aber dazu ist es nicht gekommen.«

»Und doch haben Sie sich nie erlaubt, sie zu hassen.«

»Weil sie krank wurde? Mit Verlaub, Katerina Dmitriewna, langsam verstehe ich, warum Ihre eigene Ehe gescheitert ist.«

»Ich meine damit nicht, dass Ihre Frau die Schuld an ihrer Erkrankung trug«, sagte Katerina. »Ich spreche nicht von rationalen Dingen, sondern mehr von einem Bauchgefühl. Aus dem Bauch heraus müssen Sie sie zuweilen gehasst haben, waren aber nicht in der Lage, es auszudrücken – offenbar nicht einmal Ihnen selbst gegenüber.«

Er dachte darüber nach, war sich nicht sicher, ob sie richtiglag, doch er wusste, dass er noch nie mit jemandem so offen über seine Ehe gesprochen hatte. »Sie haben mich ausgetrickst«, sagte er. »Ich kann gewisse Empfindungen ja nicht leugnen, wenn ich sie Ihnen zufolge verdrängt habe.«

»Es gibt keinen Grund, sich dafür zu schämen«, sagte Katerina. »In einer Ehe würde etwas fehlen ohne ein wenig mörderische Wut. Natürlich versucht man, diesen Empfindungen nicht nachzugeben …«

»Ist es das, was mit Ihrem Ex-Mann passiert ist?«, versuchte er sich an einem Scherz. »Haben Sie ihn umgebracht?«

»Ich nicht, nein«, sagte sie, und während er ihre Antwort sacken ließ, schickte sie sich an, die Leiter hinabzusteigen.

»Hier, ich kann sie Ihnen hochreichen«, sagte er, griff nach einem Stapel Bücher und hielt ihn ihr entgegen.

Sie nahm die Bücher und sagte, als ergäbe sich das Thema wie von selbst aus dem vorherigen: »Was ich an Lew Nikolajewitsch so faszinierend finde, sind die Widersprüche. Seine Hassliebe zu Frauen, sowohl in der Fiktion als auch im wahren Leben. Seine Besessenheit vom Zölibat, während er all diese Kinder gezeugt hat, von denen wir wissen – wie viele weitere er mit Hausangestellten oder mit Frauen aus dem Dorf hatte, darüber lässt sich nur spekulieren. Des Weiteren war da seine – für die Dorffrauen sicherlich attraktive – Hingezogenheit zum einfachen bäuerlichen Leben, die er vor allem in späteren Jahren auszuleben versuchte. So stellte er beispielsweise seine eigenen – nicht besonders guten – Schuhe her und lief im Bauernkittel herum. Und das als Adliger, der seine Ahnenreihe weiter zurückverfolgen konnte als der Zar, bis zu Rurik dem Wikinger.«

»Für eine Kommunistin klingen Sie ziemlich beeindruckt«, sagte Bauer.

»Ich bin nicht beeindruckt. Es war nur eine Feststellung.«

»Es ist nicht das blaue Blut, das aus Ihnen spricht?«

»Man sucht sich seine Familie nicht aus, Hauptmann. Was zählt, ist, wo man letztlich landet.«

»Und wo sind Sie gelandet, Genossin Gräfin? Wenn ich mich nicht irre, ist dies das einzige erhaltene gutsherrliche Anwesen in der gesamten Sowjetunion.«

»Was wissen Sie schon darüber?«, fragte sie lächelnd.

»Sie haben recht. Ich bin nur ein einfacher Landmann.«

Sie stieg die Leiter hinunter und trat auf ihn zu. »Zeigen Sie mir Ihre Handflächen«, sagte sie. Folgsam drehte er die Hände um, und sie ergriff die linke und strich mit den Daumen über seine Handfläche. »Weich – wie ich es mir gedacht habe«, sagte sie und ging zu einem der offenen Bücherkartons.

»Mehr haben Sie nicht zu sagen?«, fragte er. »Was ist mit meiner Zukunft?«

»Ich kann nur die Vergangenheit erkennen. Die in Ihrem Fall offenkundig bourgeois ist.«

»Es ist eine Weile her, dass ich auf dem Feld gearbeitet habe«, sagte er. Auf seiner Handfläche pulsierten noch die Spuren ihrer Daumen. »Aber wenn wir schon von Klasse sprechen, wie kommt es, dass ihr Kommunisten einen aristokratischen Schriftsteller wie Tolstoi dermaßen verehrt?«

»Das ist leicht zu beantworten«, erwiderte Katerina. »Weil er sich für die Bauern eingesetzt hat. Und wegen seiner Fehde mit der orthodoxen Kirche.«

»Aber sein Schreiben – ein Proletarier hätte diese Salonszenen nicht zu Papier bringen können.«

»Worauf wollen Sie hinaus? Dass Lenin im Zug am Finnischen Bahnhof hätte sitzen bleiben sollen, damit die Aristokraten weiter Romane schreiben können? Es gibt auch moderne russische Schriftsteller, verstehen Sie? Und Dichter. Und es gibt einen sowjetischen Schriftstellerverband, der seinen Mitgliedern Zeit und Raum zum Schreiben gibt.« Sie ging mit dem nächsten Arm voller Bücher zur Leiter. »Ich selbst war dort eine Zeit lang Mitglied.«

»Als *Schriftstellerin*?«, fragte er.

»Als was denn sonst? Als Schornsteinfeger?«

»Was haben Sie geschrieben?«

»Romane.«

»Wurden sie veröffentlicht?«

»Natürlich. Allerdings nur zwei.«

»Ich, ich … Mir fehlen die Worte.«

»Sie müssen nicht so unterwürfig klingen.«

»Entschuldigung. Das war nicht meine Absicht … O Gott, und neulich habe ich noch mit meinen literarischen Ambitionen geprahlt. Bestimmt haben Sie mich für einen Einfaltspinsel gehalten.«

»Keine Sorge – Frauen sind es gewohnt, Männern zu begegnen, die eine überhöhte Meinung von sich haben.«

»Bitte, hören Sie auf«, sagte er und hob beschwichtigend die Hand. »Erzählen Sie mir lieber von Ihren Büchern.«

»Wie gesagt, es waren nur zwei und es ist lange her. Ich war noch jung.«

»Anscheinend waren Sie ziemlich aktiv, als Sie jung waren.«

»Ja, aber das waren die meisten in meiner Generation. In jedem, der diese Zeiten überlebt hat, stecken ein oder zwei Epen.«

»Ihre Romane sind Epen?«

»Eher nicht.«

»Wovon handeln sie?«

»Sie wollen es wirklich wissen?«

»Natürlich.«

»Nun, der erste handelt von drei jungen Freundinnen, alle Parteimitglieder, die während der Revolution und des Bürgerkriegs erwachsen werden.«

»Der Titel?«

»*Drei Frauen.*«

»*Tri Zhenshchiny*«, sagte er. »Direkt. Geradeheraus.«

»Das war die Idee. Ich sah mich als Autorin, die für die Arbeiterschaft schreibt. Für gewöhnliche Männer und Frauen in der Fabrikhalle.«

»Und haben es die Arbeiter gelesen?«

»Anfangs nicht, nein. Aber dann wurde das Buch in *Junge Garde*, der Jugendzeitschrift der Partei, wohlwollend besprochen und kurz darauf im *Iswestija* heftig kritisiert. Danach haben es viele Leute gelesen, darunter einige sehr einflussreiche Parteimänner, die, wie sich herausstellte, keine wirklichen Literaturliebhaber waren.«

»Warum wurde es so heftig kritisiert?«

»Vor allem wegen der sexuellen Themen. Der Roman enthält wohlgemerkt keine Sexszenen – nur einige, in denen geküsst wird. Aber die Frauenfiguren *reden* über Sex, das war der Stein des Anstoßes. Keinem meiner Kritiker schien es aufzufallen oder zu interessieren, dass sie auch über Liebe, Revolution und Familie sprechen. Im Grunde ist genau das eine der Schwächen des Romans: zu viel Gerede.«

»Warum? Wenn man lebt, spricht man nun mal über derlei Themen. Vor allem junge Menschen tun das.«

»Das stimmt, nehme ich an. Bei uns war es jedenfalls so. Aber im Roman klingen Gespräche über die großen Themen des Lebens immer gezwungen, egal wie realitätsnah sie sein mögen.«

»Jetzt bin ich aber neugierig. Was sind das denn für skandalöse Gespräche, die Ihre Romanfiguren führen?«

»Oh, es ist wirklich formelhaftes Zeug. Eine der Frauen ist eine sentimentale Romantikerin, die von den Männern nur ausgenutzt wird. Die zweite hat eine kleine Tochter und einen untreuen Ehemann und fragt sich, wie sie weiterhin am besten zur Revolution beitragen kann. Die dritte ist eine unermüdliche Parteiaktivistin, und obwohl auch die beiden anderen Figuren in die Kritik gerieten, war es Zhenja, die Parteiarbeiterin, deretwegen ich die größten Schwierigkeiten bekam. Denn um sich voll und ganz der revolutionären Arbeit widmen zu können, lehnt sie Liebesbeziehungen ab und hat nur bei Bedarf sexuelle Begegnungen, ›wie wenn man ein Glas Wasser trinkt‹, wie sie es an einer Stelle ausdrückt. Sie können sich nicht vorstellen, was für eine Empörung dieser Satz auslöste. Die Zeitungen waren voll mit Stimmen von Kritikern und Parteimitgliedern, die mich für meine ›Wasserglas-Sex‹-Theorie verurteilten, ohne sich zu fragen, ob ich die Ansichten meiner Figur teilte oder nicht.«

»Ich nehme an, Sie waren die junge Mutter.«

»Ja. Obwohl es wahrer wäre zu sagen, dass ich jede der drei Frauen war. Und gleichzeitig keine von ihnen.«

»Und Sie hatten keinerlei polemische Absichten?«

»Ich hatte bestimmte Dinge beobachtet. Zum Beispiel, dass die bourgeoise Romantik korrupt war, dass neue Wege der Liebe erst noch gefunden werden mussten. Dass die Revolution das Leben junger Frauen verkomplizierte, aber noch nicht transformierte. Dies waren meine Beobachtungen, ich hatte Fragen, und ich glaubte aufrichtig, dass die Partei in der Lage war, die Antworten zu liefern.«

»Und tat sie es?«

»Nein. Die Revolution hatte verändert, wie wir arbeiteten, wie wir sprachen, wie wir uns anzogen – und wie wir uns auszogen, wenn wir schon dabei sind –, aber die Sichtweise der Männer, dass ihre Arbeit wichtiger sei als die der Frauen, hatte die Revolution nicht verändert. Welche Arbeit auch immer eine Frau verrichten mochte, ihre erste Aufgabe bestand weiterhin darin, sich um Kinder und Haushalt zu kümmern. Zhenja, meine Aktivistenfigur, bedrohte diese Sichtweise. Sich auf sexueller Ebene ›wie ein Mann‹ zu verhalten – nach Meinung der Kritiker –, war nur ein Teil davon.«

»Was ich gern wissen würde«, sagte Bauer, »ist, wie dieses aufrührerische Werk an der Zensur vorbeikam.«

Sie lächelte ihn an. »Ganz einfach. Es gab keine. Nicht in jenen frühen Jahren. Es war Revolution, Hauptmann. Tumult und Freiheit. Ein Wettstreit der Ideen. Wir waren dabei, die Welt umzukrempeln – die ganze Welt, wie wir glaubten –, und waren außer Rand und Band vor Aufregung.« Sie schüttelte ein wenig den Kopf und machte ein betrübtes Gesicht, doch ihre Augen glänzten, wie Bauer bemerkte.

»Ich würde Ihr Buch gern lesen, das andere auch.«

»Ich fürchte, das geht nicht. Zum einen habe ich kein Exemplar hier.«

»Was? Das glaube ich nicht.«

»Zum anderen bezweifle ich, dass Ihr Russisch ausreicht, um einen Roman zu lesen.«

»Selbst keinen, der für das Proletariat geschrieben wurde? Ich kann besser Russisch lesen als sprechen.«

»Selbst wenn ich ein Exemplar hier hätte, würde ich es Ihnen im Moment nicht geben. Nicht, solange Sie *Krieg und Frieden* lesen. Die Enttäuschung wäre immens.«

»Ich kannte Tolstoi nicht persönlich.«

»Den Autor zu kennen, führt meist nur zu Enttäuschungen.«

»In Bezug auf den Autor oder das Buch?«

»In meinem Fall, beides.«

»Hm«, machte er. »Und was ist mit Ihrem zweiten Roman?«

Plötzlich erschien Hirsch in der offenen Tür und klopfte zaghaft an.

»Was gibt's denn?«, fragte Bauer, ein bisschen schroff, wie er bemerkte – fast wie Metz, eine Erkenntnis, die seine Verärgerung noch steigerte.

»Ich kam zufällig vorbei«, sagte Hirsch, »und habe Sie gesehen und dachte …«

Katerina machte mit dem Einräumen der Bücher weiter. Der Zauber ihres Gesprächs war gebrochen.

»Diese Bücher da …«, sagte Hirsch. Katerina ignorierte ihn. Er versuchte es erneut: »Entschuldigen Sie, gnädige Frau, gibt es noch weitere Bücher wie das, das Sie dem Oberstleutnant gegeben haben, irgendetwas auf Deutsch?«

»Einiges«, antwortete sie.

»Ich suche nämlich etwas zu lesen, und deshalb …«

Katerina deutete auf ein benachbartes Regal, in dem weiter unten die deutschsprachigen Bücher standen. Bauer ging auf die Tür zu.

»Herr Hauptmann?«, rief Hirsch ihm nach. »Können Sie mir etwas empfehlen?«

»Was Sie lesen sollen? Das hängt von Ihren Interessen ab«, sagte er.

»Von meinen Interessen?«

Von Katerina kam ein Geräusch, das ein Kichern hätte sein können.

»Was haben Sie denn bisher so gelesen?«, fragte Bauer.

»Lehrbücher und Zeitschriften.«

Bauer ging zu ihm hinüber, kniete sich hin und betrachtete die Buchrücken. Goethe, Hoffmann, Hölderlin, Kleist, Mörike, Novalis, Schiller. Hegel, Herder, Kant, Marx, Nietzsche, Schlegel, Schopenhauer, Weber. Es gab eine deutsche

Übersetzung eines weiteren Tolstoi-Romans, *Der Tod des Iwan Iljitsch*, den Bauer als Medizinstudent in erster Linie wegen der Schilderung einer unheilbaren Erkrankung gelesen hatte. »Aus der Feder unseres Gastgebers«, sagte er und reichte Hirsch das Buch. »Des toten«, fügte er in Katerinas Richtung gewandt hinzu in der Hoffnung, sie ins Gespräch miteinbeziehen zu können.

Hirsch betrachtete das Buch zweifelnd. »Gibt es nichts Deutscheres?«

»Es gibt Bücher von deutschen Autoren, falls Sie das meinen.«

»Ich werde in meinem Zimmer lesen, darum geht es. In Gegenwart von Hans.«

»Und Sie glauben, ein russischer Roman würde Hans verstören? Guter Gott, Zöllner liest die Bibel, und die wurde von Juden geschrieben.«

Von Katerina kam ein unterdrücktes Lachen. Bauer stellte *Iwan Iljitsch* ins Regal zurück und reichte Hirsch *Die Leiden des jungen Werther*. »Bitte, dann nehmen Sie das hier. Mit Goethe sind Sie auf der sicheren Seite.«

»Von dem habe ich schon mal gehört«, sagte Hirsch und betrachtete das Buch. »Er ist berühmt, nicht wahr?«

»Daran besteht kein Zweifel.«

»Dann lese ich ihn.«

»Gut. Und jetzt kommen Sie, wir sollten Katerina Dmitriewna in Frieden lassen.«

8

Von draußen hörte man den Generator kaum, aber in dem Schuppen, in dem er vor sich hin rumpelte, war es ohrenbetäubend laut.

»Und?«, brüllte Bauer zu Molineux gewandt. Ihm war noch immer nicht klar, warum sie hier waren.

Mit seiner Taschenlampe leuchtete Molineux auf einen fassgroßen Zink- oder Stahltank, den Kupferrohre mit zwei kleineren Kupferkanistern verbanden. Ein Destillierapparat. »Hübsche Arbeit, nicht wahr?«, rief Molineux. »Zwei vernietete und verlötete Waschbottiche der Roten Armee.«

»Schlau«, brüllte Bauer zurück. »Wer hat das gebaut?«

»Unser Sepp. Der da Vinci der Improvisation.«

Woher Winkel die Zeit nahm, für Molineux eine Schnapsbrennerei zu bauen und für Metz eine russische Limousine flottzumachen, fand Bauer derart bemerkenswert, dass er sich jedwede Kritik an diesen Nebenprojekten verbot. Schließlich litten die regulären Aufgaben des Obergefreiten ja nicht darunter. Winkel hatte einen Propellerantrieb, war ein unermüdliches Arbeitstier.

»Wo ist dein Produkt?«, fragte Bauer.

»An einem sicheren Ort. Möchtest du eine Kostprobe?«

»Vor allem möchte ich raus aus dem Schuppen.«

Draußen wurde der Lärm augenblicklich weniger und die Luft deutlich kälter. Der Himmel war tiefschwarz, der Schnee ringsum dunkelblau.

»Jetzt aber dalli, beweg dich!«, sagte Molineux zum diensthabenden Wachmann, dem Kompaniekoch Waldo Pabst. »Du hast dich nicht von der Stelle gerührt, seit wir reingegangen sind.«

»Hier hält man es etwas besser aus, Hauptmann«, sagte Pabst, der auf der windgeschützten Seite des Schuppens stand, in eine Wolldecke gehüllt, die er sich über Helm, Nacken und Schultern geworfen hatte, die Stiefel mit Stofflumpen umwickelt.

»Das wird dir nichts nutzen, falls Partisanen auftauchen, Waldo. Die werden dich schneller filetieren als du einen Fisch. Dann wird dir richtig kalt.«

»Jawohl, Herr Hauptmann«, sagte Pabst.

»Es ist nur zu deinem Besten, Waldo.«

»Jawohl, Herr Hauptmann.«

»Und zu meinem auch. Wie sollte ich denn ohne dein Gulasch überleben?«

Pabsts Miene hellte auf. Was seine Kochkünste anging, war er rührend eitel, eine Schwäche, die Molineux gnadenlos ausnutzte. Er klopfte ihm auf die Schulter. »Guter Mann.«

»Ich danke Ihnen, Hauptmann.«

»Wann hast du Dienstschluss?«

»Um Mitternacht.«

»Ausgezeichnet. Im Gemeinschaftsraum wartet dann ein Gläschen auf dich. Etwas Hochprozentiges, das dir das Blut wärmen wird.«

»Vielen Dank, Herr Hauptmann«, sagte Pabst, salutierte und schlurfte auf die andere Seite des Schuppens.

Sobald sie außer Hörweite waren, sagte Molineux: »Mit dem Koch muss man sich gut stellen, verstehst du? Immer. Der Koch ist der wichtigste Mann in der Einheit. Verärgert man ihn, spuckt er einem ins Essen oder tut Schlimmeres.«

Sie erreichten den Weg zum Tolstoi-Haus, aber statt darauf

zuzusteuern, bog Molineux nach rechts in Richtung des Kusminski-Flügels ab.

»Organisierst du Pabst was zu trinken?«

»Ich organisiere *dir* was zu trinken. Komm jetzt, sonst frieren wir uns tot.«

Die an sich abgedroschene Phrase war wörtlich gemeint, durch die unerbittliche Kälte zum Leben erweckt. Bauer erwog, aufs Zimmer zu gehen und zu lesen, aber selbst eine lieb gewonnene Gewohnheit konnte sich abnutzen, und so folgte er Molineux, einem mannsförmigen Farbklecks im wackeligen Lichtkegel der Taschenlampe, bis sie am Kusminski-Flügel eintrafen. Sie gingen direkt in den Gemeinschaftsraum, wo sich etwa fünfzig Sanitäter – gut die Hälfte der Kompanie – rund um die erbeutete Tischtennisplatte verteilten und sich lautstark unterhielten. Ein Spiel war im Gange, und dem Lärm nach zu urteilen, ging es um Geld, vermutete Bauer. Doch als die Männer die Neuankömmlinge bemerkten, nahmen sie Haltung an, auch die beiden Tischtennisspieler, und der Lärm erstarb. Der nicht parierte Ball kullerte über den Tisch und fiel auf den Boden.

»Rührt euch, Männer«, sagte Molineux. »Wir sind hier, um uns zu amüsieren.«

Die meisten kannten Molineux gut genug, um ihn beim Wort zu nehmen, und augenblicklich war es im Raum wieder so laut wie bei ihrer Ankunft. Norbert Ritter erschien mit mehreren Emaillebechern in jeder Hand und begann, sie, ganz wie ein vierschrötiger Wirt beim Oktoberfest, unter den Männern zu verteilen.

»Hierher!«, brüllte Molineux, und Ritter kam zu ihnen herüber. »Danke schön«, sagte Molineux, schnappte sich die letzten beiden Becher und reichte einen an Bauer weiter. Er runzelte die Stirn. »Das ist aber nicht gut«, sagte er zu Ritter. »Jetzt hast du ja nichts mehr.«

»Ich spiele demnächst«, sagte Ritter mit seiner kratzigen Stimme und deutete mit dem Daumen hinter sich zur Tischtennisplatte. »Der Turniersieger kriegt einen Helm voller Reichsmark.«

»Ach Gottchen«, sagte Molineux, »lass dich davon doch nicht abhalten. Trink trotzdem etwas! Das bringt Pepp in dein Spiel.«

Ritter lächelte, aber entschuldigte sich und ging zur Tischtennisplatte. Dies war ein Mann, der nicht nur wusste, was er wollte, sondern auch, wie er es bekam, dachte Bauer, ein Wesenszug, den er bei jemand anderem vielleicht bewundert hätte.

Bauer nahm einen Schluck aus seinem Becher.

»Und, wie findest du den Schnaps?«, fragte Molineux.

»So nennst du das Gebräu?«

»Nenn es, wie du willst. Was zählt, ist der Geschmack.«

»Ich schmecke Rote-Armee-Unterwäsche.«

»Großartig. Trink aus. Es gibt noch jede Menge mehr.«

Vor der Tischtennisplatte drängten sich die Zuschauer dicht an dicht, aber über ihre Köpfe hinweg konnte Bauer erkennen, wie Karl Pflieger ein paar Hampelmänner machte und dann an die Platte trat. »Sollen wir zuschauen?«, fragte Bauer. Gemeinsam suchten sie sich einen Platz, von dem aus sie etwas erkennen konnten.

Pfliegers Gegner war Joachim Knoll, Metz' oberster OP-Assistent, ein mittelgroßer Rotschopf, der aber im Vergleich zum hoch aufgeschossenen Pflieger wie ein Zwerg aussah. Während er auf Knolls Aufschlag wartete, beugte Pflieger die Knie und schaukelte hin und her, eine Heuschrecke, die ihr Opfer beobachtete. Er hatte mit seiner überragenden Spielkunst geprahlt, und ab dem ersten Ballwechsel war klar, dass er nicht übertrieben hatte. Neben seiner beinahe übernatürlichen Reichweite war er ein Meister im Anschnippeln und spielte Bälle, die kaum zu erreichen waren.

Knoll geriet schnell in Rückstand, und Bauer, der sich zu langweilen begann, wandte sich ab. Nun bemerkte er, dass noch ein dritter Offizier im Raum war, Fabian Drexel, der an einem Tisch in der Ecke saß. Der Apotheker sah bei einem Schachspiel zu, die Hände hinterm kantigen Kopf verschränkt. Seit er ihn und Metz mit der Spritze im Arm gesehen hatte, hatte er auf eine Gelegenheit gewartet, ihn zu fragen, was in aller Welt er da zu tun glaubte, und obwohl noch andere Leute am Tisch saßen, ging er hinüber und setzte sich. Die Männer erhoben sich rasch und nahmen Haltung an, und als Bauer ihnen bedeutete, sich wieder zu setzen, blieb Drexel stehen. Er wolle ein bisschen beim Tischtennis zuschauen, erklärte er und verzog sich – ein Zeichen von Verlegenheit, nahm Bauer an, oder zumindest von Unbehagen.

Die Schachspieler waren Stabsgefreiter Ehrlich und Juri Demchak, Bauers OP-Assistent. Demchak, der mit Schwarz spielte, hatte die meisten von Ehrlichs Figuren geschlagen und die übrigen in einer Ecke des Spielbretts zusammengetrieben. Ehrlich fingerte an der Krone seines weißen Königs herum und murmelte leise vor sich hin, während er die wenigen noch möglichen Züge durchdachte.

»Geben Sie ruhig auf, wenn Sie wollen«, sagte Demchak.

»Du kannst mich mal. Noch ist ein Unentschieden möglich.«

»Theoretisch, ja.«

Wie so oft ertappte sich Bauer dabei, auf Demchaks Hasenscharte zu starren und zu wünschen, der Chirurg, der sie seinerzeit operiert hatte, hätte bessere Arbeit geleistet, denn die Narbe war nicht nur breit, sondern verzerrte Demchaks Philtrum zu einem Dauergrinsen. Normalerweise kümmerte die Ästhetik einer Operation ihn nicht – ihm ging es darum, Leben zu retten –, aber wegen Demchaks ansonsten klassisch gutem Aussehen war die Narbe besonders störend. Zugleich kam Bauer der Gedanke, dass dies möglicherweise ein schlechtes Licht auf ihn warf. Wie jeder andere Mensch in Deutschland war auch er durch das Regime jahrelang Darstellungen des nordischen Menschenbildes ausgesetzt gewesen, und nun fiel ihm auf, dass er nicht nur die Assoziation von Blondheit perfekt verinnerlicht hatte, sondern auch die Fantasie von menschlicher Perfektion an sich.

»Schachmatt«, sagte Demchak.

»Was?«, sagte Ehrlich. »Bist du sicher? Oh, scheiß drauf, du hast recht.«

»Noch eine Partie?«

»Keine Lust«, sagte Ehrlich und schaute dann ans andere Tischende, wo Winkel allein mit einem Bleistift in der Hand dasaß, vor ihm ein Notizbuch und ein russischer Wehrmachtssprachführer. »Hey, Sepp, Lust auf Schach? Wir brauchen jemanden, der um des arischen Stolzes willen die Spaltfresse besiegt.«

»Ich bin beschäftigt«, antwortete Winkel, ohne von seinen Büchern aufzublicken.

»Sepp lernt Russisch, damit er die Haushälterin bezirzen kann«, erklärte Ehrlich ganz ohne seine sonstige Feindseligkeit, genau genommen warm und wohlwollend im Ton. Der Sepp-Effekt, dachte Bauer. Es war nicht nur unmöglich, Sepp Winkel nicht zu mögen, sogar ein boshafter Mensch wie Ehrlich wurde in seiner Gegenwart von Freundlichkeit überrumpelt.

»Stimmt das?«, rief Bauer zu Winkel hinüber. »Das mit Ihnen und Daria Grigorjewna?« Winkel sah ihn an, wie Cäsar seinerzeit Brutus angesehen hatte. Verlegen fügte Bauer an: »Falls ja, dann vergessen Sie den Wehrmachtssprachführer. Sie würde denken, Sie wollen sie gefangen nehmen.«

»Genau das will er ja«, sagte Ehrlich. »Als Gefangene der *Liebe*.«

»Ich kann Ihnen mein Wörterbuch leihen«, sagte Bauer.

»Wirklich?«, fragte Winkel und wirkte anrührend erfreut.

»Na sicher, ich gebe es Ihnen morgen.«

An der Tischtennisplatte ertönte Jubel – Pflieger hatte Knoll besiegt. Ehrlich entschuldigte sich und verschwand, um sich das nächste Spiel anzuschauen.

»Was ist mit Ihnen, Hauptmann?«, fragte Demchak und deutete auf das Schachbrett. »Haben Sie Lust auf eine Partie?«

»Warum nicht«, entgegnete Bauer, obwohl es schon einige Monate her war, dass er Schach gespielt hatte. Gegen Gelegenheitsspieler pflegte er für gewöhnlich zu gewinnen, gegen Könner verlor er indes normalerweise. Demchak, das wurde schnell klar, war ein Könner, und zu spät fragte sich Bauer, ob es klug gewesen war, sich auf einen geistigen Schlagabtausch mit einem Untergebenen einzulassen, auf dessen Gehorsam er im OP-Saal angewiesen war. Um die wahrscheinliche Niederlage zu entschuldigen, erwog er, so zu tun, als wäre er abgelenkt, vielleicht durch eine neuerliche Unterhaltung mit Winkel, aber das wäre unehrenhaft, befand er, und so schenkte er dem Spiel seine volle Aufmerksamkeit mit dem Ziel, die Niederlage so lange wie möglich hinauszuzögern. Fünfundvierzig Minuten später war er immer noch im Spiel, aber nur mit Ach und Krach, und plötzlich erschien Molineux und erklärte, dass Pflieger gleich im Finale gegen Ritter antreten würde. Bauer stürzte seinen eigenen König. »Zeit zu kapitulieren, denke ich. Gut gespielt«, sagte er zu Demchak. »Wir sollten rübergehen und Pflieger anfeuern.«

Demchak dankte ihm. Möglicherweise freute er sich – seine Gesichtszüge verrieten wie immer nichts. Es war gut zu wissen, dass hinter seiner Kompetenz im OP-Saal eine ausgeprägte Intelligenz stand, worauf auch sein ausgezeichnetes

Deutsch hindeutete. Im Übrigen war es schön, an die Talente junger Leute erinnert zu werden, die früher oder später die Welt regieren würden und es hoffentlich besser machen würden als die gegenwärtigen Machthaber.

Das Tischtennis-Finale war ein Wettstreit zwischen Kraft und Raffinesse: Ritter feuerte einen Schmetterball nach dem anderen ab, Pflieger konterte mit kunstvoll angeschnittenen Bällen. Beide Stile waren auf ihre Weise unparierbar, was zu kurzen Ballwechseln und einem schnellen Ende führte, das Ritter knapp für sich entschied. Diejenigen, die Wetten abgegeben hatten, jubelten oder fluchten. Mit einem dünnen Lächeln auf den Lippen nahm Ritter den mit Reichsmark gefüllten Helm entgegen, wohingegen Pflieger alles andere als niedergeschlagen wirkte, sodass Bauer sich fragte, ob er das Spiel womöglich absichtlich verloren hatte oder einfach nur die Aufmerksamkeit genoss. Molineux schenkte eine weitere Runde Schnaps aus, und während sich die Männer eilig ihre Becher füllen ließen, erblickte Bauer Drexel, der sich in der Ecke eine Zigarette drehte. Er ging geradewegs zu ihm hinüber. »Was spritzen Sie Metz?«

Drexel leckte in aller Ruhe das Zigarettenblättchen an; an seiner feuchten Unterlippe blieb ein Tabakkrümel hängen. »Sie wissen doch, dass ich Ihnen das nicht verraten darf, Hauptmann.«

»Warum nicht?«

»Ärztliche Schweigepflicht.«

»Sie sind kein Arzt.«

»Trotzdem wäre es unmoralisch«, sagte Drexel, und während er sprach, wippte der Tabakkrümel auf und ab.

»Kommen Sie mir nicht mit Moral, Leutnant. Sie wandeln auf dünnem Eis.«

Drexel deutete auf die fertige Zigarette. »Stört es Sie, wenn ich rauche?«

»Ja, tut es«, sagte Bauer, verärgert über sein eigenes augenblickliches Verlangen nach Nikotin. »Metz sagt, das Präparat enthalte vor allem Pervitin.«

»Das hat er Ihnen erzählt? Eigentlich ist Pervitin ein eher unbedeutender Bestandteil.«

»Und welche sind die bedeutenden?«

»Kann ich nicht sagen.«

Bauer betrachtete ihn unverwandt. Drexel rückte seine Brille zurecht. »Ist das alles?«, fragte er, schaute scheinbar gelangweilt zur Seite. Unwillkürlich folgte Bauer seinem Blick, hinüber zu Molineux, der fröhlich Schnaps ausschenkte.

»Leutnant, wann sind Sie zum Bataillon gestoßen?«, fragte Bauer, wodurch er Drexel dazu brachte, ihn wieder anzuschauen.

»Letztes Jahr im Mai, während des Frankreichfeldzugs.«

»Kurz nach mir also. Wir beide kennen Metz seit achtzehn Monaten – lange genug, um zu bemerken, dass er nicht mehr derselbe Mensch ist wie seinerzeit in Frankreich.«

»Natürlich hat er sich verändert, das haben wir alle«, sagte Drexel – eine Abwandlung von etwas, bemerkte Bauer, das er zu Katerina gesagt hatte.

»Sicher, aber der Oberstleutnant hat sich zum Schlechteren verändert. Das müssen Sie doch erkennen. Gut tut ihm Ihr Gebräu jedenfalls nicht. Wahrscheinlich schadet es ihm eher.«

»Hören Sie, bei allem Respekt, Hauptmann, kann ich jetzt gehen?«

»Nein, können Sie nicht.«

»Sie sollten das mit ihm besprechen, nicht mit mir.«

»Das habe ich schon«, gestand Bauer.

»Und was sagt er?«

»Dass es mich nichts angehe«, sagte Bauer, dem bewusst war, dass er sich mit seiner Antwort ins eigene Knie schoss.

»Da haben Sie es.«

»Aber er liegt falsch. Wenn Sie seine Fähigkeit, uns anzuführen, unterminieren, schaden Sie uns allen. Ganz zu schweigen von der Sicherheit unserer Patienten.«

»So, wie ich das sehe, sind Sie derjenige, der hier unterminiert. Sie unterminieren Metz und das Bataillon. Das ganze Reich, um genau zu sein.«

»Das *Reich*?«

»Sie glauben, ich übertreibe?«, sagte Drexel und reckte Brust und Kinn vor, was ihn zusammen mit seinem dunklen Teint wie ein kleiner Mussolini wirken ließ. »Ich arbeite seit über einem halben Jahr an verschiedenen Präparaten, die die Leistungsfähigkeit der Soldaten steigern sollen. Wenn meine Wirkstoffkombination sich als erfolgreich erweist – und danach sieht es bereits aus –, glaube ich, dass sie uns den absoluten Sieg bringen wird, nicht nur über die Sowjets, sondern auch über die Engländer. Und zu gegebener Zeit auch über die Amerikaner.«

»Wir befinden uns nicht im Krieg mit den Amerikanern.«

»Oh, aber das werden wir. Und ich werde sicherstellen, dass wir ihn auch gewinnen.«

»Indem Sie Metz ein fragwürdiges Medikament verabreichen?«

»Nicht nur Metz.«

»Allmächtiger, wen setzen Sie noch unter Drogen?«

»Das ist keine *Droge*.«

»Wen noch?«

»Feldwebel Ritter. Tatsächlich haben wir soeben womöglich ein vielversprechendes Ergebnis mitangesehen.«

»Beim Tischtennis? Sie meinen, Ritter soll feindliche Granaten zurückschmettern?«

»Das nicht unbedingt.«

»Noch jemandem?«

»In dieser Phase nur mir selbst.«

»Sie selbst nehmen das Zeug, während Sie noch an anderen Leuten damit herumexperimentieren?«

»Ich habe selbstredend mit mir selbst angefangen. Alles andere wäre unethisch gewesen.«

Aus einer plötzlichen Eingebung heraus fragte Bauer: »Kommt der ständige Speichelfluss daher?«

Drexel wischte sich eine Ansammlung kleiner Speichelbläschen aus dem Mundwinkel und entfernte dabei endlich den Tabakkrümel von der Unterlippe. »Ach, das ist gar nichts.«

»Sie finden es nicht unangenehm?«

»Es gibt kein Medikament ohne Nebenwirkungen, Hauptmann.«

»Metz glaubt etwas anderes. Er sagt, Sie hätten sie umgangen.«

»Überwiegend, ja.«

»Wenn ich es mir recht überlege, habe ich bisher nicht bemerkt, dass Metz oder Ritter Probleme mit ihrem Speichelfluss hätten. Ist es also nur bei Ihnen der Fall?«

Drexel runzelte die Stirn. »Die Wirkstoffkombination, die ich einnehme, unterscheidet sich von denen der beiden anderen. Und die wiederum unterscheiden sich ebenfalls voneinander.«

»Warum? Verzeihen Sie, das klingt alles nicht besonders wissenschaftlich.«

»Es werden größere Versuchsreihen folgen. Und was die Notwendigkeit verschiedener Wirkstoffkombinationen betrifft, müsste der Grund eigentlich offenkundig sein: Es braucht mehr als einen Typus von Mann, um einen Krieg zu gewinnen. Metz ist zum Beispiel ein Anführer. Ich verstärke nur seine naturgegebenen Eigenschaften.«

»Das hat er auch gesagt. Eine Art Über-Metz gewissermaßen.«

»Wenn Sie so wollen, ja.«

»Und Ritter? Was stellen Sie mit ihm an?«

»Ritter – wie soll ich es ausdrücken? Ritter ist der Inbegriff eines Kriegers.«

»Eines Gewaltmenschen, meinen Sie.«

»Möglicherweise. Aber eines nützlichen Gewaltmenschen, finden Sie nicht?« An diesem Punkt nahm er seine Brille ab und wedelte damit herum, um seine Worte zu unterstreichen. »Hauptmann, wir Deutschen müssen härter und rücksichtsloser sein als die anderen Rassen. Zu diesem Zweck brauchen wir ein Substrat von Männern, die härter und unbarmherziger sind als die Norm. Wenn wir noch jahrhundertelang Zeit hätten, könnten wir Männer von Ritters Typus mit aggressiven Frauen zusammenbringen, um sich zu begatten. Mit Frauen wie Ihrer Chef-Konservatorin, zum Beispiel«, sagte er und grinste schmierig. »Dann hätten wir in einigen Generationen den ultimativen Soldaten gezüchtet. Aber den Luxus, so lange zu warten, können wir uns nicht erlauben.«

Bauer musterte ihn eine Weile schweigend, dann sagte er: »Für welche Art Mensch halten Sie sich, Leutnant? Für einen Visionär? Haben Sie dieses Bild von sich?«

»Darüber müssen andere befinden«, sagte Drexel bescheiden. Er setzte wieder seine Brille auf. »Aber ich denke tatsächlich, dass ich weiter blicke als die meisten Menschen. Ich erkenne Probleme. Ich analysiere und löse sie.«

»Und dafür gibt es ein Medikament, das Ihnen dabei hilft?«

»Inzwischen ja.«

»Nun, offen gestanden halte ich Sie für gestört, Leutnant. Sie sind eine Gefahr für sich selbst, für Ritter, für Metz und für jeden anderen, der so töricht ist, Sie mit einer Spritze in seine Nähe zu lassen.«

»Sie wollen also kein Versuchsobjekt sein?« Er schien es ernst zu meinen.

»Sie sind geschäftstüchtig, das muss ich Ihnen lassen. Aber nein, kein Interesse«, sagte Bauer.

»Metz sagt, Sie seien ein guter Chirurg.«

»Das ist nett von ihm.«

»Mit meiner Hilfe könnten Sie noch viel besser sein.«

Bauer konnte sich sein Lächeln nicht verkneifen. »Sie sind kein Pharmakologe, Leutnant, Sie sind ein Verkäufer.«

»Geld interessiert mich nicht.«

»Wie schade, Sie würden ein Vermögen machen.«

»Sie wollen also nicht dabei sein?«

»Auf keinen Fall.«

»Werden Sie mir wenigstens nicht im Weg stehen?«

»Ich werde alles Nötige dafür tun, um die Patienten zu schützen. Wenn das bedeutet, mich zwischen Sie und Metz zu stellen, tue ich es.«

Drexel zog an seiner Zigarette und wurde sogleich gelassener. »Hauptmann, bitte bedenken Sie, dass wir hier über die Zukunft des Deutschen Reiches reden. Ich verstehe ja Ihre Skepsis. Ich gebe auch zu, dass das, was ich tue, nicht ohne Risiko ist – welches lohnende Unterfangen ist das schon? Aber erkennen Sie nicht, dass es auch Risiken birgt, wenn wir nichts tun? Sagen wir, Metz tötet –«

»He, ihr beiden«, sagte Molineux, der plötzlich neben ihnen stand, in den Händen zwei neue Becher mit sogenanntem Schnaps, »warum so ernst?«

»Drexel verrät mir gerade sein Rezept, um den Krieg zu gewinnen.«

»Elan!«, sagte Molineux. »Was wir brauchen, ist Elan.«

»Ich stimme zu«, sagte Drexel. »Zumindest ist Elan eine der Zutaten.«

»Eine *Zutat*! Elan ist das Entscheidende. Hier, trinken Sie was, und dann erobern wir die Welt.«

So viel zu seinem Gespräch mit Drexel. Nicht, dass es

irgendetwas Sinnvolles ergeben hätte, dachte Bauer. Er nahm den Becher, den Molineux ihm anbot, und trank einen Schluck, der groß genug war, um darin seine Gedanken zu ertränken.

9

»Wie kalt wird es, Katerina Dmitriewna?«

»Noch viel kälter.«

»Wie kalt?«

»Zu kalt für Sie.«

Wann immer sie sich über den Weg liefen, gab es zwischen Katerina und Molineux diesen immergleichen Wortwechsel, und obgleich Katerinas Ton stets kühl war, störte sich Bauer daran, dass sie diese kleine Komödie überhaupt mitmachte, über die sich seine Kameraden inzwischen köstlich amüsierten. Der Ausdruck *Viel kälter* wurde unter ihnen erst zum geflügelten Wort, dann zum Spitznamen für Katerina selbst, den sie bald zu *Kälter* verkürzten. Katerina hatte sich gegen die Bezeichnung nicht gewehrt, die sogar Metz benutzte, und Bauer vermutete, dass es ihr gefiel. Bald waren er und Molineux die einzigen, die sie mit ihrem richtigen Namen ansprachen.

»Frau Kälter sucht Sie«, sagte Pflieger, als Bauer die Morgenvisite zur Hälfte erledigt hatte. »Ich habe ihr nicht verraten, wo Sie sind.«

»Ach? Warum nicht?«

»Hab mich nicht getraut. Sie sah noch frostiger aus als sonst. Da hab ich mir gesagt: ›Frag lieber erst den Hauptmann, ob er gefunden werden will‹.«

»Und wo ist sie jetzt?«

»Oben in der Schreibstube.«

»Sagen Sie ihr, ich komme, sobald es geht.«

»Lassen Sie sich Zeit, Hauptmann. Das wird ihr eine Lehre sein.«

»Danke, Gefreiter. Richten Sie ihr einfach meine Nachricht aus.«

Der Rest der Morgenvisite dauerte länger als erhofft. Auf der postoperativen Station geriet er mit einem Patienten aneinander, einem hartgesottenen Nazi, der zwar seine Milz, nicht aber seinen Kampfeswillen verloren hatte und unbedingt zurück an die Front wollte. Dann sprach er auf der Amputationsstation länger als nötig mit einem Achtzehnjährigen, der die Grundausbildung durchlaufen hatte, eine Woche gebraucht hatte, um an die Front zu kommen, nur um dann gleich am ersten Tag durch eine Granate einen Arm zu verlieren. Er wirkte keineswegs bedrückt, schien nur stolz darauf zu sein, gedient zu haben, wenngleich Bauer der Gedanke kam, dass der eine Tag im Kampfeinsatz den Jungen vielleicht davon überzeugt hatte, noch glimpflich davongekommen zu sein.

Als Letztes besuchte er die Station mit den Verbrennungsopfern. Dort lag der Panzerfahrer, an dem er und Weidemann jede ihnen bekannte Behandlungsmethode ausprobiert hatten, von Sulfanilamidpulver über Kochsalzbäder bis hin zu einem Anilinfarbstoffgemisch, doch bisher hatten sie den Plasma-Ausfluss aus der verbrannten Haut nicht stoppen können. Der Mann war bewusstlos und lag höchstwahrscheinlich im Sterben, und die Unvermeidlichkeit dieses Todes machte Bauer gleichzeitig wütend und traurig. Für ihn war es eine besonders demoralisierende Niederlage.

Als er Katerina in der Schreibstube antraf, erschrak er ein wenig, weil er in Gedanken noch bei seinen Patienten war. Er entschuldigte sich dafür, sie warten gelassen zu haben, nahm sein Stethoskop ab und fragte, was er für sie tun könne.

»Können wir irgendwo unter vier Augen sprechen?«, fragte sie.

Die beiden diensthabenden Schreiber wechselten einen schnellen Blick. Bauer blickte tadelnd zu ihnen hinüber und fragte, ob irgendwo ein Büro frei sei. Metz und Weidemann säßen in ihrem jeweiligen Arbeitszimmer, antwortete der ältere Schreiber, aber Hirsch sei unterwegs und der Zahnbehandlungsraum frei. Bauer bedankte sich und führte Katerina in das schmale Zimmer mit einem einzigen Schiebefenster an der nördlichen Wand. Ein Hocker und ein hölzerner Zahnarztstuhl, beide im winterlichen Licht nur schemenhaft zu erkennen. Ein Tablett mit Instrumenten auf einem Rollwagen. Ein pedalbetriebener Zahnbohrer mit Schwungrad. Als Bauer die einzelne nackte Glühbirne einschaltete, wurde es kaum heller im Raum, weshalb er die Untersuchungslampe anknipste, deren Licht strahlend hell war.

»Meine Güte«, sagte Katerina und schirmte ihre Augen ab, »ich glaube, dunkel war es mir lieber.«

»Ich schalte es aus«, sagte Bauer.

»Nein, nein, ich werde mich schon daran gewöhnen.«

»Darf ich Ihnen den Behandlungsstuhl anbieten?«

»Pfui. Ist das der Ort, wo Sie Leute foltern? Nein, danke. Ich nehme lieber den Hocker.«

»Ich hole uns Stühle aus dem Büro.«

Kurz darauf saßen sie sich gegenüber, halb unter dem Lichtkegel der Behandlungslampe.

»Also, was kann ich für Sie tun?«, fragte Bauer.

»Ich benötige medizinisches Material«, antwortete Katerina. »Tupfer, Verbände, Pinzetten, Spritzen, Jod, Novalgin. Oh, und Morphium. Und drei Skalpelle.«

»Ist das alles?«

»Für den Moment, ja.«

»Und was wollen Sie mit den Sachen anfangen?«

»Sie nach Bedarf im Dorf benutzen.«

»Gibt es dort einen Arzt?«, fragte er, peinlich berührt, weil er sie nicht schon früher danach gefragt hatte.

»Unser Arzt hat sich der Roten Armee angeschlossen.«

»Sanitäter oder eine Krankenschwester?«

»Nein. Aber die Leute sind einfallsreich. Sie sind es gewohnt, zurechtzukommen.«

Bauer erinnerte sich daran, wie ihn während des Frankreich-Feldzuges die Unmöglichkeit, Zivilisten zu behandeln, dermaßen gequält hatte, dass er beinahe daran zerbrochen wäre. In der Sowjetunion war es ihm bisher im Großen und Ganzen gelungen, das Thema auszublenden.

»Metz würde niemals zustimmen«, sagte er. »Er würde glauben, dass Sie die Sachen an Partisanen weitergeben.«

»Ich kenne keine Partisanen.«

»Das wird er Ihnen kaum abnehmen«, sagte Bauer, unsicher, ob er ihr selbst ganz glaubte.

»Dann erzählen Sie es ihm eben nicht«, sagte sie. »Ich verlange ja nicht viel. Keine Lebensmittel, zum Beispiel.«

»Weil Sie genug haben?«, fragte er.

»Nein, haben wir zufällig nicht.«

Lahm fügte er an: »Danach wollte ich Sie schon die ganze Zeit fragen.«

»Es ist einer der Gründe, warum die Leute krank werden.«

»Wie sieht es mit Ihrem neuen Schlafquartier aus? Ich hoffe Sie haben es einigermaßen bequem?«

»Bequem würde ich es nicht nennen, nein. Aber es könnte schlimmer sein. Der Hofmeister des Guts und seine Frau haben mich bei sich aufgenommen.«

»Tichon Wassiljewitsch?«, fragte er.

Sie neigte den Kopf zur Seite. »Ja, das ist richtig. Es überrascht mich, dass Sie sich an seinen Namen erinnern.«

»Daran sind Sie schuld mit Ihrer unhöflichen Bemerkung über mich. Er fand das wohl sehr lustig.«

»Ach wirklich? Daran erinnere ich mich nicht. Dann hatten Sie es wohl verdient.«

Er betrachtete ihr Gesicht – das schmale prägnante Kinn, ihre engelhaften Lippen, die großen wissenden Augen – und fragte sich, wie sie mit solcher Feindseligkeit durchkam.

»Die Sachen, die Sie haben wollen«, sagte er, »ich wünschte, ich könnte sie Ihnen besorgen. Aber aus unseren Vorräten zu stehlen ist ein Kapitalverbrechen.«

»Dann lassen Sie sich nicht erwischen«, erwiderte sie. »Sie sind Arzt. Zaubern Sie die Sachen einfach weg. Ein bisschen hier, ein bisschen da – niemand wird es bemerken.«

Er gab vor, darüber nachzudenken, denn er war sich bitter bewusst, dass er würde Nein sagen müssen. »Tut mir leid, wir haben selbst nicht genug. Ich kann Ihnen nicht helfen. Ich wünschte, ich könnte, aber es geht nicht.«

»Weil Sie zu wenig haben oder aus Angst, erwischt zu werden? Was ist es?« Als sie sah, dass er zögerte, fuhr sie fort: »Oder ist es keins von beiden? O Gott, jetzt weiß ich es – es ist Ihr Ehrgefühl, nicht wahr? Ihr deutscher Sinn für Rechtschaffenheit. Ihr macht mich krank – verleibt euch fast ganz Europa ein, aber wagt es nicht, ein paar Kleinigkeiten aus euren Vorräten abzuzweigen.«

»Tut mir leid. Mittelfristig wird es wohl ein Zuteilungssystem für Zivilisten geben. Eine Art medizinische Grundversorgung.«

»Entschuldigen Sie, wenn ich skeptisch bin, Hauptmann. Sie besitzen ja nicht einmal vernünftige Winterkleidung, und jetzt geben Sie zu, dass Ihnen die medizinischen Vorräte ausgehen. Ich persönlich glaube ja, dass Sie uns auszuhungern versuchen, aber selbst wenn nicht, bezweifle ich, dass wir uns in der Lebensmittelversorgung auf Sie verlassen können, geschweige denn was die medizinische Versorgung anbelangt.«

»Lassen Sie mich sehen, was ich tun kann.«

»Das genügt mir nicht, Hauptmann. Soll ich Metz sagen, dass Sie ihn einen Feigling genannt haben?«

So standen die Dinge also, dachte er bei sich. »Ich werde tun, was ich kann«, wiederholte er. Er war sich recht sicher, dass er Metz zu keinem Zeitpunkt explizit als Feigling bezeichnet hatte, aber falls sie ihre Drohung wahr machte, würde es in irgendeiner Form Ärger geben, selbst wenn Metz ihr nicht glaubte.

»Und da ist noch etwas«, sagte sie.

»Mein Gott, wer foltert hier eigentlich wen? Soll ich mich für Sie auf den Behandlungsstuhl setzen?«

»Es geht um Ihren Obergefreiten Winkel.«

»Was ist mit ihm?«, fragte Bauer überrascht, denn den Namen Winkel verband er normalerweise nicht mit Ärger.

»Er steigt einer meiner Haushälterinnen hinterher.«

»Ah, verstehe. Sie sprechen von Daria Grigorjewna.«

»Dann wissen Sie also davon.«

»Ich weiß, dass er sie mag, ja.«

»Das kann ich nicht gutheißen.«

»Warum? Weil es Daria nicht gefällt?«

»Im Gegenteil, und genau das ist das Problem. Wie ich Ihnen immer wieder zu erklären versucht habe, ist Ihr Aufenthalt hier zeitlich begrenzt, und jede Frau, die sich mit einem Deutschen einlässt … nun, sie wird mit schwersten Repressalien rechnen müssen.«

Bauer erwog, eine bissige Bemerkung über die sowjetische Justiz zu machen, doch er wusste, dass seine Landsleute im umgekehrten Fall genauso rachsüchtig sein würden. »Sie scheinen sich sehr sicher zu sein, dass wir den Krieg verlieren werden.«

»Natürlich bin ich mir sicher. Aber selbst wenn nicht, wäre das Risiko für Daria Grigorjewna inakzeptabel.«

»Es klingt, als wäre Daria anderer Meinung.«

»Tut mir leid, es sagen zu müssen, aber Daria ist nicht die hellste. Sie ist unverheiratet, war immer allein. Deshalb ist sie verletzlich. Außerdem hat sie ein Alkoholproblem.«

Bauer musste lachen. »Wollen Sie erreichen, dass ich Winkel das alles erzähle?«

»Erzählen Sie ihm, was Sie wollen, aber sorgen Sie dafür, dass er sie in Ruhe lässt. Ihr Oberstleutnant Metz hat versichert, dass seine Männer mein weibliches Personal nicht belästigen würden. Es sei strikt untersagt.«

»Ja, aus rassischen Gründen.«

»Wenn Ihre lächerlichen Ansichten meinem Personal nutzen, habe ich nichts dagegen.«

»Winkel ist ein guter Mensch – haben Sie schon mal *daran* gedacht? Daria Grigorjewna könnte sich glücklich schätzen, jemanden wie ihn an ihrer Seite zu haben. Ist es nicht die Aufgabe eines Schriftstellers, die Dinge aus verschiedenen Blickwinkeln zu betrachten?«

»Zunächst einmal bin ich keine Schriftstellerin mehr. Und was Ihren Obergefreiten betrifft, so wird seine Güte keine Rolle mehr spielen, wenn er in Deutschland ist und Daria Grigorjewna in der Sowjetunion am Strick baumelt.«

»Vielleicht könnte er sie ja mitnehmen.«

»Er soll Daria bei Ihrem Rückzug mitnehmen? Das ist doch albern, Hauptmann. Hätten Sie Stalin in die Flucht geschlagen, würde ich diese kleine Romanze vielleicht billigen, sie sogar gutheißen. Aber so wie die Dinge liegen, muss ich um Darias willen Vernunft walten lassen. Sie sollten das Gleiche für den Obergefreiten Winkel tun.«

»In Ordnung«, murmelte er. »Ich tue mein Bestes. Aber meiner Erfahrung nach ist das Herz ein Organ, das schwer im Zaum zu halten ist.«

»Ich hätte gedacht, Deutsche wären Meister darin.«

»Sie wären überrascht, Katerina Dmitriewna. Unser Herz rebelliert manchmal sogar.«

***

Bauer band die Arteria ulnaris ab und lauschte dabei mit halbem Ohr der Unterhaltung seiner Assistenten. Metz' Limousine sei fertig, erzählte Winkel. Um sie wieder zum Laufen zu bringen, habe er aus Schrott einen neuen Vergaser fräsen müssen.

Pflieger deutete auf ihren bewusstlosen Patienten. »Könnte man nicht das Gleiche für diesen armen Kerl hier tun?«

»Eine Prothese basteln?«, fragte Winkel.

»Ich meinte, ihm etwas aus Fleisch und Blut annähen«, sagte Pflieger.

»Sei kein Idiot.«

Bauer bat um die Knochensäge. Demchak reichte sie ihm, und Bauer machte sich augenblicklich ans Werk.

»So absurd ist das gar nicht«, sagte Hirsch von seinem Platz am Kopfende der Bahre. »Eines Tages könnte es so etwas geben.«

Obwohl voll auf seine gegenwärtige Aufgabe konzentriert, registrierte Bauer, wie sich die Aufmerksamkeit der anderen auf Hirsch richtete, der bei Operationen normalerweise kaum sprach, besonders seit dem Tod des Schwaben. Hirsch lief puterrot an und schob sich die Brille auf die Nasenwurzel. »Ein ausgeschlagener Zahn überlebt doch auch, wenn man ihn rasch wieder einsetzt. Warum nicht auch ein Arm?«

»Vielleicht«, sagte Winkel skeptisch. »Aber Pflieger spricht von einer neuen Gliedmaße. So etwas wird es nie geben.«

Bauer hatte den Knochen durchgesägt, übrig waren nur Trizeps und Haut.

»Warum denn nicht?«, sagte Hirsch. »Der erste Schritt besteht darin, sich so etwas vorzustellen, selbst wenn es heutzutage noch nicht möglich ist. Und wenn Wissenschaft und Technik dann eines Tages so weit sind, wird es irgendjemandem gelingen.«

Bauer vervollständigte den Schnitt, und Pflieger nahm den amputierten Arm an sich, doch statt ihn sofort zu entsorgen, hob er ihn an und klatschte mit der amputierten Hand ein paarmal gegen seine eigene, spendete Hirsch auf diese Weise eine Runde schlappen Applaus. »Danke für Ihre großzügige Unterstützung, Leutnant. Siehst du, Sepp – ich bin ein Genie.«

»Legen Sie ihn weg«, sagte Bauer. »Ein kleiner Scherz ist in Ordnung, aber keine Entwürdigung von Körperteilen. Das könnten Sie sein, der da liegt.«

»Stimmt«, sagte Winkel. »Dann müssten wir dir ein neues Gehirn bauen.«

***

Sie operierten bis spät in den Abend hinein. Bauer war am Ende völlig erschöpft, aber wie berauscht, voller Adrenalin, und rauchte erst einmal eine Zigarette. Anschließend setzte er sich hin und sah sich seine Operationsberichte an. Danach suchte er die Stationen auf, ehe er schließlich durch den Schnee stapfte, um sich in die Sauna zu setzen, denn an Schlaf war nicht zu denken. Am Kleiderhaken an der Türinnenseite der Entlausungsstation hing die Uniform eines Obergefreiten, die, der Größe und Sauberkeit nach zu urteilen, zweifelsfrei Winkel gehörte. Es war enttäuschend; er hatte gehofft, die Sauna für sich allein zu haben. Sepp war direkt nach ihrer Schicht hergekommen, auch er bestimmt auf der Suche nach Ruhe, und da Unteroffiziere die Sauna während der

Morgenstunden benutzen durften, war seine Anwesenheit rechtens, denn es war bereits nach Mitternacht. Bauer überlegte, ob er wieder gehen sollte, nicht nur, weil er lieber allein sein wollte, sondern auch wegen seiner Verpflichtung – falls *Verpflichtung* der richtige Ausdruck war –, Sepp das Techtelmechtel mit Daria Grigorjewna auszureden. Allerdings war die Aussicht, im Bett zu liegen und Molineux beim Schnarchen zuzuhören, wenig reizvoll, und so zog er sich aus und beeilte sich, der eisigen Luft zu entkommen, und machte dabei mächtig Krach, um Winkel vor seinem Erscheinen zu warnen.

Als er die Sauna betrat, war es dort nicht nur brütend heiß, sondern es sah auch so aus mit dem Feuerschein hinter der rußigen Glasscheibe im Ofen. Sepp saß auf der oberen Bank, am weitesten von der Tür entfernt, die Arme um die Knie geschlungen, sein schlanker, aber muskulöser Körper irgendwie vogelartig und verletzlich. Winkel wollte sich sofort erheben und gehen, aber Bauer bedeutete ihm, sitzen zu bleiben. »Es ist nach Mitternacht, Sepp, also genau genommen früh am Morgen. *Ich* bin derjenige, der eigentlich nicht hier sein dürfte.«

»Sind Sie sicher, dass ich nicht gehen soll, Hauptmann?«

»Natürlich. Sie haben mir die Mühe erspart, das Feuer zu entzünden. Ich kann Sie jetzt wohl kaum in die Kälte hinausjagen, oder?«

»Es würde mir nichts ausmachen«, sagte er.

»Nein, bleiben Sie hier. Sie haben es sich verdient. Sie haben heute Abend schwer gearbeitet.«

»Ich sollte mal Holz nachlegen«, sagte Winkel, blieb aber – entgegen seiner Art – tatenlos sitzen, und Bauer spürte, dass mit ihm irgendetwas nicht stimmte – entweder war er krank, oder er hatte eine ungewollte Erektion. Wortlos legte Bauer selbst neues Holz in den Ofen und goss mit einer Schöpfkelle

Wasser auf die Steine, mied dabei Winkels Blick, setzte sich dann in Längsrichtung auf die obere Bank gegenüber von Winkel und lehnte sich an die warme Holzwand. Die Luft unter der Decke war brüllend heiß, was sich himmlisch anfühlte, und er entspannte sich spürbar. Es war ein harter Tag gewesen. Eine harte Woche. Ein harter Feldzug. Ein paar harte Jahre eigentlich. Wenn man die Hälfte der Zeit bitterlich fror und einem diese Hitze dann derart paradiesisch vorkam, sollte sich daraus schlussfolgern lassen, dass die Härten des Lebens die Freuden grundsätzlich intensivierten; dies setzte allerdings voraus, dass es überhaupt Freuden gab, was an der Ostfront vermutlich ziemlich selten war. Er sollte sich, so nahm er an, glücklich schätzen über das Geschenk dieser heißen Luft, die ihn womöglich in diesem Augenblick, wenn nicht zum glücklichsten, so doch zum am besten gewärmten Mann des Krieges machte.

Winkel hingegen wirkte verschämt und angespannt, hielt die Arme weiter um die Knie geschlungen. Bauer hätte ihn nie für jemanden gehalten, der sich seiner Nacktheit schämte – tatsächlich erinnerte er sich daran, dass Winkel im Juli, als sie den Dnjepr erreicht hatten, einer der ersten Männer gewesen war, die sich ausgezogen und in die Fluten gestürzt hatten. Bauer setzte sich auf. »Sie wirken nervös, Sepp.«

»Tu ich das?«

»Es ist meine Schuld«, sagte Bauer. »Ich hätte Sie nicht stören sollen.« Er wollte sich gerade erheben, als er eine kleine Hautwucherung vorne an Winkels Achselhöhle bemerkte, ein dunkles, seltsam borstiges Gebilde im Achselhaar. Winkel sah, dass es Bauer aufgefallen war, legte rasch eine Hand über die Stelle und entblößte dadurch eine ähnliche Geschwulst im hinteren Bereich der Achselhöhle, am fleischigen Rand des Rundmuskels.

»Sepp, was ist das?«, fragte Bauer.

»Was?«

»Das Ding in Ihrer Achselhöhle. Oder vielmehr, die *Dinger.*«

»Nichts. Es ist gar nichts.«

»Warum bedecken Sie es dann?«

Winkel ließ seinen Kopf zwischen die Arme sinken und schien, falls überhaupt möglich, noch mehr in sich zusammenzusacken.

»Nun?«

Winkel hob den Blick und sah Bauer resigniert an. »Sie werden den anderen nichts davon erzählen, oder?«, fragte er beklommen.

»Nein, warum sollte ich das tun?«

»Na gut, dann sehen Sie es sich an«, sagte er, schwenkte die Beine von der Holzbank und hob den linken Ellbogen, offenbarte seine Achselhöhle.

Bauer trat zu ihm heran. Insgesamt gab es vier Wucherungen – Fleischwarzen, wie Bauer erleichtert sah, alle an der Basis mit einem medizinischen Faden abgebunden. »Haben Sie das gemacht?«, fragte er und versuchte, nicht zu lachen. Winkel nickte verdrossen. Neben den abgebundenen Warzen gab es noch einige kleinere, die er in Ruhe gelassen hatte, vermutlich, weil er keinen Faden hatte herumschlingen können. »Nun, ich muss zugeben, ich bewundere Ihre Fingerfertigkeit«, sagte Bauer. »Sie hätten Chirurg werden können. Und an Ihrer Methode ist auch nichts auszusetzen – die Warzen sind dabei zu schrumpfen.«

Winkel nahm den Arm herunter. »Dann glauben Sie also, dass die Dinger abfallen werden, Hauptmann?«

»Ja, nach einer Weile. Aber, Sepp, Sie hätten zu mir kommen sollen. Ich kann die Warzen ruckzuck entfernen. Es wird ein bisschen brennen, aber nicht lange. Und die Infektionsgefahr ist geringer.«

»Hauptmann, das ist mir peinlich. Sie haben Besseres zu tun.«

»Wie gesagt, es geht ganz schnell. Sonst noch welche?«

Winkel hob den rechten Arm und offenbarte ihm zwei weitere Fleischwarzen, beide bedeckt mit einem Büschel feiner Härchen.

»Das erledige ich morgen, sobald ich ein bisschen Zeit finde«, sagte Bauer. »Ein paar von den kleineren nehme ich auch weg.«

»Sie werden wirklich niemandem davon erzählen?«

»Natürlich nicht. Ich bin Arzt.«

»Weil – es fällt mir schwer, es zuzugeben, Hauptmann –, es sind nicht die Einzigen«, sagte Winkel und deutete nach unten in seinen Schritt.

»Ah, verstehe. Kein Problem. Um die kümmern wir uns auch.«

Winkel dankte ihm und Bauer setzte sich zurück auf die gegenüberliegende Bank. »Aber Sepp, nun bin ich neugierig. Warum gerade jetzt? Wegen Daria Grigorjewna?«, fragte er rundheraus, denn ihm fiel kein taktvollerer Einstieg in das Thema ein.

»*Herr Hauptmann*«, sagte Winkel entrüstet.

Eilig sagte Bauer: »Das ist weiß Gott verständlich, wir sind hier alle einsam. Aber ich bin mir nicht sicher, ob Daria Grigorjewna die Lösung ist.« Winkels Miene war starr, abwehrend. Bauer fuhr fort: »Ich will mich klar und deutlich ausdrücken: Mir geht es nicht um die Rassengesetze. Soweit es mich betrifft, sind sie unsinnig.«

»Worum geht es dann?«, fragte Winkel.

»Darum, dass wir früher oder später von hier weggehen werden, und das könnte Daria Grigorjewna in eine schwierige Lage bringen.«

»Daran habe ich auch schon gedacht. Ich werde zusehen, dass ich ihr Geld schicke.«

»Verstehe. Also meinen Sie es ernst mit ihr. Verzeihen Sie, wenn ich das sage, aber ist das alles nicht ein bisschen vorschnell? Sie kennen sie wie lange? Seit kaum zwei Wochen. Insgesamt haben Sie vielleicht zwei Stunden mit ihr verbracht, mehr kann es nicht gewesen sein.«

»Das ist lange genug, Herr Hauptmann, glauben Sie mir. Meine Frau und ich, wir sind in derselben Mietskaserne aufgewachsen. Haben zusammen im Hof gespielt. Das hier ist etwas völlig anderes. Als ich Daria zum ersten Mal sah, dachte ich: ›Sie ist jemand Besonderes. Diese Frau muss ich näher kennenlernen.‹«

Bauer dachte an Daria Grigorjewna, eine korpulente Frau mit großporiger fleckiger Haut, und ertappte sich bei der hartherzigen Frage, was Winkel so toll an ihr fand. »Sind Sie sich sicher, dass es hierbei nicht eigentlich um Ihre tote Frau geht? Dass es eine Reaktion darauf ist? Wie lange ist es her?«

»Zwei Jahre, bald sind es drei. Ich habe meine Frau geliebt, aufrichtig geliebt. Aber diese Sache ist etwas anderes – als hätte das Schicksal Daria und mich zusammengeführt.«

»Aber Sie haben ja noch nicht mal eine gemeinsame Sprache!«

»Daran arbeite ich. Und überhaupt, was wir miteinander haben, geht tiefer als eine gemeinsame Sprache. Wir lieben uns. Wir werden heiraten. Ich weiß noch nicht, wie, aber es wird geschehen. Da bin ich mir ganz sicher.«

Bauer zögerte, besorgt um ihn, aber durchaus beeindruckt. »Das ist schön für Sie beide«, sagte er schließlich.

»Vielen Dank, Herr Hauptmann, ich wusste, dass Sie mich verstehen würden.«

»Ehrlich gesagt bin ich mir nicht sicher, ob ich das tue. Aber ich bewundere Ihre Entschlossenheit. Doch falls der Krieg zu unseren Ungunsten verläuft, würden Daria Grigorjewnas

Landsleute ihre Beziehung mit Ihnen nicht mit Wohlwollen betrachten. Da Sie sie lieben, sollten Sie das bedenken.«

»Wovon sprechen Sie?«

»Man könnte Daria ins Gefängnis werfen, Sepp. Im schlimmsten Fall sogar umbringen.«

Winkel wirkte beunruhigt; auf diesen Gedanken war er offenbar noch gar nicht gekommen. Bauer sagte: »Seien Sie einfach diskret, das ist alles. Besonders unter Darias Leuten. Katerina Dmitriewna zum Beispiel ist eine gute Frau, aber sie könnte sich verpflichtet fühlen zu melden, was zwischen Ihnen und Daria war, falls wir zum Rückzug gezwungen sind. Wohlgemerkt sage ich nicht, dass es wahrscheinlich ist. Aber es wäre möglich.«

»Natürlich, Hauptmann. Ich verstehe, was Sie meinen. Aber glauben Sie wirklich, dass wir uns vielleicht zurückziehen müssen?«

»Keine Ahnung. Wir scheinen zu gewinnen, aber werden wir auch *auf ganzer Linie* siegen? Das weiß ich nun wirklich nicht.«

***

Freitag, 14. November. Sie waren seit zwei Wochen in Jasnaja Poljana, doch während Bauer an der Treppe auf Metz wartete, kam ihm die Zeit deutlich länger vor, im Guten wie im Schlechten. In gewisser Weise war der Aufenthalt eine Erholungspause, aber eben auch eine Phase der erzwungenen Innenschau; der lärmende Film ihres Vormarsches aus Brest-Litowsk hatte sich abrupt abgespult.

Es war schön, mal wieder rauszukommen, befand er. Metz hatte ihm für heute eine gemeinsame Ausfahrt in der reparierten ZIS-Limousine angekündigt, und bei dem Treffen gedachte Bauer, ihm klarzumachen, welche Vorteile es hätte, die

Dorfbewohner mit Medikamenten und Lebensmitteln zu versorgen.

Metz trat aus seinem Büro am anderen Flurende und stolzierte mit durchgedrücktem Rücken die zehn Meter zur Eingangshalle. »Bereit?«, fragte er. Bauer antwortete, indem er vernehmlich die Hacken aneinanderschlug; sein Enthusiasmus überraschte ihn.

Draußen glitzerte der Schnee unter einem blassblauen Himmel. Es war ein windstiller, strahlend heller Tag. Die Temperatur war auf bemerkenswerte minus drei Grad gestiegen, sodass der Marsch zum Fuhrpark beinahe angenehm war. Bei ihrer Ankunft stand der ZIS bereits mit laufendem Motor vor dem Schuppen. Egon Ehrlich stand vor einem der breiten Holztore und salutierte. Metz erwiderte den Gruß, dann richtete er seine Aufmerksamkeit auf das in Wehrmachtsgrau umlackierte Auto, auf dessen Dach und Türen nun das Rotkreuz-Symbol prangte. »Was sagen Sie?«

»Netter Wagen, Oberstleutnant«, sagte Bauer, »falls Sie das meinen.«

Metz kicherte. »Hauptmann, es gibt auf dieser Welt zwei Sorten von Männern: diejenigen, die die Schönheit eines Automobils erkennen, und diejenigen, die sie nicht erkennen. Sie gehören anscheinend zu letzterer Sorte.«

»Ich muss sagen, es überrascht mich ein wenig, dass ein Fahrzeug aus sowjetischer Produktion Sie derart beeindruckt.«

»Nun, der Motor ist natürlich Schrott«, entgegnete Metz. »Deshalb ist er ja kaputt gegangen. Aber Winkel versichert mir, dass er die Erbfehler behoben hat. Nein, es ist die Karosserie, die ich bewundere. Schauen Sie doch, diese geschwungenen Konturen. Diese Kurven. Diese Eleganz.« Ganz ernst fügte er an: »Vielleicht haben die Russen den Entwurf einem Deutschen gestohlen. Wie auch immer, steigen Sie ein«, sagte Metz. »Egon wird uns chauffieren.«

Bauer missfiel der Gedanke, dass Ehrlich mitbekommen würde, was er zu sagen hatte, aber falls weitere Verwundete eintrafen, könnte es Tage dauern, bis sich die nächste Gelegenheit zum Gespräch ergab. Er ging um das Auto herum und stieg zu Metz in den Fond. Ehrlich setzte sich hinters Steuer, ließ kurz den Motor aufheulen und fuhr dann langsam zur Hauptzufahrt des Anwesens. »Sachte«, sagte Metz, »vermutlich gibt es Glatteis. Ich möchte nicht, dass der Wagen wieder in die Werkstatt muss, Stabsgefreiter.«

Durch den regelmäßigen Gebrauch war die Zufahrt problemlos befahrbar, und als sie das Haupttor erreichten, sah Bauer, dass für die Straße das Gleiche galt – doch der Winter würde noch lange dauern, dachte Bauer. Streng genommen hatte er noch gar nicht begonnen.

»Anhalten und wenden, Stabsgefreiter«, sagte Metz.

Bauer sah ihn an. »Haben Sie etwas vergessen, Oberstleutnant?«

»Keineswegs.«

Im offenen Gelände vor dem Haupttor wendete Ehrlich und fuhr den Weg zurück, den sie gekommen waren, allerdings nicht zum Fuhrpark, sondern weiter bis zum Haupthaus. Dort wies Metz Ehrlich an, eine Runde um den Vorplatz zu drehen, und zu Bauers Erstaunen fuhren sie danach wieder den Hauptweg hinunter. Metz wandte sich zu ihm. »Also, Hauptmann, was wollen Sie mit mir besprechen?«

»Nun, also …«, sagte Bauer und versuchte seine Gedanken zu sammeln. Immer wenn er begann, Metz als normal zu betrachten – als den kompetenten und berechenbaren Metz, den er aus Frankreich kannte –, geschah etwas neues Absonderliches. »Es geht um die Einheimischen«, begann er mit sanfter Stimme. »Frau Trubetzkaja bittet uns um eine Spende von medizinischem Material. Wir sollten zustimmen, Oberstleutnant. Ich glaube, es wäre langfristig in unserem Interesse.«

»Wieso?«

»Weil die Einheimischen uns bisher nützlich waren und keinen Ärger gemacht haben. Wir sollten uns bemühen, dass es so bleibt.«

»Bauer, Bauer – was habe ich über Frau Kälter gesagt? *Hüten Sie sich vor ihr*, habe ich gesagt. Und jetzt hat sie Sie an der Angel. Sie glauben, Sie seien in die Frau verliebt.« Er beugte sich vor. »Noch eine Runde, Stabsgefreiter, wenn ich bitten darf.« Sie waren zurück am Haupttor, wie Bauer sah. Pflichtschuldig wendete Ehrlich den Wagen. Metz lehnte sich wieder zurück. »Nun, Hauptmann, haben Sie etwas vorzubringen?«

»Nur, dass ich neugierig bin, warum wir im Kreis fahren.«

»Wir fahren nicht im Kreis, wir oszillieren auf einer Linie.«

»In Ordnung, wir oszillieren. Aber warum?«

»Weil es hinter diesem Tor aktive Partisaneneinheiten gibt. Es wird eine Weile dauern, bis wir die Gegend vollständig befriedet haben.«

»Oberstleutnant, würde das nicht schneller gehen, wenn uns die Einheimischen nicht hassen würden? Wir müssen ihnen Anlass dazu geben, nicht den Partisanen zu helfen.«

»Dafür gibt es unsere Vergeltungsmaßnahmen: Wird einer von uns getötet, kriegen sie zwanzig Gründe, es nicht noch einmal zu tun.«

»Einen positiven Anlass, meine ich. Ich bin kein Historiker, aber mir scheint, dass die alten Römer nicht nur ausgezeichnete Soldaten waren, sondern auch geschickt im Umgang mit den eroberten Völkern. Sie waren klug genug, Kooperationsbereitschaft zu belohnen.«

»Die Römer, ha! Und was hat es ihnen gebracht außer rassischer Entartung? Weil sie keine Rassentheorie besaßen, haben sie sich mit den unterworfenen Völkern gedankenlos vermischt. Das Ergebnis war katastrophal.«

»Am Ende vielleicht. Aber das Römische Reich bestand tausend Jahre – zweitausend, wenn man die Byzantiner mitzählt. Selbst der Führer verspricht uns nur tausend Jahre.«

»Ein gescheiter Mann, der Führer.«

Bauer fragte sich, ob das ein Scherz sein sollte. Gewiss nicht, denn wenn er eines über Metz wusste, dann, dass ihm jedweder Sinn für Humor fehlte.

Sie hatten wieder das Haupthaus erreicht, und Metz wies Ehrlich an, zum Tor zurückzukehren.

»Vergeuden wir hier nicht kostbares Benzin, Oberstleutnant?«, fragte Bauer.

»Der Wagen muss eingefahren werden, Hauptmann. Außerdem wären wir, wenn es nach Ihnen gegangen wäre, jetzt noch weiß Gott wo – auf halbem Weg hinter Orjol.«

»Wenn Sie mich hier rauslassen, kann ich zum Krankenhaus rüberlaufen.«

»Ich bringe Sie hin«, sagte Metz.

»Danke, Oberstleutnant. Und denken Sie bitte noch einmal darüber nach, ob wir nicht ein paar medizinische Vorräte ins Dorf schaffen sollten. Ja, ich weiß, wir haben selbst kaum genug, aber ich bin überzeugt, dass eine kleine Vorleistung uns spätere Probleme ersparen wird.«

»Absolut nicht. Wir sind hier unter Wilden, Hauptmann. Die würden jeden Akt von Großzügigkeit als Schwäche auslegen.«

Sie hielten vor dem Krankenhaus. Auch wenn sie im eigentlichen Sinne keine Runde gedreht hatten, hatte das Gespräch sich im Kreis gedreht, und Bauer war froh, dass es vorüber war. Er stieg aus und griff nach dem Wagenschlag, als Metz den Zeigefinger auf Ehrlich richtete. »Noch mal zurück zum Tor, Stabsgefreiter.«

Bauer schlug die Tür zu.

10

Nach dem vergleichsweise milden Wetter des Vortags fiel die Temperatur über Nacht auf minus achtzehn Grad. Es war windig, was die Kälte noch schlimmer machte, und während er mit Winkel und Molineux zum Krankenhaus ging, wäre Bauer auf dem vereisten Boden einige Male beinahe ausgerutscht, was ihn zwang, sich wie ein Schlittschuhläufer zu bewegen, mit gebeugten Knien und leicht gespreizten Beinen.

Als sie auf die Abzweigung zum Wolkonski-Haus zugingen, kam ihnen aus der entgegengesetzten Richtung Katerina entgegen, offenbar mit sicherem Stand. Molineux legte die gewölbten Hände um den Mund und rief ihr seinen üblichen Gruß zu, erhielt aber keine Antwort. »Vielleicht hat sie ihre Tage«, sagte er von der Seite. Es war offenkundig, dass sie ihn nicht gehört hatte; mit gesenktem Kopf stemmte sie sich gegen den Wind, ihre Uschanka ein fellgefütterter Rammbock. Sie war schon sehr nahe, als sie die Männer bemerkte, und reagierte dann kaum. Bauer fragte sie, ob etwas nicht stimme.

»Abgesehen vom Krieg?«, sagte sie, ohne stehen zu bleiben.

»Geht es um Irina Petrowna?«, meldete sich Winkel zu Wort. Der Name sagte Bauer nichts, aber brachte Katerina augenblicklich dazu, stehen zu bleiben.

»Wer ist die Frau?«, wollte Molineux wissen. »Und warum weiß ich von nichts?«

»Ist das Baby schon da?«, fragte Winkel.

»Noch nicht«, sagte Katerina mit sorgenvoller Miene.

»Sind Sie beunruhigt?«

»Ja. Irina wird immer schwächer.«

Irina Petrowna sei Daria Grigorjewnas einundzwanzig Jahre alte Tochter, die ihr erstes Kind erwarte, erklärte Winkel. Bauer fragte Katerina, ob es im Dorf eine Hebamme gebe.

»Es gab eine, aber die ist gestorben. Vor wenigen Wochen erst. Daria kümmert sich mit ihrer Mutter und ihrer Schwester um Irina.«

Augenblicke später war vereinbart, dass Bauer nach Beendigung seiner Morgenvisite – falls Darias Tochter bis dahin immer noch in den Wehen lag – mit Winkel ins Dorf fahren und schauen würde, wie er helfen konnte. Katerina dankte ihm und berührte ihn leicht am Ärmel.

»Bist du dir sicher?«, fragte Molineux, nachdem sie sich von ihr verabschiedet hatten. »Metz wird einen Anfall kriegen.«

»Er muss es ja nicht erfahren«, sagte Winkel. »Ich weiß, wo man das Anwesen hintenrum verlassen kann.«

Molineux lachte schallend. »*Hintenrum* zu deiner Angebeteten? Winkel, du versauter Zwerg. Respekt!«

»Wir werden den normalen Weg nehmen«, sagte Bauer entschlossen. »Ich werde nicht lügen. Falls es Konsequenzen gibt, kümmere ich mich darum. Nötigenfalls sage ich Metz, dass Sepp auf meinen Befehl gehandelt hat.«

»Die Wahrheit?«, fragte Molineux skeptisch. »Bist du sicher, dass das klug ist? Und was, wenn ihr auf Partisanen trefft?«

»Ich vermute, dass die Partisanen Jasnaja Poljana in Ruhe lassen«, sagte Bauer.

»Das Dorf auch?«

»Es war früher Teil des Anwesens.«

Molineux stieß einen anerkennenden Pfiff aus. »Das ist eine mutige Einschätzung, Bauer. Verdammt, wenn euch das nicht jede Menge bolschewistischer Muschis einbringt, gibt es keine Gerechtigkeit auf der Welt.«

Im Krankenhaus wurde Bauer von Zöllner abgefangen, der um Hilfe bei einem seiner Patienten bat, einem weiteren Mann, der wegen örtlicher Erfrierung seine Augenlider verloren hatte. Bauer war unklar, was der Leutnant von ihm erwartete, da der Schaden ohnehin nicht behoben werden konnte und der Patient eigentlich evakuiert werden müsste; dennoch willigte er ein mitzugehen. Am Bett des Patienten wirkte Zöllner beklommen; offenbar machten ihm die zum Dauersehen gezwungenen Augen des Mannes mehr zu schaffen als ein gewöhnlicher Erblindungsfall. Behutsam erklärte Bauer dem Patienten, was ein Gesichtschirurg in Deutschland für ihn tun könnte, und betonte dabei die Heilungschancen, wenngleich er in Wahrheit nur herumriet. Der Mann bedankte sich herzlich, doch sein Tonfall widersprach seinem umherspringenden Blick. Zöllner wies einen Pfleger an, die Augen des Mannes regelmäßig zu befeuchten und zwischendurch mit Augenklappen abzudecken – es war weniger eine physiologische als eine psychologische Behandlung, vermutete Bauer, und es war durchaus möglich, dass sie eher Zöllners Gemütszustand diente als dem körperlichen Wohl des Patienten.

Je länger sich der Morgen hinzog und keine Nachricht aus dem Dorf eintraf, desto öfter dachte er an sein Hilfsangebot für Daria Grigorjewnas Tochter. Er fragte sich, ob die Partisanen die Gegend wirklich mieden oder sich in Wahrheit auf einen wie auch immer gearteten Angriff vorbereiteten. Könnte dies womöglich ihre erste Aktion sein? Winkel hatte ihn mit seinem Geständnis erstaunt, vor einigen Nächten vom Anwesen geschlichen zu sein, um Daria Grigorjewna im Häuschen ihrer alten Mutter zu besuchen, wobei Darias schwangere Tochter offenbar nicht im Haus gewesen war. Was, wenn diese Tochter, diese Irina Petrowna, eine Fiktion war?, fragte sich Bauer, ein Trick, um einen deutschen Offizier in eine Falle zu locken? Es gab keine Möglichkeit, dies herauszufinden, ohne ihr einen Besuch abzustatten, und nun konnte er keinen Rückzieher mehr machen.

Er beendete seine Visite gegen Mittag, und da er nichts von Katerina gehört hatte, schickte er Winkel los, um aus dem Fuhrpark ein Fahrzeug zu holen. Kurz darauf fuhr Winkel mit dem Kübelwagen der Kompanie vor dem Krankenhaus vor. »Gab es nichts anderes?«, fragte Bauer und stellte zwei Taschen mit medizinischen Utensilien in den Stauraum.

»Leider nicht, Hauptmann. Nur den ZIS. Soll ich noch schnell ein paar Decken holen?«

»Nein, wir verschwinden besser, solange wir können«, sagte er und setzte sich auf den Beifahrersitz.

Am Haupttor fragte sie einer der Wachposten, wo sie hinwollten. Ihre Antwort schien den Mann zu verwirren, dennoch winkte er sie durch. Auf der anderen Straßenseite war ein Wegweiser aufgestellt worden, lauter Holzbretter, auf denen Städtenamen und die Entfernung von Jasnaja Poljana standen.

»*Victoria?*«, fragte Winkel. »Wo ist das denn?«

»Das ist das lateinische Wort für ›Sieg‹«, sagte Bauer.

»Ach so. Wie weit es bis dorthin ist, steht aber nicht drauf.«

»Nur die Richtung«, pflichtete Bauer ihm bei. »Tula und Moskau.«

»Wir fahren in die andere Richtung«, sagte Winkel und bog nach rechts zum Dorf ab. Es schneite leicht, und als sie an Geschwindigkeit zulegten, bot ihnen die niedrige Windschutzscheibe kaum Schutz vor dem Fahrtwind, aber Bauer freute sich, mal wieder in offener Landschaft zu sein. Eine quecksilbrige Wolkenlandschaft. Die klirrende Kälte. Gefrorene Spurrillen so verworren wie eine Weichenstellanlage.

Niedrige ferne Bergrücken, die die Ebene umfassten, sie paradoxerweise breiter erscheinen ließen.

Ja, es war gut, draußen zu sein, aber dann erreichten sie auch schon das Dorf, eine Handvoll Häuser entlang der Straße von Chern nach Tula, dazwischen Wege, die sich im Schnee verloren. Niemand war zu sehen. Vermutlich suchten diejenigen, die nicht vor dem deutschen Vormarsch geflohen waren, Schutz vor dem Wetter. Die Leere des Ortes war unheimlich.

Erst als die Häuser weniger wurden, begriff Bauer, dass sie das Dorf bereits passiert hatten. Falls es dort einen Einkaufsladen gab, hatte er ihn übersehen. Nach einigen Hundert Metern bog Winkel nach links in einen verschneiten Weg ein, der zu einem Häuschen und einigen kleinen Schuppen führte. Bauer zog die Handschuhe aus und öffnete sein Holster, seine Finger klamm vor Kälte.

»Halten Sie hier«, sagte er zu Winkel, als sie sich dem kleinen Haus näherten. Winkel tat wie geheißen, und Bauer stieg aus. »Lassen Sie den Motor laufen. Ich gebe Ihnen Bescheid, wenn es sicher ist, reinzukommen.«

»Keine Sorge, Hauptmann. Ich war schon mal hier.«

Ein Hund bellte sie an – ein Samojede, angekettet vor einer schneebedeckten Hundehütte. »Tun Sie einfach, was ich sage, Obergefreiter«, sagte Bauer und klopfte dann, um die Zurechtweisung abzumildern, auf den vorderen Kotflügel des Wagens. Er ging auf das Haus zu. Der scharfe Seitenwind sog den Rauch aus dem gedrungenen Schornstein, während der Samojede Bauer in patriotischer Raserei anbellte und an seiner Kette zerrte. Die Haustür ging auf, und im Türrahmen erschien Katerina.

»Danke, dass Sie gekommen sind«, sagte sie. »Es hat sich nichts geändert. Kommen Sie rein.« Sie deutete auf den Kübelwagen. »Der Obergefreite auch.«

»Er wartet draußen.«

»Worauf?«

»Darauf, ob Sie mich umbringen oder nicht.«

»Ach, das. Dann sollten Sie es herausfinden. Und zwar schnell, die Kälte zieht rein.«

Er ging an ihr vorbei ins Haus. Drinnen war es düster, die einzigen Lichtquellen waren ein kleines Fenster und ein schwaches offenes Feuer. Ein kleiner Tisch, daran zwei Stühle. Es roch nach Holzrauch, feuchter Wolle und gekochtem Kohl. Am Feuer hantierte eine alte bucklige Frau an einem Kochtopf herum, der an einem Haken über den Flammen hing.

»Das ist Agrafena Wiktorowna«, sagte Katerina, »Darias Mutter.« Bauer grüßte die Frau auf Russisch und sie antwortete mit einem Nicken, dann trat Daria selbst hinter einem Vorgang hervor und bedankte sich tränenreich, drückte seine Hände.

»*Kto tam?* Wer ist da?«, rief eine andere Frau hinter dem Vorhang.

»Ein Arzt«, antwortete Katerina auf Russisch, die Art knapper Wortwechsel, der Bauer zu folgen vermochte. »Das ist Irina Petrowna«, erklärte sie ihm auf Deutsch. »Wie Sie sehen, sind Sie nicht in Gefahr. Holen Sie lieber Ihren Obergefreiten rein, ehe er erfriert.«

»Ein Deutscher?«, rief die Patientin.

»Er ist hier, um dir zu helfen«, rief Katerina zurück.

»Ich würde lieber sterben.«

»Was ist mit deinem Baby?«

»Lasst mich in Ruhe! Verschwindet!«

»Sie wird sich schon besinnen«, sagte Katerina, nun wieder auf Deutsch.

Bauer fragte sie, wer sich noch hinter dem Vorhang verberge.

»Meine Güte, wie misstrauisch Sie sind«, sagte Katerina. »Die Tante des Mädchens, Darias Schwester. Sehen Sie selbst«, sagte sie, streckte den Arm aus und zog den Vorhang zur Seite, sodass eine kleine Nische zum Vorschein kam, die fast vollständig von einem Bett ausgefüllt wurde. Irina Petrowna kniete am Boden, die Arme auf dem Bett, die Hände ins Laken gekrallt. Ihre Tante hielt sie fest, sie war dünner als Daria, aber eindeutig mit ihr verwandt. Das Mädchen, das in den Wehen lag, sah erschöpft aus, war todblass, zitterte. Sie schaute kurz auf und fauchte ihn an.

»Hau ab, du deutsches Schwein!«

»Beachten Sie sie nicht«, sagte Katerina. »Es sind die Wehen, die aus ihr sprechen.«

»Ich glaube, es ist mehr als das.«

»Ihr Mann wurde in der ersten Kriegswoche getötet. Aber die Wehen sind nicht hilfreich.«

In dem Moment krallte Irina die Bettdecke an sich und stieß einen schauerlichen, lang gezogenen Schrei aus. Ihre Tante zog die junge Frau zu sich heran, als wolle sie dadurch deren Schmerzen lindern. Mit seiner Armbanduhr maß Bauer die Dauer der Wehe. Neununddreißig Sekunden. Als sie abgeklungen war, ließ Irina die Decke los und sank mit bebenden Schultern zurück auf die Matratze, ihr Kopf rollte zur Seite, das schweißnasse dunkle Haar ergoss sich über das Laken.

»Sie ist ein gutes, starkes Mädchen«, fuhr Katerina fort. »Und sie ist gebildet, eine ehemalige Studentin. Selbst wenn man das bei ihrem unflätigen Mundwerk kaum vermuten würde.«

»Daran werde ich denken, wenn sie mir die Augen auskratzt.«

»Tun Sie einfach, was Ihnen möglich ist. Ich werde Irina zurückhalten, falls sie handgreiflich wird.«

»Ist die Fruchtblase schon geplatzt?«, fragte er.

»*Njet!*«, wimmerte Irina.

»Versteht sie Deutsch?«, fragte er.

»Nein, sie hört es nur nicht gern«, sagte Katerina. »Ihre Fruchtblase ist schon vor Stunden geplatzt.«

»Ich muss sie untersuchen.«

»Natürlich. Ich werde mit ihr sprechen. Holen Sie den Obergefreiten rein.«

Bauer trat vor die Tür und winkte Winkel heran, der aus dem Kübelwagen sprang und ihre Ausrüstung herüberschleppte. »Äther?«, fragte er und hob die schwerere der beiden Taschen an.

»Für den Fall, dass wir es brauchen«, sagte Bauer und führte ihn ins Haus.

»Hätten wir nicht Leutnant Hirsch mitnehmen sollen, Hauptmann?«

»Er hat nichts mit der Sache zu tun.«

»Aber was, wenn wir sie in Narkose versetzen müssen?«

»So weit kommt es hoffentlich nicht.«

»Und falls doch?«

»Dann bin ich mir sicher, dass Sie es fachmännisch hinbekommen werden.«

»Aber … Herr Hauptmann!«

»Machen Sie sich keine Sorgen, Sepp. Zumindest jetzt noch nicht. Wie es aussieht, lässt sich Irina nicht mal von mir untersuchen.«

In der Nische warf Irina Petrowna Katerina, ihrer Mutter und sogar ihrer Tante wüste Beschimpfungen an den Kopf. Sie seien Verräter, Handlanger der Faschisten; sie verdienten es, erschossen zu werden. Klugerweise verzichtete Winkel darauf, Daria zu begrüßen, und machte sich sogleich daran, die Ausrüstung auszupacken. Bauer schaute unterdessen um sich, wurde abermals seiner Umgebung gewahr: ein schmuddeliger kleiner Raum, eine bucklige Alte am Kochtopf, eine wütende Frau in den Wehen. Es war, als wäre er in einem Dostojewski-

Roman gelandet, nur der schwindsüchtige Jüngling fehlte, der mit einer Steinschlossmuskete Russisches Roulette spielte.

»Es ist sinnlos«, sagte Katerina und trat vom Bett zurück. »Wir werden sie zwingen müssen.«

»Idealerweise wäre sie ruhig.«

»Mit Ruhe hatte das Ganze von Anfang an nichts zu tun. Sie ist mittlerweile seit dreißig Stunden dabei.«

»Und wenn sie meine Hilfe wirklich nicht will?«

»Sie ist nicht in der Lage, das zu beurteilen. Außerdem müssen wir an das Kind denken.«

»Stimmt«, sagte er, weiterhin zögerlich. Er hatte schon Soldaten erlebt, die sich einer Untersuchung widersetzten, entweder vor Schmerzen oder aus Angst davor, auf welche Weise er die Schmerzen lindern würde. Eine Frau aber hatte er noch nie gegen ihren Willen behandeln müssen.

»Hören Sie, falls Ihr Gewissen Sie plagt, erteile ich Ihnen die Absolution«, sagte Katerina. »Es ist meine Entscheidung.«

»Also gut. Dann muss ich mir jetzt die Hände waschen.«

Mit seiner gewohnten Effizienz hatte Winkel bereits heißes Wasser in die mitgebrachte Waschschüssel geschüttet; daneben lagen ein Stück Seife und ein Handtuch. Am Bett versuchten Katerina und die Tante, die brüllende Irina Petrowna auf die Matratze herabzudrücken, während ihre Mutter in rasendem Russisch auf sie einredete. Bauer hängte sich sein Stethoskop um und wusch und trocknete sich die Hände ab.

»*Njet!*«, schrie Irina Petrowna. »*Njet!*« Sie wehrte sich nach Kräften, war aber von den Wehen geschwächt, und bald hatten sie sie aufs Bett heruntergedrückt.

»Lassen Sie mich mit ihr reden«, sagte er.

»*Njet!*«, brüllte Irina erneut, während die Frauen ihr das Nachthemd hochschoben und mit vereinten Kräften ihre Schenkel auseinanderdrückten. Bauer erblickte dichtes schwarzes Schamhaar und verspürte ungebührlichen Schock, teils sexueller, teils kindlicher Natur, eine Art naives Erstaunen.

»Lassen Sie mich mit ihr reden«, sagte er abermals. Diesmal weckte er Katerinas Aufmerksamkeit, was es Irina ermöglichte, sich wieder das Nachthemd über die Beine zu ziehen. Katerina stöhnte verärgert auf.

Bauer trat ans Bett und stellte sich der jungen Frau in gestelztem Russisch vor. »Ich bin ausgebildeter Arzt«, fügte er hinzu, und weil er aufrichtig sein wollte, verfiel er dann vor Aufregung in sein simpelstes Russisch: »Mir tun sehr leid, dein Mann sein tot. Alles schlimm, mir tun sehr leid. Der Krieg.«

Ein Arm lag auf ihrem Gesicht, die andere Hand krallte sich in den Saum ihres Nachthemds.

»Ich bin Arzt«, wiederholte er eindringlich. »Ich kann dir helfen.«

Irina verzog das Gesicht, als würde gleich der nächste Tobsuchtsanfall folgen, aber dann schauderte sie, als die nächste Wehe einsetzte und ihr ein weiteres lang gezogenes Aufstöhnen aus der Kehle presste. Sechs Minuten waren seit der letzten Wehe vergangen, wie Bauer registrierte. Zu lange. Die jetzige dauerte ähnlich lange. Irinas Tante massierte ihr unterdessen den Bauch und zog dann unter liebevollen Beschwichtigungen sanft Irinas Hand vom Nachthemd.

»Können Sie ihr kurz erklären, was ich tun muss?«, sagte er mit gedämpfter Stimme zu Katerina. »Zuerst muss ich den Bauch abtasten, dann den Gebärmutterhals.«

Katerina gab diese Information weiter, und obwohl Irina nichts sagte, wehrte sie sich nicht, als Bauer eine Hand auf sie legte, ihr Nachthemd hochzog und behutsam ihren Bauch abtastete, im Kopf nun wieder voll auf der Höhe. »*Khorosho*«, sagte er, »gut«, obwohl er in Wahrheit beunruhigt war. Methodisch wiederholte er seine Untersuchung, diesmal mit an die Zimmerdecke gerichtetem Blick, um besser mit den Händen sehen zu können.

»Sie haben das schon mal gemacht, nehme ich an?«, fragte Katerina.

»Ja, natürlich. Allerdings nicht oft«, gab er zu. »Und nicht in letzter Zeit. In der Wehrmacht ist nicht viel Bedarf dafür.«

»Erst wenn sie weitergezogen ist«, sagte Katerina.

Er ignorierte den Seitenhieb, beugte sich vor und sprach direkt zu der jungen Frau. »Und jetzt die innere Untersuchung?« Die Frage ließ sie verkrampfen, und er drängte auf eine Antwort. *»Da?«*

»Da«, sagte sie gereizt, das Gesicht weiterhin abgewandt.

»Gut«, sagte er, »gut.«

So behutsam wie möglich untersuchte er sie von innen, tastete mit dem Mittelfinger nach dem Gebärmutterhals und überlegte, dass entgegen den Worten eines gewissen Dichters die weibliche Scham ganz und gar nicht einer Wunde glich, die ja in der Regel aufgequollen und ohne jede Spannung war, also das genaue Gegenteil dieses muskulösen Schlauches. Er fand den Gebärmutterhals und schätzte seine Dilatation auf nicht mehr als fünf Zentimeter, was zwar enttäuschend war, aber zumindest klärte, was als Nächstes geschehen musste.

Er ging zum Waschbecken, zog die Handschuhe aus und wusch sich die Hände. Katerina trat zu ihm heran. »Und?«

»Ich muss operieren«, sagte er. Der arme Winkel erstarrte.

»Sind Sie sicher?«, fragte Katerina. »Sie neigen nicht vorschnell zu einer Operation? Das Kind kann nicht auf natürliche Weise zur Welt kommen?«

»Es ist eine Steißgeburt, und der Gebärmutterhals ist nicht ausreichend geweitet. Wenn wir nicht operieren, wird sie sterben. Das Kind auch.«

»Verstehe. Dann operieren Sie.« Wie aufs Stichwort setzte die nächste Wehe ein. Irina stöhnte auf und winkte ihre Tante und Mutter heran, die sich aufgeregt zu ihr setzten. Katerina fuhr fort: »Wie können wir helfen?«

»Erklären Sie ihr, was passieren wird und warum.«

»Und weiter?«

»Jemand soll ihr den oberen Teil der Schamhaare abrasieren.« Sein Blick wanderte durch den alles andere als sterilen Raum. »Wir müssen aufpassen, dass es keine Infektion gibt.«

»Haben Sie ein Rasiermesser?«

»Winkel wird Ihnen eins geben.«

Aus ihrer Ausrüstung reichte Winkel ihr ein Rasiermesser, mit dem Katerina – samt Seife und warmem Wasser – zum Bett ging; sie zog den Vorhang hinter sich zu. Winkel, ein Veteran unzähliger schauerlicher Operationen, sah Bauer erschrocken an. »Herr Hauptmann, ich kann keine Anästhesie durchführen, dafür bin ich nicht qualifiziert.«

»Sepp, im Land der Blinden ist der Einäugige König. Sie haben schon tausendmal zugeschaut. Ich habe vollstes Vertrauen in Sie.«

»Gott im Himmel.«

»Guter Mann. Jetzt räumen Sie den Tisch frei und wischen Sie ihn sauber. Falls man ihn ausklappen kann, tun Sie es.«

Bauer verstand es, gelassener zu wirken, als er sich fühlte, in diesem Fall nicht nur um Winkels, sondern vor allem um seiner selbst willen, denn es war Jahre her, dass er das letzte Mal einen Kaiserschnitt durchgeführt hatte; bevor sie losgefahren waren, hatte er vorsichtshalber noch einmal nachgelesen, wie diese Prozedur vonstattenging. Hinter dem Vorhang erklärte Katerina, was geschehen würde. Daria Grigorjewna begann wieder zu schluchzen, während ihre Tochter unentwegt keuchte und stöhnte, sich entweder dem ergab, was man ihr sagte, oder zu erschöpft war, um zu widersprechen.

»Sie hat eingewilligt«, sagte Katerina und trat hinter dem Vorhang hervor.

»Gut«, sagte er. »Nun verraten Sie mir: Wie zimperlich sind Sie?«

»Seit dem Bürgerkrieg nicht mehr besonders.«

Irgendwie war ihm dieser Teil ihrer Biografie entfallen. »Was halten Sie davon, als meine Assistentin zu fungieren? Blut abtupfen, Instrumente reichen? Ein paarmal werde ich Sie brauchen, um den Einschnitt auseinanderzuziehen. Trauen Sie sich das zu?«

»Natürlich.«

Gutes Mädchen, hätte er beinahe gesagt, tat es aber nicht. Wäre sie zwanzig Jahre jünger gewesen, so alt wie zu Zeiten des Bürgerkriegs, hätte er es wohl gesagt.

Zehn Minuten später lag die Patientin mithilfe der Frauen auf sauberen Krankenhaustüchern, gewaschen und rasiert, ihr Bauch mit Antiseptikum bestrichen. Bauer sagte zu ihr, dass alles gut werden würde, dass sie sie in Narkose versetzen würden und dass sie, wenn sie aufwachte, Mutter sein würde. Die nächste Wehe setzte ein. Als sie vorüber war, schob Winkel ihr eine Kanüle in den Arm und injizierte ihr augenblicklich – wie um seine Angst beiseitezuwischen – das Pentothal. Drei Minuten später war sie weggetreten.

»Das war gar nicht mal schlecht«, sagte Bauer zu ihm. Als Antwort stieß Winkel ein Grunzen aus; sie wussten beide, dass der schwierigere Teil die Kontrolle des Äthers war: zu viel, und das Leben von Mutter und Kind wäre gefährdet; zu wenig, und Irina Petrowna könnte während der Operation erwachen, womöglich ohne signalisieren zu können, dass sie bei Bewusstsein war. Entsprechend sorgfältig platzierte Winkel die Maske auf ihrem Gesicht und konzentrierte sich dann voll und ganz auf Irinas Atmung und die Freigabe des Äthers, was Bauer erkennen ließ, wie sehr er nun von Katerina abhängen würde, wie sehr er sich auf sie würde verlassen müssen. In dem Kittel sah sie zumindest glaubwürdig aus in ihrer Rolle.

»Bereit?«, fragte er sie, und sie nickte. Schräg hinter ihm stand Darias Schwester, deren Aufgabe es sein würde, mit einer Taschenlampe auf jede von ihm angewiesene Stelle zu leuchten. Daria hatte sich ins Zimmer zurückgezogen, wo ihre Mutter den Topf mit warmem Wasser bereithielt.

Bauer nahm sein Skalpell und begann mit einem diagonalen Schnitt oberhalb des Schambeins, nur um festzustellen, dass Irinas Muskeln viel zu angespannt waren. »Mehr Äther bitte, Obergefreiter. Die Narkose muss tiefer sein.«

Armer Winkel – nachdem er mit angesehen hatte, wie Hirsch versehentlich einen Patienten getötet hatte, war er mit Recht vorsichtig mit dem Gas. Aber als Bauer es erneut versuchte, ließ der Schnitt sich viel leichter bewerkstelligen, und das Blutrinnsal war ein beruhigendes Zeichen, dass sie auf dem richtigen Weg waren. Nachdem er die Haut durchtrennt hatte, schnitt er durch das Bauchfell, wodurch neues Blut floss, das Katerina schnell abtupfte. Auf Russisch erkundigte er sich, ob es der Tante gut gehe. Sie nickte. Die gleiche Frage richtete er an Katerina.

»Ja, danke. Und Ihnen?«

Lächelnd sagte er: »Keine Impertinenz im OP-Saal. Können Sie den Einschnitt auseinanderziehen?«

»So?«

»Genau.«

Zwischen den dilatierten Rändern der Wunde lag die Gebärmutter, die sich sichtlich bewegte.

»Sie will da unbedingt raus«, sagte Katerina. »Armes Ding.«

»*Sie?*«

»Ich rate nur.«

»Können Sie sich bereithalten, sie zu nehmen?«

»Natürlich.«

»Gut«, sagte er und schaute noch einmal zur Tante, die ihm versicherte, dass es ihr gut gehe.

»Die Menschen hier sind hart im Nehmen«, sagte Katerina.

»Und damit beginnen sie schon bei der Geburt«, sagte er und setzte von Neuem das Skalpell an. Mit größter Vorsicht schnitt er etwa acht Zentimeter durch die Gebärmutterwand, Fruchtwasser und Blut quollen heraus. Normalerweise wäre nun der Kopf des Babys zum Vorschein gekommen, doch hier waren es die Beinchen. Bauer ergriff sie und zog das mit Schleim, Blut und Fruchtwasser bedeckte Neugeborene behutsam heraus.

»Ein Junge!«, rief die Tante. *»Mal'chik! Mal'chik!«*

»Oh«, rief Daria hinterm Vorhang. »Oh.«

Bauer durchtrennte die Nabelschnur und übergab den Jungen an Katerina, die ihn in Sekundenschnelle gewickelt hatte. Er war schwarzhaarig und brüllte. »So viel zu meinen Fähigkeiten als Wahrsagerin«, sagte Katerina lachend und vergoss zu Bauers Überraschung sogar ein paar Tränen. Hinter dem Vorhang schluchzte Daria, und auch die Tante weinte. Bei Gott, sogar Winkels Wangen waren feucht, obwohl sein Blick fest auf die Äther-Anzeige gerichtet war.

»Ist mal was anderes, als Schrapnelle rauszuschneiden, was?«

»Jawohl, das kann man wohl sagen.«

Nur er selbst, die alte Hausherrin und die bewusstlose Kindesmutter hatten trockene Augen, doch er merkte, dass auch ihm ganz rührselig zumute wurde, und das war bei der Arbeit absolut unzulässig. Er fasste sich ans Auge, als hätte sich darin ein Staubkorn verfangen.

Katerina lächelte ihn an. »Geht es Ihnen gut?«

»Ja, danke«, sagte er und deutete auf das Neugeborene »Tut mir leid, den freudigen Moment kaputt zu machen, aber es ist Zeit, sich von dem Kleinen loszueisen. Wir sind noch nicht fertig mit der Arbeit.«

»Natürlich«, sagte sie und reichte den Jungen an die Tante weiter, die ihn wiederum an Daria übergab. Bauer bat Kate rina, sich noch einmal die Hände zu waschen, und tat es selbst auch. Dann nahm er die Nabelschnur und tastete sich, wie ein chirurgischer Theseus, an ihr entlang durch den Einschnitt in die Wunde hinein und erreichte die Plazenta. Diese entfernte er dann mit größter Sorgfalt, damit kein Gewebe zurückblieb, das sich später entzünden könnte. Im Hintergrund ging Daria auf und ab und sang dem inzwischen verstummten Neugeborenen leise vor.

»Jetzt wird aufgeräumt«, sagte Bauer und begann, den Gebärmuttereinschnitt zu vernähen.

»Wird sie weitere Kinder bekommen können?«, fragte Katerina.

»Wenn alles gut geht, ja.«

»Auch auf natürlichem Weg?«

»Wenn sie Glück hat, ja. Aber zur Sicherheit sollte ein Chirurg in Reichweite sein.«

»Und die Fäden?«

»Katzendarm. Der Körper absorbiert sie.«

Als Nächstes vernähte er das Bauchfell und abschließend die Haut. Die Wunde bestrich er mit einem Antiseptikum und zeigte Katerina und der Tante, wie man Sulfonamid injiziert. Er legte einen Verband an. Schließlich erklärte er den Frauen auf Russisch, wie wichtig es sei, Irina Petrownas Wunde sauber zu halten. »Wenn Sie sie berühren müssen, waschen Sie sich vorher die Hände. Und sorgen Sie dafür, dass Irina sich auch die Hände wäscht. Halten Sie das Kind sauber. Ich lasse Ihnen etwas Seife da. Das ist …« Er wandte sich zu Katerina. »*Entscheidend*«, sagte er auf Deutsch. »Ich will zum Ausdruck bringen, dass Hygiene extrem wichtig ist. Können Sie Ihnen das sagen? Es könnte Irina das Leben retten.«

Katerina übermittelte diese Botschaft mit angemessener Strenge und ließ sich von den Frauen bestätigen, dass sie verstanden hatten.

Bauer wandte sich zu Winkel. »Wie geht es unserer Patientin?«

»So weit, so gut, Herr Hauptmann.«

»Ausgezeichnet. Das haben Sie gut gemacht, Sepp. Wenn es nach mir ginge, würde ich Ihnen diese Aufgabe dauerhaft übertragen.«

»Danke, aber dann würde mir irgendwann das Herz stehen bleiben.«

»Das bezweifle ich. Herzprobleme liegen nicht in Ihrer Natur. Ich wette, Ihr Herz wird noch mit hundert wie ein Dynamo surren.«

»Nicht gerade die beste Art – mit einem Dynamo das Blut zirkulieren zu lassen.«

»Besserwisser. Und jetzt packen Sie bitte zusammen, während ich nach dem Kind sehe.«

»Mach ich.«

Das Neugeborene schien gesund zu sein; es hatte zehn Finger und zehn Zehen und keine erkennbaren Missbildungen Sein Herz und seine Lunge klangen normal. Bauer nahm das Stethoskop ab und wandte sich zu der frisch gebackenen Großmutter um. »Herzlichen Glückwunsch, Daria Grigorjewna. Sie haben einen kerngesunden Enkel.«

Prompt brach sie wieder in Tränen aus. Die alte Frau, deren Namen er vergessen hatte, klopfte ihrer Tochter auf den Rücken, dann ging sie los und holte für jeden einen Tonbecher mit warmem Wasser; es tue ihr leid, murmelte sie, sie habe nichts anderes, was sie ihm anbieten könne. Bauer bedankte sich; es sei genau das, was er jetzt brauche, sagte er. Ob dies ihr erster Urenkel sei, fragte er. Sie bejahte. Ihr Gesicht war fesselnd: schmal und schnabelförmig und unglaublich zerfurcht An ihrem Kinn hingen weiße drahtige kleine Haarbüschel, die bei Bauer den vermeintlich deutschen Drang weckten, eine Pinzette aus seiner Instrumententasche zu holen.

»Sind Sie erschöpft?«, fragte ihn Katerina.

»Ein wenig, ja«, gestand Bauer.

»Ich bin fix und fertig«, sagte sie. »Sollen wir uns für einen Moment hinsetzen?« Er nickte, und sie setzten sich auf eine Holztruhe an der Wand. »Ich habe noch nie eine Operation mit angesehen«, sagte Katerina, »oder eine Geburt erlebt. Außer die meines Sohnes natürlich, aber viel *gesehen* habe ich dabei nicht.« Irina Petrownas Baby weinte wieder und ignorierte die Bemühungen der Frauen, es zu beruhigen. »Der Junge hat Hunger«, sagte Katerina.

»Irina wird bald aus der Narkose erwachen. Wie sieht es mit ihrer Ernährung aus?«

»Vor Ihrem Überfall ausreichend, seitdem schlecht. Wir haben ihr alles gegeben, was wir entbehren konnten, aber das kann nicht mehr lange so weitergehen.«

»Ich werde schauen, ob ich zusätzliche Lebensmittel organisieren kann.«

Sie wandte sich ihm zu und lächelte. »Entdecken Sie gerade Ihre empfindsame Seite, Hauptmann?«

»Möglicherweise, ja«, sagte er. »Von Rechts wegen müsste ich wohl mit Ihnen allen im Krieg liegen.«

»Mit Männern, Frauen, Kindern und Neugeborenen.«

»Ohne Unterschied, ja. Das wäre nur konsequent.«

Winkel kam herüber und verkündete, er habe alles zusammengepackt. Ob es weitere Befehle gebe? Bauer erklärte, er könne sich ein bisschen ausruhen; sie würden hierbleiben, bis Irina Petrowna zu sich komme.

»Habe ich die Erlaubnis, mich … zu unterhalten?«, fragte Winkel und deutete auf Daria, ihre Mutter und ihre Schwester, die sich zu dritt um das Baby scharten.

Bauer blickte fragend zu Katerina. Sie zuckte mit den Schultern. »Dann gehen Sie schon«, sagte er daraufhin zu Winkel, »aber halten Sie sich zum Aufbruch bereit.«

»Jawohl, mach ich«, sagte Winkel und ging zu Daria hinüber.

»Haben Sie Ihre Meinung über die beiden geändert?«, fragte Bauer Katerina mit gesenkter Stimme, obwohl nur Winkel Deutsch sprach und seine ganze Aufmerksamkeit ohnehin Daria galt.

»Ich habe es aufgegeben, mich ihnen in den Weg zu stellen«, sagte Katerina. »Zumindest für heute Abend.«

»Wie ich schon sagte, Winkel ist ein guter Mensch.«

»Und wenn seine Güte Daria glücklich machen und ihr Sicherheit verschaffen würde, würde ich die beiden höchstpersönlich vermählen.«

Winkel unterhielt sich, wie Bauer bemerkte, mit den Frauen auf Russisch, seine Syntax war stümperhaft, doch er machte sich verständlich. »Hören Sie sich das an«, sagte Bauer, »er spricht schon besser Russisch als ich.«

»Weil er sich nicht sklavisch an Regeln hält«, sagte Katerina. »Und natürlich ist Liebe ein ausgezeichneter Motivator.«

»Haben Sie auf diese Weise Ihre ›fünf oder sechs wichtigsten europäischen Sprachen‹ gelernt?«, fragte er. »Durch Liebesaffären?«

»Schön wär's«, sagte sie. »Nein, es geschah durch meine Gouvernanten, aber wo Sie es jetzt erwähnen, ich war leidenschaftlich in Signorina Pasquale verliebt. Leider wurde daraus nichts«, sagte sie und sah, wie sich seine Augenbrauen hoben. »Aber mein Italienisch machte rasante Fortschritte – *molto velocemente*, könnte man sagen.«

»Und der arme Metz spricht nur Deutsch. An dem Tag haben Sie ihn ganz schön verunsichert. Jedenfalls habe *ich* mich ziemlich unzulänglich gefühlt.«

»Warum? Ist Russisch Ihre einzige Fremdsprache?«

»Nett von Ihnen, dass Sie mein Russisch miteinbeziehen. Ich spreche einigermaßen gut Französisch und ein bisschen

Englisch. Das war's auch schon, außer man zählt Fränkisch dazu.«

»Fränkisch? Wie hört sich das an?«

»Kehliger als Plattdeutsch. Sogar noch gutturaler.«

»Sagen Sie etwas auf Fränkisch.«

Er überlegte, suchte nach einem charakteristischen Satz oder einem Sprichwort. »Es gibt da diesen kleinen Quatschsatz«, sagte er, »einen Zungenbrecher. Es klingt wie Arabisch, oder jedenfalls so, wie sich ein Deutscher Arabisch vorstellt.«

»Sagen Sie ihn auf.«

»Na gut«, sagte er und hielt kurz inne, dann rezitierte er: »A Hammala hamma dahoam, a Mamalad'n-Amala hamma a dahoam.«

Katerina klatschte einmal in die Hände. »Es klingt wirklich wie Arabisch. Was in aller Welt bedeutet das?«

»›Wir haben einen kleinen Hammer zu Hause, einen kleinen Marmeladeneimer haben wir auch zu Hause.‹ Wie gesagt, es ist ein Quatschsatz.«

»Sagen Sie es noch einmal«, bat sie ihn, und er tat wie geheißen, nur dass sie es diesmal sofort nachsprach und dem Original beeindruckend nahekam. »Und bitte noch einmal«, sagte sie.

In weniger als zwei Minuten beherrschte sie den fränkischen Satz Wort für Wort, Silbe für Silbe, und nun war Bauer derjenige, der applaudierte, allerdings leise, um nicht die Aufmerksamkeit der anderen zu erregen. »Ihre Methode ist also die Unerbittlichkeit?«

»Ja, und nicht nur beim Erlernen einer Sprache.«

Eine Zeit lang sagten sie nichts, sondern beobachteten, wie Winkel, Daria und ihre Mutter und Schwester das Baby bestaunten, und währenddessen wurde sich Bauer bewusst, wie dicht Katerina bei ihm saß. Ein Windstoß fuhr durch den Schornstein, und im Feuer brach ein Holzscheit und warf einen Funkenregen auf. »Ich sollte mal nach Irina Petrowna sehen«, sagte er schließlich, stand auf und ging zur Nische hinüber. Die Patientin war noch bewusstlos, doch es schien ihr gut zu gehen. Er kehrte zu Katerina zurück.

»Sind Sie ein guter Mensch, Paul Bauer?«, fragte sie ihn, als er sich wieder gesetzt hatte. »Sind Sie deshalb hier?« Er blickte sie von der Seite an, um zu sehen, ob sie sich über ihn lustig machte. »Ich muss sagen, als Retter von unschuldigen Zivilisten gefallen Sie mir besser, als wenn Sie der deutschen Kriegsmaschinerie dienen.«

»Freut mich zu hören.«

»Sind Sie deshalb Chirurg geworden – um Gutes zu tun?«

»So in etwa.«

»Waren Sie ein ernsthafter junger Mann? Ich stelle Sie mir furchtbar ernsthaft vor.«

»Waren Sie das nicht? Etwa in Ihrem revolutionären Eifer?«

»Das ist etwas anderes. Ich war *leidenschaftlich*. Ich bin in die Schlacht gezogen, Sie haben in Vorlesungssälen gesessen.«

»Das stimmt«, gab er zu und erzählte ihr, wie er sich nach dem Tod seines Bruders geschworen hatte, Chirurg zu werden. »Ich sagte mir, wenn ich nur einen einzigen Menschen vor dem Tod retten würde, hätte mein Leben einen Sinn.«

»Und hier sind Sie und retten gleich zwei.«

»Hoffentlich.«

»Na gut, es gibt keine Garantien. Aber an einem halben Tag haben Sie Ihr Lebensziel höchstwahrscheinlich zweimal erreicht.«

»Ich nehme an, das ist richtig. In letzter Zeit kommt meine Arbeit mir größtenteils sinnlos vor – wie der Versuch, fallendes Wasser aufzufangen. Die Männer, denen ich das Leben rette, sind oft für immer verstümmelt. Und wenn nicht, werden sie direkt wieder in die Kriegsmaschinerie gesteckt, wie Sie es nennen.«

»Und trotzdem lieben Sie das, was Sie tun, nicht wahr? Das habe ich bemerkt, als Sie an Irina zugange waren.«

»Es war ein ganz besonderer Eingriff.«

»Mag sein, aber das ist es nicht, was ich gesehen habe. Irina hätte jeder sein können, dachte ich bei mir: Einer von Ihren Leuten, einer von unseren, Adolf Hitler, Josef Stalin – es hätte für Sie keinen Unterschied gemacht. Sie waren so vertieft, so versunken in Ihre Arbeit. Dieser Mann ist in seinem Element, dachte ich, er tut, was er liebt, und er ist gut darin.« Mit spöttischer Strenge fügte sie hinzu: »Zumindest hoffe ich, dass Sie gut darin sind.«

»Meine Arbeit macht mir Spaß«, sagte er. »Aber ich finde nicht, dass ich dafür besondere Anerkennung verdiene. Zumal in diesen Zeiten. Ein Krieg ist für jemanden wie mich immer auch ein Glücksfall.«

»Sie Unmensch.«

»Krieg ist natürlich schlimm, keine Frage. Er tut weh und lässt einen abstumpfen. Aber Tatsache ist auch, dass er Chirurgen viele Möglichkeiten eröffnet. Wir machen ständig Fortschritte, verfeinern alte Techniken, entwickeln neue, werfen sogar das eine oder andere Dogma über Bord.«

»Sie sind ein Wahrheitssuchender.«

»Höre ich da Ironie?«

»Ja, aber fahren Sie fort.«

»Um die Wahrheit zu sagen, ist berufliche Befriedigung das Geringfügigste von allem. Denn sosehr ich auch nach Wahrheit suche, so sehr ergötze ich mich auch am Unbekannten. Ich *dringe ein* in Menschen, und Sie haben gerade erlebt, wie seltsam und beeindruckend das sein kann. Was ich auszudrücken versuche«, sagte er, »ganz im Ernst …«

»Es spielt keine Rolle. Fahren Sie fort.«

»… ist, dass die Chirurgie eher eine Kunst ist als eine Wissenschaft. Der Chirurgie wohnt eine gewisse Ungenauigkeit inne – eine Unschärfe, wenn man so will –, die sowohl unerträglich als auch faszinierend ist.«

Katerina entgegnete: »Nun, ich gestehe, ich beneide Sie. Um eine marxistische Analyse vorzunehmen: Es ist schwer vorstellbar, dass jemand weniger von seiner Arbeit entfremdet ist als Sie.«

»Aber *ich* beneide *Sie*!«, entgegnete er. »Ja, was ich tue, ist wichtig, für den Einzelnen sogar lebenswichtig. Aber wie wir wissen, ist der Körper vergänglich. Er ist etwas Dingliches. Ihr Schriftsteller, ihr schmiedet Kultur, und Kultur ist ewig. Oder so gut wie.«

Sie zog eine säuerliche Miene. »Nun, erstens bin ich keine Schriftstellerin mehr. Zweitens fürchte ich, dass Sie den Einfluss der Literatur auf die Welt überschätzen.«

»Sie haben zu Metz gesagt, Tolstoi werde den Krieg für Sie gewinnen.«

»Ich wollte ihn provozieren. Wenn die Literatur überhaupt einen Einfluss ausübt, dann einen subtilen und schleichenden. Möglicherweise noch nicht einmal einen vorteilhaften, zumindest nicht immer.«

»Ich glaube sehr wohl, dass Literatur einen vorteilhaften Einfluss auf die Menschen ausübt«, sagte er. »Und dass sie beständig ist. Selbst schlechte Literatur überdauert ihren Autor, und die großen Werke überdauern sogar die Sprache, in der sie verfasst wurden. Ich kann mir kaum ausmalen, wie es für jemanden wie Sie sein muss, zu wissen, dass es in fünfzig, hundert, zweihundert Jahren irgendwo jemanden geben wird, der Ihre Bücher liest.«

»Meine Bücher bestimmt nicht.«

»Das können Sie nicht wissen.«

»Meine Bücher sind unbedeutend.«

»Aber ist das wahr?«

»Ganz sicher.«

Er suchte in ihrem Gesicht nach Anzeichen von falscher Bescheidenheit, aber sie zuckte nur mit den Schultern. »Jedenfalls haben Sie etwas geschrieben«, sagte er. »Das ist doch schon mal was. Mehr als das: Es ist wunderbar.«

»Ich habe lediglich dilettiert, das ist alles.«

»Verglichen mit wem? Mit Tolstoi? Nach diesem Maßstab ist so gut wie jeder Schriftsteller ein Dilettant. Sie haben etwas veröffentlicht. Sie haben das Recht erworben, sich als Schriftstellerin bezeichnen zu dürfen.«

Sie machte ein spöttisches Geräusch, leistete aber keine Widerrede.

»Ich weiß immer noch nichts über Ihr zweites Buch«, sagte Bauer.

»Ach, das.«

»Genau, das.«

»Es war nichts, ein Fehlschlag.«

»In wessen Augen?«

»Für die Kritiker, für die Leser, für mich. Es ist spurlos untergegangen, und das zu Recht.«

Er fragte sie nach dem Titel, und sie verzog das Gesicht. »*Europa, 1975*. Es ist furchtbar, wirklich furchtbar.«

»Ist es ein utopischer Roman?«

»Etwas in der Art. Man könnte es einen sozialen Zukunftsroman nennen. Es spielt genau fünfzig Jahre in der Zukunft, was eher unterstreicht, dass es ein Produkt seiner Zeit war.«

»Und was genau ist so furchtbar an dem Buch – vorausgesetzt, Sie haben recht mit Ihrer Meinung?«

»Kurz gesagt, gibt es darin zu wenig Konflikt. Es spielt in einer utopischen Welt, in der Sexualität als etwas Natürliches angesehen und Liebe jeglicher Art von allen geschätzt wird.«

»Das klingt doch gar nicht schlecht«, sagte er galant.

»Es war scheußlich. Ich war von der Reaktion auf *Drei Frauen* so durcheinander, dass ich vergaß, mein zweites Buch interessant zu gestalten – ich war zu sehr damit beschäftigt, meine revolutionären Qualitäten zu beweisen: Im Kommunismus würden die Geschlechter versöhnt werden; alle Bürger würden für das Gemeinwohl arbeiten. So etwas in der Art.«

»Und dem war nicht so? Sie selbst taten es nicht?«

»Die deutsche Invasion hat Wunder für die nationale Einheit bewirkt. Aber die Versöhnung der Geschlechter? Die ist nicht Jahrzehnte, sondern Jahrhunderte entfernt. Sie und ich werden das nicht mehr erleben.«

»Sind Sie sich da sicher?«

»Sehr sogar.«

»Ich mache Ihnen einen Vorschlag: Lassen Sie uns 1975 wieder zusammenkommen und die Lage beurteilen. Falls bis dahin Harmonie zwischen den Geschlechtern herrschen sollte, können Sie mich – ich weiß nicht – auf ein Glas Wein einladen oder so.«

»Und falls nicht?«

»Dann fege ich Ihre Böden und bügele Ihre Kleider.«

Sie lachte. »Also gut, Hauptmann. Die Wette gilt.«

Mein Gott, wie schön er es fand, sie lachen zu hören. Doch ihm war klar, dass es reichte mit den Scherzen. Er war kein Komödiant. »Wissen Sie, Ihre Geschichte überrascht mich ein wenig – dass Sie sich von der Kritik beeinflussen lassen. Sie scheinen mir nicht der Typ zu sein, der unter Druck zusammenbricht.«

»Das ist nett von Ihnen, aber vergessen Sie nicht, dass ich erst dreiundzwanzig war. Außerdem stammten die meisten negativen Kritiken ausgerechnet von den Männern, die ich zuvor vergöttert hatte. Das Buch – ich meine das erste Buch – sei pornografisch, sagten sie. Pervers. Sexuell nihilistisch. Ein

Rezensent wies darauf hin, dass es in *Krieg und Frieden* keine Obszönitäten gebe, während *Drei Frauen* vier oder fünf derartige Szenen enthalte, und da *Krieg und Frieden* der Inbegriff von Realismus sei, liege der Schluss nahe, dass mein Buch unrealistisch sei. Ich war ein Philister.«

»Ein literarischer Rabauke.«

»Genau. Aber das war noch nicht alles. Während die einen mich eine literarische Barbarin schimpften, prangerten mich andere als dekadent an und meinen Roman als bourgeois – das war schon eine heftige Ohrfeige für mich, als Tochter eines Grafen.«

»Kann ich mir vorstellen. Wie haben die ihre Schmähungen gerechtfertigt?«

»Zum Beispiel durch meine Darstellung von Anastasia, der Romantikerin im Buch. Sich mit etwas so Nebensächlichem wie der Liebe zu befassen, sei kriminell, denn die Liebe sei ein Kult der parasitären Klassen. Ich war sprachlos. Lenin hatte uns dazu angehalten, die Moralität im Sinne der Revolution umzugestalten, und ich glaubte, genau das getan zu haben, junge Frauen darzustellen, die mit der Liebe auf alte und auf neue Weise umgehen.«

»Die Vermählung von Marx und Freud.«

Sie lachte so laut auf, dass die anderen verstummten und zu ihnen herüberschauten, Daria und ihre Schwester mit einem fragenden kleinen Lächeln auf ihren Gesichtern. Katerina winkte ihnen entschuldigend zu und sprach mit gedämpfter Stimme weiter: »Damals hatte ich noch nichts von Freud gelesen, aber wo Sie es nun so ausdrücken, wollte ich wohl genau das tun: der Revolution zeigen, was Sache ist. Ich nehme an, die wütenden Schmähungen waren die einzig mögliche Reaktion.«

»Wenn also Anastasia Ihre Romantikerin war, war dann Zhenja diejenige, mit der Sie zeigten, *was Sache ist*?«

»Wenn Sie so wollen, ja.«

»Zhenja war also die Lebedame.«

»Nein, das ist falsch. Tatsächlich war Zhenja die politisch engagierteste der drei. Für sie war Sex lediglich eine körperliche Notwendigkeit, um sich besser ihrer Sache widmen zu können.«

Bauer legte einen Unterarm auf den Schoß. »Bleibt noch die junge Mutter«, sagte er, »Ihre autobiografische Figur.«

»Halb autobiografisch«, korrigierte sie ihn. »Dominika.«

»Verstehe. Und womit hat sie die Kritiker provoziert?«

»Nun, unter anderem entwickelt sie eine Schwäche für Mode. Anfangs kleidet sie sich langweilig, so, wie es sich ihrer Meinung nach für eine Revolutionärin gehört. Aber als sie schwanger wird, beginnt ihr Mann eine Reihe von Affären mit Frauen, die sich alle, wie Dominika feststellt, ziemlich glamourös kleiden. Insgeheim hat sie schon immer schöne Kleider gemocht und beginnt nun, sich modisch herauszuputzen.«

»Anstatt ihren Mann zu verlassen?«

»Er hat von Anfang an die freie Liebe propagiert. Er hat kein Geheimnis daraus gemacht. Er zitiert Engels: ›Das bourgeoise Familienleben ist eine Täuschung, in der sich hinter künstlicher Sentimentalität Verzweiflung und Bosheit verbergen.‹ Und sie pflichtet ihm darin bei.«

»Aber nur in der Theorie?«

»Warum ›nur‹? Natürlich besteht eine Diskrepanz zwischen dem, was sie denkt, und dem, was sie fühlt, aber das bedeutet nicht, dass das, was sie denkt, falsch ist.«

»Ich korrigiere mich. Vielleicht wäre es besser zu fragen, ob ihr Mann bei ihr bleibt, weil sie sich nun modisch kleidet.«

»Ihr Mann liebt sie weiterhin so sehr wie immer, und nun sogar noch ein bisschen mehr, nachdem sie ihm ein Kind geboren hat und schöne Sachen trägt. Und auch sie liebt ihn weiter, wenngleich gequält von seinen Affären.«

»Es gibt also keine Auflösung des Konflikts?«

»Nein, es sei denn, man zählt Selbsterkenntnis dazu.«

»Also wie im richtigen Leben.«

»Wie im richtigen Leben«, pflichtete sie ihm bei.

Er fragte sich, wann er das letzte Mal ein Gespräch wie dieses geführt hatte. Vor Jahren? Noch nie? Nein, das stimmte nicht. Erst vor Kurzem hatte er ein solches Gespräch geführt. Mit ihr, Katerina. Wie anregend es doch war und wie interessant, auf diese Weise etwas über ihr Leben zu erfahren, sozusagen durch die Hintertür, durch diese Dominika. »Die Kritiker haben also ihre Schwäche für schöne Kleider nicht gutgeheißen?«

»Von einer Rezensentin wurde sie als puppenhafter Parasit bezeichnet. Schlimmer noch, als ehemalige Aristokratin sei sie befleckt, und deshalb sei auch ihre Ehe mit einem Proletarier befleckt, denn klassenübergreifende Liebe sei gleichbedeutend mit Sodomie.«

»Nein. *Das* hat sie geschrieben?«

»Ja. Und dann auch noch in der *Prawda*.«

»Ich kann verstehen, dass Sie völlig durcheinander waren.«

»Rückblickend hätte ich amüsiert sein sollen, aber wie gesagt, ich war jung und eingeschüchtert von diesen Leuten. Aber nicht so Wiktor. Er war großartig. Er konnte selbst gut schreiben und hat der *Prawda* einen heftigen Leserbrief geschickt, den sie freundlicherweise veröffentlichte. Wenn die klassenübergreifende Ehe gleichbedeutend mit Sodomie sei, fragte er, was sei dann von Marx' Ehe mit einer Frau aus der Oberschicht zu halten? Und außerdem, wo stehe geschrieben, dass Revolutionäre derart prüde sein mussten? Fließe durch die Adern der Kommunisten nicht das gleiche heiße Blut wie bei anderen Menschen auch?« Sie lächelte versonnen bei dieser Erinnerung, einen entrückten Ausdruck in den Augen. »Zufällig veröffentlichte zur gleichen Zeit ein berüchtigter

Spaßverderber im Zentralkomitee ein ›Traktat für die Jugend‹ in *Die Junge Garde*, und Wiktor schickte eigens eine Satire ein, die erstaunlicherweise ebenfalls veröffentlicht wurde. Ich kann sie Ihnen aufsagen, wenn Sie möchten.«

»Nur zu«, sagte Bauer und fragte sich, ob es möglich war, auf einen Toten eifersüchtig zu sein.

Katerina senkte den Blick, sammelte sich, dann schaute sie auf und begann zu rezitieren:

Wach auf
Denk nicht an Frauen
Putz dir die Zähne
Geh in die Fabrik
Arbeite hart
Fluche nicht
Geh nach Hause
Wasch dich
Geh zum Komsomol-Treffen
Hüte dich davor, dort eine Frau zu berühren
Denk nicht mal dran
Geh nach Hause
Nimm einen Strick
Und erhäng dich.

Erneut lächelte sie. »Oder so ähnlich.«

»Klingt nach einem temperamentvollen Typen.«

»Oh ja, das war er. Hitzig und streitlustig. In den Zwanzigerjahren trug er einen knielangen Ledermantel und hatte den dazu passenden stolzen Gang. Vom Temperament her war er eigentlich eher Italiener als Russe. Aber im Krieg war er ein Tartar. ›Wiktor‹ war nicht sein richtiger Vorname, sondern ein Kampfname: ›Wiktor‹ Krasnyj.«

»›Roter Sieger‹. Gewitzt.«

»Ich würde eher sagen ›frech‹ als ›gewitzt‹. Viele der ehrgeizigen Männer haben sich Kampfnamen gegeben – allen voran ›Lenin‹ und ›Stalin‹. Ein solches Pseudonym zu haben, war sozusagen Pflicht. Wiktors richtiger Vorname war Gennardy. Das waren schon tolle Tage«, sagte sie, »aufregende Tage. Sie haben ja keine Ahnung. Natürlich waren wir arm. Das waren alle. Aber es lag ein Gefühl außergewöhnlicher Möglichkeiten in der Luft: Bald würden unsere Fabriken dem Mangel ein Ende setzen, die mechanisierte Landwirtschaft würde den Hunger beseitigen, die Wissenschaft würde alle Krankheiten besiegen. Die Menschen würden frei sein, würden arbeiten können, was sie wollten, würden spielen können, was sie wollten, würden lieben können, wen sie wollten. Einiges davon haben wir sogar verwirklicht. Homosexualität wurde legal, obwohl das später wieder rückgängig gemacht wurde. Und die Alphabetisierung der Gesellschaft – das ist eine Errungenschaft, die überdauert hat.«

Ihre Augen leuchteten, und Bauer wurde bewusst, dass es in seinem Leben keine Zeit gab, auf die er mit solcher Leidenschaft zurückblickte.

»Ich weiß nicht, warum ich Ihnen das alles erzähle«, sagte Katerina. »Sie sind wahrscheinlich ein Nazi. *Sind* Sie einer?«

»Nein, ich bin kein Nazi«, sagte er. »Bei der Wahl, die Hitler an die Macht brachte, habe ich für die Sozialdemokraten gestimmt.«

Sie tat so, als würde sie entgeistert zurückschrecken. »Grundgütiger, einer von *denen*. Falls rauskommt, dass ich mich mit einem kleinbürgerlichen Sozialisten abgegeben habe, werden mich unsere Soldaten nach ihrer Rückkehr bestimmt erschießen. Und ich mache mir um Daria Grigorjewna Sorgen …«

Beide schauten sie zu Daria hinüber, die weiter ihren Enkel im Arm wiegte; Winkel – die Fürsorge in Person – wich ihr nicht von der Seite.

»Dann sollten Sie lieber hoffen, dass wir nicht von hier verjagt werden.«

»Oh, das werden Sie, ganz sicher.«

Er hätte ihre patriotische Gewissheit längst gewohnt sein müssen, dachte er, aber je plausibler ihre Vorhersagen wurden, desto verletzender fand er sie. »Sie sollten über die Zwanzigerjahre schreiben«, sagte er. »Sie klingen so begeistert, wenn Sie darüber sprechen.«

»Nein, nein. Meine Zeit als Schriftstellerin ist vorbei.«

»Das finde ich schade. Eine Vergeudung.«

»Mein Genre ist jetzt das Schweigen.«

»Nun, *das* ist nicht wahr«, sagte er.

Sie ignorierte seinen Seitenhieb und fuhr fort: »Mir fehlt der Antrieb, die egoistische Überzeugtheit, dass die Welt meine Stimme hören muss. Tolstoi besaß sie im Überfluss.«

»Schon wieder vergleichen Sie sich mit Lew Nikolajewitsch. Wenn Sie wieder schreiben wollen, müssen Sie sich von ihm frei machen.«

Bevor Katerina etwas entgegnen konnte, kam die andere Unterhaltung zum Erliegen. Irina Petrowna erwachte aus der Narkose. Bauer stand halb auf, aber Katerina zog ihn wieder herunter.

»Bleiben Sie sitzen«, sagte sie.

»Ich muss doch nach ihr schauen.«

»Ja, aber erst soll sie ihren Sohn kennenlernen.«

***

Dass Metz ihn am nächsten Morgen während des Frühstücks in sein Arbeitszimmer bestellte, kam für Bauer nicht überraschend. »Bringen Sie Frau Kälter mit«, sagte Metz.

»Falls sie kommt. Aber das wird nicht nötig sein, Herr Oberstleutnant.«

»Ich bin derjenige, der entscheidet, was nötig ist, Hauptmann Bauer.«

»Frau Trubetzkajas Rolle in der Affäre war geringfügig.«

»In welcher Affäre?«

»Die Geburt. Frau Trubetzkaja hat mir lediglich davon erzählt. Es war meine Entscheidung, Hilfe zu leisten.«

»Und es war falsch von Ihnen, dies ohne Rücksprache mit mir zu tun«, sagte Metz. »Unterlassen Sie das künftig. Aber es geht hier um etwas anderes, etwas Wichtigeres. Melden Sie sich mit Frau Kälter um Punkt acht Uhr in meinem Arbeitszimmer.«

Verblüfft und kaum erleichtert, frühstückte Bauer zu Ende, wartete auf Katerinas Erscheinen und erzählte ihr, dass Metz sie einbestellt hätte.

»Das ist ja wie in der Schule«, antwortete sie amüsiert. Irina Petrowna gehe es gut, fügte sie an. Bislang habe es keine Infektion gegeben. Das Baby werde gut gestillt.

»Das freut mich zu hören«, sagte Bauer und betrachtete sie, um zu schauen, ob sich etwas zwischen ihnen verändert hatte. Eine neue Leichtigkeit, hoffte er. Mehr Herzlichkeit.

Vor Metz' Büro erwartete sie Ehrlich. Er führte sie hinein, machte kehrt und zog von außen die Tür zu. Metz saß hinter seinem Schreibtisch. Davor zwei leere Stühle. Metz bedeutete ihnen, sich zu setzen, und sagte dann ohne Vorrede zu Katerina: »Am Abend unserer Ankunft haben Sie mir erzählt, hier würde es spuken, im Haus gehe Leo Tolstois Geist um.« Katerina zog eine Augenbraue hoch, sagte aber nichts. Metz fuhr fort: »War das die Wahrheit?«

Bauer warf ihr einen Seitenblick zu, den aber weder sie noch Metz bemerkten.

»Kommen Sie schon, raus mit der Sprache«, sagte Metz, »damals waren Sie auch nicht um Worte verlegen.«

»Was genau möchten Sie wissen?«

»Was immer Sie mir dazu sagen können«, erwiderte Metz. »Wie oft Tolstois Geist erscheint, wie er aussieht, ob er spricht, und falls ja, was er sagt.«

»Warum? Sehen Sie Gespenster?«

Metz zögerte. »Ich bin neugierig, das ist alles.«

»Wie gesagt, ich bin nicht bereit, einem feindlichen Besatzer die Geheimnisse des Hauses zu verraten.«

Metz lächelte verkniffen, stand auf und ging zum Kamin, nahm einen Schürhaken und begann, in den glühenden Holzscheiten herumzustochern. Bauer fragte sich, ob es in der Wehrmacht ein Protokoll gab, wie mit einem Vorgesetzten zu verfahren war, der den Verstand verloren hatte. Zum Glück hängte Metz den Schürhaken zurück an die Halterung und setzte sich wieder. »Der Hauptmann hat mir erzählt, Sie würden medizinische Hilfsgüter für das Dorf benötigen.«

»Das stimmt«, sagte Katerina schnell. »Lebensmittel auch.«

Metz gluckste. »Gute Frau, wir sind Ärzte und keine Gemüsehändler.«

»Mag sein, aber ich bitte ja nur um die teilweise Rückgabe dessen, was sich Ihre Landsleute genommen haben.«

Metz gab sich leicht verschnupft über die Bemerkung und sagte dann: »Bauer, was meinen Sie? Eine Geste des guten Willens gegenüber den Einheimischen?«

»Das wäre sehr klug von Ihnen, Herr Oberstleutnant. Ein guter Schachzug.«

Metz wandte sich wieder zu Katerina. »Na schön, ich werde unseren Quartiermeister anweisen.«

»Und vergessen Sie nicht die medizinischen Güter.«

»Auch davon gibt's nur eine kleine Menge. Sie sind ein zäher Verhandlungspartner, Frau Kälter.«

Sie nahm das Kompliment mit einem Nicken zur Kenntnis

Metz sagte: »So, und nun erzählen Sie mir, was Sie über diesen Geist wissen.«

»Oberstleutnant«, warf Bauer ein, »ich bin ja dafür, den Dorfbewohnern zu helfen, aber diese Geschichte mit dem Geist ist einfach … hanebüchen.« Er schaute zu Katerina hinüber und sah, dass sie völlig ernst wirkte. Er konnte es ihr nicht verübeln, Metz' Leichtgläubigkeit für ihre Zwecke ausnutzen zu wollen. Vielleicht hätte er es sogar amüsant gefunden, wenn Metz nicht ein Landsmann und Kollege gewesen wäre.

Metz lächelte gutmütig. »Warum so engstirnig, Bauer? Das Universum ist voller Geheimnisse, seine Möglichkeiten sind unendlich.«

»Unendlich bestimmt nicht.«

»Bauer, wenn man Ihnen und Ihresgleichen – den langweiligen sogenannten Realisten und Prosaikern – die Wissenschaft überließe, käme der menschliche Fortschritt gänzlich zum Erliegen. Ja, die Geisterwelt mag für uns im Moment noch weitestgehend unerklärlich sein, aber ich habe nicht den geringsten Zweifel daran, dass die Wissenschaft eines Tages die dort herrschenden Gesetzmäßigkeiten verstehen und Methoden entwickeln wird, um die dortigen Vorgänge aufzuzeichnen.«

»Sie klingen sehr überzeugt, Herr Oberstleutnant.«

»Warum denn nicht? Frau Trubetzkaja verfügt über Beweise.«

»Nun, ich kann nicht behaupten, dass ich dem Geist persönlich begegnet wäre«, sagte Katerina. »Aber ich habe mit Leuten gesprochen, die ihn gesehen haben. Frühere Bedienstete von Tolstoi.«

»Und wie lange sind diese Sichtungen her?«, fragte Metz.

»Die erste ereignete sich sieben Jahre nach dem Tod des Grafen. Es war nur wenige Monate vor dem Ausbruch der Revolution. Er hat sie sogar vorhergesagt.«

»Hat er das?«

»Erstaunlich, nicht wahr?«

Bauer fand es bemerkenswert, dass Katerina mit ehemaligen Dienern Tolstois gesprochen haben wollte.

»In welcher Gestalt ist er den Leuten erschienen?«, fragte Metz. »Als er selbst?«

»Sein Äußeres war so, wie er in den ein, zwei Jahren vor seinem Tod ausgesehen hat. Ein alter Mann.«

»Als Geist sieht er also genauso aus wie im wahren Leben?«

»Die Zeugen sagen, dass er offenbar nicht aus Materie bestanden habe, sondern aus Licht, also nicht wie ein normaler Mensch, sondern wie das Abbild eines Menschen auf einer Kinoleinwand.«

»War er durchsichtig?«

»Nicht durchsichtig, aber seine Gestalt war wohl seltsam instabil. Seine Umrisse hätten vibriert, haben die Leute behauptet.«

Haben die Leute behauptet – als ob Katerina selbst nicht ganz von alledem überzeugt wäre. Ein kluger Schachzug, dachte Bauer. Er hatte keine Ahnung, was sie vorhatte.

»Es gab also mehr als einen Augenzeugen?«, fragte Metz.

»Ja, natürlich. Aber nur Personen, die ihn zu Lebzeiten gekannt hatten, konnten den Geist sehen.«

»Mein Gott«, sagte Metz. »Das ist mir neu.«

»Es gab aber auch andere«, fuhr sie schnell fort, »die den Grafen nicht gekannt hatten, ihn aber trotzdem reden oder sich bewegen hörten.«

»Und hat irgendwer versucht, sich dem Geist zu nähern?«, fragte Metz. »Ihn zu berühren?«

»Nein. Das hat niemand gewagt. Nicht, weil sie Angst gehabt hätten – dem war nicht so. Es ist nur so, dass Tolstois Zeitgenossen, egal ob Diener oder Bauern, der Geisterwelt viel näher standen und stehen als wir modernen Menschen, wenn Sie verstehen, was ich meine. Nein, es war die Ehrfurcht, die sie zurückhielt, ihr gewohnter Respekt vor dem Grafen.«

»Sind diese Leute noch am Leben?«, fragte Bauer.

»Ja, zwei oder drei.«

»Sind welche davon zufällig noch hier?«

»Das möchte ich lieber nicht beantworten. Es ist eine Privatangelegenheit zwischen ihnen und Graf Tolstoi.«

Bauer sah sie durchdringend an, worauf sie ihm ein gewinnendes Lächeln zuwarf.

»Das kann warten«, sagte Metz. »Was ich wissen möchte, ist, wie dieser Tolstoi-Geist den bolschewistischen Putsch vorausgesagt hat. War es eine Vorhersage oder eine Prophezeiung? Beruhte es auf einer fundierten Meinung, oder war es eine Erkenntnis aus dem Jenseits?«

»Oder ein Glückstreffer?«, sagte Bauer.

»Hauptmann, wenn Sie das nicht ernst nehmen wollen, dann gehen Sie ruhig«, sagte Metz. »Sie können wegtreten. Frau Kälter und ich haben viel zu besprechen und können auf Ihre kindischen Bemerkungen verzichten.«

»Jawohl, Herr Oberstleutnant«, sagte Bauer und stand auf, überrascht von seiner Enttäuschung. Auch wenn die Welt des Okkulten ihn nicht im Geringsten interessierte, so interessierte ihn doch die Frau, die vorgab, sich damit auszukennen.

***

Im Krankenhaus begab sich Bauer geradewegs zu Weidemanns Büro. Er kam sich hintertrieben vor und ärgerte sich darüber. Heimtücke war nicht Teil seines Wesens. Einer der Schreiber klopfte bei Weidemann an, wartete kurz und ging dann hinein, wobei Opernklänge herausdrangen. Augenscheinlich hatte Weidemann sein Grammophon zur Arbeit mitgebracht. Sekunden später kehrte der Schreiber zurück und sagte, ja, der Herr Major werde ihn empfangen. Bauer betrat das Büro, einen kleinen Raum, durch dessen beide hohen Südfenster selbst zu dieser Jahreszeit viel Tageslicht drang. Ein Schreibtisch, zwei Stühle, ein kleiner Aktenschrank. Eine Munitionskiste, auf der das Grammophon stand, aus dessen metallenem Trichter eine Arie schallte. Weidemann griff nach den Bedienungsreglern, um die Lautstärke des Sopran-Gesangs ein wenig zu drosseln. Bauer kannte das Stück nicht.

»Die Musik stört Sie doch nicht?«, fragte Weidemann und wandte sich in seiner nackensteifen mechanischen Art zu ihm um.

Bauer entgegnete, nichts dagegen zu haben, und beide setzten sich. Bauer kam sofort zur Sache: Metz' Verhalten werde zunehmend erratisch, und vor einer Woche habe er ihn beim Spritzen einer Droge ertappt.

»Was für eine Droge?«, fragte Weidemann.

»Irgendein Gebräu von Drexel«, sagte Bauer und schilderte, was ihm bekannt war, unter anderem, dass Drexel die Droge nicht nur Metz, sondern auch sich selbst und Norbert Ritter injizierte, angeblich in einer für jede Person angepassten Zusammensetzung.

Unter seinen hochgezogenen weißen Augenbrauen blickte Weidemann ihn unfreundlich an. »Und was soll ich Ihrer Meinung nach tun? Metz seines Kommandos entheben? Sie wissen doch, dass er ranghöher ist als ich.«

»Natürlich, Herr Major. An etwas so Drastisches habe ich nicht gedacht.«

»Woran dann?«

»Ich hatte gehofft, Sie hätten dazu eine Idee, Herr Major. Etwas, worauf ich nicht gekommen bin.«

»Leidet seine Arbeit als Chirurg darunter?«

»Nicht, dass ich wüsste.«

»Dann rate ich Ihnen, das Ganze zu vergessen. Die halbe Wehrmacht nimmt Amphetamine, Hauptmann. Wahrscheinlich sogar das halbe Land. Deshalb gewinnen wir auch den Krieg. Soweit ich weiß, ist selbst der Führer ein Drogensüchtiger.«

Bauer betrachtete ihn erschrocken. So eine Bemerkung konnte einen in ernsthafte Schwierigkeiten bringen. Seit Dieter Clemens' Tod hatte sich Bauer damit abgefunden, der einzige Bataillonsangehörige zu sein, der das Regime kritisch sah. Hatte er sich geirrt? »Da ist noch etwas anderes«, fügte er hinzu.

»Fahren Sie fort«, gab Weidemann zurück.

»Wie Sie wissen, ist der Oberstleutnant abergläubisch.«

»Ja, das weiß ich leider.«

»Und wissen Sie auch noch, wie Katerina – Frau Trubetzkaja – ihm bei unserer Ankunft weismachen wollte, in Tolstois Schlafzimmer spuke dessen Geist herum?«

»Ja, an den Blödsinn erinnere ich mich.«

»Nun, die Sache hat sich fortgesponnen«, sagte Bauer und schilderte, wie Metz Katerina am Morgen zu sich bestellt hatte, um sie über die Präsenz des Geistes zu befragen. »Er hat es völlig ernst gemeint, todernst.«

Aus dem Grammophon ertönte jetzt eine Arie, die Bauer zwar kannte, aber aufgrund seiner unzureichenden Opernkenntnisse nicht benennen konnte.

»›*Nessun dorma*‹«, sagte Weidemann und folgte seinem Blick. »Aus *Turandot* von Puccini.«

»Es kam mir irgendwie bekannt vor.«

Weidemann blickte ihn mitleidig an und fragte dann: »Glaubt Frau Kälter an diesen Geist?«

»Natürlich nicht. Zumindest habe ich keinen Grund zu der Annahme, dass sie es tut.«

»Warum erzählt sie dann Metz solche Sachen?«

»Das habe ich mich auch gefragt. Es amüsiert sie, glaube ich. Sie genießt es, ihn zu erniedrigen. Es ist eine Form der Vergeltung – gegen ihn, gegen uns alle, nehme ich an. Aber ich mache ihr keinen Vorwurf«, sagte er schnell. »Metz bettelt förmlich darum, zum Narren gehalten zu werden.«

»Und genau darin liegt die Antwort«, sagte Weidemann. »Es gibt kein ziviles oder militärisches Gesetz, das es verbietet, ein Narr zu sein. In der Armee ist es sogar oft von Vorteil. Vergessen Sie es, Bauer, das ist mein Rat an Sie. Lassen Sie Metz sein, wie er ist.«

»Daran haben Sie sich auch nicht gehalten, als Sie kürzlich seinen Glauben an die Astrologie kritisiert haben.«

»Und was hat es gebracht? Nichts. Nein, es gibt genug Übel auf der Welt, um sich auch noch mit diesem Unsinn herumzuschlagen. Halten Sie einfach den Mund, Hauptmann. Es ist der einzige Weg, um bei Verstand zu bleiben.«

»Selbst wenn Metz durchdreht?«

»Um das Kommando zu verlieren, müsste er sabbern und sich in die Hose machen, und zwar in Gegenwart eines Vorgesetzten. Sie wissen doch, wie es bei der Armee zugeht. Konzentrieren Sie sich auf Ihre Aufgaben, das ist alles, was Sie tun können. Schauen Sie nicht nach rechts oder links. Befolgen Sie die Befehle, und um den Rest soll sich jemand anderes kümmern.«

Weidemann erhob sich von seinem Schreibtisch. Offensichtlich war das Gespräch beendet. Bauer stand auf und dankte ihm für seine Zeit. *Sie wissen doch, wie es bei der Armee zugeht*. Aber wusste er es wirklich? Wusste Weidemann es? Dem Militär Leib und Seele verschrieben zu haben, war schlimm genug; die Sorge um das Personal abzulegen, kam ihm wie ein Opfer zu viel vor.

Als er das Büro verließ, schwoll die Arie an, und im Türrahmen wandte er sich um und sah Siegfried Weidemann am Grammophon stehen. In der einen Hand schwang er einen imaginären Taktstock; seine Augen waren geschlossen, seine Miene selig.

11

Am nächsten Morgen wurde er durch den Lichtschein einer elektrischen Lampe geweckt, die Molineux sich ans Bett gestellt hatte.

»Um Himmels willen, Hermann, mach das Licht aus.«

Molineux stöhnte auf. »O Gott, ich hab solche Kopfschmerzen.«

»Mach das verdammte Licht aus.«

»Ich brauch ein Glas Wasser.«

Bauer sah auf die Uhr. »Es ist vier Uhr morgens. Hol dir dein Wasser und schlaf weiter.«

»Wie soll das gehen? Hörst du den Kanonendonner? Irgendwer kriegt mächtig auf die Mütze.«

»Ein Grund mehr zu schlafen, solange wir es noch können.«

Molineux holte sich das Wasser, kehrte ins Bett zurück und schaltete das Licht aus. Aber Bauer war nun hellwach, es ließ sich nicht mehr ändern. Molineux dagegen schlief sofort wieder ein und schnarchte lautstark im Rhythmus der Geschütze um Tula, deren Druckwellen durch fünfzehn Kilometer Erde und durch das Hausfundament bis hinein in den Rahmen von Bauers Bett zu spüren waren.

Um 05:00 Uhr klopfte Winkel an die Tür und verkündete, dass binnen einer Stunde Verwundete eintreffen würden, und um 06:00 Uhr befand sich Bauer im Wolkonski-Haus inmitten der nur allzu bekannten Bilder von durchbohrten, zerfetzten und abgerissenen Gliedmaßen, dazu das Stöhnen, Flehen und Fluchen, der Gestank von Fäkalien und Schweiß. Sein erster Patient war ein Grenadier mit einer Schusswunde in der Lunge. Der Mann war zwar bei Bewusstsein, doch er atmete schwer und spuckte Blut. Er hatte einen schweren Schock erlitten. Zöllner verabreichte ihm die Transfusion, dann trugen ihn Pflieger und Demchak in den Operationssaal. Dort beugte sich Bauer über ihn und sprach ihn mit seinem Namen an, sagte, dass seine Aussichten auf Genesung gut seien. Es handele sich um einen *Heimatschuss*, eine Verwundung, die einen Soldaten nach Hause brachte. Der Grenadier nickte energisch – ein vielversprechendes Zeichen –, dann keuchte er und hustete eine blutige Sprühwolke aus. Bauer tätschelte seine Schulter und trat dann zurück, um Leutnant Hirsch Platz zu machen und ihn die Narkose vornehmen zu lassen. Pflieger und Demchak zogen dem Bewusstlosen die Uniform aus, und Bauer kehrte währenddessen in den Aufnahmeraum zurück, um den nächsten Patienten auszuwählen; wie immer bedeutete es, die bereits von Winkel getroffene Vorauswahl zu bestätigen, dessen Entscheidungen bei der Ersteinschätzung selten falsch waren. Der kleine Saal füllte sich rasch. Metz und Molineux untersuchten ihre eigenen ersten Patienten, und der junge Zöllner war vollauf damit beschäftigt, weitere Transfusionen zu legen. Weidemann war da, und in der abgeschirmten Ecke kümmerte sich ein Pfarrer um einen Panzerfahrer, der aufgrund seiner Verwundungen als nicht überlebensfähig eingestuft worden war.

Als Bauer in den Operationssaal zurückkehrte, war der Grenadier für die Operation vorbereitet, maskiert und drapiert, seine Brust rasiert und hell beleuchtet. Die Eintrittswunde befand sich vier Zentimeter unterhalb seiner linken Brustwarze, der sie ein wenig ähnelte. Es gab keine Austrittswunde. Bauer wusch sich die Hände, nahm ein Skalpell und begann, das verletzte Gewebe um die Wunde herum herauszuschneiden. Die Kugel hatte die siebte Rippe getroffen und diese sauber durchschlagen, bevor sie in den Brustkorb eingedrungen war, das Rippenfell durchbohrt hatte und im unteren linken Lungenflügel stecken geblieben war. Zum Glück hatte Hirsch diesmal eine gute Narkose verabreicht. Während Pflieger die Wunde nach Bedarf abtupfte, verfolgte Bauer den Schusskanal und entfernte Blutgerinnsel und zerstörtes Gewebe, das einen Schlaganfall verursachen konnte, falls man es im Körper beließ. Im Hintergrund begann Metz' erster Patient herumzubrüllen, doch Bauer konnte den Lärm mühelos ausblenden, da er es so gut wie vergessen hatte, welche Ruhe in Friedenszeiten in einem Operationssaal herrschte. Die Kugel des Grenadiers steckte tief in der Lunge an der dorsalen Seite des Rippenfells. Er tauschte das Skalpell gegen eine Pinzette aus, fischte die Kugel heraus und ließ sie achtlos zu Boden fallen; ihm fehlte die Zeit, um seinen Patienten hinterher derlei Souvenirstücke zu überreichen. Anschließend glättete er die eingerissene Lungenwand, den Rippenbruch aber ignorierte er; er würde von selbst verheilen. Zuletzt vernähte er die Wunde und desinfizierte sie, dann sah er auf die Uhr. Operationszeit: siebenunddreißig Minuten. Demchak und Pflieger packten die Trage des Grenadiers und trugen ihn fort; Bauer schrieb unterdessen seinen OP-Bericht, wobei er auf Exaktheit und Vollständigkeit achtete, denn beides war unerlässlich für die Folgebehandlung.

Als er in den Aufnahmeraum hinausging, drehten sich die meisten der Verwundeten, die bei Bewusstsein waren, zu ihm um und starrten ihn eindringlich an. Bemüht um eine zuversichtliche Ausstrahlung, wählte er den dritten Patienten aus, bevor er zu seinem zweiten zurückkehrte, einem Infanteristen mit üblen, von einem Granatwerfer verursachten Verletzungen an Armen, Becken und Brustkorb. Der Mann stand unter schwerem Schock, was an den Giftstoffen lag, die aus dem losgelösten, abgestorbenen Gewebe drangen und seine Nieren zerstören würden, wenn man das Gewebe nicht schleunigst entfernte. Zwei der Wunden waren riesig und nicht nur mit Erde, sondern auch mit dem Uniformstoff des Soldaten verunreinigt. Bauer ging zum Waschbecken und wusch sich die Hände, dann lokalisierte er unter Zuhilfenahme des Röntgengeräts jedes einzelne Projektil und zog es heraus. Anschließend entfernte er das abgestorbene Gewebe, kratzte es wie Krabbenfleisch aus einer Blechdose und hinterließ chirurgische Wunden, wo vorher nur Chaos und Schmutz gewesen waren. Von Metz hatte er sich abgeguckt, nur dann zu nähen, wenn es unbedingt nötig war, da die dadurch verursachte Spannung oft zu Infektionen führte. Stattdessen injizierte er Sulfonamid in jede Wunde und verband sie, im Vertrauen darauf, dass das Gewebe von selbst granulieren würde. Operationszeit: achtundvierzig Minuten.

Der dritte Patient war ein weiterer Grenadier, jünger als der erste, mit einer Schrapnellwunde in der Leiste. Seine Genitalien waren verschont geblieben, aber er hatte starke Unterleibsschmerzen und seine Bauchmuskeln waren steinhart. Als Bauer den Bauch abhörte, vernahm er keine Peristaltikgeräusche. Die Entscheidung, den Bauch zu öffnen, war schwerwiegend, da die Überlebensrate von vierzig Prozent, die er und Metz bei dieser Art von Operation erreichten, schon als hoch galt, denn Infektionen machte ihre gute Arbeit oft zunichte. Das Risiko, nichts zu tun, war jedoch in der Regel größer. Diesmal stellte Bauer zu seiner Erleichterung fest, dass das Geschoss, ein Stahlsplitter von der Größe und Form eines Daumennagels, zwar eine Vene durchtrennt, aber Blase und Darm knapp verfehlt hatte. Den Stahlsplitter zu entfernen, war einfach. Er band die Vene ab und verschloss die Wunde.

Als er in den Aufnahmeraum zurückkehrte, war die Zuversicht, die er ausstrahlte, mehr oder weniger echt. Zöllner, ein Nichtraucher, zündete ihm eine Zigarette an und gab sie ihm; Bauer bedankte sich und nahm einige hastige, erholsame Züge, gab die Zigarette zurück und wählte dann einen weiteren Patienten aus. Als er in den Saal zurückkehrte, hatte er das Gefühl, Teil einer gut funktionierenden Maschine zu sein, in der jeder Mann seine Aufgabe kannte und sie, mit Ausnahme von Hirsch, perfekt ausführte – wobei Hirsch sich, dies musste er gerechterweise zugeben, bislang gut geschlagen hatte. Am anderen Tisch tadelte Metz Molineux wegen einer unflätigen Bemerkung, ein beruhigend vertrauter Wortwechsel.

Sein nächster Patient, ein Panzerfahrer, war einer Panzerabwehrmine zum Opfer gefallen, die seinen rechten Unterschenkel zerfetzt hatte. Die Transfusion hatte seinen Zustand nicht verbessert, sodass die Entscheidung zur Amputation leichtfiel, denn nichts brachte einen Menschen zuverlässiger um als der Versuch, eine nicht mehr lebensfähige Gliedmaße zu retten. Der Panzerfahrer würde seine untere Beinhälfte oberhalb des Knies verlieren, und so begann Bauer mit zwei längsseitigen Einschnitten in den Unterschenkel, wodurch er zwei Hautaufschläge erhielt, die er nach oben klappte. Den Muskel des Oberschenkels durchtrennte er mit einem Skalpell und klemmte die Arterien ab, ehe er sie abband. Im Anschluss sägte er den Oberschenkelknochen durch. Noch einige Muskelfasern und ein letzter Hautstreifen, dann löste sich das Kniegelenk samt Wadenbein. Pflieger trug die amputierte Gliedmaße fort, und Bauer richtete sein Augenmerk auf den Stumpf. Um das Risiko schmerzhafter Komplikationen zu minimieren, versuchte er die Nervenenden so weit wie möglich innerhalb des Muskels zu kappen und den Knochen möglichst weitflächig abzuschrägen. Anschließend klappte er die Hautlappen zurück, desinfizierte und verband den Stumpf und stülpte als zusätzliche Schutzmaßnahme eine Gipskappe darüber. In Orjol würde man die losen Hautlappen dann in einem Operationssaal, in dem es hygienischer war und weniger hektisch zuging, sauber zusammennähen. Die Herzfrequenz und der Blutdruck des Mannes hatten sich bereits stabilisiert, seine Wangen wieder etwas Farbe bekommen.

Als Nächstes hatte Bauer sich eigentlich um einen weiteren Panzerfahrer kümmern wollen, der schwere Verbrennungen erlitten hatte, aber im Aufnahmeraum war ein noch drängenderer Fall aufgetaucht, ein Infanterist, der durch eine Granate unterhalb des rechten Knies sein Bein verloren hatte und dessen Oberschenkel bereits die typische schwarz-grüne Wundbrandfärbung aufwies. Bauer wählte die höchstmögliche Stelle für die Amputation, dann bemerkte er eine Schwellung im Bauchbereich, legte sein Ohr an und vernahm unter der Haut ein auskultatorisches Knisterrasseln. Sofort wies er Zöllner an, eine Transfusion vorzubereiten, und eilte in den Operationssaal, um sich die Hände zu waschen. Doch bevor er Hirsch die Planänderung mitteilen konnte, erschien Zöllner in der Tür und teilte ihnen mit, dass der Infanterist soeben gestorben sei.

So kam nun doch der Panzerfahrer mit den Verbrennungen an die Reihe. Betroffen waren etwa dreißig Prozent seines Körpers, jedoch vor allem am Brustkorb, Hals und an den Armen, sodass seine Überlebenschancen besser waren als die des Mannes, den Bauer eine Woche zuvor nicht hatte retten können; allerdings war der Hals des Panzerfahrers in einem bedenklichen Zustand. Zöllner hatte Plasma- und Bluttransfusionen vorbereitet, und Bauer begann mit der grausigen Aufgabe, die verbrannten und kontaminierten Hautflächen zu reinigen. Danach bedeckte er die betroffenen Stellen mit Vaseline-Netzen und Kochsalzkompressen. Nur die Zeit würde zeigen, ob diese Maßnahmen erfolgreich waren.

Während er seinen Bericht abfasste, zündete er sich eine Zigarette an, dann schlang er einen Teller voller Kekse hinunter und trank eine Tasse Kaffee – echten Kaffee, den Winkel für lange Schichten bereithielt. Im Aufnahmeraum lagen inzwischen unzählige Verwundete, der Gestank war fürchterlich. Zöllner war wie immer unermüdlich, legte schnell einen Arm um einen Mann, der sich in eine Schüssel übergab, und wechselte einem anderen den blutdurchtränkten Verband, ehe er sich die Hände wusch und in die Transfusionsabteilung zurückkehrte.

Im OP führte Metz eine Bauchoperation durch, und über dem Äthergeruch lag ein durchdringender Fäkaliengestank. Auch Bauers nächster Fall war abdominal, eine üble Schusswunde linksseitig oberhalb des Zwerchfells. Ein Teil des Dickdarms ragte heraus, und die Wunde war stark verschmutzt durch Fäkalien, die Winkel mit einem Tupfer entfernte. Dadurch wurde wiederum ein Riss in der Milzbeuge freigelegt, der zu groß war, um ihn zu schließen. Stattdessen entfernte Bauer die beschädigten Bereiche und mobilisierte die Enden, beförderte sie an die Oberfläche und nähte ihre Seiten zusammen, um eine Doppelkolostomie zu bilden. Später – falls der Patient überlebte – konnte diese entweder in Chern oder im Basiskrankenhaus in Orjol entfernt und verschlossen werden. Im Moment ging es allein um Schnelligkeit.

Das Nächste war eine Landminenverletzung am Unterschenkel, der Fuß so zermalmt, dass eine Wiederherstellung fraglos ausschied, wenngleich er annahm, dass das Knie noch zu retten war. Dementsprechend amputierte er am Knöchel, verschloss die Arterie, ließ den Stumpf aber unvernäht und schützte ihn für die Reise mit einer Gipskappe. In seinem Bericht empfahl er nötigenfalls eine weitere Amputation unterhalb des Knies.

Als Nächstes kam eine Granatenwunde am Oberschenkel. Der Oberschenkelknochen war durchschlagen, die Bruchenden ragten aus der Schenkelrückseite heraus und einige davon hatten während des Transports den Leinenstoff der Trage durchbohrt und sich darin verfangen. Bauers erster Gedanke war, zu amputieren, da ein Oberschenkelbruch eine gefährliche Verletzung war, die sowohl zu Blutungen als auch zu Infektionen neigte. Die Wunde war stark verunreinigt; jedoch war es ein glatter Bruch, deshalb beschloss er, das Bein zu retten, und fand sich damit ab, erst die mühselige Wundtoilette am toten verschmutzten Fleisch durchführen zu müssen. Als die Wunde schließlich sauber war, richtete er den Knochen und umschloss den Oberschenkel mit einer Gipsschiene, eine weitere Technik, die er sich von Metz abgeschaut hatte, der sie seinerseits in einem Aufsatz des Chirurgen Josep Trueta entdeckt hatte, einem spanischen Linksliberalen – was bewies, dass Metz klug genug war, ideologische Aspekte beiseitezulassen, wenn es darum ging, seine medizinischen Fähigkeiten zu verfeinern.

In der Aufnahme aß Bauer ein Butterbrot, trank einen Kaffee und rauchte eine weitere Zigarette, bevor er sich abermals die Hände wusch und sich dann wieder an die Arbeit machte. Als Nächstes folgte die Entfernung einer halb zerfetzten Niere, die nicht mehr zu retten war. Danach kam ein weiterer Lungenschuss. Einem Infanteristen, dem mit einem Maschinengewehr die Oberschenkel durchsiebt worden waren, musste er beide Beine abnehmen, was bei Pflieger einige Bestürzung auslöste, da die Eintritts- und Austrittswunden sauber aussahen, der eigentliche Schaden aber in der Mazeration bestand, die durch die Druckwellen der durchrasenden Kugeln verursacht worden war. Er vernähte mehrere Risse in einem Dünndarm und einen großen Leberriss. Zog Splitter aus einem Gehirn. Stabilisierte einen Panzerfahrer, auf dessen feldmedizinischer Kennkarte beide Seitenstreifen fehlten, passend zum Torso des Mannes, dem die Arme fehlten. Er entfernte ein Schrapnell aus einer Schulter. Er ließ Flüssigkeit aus einem auf Fußballgröße geschwollenen Knie ab und injizierte Sulfonamid. Er gipste einen zweiten gebrochenen Oberschenkelknochen ein. Amputierte eine Hand. Führte einen Katheter in den Unterleib eines Infanteristen ein, der wegen einer Schusswunde an der Wirbelsäule gelähmt war und aufgrund eines Urinstaus starke Schmerzen litt. Als er irgendwann aufschaute, stellte er erstaunt fest, dass es Abend geworden war; er erwog, eine Mahlzeit einzunehmen, arbeitete aber weiter. Neben ihm arbeitete Metz mit scheinbar unerschöpflicher Energie, und immer noch kamen neue Verwundete herein; in der Aufnahme war es genauso voll wie am Anfang.

Ein weiterer Infanterist traf ein, dieser mit einem Gasödem im Arm. Bauer amputierte und der Patient erholte sich rasch doch vierzig Minuten später verschlechterte sich sein Zustand rapide und er starb an Nierenversagen infolge eines protrahierenden Schocks. »Der nächste Reisende nach Walhalla«, gab Pflieger eine entschuldbare Blasphemie von sich, wie Bauer fand, während er die Luftröhre eines rothaarigen Grenadiers freimachte, der eine Schusswunde im Gesicht hatte. Anschließend operierte er explorativ einen Offizier, der Anzeichen einer intraabdominalen Verletzung durch eine Granatenwunde im Rücken aufwies, und zu seiner Erleichterung stellte er fest, dass es nur eine Prellung der hinteren Bauchwand war Er nähte einen weiteren Leberriss. Setzte einen zertrümmerten Unterarm zusammen. Mit einer tiefliegenden Vorahnung wählte er einen dritten Gasödem-Fall aus, diesmal am Knie; er amputierte auf Höhe des Oberschenkels, und eine Stunde später überkam ihn überschwängliche Freude, als er erfuhr dass der Patient aufgewacht war und redete und wahrschein lich überleben würde. Dies war der Grund seines Daseins, dachte er: ein gerettetes Leben, eine Seele leibhaftig der Flut entrissen.

»Möchten Sie vielleicht eine Pause machen, Hauptmann?«, fragte ihn Winkel.

»Warum? Sind Sie müde?«

»Ich dachte, Sie wären es, Hauptmann. Sie haben nicht reagiert, als ich Sie eben ansprach.«

»Tatsächlich?« Er schaute auf die Uhr und sah, dass es auf Mitternacht zuging, musterte dann seine Männer und erkannte, wie erschöpft sie waren.

»Na gut, meine Herren, machen wir eine Essenspause.«

Trotz wiederholter Versuche, ihn sauber zu halten, war der Boden übersät mit dreckstarrenden Verbänden und Uniformresten, leeren Patronenhülsen, Körpergewebe und halbherzig aufgewischtem Blut. Blutige Stiefelabdrücke führten um die OP-Tische herum, von den Tischen zu den Instrumenten und den Autoklaven und weiter zur Tür. Bauer zog seine Maske ab und den Kittel aus und fühlte sich augenblicklich übermannt von Müdigkeit. Er für seinen Teil konnte sich kaum noch auf den Beinen halten, und doch holten Pflieger und Demchak einen Besen und einen Wischlappen. Wie sehr er diese Männer mochte, dachte er. Er liebte sie wie Brüder. Sogar Hirsch liebte er, wie ihm klar wurde. Hirsch, der sich achtzehn Stunden lang als sein Assistent an einer Aufgabe abgemüht hatte, für die er weder geeignet noch ausgebildet war, und die er zumeist gut und vor allem ohne tödliche Folgen bewältigt hatte.

Metz schaute von seinem Patienten auf. »Sie gehen schon?«

»Um etwas zu essen«, sagte Bauer. »Die Männer sind am Verhungern.« Sofort schämte er sich für seine Ausflucht, aber wenn Metz dadurch seine eigenen Männer in den Sinn kämen, hätte sie doch etwas Gutes. Sie sahen abgekämpft aus, selbst

Molineux, der schon lange keine Witze mehr riss. Metz' Männer kamen offenkundig nicht in den Genuss des Mittels, das Drexel ihrem Vorgesetzten zusammenbraute.

Als Bauer zwanzig Minuten später zurückkehrte, hatte Metz dann endlich ein Einsehen und gönnte sich und seiner Mannschaft nun selbst eine Pause. Ohne sie wirkte der Operationssaal deutlich ruhiger, was auch an der späten Stunde lag, denn die Nacht war für alle eine Zeit gesunkener Vitalität, einschließlich der Verwundeten, wodurch diese in noch größerer Gefahr schwebten.

Der nächste Patient hatte ein gangränöses Knie – nicht von der gasgetragenen Sorte, aber unbehandelt genauso tödlich. Wie müde er auch sein mochte, rief Bauer sich ins Gedächtnis, dieser Mann verdiente dieselbe Sorgfalt und Aufmerksamkeit wie sein erster Patient. *Ein Mensch, der liebt oder geliebt wird*, sagte er sich ununterbrochen, während er amputierte – wobei ihn weniger der Wahrheitsgehalt der Beschwörungsformel kümmerte, sondern ihre Nützlichkeit, ihn wach zu halten.

Der nächste Patient, ein knorrig aussehender Feldwebel in den Vierzigern, hatte einen riesigen scharfkantigen Granatsplitter in der linken Brustseite, und bei jedem Atemzug schlug ihm ein loser Hautlappen auf die Wunde. Er war schwer sediert, wahrscheinlich weil ein Sanitäter davon ausgegangen war, dass der Mann sterben würde, ehe er es in den OP-Saal schaffte. Eigentlich war es ein hoffnungsloser Fall. Das Morphium, die elf Stunden, die seit seiner Verwundung verstrichen waren – alles sprach gegen ihn; aber da er so lange durchgehalten hatte, verdiente es der Mann, eine letzte Überlebenschance zu erhalten, befand Bauer.

»Gucken Sie mal«, sagte Winkel und deutete auf eine Narbe rechts neben dem Brustbein des Feldwebels, ein verblasstes Überbleibsel einer alten Schusswunde. »Ob die aus dem letzten Krieg ist?«

Bauer nickte. »Gut möglich.«

»Armer Hund«, sagte Pflieger.

»Oder ein Glückspilz«, entgegnete Bauer, nahm sein Skalpell und führte es in die Wunde ein. Der Granatsplitter hatte sich vom Brustkorb hinab diagonal in den Bauch hineingebohrt. Mit einigen Schnitten fand Bauer den aufgerissenen Bereich in der Lunge und versorgte den Schaden so gut es ging, danach die zahlreichen Verletzungen an der linken Niere, der Leber und am Dünndarm, wobei er lieber gründlich als schnell arbeitete, da die Gefahren einer längeren Operation in seinen Augen leichter wogen als seine Zweifel, ob der Mann eine zweite Operation überleben würde. Als Metz zurückkehrte, hielt er inne, um das Geschehen zu beobachten, und als der Patient nach exakt vierundvierzig Minuten das Zeitliche segnete, trat Metz zu Bauer heran und legte ihm eine Hand auf die Schulter – ein noch nie da gewesener freundschaftlicher Akt. »Pech gehabt, Hauptmann. Sie haben Ihr Bestes gegeben. Es war richtig, es wenigstens zu versuchen.«

Bauer rang um seine Selbstbeherrschung, murmelte ein Dankeschön. Um die Fassung zu wahren, wandte er sich ab, wusch sich die Hände und fragte sich währenddessen, ob es falsch gewesen war, so lange zu operieren. Hätte er die Leber lieber tamponieren sollen, um die Blutung zu stillen, statt jedes einzelne zerstörte Blutgefäß in mühsamer Kleinarbeit zu schließen? Hätte er, anstatt den Dünndarm zu nähen, die beschädigten Teile lieber herausschneiden und Stomata legen sollen? Ihm blieb nichts anderes übrig, als seinen Fehlschlag hinter sich zu lassen und weiterzumachen, obwohl er nichts sehnlicher wollte, als nach draußen zu stürmen und in die Dunkelheit zu brüllen, all dies möge bitte aufhören, jemand solle im Namen der Barmherzigkeit dem Gemetzel endlich ein Ende setzen.

Die Verletzung des nächsten Patienten war noch schlimmer als die des Feldwebels. Zumindest war dies Bauers instinktive Reaktion auf den Anblick des blutüberströmten Schambeins, dessen Genitalien von einer Granate abgerissen worden waren. Das dreiundzwanzigjährige Opfer war, genau wie der Feldwebel, mit einer hohen Morphium-Dosis ruhiggestellt worden, und obwohl er nicht in unmittelbarer Lebensgefahr schwebte, bestand bei ihm vermutlich akute Selbstmordgefahr, da Männer in der Regel lieber beide Beine verloren als ihr Genital. Bauer empfand genauso, ein Beweis für die Seltsamkeit des Menschseins. Hirsch verabreichte das Narkosemittel, während Molineux, der die Wunde bemerkt hatte, fluchend zur Bahre herüberkam. »Ich dachte, ich hätte schon alles gesehen«, sagte er. »Abgerissene Körperteile, zerstörte Körperteile. Aber eine reingesprengte Muschi? Das ist ja mal was Neues.«

Unwillig musste Bauer sich eingestehen, dass Molineux mit seiner Beschreibung gar nicht so falschlag: ein Büschel Schamhaare, Schamlippen aus verbliebenen Fleischklumpen. »Hermann, von allen Scheußlichkeiten, die aus deinem Mund kommen, war das bei Weitem das Scheußlichste.«

Molineux lachte, und plötzlich lachten sie alle, auch Bauer, und zwar so heftig, bis er sich bog vor Lachen und ihm Tränen aus den Augen quollen. Metz brüllte herüber und verlangte Ruhe, aber obwohl er von sich entsetzt war, konnte Bauer nicht aufhören. Mehr als eine Minute lang schüttete er sich aus vor Lachen, und als es endlich vorbei war, schämte er sich, fühlte sich aber erleichtert, war erschöpft und ausgezehrt, aber innerlich ruhig. Er ordnete seine Gedanken und tat, was er für den entmannten Patienten tun konnte, dann rief er nach dem Nächsten.

Für den Rest der Nacht operierte er wie in Trance, befeuert von Zigaretten, Kaffee und dem Wissen, dass ihm nichts anderes übrig blieb, als weiterzumachen, dass es außer ihn und Metz niemanden gab und dass Menschen ihr Leben verlieren würden, falls er aufhörte zu operieren. Ihm taten die Hände weh, sein Nacken war verspannt, seine Füße und Beine brannten, und zunehmend beneidete er Hirsch um seinen Sitzplatz und fantasierte davon, mit ihm zu tauschen. Zwischen den Operationen zwang er sich, detaillierte Berichte zu verfassen, weil er wusste, dass er die jeweilige OP vergessen haben würde, sobald er den Stift aus der Hand legte.

Bei Tagesanbruch stieß er in einer düsteren Ecke des Aufnahmeraums auf einen Patienten, den zu vergessen er gewiss nicht Gefahr lief: einen Versorgungsfeldwebel mit einer handbreiten Furche, die sich quer durch seinen Bauch zog. Wo bisher Organe gewesen waren, gab es nur noch Fettfetzen, die Bauer für Teile der Bauchfellfalte oder der Aufhängevorrichtung des Dünndarms hielt. Erstaunlicherweise war der Mann bei Bewusstsein. Behutsam legte ihm Bauer den Feldverband wieder an, dann schüttelte er in Richtung der Sanitäter, die ihn hereingebracht hatten, verstohlen den Kopf, verschrieb ihm Morphium und ließ ihn hinter den Vorhang tragen, wo die hoffnungslosen Fälle lagen.

Am Vortag hatten sie erfahren, dass eine Großoffensive im Gange war, aber erst als bei Tagesanbruch die Zahl der eingelieferten Verwundeten noch einmal deutlich zunahm, begann sich Bauer Gedanken über den Verlauf der Offensive zu machen. Die Berichte schwankten, aber im weiteren Tagesverlauf wurde ihm klar, dass die Division sehenden Auges vernichtet wurde. Keine Stadt war ein solches Opfer wert. Am späten Vormittag lösten sich selbst diese Gedanken auf, seine Welt verengte sich auf den jeweiligen Verwundeten vor ihm, bis auch das nicht mehr zu bewältigen war und er nur noch einzelne Akte vornehmen konnte. Jetzt ligiere ich, sagte er sich. Jetzt greife ich nach dieser Zange. Jetzt muss ich den

Mund aufmachen und Hirsch bitten, den Äther zu titrieren. Zweimal musste Winkel ihn anstupsen, als er vergaß, was er tat, und als Hirsch auf seinem Stuhl einschlief, ließ er ihn einfach weiterschlummern, brachte die Operation zu Ende und legte sich dann seinerseits für ein Nickerchen unter den Instrumententisch. Wie angewiesen schüttelte Demchak ihn nach fünfzehn Minuten wach, und er ging wieder an die Arbeit; er hatte sich etwas erholt, doch nachdem auch die beiden anderen ihr Nickerchen gemacht hatten, war er schon wieder genauso erschöpft wie zuvor. Es war, als würde er betrunken operieren, und er fürchtete, ihm könnte ein tödlicher Fehler unterlaufen. Aber es gab niemand anderen, dachte er. Nur ihn. Und Metz.

Zum zweiten Mal wurde es Abend, und die Stationen und Flure waren überfüllt mit operierten Soldaten, doch immerhin hatte sich der Aufnahmeraum etwas geleert. Bauer kam sich wie ein langsamer, stockender Automat vor. Er sprach wenig. Sehnte sich nach Schlaf. Nach zu Hause. Er machte sich an seine letzte Operation. Beendete sie. Trat ab. Er hatte sechsunddreißig, fast siebenunddreißig Stunden durchgearbeitet. Winkel, Demchak und Pflieger auch. Sie hatten Großartiges geleistet. Er dankte ihnen dafür, und dann, weil er bloße Worte für unzureichend hielt, schüttelte er jedem von ihnen die Hand, spürte, wie ihn die Gefühle übermannten, und musste sich abwenden. Zum Glück rief ihn in diesem Augenblick Metz zu sich und bat in gereiztem Ton um Hilfe beim Nähen. Ihm zitterten die Hände, wie Bauer sah. Glücklicherweise war es eine simple Aufgabe, und schnell konnte er den Patienten wieder übergeben. Er schrieb den Bericht für seine letzte Operation und warf dann vorsichtshalber noch einen Blick in die Aufnahme. Zöllner war noch da und räumte mit einem Pfleger auf. Bauer dankte ihm, belobigte ihn für seine gute Arbeit und wollte sich gerade abwenden, als in der

Ecke auf Bodenhöhe unter dem Vorhang ein fleischiges Gesicht auftauchte.

»He, Doktor! Was ist mit mir?«

Bauer ging hinüber und zog den Vorhang beiseite, hinter dem ein massiger Mann auf einer Bahre zum Vorschein kam.

»Seit Sie mich gestern Abend kurz angesehen haben, hat sich kein Schwein um mich gekümmert!«, sagte er.

Bauer wollte gerade erklären, ihn überhaupt nicht zu kennen, aber dann zögerte er, hob die Decke des Mannes an und erkannte sofort den Feldverband auf dem Bauch. Der Versorgungsfeldwebel, fiel ihm ein. Mühsam löste er den Verband und sah sich die riesige, quer über den Bauch verlaufende Wunde erneut an, erst mit Grauen, dann mit Unglauben, gefolgt von Verärgerung und unterdrückter Heiterkeit. Der Feldwebel war ungeheuer fett, und was Bauer in der Nacht zuvor bei schlechtem Licht und großer Müdigkeit für eine Exenteration gehalten hatte, war in Wirklichkeit nur eine tiefe Furche im Bauchfett, und bei dem losen Gewebe, das er fälschlicherweise für Teile der Bauchfellfalte oder der Aufhängevorrichtung des Dünndarms gehalten hatte, handelte es sich um nichts weiter als Fettfetzen. Das Ganze war nur eine riesige Fleischwunde, keine tödliche Verletzung. Sofort bat er Winkel und die anderen, den Mann in den OP zu befördern, wo er dessen Wunde säuberte und verschloss. Eine verspätete Primärnaht in Chern oder Orjol würde nicht nur die Gesundheit des Feldwebels wiederherstellen, sondern ihn auch deutlich schlanker machen.

Jetzt musste er nur noch seinen Bericht schreiben. Er fasste den Eingriff bei dem Versorgungsfeldwebel kurz und knapp zusammen und erwähnte auch die lange Verzögerung zwischen Verwundung und Operation und ebenso – nach kurzem Nachdenken – den Grund dafür. Sollten seine Kollegen sich ruhig über ihn amüsieren, dachte er; er war nicht perfekt, und falls sie auf diese Weise begriffen, unter welchem Druck die Einheit arbeitete, dann umso besser. Er blätterte durch die unzähligen Seiten, die er während der Schicht vollgeschrieben hatte; es waren zu viele, um sie heute Abend noch einmal vollständig durchzusehen. Er wollte den Ordner schon zuklappen, griff dann aber nach dem Bleistift und schrieb als Schlussbemerkung: *Ansonsten ruhig*.

***

»Möchten Sie noch etwas trinken?«, fragte ihn Metz.

Bauer musterte ihn überrascht. Sie hatten fast vierzig Stunden lang operiert, und nachdem sie eben zu Abend gegessen hatten, brauchte Bauer nun dringend seinen Schlaf. »Das ist gar nicht Ihre Art, Herr Oberstleutnant. Ich wusste nicht, dass Sie Alkohol trinken.«

»Es gibt vieles, was Sie nicht über mich wissen, Hauptmann. Ich trinke nicht oft, das ist wahr, aber bei seltenen Gelegenheiten mache ich eine Ausnahme. Ich glaube, heute ist eine davon.«

Bauer nickte, zu erschöpft, um zu widersprechen, und folgte Metz durch den Flur zu dessen Büro. Vor Erschöpfung konnte er kaum noch klar sehen, der Boden schwankte unter seinen Füßen, die Verbindung zwischen seinem Hirn und seiner Zunge war lückenhaft. Doch Metz hatte recht: Die Schicht, die hinter ihnen lag, war so lang und extrem gewesen, dass es falsch und irgendwie unanständig wäre, nun einfach zu Bett zu gehen, ohne ihr Werk zu begießen.

Im Büro knöpfte Metz seinen Kragen auf und offenbarte die goldene Halskette, aber nicht den Schrapnell-Glücksbringer. Er setzte sich, bedeutete Bauer, sich einen Stuhl heranzuziehen, und entnahm einer der Schubladen zwei Trinkgläser und eine Flasche Cognac. »Verraten Sie Molineux um Himmels willen nichts hiervon«, sagte er und deutete auf die Flasche. »Den habe ich schon seit Paris.«

»Danke, Herr Oberstleutnant, ich fühle mich geehrt.«

Metz schüttete ein Fingerbreit Cognac in jedes Glas, reichte eines Bauer und hob sein eigenes. »Auf den Führer.«

»Auf den Führer«, wiederholte Bauer, zu müde, um an eine Ausflucht zu denken. Höflich nahm er einen Schluck und griff nach einer Zigarette, erinnerte sich dann aber an das von Metz verhängte Rauchverbot in seiner Gegenwart. Wie viel mehr er den Alkohol doch mit etwas frischem Nikotin genießen würde, dachte er bei sich. Er bemerkte, dass Metz' Hände leicht zitterten wie schon gegen Ende der Schicht; vielleicht war es ein Symptom des Aufputschmittels, das er genommen hatte, um die langen Stunden zu überstehen, oder weil dessen Wirkung nachließ. Doch wer war er schon, um darüber urteilen zu können?, überlegte Bauer. Jeder Offizier im Bataillon – und wahrscheinlich auch jeder gemeine Soldat – gebrauchte irgendeine Hilfskrücke, um über die Runden zu kommen: Für Molineux war es der Alkohol, für Weidemann Bach, für Zöllner sein Glaube, für Drexel seine messianische Pharmakologie. Und er selbst … Was war das Hilfsmittel seiner Wahl? Nikotin natürlich. Und Bücherlesen, nahm er an. Derzeit Tolstoi. Und die Begegnungen mit Tolstois glühendster Verehrerin.

»… ein erhabener Ort«, sagte Metz, »und damit ein einsamer Ort. Verstehen Sie, was ich damit ausdrücken will?«

»Tut mir leid, Oberstleutnant, ich bin mir nicht sicher, ob ich Ihnen folgen kann.«

»In den olympischen Höhen, in denen der Führer wandelt, muss der Druck immens sein und die Einsamkeit per Definition absolut.«

»Zweifellos«, sagte Bauer und nahm einen weiteren Schluck vom Cognac, nachdem er kurz, aber ergebnislos über die Problematik des Höhendrucks nachgedacht hatte.

»Ich glaube, auf meine eigene nichtige Weise kann ich nachempfinden, wie unser Führer sich fühlen muss: die Last seiner Verantwortung, seine Isolation als Oberbefehlshaber.«

»Ist dem so?«, sagte Bauer und versuchte sich darüber klarzuwerden, worauf Metz hinauswollte. War dies ein vertrauliches Gespräch, offenbarte Metz ihm persönliche Gefühle? Das war noch nie vorgekommen.

»Wissen Sie, ich habe seit über einem Monat keinen Brief mehr von meiner Frau erhalten. Kein Päckchen. Kein einziges Lebenszeichen.«

»Das liegt bestimmt an der Post. Bei dem vielen Nachschub, der ununterbrochen an die Ostfront geschafft wird, gibt es vermutlich wenig Platz für Briefe oder Pakete.«

»Ist nett, dass Sie das sagen, Paul, aber Sie irren sich. Die Post funktioniert tadellos.«

»Wollen Sie mir sagen, Sie machen sich Sorgen um Ihre Frau, Oberstleutnant?« Vor drei Monaten hatte ein Sanitäter Heimaturlaub erhalten wegen eines Trauerfalls, nachdem seine Tochter bei einem britischen Luftangriff getötet worden war. Metz stammte aus Breslau, und Bauer fragte ihn, ob die Stadt bombardiert worden sei.

»Nein, dafür liegt sie zu weit im Osten. Ich mache mir keine Sorgen um die Sicherheit meiner Frau. Es geht ihr gut. Das weiß ich aus zwei Briefen von meiner Schwester, die nur ein paar Straßen weiter wohnt. Nein, meine Frau ist in Sicherheit und wohlauf. Wir haben uns auseinandergelebt, das ist alles. Der Krieg hat natürlich auch seinen Beitrag dazu geleistet, aber wir hatten auch davor schon Probleme. Sie wissen ja, wie das Leben eines Chirurgen ist. Die langen Arbeitsstunden. Die Einsätze als Notarzt. Ich persönlich war auch oft auf Manövern unterwegs.«

Aus irgendeinem Grund – Nervosität, müdigkeitsbedingte Hysterie – fand Bauer die letzte Bemerkung furchtbar komisch, sodass er sich schwer zusammenreißen musste, um nicht aufzulachen.

»Noch etwas Cognac?«, fragte Metz und bot ihm die Flasche an.

»Nein, danke, Herr Oberstleutnant. Ich fürchte, ich muss mich gleich schlafen legen. Ich kann mich kaum noch auf den Beinen halten.«

»Erlauben Sie mir, Ihnen trotzdem noch etwas nachzuschenken«, beharrte Metz. Er füllte beide Trinkgläser wieder auf und hob seines. »Prost.«

»Prost«, erwiderte Bauer und nippte an seinem Cognac. Eine Weile sagten sie nichts. Bauer blickte in die bernsteinfarbene Flüssigkeit in seinem Glas; sein Geist war seltsam klar und gelassen. Er hörte, wie sich Männer im Vorraum unterhielten, auf der Treppe herrschte reger Verkehr. Es war noch früh am Abend, erinnerte er sich, noch nicht einmal zwanzig Uhr.

»Wissen Sie«, erklärte Metz, »meine Frau und ich haben seit zwölf Jahren keinen Geschlechtsverkehr mehr.«

»Ach?«, antwortete er, um Worte verlegen.

»Ja.«

»Das klingt … schwierig für Sie, Herr Oberstleutnant.«

»Meinen Sie?«

Was Bauer meinte, war, dass er nie gedacht hätte, mit Julius Metz jemals ein solches Gespräch zu führen. »Ja«, sagte er, »allerdings ist es nicht besonders ungewöhnlich, falls ich mir das zu sagen erlauben darf.«

»Was wissen Sie denn darüber?«

»Soweit ich aus Andeutungen und Offenbarungen von ein, zwei Freunden weiß, erlischt oftmals das Verlangen in einer Ehe, wenn nicht für beide Seiten, dann doch für eine.«

»Und natürlich war Ihre Frau todkrank, nicht wahr?«

»Das stimmt leider«, sagte Bauer, überrascht von Metz' Unverblümtheit, wenngleich sein Ton sachlich, sogar freundlich war.

»In meinem Fall muss ich einräumen, dass nicht meine Frau, sondern ich selbst das Interesse am sexuellen Akt verloren habe.« Wieder verspürte Bauer den Drang aufzulachen, während er zu ermessen versuchte, welche Abgründe an Traurigkeit sich hinter dieser unerwarteten Offenbarung verbergen mussten. »Natürlich bin ich im Gegensatz zu Ihnen Vater dreier Kinder«, schob Metz nach.

»Das ist mir bewusst.«

»Zugegeben, es sind nicht viele, und alle sind Mädchen, aber immerhin. Das letzte kam in den Zwanzigern zur Welt. Als später das Mutterkreuz eingeführt wurde, wollte meine Frau dann noch ein viertes Kind, um wenigstens das Kreuz in Bronze zu bekommen. Das wollte ich aber nicht. Wir hätten unsere Pflicht bereits erfüllt, habe ich zu ihr gesagt. Die gewünschte Geburtenquote hätten wir schon übertroffen.«

»Wenn auch nicht in dem Ausmaß wie, sagen wir, bei Tolstoi.«

»Ich habe meine Pflicht erfüllt«, wiederholte Metz, »gegenüber meiner Frau, der Natur und dem Reich, und ich bin nicht verpflichtet weiterzumachen. Die Menschen verkennen die physiologischen Kosten des Geschlechtsverkehrs, die hohen Anforderungen, die das Fortpflanzungssystem stellt.«

Aus Gewohnheit versuchte Bauer, logisch zu antworten. »Stellt dieses System diese Anforderungen nicht immer, ganz gleich, ob man es benutzt oder nicht?«

Metz schnaubte. »Ganz und gar nicht. Es ist die *Vergeudung* von Körperressourcen, die gefährlich ist.«

»Das hört sich kompliziert an«, sagte Bauer in der Hoffnung, das Thema damit beenden zu können.

»Im Gegenteil, es ist ganz einfach.«

»Ich meine, sich im normalen Leben danach zu richten. In einer Ehe.«

»Alles, was man braucht, ist Disziplin«, sagte Metz. »Noch etwas Cognac?«

»Nein danke, Oberstleutnant. Genau genommen würde ich jetzt gerne gehen. Ich bin wirklich sehr müde.«

»Einen Moment noch. Lassen Sie mich die Sache zu Ende bringen.«

»Natürlich.«

»Das ist kein gewöhnlicher Krieg, in dem wir uns befinden, Paul, sondern ein Kampf ums nationale Überleben. Oder vielmehr um das rassische Überleben.« War dies ein neues Thema?, fragte sich Bauer, oder eine Fortführung von Metz' Überlegungen zum Thema Ehe? »Militärisch, industriell, geistig, ideologisch kämpfen wir auf Leben und Tod gegen die Slawen«, fuhr Metz fort. »Entweder wir oder sie, Paul, wir oder die Slawen.«

»Einige der Slawen stehen aber auf unserer Seite, Herr Oberstleutnant, sind sogar unsere Kameraden. Mein Hilfswilliger Juri Demchak, zum Beispiel.«

»Einige könnten wir verschonen. Und zwar die, die das Joch akzeptieren.«

»*Verschonen?*«

»Warum nicht? Es geht darum, die Gesamtzahl zu regulieren.«

Bauer dachte an Katerina Dmitriewna, eine Slawin, die das Joch niemals akzeptieren würde, wie Metz es formulierte. Die nicht verschont werden würde. Aber das war undenkbar. Er würde sie beschützen, dachte Bauer unvermittelt – wenn es sein musste, würde er sie heiraten, ja, so wie Winkel seine Daria zu heiraten gedachte. Mein Gott, überlegte er schaudernd, er würde Katerina *sowieso* heiraten. Plötzlich war ihm alles klar. Unabhängig vom Kriegsausgang würden er und

Katerina Mann und Frau werden. Es war ganz einfach, eine beschlossene Sache. Er empfand ein erstaunliches Gefühl der Freude.

»Um einen vergleichbar wichtigen historischen Moment zu finden«, sagte Metz, »muss man bis zur Vernichtung von Varus' Legionen im Teutoburger Wald zurückgehen, wodurch das Deutschtum per se erhalten wurde.«

»Aber hier sind wir die Aggressoren«, gab Bauer zu bedenken und betrachtete die Sowjetunion zum ersten Mal als das Heimatland seiner zukünftigen Frau.

»Ein Krieg gegen den Bolschewismus und das Judentum war unvermeidlich. Indem wir zuerst angreifen, zeigen wir mehr Weitsicht und Entschlossenheit.«

»Das hat Varus vermutlich auch gedacht.«

Metz lächelte ihn an und schüttelte den Kopf. »Paul, Paul, was für ein Untergangsprophet Sie doch sind. Ich dachte immer, Sie wären dem Defätismus zum Opfer gefallen, aber jetzt erkenne ich, dass Ihr Pessimismus angeboren ist.«

»Ich danke Ihnen, Herr Oberstleutnant.«

Metz gluckste und leerte sein Glas. »Für heute Abend reicht es damit«, sagte er und legte die Flasche in die Schublade zurück. »Morgen liegt weiß Gott eine Menge Arbeit vor uns. Meinen Sie, Sie werden schlafen können?«

»Heute Nacht ganz bestimmt«, sagte Bauer, stellte sein Glas ab, rückte seinen Stuhl zurück und schickte sich an aufzustehen.

»Schön für Sie. Ich wünschte, ich könnte das Gleiche sagen Ich erhalte seit einigen Nächten regelmäßig Besuch.«

Bauer stöhnte innerlich auf. Was war das jetzt für ein neuer Blödsinn? Metz sah ihn erwartungsvoll an. »Was für Besuch?« fragte er.

»Von Graf Leo Tolstoi.«

»Sie haben von ihm geträumt?«, fragte er.

»Nicht geträumt. Ich habe ihn gesehen. Er kommt nachts zu mir, eine Erscheinung, genau wie Frau Kälter es beschrieben hat.«

»Herr Oberstleutnant, das kann ich nicht glauben. Sie glauben das sicherlich auch nicht. Frau Trubetzkaja hat herumschlawinert«, gebrauchte er die mildeste Formulierung, die ihm einfiel. »Was immer Sie gesehen haben, muss ein Traum gewesen sein.«

»Da haben Sie es wieder, Paul. Noch mehr reflexhafte Skepsis. Das ist unwissenschaftlich und engstirnig.«

Bauer überging die Bemerkung und fuhr fort: »Oder es liegt an dem Präparat, das Sie sich spritzen.«

»Das ist irrelevant und geht Sie, wie gesagt, nichts an. Ich schildere Ihnen dieses Phänomen, weil Sie ein Mann der Wissenschaft sind, ein Arztkollege.«

»Genau deshalb sollten Sie meine Meinung ernst nehmen.«

»Obwohl Sie *mir* diese Höflichkeit nicht erweisen? Antworten Sie aufrichtig.«

Bauer seufzte, zu müde, um auf sein Taktgefühl zu achten, und verschränkte die Arme vor der Brust.

Metz fuhr fort: »Sind Sie nicht einmal ein klein bisschen neugierig? Ihre ganze Weltanschauung könnte falsch sein, Paul. Es könnte Ihr Leben verändern.«

»Na gut«, sagte er, »dann nehme ich Sie beim Wort. Woher wissen Sie, dass es Tolstoi ist?«

»Wegen des Fotos in der Broschüre. Ich nehme an, er starb in dem Zimmer, das ich bewohne? Sie scheinen über den Mann bestens Bescheid zu wissen.«

»Er starb weit weg von hier. In einer Eisenbahnstation. Er hatte mit seiner Frau gestritten.«

»Na ja, trotzdem taucht er in meinem Zimmer auf.«

»Aber warum sollte er das tun?«, fragte Bauer und lauschte sich selbst ungläubig – *beobachtete* sich, wie von der Zimmerdecke herab, die Andeutung einer kahlen Stelle am Scheitel.

»Weil er wütend auf mich ist«, sagte Metz. »Weil ich um ihn herum unsere Toten bestatten lasse.«

»Dann exhumieren Sie sie. Es war von vornherein keine gute Idee.«

»Auf keinen Fall!«, gab Metz mit erschreckender Vehemenz zurück.

»Das Areal ist schwer zu erreichen. Es ist zu klein. Soll ich weitere Minuspunkte aufzählen?«

»Wir können nicht nachgeben, nicht jetzt. Was auch immer die praktischen Aspekte sein mögen. Tolstoi fordert uns heraus. Wir dürfen nicht zurückstecken.«

»Er ist tot, Herr Oberstleutnant. Leo Tolstoi ist tot.«

»Aber er ist zurückgekehrt.«

Bauer warf die Hände hoch. »Dann weiß ich auch nicht weiter. Ziehen Sie in ein anderes Schlafzimmer um.«

»Ich soll ihn gewinnen lassen? Sind Sie verrückt? Er würde mir sowieso folgen. Nein, diesem Kampf kann ich nicht ausweichen. Und ich kann es mir nicht leisten, ihn zu verlieren. Wenn ich zögere, wenn ich mich als unwürdig erweise, hätte es gravierende Folgen – und ich meine nicht nur für das Bataillon. Wenn wir uns hier nicht durchsetzen, wenn wir Tolstoi nicht bezwingen, wie können wir dann hoffen, den Krieg zu gewinnen? Hier, Paul, hier!«, rief er und schlug mit der Faust auf den Tisch. »*Hier* entscheidet sich der Krieg.«

Bauer betrachtete ihn fassungslos, gleichzeitig aber war er … was? Überzeugt war er gewiss nicht, aber irgendwie *aufgewühlt*. Metz glaubte, Tolstoi sei von den Toten zurückgekehrt, und hatte Bauer selbst nicht auch die Präsenz des großen Schriftstellers an diesem Ort gespürt?

Plötzlich fing irgendwo im Haus eine Frau an zu brüllen

Metz schoss vom Stuhl hoch. »Was in Gottes Namen ist da los?«, fragte er und zückte seine Pistole.

Bauer sprang auf und folgte Metz in den Flur, wo das Gebrüll noch lauter wurde. Katerina. Oben. Mit zwei, drei schnellen Schritten erreichte er das Treppengeländer.

»Stopp!«, rief Metz. »Es könnte eine Falle sein.« Er blickte wild um sich, sein Kragen saß schief. »Wo ist die Wache, die *verdammte* Wache?«, brüllte er. Hans Zöllner trottete aus der Offiziersmesse, verwirrt und halb im Schlaf. Metz brüllte ihn an: »Was ist los mit Ihnen? Ziehen Sie um Himmels willen Ihre Waffe!«

»Herr Oberstleutnant, es ist doch nur Katerina Dmitriewna«, sagte Bauer. Das Geschrei im Obergeschoss wurde immer lauter, und nun hörte man auch die Stimme mindestens eines Mannes.

»Sie könnte Partisanen reingeschmuggelt haben!«

»Partisanen?«

»Vielleicht gibt es einen Geheimtunnel«, kreischte Metz. Aus dem Vestibül erschien der Wachmann mit seinem Gewehr in Händen. »Wie ist sie reingekommen?«, herrschte Metz den Mann an. »Durch die *Wand*?«

Bevor der Soldat antworten konnte, schob sich Bauer an ihm vorbei, stürmte die Treppe hinauf und rannte durch den Flur zu seinem und Molineux' Zimmer, aus dem der Lärm kam. Drinnen waren Katerina, Molineux und Daria Grigorjewna, die beiden Letzteren nackt, wenngleich Molineux sich ein Laken über den Körper geworfen hatte und in eine Ecke zurückgewichen war, eine halb leere Schnapsflasche zur Selbstverteidigung erhoben. Katerinas Wut galt jedoch Daria, die sich mit einer Hand an der Wand abstützte und mit der anderen versuchte, ihren Schlüpfer über die Knöchel zu ziehen. Offensichtlich sturzbetrunken, strauchelte sie und fiel bäuchlings auf den Boden.

»*Pozor vam!* Schande über dich!«, brüllte Katerina. »Schau dich an. Du bist Mutter. Und jetzt auch Großmutter. Gott sei Dank sieht dich deine Tochter nicht so.«

Daria versuchte sich aufzurappeln, aber es gelang ihr nur, sich auf den Rücken umzudrehen, alle viere von sich gestreckt. Hinter Bauer erschien Metz in der Tür, der immer noch mit seiner Pistole herumfuchtelte. »Mein Gott«, rief er, »was ist hier los? Molineux?«

»Ich kann es erklären, Herr Oberstleutnant.«

»Es ist noch vor zwanzig Uhr«, sagte Bauer schnell und stellte sich zwischen Metz und die Anwesenden im Zimmer. »Die beiden haben die Erlaubnis, hier zu sein.«

»Die Erlaubnis?«, brüllte Metz.

»Natürlich nicht *so*«, sagte er und deutete auf Daria. »Aber sie verstoßen nicht gegen die Ausgangssperre.«

»Ich sollte die beiden auf der Stelle erschießen«, rief Metz und schob seine Pistole zwischen Bauer und dem Türpfosten hindurch. »Bedecken Sie die Frau! Oder ich verpasse ihr eine Kugel, bei Gott.«

»Herr Oberstleutnant, bitte«, sagte Bauer und drückte Metz' Handgelenk herunter. »Sonst löst sich noch ein Schuss.«

Katerina beugte sich über Daria und legte eine Decke um sie. »Raus hier, verschwinden Sie, Sie alle«, rief sie. »Hat denn keiner von Ihnen einen Funken Anstand?«

»Sie fordern *uns* auf, zu verschwinden?«, brüllte Metz sie an. Hinter ihm hatten sich mehrere Schaulustige eingefunden: Weidemann, Ehrlich, Drexel, Hirsch und, am schlimmsten, Sepp Winkel, sein Gesicht starr und blass.

»Warum sollte ich das nicht tun?«, sagte Katerina. »Sie sind die Eindringlinge. Vergewaltiger und Tyrannen, Sie alle.« Sie zeigte mit dem Finger vorwurfsvoll auf Molineux. »Er hat sie bestiegen, während sie *schlief*. Ich hatte nach ihr gesucht und kam zufällig ins Zimmer.«

Molineux straffte den Rücken, machte aus seinem Laken eine Toga und antwortete mit der Ernsthaftigkeit des zu Unrecht Beschuldigten. »Am Anfang war sie noch wach.«

»Um Sie kümmere ich mich später«, sagte Metz.

Katerina richtete sich auf. »Sie sagten, Ihre Männer wären keine Bedrohung für meine Leute.«

»Das Ding da ist doch kein Mensch. Sehen Sie sie sich doch an.«

»Er hat sie mit Alkohol gefügig gemacht«, sagte Katerina.

»Wir haben gar keinen Alkohol«, sagte Metz.

»Und was ist das da?«, fragte sie und deutete auf die Flasche in Molineux' Hand. Metz blickte darauf, genau wie Molineux, der sich zu erschrecken schien, als er sie sah.

»Die Flasche muss die Frau mitgebracht haben«, sagte Metz. »Was weiß ich, sie könnte eine Giftmischerin sein. Ich kann sie erschießen lassen.«

»Herr Oberstleutnant, Sie leiden unter Schlafmangel«, sagte Bauer. »So wie wir alle. Warum gehen wir nicht einfach alle zu Bett und kümmern uns morgen um die Sache?«

»Ihr Deutschen seid erbärmlich«, sagte Katerina. »Schnaps, Spielkarten, Zügellosigkeit. Und weshalb? Weil ihr nervöse Wracks seid. Der Krieg wendet sich gegen euch. Ihr seid wie Schauspieler: Ihr könnt keinen Reinfall ertragen.«

»So wahr mir Gott helfe, ich tue es!«, brüllte Metz und richtete seine Pistole auf Katerina. »Ich erschieße Sie, hier und jetzt.«

Auf Russisch sagte Bauer zu ihr: »Bitte gehen Sie. Er ist instabil, unberechenbar. Er könnte wahrmachen, was er sagt.«

»Nicht ohne Daria Grigorjewna.«

»Was tuscheln Sie da?«, fragte Metz. »Das lasse ich mir nicht bieten. Sprechen Sie Deutsch.«

Katerina sagte: »Er sagt, Sie seien instabil. Verrückt.«

»Das reicht!«, brüllte Metz.

»Mehr Pavian als Mensch.«

»Sie lügt«, sagte Bauer und stellte sich zwischen Katerina und die Pistole.

»Sie *lügt*?«

»Um Sie zu provozieren, Herr Oberstleutnant. Seien Sie um Himmels willen vernünftig.«

Die Pistole zielte auf seine Brust, der Lauf zitterte, obwohl Metz mit beiden Händen den Griff umschloss. Bauers Brustkorb zog sich zusammen. Wie komplex und kompakt die Organe dort waren, schoss es ihm durch den Kopf.

»Was auch immer hier vor sich geht«, sagte Metz, seine Stimme so zittrig wie seine Hände, »das lasse ich mir nicht bieten.«

»Na, fühlen Sie sich verletzlich, *Herr Oberstleutnant*? Sie haben auch allen Grund dazu«, sagte Katerina.

Das Gefühl, sich selbst zu beobachten, das er in Metz' Arbeitszimmer empfunden hatte, kehrte unversehens zurück. »Nicht«, sagte er zu Katerina und riskierte, wieder ins Russische zu verfallen. »Seien Sie still. Ich versuche, Ihr Leben zu retten.«

»Mein Leben kümmert mich nicht.«

»Deutsch!«, brüllte Metz.

Sie gehorchte und brüllte: »Ihr alle seid Tiere, Ungeheuer!«

Bauer packte sie am Oberarm, und es gelang ihm, sie durch die Tür zu schieben, während sie mit dem freien Arm um sich schlug. Metz und die anderen wichen zurück.

»Halten Sie mir das bolschewistische Weibsbild vom Leib«, sagte Metz. »Haben Sie verstanden? Wenn sie mir noch ein Mal unter die Augen tritt, werde ich sie auf der Stelle erschießen.«

»Beckskerle!«, brüllte sie.

»Sie ist so gut wie weg, Herr Oberstleutnant.«

Tatsächlich fiel es Bauer schwer, Katerina unter Kontrolle zu halten. Er stolperte beinahe, und sie begann, mit der freien Hand nach seinem Kopf zu schlagen.

»Brauchen Sie Hilfe, Hauptmann?«, fragte Ehrlich boshaft.

»Ich schaff das schon«, sagte Bauer. Als ein weiterer Schlag auf seinen Kopf zuflog, packte er schnell ihr Handgelenk, drehte ihr beide Arme auf den Rücken und schob sie vor sich her zur Treppe.

»Wenn einer von euch Daria anfasst, bringe ich ihn um«, rief sie. »Ist das klar? Ich bringe ihn um.«

Von hinten flüsterte er ihr zu: »Bitte, Katerina, bitte«, doch sie rammte ihm rückwärts ihren Kopf ins Gesicht, traf mit voller Wucht seine linke Augenhöhle und Wange. Irgendwie gelang es ihm, ihre Handgelenke festzuhalten, worauf sie sich wie eine Forelle an der Schnur zu winden begann. »Bitte«, wiederholte er flehentlich, »bitte.« Sie wand sich zu ihm herum, die Lippen geschürzt, und dann traf ihn ihre warme Spucke im Gesicht.

12

Helsinki
7. Mai 1967

Lieber Paul,

wie außergewöhnlich es ist, von dir zu hören, und dann aus so unerwarteter Richtung. Ich dachte, du wärst wahrscheinlich tot. Es war letztes Jahr im September, als Irina Petrowna mich in Moskau besuchte und über deinen Besuch in Jasnaja Poljana informierte. Sie musste sich sehr anstrengen, um mich davon zu überzeugen, dass sie wirklich dir und nicht deinem Geist begegnet war. Wäre es mir möglich gewesen, hätte ich mich sofort bei dir gemeldet, glaub mir, aber wie ich dir erklären werde, grenzt es an ein Wunder, dir überhaupt schreiben zu können.

Paul Bauer. Wie oft habe ich an dich gedacht in den letzten – mein Gott! – zweieinhalb Jahrzehnten. Zeit hat Masse, findest du nicht auch, ebenso wie Dauer, und diese sechs Wochen, die wir 1941 miteinander verbracht haben, zählen zu den am dichtesten erlebten Abschnitten meines Lebens. Selbst vor Irinas Besuch ist kein Monat vergangen, in dem nicht irgendeine Erinnerung an diese Zeit in meinem Kopf aufgetaucht ist, und seit letztem September denke ich nun immerzu an diese sechs Wochen zurück.

Natürlich war der Krieg für uns alle, die wir ihn erlebt haben, eine intensive Zeit, und es ist wohl ganz normal, dass mich diese kurze Spanne unter feindlicher Besatzung bis heute beschäftigt. Und ich habe das Gefühl, dass es dir genauso geht – warum sonst, so frage ich mich, würde sich ein westdeutscher Bürger für eine von Intourist überwachte Exkursion in die Sowjetunion entscheiden, wo für ihn doch vermutlich auch die Bahamas oder Finnland eine Option wären?

Nicht dass es mich vollkommen überraschen würde. Was immer dir im weiteren Kriegsverlauf widerfahren ist, du wirst kaum Julius Metz' (wie seltsam es ist, diesen Namen niederzuschreiben) geistigen Verfall vergessen haben oder den Tod deiner drei Kameraden. (An deren Namen ich mich leider nicht erinnere – so viel zu meinem angeblich so guten Gedächtnis.) Bist du nach Jasnaja Poljana zurückgekehrt, um deine Aufwartung zu machen? Ich war versucht zu schreiben: »zum Ort des Verbrechens«, aber das wäre unrichtig, denn ich erinnere mich, dass du dich dort sehr edelmütig verhalten oder es zumindest versucht hast. Kehren barmherzige Samariter an die Orte ihrer Wohltaten zurück? Vielleicht geht es dir ja wie meinem verstorbenen Mann, der seinen Drang, seine angeblich verhasste Heimatstadt Tula zu besuchen, einmal mit dem Drang eines Hundes verglich, sein eigenes Erbrochenes zu fressen – eine geschmacklose Analogie, ich weiß, doch sie kommt mir jedes Mal in den Sinn, wenn ich ab und an unter einem beruflichen Vorwand nach Jasnaja Poljana zurückkehre.

Wie erschien dir das Anwesen nach all der Zeit? Im Wesentlichen hoffentlich unverändert, falls ich meine Arbeit gut gemacht habe, nachdem du und deine

Kameraden verschwunden wart, wenngleich ein Besuch im Sommer natürlich etwas anderes ist als im Winter, wie du nur allzu gut wissen dürftest. Irina hat erzählt, dass sie dich nicht wiedererkannt habe, selbst nachdem du dich ihr vorgestellt hast, also nehme ich an, dass sich dein Äußeres verändert hat, so wie meines auch. Sie beschrieb dein Aussehen als vornehm, was, wenn ich mich recht entsinne, bereits 1941 seinen Anfang nahm.

Irina erzählte auch, dass dir Finger an der rechten Hand fehlen. Erfrierungen, nehme ich an? Oder war es eine Verwundung? Es tat mir sehr leid, das zu hören, und ich dachte sofort an deinen Beruf als Chirurg, der dir, wie ich mich erinnere, so viel bedeutet hat.

Als ich von deinen Fingern erfuhr, habe ich mich gefragt, wie der Krieg wohl für dich verlaufen ist. In der Sowjetunion beschäftigen wir uns nie groß mit den deutschen Kriegserfahrungen, aber in deinem Fall mache ich eine Ausnahme. Wohin hat es dich verschlagen? Wie hast du überlebt? Ich weiß, dass die Wehrmacht am Ende ein Scherbenhaufen war, und auch ohne Irinas Bericht über deine Hand hätte ich vermutet, dass du schwer gelitten hast.

Und wie ist es dir nach dem Krieg ergangen? Du bist nach Nürnberg zurückgekehrt, so viel weiß ich, aber was sonst noch? Hast du wieder geheiratet, und wenn ja, hast du Kinder? Bitte schreib zurück und berichte mir alles. (Ich werde dir erklären, wie.) Unser Briefverkehr wird wahrscheinlich sporadisch sein, deshalb warne ich dich, dass ich keine Plattitüden oder Ausflüchte dulden werde.

Da ich in meiner Eitelkeit davon ausgehe, dass du meine Neugier erwiderst, folgt nun eine Zusammenfassung meines Lebens seit 1941. Nach eurer gewaltsamen Vertreibung aus Jasnaja Poljana habe ich dort bis 1953, dem Todesjahr Stalins, weitergearbeitet. Der Zeitpunkt war nicht zufällig gewählt. Erinnerst du dich, dass ich dir einmal erzählt habe, mein Ex-Mann Wiktor sei ermordet worden? Ich weiß nicht mehr, was mich dazu veranlasst hat, dir dies zu offenbaren – ich war damals mehr als nur ein bisschen verrückt. Was ich meinte, war, dass Wiktor einer von Tausenden von Parteiveteranen war, die in den späten Dreißigerjahren Stalins Großer Säuberung zum Opfer fielen. Tatsächlich hat seine Verhaftung mich überhaupt erst nach Jasnaja Poljana geführt, da ich wegen meines ersten Romans immer noch Gegner hatte und mich trotz meiner Scheidung von Wiktor in Moskau schutzlos fühlte. Deshalb bin ich mit Marlen in die Provinz gezogen – genauer, nach Tula, wo wir uns bei Wiktors Verwandten versteckt haben. Von dort aus gelang es mir, die Stelle auf Tolstois Anwesen zu bekommen. Sechzehn Jahre später kehrte sich dieser Vorgang durch Stalins Tod um. Ich streckte meine Fühler aus, um nach Moskau zurückzukehren, und erhielt schließlich einen Lehrauftrag an der Staatlichen Universität (was, wie sich herausstellte, einfacher war als die Wiedererlangung einer dauerhaften Aufenthaltsgenehmigung für Moskau). Seitdem bin ich an der Universität tätig. Mein Spezialgebiet? Tolstoi-Studien mit dem Schwerpunkt Narratologie – ein trockenes und technisches Thema, aber eines, dem der Marxismus nur selten in die Quere kommt. Darüber hinaus habe ich nach mehr als einem Jahrzehnt tadellosen Dienstes zu meinem Erstaunen festgestellt, dass ich einen gewissen *blat* – Einfluss, Ansehen – erworben habe, und seit einigen Jahren darf ich international reisen, um auf akademischen Kongressen über Tolstoi zu reden. Daher der finnische Poststempel auf diesem Brief.

Viel mehr gibt es nicht zu erzählen. Natürlich habe ich nicht wieder geheiratet; ich lebe allein und glücklich in einer winzigen, aber gemütlichen Wohnung im Khamowniki-Viertel. Ich fahre mit dem Bus zur Arbeit. Ich gehe am Fluss spazieren. Wenn mir danach ist, gehe ich im GUM einkaufen, Moskaus größtem Kaufhaus. Ich gehe so oft wie möglich ins Bolschoi-Theater. Mein Einkommen reicht für Bücher. Kurzum, ich führe ein privilegiertes Leben und kann mich nicht beklagen.

Irina hat erzählt, wegen der Überwachungspflicht sei das Gespräch mit dir schwierig gewesen, zumal dein Intourist-Aufpasser unangenehme Fragen hätte stellen können, wenn er herausgefunden hätte, dass du und Irina euch von früher kennt. Das und ihre Überraschung haben sie – schon wieder! – daran gehindert, dir dafür zu danken, dass du ihrem Sohn und ihr damals das Leben gerettet hast, und sie hat mich inständig gebeten, es für sie nachzuholen. Sie ist dir zutiefst dankbar. Ihr Sohn ist heute Pilot bei Aeroflot – einmal mehr hat die Zeit eines ihrer üblichen Wunder vollbracht. Daria Grigorjewna hat leider nicht mehr erlebt, wie ihr Enkel heranwuchs, sie ist 1949 gestorben. Es wird dich nicht überraschen zu erfahren, dass sie Trinkerin war. Ihre Selbstzerstörung mitanzusehen, war herzzerreißend, denn Daria war eine gütige Seele, die viel von dem hatte, wofür es sich zu leben lohnte: nützliche Arbeit, Freunde, die über ihre Schwächen hinwegsahen, eine wunderbare Tochter und einen hinreißenden Enkelsohn, der bereits als Kind bildhübsch und klug war. Selbst nach den Ereignissen während deines Aufenthalts bei uns hatte ich noch Hoffnung, sie retten zu können, aber es ist mir nicht gelungen. Du hast mir einmal von deinem Gefühl der Hilflosigkeit erzählt, wenn einer deiner Patienten auf dem Operationstisch starb, und ich glaube, nach Darias Tod habe ich etwas Ähnliches empfunden. Ihre Mutter, das wird dich vielleicht interessieren, hat Daria um viele Jahre überlebt und wurde weit über achtzig. Agrafena Wiktorowna hieß sie – erinnerst du dich an die alte Frau? Ich muss lächeln, denn ich weiß, dass du Agrafenas Part beim Untergang deines Oberstleutnants bestimmt nicht vergessen hast.

Irina erwähnte, wie diskret du ihr deine Adresse zugesteckt hast, was darauf schließen lässt, dass du in etwa Bescheid weißt über die Zwänge, denen wir in der Sowjetunion weiterhin unterliegen. Insofern hoffe ich, dass du die komplizierte Methode billigen wirst, die ich für unseren Briefverkehr ersonnen habe. Im Vergleich zu Stalins Zeiten ist die Partei zwar geradezu vegetarisch geworden, und als jahrzehntelanges Partei-Mitglied (gewissermaßen als »Relikt«) würde man mich wahrscheinlich nicht inhaftieren, geschweige denn hinrichten, falls dieser Brief abgefangen würde. Ich würde jedoch meine Reiseprivilegien verlieren, was schade wäre, vor allem für gewisse Personen, die sich auf Blue Jeans, die Antibabypille und andere kleine Luxusgüter freuen, die ich ihnen aus dem Westen mitbringe. Ich schreibe dies nicht, um dich meinetwegen zu beunruhigen, sondern lediglich als Bitte um Diskretion.

Natürlich wäre es klüger, dir erst gar nicht zu schreiben, da ich mich unter anderem gefragt habe, ob du womöglich im Auftrag eines westlichen

Geheimdienstes agierst. Findest du das paranoid? Zu meiner Rechtfertigung möchte ich darauf hinweisen, dass solche Leute schon einmal an mich herangetreten sind, 1962 in Rom während meines ersten Auslandskongresses. Ich kann mir nicht vorstellen, was sich die Spione von mir erhofft haben, da mein Wissen über das russische Militär anderthalb Jahrhunderte alt und als Übersetzung für jedermann frei zugänglich ist. Das Angebot habe ich selbstredend abgelehnt. Natürlich wäre es auch möglich, dass du nicht für den Westen arbeitest, sondern für den KGB – in diesem Fall grüße ich euch, Genossen! Darf ich meine Wohnung bitte behalten?

Nach jahrzehntelanger Konditionierung funktioniert mein Verstand eben auf diese Weise. Ich sage meinen Freunden immer, nicht wir selbst sind gestört, sondern das Zeitalter, in dem wir leben, aber die Vernünftigen unter ihnen halten mich für leicht verrückt. Ich verstehe ihren Standpunkt. Obwohl ich normalerweise vorsichtig bin, erliege ich anscheinend etwa alle zehn Jahre dem Zwang, ein Wagnis einzugehen. Man muss nicht der gute alte Dr. Freud sein, um zu erkennen, dass diese Ausbrüche von Unvernunft auf lange Zeiträume der Repression – im doppelten Sinne des Wortes – zurückzuführen sind, aber da es den meisten meiner Freunde gelingt, sich stets vernünftig oder zumindest vorsichtig zu verhalten, stimmt mit mir offenbar etwas nicht. Und nun ist es wieder so weit, wieder fordere ich entgegen aller Vernunft das Schicksal heraus und beschließe, dir, Paul Bauer, zu vertrauen, so, wie ich es schon einmal getan habe. Der Preis dafür (das wird rührselig klingen, aber es lässt sich nicht ändern) war ein beunruhigendes Gefühl der Traurigkeit, als du damals Jasnaja Poljana verlassen hast; aber Traurigkeit, so sage ich mir immer, wenn sie mich zu überwältigen droht, ist die Währung eines reich gelebten Lebens.

Wie du vielleicht weißt, überwacht der KGB mit Ausnahme der Diplomatenpost alle Briefe, die in die Sowjetunion gelangen und sie verlassen. Mit »überwachen« meine ich »lesen«. Jedes einzelne Wort. Leider reicht mein *blat* nicht bis in diplomatische Kreise, deshalb muss ich dich bitten, deinen Antwortbrief an einen kanadischen Freund von mir zu schicken, Professor Simon Fleet, dem ich, wie ich glaube, vertrauen kann und dessen Anschrift diesem Brief beiliegt. Professor Fleet nimmt regelmäßig an denselben Kongressen teil wie ich (u. a. letztes Jahr in Jasnaja Poljana) und ist bereit, mir zu helfen, indem er mir deine Post persönlich überreicht, wenn wir uns auf unserem nächsten Kongress im März nächsten Jahres im australischen Sydney treffen werden. Ich weiß, es ist eine furchtbar lange Wartezeit, aber eine sichere Alternative gibt es leider nicht. Selbst diese Methode ist nicht ganz ungefährlich, da ich im Ausland in der Regel von »Kulturattachés« beschattet werde, die das örtliche sowjetische Konsulat oder die sowjetische Botschaft abstellt. Um es mir zu ersparen, um Briefkästen herumzuschleichen, hat sich Professor Fleet auch bereit erklärt, diesen und alle weiteren Briefe, die ich dir schreiben würde, zu versenden.

Abschließend möchte ich dich nochmals um deine Diskretion bitten. Falls du diesen Brief wegwirfst, dann verbrenne ihn bitte; falls du ihn aufbewahrst, dann bitte an einem sicheren Ort. Nochmals meine Entschuldigung, falls dir diese Vorsichtsmaßnahmen und Warnungen lächerlich erscheinen. Ich hoffe, es hält dich nicht davon ab, mir zu schreiben, denn ich bin, offen gestanden, wirklich neugierig darauf zu erfahren, was aus dir geworden ist. Bis dahin leb wohl, Paul.

Liebe Grüße
Katerina

***

Jonahstraße 28
Nürnberg
1. Februar 1968

Liebe Katerina,
wie schön, dir endlich schreiben zu können. Ich hatte gehofft, aber nicht erwartet, dir in Jasnaja Poljana zu begegnen, und mit einem lachenden und einem weinenden Auge erfuhr ich dann von Irina Petrowna von deiner lange zurückliegenden Rückkehr nach Moskau. Ich habe mich für dich gefreut und tue es weiterhin. Trotz einiger Einschränkungen scheinst du ein beneidenswertes Leben zu führen. Dass dies auf deine Hingabe an den »alten Mann«, wie du Tolstoi genannt hast, zurückzuführen ist, finde ich wunderbar. Du und Lew habt euch als hervorragende Partie erwiesen. Seine Gemahlin Sophia wird sich vor Neid im Grab umdrehen.

Ich musste darüber lachen, dass du mich in Jasnaja Poljana als Geist gesehen hast, denn genauso habe ich mich dort tatsächlich gefühlt, als ich die Auffahrt hinauf- und ins Haupthaus hineingeschwebt bin. Für die arme Irina hätte ich gut und gern ein von den Toten Auferstandener sein können, denn zwischen uns lag der

Schleier der Jahre, ganz zu schweigen vom Eisernen Vorhang, den mein Reiseleiter um mich gezogen hatte. Sein Name war Iwan, was mich aufhorchen ließ, denn »Iwan« war in der Wehrmacht unser Spitzname für sowjetische Soldaten. Zum Glück für ihn war dieser Iwan zu jung, um den Krieg miterlebt zu haben; hätte er ihn erlebt, wäre er vielleicht freundlicher zu mir gewesen, denn ich habe festgestellt, dass alte Soldaten ehemaligen Feinden in der Regel wohlwollend gesonnen sind, und zwar umso wohlwollender, je erbitterter sie einander einst umbringen wollten. Mein Iwan wusste, dass ich in der Wehrmacht Chirurg gewesen war (so hatte ich es in meinem Visumsantrag angegeben), und vielleicht hielt er es deshalb für seine vaterländische Pflicht, mir meinen Aufenthalt so unangenehm wie möglich zu machen. Und wer wollte es ihm verübeln? Er hatte bei Kursk einen Onkel verloren. Natürlich erzählte ich ihm nicht, dass ich in Jasnaja Poljana stationiert gewesen war, aber es ist gut möglich, dass er es aus meinem Auftreten dort schloss, da es nicht dem eines gewöhnlichen Touristen entsprach.

Ja, ich muss dir mein Kompliment aussprechen – ich fand das Anwesen tatsächlich im Wesentlichen unverändert vor, wobei es mit dem Mobiliar in den Gebäuden natürlich wohnlicher wirkte als während unserer Besatzung. Und anders als im Winter 1941 war die Gegend natürlich unbeschreiblich grün. Ich erlebte meinen Besuch als Aneinanderreihung von Momenten, in denen ich das Fremde im Vertrauten und das Vertraute im Fremden erkannte.

Warum ich dorthin zurückgekehrt bin, fragst du? Nun, zunächst einmal möchte ich dir versichern, dass ich für keinen Geheimdienst arbeite, weder für einen westlichen noch für einen anderen, obwohl ich deine Bedenken natürlich verstehe. Nein, meine Gründe waren rein persönlicher Natur. Wie du richtigerweise andeutest, dachte ich natürlich an die Männer meines Bataillons, die dort oder in der Nähe ihr Leben gelassen haben. Aber am Ende des Krieges hatte ich so viele Kameraden auf russischen Feldern, in Scheunen, Wäldern und Sümpfen verloren, dass ich sie gar nicht alle aufzählen kann, und so war es mehr als nur dieses Gedenken. Du bittest mich, offen zu schreiben, und das werde ich tun. Der Hauptgrund für meine Rückkehr nach Jasnaja Poljana warst du, meine Hoffnung, dich dort wiederzusehen. In deinem Brief schreibst du, dass du oft an die Zeit unserer Begegnung 1941 zurückgedacht hast und es weiterhin tust, und das freut mich ungemein, denn mir geht es ganz genauso, in letzter Zeit immer mehr. Rückblickend betrachte ich diese sechs Wochen sogar als einen Wendepunkt meines Lebens, denn obgleich sich danach Dinge ereigneten, die mein Schicksal drastischer beeinflusst haben, habe ich in Jasnaja Poljana die Vergangenheit losgelassen und mich der Zukunft zugewandt, von der Trauer um meine Frau hin zu der Vorstellung von einem gemeinsamen Leben mit dir. Nicht, dass ich naiv gewesen wäre; ich war Anfang vierzig, keine zwanzig, und wusste um die Hindernisse, die uns im Weg standen. Doch die Lektüre von *Krieg und Frieden* hatte mich nicht nur daran erinnert, dass die Liebe nicht immer obsiegt, sondern dass dies womöglich auch besser so ist – dass eine unerfüllte Liebe stärker und beständiger sein kann als eine normale Liebesbeziehung, die sich, wie du einmal betont hast, meistens doch nur in einen Zustand chronischen Gezänks verwandelt, so wie bei Lew

Nikolajewitsch und seiner Sophia. Auch hatte *Krieg und Frieden* auf mich die Wirkung, dass es meinen Glauben daran wiederherstellte, in der Welt Gutes tun zu wollen; denn wenn wir, wie Tolstoi behauptete, alle nur Spielfiguren in einem riesigen weltgeschichtlichen Drama sind, einschließlich derjenigen, die glauben, das Sagen zu haben, dann sind folglich die Taten eines jeden Einzelnen zumindest potenziell bedeutend, und ein unbedeutender Mensch kann den Lauf der Dinge genauso sehr beeinflussen wie jeder General, Kaiser und Zar. Als ich zum Mörder wurde, musste ich dann die vollen Implikationen davon akzeptieren: dass der junge Mann, dessen Leben ich ausgelöscht hatte (und das seiner ungeborenen potenziellen Nachkommen), möglicherweise – ich weiß es nicht – große Symphonien geschrieben, ein Heilmittel gegen Krebs gefunden oder auf irgendeine subtilere Weise die Welt zu einem besseren Ort gemacht hätte. Aber selbst dann noch fand ich Trost in dem Gedanken, weder gut noch schlecht zu sein, sondern einfach nur ein Mensch, ein Atom in den Klauen eines sich häutenden Tieres.

Dieser letzte Satz belegt zweifellos, wie klug es von mir war, keine Schriftstellerkarriere angestrebt zu haben. Für dich, Katerina, gibt es keine solche Ausflucht. Ist es zu spät für dich, um zum Schreiben zurückzukehren? Ich erinnere mich an eine unserer Unterhaltungen in Jasnaja Poljana, bei der du dich als Schriftstellerin in unvorteilhafter Weise mit Tolstoi verglichen hast. Irgendwann bin ich auf ein Zitat von Isaac Newton gestoßen, das er, wie ich glaube, selbst irgendwo entlehnt hat und in dem er anführt, dass er in größere Fernen zu schauen vermag, wenn er sich auf die Schultern eines Riesen stellt; und mir scheint, dass auch moderne Schriftsteller danach streben könnten, in größere Fernen zu schauen als Tolstoi, indem sie auf seine Schultern steigen. Wenn ich mich hierin irre, korrigiere mich. Wenn nicht, kannst du mir einen Entwurf deines nächsten Romans schicken – oder auch Exemplare deiner beiden früheren Romane, denn es wird dich freuen zu hören, dass ich inzwischen sogar sehr komplexes Russisch lesen kann. Ich bin ziemlich stolz auf diese Fähigkeit, eine kleine Kompensation für den Verlust von drei Fingern und sechs Lebensjahren. In letzter Zeit nutze ich sie überwiegend dazu, mir russische Romane noch einmal im Original zu Gemüte zu führen, die ich in jungen Jahren in einer Übersetzung gelesen habe.

Du fragst, wie ich den weiteren Kriegsverlauf erlebt habe? Nach dem Rückzug aus Tula und der Aufgabe von Jasnaja Poljana sammelte sich die 3. Panzerdivision in der Nähe von Chern, wobei das Verb »sammeln« in keiner Weise das Chaos, die Panik und die Verzweiflung unserer Flucht wiedergibt, insbesondere in der Anfangsphase. Was später in Stalingrad geschah, ist so bekannt, dass man darüber zumeist die Katastrophe vergisst, welche die unsrigen im Winter 1941 erlebt haben, als wir Hunderttausende von Männern und dadurch letztlich auch, wie ich denke, den Krieg verloren haben. Als die 3. Panzerdivision im darauffolgenden Frühjahr wieder in die Offensive ging – unter Umgehung von Jasnaja Poljana und der harten Nuss Tula –, geschah dies ohne das Gefühl der Unbesiegbarkeit, das uns bei den vorherigen Feldzügen ausgezeichnet hatte; und selbst nach der anschließenden Einnahme von Woronesch war Angst das vorherrschende Gefühl in der Division, eine Angst, die sich selbstredend als begründet erwies. Von 1943 an erlebte ich den Krieg als eine einzige Abfolge von Rückzügen, einer katastrophaler als der andere, bis im Oktober 1944 in der Nähe von Lemberg eine sowjetische Panzerbrigade das Zeltlazarett überrollte, in dem wir unsere Arbeit verrichteten. Ich wünschte, dir berichten zu können, dass ich an dem Tag bei meinen Patienten geblieben bin, aber diejenigen, die das taten, wurden ausnahmslos getötet, einschließlich ihrer Patienten. Ich kann nicht einmal behaupten, eine bewusste Entscheidung getroffen zu haben, denn die Wahrheit ist, dass ich einfach weggerannt bin wie ein gejagtes Tier, ein Bild, das treffend beschreibt, was aus mir geworden war: ein glotzäugiges, keuchendes, schwitzendes Menschentier.

Und auf diese Weise habe ich mich gerettet. In den nächsten Tagen haben ich und eine Handvoll anderer versucht, zu unseren Leuten zurückzufinden, nachts haben wir uns ums Feuer geschart wie neolithische Überlebende eines abgeschlachteten Stammes, bis wir am 12. November 1944 in russische Gefangenschaft gerieten und nach Lemberg gebracht wurden. Jahre später erfuhr ich, dass die SS 1943 die Juden von Lemberg zusammengetrieben und nach Auschwitz und Treblinka in den Tod geschickt hatte. Was dann mit uns geschah, war also in gewisser Weise eine Art ausgleichende Gerechtigkeit: unser etappenweiser Transport von Lemberg an einen Ort, den ich als Gulag Hozzi kennenlernte, in der Nähe von Borowitschi, etwa auf halbem Weg zwischen Leningrad und Moskau – das erste von mehreren Kriegsgefangenenlagern, in denen ich bis Mai 1950 interniert war.

Der Gulag Hozzi war ein hartes Pflaster, so wie alle Lager. Wir stachen Torf, holten Baumstämme aus der Msta, und wenn der Fluss zugefroren war, verarbeiteten wir die rausgeholten Stämme in der örtlichen Papierfabrik. Viele von uns starben. Im ersten Jahr erkrankte ich an Typhus und wäre beinahe selbst gestorben, und während meiner Zeit im Gulag Hozzi verlor ich meine Finger – nicht durch Erfrierungen, sondern bei einem Unfall am Fluss, als meine Hand zwischen zwei Baumstämme geriet und zerquetscht wurde. Wie Irina richtigerweise bemerkte, war es meine rechte Hand, und seither habe ich nie wieder ein Skalpell gehalten.

Zu Anfang war ich verzweifelt, allerdings nicht lange, denn meine medizinischen Fähigkeiten waren im Gulag höchst gefragt. Tatsächlich war ich mehr Kräuterdoktor als Arzt und verabreichte Medikamente wie Holzkohle, Flechten, Kümmel, Schafgarbe; bei alledem unterstützte mich einer meiner Offizierskollegen, an den du dich vielleicht erinnerst: Fabian Drexel, unser Apotheker. In Jasnaja Poljana hatte ich Drexel nicht gemocht, und obwohl ich nicht behaupten kann, dass wir im Gulag Hozzi Freunde wurden, so sah ich ihn doch in einem neuen Licht. Da er jünger war als ich, war Drexel der Nazi-Propaganda schon früher im Leben ausgesetzt gewesen und erlebte so die deutsche Niederlage als eine tiefe persönliche (ja, metaphysische) Krise, deren Überwindung nichts Geringeres als eine Reformation der Seele erforderte. In seinem Fall geschah dies in Form seiner Bekehrung zum Christentum, einer Glaubensrichtung, die er zuvor wegen ihres (wenn auch fiktiven) Pazifismus und wahrscheinlich auch wegen ihrer Verbindung zum Judentum verschmäht hatte. Im

Gulag wurde er zu einem lautstarken Anti-Nazi und ließ sich sogar von einem ehemaligen SS-Mann die Nase brechen, der noch im Besitz eines Eisernen Kreuzes war, das ihm Heinrich Himmler persönlich überreicht hatte. Drexel träumte davon, nach Deutschland zurückzukehren und Pfarrer zu werden, aber nach dem Gulag Hozzi wurden wir auf unterschiedliche Lager verteilt, und ich habe nie wieder von ihm gehört.

Ich muss bekunden, dass Stalin in zweierlei Hinsicht zu meinem Wohlergehen beigetragen hat: erstens, indem er mich dazu brachte, das Rauchen aufzugeben, da Zigaretten im Gulag ein Zahlungsmittel waren, das zu verbrennen mir widersinnig erschien; und zweitens, indem er mich von meiner Schlaflosigkeit heilte, die – sozusagen über Nacht – zum Zeitpunkt meiner Gefangennahme verschwand; eine Entwicklung, die, so wage ich zu behaupten, dein »guter alter Dr. Freud« erklären könnte.

Der letzte Punkt, den ich bezüglich meiner Gefangenschaft erwähnen möchte, ist der Umstand, dass du mir geholfen hast, sie zu überstehen. Und dies hatte nichts mit der romantischen Illusion zu tun, dass ich dir als freier Mann irgendwann in die Arme laufen würde, sondern vielmehr mit meiner damaligen Lektüre von *Krieg und Frieden*. Das Exemplar, das du mir überlassen hattest, hatte ich bei meinem letzten Fronturlaub wohlweislich in Nürnberg gelassen, aber in den Lagern begann ich eine Art Kopfprojekt, bei dem es darum ging, mich an so viel wie möglich aus dem Roman zu erinnern. Wie sich herausstellte, war es überraschend viel; zweifellos lag dies an der Intensität, mit der ich das Buch in Jasnaja Poljana gelesen hatte (mit dem zusätzlichen Vorteil, dass mich die Ereignisse im Roman an die Begegnungen mit dir erinnert haben). Vor allem dachte ich oft an Pierres Leidensweg als Gefangener während Napoleons Rückzug aus Moskau; immer, wenn ich an irgendeinem ekelhaften Happen knabberte, der im Gulag als Leckerbissen galt – das Bein einer Biberratte zum Beispiel –, dachte ich an Pierre, der, während er mit Schießpulver gewürztes Pferdefleisch verschlingt, darüber sinniert, wie sehr Entbehrungen doch den Genuss steigern. Darin fand ich Trost; ich war die Art Mann, die wusste, welche Art von Ratte er aß, und der darüber hinaus in der Lage war, darüber zu philosophieren.

In den Lagern lernte ich, fließend Russisch zu sprechen, wenngleich es ein ziemlicher Straßenjargon war, und im Gulag Gagri in der Nähe von Gagrilowo, meinem letzten Lager, überredete ich den Kommandanten, mich *Das Kapital* auf Russisch lesen zu lassen. Wer weiß, vielleicht hat es ja meine Freilassung beschleunigt, obwohl ich es nicht so geplant hatte und es auch anders hätte kommen können, da bis 1955 Kriegsgefangene sehr willkürlich in die Freiheit entlassen wurden. Ich hatte Glück.

Am 23. Mai 1950 verließ ich mit etwa hundert anderen Männern den Gulag Gagri und wurde auf eine mehrtägige Zugreise nach Leipzig geschickt, wo diejenigen, die in der neu gegründeten DDR wohnten, aussteigen durften (und wo die Wachen übrigens das Eiserne Kreuz des SS-Mannes entdeckten, der Fabian Drexel geschlagen hatte, und ihn direkt wieder ins Lager zurückschickten). Von Leipzig aus fuhr der Zug dann weiter nach Fulda in Westdeutschland, wo die Behörden uns mit Essen und Kaffee versorgten. Dort dämmerte uns allmählich, dass wir nicht nur von einem Land ins andere gereist waren, sondern auch durch die Zeit, und dass es tausend kleine und große Veränderungen gab, die uns in unserem Geburtsland zu Fremden machten. Wir reihten uns auf und nahmen Anweisungen entgegen wie ehrfürchtige kleine Jungs, und obwohl wir dankbar waren, dass wir Essen bekamen, wurde schnell klar, dass man sich größte Mühe gab, uns von den anderen Reisenden fernzuhalten, denn unsere zerlumpte Gruppe war eine Peinlichkeit, eine störende Erinnerung an den Krieg. Als man uns in einen Personenzug nach Frankfurt umsetzte, bestand der Bahnhofsvorsteher darauf, alle »Heimkehrer«, wie er uns nannte, in den letzten Waggon zu setzen, obwohl der Zug halb leer war und es keine Platzkarten gab.

An diesem Punkt vollzog ich, wie mir später klar wurde, meine erste offen politische Handlung, indem ich einen Teil der Männer in die vorderen Waggons führte, wo wir nach Lust und Laune unsere Plätze wählten. Es brachte uns eine Menge Gezeter seitens des Schaffners ein, aber da ich – abgesehen von einigen kurzen Fronturlauben während des Krieges – über zehn Jahre außer Landes gewesen war, hatte ich gewisse Gehorsamsmechanismen abgelegt, und als wir uns weigerten, nachzugeben, musste der Schaffner einlenken.

Mir ist klar, dass dies bereits ein langer Brief ist, deshalb wird es dich freuen zu erfahren, dass die achtzehn Jahre nach 1950 weniger ereignisreich waren als die vorangegangenen neun. Ja, ich bin nach Nürnberg zurückgekehrt, und obgleich ich wegen meiner versehrten Hand nicht mehr als Chirurg praktizieren kann, ist es mir damals gelungen, als Krankenhausarzt in die Medizin zurückzukehren. Die Aufgabe war mit viel Verwaltungsarbeit verbunden, und ich erkannte schnell, dass die einzige Möglichkeit, ineffiziente oder überholte Praktiken zu reformieren, darin bestand, mich in der Politik zu engagieren. Dies führte wiederum zu einer Einladung der Sozialdemokratischen Partei, bei den Kommunalwahlen zu kandidieren, und 1954 wurde ich Stadtrat in Nürnberg. Vier Jahre später wurde ich zum Bürgermeister gewählt und bekleidete dieses Amt, bis ich mich vor zwei Jahren zum Rücktritt entschied, um Platz für meinen Stellvertreter zu machen.

Du fragst mich nach Kindern, und die Antwort lautet: Nein, ich habe keine. Bei meiner Rückkehr nach Deutschland war ich neunundvierzig, sah aber viel älter aus und fühlte mich oft auch so, und keine Frau im gebärfähigen Alter zeigte Interesse an mir. Vielleicht hätte ich mir mehr Mühe geben (oder eine Frau in meinem Alter heiraten) sollen, aber ich war beruflich voll ausgelastet, denn neben meiner politischen Tätigkeit arbeitete ich weiterhin im Krankenhaus, wenn auch in Teilzeit. Natürlich wünsche ich mir jetzt, wo ich mich sowohl aus der Medizin als auch aus der Politik zurückgezogen habe, gelegentlich eine eigene Familie, aber in solchen Momenten rufe ich mir ins Gedächtnis, dass der Krieg so viele Millionen Menschen das Leben gekostet hat, während ich nur ein paar Jahre und einige Finger verloren habe.

Da ich einige der »Zwänge« des sowjetischen Systems am eigenen Leib erfahren habe, verstehe ich deine Vorsicht hinsichtlich unseres Briefverkehrs. Doch die Aussicht, derart lange auf eine Antwort von dir warten zu müssen, ist, wie ich gestehen muss, bedrückend. Bist du dir sicher, dass wir uns nicht offen schreiben können? Was ist mit deinem *blat*? Durch eine kurze Recherche in der Nürnberger Stadtbibliothek habe ich in Erfahrung gebracht, dass du dir als Wissenschaftlerin einen beachtlichen internationalen Ruf erworben hast – kann dir das nicht eine Art Immunität gewähren? Können wir, wenn du im Ausland bist, nicht miteinander telefonieren oder uns sogar treffen? Ich habe erwogen, nach Australien zu fliegen, in der Hoffnung, dich dort zu treffen, aber da wir uns nicht absprechen können, habe ich die Idee schweren Herzens verworfen. Weißt du schon, wann und wo dein nächster Kongress stattfindet? Weiter weg als in Australien kann es ja nicht sein!

Eine letzte Frage: Wie geht es deinem Sohn, Marlen? Du erwähnst ihn nicht in deinem Brief, und diese Auslassung beunruhigt mich, da ich sehr wohl weiß, welche schrecklichen Verluste die Rote Armee im Krieg erlitten hat. Vielleicht sind die »gewissen Personen«, denen du Geschenke aus dem Westen mitbringst, ja Familienangehörige von ihm, ein Hinweis darauf, dass er den Krieg überlebt hat? Ich hoffe es. Bitte schreib mir, dass Marlen wohlauf ist. Du kannst mir, genau genommen, alles schreiben – wenn du möchtest, auch mehr über Wiktor. Damals in Jasnaja Poljana hatte die nationale Loyalität einen Keil zwischen uns getrieben, aber da wir beide sowohl unter dem Nazismus als auch dem Stalinismus gelitten haben, denke ich, dass wir heute vieles gemeinsam haben. Halte also nichts zurück. Wie du sehne auch ich mich nach Offenheit und Wahrheit (von der junge Leute anzunehmen scheinen, ich könne nicht mit ihr umgehen – die bei

Weitem schlimmste Demütigung, die man alten Leuten zufügt).

In aufrichtiger Ehrerbietung
Dein Paul

P.S. Schicke mir bitte deine beiden Romane. Das meine ich ernst. Enttäusche mich nicht!

P.P.S. Kannst du dir ganz sicher sein, dass dein Professor Fleet vertrauenswürdig ist? Das hoffe ich natürlich, da er unsere einzige Kommunikationsmöglichkeit darstellt, aber um deinetwillen halte ich es für geboten, dich noch einmal darauf anzusprechen.

13

Zwei Tage später, am Donnerstag, den 20. November, verließen Bauer und seine Männer in zwei Lastwagen Jasnaja Poljana, er und Demchak im vorderen Fahrzeug, Winkel und Pflieger dahinter. Bauers Stimmung war ähnlich düster wie seine Augenpartie nach Katerinas Kopfstoß.

Für die längste Arbeitsschicht seines Lebens hatte er kein Sonderlob erwartet, aber dass man ihn zum Dank an die Front schickte, hatte er nicht erwartet. Selbst unter Berücksichtigung der alltäglichen Willkür im Militärleben ergab ihre Versetzung wenig Sinn. Es habe operative Gründe, hatte Metz geantwortet, als Bauer um eine Erklärung gebeten hatte. Es sei an der Zeit, das Bataillon zu »revitalisieren«. Was immer der wahre Grund war, Bauer taten seine Männer leid. Aus seinem Operationsteam war nur Hirsch verschont geblieben, der als einziger Zahnarzt der Einheit im Krankenhaus bleiben musste.

Insgeheim fragte er sich, ob Metz ihn bestrafte, und wenn ja, wofür? Schließlich war Molineux derjenige, der gegen die Rassengesetze verstoßen hatte, ganz zu schweigen von dem, was er mit Daria Grigorjewna angestellt hatte. Aber Molineux war Metz' Anästhesist, außerdem hatte er mit seinem schelmischen Charme ein Händchen dafür, eine strafbare Handlung wie einen Fehltritt wirken zu lassen und einen Fehltritt wie eine Charakterschwäche. Dass er Molineux dennoch mochte, war vermutlich eine persönliche Schwäche von ihm, überlegte Bauer. Wäre er ein besserer Mensch, hätte er wohl Hans

Zöllners Gesellschaft vorgezogen; aber Zöllners gütige Art war ausgesprochen langweilig, sein Charakter ein weiß getünchter Raum im Vergleich zu Molineux' fragwürdigem damasziertem Wesen, dessen dunkle Seiten man am besten ignorierte, der ansonsten aber ein viel interessanterer, überaus facettenreicher Mensch war.

So bald würde er allerdings weder mit dem einen noch mit dem anderen zu tun haben, dachte er, während er durch die Windschutzscheibe auf die verschneite Ebene blickte. Oder mit Katerina, die er wahrscheinlich nie mehr wiedersehen würde und die ihn nun ohnehin verachtete. Die Stelle am Auge, wo sie ihn getroffen hatte, pochte immer noch, eine schmerzhafte Erinnerung daran, wie sie auseinandergegangen waren. Besser nicht zurückschauen, sagte er sich. Dies war ein Bewegungskrieg, und er tat gut daran, sich auf das zu konzentrieren, was vor ihm lag.

Es war ein klarer Nachmittag, zumindest für sowjetische Verhältnisse während dieser Jahreszeit, der Himmel enteneiblau, weiße Nebelschwaden über weiten schneebedeckten Feldern, ferne Kiefernhaine, die aussahen wie napoleonische Soldatenformationen. Die Temperatur betrug minus achtzehn Grad. Seit der Frost eingesetzt hatte, fragte er sich, wie man bei diesen Wetterverhältnissen kämpfen konnte, und die Vorstellung, sich nun selbst an die Front zu begeben, führte ihm den ganzen Wahnsinn vor Augen. *Kämpfen?* Was war mit Essen, Kacken, Schlafen? Wie war es möglich, dass Männer kämpfen konnten bei Temperaturen, die die grundlegenden Verrichtungen des Lebens zwar nicht unmöglich machten, sie aber ungeheuer erschwerten? Die Aussicht, den Krieg zu gewinnen und in die Heimat zurückzukehren, hätte dabei vielleicht geholfen, doch die jüngste Offensive gegen Tula war offenbar gescheitert, und Bauers Enttäuschung darüber verriet ihm, dass er längst genauso süchtig nach dem stimulierenden Gefühl des Sieges geworden war wie alle anderen auch. Er schaute zu Demchak hinüber und fragte sich, wie der Hiwi die neue Lage beurteilte, aber aus den stoischen Zügen des jungen Ukrainers ließ sich wie immer nichts ablesen, nicht die leiseste Gefühlsregung. Bedauerte er es, sein Schicksal mit dem der Wehrmacht verknüpft zu haben? Ihn direkt darauf anzusprechen, kam nicht infrage, aber sie waren nur selten allein miteinander, und so nutzte Bauer die Gelegenheit und fragte ihn, weshalb er sich ihnen eigentlich angeschlossen hatte. Im Gesicht des Ukrainers zeigte sich keine Regung. »Um die Roten zu vernichten.«

»Aha. Und mit welchem Ziel? Für eine unabhängige Ukraine?«

»Ich will die Roten einfach nur vernichten, verstehen Sie, Hauptmann? Vom Angesicht der Erde tilgen.«

»Sie hassen sie also.«

»Natürlich. Sie nicht?«

Die Frage klang unbedarft, ohne Hintersinn, und doch zögerte Bauer, unsicher, ob hier seine Loyalität auf die Probe gestellt wurde. »So, wie Sie klingen, hasse ich die Roten zumindest nicht ganz so sehr wie Sie.«

»Stalin hat die Ukraine verhungern lassen«, sagte Demchak. »1933 war das. Meine Mutter starb, mein jüngerer Bruder auch. Ich war vierzehn. Ich habe meinen Gürtel gekocht und aufgegessen. Nicht alles auf einmal, jeden Tag ein bisschen. Ich aß langsam. Nur damit Sie sich eine Vorstellung machen können.«

Als Witwer tat Bauer sich manchmal selbst leid, und doch begegnete er immer wieder Leuten, denen das Leben viel schlimmer mitgespielt hatte. »Das kann ich, glaube ich, nicht.«

»Die Hungersnot hat Millionen Menschen getötet«, sagte Demchak. »Millionen. Stalin wollte uns ausrotten, um Platz zu schaffen für russische Siedler.«

»Sie glauben, es war politische Absicht, kein politisches Versagen?«

»Es war so gewollt. Die Bolschewiken haben unser Land geraubt, unsere Ernten. Haben Getreidequoten eingeführt, von denen sie wussten, dass wir sie nicht erfüllen konnten. Es gab sogar ein Gesetz gegen die Nachlese. Deshalb hasse ich die Bolschewiken, ihr politisches System, ihre Anführer, ihre Sprache. Wissen Sie, woran man erkennt, ob man frei oder unfrei ist?«

»Sagen Sie es mir.«

»Wenn man unfrei ist, kann man seine Waren nicht zum Markt bringen. Kann keinen Preis aushandeln. Zumindest nicht in der Öffentlichkeit.«

Bauer dachte darüber nach, dann entgegnete er: »Das scheint mir richtig zu sein. Aber ist es nicht unvollständig? Mir fallen noch andere Merkmale ein.«

»Das ist aber das Wesentliche. Wenn man nichts kaufen oder verkaufen kann, ist man nicht mehr als ein Sklave.«

Bauer fiel ein, dass der Warenhandel im Nationalsozialismus weitgehend in Ruhe gelassen worden war, außer im Fall der Juden. Dies war für Demchak wahrscheinlich sogar ein Teil des Reizes, den der Nazismus auf ihn ausübte.

»Darf ich Klartext reden, Hauptmann?«

»Ich würde sagen, das tun Sie bereits.«

»Wir erleiden schwere Verluste. Glauben Sie, die Armeeführung würde uns gegen den Iwan kämpfen lassen – uns Hiwis, meine ich? Uns ausbilden und unter Waffen stellen?«

»Darüber habe ich bisher nicht nachgedacht«, sagte Bauer.

»Bei den hohen Verlusten kann es doch nicht mehr lange dauern, bis man jemanden wie mich, der die Roten wirklich hasst, an die Front lässt.«

»Dorthin fahren wir gerade.«

»Hauptmann, ich möchte Ihnen und dem Bataillon gegenüber nicht undankbar erscheinen. Aber ich habe mich gemel det, um gegen die Bolschewiken zu kämpfen, um ihnen wehzutun, nicht um die Verwundungen zu flicken, die sie uns zufügen.«

»Es würde mir leidtun, Sie zu verlieren.«

»Sie würden mich nicht gehen lassen?«

»Das müsste ich mit Metz besprechen.«

»Die Aufgaben sind nicht schwer«, sagte Demchak. »Es gibt andere, die das auch können.«

»Wahrscheinlich. Aber unterschätzen Sie sich nicht. Sie sind intelligenter als die meisten anderen.«

»Ein Grund mehr, am Kampf teilzunehmen.«

Bauer schaute ihn an, blickte auf das sonderbar arische Gesicht, die vernarbte Oberlippe. Sein Kampfgeist war in mancher Hinsicht lobenswert. Genau genommen unterschied er sich nicht sehr von dem Katerinas, und es ergab keinen Sinn, *ihren* Kampfgeist zu bewundern und *seinen* zu monieren. Beide glaubten sie an ihre Sache, und zwar mit einer Inbrunst, die Bauer selbst nie entwickelt hatte.

Die Straße vor ihnen fiel sanft ab und mündete in einen Fahrdamm, der etwa zweihundert Meter über einen zugefrorenen See führte. Das Eis war windgepeitscht, schimmerte bläulich. Auf beiden Seiten verschneites Marschland. Der Fahrdamm war schmal, nicht viel breiter als ein Lastwagen, und aus der entgegengesetzten Richtung näherte sich eine Truppenkolonne – sowjetische Kriegsgefangene, wie Bauer sah, ein langer brauner, aus Menschen bestehender Tausendfüßler, eskortiert von Wachen auf Motorrädern. Demchak fuhr an den Straßenrand, wo ein ausgebrannter Panzer stand, hinter ihnen tat Winkel das Gleiche. Nachdem beide den Motor abgestellt hatten, schien die nachfolgende Stille allumfassend zu sein, noch intensiviert durch das ferne Brummen der Motorräder. Schnee lag auf dem Marschland, den Feldern, den Abhängen und auf dem Panzerwrack, bandagierte seine

Verbrennungen. Auch auf dem Geschützturm lag Schnee, ebenso auf dem zur Seite geschwenkten Kanonenrohr. »Wahrscheinlich haben wir Angehörige der Besatzung verarztet«, sagte Bauer.

»Wahrscheinlich«, erwiderte Demchak.

Auf der Kanonenrohrmündung hockte eine einsame Krähe, ein Avatar der Schwärze in all dem Weiß. Sie krächzte, und Demchak griff nach der Türklinke. »Habe ich Ihre Erlaubnis auszusteigen, Herr Hauptmann?«

»Erlaubnis erteilt. Aber schließen Sie die Tür wieder.«

Demchak stieg aus – um zu urinieren, wie Bauer glaubte, doch im Rückspiegel auf der Fahrerseite sah er, wie der Ukrainer auf dem Absatz herumfuhr und dreimal über seine Schulter ausspuckte. »Das tut er nur deinetwegen«, sagte Bauer in Richtung der Krähe, die ihn durch die Scheibe nicht gehört haben konnte, aber nichtsdestotrotz den Kopf neigte. Vielleicht konnte sie Lippenlesen.

Demchak stieg wieder ein, und Bauer bot ihm eine Zigarette an. Sie rauchten. Am Ende des Damms trafen vier vorausgefahrene Motorradfahrer ein. Zwei von ihnen scherten zu den Seiten aus und hielten an, die beiden anderen brausten die Straße hinauf. Die beiden Fahrer, die angehalten hatten, trugen zum Teil sowjetische Kleidungsstücke: der eine Stiefel und Handschuhe, der andere eine Uschanka, Maßnahmen, die den Wärmevorteil über die Gefahr stellten, versehentlich von den eigenen Leuten erschossen zu werden.

Die Fahrerkabine füllte sich mit Zigarettenrauch, sodass Bauers Augen zu brennen begannen, aber das war allemal besser, als das Fenster herunterzukurbeln und sich von der Kälte quälen zu lassen. Wie sehr er Zigaretten eigentlich verabscheute – den Gestank, den Husten, die verfärbten Finger – und doch, Herrgott noch mal, liebte er die seidene Wirkung des Nikotins. Auf keinen Fall durfte er in Gefangenschaft ge raten, überlegte er, so wie diese armen Teufel auf dem Damm, die zweifellos ohne Nikotin auskommen mussten.

Die Kolonne war etwa fünf oder sechs Mann breit, man erkannte nun die Gesichter der vordersten Männer. Einige sahen wütend aus, andere resigniert oder gleichgültig. Es war keine Gruppe von Leuten, sondern eine wankende Masse, jeder Einzelne nun auf sich selbst zurückgeworfen, um sein Überleben zu sichern. Demchak deutete auf eine Gruppe mit asiatischen Gesichtszügen. »Verdammte Tataren«, sagte er. »Verzeihen Sie meine Ausdrucksweise, Herr Hauptmann, aber ich kann diese Schlitzaugen nicht leiden. Die Roten haben Millionen von denen – ein endloser Nachschub.«

Bauer hatte Gerüchte über sogenannte »sibirische« Truppen gehört, die aus dem Osten kämen: gut bewaffnet, der Kälte angemessen bekleidet und besser organisiert, als es die sowjetischen Soldaten in der Anfangsphase der Invasion gewesen waren. Die von Demchak geschmähten Männer sahen genauso erbärmlich aus wie ihre Kameraden, aber Bauer verstand, was er mit »endlosem Nachschub« meinte. Als Individuen sahen die Gefangenen erledigt und demoralisiert aus, aber während sie vom Fahrdamm herunterkamen und am Lastwagen vorbeitrotteten, boten sie durch ihre schiere Zahl einen beeindruckenden, fast schon Furcht einflößenden Anblick. Ja, ihre Gefangennahme stellte einen Triumph für die Wehrmacht dar, doch der andauernde Widerstand in Tula untermauerte Demchaks Behauptung, dass die Sowjetunion über einen nahezu unbegrenzten Nachschub an kampfbereiten Männern verfügte. Bauer fiel Katerinas Verhöhnung an dem Tag ein, an dem sie ihn und Metz und die anderen auf dem Anwesen herumgeführt hatte: dass ein Berg aus russischen Mützen genügen würde, um den deutschen Vormarsch aufzuhalten. Sicher, das war übertrieben, aber könnten sich der gleichen Logik zufolge die Rotarmisten ihren Weg zum

Sieg bahnen, indem sie sich in so großer Zahl ergaben, dass der Wehrmacht die Männer ausgehen würden, um die Gefangenen in Schach zu halten? Und wie sollte man sie ernähren? Konnte sich eine Armee ergeben und dadurch den Sieg erringen? Bauer lächelte bei der Vorstellung – das war etwas für Molineux –, dann wurde er wieder nachdenklich, als er einen verwundeten Gefangenen vorbeihumpeln sah, der sich mithilfe eines Stocks auf den Beinen hielt. Gab es unter ihnen Sanitäter oder Ärzte? Er hoffte es. In der Tat war Hoffen alles, was er tun konnte. Hoffnung als Flucht. Als Gleichgültigkeit. Hoffnung als Feigheit.

***

Das Dorf Malewka, oder das, was davon übrig war – die Sowjets hatten es bei ihrem Rückzug niedergebrannt –, lag auf einer Anhöhe einige Hundert Meter vor der Frontlinie, in Reichweite der feindlichen Artillerie, aber sicher vor dem Beschuss durch kleinere Waffen. Rechts davon befand sich ein Kiefernwald, in den man sie hineinschickte, als Bauer an einem Wachposten nach dem Weg zum Verbandsplatz fragte. Die unbefestigte Straße war holprig, aber befahrbar, auf beiden Seiten gesäumt von Schneeverwehungen und Bäumen, die dichte Kronendächer besaßen, aber weiter unten kaum Äste trugen und so den Wald zu einer schummrigen Kathedrale voller Holzsäulen machten. Hier und dort hatte ein Granateneinschlag eine Schneise in den Wald geschlagen, doch im Vergleich zu anderen Schlachtfeldern, die sie durchquert hatten, waren die Schäden eher gering; Tulas Verteidiger und dessen Einwohner waren bei dem nun schon seit einem Monat andauernden Artillerieduell zweifellos schlechter weggekommen. Zwischen den Bäumen konnte Bauer aus Baumstämmen errichtete Kommandoposten, Baracken und das

Divisionslager ausmachen, alle weitläufig verteilt, um direkte Einschläge zu vermeiden.

Der Verbandsplatz befand sich im offenbar einzigen noch erhaltenen ursprünglichen Gebäude im Wald, einer Holzscheune, die neben der verkohlten Ruine eines Bauernhauses stand. Demchak und Winkel parkten die Lastwagen, und alle vier Männer stiegen aus. Bauer nahm die Scheune in Augenschein. An der Fassade türmte sich hüfthoch der Schnee und an der geschützten Seite gab es Brandspuren eines fehlgeschlagenen Anzündversuchs. Über dem zweigeteilten Holztor, das groß genug für einen Traktor oder ein Auto war, hing eine Rotkreuzflagge. Im rechten Torflügel befand sich eine mannshohe Luke.

»Nicht ganz unser gewohnter Standard«, sagte Bauer.

»Wir hatten schon Schlimmeres«, leierte Winkel, der Trübsal blies, nachdem seine Daria mit Molineux im Bett gelandet war. Am Morgen hatte Bauer ihn aufzurichten versucht, doch es war beim Versuch geblieben. Allerdings war die Wunde noch frisch, überlegte er; vermutlich würde die Zeit sie heilen.

In der Scheune war es düster, und dieser Eindruck wurde noch verstärkt durch das spärliche Tageslicht, das durch die Ritzen in den Holzwänden fiel. Mit einem Knall schwang die Türluke hinter ihnen zu. Bauer hörte, wie ihn jemand namentlich begrüßte, und im rückwärtigen Teil der Scheune erkannte er im Schein zweier Petroleumlampen Erich Pilcz, den Leutnant, den er ablösen würde. Pilcz war dabei, die Kopfhaut eines Infanteristen zu nähen, der vor ihm auf einem Stuhl saß. »Kommen Sie rein, Hauptmann, immer reinspaziert«, rief Pilcz ihm entgegen. »Fühlen Sie sich wie zu Hause. Wie Sie sehen, habe ich alle Hände voll zu tun.«

»Viel sehen kann ich nicht gerade«, entgegnete Bauer und ging weiter in die Scheune hinein. »Wo ist die OP-Lampe?«

»Ah, unsere Lampe. Ja, es ist ziemlich düster hier drin.«

Pilcz hatte zwei seiner Männer bei sich, von denen der eine ihm bei der Arbeit half, während der andere hastig etwas wegzustecken versuchte, das wie ein Brief aussah. An der hinteren Wand saß ein Verwundeter auf einer Bank, und ein anderer lag auf einer Bahre auf dem hartgefrorenen Lehmboden, locker mit einer Decke zugedeckt, unter der die Stiefel herausschauten.

»Die Lampe ist nie eingetroffen«, sagte Pilcz.

»Aber Sie sind doch schon seit drei Wochen hier«, sagte Bauer.

»So lange schon?«

Bauer blieb vor ihm stehen. Pilcz war jung, noch in den Zwanzigern, ein zierlicher junger Mann, der so viele Kleidungsstücke übereinander trug, dass er rundlich aussah. Sein schwarzes Haar war genauso gescheitelt wie das des Führers, aber da endeten die Ähnlichkeiten, denn vom Wesen her war er ein sonniger Typ, darum bemüht, anderen zu gefallen. Zudem war er überaus geschwätzig, aber nicht mehr als Molineux, und er hatte seinen Wert als Chirurg bewiesen.

»Sie hätten eine neue bestellen können«, sagte Bauer.

»Nun ja, das wollte ich auch, ganz bestimmt. Aber dann hatten wir so viel zu tun, dass ich mich wohl daran gewöhnt habe, mit wenig Licht auszukommen.«

Mit Genugtuung registrierte Bauer, wie seine eigenen Männer an ihm vorbeigingen und begannen, sich um die Verwundeten zu kümmern.

»Sie hätten es heute Morgen über Funk erwähnen können«, sagte er. »Dann hätten wir eine Lampe mitgebracht.«

»Tut mir leid, Herr Hauptmann, daran hab ich nicht gedacht.«

»Jetzt lässt es sich nicht mehr ändern.«

»Stecke ich in Schwierigkeiten? Will Metz mich deshalb sehen?«

»Leutnant, vor Ihnen sitzt ein Patient, der genäht werden muss.«

Pilcz blickte herunter und schien sich über die Nadel in seiner Hand zu erschrecken. »Natürlich, natürlich.«

»Wir unterhalten uns später, unter vier Augen.«

»Gern. Aber was ist eigentlich mit Ihrem blauen Auge – war das der Oberstleutnant?«

»Erzählen Sie keinen Unsinn, Leutnant. Fahren Sie mit Ihrer Arbeit fort.«

Pilcz tat wie geheißen, und Bauer sah sich in der Scheune um. Der Operationstisch des Leutnants bestand aus einem großen aufgebockten Holzschlitten. Die Konstruktion sah wackelig aus. Er stand eingezwängt in einer Ecke, was angesichts der Größe der Scheune ein Rätsel war. Des Weiteren gab es offenbar keinerlei Sichtschutz, was bedeutete, dass die auf ihre Behandlung wartenden Soldaten zuschauen mussten, wenn einer ihrer Kameraden notoperiert wurde. Außerdem herrschte insgesamt totale Unordnung, etwas, das man während einer Schlacht oder direkt danach erwarten konnte, aber nicht zwei Tage später. Und zu keinem Zeitpunkt hinnehmbar war, dass direkt neben der Instrumentenablage verdreckte Verbände herumlagen. Pilcz war seiner Aufgabe offenbar nicht gewachsen, und auch die beunruhigende Nachlässigkeit seiner Männer deutete auf einen allgemeinen Verfall der Moral hin.

»Haben Sie etwas dagegen, wenn ich mir die beiden mal ansehe?«, fragte Bauer und deutete auf die Verwundeten.

»Nur zu«, sagte Pilcz und macht eine lässige Handbewegung, die Nadel zwischen den Fingern.

Der am Boden liegende Mann war bewusstlos. »Wo ist er verletzt?«, fragte Bauer Winkel, woraufhin sich der ertappte Briefleser – ein Stabsgefreiter – eilig zu Wort meldete, um seine Scharte auszuwetzen. »An der Wade, Herr Hauptmann.«

»Welcher Art ist die Verletzung?«

Der Stabsgefreite gab zu, es nicht zu wissen.

»Dann wollen wir mal sehen.« Bauer kniete sich hin. Pilcz' Unteroffizier holte eine Schere und schnitt das Hosenbein des Verwundeten auf, sodass an der Wade eine Schusswunde zum Vorschein kam. Glücklicherweise waren die Knochen unbeschädigt und es gab deutlich abgegrenzte Eintritts- und Austrittswunden. Beide waren jedoch bereits von Erfrierungen geschwärzt, was darauf schließen ließ, dass der Mann einige Zeit im Schnee gelegen hatte.

»Entschuldigen Sie, Herr Hauptmann«, sagte Pilcz, »ob Sie wohl kurz übernehmen könnten?« Bauer erhob sich und ging zu ihm hinüber; Pilcz reichte ihm die Nadel. »Vielen Dank«, sagte er mit einem gewinnenden Lächeln, und bevor Bauer etwas entgegnen konnte, drehte Pilcz sich um und verließ die Scheune. Bauer vernähte die Kopfhaut des Patienten und kümmerte sich dann um die anderen Verwundeten. Nach einer Stunde war Pilcz noch immer nicht zurückgekehrt.

***

Es war bereits dunkel, als Bauer jeden von Pilcz' Patienten verarztet hatte und sich auf die Suche nach ihm machen konnte. Seinen Männern zufolge schlief der Leutnant nicht mehr am Verbandsplatz, sondern teilte sich mit einigen anderen Offizieren einen Erdbunker. Pilcz' Feldwebel führte ihn dorthin, wofür Bauer dankbar war, denn der Himmel war zwar klar, aber mondlos, und das fahle Sternenlicht vermochte das Blätterdach nicht zu durchdringen. Die Nachtluft war unfassbar kalt. Der erste tiefe Atemzug durch die Nase ließ seine Nasenscheidewand brennen, ein anhaltender Schmerz, der ihm das Wasser in die Augen trieb. Er blinzelte und die Tränen kristallisierten in seinen Wimpern.

Zum Glück war der Bunker nicht weit entfernt, und nach wenigen Minuten stand Bauer vor der halb im Erdreich eingelassenen Tür. Er bedankte sich bei seinem Führer und stieg hinab, ließ die eisige Reinheit der Nacht hinter sich im Tausch gegen die miefige Wärme halb unter der Erde zusammengepferchter Männer. Etwa ein Dutzend Offiziere saßen an einem aufgebockten Tisch in der Mitte eines langen niedrigen Raumes, dessen Decke kaum höher war als ein groß gewachsener Mann. Die Wände bestanden aus Baumstämmen, an denen noch Rinde hing. Bettzeug und Gepäck lagen im hinteren Bereich. Auf einer Seite stand ein kleiner gusseiserner Ofen, um den herum mehrere Männer in Unterwäsche Läuse aus dem Futter ihrer Uniformen klaubten. Etwa die Hälfte der Anwesenden blickte auf, als Bauer eintrat; er wischte den Schnee von seinen Stiefeln und schloss die Tür. Einige der Männer waren ihm unbekannt, andere kannte er vom Sehen, manche kannte er namentlich, darunter Pilcz, der sofort aufsprang, ihn fröhlich begrüßte und den anderen vorstellte.

»Sie kommen genau richtig!«, kreischte er, als die Vorstellungsrunde beendet war. »Gleich gibt's Abendessen!« Er war normalerweise nicht so überdreht, und Bauer beschloss, ihn nicht zu rügen, weil er die Scheune verlassen hatte.

Das Abendessen bestand aus einem Rindfleisch-Gemüse-Eintopf, der auf dem Ofen vor sich hin brodelte und dessen Duft ihn mit dem Gestank von schmutzigen Socken, Zigarettenrauch, Achselschweiß und Käsefüßen versöhnte. Er hatte gar nicht gemerkt, wie hungrig er war. Jemand machte ihm Platz am Tisch, und er setzte sich auf eine leere Munitionskiste, mit dem Rücken zum Ofen. Zu seiner Linken saß Pilcz, der unaufhörlich redete, zu seiner Rechten ein Hauptmann aus dem nahen Infanterieregiment Großdeutschland, der so wortkarg war wie Pilcz laut und dessen Namen Bauer schon wieder vergessen hatte.

Der Eintopf wurde verteilt, und obgleich Pilcz weiter schwadronierte, verstummte Bauer, so wie die meisten anderen auch. Der Eintopf war gut, sehr gut sogar. Zweifellos stammte das Fleisch von einem Bauernhof in der Gegend. Bauer dachte an Katerina und ihre Leute und daran, ob sie noch genug zu essen hatten, nachdem das Reichskommissariat nun Lebensmittel einforderte.

Nach und nach beendeten die Männer ihre Mahlzeit und zündeten sich Zigaretten an. Sie hatten gerade eine große Schlacht überstanden und wirkten körperlich und seelisch ausgebrannt. Ihre Hände waren aufgescheuert, ihre Gesichter gerötet und rissig. Bauer hustete. Selbst für einen Raucher wie ihn war das Luftgemisch im Bunker unerträglich. Der nahe Ofen briet seinen Rücken, während seine Hände und Füße kalt waren.

Der Hauptmann rechts von ihm, dessen Namen er vergessen hatte, war fertig mit dem Essen, schob sein Feldgeschirr beiseite und kratzte sich verstohlen unter der Achsel. Bauer wandte sich ihm zu und fragte ihn im Schutz von Pilcz' endlosem Geschwafel leise, ob die Läuse sehr schlimm seien. Der Hauptmann musterte ihn vorsichtig. »Nicht schlimmer, als man erwarten würde.«

»Ich will wissen, worauf ich mich einlasse«, erklärte Bauer, »und klären, ob ich eine Entlausungssauna bauen soll.«

»Anstatt zu warten, bis wir Tula eingenommen haben?«, fragte der Hauptmann mit preußischem, nach einem großbürgerlichen Hintergrund klingenden Zungenschlag. Er schien etwa fünfunddreißig zu sein, sah aber so abgehärmt und erschöpft aus, dass sich sein Alter schwer schätzen ließ.

Bauer zögerte. »Ich hatte angenommen, dass wir hier überwintern würden.«

»Worauf basiert Ihre Annahme?«

Bauer deutete um sich, zur Decke und zu den Wänden. »Auf dem Ganzen hier. Da hat sich jemand große Mühe gegeben.«

»Dieser Jemand wollte nicht erfrieren. Natürlich werden wir in Kürze Tula einnehmen. Und wenig später Moskau.«

Die Ironie war nicht zu überhören. Also kein Nazi. Zumindest kein glühender, den man einer Hirnwäsche unterzogen hatte. Um seinen Hals ein Eisernes Kreuz. An der Brust ein Verwundetenorden.

»Wo genau steht Ihr Regiment?«, fragte Bauer.

»Zwei Kilometer von hier. Das hier ist nur ein Besuch.«

»Ich habe Ihren Namen vergessen«, gestand Bauer und reichte ihm die Hand. »Paul Bauer.«

Sie wechselten einen Händedruck. »Gerd von Rauschenberg.«

»Wo wurden Sie verwundet?«, fragte Bauer und deutete auf den Orden.

»Geografisch?«

»Eigentlich meinte ich anatomisch, aber warum nicht: Erzählen Sie ruhig, wo Sie da waren.«

»In Polen. Am Hintern. Gott sei Dank nichts Ernstes. Eine Fleischwunde, am zweiten Tag nach Kriegsausbruch. Sie waren nicht zufällig mein Chirurg?«, fragte er, lehnte sich blinzelnd zurück und tat so, als würde er sich zu erinnern versuchen. »Ich lag die ganze Zeit mit dem Gesicht nach unten, wissen Sie.«

»Nein, das bin ich nicht gewesen. Ich habe erst in Frankreich angefangen.«

»Ah«, sagte von Rauschenberg. »Ich nehme an, ist besser so. Und was ist mit Ihnen?«, fragte er und deutete auf Bauers blaues Auge. »Bisher dachte ich immer, Chirurgen geraten in der Regel nicht in Kloppereien.«

Bauer wollte gerade antworten, als Pilcz links neben ihm seinen Arm packte. »Sie brauchen anständiges Schuhwerk,

Herr Hauptmann, richtige Stiefel. Wir haben genau das Richtige für Sie.«

»Ach?«

»Dort, am Ofen. Aus sowjetischer Herstellung, mit Filz gefüttert.«

Bauer wandte sich um und sah drei aufgereihte Stiefelpaare neben dem Ofen, das Leder durchweicht, die Öffnungen mit etwas ausgestopft, das wie brauner Stoff aussah; im nächsten Moment erkannte er, dass es sechs am Schienbein durchgesägte Beine waren. Die Schien- und Wadenbeinknochen ragten heraus, als würde sie versuchen nachzuwachsen.

»Nein, danke«, sagte er und wandte sich wieder zum Tisch um.

»Entscheiden Sie nicht zu vorschnell. Nicht mehr lange, dann sind die Dinger aufgetaut.«

»Ich sagte, nein danke.«

»Aber Herr Hauptmann, es sind ausgezeichnete Stiefel, das versichere ich Ihnen. Sie werden sie brauchen, glauben Sie mir.« Pilcz schien nicht zu spotten, sondern aufrichtig besorgt zu sein.

Von Rauschenberg sagte: »Warum so zimperlich? Wie viele Beine haben Sie schon amputiert? Unzählige, hab ich recht?«

»Das hat nichts damit zu tun.«

»Womit dann?«

»Offen gestanden mit Wut. Wo sind unsere eigenen Winterstiefel? Das ist wie etwas aus *Krieg und Frieden*«, sagte er und deutete hinter sich, »der Rückzug aus Moskau.«

»In unserem Fall rücken wir aber nach Moskau *vor*«, sagte von Rauschenberg. »Das ist der Unterschied.«

»Sie werden sehen«, sagte Pilcz, »hier draußen sind filzgefütterte Stiefel unerlässlich. Es ist zweckdienlich, nicht unpatriotisch. Sie werden sehen. Verbringen Sie einen Tag am Verbandsplatz, dann verstehen Sie, was ich meine.«

Als Nächstes ging es um die Vorzüge von Fell gegenüber Wolle, aber bevor Bauer etwas dazu sagen konnte, war Pilcz wieder bei dem Thema, warum man ihn nach Jasnaja Poljana beorderte. Hatte er etwas falsch gemacht? Nein, erklärte Bauer, es sei keine disziplinarische Angelegenheit. *Jedenfalls nicht für dich*, dachte er.

»Warum dann?«, fragte Pilcz.

»Ich weiß es nicht. Ich befolge nur Befehle, aber wenn ich raten müsste, würde ich sagen, Metz möchte, dass wir alle Aspekte der Arbeit des Bataillons kennenlernen.«

»Genau das ist meine Befürchtung«, entgegnete Pilcz und fuhr sich mit der Zunge über die Zähne, als würde er nach Essensresten suchen. »Ich bin mir nicht sicher, ob ich dazu in der Lage bin. Jedenfalls nicht mit dem Oberstleutnant im Nacken.«

»Betrachten Sie es als Chance«, sagte Bauer, der sich verdrossen darüber amüsierte, dass er Pilcz über die saubere Umkehrung ihrer beider Schicksale hinwegtrösten musste. »Der Oberstleutnant kann etwas harsch wirken, aber er ist ein ausgezeichneter Chirurg. Sie werden eine Menge lernen.«

In gespielter Furcht fletschte Pilcz die Zähne, was aber dennoch ärgerlich war.

»Ach, kommen Sie«, sagte Bauer, »überlegen Sie mal, wie sehr Sie davon profitieren werden nach dem Krieg. Sie werden mehr Erfahrung haben, als ein ziviler Chirurg in seinem ganzen Leben sammelt.«

Unglücklich wandte Pilcz den Blick ab. »Ich weiß nicht. Ich bin mir wirklich nicht sicher, wie ich das finden soll.« Erneut begann er, mit der Zungenspitze seine Zähne abzutasten, obwohl sie, soweit Bauer sah, makellos waren. Oder hingen ihm selbst Essensreste zwischen den Zähnen, fragte er sich, was bei Pilcz eine Übersprungshandlung auslöste? Verstohlen überprüfte er sein eigenes Gebiss auf Essensreste, fand keine und zwang sich mit einer bewussten Willensanstrengung, damit aufzuhören. In dieser Richtung lag der Wahnsinn.

»Das schaffen Sie schon«, sagte er. »Sie brauchen mehr Erfahrung, und der Oberstleutnant sorgt dafür, dass Sie sie bekommen. Und vergessen Sie nicht die Vorzüge, die Sie dort erwarten. Die Verhältnisse in Jasnaja Poljana sind um einiges angenehmer.«

»Wahrscheinlich«, sagte Pilcz, schüttelte dann den Kopf. »Ich weiß es einfach nicht.«

Offensichtlich war er nicht ganz klar im Kopf. Das Richtige wäre, Metz anzufunken und ihm die Situation zu schildern, aber warum sollte er sich die Mühe machen? Das sollte Metz klären. Es war seine Entscheidung gewesen, also sollte er sich auch mit den Konsequenzen herumschlagen. »Ich sollte zu den Verwundeten zurückkehren«, sagte Bauer.

»Sie wollen nicht hierbleiben?«, fragte Pilcz. »Glauben Sie mir, hier ist es wärmer. Überlegen Sie es sich noch mal. Ich kann Ihre Sachen herbringen lassen.«

»Nein danke, Leutnant«, sagte er und rückte die Munitionskiste vom Tisch zurück. »Ich übernachte fürs Erste am Verbandsplatz.«

»Ich sollte auch gehen«, erklärte von Rauschenberg und erhob sich ebenfalls.

Bauer bedankte sich bei den Offizieren für ihre Gastfreundschaft und bemerkte erneut die gedrückte Stimmung. Die typische Lockerheit während der Mahlzeiten hatte heute Abend weitgehend gefehlt; außer Pilcz hatte sich niemand von ihm verabschiedet.

»Die Männer sind erschöpft«, sagte von Rauschenberg, als Bauer dies draußen ansprach. »Wie wir alle.« Er stampfte mit den Füßen in den Schnee. »Was für eine beschissene Dreckskälte«, fuhr er fort, sein geschliffener preußischer Tonfall polierte seine Worte etwas auf. In seiner Offiziersmütze fehlte die Drahtversteifung, was ihm eine lässige zerknitterte Eleganz verlieh.

»Ich muss dort lang«, sagte Bauer und zeigte in die entsprechende Richtung. »Und Sie?«

»In die entgegengesetzte Richtung«, sagte von Rauschenberg. »Wir haben uns in Malewka eingebunkert.«

»Dann verabschiede ich mich jetzt.«

In der Ferne hörte er Gewehrfeuer, etwas näher eine Salve aus einem schweren Maschinengewehr.

»Bevor ich gehe, möchte ich Sie noch etwas fragen«, sagte von Rauschenberg. »Sie haben *Krieg und Frieden* erwähnt. Haben Sie das Buch gelesen?«

»Einmal, als Jugendlicher. Gerade lese ich es ein zweites Mal. Deswegen schwirrt es mir im Kopf herum.«

»Ich habe es mit Mitte zwanzig gelesen. Fantastisch. Großartiges Buch. Falls ich dazu komme, werde ich es irgendwann noch mal lesen.«

»Wenn ich fertig bin, kann ich Ihnen mein Exemplar leihen«, sagte Bauer, bereute es aber augenblicklich.

Von Rauschenberg schüttelte den Kopf. »Nein, behalten Sie es. Wir oder unsere Einheiten werden bestimmt verlegt, oder einer von uns wird getötet, und dann bekommen Sie es nie wieder zurück.«

»Falls ich getötet werde, bräuchte ich es nicht mehr.«

»Schön, aber Ihre Verwandten könnten es als Andenken haben wollen. Sind Sie verheiratet?«

»Nein, bin ich nicht«, antwortete er, und ihm war zu kalt, um die Sache näher auszuführen.

»Sie Glücklicher.«

»Finden Sie?«

»Zu Hause wartet keine Frau auf Sie, der Sie versprechen mussten, am Leben zu bleiben.«

»Ja, ich kann mir vorstellen, dass so etwas schwierig ist. Aber auf jeden verheirateten Soldaten, der wünscht, ledig zu sein, kommen bestimmt zehn Junggesellen, die sich nichts sehnlicher wünschen als eine Frau.«

Von Rauschenberg schmunzelte. »Stimmt auch wieder. Wir wollen alle nur nach Hause, nehme ich an.«

War er ein zweiter Dieter, fragte sich Bauer, ein möglicher Freund? Obwohl anfänglich zurückhaltend, schien er nun gewillt zu reden. Weitere Schüsse ertönten, und hoch über dem Baum sah Bauer eine rote Leuchtspur.

»Ich sollte zurückgehen«, sagte von Rauschenberg. »Falls ich Sie mal an der Front herumführen soll, funken Sie mich einfach an. Es ist zwar nicht *Krieg und Frieden*, aber interessant ist es allemal.«

»Danke, das werde ich tun«, sagte er. »Sobald ich den Verbandsplatz auf Vordermann gebracht habe, melde ich mich.«

Sie verabschiedeten sich und gingen getrennte Wege. Den Weg zum Verbandsplatz verfolgte Bauer sprichwörtlich Schritt für Schritt zurück, benutzte dabei die Löcher, die er neunzig Minuten zuvor in den Schnee gestapft hatte. Dennoch war es ein mühseliges Unterfangen, und bald schnaufte er wie eine Lokomotive. Dann hörte er irgendwo aus Richtung Malewka das Zischen einer Leuchtrakete, wandte sich um und beobachtete, wie sie ihren Zenit erreichte und kurz brutzelnd am Himmel hing, bevor sie zur Erde zurückstürzte und sich ihr Lichtschein zwischen den Bäumen ergoss.

14

Der nächste Morgen war ein Abbild des vorherigen: windstill, neblig, extrem kalt. Von den Kochstellen in den Bunkern stiegen senkrechte Rauchfahnen zwischen den Bäumen auf, und nur gelegentlich wurde die ätherische Atmosphäre des Nebels durch den Klang fernen Artilleriefeuers gestört. Bauer trug seinen und Pilcz' Männern auf, die Lastwagen zu entladen, und kurz darauf traf Pilcz persönlich ein. Er wirkte weiterhin überaus nervös, weil er an diesem Tag Metz gegenübertreten würde. Bauer sprach ihm noch einmal Mut zu, ehe er ihn und seine Männer losschickte.

In den nächsten Tagen trafen nur wenige Verwundete ein, sodass der Verbandsplatz sinnvoll umgestaltet werden konnte. Aus Jasnaja Poljana erhielten sie eine Feldlampe, die Winkel mit einem Schirm aus Aluminiumfolie versah und dadurch die Helligkeit erheblich erhöhte. Sie sammelten Holz für den Bau einer Entlausungssauna, bis Metz per Funk anordnete, die Arbeiten abzubrechen, denn Tulas Einnahme stehe »unmittelbar bevor«. Bauer hortete das Holz. Winkel erfuhr von einem beschädigten T-34 irgendwo in der Nähe und begab sich dorthin, um den Panzer zu inspizieren. Bei seiner Rückkehr erklärte er, er glaube, ihn reparieren zu können. Sie könnten ihn als Traktor verwenden, begründete er seinen Vorschlag, oder sogar als Krankenwagen in unwegsamem Gelände; und da die Dinge am Verbandsplatz wunschgemäß vorangingen, gestattete Bauer ihm den Reparaturversuch, erfreut, dass Winkel allmählich wieder der alte wurde.

Seine eigene Moral war eher durchwachsen. Letztlich hatte Metz ihn degradiert, und obwohl es ihn mit Genugtuung erfüllte, den Abtransport von Verwundeten nach Jasnaja Poljana beschleunigt zu haben, vermisste er bereits die abwechslungsreichen Operationen, die er dort durchgeführt hatte. In Malewka wurden seine Fähigkeiten vergeudet, und – ob Zufall oder nicht – er hatte zum ersten Mal überhaupt in diesem Krieg Heimweh; nicht nur, weil er genug hatte von der Sowjetunion, sondern vor allem weil er Deutschland vermisste: das hügelige Frankenland, den Bauernhof seiner Kindheit, sein Dorf, die Stadt Nürnberg – nicht das Nürnberg der nationalsozialistischen Kundgebungen, sondern die Stadt, wie sie in den frühen Zwanzigerjahren gewesen war, in seiner Studentenzeit, als er in den Kneipen und Cafés nicht nur mit Kommilitonen verkehrt hatte, sondern auch mit begabten Schriftstellern, Künstlern und Möchtegern- oder tatsächlichen Intellektuellen, die in provinzieller Form das reproduzierten, was in Metropolen wie Berlin, Hamburg und München vor sich ging.

Die körperlichen Strapazen am Verbandsplatz waren immens. Die Scheune glich einem Eisschrank, und sie wechselten kaum die Kleidung. Die Latrine befand sich in einem etwa fünfzig Schritte entfernten Zelt, dessen steifgefrorene Plane hart wie Bakelit war. Der Weg dorthin glich zuweilen einer arktischen Expedition, und seine Gesäßbacken zu entblößen war eine Tortur. Schlimmer noch waren aber die Läuse. Innerhalb von achtundvierzig Stunden nach seiner Ankunft begann es Bauer überall zu jucken, und wäre es in der Scheune etwas wärmer gewesen, hätte er sich vermutlich die Kleidung vom Leib gerissen und sich den ganzen Tag gekratzt.

Es gab jedoch auch gute Momente. Durch die ständige Quälerei wurden kleine Freuden intensiviert, die man im zivilen Leben kaum wahrnahm. Eine heiße Tasse Zichorienkaffee war eine Wonne, und sich ordentlich zu kratzen, konnte sich, wenn man es richtig betrachtete, wie Ekstase anfühlen. Ja, objektiv betrachtet mochte sein Leben miserabel sein, aber es war *sein* Elend, *sein* Kampf, und wäre aus seiner Petroleumlampe ein Geist emporgestiegen und hätte ihm drei Wünsche gewährt, hätte er sich nicht gewünscht, ein anderer zu sein. Er hatte zu viel in seine Existenz investiert, und seine trotzige Verbundenheit damit ähnelte dem Gefühl, das ein Soldat für einen stinkenden Schützengraben empfand, den er monatelang besetzt gehalten und verteidigt hatte. Es war *sein* Graben, *sein* Gestank, und er würde bis zuletzt daran festhalten, denn schlimmer noch als alle Drangsal war Bedeutungslosigkeit.

Das Gleiche ließ sich auch über Katerina sagen, befand er. Zuweilen waren ihre Begegnungen schmerzhaft gewesen – als würde man in eiskaltes Wasser getunkt –, aber bei Gott, was hatten sie ihn belebt. Warmherzigkeit von ihr zu erwarten, war lächerlich gewesen, wie er nun erkannte, die Fantasie, sie zu heiraten, war eben das gewesen, eine bloße Fantasie. Katerina hatte nichts *Ehefrauliches*. Ihre Besonderheit lag nicht in ihrer Weiblichkeit, sondern in ihrer Willenskraft. Sie war bewundernswert. Er vermisste sie, vermisste sie sehr, aber er wollte den Schmerz nicht verschlimmern, indem er seine Erinnerung sentimentalisierte.

Ablenkung bot ihm das Lesen, und in den freien Momenten und in der Nacht lag er eingemummelt im Schlafsack unter mehreren Decken und vertiefte sich in *Krieg und Frieden*. Wie immer spendete die Lektüre ihm Trost. Ganz gleich, welches Schicksal den Einzelnen ereilen mochte, schien ihm Tolstoi zu sagen, der Rhythmus des Lebens bleibt unverändert. Junge Menschen sind töricht, ungestüm und voller Hoffnung, ver- und entlieben sich, werden trauriger, vielleicht weise. Einige sterben früh, andere später, doch für alle, die mit den Unbilden des Alters ringen, kommt irgendwann der Tag, an dem auch sie das Zeitliche segnen und die von ihnen erschaffene Welt jenen Fremden – ihren Kindern – überlassen, die sie dann nach ihren Vorstellungen umgestalten werden.

***

Mit nach hinten gedrehtem Geschützturm und Hakenkreuzfähnchen an der Wanne rumpelte der T-34 auf die Scheune zu, wendete quietschend um neunzig Grad und hielt an. Der Motor erstarb, und Sekunden später kletterte Winkel aus dem Turm. Er sah zufrieden aus. Bauer, Demchak und Pflieger applaudierten. Winkel grinste und verbeugte sich.

»Gut gemacht, Sepp«, sagte Bauer.

»Vielen Dank, Herr Hauptmann.« Winkel sprang auf die Wanne und von dort weiter hinunter in den Schnee. »Jetzt brauchen wir nur noch Benzin.«

Am Himmel ertönte das Geräusch eines Flugzeugs, und alle schauten auf.

»Ein Aufklärer von denen«, sagte Demchak.

Sie entfernten sich einige Schritte von der Scheune, um bessere Sicht zu haben. Das Flugzeug war klein, flog mit ächzendem Motor gegen den Wind, in westliche Richtung an der Frontlinie entlang, allerdings zu hoch, um von der deutschen Flak getroffen werden zu können.

»Wo ist unsere Luftwaffe?«, fragte Winkel und sprach damit aus, was Bauer sich soeben auch gefragt hatte. In Frankreich hatten sie mit Lufthoheit operiert, vor allem in der zweiten Hälfte des Feldzuges.

»Die bombardiert gerade Moskau und macht Stalin die Hölle heiß«, sagte Pflieger.

»Woher willst du das wissen?«, fragte Winkel.

»Unsere Flugzeuge sind nicht hier, also müssen sie woanders sein, richtig? Ich wette, sie sind in Moskau. Die Luftstreitkräfte muss man dort konzentrieren, wo man sie am dringendsten braucht.«

»Sie werden hier gebraucht«, sagte Winkel.

»Der Hauptpreis ist Moskau. Tula ist nur ein Nebenschauplatz.«

»Toller Nebenschauplatz.«

»Ist alles eine Frage der Perspektive, Sepp. Im Krieg kann nicht jeder die großen Schlachten schlagen. Einige von uns müssen die Nebenrollen spielen.«

»Menschenskind«, sagte Winkel. »Überlass das Denken lieber den Pferden.«

»Sehr witzig.«

»Die haben größere Köpfe.«

»Oh, jetzt hast du es mir aber so richtig gegeben, Sepp.«

Dort, wo die Frontlinie bei Malewka nach Norden abbog, tat das Flugzeug das Gleiche und verschwand kurz darauf hinter den Bäumen, sein Motorengeräusch hinter sich herziehend wie ein Segelflugzeug im Schlepptau.

»Das war's, meine Herren«, sagte Bauer. »Die Flugschau ist vorbei.«

»War aber keine große, Herr Hauptmann«, sagte Pflieger.

»Lasst uns hoffen, dass wir keine bessere kriegen.«

***

Vier Tage vergingen, bis er von Rauschenbergs Angebot, seinen Frontabschnitt zu besichtigen, wahrnehmen konnte. Sie sprachen über Funk, leiteten alles Nötige in die Wege und trafen sich am frühen Nachmittag vor von Rauschenbergs Kompaniehauptquartier, einem Holzbunker im Wald bei Malewka. Über Nacht hatte ein Schneesturm getobt, aber der

Wind hatte inzwischen nachgelassen. Der Himmel war dunkel und bedeckt. Irgendwo im Westen war eine Haubitzenbatterie in Aktion, wenngleich ohne große Intensität.

»Wird der Feind weichgeklopft?«, fragte Bauer.

»Eher nicht«, sagte von Rauschenberg. »Es mangelt uns an Granaten. Wir stören den Iwan beim Nachmittagsschlaf, das ist alles.«

In der Ferne ertönte Maschinengewehrfeuer mit einer fremden unfreundlichen Klangfarbe, und Bauer spürte, wie sein Herzschlag beschleunigte.

»Ich besorge Ihnen einen Helm«, sagte von Rauschenberg. »Wir haben sie weiß bemalt.«

»Sehr vernünftig.«

Von Rauschenberg verschwand im Bunker, kehrte kurz darauf mit einer Maschinenpistole und zwei weißen Helmen zurück. Einen setzte er auf, den anderen gab er Bauer. »Bereit?«

Bauer verschloss den Kinnriemen. »Bereit. Wie weit ist es?«

»Etwa sechshundert Meter. Aber erst machen wir einen Anstandsbesuch.«

Sie marschierten über einen ausgetretenen Pfad durch den Schnee, nicht auf die Front zu, wie Bauer erkannte, sondern parallel dazu. Von Rauschenberg deutete auf einen weiteren Bunker etwa hundert Meter entfernt zwischen den Bäumen. »Unsere Sammelstelle für Verwundete. Sie dient auch als Schlafplatz.«

In dem Bunker waren ein knappes Dutzend Soldaten, die Haltung annahmen, während Bauer nach von Rauschenberg eintrat. Der Raum stank natürlich, aber als die Männer hörten, dass er Chirurg war, boten sie ihm Zichorienkaffee, Schokolade und Schnaps an, was Bauer mit Bedauern ablehnte. Stattdessen bat er darum, einen Blick auf die medizinische Ausrüstung werfen zu dürfen, die er wohlgeordnet vorfand, was er auch bekundete. Ein Unteroffizier erklärte ihm, dass sie den

Haupttisch im Raum zur Seite geschoben hätten, um Platz für die Verwundeten zu schaffen, die gruppenweise zum Verbandsplatz evakuiert würden.

Der nächste Halt lag ein gutes Stück weiter vorne, aber immer noch im Wald: ein Maschinengewehrnest auf einem Böschungsabsatz mit einem Dach aus dünnen Baumstämmen. »Es ist nicht wie im letzten Krieg«, erklärte von Rauschenberg, während sie darauf zugingen. »Es gibt keine Schützengräben. Wir sind in einer Keilformation aufgestellt. Der Großteil unserer Truppe befindet sich hinter uns.«

Im Maschinengewehrnest waren drei Männer, von denen zwei versuchten, sich an einem Petroleumofen die Hände zu wärmen. Alle drei sahen halb erfroren aus, aber als sie Bauers medizinisches Abzeichen bemerkten, begrüßten sie ihn mit der gleichen Herzlichkeit, die man ihm im Bunker entgegengebracht hatte. Von Rauschenberg unterhielt sich ein wenig mit ihnen, sprach jeden mit seinem Namen an. Als sie weiterzogen, sagte er: »Wissen Sie, für diese Männer ist ein Chirurg quasi eine religiöse Figur. Die Sanitäter betrachten sie als Engel, euch Chirurgen als Götter.«

»Das hört sich an, als würden wir sie ins Jenseits befördern.«

»Es ist das *Dies*seits, nach dem sie sich sehnen, so wie es vor dem Krieg war, jener prachtvolle Ort namens ›Zuhause‹. Dabei spielt es keine Rolle, ob ihr Zuhause womöglich eine Bruchbude in einer überfüllten Mietskaserne ist. Auf einige meiner Männer scheint Ihr Operationstisch inzwischen wie ein fliegender Teppich zu wirken, der sie dorthin bringt, wo sie hinwollen.«

»Da übertreiben Sie bestimmt ein wenig.«

»Höchstens ein bisschen. Die Burschen haben zu viele abgefrorene Schusswunden gesehen, um sich freiwillig anschießen zu lassen, aber ich kann mir vorstellen, dass einige von ihnen sich halb bewusst in Gefahr begeben.«

»Es läuft also schlecht hier?«, fragte Bauer in neutralem Ton, um nicht wie ein Defätismus witternder Ehrlich zu klingen.

»Der letzte Angriff hat uns ganz schön zugesetzt. Und wir mussten davor schon ziemlich viel einstecken.«

»Wir stehen also nicht kurz vor Tulas Einnahme?«

»Überlegen Sie immer noch, ob Sie diese Entlausungshütte bauen sollen?«

»Nun, ja. Unter anderem.«

Der Weg, auf dem sie sich befanden, wurde leicht abschüssig, und der Wald vor ihnen öffnete sich V-förmig zu einer mit Baumstümpfen übersäten Lichtung, hinter der verschneite Felder lagen.

Von Rauschenberg deutete auf die Lichtung. »Ich würde Sie ja gern zu Ihren Divisionskameraden rüberbringen, aber Iwans Scharfschützen könnten Sie ins Visier nehmen.«

Bauer schaute erneut auf die Lichtung und machte in weniger als fünfzig Metern Entfernung, halb hinter einem Erdwall eingegraben, einen ihrer Panzer aus; die Wanne war mit weißen Laken verhängt und die Helligkeit der Felder im Hintergrund verlieh ihm zusätzliche Tarnung. Von allen Dingen, die er in den letzten sechs Tagen erlebt hatte, war dies vielleicht das Ernüchterndste, denn wenn er seit seinem Eintritt in die 3. Panzerdivision etwas über Taktik gelernt hatte, dann, dass Mobilität das Entscheidende war. Sich einzugraben, war ein Eingeständnis des Scheiterns.

»Hier lang«, sagte von Rauschenberg und wandte sich nach links.

Bauer schickte sich an, ihm zu folgen, aber dann blieb er stehen. »Warten Sie«, sagte er und deutete auf den Panzer. »Wurde er etwa getroffen?« Unter der Wanne stieg schwarzer Rauch auf.

Von Rauschenberg schaute über die Schulter. »Ach, das«,

sagte er. »Sie verbrennen Diesel in einer Schüssel. Offenbar verhindert es, dass der Motor einfriert.«

»Sie wollen mir sagen, dass sie Diesel verbrennen müssen, um stillzustehen?«

»Nicht ideal, nicht wahr?«

Sie gingen nun bergauf, blieben weiter im Wald, aber nah am Rand. Von Rauschenberg deutete auf eine Senke zwischen den Bäumen. »Ein Evakuierungspunkt für Verwundete«, sagte er. Bauer stellte sich vor, wie verwundete Männer, darunter zweifellos auch einige, die er zusammengeflickt hatte, an dieser und vielen ähnlichen Stellen vorübergehend abgelegt wurden, eine Art Extraktionsnetzwerk, einem Venen- und Kapillarsystem nicht unähnlich, das die Verwundeten bis ganz zurück nach Deutschland pumpte.

»Um Ihre Frage von vorhin zu beantworten«, sagte von Rauschenberg, »nein, ich glaube nicht, dass wir Tula so bald einnehmen werden. Wir haben zu wenig Treibstoff, zu wenig Munition, zu wenig warme Kleidung – letzte Nacht ist einer meiner Wachposten erfroren. Es fehlt uns an Papier. Es fehlt an Schuhfett, Nägeln, Werkzeug. Gott sei Dank mangelt es uns nicht an Lebensmitteln, zumindest noch nicht, und wie Sie gesehen haben, haben wir noch ausreichend medizinische Vorräte. Und es fehlt uns nicht an Herz. Ich bin überzeugt, dass wir Tula morgen einnehmen könnten, wenn wir gut ausgerüstet wären.«

Sie erreichten einen Unterstand, über dessen Eingang eine Plane gespannt war; davor stapfte ein Wachmann auf und ab. Bauer erwiderte dessen Salut, und von Rauschenberg unterhielt sich mit ihm auf dieselbe lockere Art, wie er es auch mit den anderen Männern unter seinem Kommando getan hatte. Der Soldat trug eine gefütterte sowjetische Jacke und hatte sich dazu, der zusätzlichen Wärme wegen und als Beweis seiner Nationalität, in eine feldgraue Wehrmachtsdecke gehüllt.

Von Rauschenberg klopfte dem Mann auf die Schulter und ging weiter. »Entschuldigen Sie mich, ich muss mal kurz pinkeln«, sagte er zu Bauer und ging zu einem Baum hinüber. Er warf einen Blick über seine Schulter. »Das sollten Sie vorsorglich auch tun – weiter vorne kann man nicht mehr aufrecht stehen.«

Obwohl er nicht dringend musste, ging Bauer zum nächsten Baum, stellte sich mit dem Rücken zum Wind und urinierte; unterdessen fragte er sich, ob dieser Ausflug an die vorderste Front eine gute Idee gewesen war. Es war eine Sache, im Dienst getötet oder verwundet zu werden, aber aus Neugierde zu sterben, war etwas anderes. Er malte sich aus, wie er als Verwundeter den Rückweg durch den Wald antrat und an jedem Evakuierungspunkt sein Blut zurückließ. Den Männern, denen er auf dem Hinweg begegnet war, würde er wie ein Narr erscheinen. Als Nächstes würde der Verbandsplatz kommen, und dann – Allmächtiger – Jasnaja Poljana. War das sein Motiv bei alledem? Gehörte er etwa zu denen, die von Rauschenberg verdächtigte, über den Operationstisch nach Hause gelangen zu wollen? Sicherlich nicht, denn nichts außer dem Tod wäre schlimmer, als sich von Metz oder, Gott bewahre, von Erich Pilcz in den Eingeweiden herumwühlen lassen zu müssen. Neben den Schmerzen und der Demütigung käme noch hinzu, dass Metz seine Verwundung als eine Pflichtverletzung betrachten würde, ja, sogar als persönlichen Affront. So oder so, jetzt umzukehren, kam nicht infrage, und die Gefahr war sicherlich gering, vor allem im Vergleich zu der, der die Männer des Infanterieregiments Großdeutschland tagtäglich ausgesetzt waren.

Am Waldrand blieb von Rauschenberg stehen und deutete auf ihr Ziel: ein Beobachtungsposten auf einer Anhöhe, fünfzig Meter von ihnen entfernt. »Wir rennen geduckt rüber, bis wir diese hölzerne Markierung erreichen«, sagte er. »Ab dort müssen Sie kriechen. Machen Sie es mir einfach nach, dann passiert Ihnen nichts.«

Bauer ging in die Hocke, wie ein Sprinter, der sein Ziel anvisiert. Sein Herz hämmerte, und ihm ging durch den Kopf, dass das gut war, dass es normal war – dass er in der Zeit seit seiner Ankunft in Jasnaja Poljana bis zu diesem Moment die Angst vor dem Tod neu erlernt hatte. Dann rannte von Rauschenberg geduckt los, hielt die Maschinenpistole tief über dem Boden. Bauer huschte in der gleichen uneleganten Haltung hinter ihm her, lauschte auf Schüsse, hörte aber nur seine schnelle flache Atmung, das Flattern seines Wintermantels, seine quietschenden Stiefel im Schnee. An der hölzernen Markierung ließ von Rauschenberg sich auf alle viere fallen und krabbelte in dieser Haltung weiter. Bauer tat es ihm nach, und so legten sie die letzten zehn Meter zurück. An der Rückseite des Beobachtungspostens zogen sie einen Vorhang aus Sackleinen beiseite und krochen hinein. Anfangs konnte Bauer im Innern nichts erkennen, sah nur einen Schlitz in der gegenüberliegenden Wand, durch den etwas Tageslicht fiel. Als seine Schneeblindheit nachließ, wurde er eines mit Baumstämmen ausgekleideten Raums gewahr, der etwas größer war als das Innere eines Panzers, zu niedrig, um sich darin aufzurichten, und zu eng für die fünf Männer, die sich nun darin befanden. Die anderen drei saßen auf Munitionskisten, grüßten von Rauschenberg und rutschten an die Wand zurück, um für die Neuankömmlinge Platz zu schaffen. Auf einem Erdhaufen stand ein mittelgroßes Maschinengewehr, dessen Mündung in den Lichtschlitz hineinragte. Ein Funkgerät, ein Fernglas, offene Rationspakete, leere Dosen, drei Gewehre, die in einer Ecke an der Wand lehnten. Einer der Soldaten trug wollgefütterte Lederhandschuhe; ein anderer hatte sich löchrige Socken über die Hände gezogen. Unter ihren Helmen hatten sich alle drei

Männer Tücher um die Köpfe gewickelt und sie unterm Kinn verknotet.

Von Rauschenberg bedeutete ihm, zum Sehschlitz vorzutreten, und er spähte hinaus. Der Aussichtspunkt war niedriger als erwartet, nicht viel höher als die Felder, die er überblickte, und sofort erregte etwas direkt vor ihm seine Aufmerksamkeit: eine Reihe von gespitzten, vorgeneigten Holzpflöcken, eine mittelalterliche – oder sogar noch ältere, womöglich prähistorische – Verteidigungsmethode. Einige Sekunden verstrichen, ehe Bauer den Blick davon lösen konnte und über die Felder zu einer Ansammlung niedriger Häuser in der Ferne blickte: der Stadtrand von Tula. Davor lagen die Hindernisse, von denen er gehört hatte, metallene Grate und aus der Erde ragende, zackenförmige Panzerstopper aus Beton, die Letzteren einheitlich angeordnet wie Grabsteine auf einem Soldatenfriedhof. Über der Stadt stiegen Rauchsäulen auf und schwärzten die ohnehin schon dunklen Wolken am Himmel. Vereinzelt ertönten Schüsse und Maschinengewehrfeuer, das lauter war als im Wald, aber er konnte nicht erkennen, woher es kam oder wohin es gerichtet war, und feindliche Stellungen konnte er auch keine ausmachen. Von Rauschenberg reichte ihm ein Fernglas, in dessen Fadenkreuz er dann die sowjetische Verteidigungslinie ausmachte, eine dichte Aneinanderreihung von stacheldrahtbewehrten Schützengräben und Stein- und Betonbauten. Es sah beeindruckend aus, und beinahe hätte er das auch gesagt, doch dann entsann er sich, dass von den deutschen Soldaten früher oder später ein erneuter Angriff darauf erwartet wurde. Stattdessen senkte er das Fernglas und deutete auf die vorgeneigten Holzpflöcke. »Sind die wirklich nötig? Ich dachte, wir würden den Iwan angreifen und nicht andersrum.«

»Die sind für den Fall, dass der Iwan zurückschlägt. Einmal zumindest hat er es schon versucht. Schauen Sie, dort drüben, vor Malewka. Sie brauchen das Fernglas. Entfernung etwa fünfhundert Meter.«

»Wo ist Malewka? Ich sehe nur Schnee.«

»Malewka liegt weiter links, hinter den Bäumen. Schauen Sie auf den Schnee.«

»Was ist damit?«

»Die Erhebungen.«

Seine Hände zitterten vor Kälte, aber mit einiger Mühe gelang es ihm, sie so weit zu beruhigen, dass er eine Ansammlung von menschengroßen Schneehaufen ausmachen konnte. Er setzte das Fernglas ab und konnte nun auch mit bloßem Auge erkennen, dass es sich um Dutzende, ja, Hunderte von Gefallenen handeln musste. »Mein Gott, ich hatte ja keine Ahnung.«

»Taktisch gesehen sind die Sowjets dumm wie Esel. Aber sie sind außergewöhnlich tapfer. Nachdem unser Angriff verpufft war, kamen sie in Wellen angestürmt. Wir haben sie natürlich niedergemäht, aber es kamen immer neue. Es war ein Massaker, viel schlimmer als das, was sie uns angetan hatten, und es war völlig sinnlos. Außer es ging ihnen darum, dass wir unsere Munition aufbrauchen.«

»Oder um uns ihre Tapferkeit zu demonstrieren.«

»Nun, das ist ihnen gelungen.«

Erneut hob Bauer das Fernglas an die Augen und ließ seinen Blick über das Feld vor Malewka streifen. Aus einem Schneehaufen ragte ein Fuß, aus einem anderen eine Hand. »Wenn man Holz hackt, fliegen Späne«, zitierte er aus dem Gedächtnis.

»Ach, und woher stammt das?«

»Aus *Krieg und Frieden*«, sagte er und nahm das Fernglas herunter. »Erinnern Sie sich an den Ausspruch?«

»Soll das ein Witz sein? Ich erinnere mich an gar nichts.«

»Er stammt von General Kutuzow.«

»Doch, an den erinnere ich mich.«

»Der Spruch ist mir aufgefallen, weil er mich an Lenins Maxime erinnert hat. Kennen Sie sie?«

»Man kann kein Omelett machen …?«

»Genau.«

»Das ist ja alles schön und gut, aber bei Gott, uns mit Eiern zu bewerfen, hätte uns schwerer getroffen als ihr selbstmörderischer Frontalangriff.«

Erneut hob Bauer das Fernglas an die Augen und ließ seinen Blick über Tula hinwegschweifen, wie um sich jedes Detail des Stadtpanoramas einzuprägen. Zufälligerweise explodierte in seinem Blickfeld eine Granate und ließ lautlos eine Rauch- und Staubwolke aufsteigen, ein wogender Rauchpilz wie bei einem Zauberkunststück, sodass es ihm Sekunden später, als das Explosionsgeräusch bei ihnen ankam, erschreckend laut und erschütternd real erschien.

15

Drei Tage später traf ein Schreiben des Divisionskommandeurs ein, der darin die nächste Großoffensive ankündigte. Bauer las es seinen Männern vor. »›Morgen, am Sonntag, den 30. November, um 06:00 Uhr, greifen wir wieder an! Die Heeresgruppe Mitte wird auf einer Front von fünfhundert Kilometern vorrücken und mit der Einnahme Moskaus das schlagende Herz der bolschewistischen Bestie herausreißen! Der 3. Panzerdivision wird die Ehre zuteil, den Angriff auf Tula anzuführen und damit die Südflanke dieser bedeutsamen Operation zu sichern.‹«

Bauer wusste, dass es Wahnsinn war. Sie wurden von Verrückten angeführt. Für den Rest seines Lebens würde er sich an diesen Moment erinnern, in dem ihm klar wurde, dass der Krieg nicht zu gewinnen und folglich verloren war, da die Sowjets sich mit nichts weniger als dem totalen Sieg zufriedengeben würden.

Nachdem er sichergestellt hatte, dass der Verbandsplatz für das Kommende gründlich vorbereitet war, besuchte er von Rauschenberg, der in seinem Hauptquartier eigene Vorbereitungen traf.

»Aber es ist verrückt«, sagte Bauer, als sie draußen und allein waren.

»Ich weiß«, entgegnete von Rauschenberg.

»Warum macht das niemand den Generälen klar?«

»Die Generäle wissen es wahrscheinlich längst. Soviel ich gehört habe, wurde der Befehl auf höchster Ebene erteilt.«

»Das ist verrückt«, wiederholte Bauer.

»Stimmt«, sagte von Rauschenberg. Er kratzte sich unter der Achsel. Runzelte die Stirn. »Aber wer weiß? Wir schaffen immer wieder das Unmögliche. Vielleicht gelingt es auch diesmal.«

Bauer sagte nichts. Ein Windstoß rauschte zwischen den Kiefern hindurch und löste ein pulvriges Schneerieseln aus.

»Eines weiß ich ganz sicher«, sagte von Rauschenberg, »nämlich dass Sie morgen einige meiner Männer zusammenflicken werden. Tun Sie Ihr Bestes, ja?«

»Das tue ich immer«, antwortete Bauer.

Sie schüttelten sich die Hände und wünschten einander Glück.

»Sagen Sie Ihren Männern, sie sollen morgen nicht zu üppig frühstücken«, sagte Bauer.

»Wegen der Narkose? Ja, ich sag's ihnen. Mach ich immer. Und Gott weiß, uns allen wird reichlich Scheiße an den Händen kleben.«

***

Winkel weckte ihn um 05:45 Uhr und reichte ihm einen Becher echten Kaffee. Bauer bedankte sich und trank einen Schluck. Er fühlte sich elend: lethargisch, benebelt, Bauchkrämpfe; und er fluchte im Stillen, denn er wusste, was an diesem Tag bevorstand. Eine Möglichkeit war, dass er an Fleckfieber litt, was angesichts der viele Läusebisse, die er abbekommen hatte, nicht verwunderlich wäre, aber auch eine Lebensmittelvergiftung oder eine Virusinfektion war denkbar. Was auch immer mit ihm los war, seine Erkrankung kam zur absoluten Unzeit. Noch bevor er den Kaffee ausgetrunken hatte, stieg er eilig in seine Stiefel und stolperte durch die Dunkelheit zur Latrine. Dort angekommen, riss er sich die

Hose herunter, hockte sich hin und kackte explosionsartig in das Loch und auf den Eisboden dahinter; auch seine Stiefel bekamen etwas ab.

Um 06:00 Uhr eröffnete die deutsche Artillerie das Feuer, und um 06:48 Uhr traf der erste Verwundete ein, ein junger Panzerfahrer, der ein Auge verloren hatte. Pflieger, der ihm eine Tetanusspritze verabreichte, lenkte ihn mit lockeren Sprüchen ab. Woher er stamme? Aus Berlin? Schade, niemand ist perfekt. Bald wirst du zu Hause sein, Pech gehabt, du hast deinen Heimatschuss abbekommen. Unverheiratet? Glück für dich – eine Augenklappe macht die Weiber ganz kirre. Du hältst den Iwan für wild? Auf dem Ku'damm wirst du dich mit einem Stock gegen die Weiber wehren müssen. Doch, das meine ich ernst. Auf Fronturlaub setze ich mir immer eine Augenklappe auf …

Demchak reichte ihm die Kennkarte des Mannes, auf der Bauer vermerkte, was sie für ihn getan hatten, aber Pfliegers psychologischen Beistand unerwähnt ließ. Nach kurzem Zögern beließ er beide Lochstreifen an den Seiten, was bedeutete, dass die Wunde keine Lebensgefahr für den Patienten darstellte.

Der zweite Verwundete traf um 07:03 Uhr ein, und bald darauf gab es eine regelrechte Schwemme, eine Flut von schwer verletzten, verdreckten und meistens unterkühlten Männern. Die Hauptaufgabe bestand nicht in chirurgischen Eingriffen, sondern in der Triage, und keine Zeit zum Operieren zu haben, war für ihn eine fortwährende Qual. Hinzu kam, dass sich sein Schädel wie mit Watte ausgestopft anfühlte, und der Durchfall trieb ihn immer wieder aus der Scheune. Es war ein bitterkalter stürmischer Tag, und während er sich über der Latrine abmühte, dröhnte in der Ferne der Kanonendonner.

Stundenlang arbeiteten sie auf diese Weise, im andauernden Krisenmodus, während unaufhörlich neue Verwundete eintrafen, die aber nur sporadisch weitertransportiert wurden, während man die Toten in Decken wickelte und draußen in den Schnee legte. In der Scheune herrschte Chaos, der Lehmboden war übersät mit Verbänden, leeren Ampullen und zerfetzten Uniformresten. An einigen Stellen standen Blutlachen. Die Verwundeten lagen aufgereiht da, mit ihren Kennkarten um den Hals, wie herrenlose Gepäckstücke, wimmerten, stöhnten oder bissen vor Schmerzen auf die Zähne. Bauer schnitt einem Soldaten die Hose auf, roch den Gestank seines Unterleibs, und ihm kam unwillkürlich der Gedanke: *Und Juden sollen stinken?* Er hatte keine Ahnung, wie die Schlacht lief, aber bei einem Spurt zur Latrine sah er, wie etwa zweihundert Meter entfernt eine Kiefer samt ihrem flatternden Wurzelwerk waagerecht über den Wald hinwegflog. Wie es schien, steckten die Sowjets nicht nur ein, sie teilten auch aus.

Gegen Mittag war er gleichermaßen erstaunt und erleichtert, als er sah, wie zwei Soldaten von Rauschenberg hereintrugen, auf einem Gewehr sitzend, die Arme um ihre Hälse geschlungen. Er war wütend. »Mein Fuß, mein scheiß Fuß« sagte er, als Bauer ihn nach der Art der Verletzung fragte. »Es ist nichts. Nur ein verdammtes Schrapnell. Gehen Sie und verarzten Sie jemand anderen.«

»Das entscheide immer noch ich«, sagte Bauer. »Sie sind jetzt in meinem Zuständigkeitsbereich.« Er bedeutete den Soldaten, den Patienten auf einer leeren Munitionskiste abzusetzen. Von Rauschenberg dankte den beiden und schickte sie zurück zu ihrer Einheit. »Sucht Leutnant Freiburg. Sagt ihm … sagt ihm, er soll tun, was nötig ist, aber sonst nichts. Keine weiteren Heldentaten, verstanden? Nicht heute.« Die Männer versprachen, die Botschaft zu übermitteln, salutierten und verließen die Scheune. »Die Sache ist die«, sagte von Rauschenberg, nun wieder wütend, »ich werde dort *gebraucht*.«

»Wieso, was ist denn los?«, fragte ihn Bauer und zog behutsam den Stiefel vom Fuß. Winkel erschien und bot an zu übernehmen. »Nein, ich mach das«, sagte Bauer. »Der Hauptmann und ich kennen uns.«

Der Stiefel rutschte über den Fuß, und von Rauschenberg zuckte zusammen. Mit leiser, aber weiterhin wütender Stimme erklärte er: »Wir haben angegriffen, und es war mehr oder weniger das, was ich hatte kommen sehen, ein verdammtes Massaker.« Seine schwarze Socke war blutdurchtränkt. »Wir waren schwächer als letztes Mal, der Iwan stärker. Wir sind nur halb so weit gekommen.« Mit einer Schere schnitt Bauer die Socke vom Fuß, sodass ein breiiges Loch im Mittelfußknochen zum Vorschein kam. Von Rauschenberg verzog das Gesicht. »Allmächtiger, ein verdammtes Stigmata.«

»Ein Stigma«, verbesserte ihn Bauer. »Sie haben nur eins.«

Von Rauschenberg lachte. »Pedantischer Sack. Aber scheiß drauf, Sie haben schon meine Laune gehoben.«

»Das Schrapnell ist hier oben eingedrungen«, sagte Bauer, »und unten wieder ausgetreten.« Er zeigte von Rauschenberg seinen Stiefel, dessen Sohle einen breiten Riss aufwies. »Genau dort.«

»Kriegen Sie es hin, dass ich wieder zu meinen Männern zurückkehren kann?«

Bauer schnaubte. »Gerd, hören Sie auf mit dem Quatsch. Ich wollte gerade sagen, dass wir den Fuß mit ein bisschen Glück werden retten können.«

»So schlimm?«

»Wir werden Sie schon wieder zusammenflicken, aber zu Ihren Männern zurückkehren werden Sie nicht.«

»Scheiße.«

»Sie sollten dankbar sein«, sagte er und begann, die Wunde zu bandagieren. »Nach dem, was ich gesehen habe, sind Sie raus, dienstuntauglich.« Eine weitere mögliche Freundschaft verloren, dachte er. Oder sie war von vornherein eine Totgeburt. Vielleicht war es besser, wie Weidemann zu sein, Distanz zu wahren zu den Leuten.

»Aber meine Männer. Die Hälfte von ihnen habe ich schon in den Tod geschickt.«

»Sie haben den Angriff nicht befohlen.«

»Ich hätte den Befehl verweigern sollen.«

»Und dafür erschossen werden? Sie haben getan, was Sie tun mussten. Und jetzt sind Sie raus.«

»Das wird sich noch zeigen. Der Iwan hat eine Gegenoffensive gestartet. Können Sie Ihre Patienten nicht schneller evakuieren?«

»Wir arbeiten schon am Anschlag«, sagte Bauer und befestigte den Verband.

»Dann lassen Sie uns auf das Beste hoffen. Und jetzt verziehen Sie sich und verarzten jemand anderes.«

Bauer salutierte ihm locker und ironisch und machte sich wieder an die Arbeit. Er fühlte sich erbärmlich: Ihm war speiübel und schwindlig, er war hundemüde und er war mindestens ein Dutzend IQ-Punkte dümmer als sonst. Die nächste Stunde verging wie die vorangegangenen sechs, und als er sich das nächste Mal zur Latrine schleppte, begrüßten ihn draußen der Lärm von Handfeuerwaffen und ein beißender Kordit-Geruch in der Luft. Seine Gedärme produzierten jetzt nur noch Flüssiges, und das raue Toilettenpapier scheuerte seinen Anus wund. Er zog die Hose hoch, wollte schnell aus der Kälte herauskommen und sich die Hände waschen, aber während er auf die Scheune zueilte, ließ der Anblick eines sowjetischen Soldaten in einer dick gefütterten, vollständig weißen Uniform ihn abrupt stehen bleiben; keine zehn Schritte entfernt eilte der Mann an ihm vorbei, ohne ihn zu bemerken, und offenbar war er allein. Deshalb und weil ihm nichts anderes einfiel, zog Bauer seine Pistole und rief dem Mann auf Russisch zu, er solle stehen bleiben. Der Soldat kam schliddernd zum Stehen und fuhr herum. Er war blass, verwirrt, ohne Helm und sehr jung.

»Ruki vverkh!«, brüllte Bauer, doch statt die Hände zu heben, stürmte der junge Soldat brüllend auf ihn zu. »Halt!«, rief Bauer erschrocken auf Deutsch, »Halt!« – doch der Junge rannte ungerührt weiter, und Bauer schoss ihm in die Brust, sodass der Junge rücklings in den Schnee stürzte. Bauer senkte die Waffe. Er atmete schnell. Er zitterte. Ihm war heiß und kalt zugleich. Der Junge krümmte sich, seine weiße Uniform färbte sich rot, wo ihn die Kugel getroffen hatte. Er hatte keine Waffe bei sich, war mit leeren Händen auf ihn zugestürmt – Bauer hatte das Bild nun mit fotografischer Klarheit vor Augen, doch eben hatte er das nicht gewusst, wenigstens nicht bewusst. Er kniete sich hin, noch die Pistole in der Hand, selbst jetzt noch wachsam. Der Brustkorb des Jungen hob und senkte sich, bei jedem Atemzug drang ein schmatzendes Geräusch aus seiner Wunde, ein sabbernder zweiter Mund. Er versuchte, etwas zu sagen, und Bauer beugte sich tiefer zu ihm herab, aber bereit, sofort wegzuspringen.

»Zachem?«, fragte der Junge. »Warum?« Seine Augen waren weit aufgerissen, sein Blick fassungslos.

Bauer sagte nichts, konnte nur den Kopf schütteln. Aus einer seiner Taschen zog er ein Taschentuch und drückte es auf die Wunde, um die Schmatzgeräusche verstummen zu lassen, doch sie wurden dadurch lediglich gedämpft, waren nun etwas leiser. Da war weiteres Blut, wie er nun bemerkte, an der weißen Kapuze des Jungen, und als er sie zurückzog, sah er eine zweite, oder besser gesagt, die Primärwunde an der Kopfseite des jungen Soldaten. Der Mann war bereits verwundet gewesen, als er an ihm vorbeigerannt war – ein junger Bursche, der medizinische Hilfe benötigt hatte.

Demchak erschien im Scheuneneingang, und Bauer brüllte nach einer Bahre. Dann wandte er sich wieder zu dem Jungen und sagte auf Russisch: »Ich werde dir helfen, verstehst du? Ich bin Arzt. Ich werde dir helfen.«

16

Ohne es offen auszusprechen, machten seine Männer deutlich, dass sie nicht bereit waren, einem feindlichen Soldaten zu helfen, und Bauer fehlte die Kraft, es ihnen zu befehlen, krank, wie er war, und immer noch unter Schock. Vor allem Demchak gab sich starrsinnig, aber auch Winkel blickte mehr als einmal zu ihren auf dem Boden verstreuten Landsleuten. Dann war plötzlich Gerd von Rauschenberg da, auf ein Gewehr gestützt wie auf eine Krücke, und drohte, jeden, der nicht gehorchte, vors Kriegsgericht zu bringen. Die Männer gaben nach, Demchak mürrisch, Winkel und Pflieger mehr oder weniger augenblicklich, und da es nicht infrage kam, einen verwundeten Sowjet nach Jasnaja Poljana zu schicken, bereitete sich Bauer auf die Operation vor. Eine Bluttransfusion wäre hilfreich gewesen, aber der Junge, ein Gefreiter, kannte seine Blutgruppe entweder nicht oder war zu benommen, um sich daran zu erinnern, und es war ohnehin unklar, ob sich jemand zu einer Blutspende bereit erklärt hätte. Krank, wie er war, hätte Bauer selbst es nicht tun können. Er arbeitete zügig, nutzte die kurze Zeitspanne, die ihm eine einzige Dosis Pentothal verschaffte, um die Lunge des Jungen zu öffnen, die Kugel herauszuholen – *seine* Kugel, die er vor sechs Monaten in Brest-Litowsk persönlich in die Ladekammer geschoben hatte –, die Blutung zu stillen, die Lunge zusammenzuflicken und den Schnitt zu nähen. Er hatte getan, was er konnte. Demchak und Pflieger legten den Jungen zu den anderen Patienten. Es gab schon wieder neue Arbeit für sie.

Zwei Stunden später wurde es dunkel und der Schlachtenlärm erstarb, doch Bauer arbeitete weitere sechs Stunden und fühlte sich währenddessen immer schlechter, bis er sich schließlich hinlegen musste und Winkel das Kommando übertrug. Er schlief schlecht, gestört durch das Stöhnen der Verwundeten, durch seine Bauch- und Gliederschmerzen sowie durch den Traum, in dem seine tote Frau Clara ihn um Hilfe anflehte, die er ihr nicht erweisen konnte, weil er zu erschöpft, zu verwirrt und mit zu vielen anderen Dingen beschäftigt war.

Bei Tagesanbruch trafen die nächsten Verwundeten ein, und mit ihnen kam die Kunde, dass der sowjetische Gegenangriff gestoppt worden war. Den ganzen Tag über war die Schlacht hin und her gewogen, und mehrmals war die Division gezwungen gewesen, Lücken in den Reihen zu schließen. Beide Seiten hatten hohe Verluste erlitten, und nun war es ruhig an der Front. Bauer sah nach dem jungen Russen und stellte fest, dass er noch lebte, wenn auch nur gerade so.

Immer neue Lastwagen und Krankenwagen trafen ein, um die Verwundeten abzutransportieren, und am Vormittag beorderte Metz Bauer und seine Männer über Funk nach Jasnaja Poljana zurück, da es Erich Pilcz nicht gut gehe und er nach Deutschland zurückgeschickt werde. Eine Chirurgengruppe aus Chern würde sie am Verbandsplatz ablösen. Es bestehe kein Grund zu warten, die Ersatzleute seien schon unterwegs.

Pflieger jubelte, als er die Neuigkeit erfuhr, und auch Winkel sah erfreut aus, vielleicht weil er Hoffnungen hegte bezüglich Daria Grigorjewna. Bauer selbst wusste kaum, was er denken sollte. Es ging ihm dreckig, und neben der Vorstellung, wieder jeden Tag Metz ertragen zu müssen, machte es ihn skeptisch, an einen Ort zurückzukehren, den er gedanklich bereits in die Vergangenheit verbannt hatte. Andererseits würde er dort wieder richtig operieren können, und die Bedingungen in Jasnaja Poljana waren fraglos besser als an der Front. Und dann war da natürlich noch Katerina. War das ein Plus oder Minus? Er wusste es nicht.

Es dauerte einige Stunden, um die Vorkehrungen für ihre Abreise zu treffen. Bauer und Demchak sollten in einem Kübelwagen zurückfahren; die Ausrüstung und Taschen wurden in den Stauraum gequetscht, quer auf der Motorhaube wurde die Bahre mit dem frisch operierten sowjetischen Soldaten festgezurrt. Laut der Schriftrolle, welche die Iwans in kleinen Schraubzylindern um den Hals trugen, handelte es sich um den Gefreiten Kirow, Pjotr Maximowitsch, zwanzig Jahre alt. Genauso alt wie Katerinas Sohn. Aber Gott sei Dank war er nicht ihr Sohn. Diese Art von Zufall – die in russischen Romanen des neunzehnten Jahrhunderts so beliebt gewesen war – gab es im wahren Leben, wenn überhaupt, nur äußerst selten, und im vorliegenden Fall war das Schicksal gnädig.

Winkel und Pflieger sollten im geborgenen T-34 fahren, zusammen mit vier mittelschwer verwundeten Männern im Innenraum und neun leicht verletzten Soldaten, die, gegen den unablässig fallenden Schnee in Decken und Schutzplanen gehüllt, draußen auf der Panzerwanne sitzen würden. Einer von ihnen sollte von Rauschenberg sein, der sich Krücken beschafft hatte und, offensichtlich unter Schmerzen, herumhumpelte, um die Beladung des Panzers zu überwachen; dabei achtete er besonders auf die Reichsfahnen, die zusammen mit dem umgedrehten Kanonenrohr das Risiko eines irrtümlichen Beschusses durch eigene Streitkräfte verringern sollten. Als Bauer hinüberging und ihm helfen wollte, auf den Panzer zu klettern, nickte von Rauschenberg in Richtung des Verletzten auf dem Kübelwagen. »Sind Sie sicher, dass Sie das machen wollen? Die werden nicht erlauben, dass Sie ihn behalten.«

»Ich möchte mir kein Haustier zulegen.«

»Er könnte trotzdem sterben.«

»Das stimmt. Aber ich bin Arzt. Meine Aufgabe besteht darin, den Tod so lange wie möglich hinauszuzögern.«

»Damit Gevatter Tod möglichst lange ungeduldig mit seinen knochigen Fingern trommelt? Ein hehres Ziel. Ich für meinen Teil habe ihm in letzter Zeit ständig den roten Teppich ausgerollt.«

Sie verabschiedeten sich, und kurz darauf setzte sich der von einem Krankenwagen angeführte Konvoi in Bewegung. Hinter dem Krankenwagen folgten zwei Laster, der T-34 und am Ende der Kübelwagen. Bauer spürte jeden Buckel in den hartgefrorenen Spurrillen, und ihm grauste bei der Vorstellung, was das Gerumpel für die frisch genähten Wunden des sowjetischen Jungen bedeuten mochte. Aufgebahrt auf der Motorhaube sah er aus wie eine Opfergabe – aber eine Opfergabe für wen? Metz würde jedenfalls nicht erfreut sein.

In beide Richtungen waren zahllose Versorgungswagen, Ambulanzen und Laster unterwegs, sodass sie immer wieder anhalten oder an den Straßenrand fahren mussten, um den entgegenkommenden Verkehr durchzulassen. Auf dem Fahrdamm über den zugefrorenen See hatte sich ein Stau gebildet; auf beiden Seiten wetteiferten die Fahrzeuge darum, die einzige Fahrspur zu benutzen. Bauer seufzte. So viel zum berühmten Organisationstalent der Wehrmacht. Unter normalen Umständen wäre er vielleicht ausgestiegen und hätte das Kommando übernommen, aber dafür fühlte er sich heute zu krank. Sollte sich doch jemand anderes darum kümmern. Stattdessen hielt er am Himmel nach sowjetischen Aufklärern Ausschau, wohl wissend, dass feindliches Artilleriefeuer dies zu einer sehr ungesunden Gegend machen würde.

Nach längerem Warten erreichten sie den Damm und begannen, den See zu überqueren; wegen des Gefälles an den

Seiten hielten sie sich in der Mitte der Fahrbahn. Der T-34 war hingegen so breit, dass er den Fahrdamm beinahe vollständig ausfüllte. Er schob sich langsam voran, blies seine braunen Abgasschwaden direkt auf den Kübelwagen. Wegen ihres Patienten auf der Motorhaube bat Bauer Demchak, sie ein Stück zurückfallen zu lassen, doch plötzlich kam der Panzer zum Stehen. »Was soll das denn jetzt?«, fragte er. Bitte kein mechanisches Problem, hoffte er – nicht hier, nicht jetzt, mit dreizehn Verwundeten an Bord – vierzehn, wenn man den sowjetischen Soldaten mitzählte –, von denen die meisten der eisigen Kälte ausgesetzt waren. Der Motor des Panzers lief noch, hüllte sie weiterhin in seine Abgase, was wohl ein ermutigendes Zeichen war, wie er annahm; dann vernahm er über dem Motorenlärm – dem des Panzers und ihrem eigenen – plötzlich einen hitzigen Wortwechsel, und in dem Hin und Her glaubte er Gerd von Rauschenbergs wohlmodulierte, aber wütende Stimme herauszuhören. Bauer wandte sich zu Demchak und befahl ihm, nach vorne zu gehen und herauszufinden, was los war. Augenblicke später sprang der Ukrainer auf das Heck des Panzers und bahnte sich zwischen den verwundeten Passagieren einen Weg, kletterte dann auf den Geschützturm. Nach einigen Minuten kehrte er zurück, sprang herunter und stieg wieder in den Kübelwagen, sein Gesichtsausdruck wie immer unergründlich. »Wir müssen umkehren.«

»Umkehren? Wir haben mehr als die Hälfte der Strecke hinter uns.«

»Da ist ein Stabswagen. Irgendein Generalleutnant sitzt drin. Es ist dringend. Wir müssen zurückfahren.«

»Sagt das Hauptmann von Rauschenberg?«

»Der Hauptmann ist wütend«, sagte Demchak, »aber er kann nichts dagegen tun. Es ist ein Befehl.«

»So ein Unsinn«, sagte Bauer. Er erwog, selbst vorzutreten und als Arzt zu argumentieren, aber nachdem dieser Generalleutnant, wer auch immer es war, einmal seinen Befehl erteilt hatte, war es unwahrscheinlich, dass er ihn zurücknehmen würde. Verdammt, vielleicht war der Mann sogar im Recht; womöglich war das, was er an der Front zu erledigen hatte, wichtiger und dringlicher als die Evakuierung einer Handvoll Verwundeter.

»Na schön«, sagte Bauer, »dann los.«

Demchak nickte und legte den Rückwärtsgang ein, schaute über die Schulter und fuhr los, eine Hand an Bauers Rücklehne; er fuhr beängstigend schnell, wie Bauer angesichts der vereisten Fahrbahn fand, sodass sie schon ein gutes Stück entfernt waren, als der T-34 eine schwarze Abgaswolke in die Luft ausstieß und sich nun seinerseits rückwärts in Bewegung setzte. Zunächst schien alles gutzugehen – Bauer sah von Rauschenberg auf dem Geschützturm stehen und Anweisungen in den Innenraum rufen –, aber dann wich Winkel von der geraden Fahrlinie ab und fuhr den Panzer gefährlich nahe an den Rand des Damms. Gott sei Dank bemerkte es jemand und Winkel bremste, dann folgte eine Reihe kleiner Korrekturen: ein Stück vorwärts, ein Stück nach rechts, wieder ein wenig nach links. Inzwischen hatte Demchak den Kübelwagen vom Damm heruntergefahren, und aus dieser Entfernung wirkte der T-34 winzig klein, ein Käfer, der auf einem Zweig herumkrabbelte. Plötzlich fuhr der Panzer ruckartig auf den abschüssigen Rand des Fahrdamms zu und geriet – zu Bauers Entsetzen – in Schräglage, begann zu kippen; die Langsamkeit der Bewegung offenbarte sein wahres Gewicht und seine Masse, und während ein letztes Mal der Motor aufheulte und die Verwundeten abgeworfen wurden, krachte der T-34 auf die Seite, durchschlug das Eis und versank im See.

***

»Bauer, willkommen!«, rief Metz hinter seinem Schreibtisch. Er lachte. »Sie sehen schrecklich aus. Was ist los mit Ihnen?«

»Ich bin krank«, antwortete Bauer und blieb verblüfft stehen, denn auf dem Stuhl vor Metz' Schreibtisch saß Katerina; noch mehr verblüffte ihn die Anwesenheit der alten Frau, Daria Grigorjewnas Mutter, die am Kamin stand.

»Herr Hauptmann«, sagte Katerina, und sein Herz begann zu rasen.

»Katerina Dmitriewna«, entgegnete er.

»Erinnern Sie sich an Agrafena Wiktorowna?«, fragte sie, ihre Stimme neutral, beherrscht.

»Natürlich«, sagte er und begrüßte die alte Frau auf Russisch. Katerinas Miene war teilnahmslos, wie ihre Stimme, doch als er versuchte, ihren Blick zu treffen, schaute sie schnell weg.

»Sie hätten mir Bescheid geben sollen«, erklärte Metz ausgelassen, was Bauer vermuten ließ, dass der Oberstleutnant vor Kurzem Besuch von Drexel erhalten hatte. »Hätte ich gewusst, dass Sie krank sind, hätte ich Sie nicht mit diesen Operationen allein gelassen.«

»Es ging schon«, sagte Bauer, obwohl er mehrmals beinahe losgeheult hätte, während er und Molineux die Überlebenden vom Damm verarztet und dann noch die beiden Soldaten operiert hatten, die Metz ihm dagelassen hatte, beides langwierige, komplizierte Eingriffe.

»Wie auch immer, willkommen zurück«, sagte Metz.

»Ich sollte Sie warnen, Herr Oberstleutnant, es geht mir nicht gut. Ich werde mich etwas ausruhen müssen.«

»Wirklich? Wie ärgerlich. Ihr Ersatzmann war unbrauchbar.«

»Tut mir leid, das zu hören. Wird er wieder in Ordnung kommen?«

»Das bezweifle ich. Nicht nach dem, was ich gesehen habe.«

Bauer spürte ein Druckgefühl im Bauch, dann einen aufsteigenden Brechreiz, der sich zwar fürs Erste verdrängen ließ, aber gewiss nicht bis in alle Ewigkeit. »Herr Oberstleutnant, ich habe leider schlechte Nachrichten.«

»Nun, wie Sie sehen, habe ich Gäste.«

»Ich fürchte, das kann nicht warten«, sagte er und schaute zu Katerina, hin- und hergerissen zwischen dem Wunsch, dass sie blieb, und seiner Verpflichtung, Metz zu informieren.

Metz verzog das Gesicht, gab sich verärgert. »Na gut, dann schießen Sie los, wenn es so dringend ist.« Erneut schaute Bauer zu Katerina hinüber, und Metz folgte seinem Blick und fügte hinzu: »Lassen Sie sich nicht stören durch Frau Trubetzkajas Anwesenheit. Wir sind jetzt alles Freunde hier.«

»Tatsächlich?«, fragte Bauer, in Gedanken bei den Geschehnissen in seinem Bauch.

»Es sieht aus, als müsste sich der Hauptmann hinsetzen«, sagte Katerina und schaute ihn nun fest an, mit offensichtlicher Besorgnis, sodass Bauer an diesem Tag zum zweiten Mal Gefahr lief, in Tränen auszubrechen.

»Wirklich? Dann nur zu, Bauer, setzen Sie sich. Schlechte Nachrichten, sagen Sie?«

Behutsam ließ sich Bauer auf einen Stuhl sinken, dann holte er Luft und berichtete mit tonloser Stimme von dem Unfall auf dem Damm. Von den fünfzehn Männern, die in oder auf dem T-34 unterwegs gewesen waren, hatten nur drei überlebt; Sepp Winkel, Karl Pflieger und Gerd von Rauschenberg zählten nicht dazu.

Metz hörte ihm mit ernster Miene zu, blickte auf und erwiderte, dass es ihm sehr leidtue, das zu hören. »Vor allem der Obergefreite Winkel wird uns sehr fehlen. Sie werden den Familien schreiben, nehme ich an?«

»Ja, sobald ich dazu in der Lage bin.«

»Was soll das heißen?«

»Sobald ich mich auskuriert habe.«

»Wie ärgerlich. Was haben Sie sich denn eingefangen? Typhus?«

»Das bezweifle ich. Wahrscheinlich ist es ein Virus. Ich brauche nur etwas Ruhe.«

»Sie müssen sich doch jetzt nicht sofort ins Bett legen, oder? Frau Trubetzkaja erzählt, dass die alte Frau hier nicht nur Graf Tolstoi persönlich gekannt, sondern auch seinen Geist gesehen und sogar mit ihm gesprochen hat. Was sagen Sie dazu?«

»Unglaublich.«

»Nicht wahr?«

Trotz seiner Übelkeit verspürte Bauer einen Stich der Enttäuschung darüber, dass Katerina nicht ihm, sondern Metz Agrafenas Bekanntschaft mit Tolstoi enthüllt hatte. Allerdings hielt er es auch für möglich, dass eine der Frauen oder sogar beide logen.

»Herr Oberstleutnant, bevor Sie fortfahren, sollte ich noch etwas anderes erwähnen. Ich habe einen Verwundeten mitgebracht, den ich an der Front wegen eines Lungenschusses operiert habe.«

»Was ist daran so besonders?«

»Der Verwundete ist ein Sowjet. Major Weidemann weigert sich, ihn ohne Ihre Zustimmung bei uns aufzunehmen.«

»Ein *Iwan?* Wer ist er? Ein Offizier?«

»Er ist ein Niemand. Ein Gefreiter.«

»Warum haben Sie ihn dann hergebracht?«

»Er wurde in unmittelbarer Nähe des Verbandsplatzes verwundet. Ich fühlte mich verantwortlich. Als Arzt fühlte ich mich verantwortlich.«

»Sie *fühlten* sich verantwortlich?«

»Ja. Er wäre gestorben, wenn ich ihn nicht operiert hätte. Er *wird* sterben, wenn Sie seiner Aufnahme nicht zustimmen.«

Metz lachte. »Mein Gott, Bauer, Sie sind eigensinnig wie immer. Ich dachte, ein Ausflug an die Front würde Ihnen eine Lektion erteilen. Aber nein, wie es scheint, haben Sie nichts dazugelernt.«

»Mir war nicht bewusst, dass ich etwas dazulernen sollte.«

Metz schmunzelte und wandte sich zu Katerina. »Sie werfen uns Grausamkeit vor, Frau Trubetzkaja, und doch sehen Sie, was für Menschenfreunde ich unter meinem Kommando habe. Wenn es nach Hauptmann Bauer ginge, würde er sich – ich weiß nicht – auch noch um die Hühneraugen Ihrer Landsleute kümmern. Ich nehme an, Sie sind gerührt.«

»Die Sache geht mich nichts an.«

Metz lachte erneut. »Da haben Sie's, Bauer. Die Frau ist härter als Sie. Kein Pardon, das ist die richtige Einstellung. Aber ich denke, dieses eine Mal könnte ich mich auch als Menschenfreund zeigen und Gnade walten lassen. Frau Trubetzkaja, was meinen Sie?«

»Wie gesagt, es ist Ihre Entscheidung.«

»Ich tue es Ihnen zuliebe. Nur, damit wir uns richtig verstehen.«

»Das finde ich zweifelhaft, Herr Oberstleutnant.«

Metz lachte wiehernd. Er hatte ganz sicher irgendetwas im Blut. »Sie werden also den Major anrufen?«, fragte Bauer.

»Na klar doch …«

»Jetzt sofort?«

»Mein Gott, Sie können richtig penetrant sein, wissen Sie das, Bauer?«, sagte er und griff nach dem Feldtelefon auf seinem Schreibtisch. »Meinetwegen, ich mach's sofort.«

»Ich danke Ihnen, Herr Oberstleutnant.«

Metz ließ sich ins Krankenhaus durchstellen, und während am anderen Ende der Leitung jemand Weidemann an den Apparat holte, wurde es still im Raum. Bauer sah Katerina an, und erneut traf sie seinen Blick, nur diesmal mit einem Mona-Lisa-Lächeln, sodass er sich unfreiwillig an die Brust fassen musste, seine Trauer um Pflieger und Winkel im Widerstreit mit seiner Freude darüber, Katerina wiederzusehen. Dann sprach Metz mit Weidemann und wies ihn an, dem sowjetischen Soldaten ein Bett zu suchen.

»Zufrieden?«, fragte ihn Metz, als er den Hörer auflegte.

»Ja, Herr Oberstleutnant«, sagte Bauer.

»Gut. Dann können wir endlich zum Hauptthema des Abends kommen. Frau Trubetzkaja, wie fangen wir an?«

»Ich bin mir nicht sicher, ob wir das tun sollten, wenn es dem Hauptmann so schlecht geht.«

»Unsinn. Er wird seine Pflicht tun. Vor allem, wenn er begreift, was auf dem Spiel steht.«

»Nun gut«, sagte Katerina. »Haben Sie die Kerze?«

»Natürlich.«

»Und etwas, wo wir sie raufstellen können?«

»Ja, eine Munitionskiste«, sagte Metz.

»Eine leere, will ich doch hoffen.«

»Für wie dumm halten Sie mich eigentlich? Ich will mit den Toten sprechen, nicht zu ihnen stoßen.«

»Das freut mich zu hören«, sagte sie.

Metz gluckste. »Ich denke, die Begegnung wird schon explosiv genug. Das heißt, falls mein Widersacher sich zeigt.«

»Sie halten eine Séance ab?«, fragte Bauer.

»Sozusagen«, sagte Metz. »Mir persönlich gefällt der Begriff ja nicht. Nach dem letzten Krieg haben zu viele Scharlatane den Hinterbliebenen mit sogenannten ›Séancen‹ das Geld aus der Tasche gezogen.«

»Aber das hier ist etwas anderes?«, fragte Bauer, auf der

Hut, nicht zu spotten und rausgeworfen zu werden so wie vor zwei Wochen. Das Rumoren in seinem Bauch würde ihn ohnehin bald zwingen zu gehen.

»Ja. Aus mehreren Gründen«, antwortete Metz. »Erstens wird kein Geld den Besitzer wechseln. Zweitens hat die alte Frau schon lange vor unserem Erscheinen mit Tolstois Geist kommuniziert. Drittens – und das ist bei Weitem der wichtigste Grund – kommen Sie und ich hier heute Abend nicht aus der Not heraus zusammen, sondern aus schierem Eroberungswillen.«

Bauer nickte, sein Gesicht auf eine Weise verzogen, von der er hoffte, dass sie wie Nachdenklichkeit aussah. Das eigentliche Rätsel für ihn war, wie er und Metz nach einer annähernd gleichen wissenschaftlich-medizinischen Ausbildung zu so unterschiedlichen Ansichten über die Realität gelangt waren.

Augenblicke später saßen sie um die Munitionskiste herum, ihre Gesichter vom Lichtschein einer einzelnen Kerze erhellt. Links neben Bauer saß Katerina, rechts neben ihm Agrafena, ihm gegenüber Metz. Katerina forderte sie auf, sich an den Händen zu halten, und Bauer zögerte. »Ich möchte niemanden anstecken. Ich habe mir zwar die Hände gewaschen, aber –«

»Keine Sorge, ich werde nicht krank. Und Agrafena ist so widerstandsfähig, wie man nur sein kann.«

Alle vier fassten sich bei den Händen. Agrafenas Handfläche war schwielig, der Handrücken trocken wie Pergament. Katerinas Griff war weicher, aber auch kühler, als er sich vorgestellt hatte. Trotzdem bewegte ihn die Berührung zutiefst und gleichzeitig entrüstete es ihn, dass ihre andere Hand von Metz gehalten wurde.

»Spricht der da nicht Russisch?«, fragte die alte Frau Katerina und hob Bauers Hand.

»Ist schon in Ordnung, er steht auf unserer Seite.«

»Wirklich?«

»Falls er es nicht tut, werden wir es bald rausfinden. Mach einfach weiter wie geplant.«

All das wurde auf Russisch gesagt, ohne ihn anzusehen, und trotz seiner Übelkeit fühlte sich Bauer beinahe körperlos, wie ein Verstand, der auf einem rumorenden Bauch trieb.

»Nur Mut, Hauptmann«, sagte Metz, während der Kerzenschein seine Kinnspalte in eine Höhle verwandelte. »Leo Tolstoi mag ins Totenreich übergetreten sein, aber es gibt keinen Grund, sich vor ihm zu fürchten.«

»Ich fürchte mich nicht, ich bin krank.«

»Der Tod macht einen Menschen nicht furchterregender als zu Lebzeiten, und was war Tolstoi, als er noch lebte? Ein Dichter. Es gibt zwei Arten von Männern auf dieser Welt: diejenigen, die eine zahme Geistesexistenz führen, und diejenigen, die die Realität wählen und *handeln*. Tolstoi gehörte zur ersten Sorte, wir brauchen uns also keine Sorgen zu machen.«

»Sollen wir anfangen?«, fragte Katerina.

»Unbedingt«, sagte Metz. »Sollen wir die Augen schließen?«

»Das liegt ganz bei Ihnen.«

»Gut. Ich lasse sie offen.«

Eine Weile sagte niemand etwas. Das Kaminfeuer knisterte, der Schornstein stöhnte. Um sein Unwohlsein etwas abzumildern, rutschte Bauer auf seinem Stuhl herum, dessen Beine vernehmlich knarrten, und plötzlich stieg der Druck in seinem Magen, sodass er einen Moment lang befürchtete, aufspringen und hinausstürmen zu müssen. Er kämpfte dagegen an, schluckte, zwang das aufsteigende Druckgefühl hinunter. Er war entschlossen, zu bleiben und den Vorgängen beizuwohnen, wie abwegig sie auch sein mochten. Der Übelkeitsanfall verging.

Metz und Katerina blickten beide auf Agrafena, die ihre Augen geschlossen hatte. Dann begann sie, leise einen tiefen Ton zu summen, und hielt von Zeit zu Zeit inne, um Luft zu holen. Tolstoi war als Biene zurückgekehrt, wollte Bauer sagen, tat es aber nicht. Es war ein einschläferndes Geräusch, und Bauer ließ seinerseits die Augen zufallen, bis die alte Frau mit einer unbestreitbar unheimlichen Stimme rief: *»Schitat Tolstoi? Eto ty?«*

»Graf Tolstoi? Seid Ihr das?«, übersetzte Katerina.

Agrafena spitzte die Ohren und nickte dann, als erhielte sie eine Antwort. *»Eto on«*, sagte sie und wandte sich den Anwesenden zu.

»Er ist es«, sagte Katerina zu Metz.

»Wie ich mir gedacht habe!«, rief Metz.

»Was möchten Sie ihm sagen?«, fragte Katerina.

»Ich möchte wissen, was er hier tut.«

»Ich wage zu behaupten, das wird er eher von Ihnen wissen wollen.«

»Übersetzen Sie einfach meine Frage.«

Katerina leitete die Frage an Agrafena weiter, die auf Russisch zur Zimmerdecke sprach. Wieder lauschte sie demonstrativ auf die Antwort und sagte dann: »Wir sind sein Volk. Er beschützt uns.«

»Er passt auf uns auf«, paraphrasierte Katerina auf Deutsch. »Er ist der Hüter von Jasnaja Poljana.«

Obwohl er wusste, dass das Ganze ein Schwindel war, empfand Bauer einen Anflug von Ehrfurcht. Immerhin hielt er eine Hand, die, soweit er wusste, einst die des leibhaftigen Graf Tolstoi berührt hatte, und er saß wahrhaftig im Arbeitszimmer des großen Mannes, in einem Haus, in dem bis heute unbestreitbar der Geist des großen Literaten allgegenwärtig war.

»Ist das der Grund, warum er sich uns widersetzt?«, fragte Metz.

Wieder das Hin und Her der realen und irrealen Übersetzung, bevor Katerina antwortete: »Sie sind unbefugt hier. Er wird alles tun, um Sie zu vertreiben.«

»Ich *wusste* es«, verkündete Metz. »Sagen Sie ihm, dass er seine Zeit verschwendet. Ich habe keine Angst vor seinen Mätzchen. Er ist nichts Besonderes. Irgendwann sind wir alle tot. Dieses Land und alles, was sich darauf befindet, gehört jetzt dem Deutschen Reich. Was sagt er *dazu*?«

Während sich Katerina abermals als Dolmetscherin verdingte, rang Bauer mit der nächsten Übelkeitswelle. Alles tat ihm weh. Er fühlte sich benommen, verwirrt. Er wollte gehen, doch die Hände der Frauen hielten ihn fest.

»Genau wie seine Vorfahren wird auch das sowjetische Volk nicht ruhen, bis Mütterchen Russland sich der Invasoren entledigt hat«, erklärte Katerina.

»Ha!«, rief Metz. Er sah sie verschlagen an. »Ich dachte, er sei Pazifist? Fragen Sie ihn das.«

»Das brauche ich nicht«, sagte Katerina. »Der Graf hasst Krieg, das ist klar, aber es herrscht nun mal Krieg, und er sieht voraus, wie dieser Konflikt enden wird.«

Metz verschränkte die Arme. »Ach, wirklich? Und wie endet er?«

»Mit der vollständigen Vernichtung des Deutschen Reiches.«

»Das hat er zu Ihnen gesagt?«

»Zu Agrafena Wiktorowna.«

Zum ersten Mal wirkte Metz unsicher. »Das glaube ich nicht«, sagte er. »Es ist ein Trick, eine typisch slawische List. Fragen Sie ihn, wie er solche Zuversicht vortäuschen kann, wo doch in genau diesem Moment die Wehrmacht an Moskaus Tore hämmert.«

Katerina übermittelte Agrafena den wesentlichen Inhalt dieser Worte, und die beiden machten sich daran, eine

Antwort auszubaldowern, deren Einzelheiten Bauer wegen seiner Übelkeit nicht mehr folgen konnte. Als sie ihr Zwiegespräch beendet hatten, sagte Katerina auf Deutsch: »Lew Nikolajewitsch räumt ein, dass die Sowjetunion am Rande des Abgrunds steht …«

»Hören Sie das, Bauer! Die Sowjets taumeln, stehen am Abgrund. Ein kleiner Schubser noch und es ist vorbei mit ihnen!«

Doch Bauer hielt es nicht mehr aus. Sein Brustkorb ruckelte. Er sprang aus dem Stuhl, ließ die Hände der Frauen los, stürzte zur Tür, riss sie auf und stolperte, Metz' Proteste in den Ohren, ins Vestibül und hinaus auf die Veranda, von wo aus er sich in den Schnee erbrach.

17

Sydney
4. März 1968

Lieber Paul,
Bürgermeister von Nürnberg! Ich hatte keine Ahnung, dass ich mit einem so bedeutenden Mann korrespondiere. Da du diesen Punkt so beiläufig erwähnt hast, muss ich es zwangsläufig als Vermeidungsmaßnahme betrachten – du musst mir unbedingt Zeitungsausschnitte, Fotos und alle anderen Informationen über deine politische Laufbahn schicken! Im Gegenzug (und weil du – bisher – nicht den Geheimdienst auf mich angesetzt hast) werde ich dafür sorgen, dass Professor Fleet dir Exemplare von *Drei Frauen* und *Europa, 1975* zusendet. Bedenke bitte, dass es sich bei diesen Museumsstücken um das Werk einer jungen Frau handelt, die es längst nicht mehr gibt – es gab sie schon lange nicht mehr, als du und ich uns kennenlernten. (Übrigens bin ich mir sicher, dass Simon Fleet für niemanden spioniert; dafür flirtet er zu unverhohlen mit mir, weil er mich für zu alt hält, um auf seine Avancen einzugehen. Die einzige Person, über die er mich regelmäßig ausfragt, ist Lew Nikolajewitsch.)

Welche Wendungen und Veränderungen es in deinem Leben gab! Im Vergleich dazu erscheint mir mein eigenes Leben ereignislos und – seit wir auseinandergingen – wesentlich einfacher. Du bezeichnest deine Zeit in Jasnaja Poljana als Wendepunkt deines Lebens, und in dramaturgischer Hinsicht divergieren wir hier, du und ich. Die großen Ereignisse meines Lebens haben sich alle davor ereignet, während es bei dir andersherum war (in feinster akademischer Art lasse ich dabei den Tod deiner Frau außer Acht, weil er in dieses hübsche Schema nicht hineinpassen will).

Dein Brief hat in mir so viele Gedanken und Gefühle, Erinnerungen und Fragen geweckt. So wurde mir beispielsweise klar, dass ich auf einer Reise nach Leningrad im März 1946 an deinem etwa dreißig Kilometer entfernten Internierungsort bei Borowitschi vorbeigefahren sein muss. Ich hatte keine Ahnung, dass es dort ein Kriegsgefangenenlager gab, geschweige denn, dass du dort warst. Der Gedanke an deine lange Gefangenschaft empört mich so sehr, dass es mir sogar gelingt, auch für deine Landsleute, die das gleiche Schicksal erlitten haben, ein gewisses Mitgefühl aufzubringen (allerdings nicht für den Mann, der sein Eisernes Kreuz mit in die Gefangenschaft nahm). Das wiederum führt mich zu der Frage, was aus deinen Kameraden wurde, die ich in Jasnaja Poljana kennengelernt habe. Vor allem aus Metz und dem anderen Mann, dem Possenreißer – Molineux hieß er, nicht wahr? –, an den ich jetzt zugegebenermaßen mit Belustigung zurückdenke. Vielleicht bin ich ein wenig wie die von dir erwähnten Kriegsveteranen, die für ihre ehemaligen Feinde ein gewisses »Wohlwollen« entwickelt haben (wenn auch in meinem Fall nur ein wenig). Wenn schon sonst nichts, so waren wir zumindest Zeitgenossen, denke ich – alles unschuldige böse Kinder, bevor wir gemeinsam die Bühne unserer Generation betraten. Und jetzt stehen wir, die Überlebenden des Krieges, aufs Geratewohl in der Warteschlange zum Tod an.

Du hast dich nach Marlen erkundigt, und ich kann dir mit großer Dankbarkeit mitteilen, dass er den Krieg überlebt hat, wenn auch nicht unbeschadet, denn er wurde 1945 am Rande Berlins schwer verwundet. Doch er erholte sich und stieg in den Staatsmedien auf, zunächst innerhalb der Produktion und zuletzt in der Geschäftsführung; vor Kurzem ist er mit seiner Frau Anna und seiner Tochter Nadia in eine schöne Wohnung im Zentrum von Moskau gezogen. Die Parteimitgliedschaft ist eine Voraussetzung für diese Art von Erfolg, aber soweit ich weiß, hat Marlen niemandem aktiv geschadet, um dorthin zu gelangen, wo er jetzt ist. Wohlgemerkt, er ist schockierend konservativ. Ich frage mich, was der Militärdienst mit dem Konservatismus zu tun hat? Liegt es daran, dass ehemalige Soldaten, die so viel für ihr Land geopfert haben, es nicht ertragen können, dass die Zeit aushöhlt, wofür sie einst gekämpft haben? Wenn ja, ist das ein weiterer Grund, Krieg zu verbieten (falls im Atomzeitalter ein weiterer Grund nötig ist). Zu Marlens Gunsten sollte ich anmerken, dass seine Tochter ihn nicht nur toleriert, sondern sogar liebt – keine Kleinigkeit für eine Neunzehnjährige, die selbst alles andere als konservativ ist (wie du richtigerweise schlussfolgerst, sind meine kleinen Geschenke aus dem Westen hauptsächlich für meine Enkelin). Sogar seine Frau zeigt Anzeichen dafür, dass sie ihn ein wenig liebt.

Es ist äußerst wohlwollend von dir, mir

vorzuschlagen, wieder mit dem Schreiben anzufangen, aber leider kommt das nicht infrage. Zunächst einmal darf in der Sowjetunion jede Literatur, die diese Bezeichnung verdient, entweder nicht veröffentlicht werden, oder falls sie doch erscheint, bringt es dem Autor großen Ärger mit dem Staat ein. Ich denke dabei an Alexander Solschenizyn. Kennst du sein Buch *Ein Tag im Leben des Iwan Denissowitsch*? Ein unverzichtbares Werk. Oder sogar Pasternak. Ich persönlich finde *Dr. Schiwago* eher leichtgewichtig und überzogen, aber der Mut, mit dem sich Pasternak zeitweise gegen die Obrigkeit gestellt hat, auch gegen Stalin persönlich, lässt sich nicht leugnen (dass er naiv war und Glück hatte, war für ihn natürlich hilfreich). Und dann ist da noch Mandelstam, dessen Naivität ihn nicht retten konnte. Und Achmatowa, eine mutige Frau und außergewöhnliche Dichterin. Ich bin ihr einmal begegnet, und obwohl sie mir gegenüber sehr höflich war, konnte ich mich des Eindrucks nicht erwehren, dass ich im Vergleich zu ihr ein Schmierfink war, eine feige Opportunistin. Sie *war* Literatur, ich deren Speichelleckerin; sie wäre für Literatur gestorben, ich hatte sie benutzt, um eine schönere Wohnung zu bekommen.

Ich höre, wie du all dem in deiner freundlichen Art widersprichst, und da dieser Brief dich erst in vielen Monaten erreicht, werde ich deine Einwände für dich vorbringen, um sie auf der Stelle zu entkräften und uns beiden Zeit zu sparen. Du hältst mich nicht für feige, sagst du? Schließlich hätte ich dir und Metz in Jasnaja Poljana ja ordentlich die Hölle heißgemacht? Ja, ich tat mein Bestes, aber wie ich dir in meinem letzten Brief schrieb, war mein Verhalten in Jasnaja Poljana eine Art geistiger Umnachtung, ein Anfall von Hysterie, wenn man so will. Denn in den vorangegangenen fünfzehn Jahren war ich unaufhörlich ein Feigling, zu ängstlich, um zu schreiben, zu ängstlich, um auch nur eine einzige Zeile über etwas Wichtiges zu Papier zu bringen. Nach Wiktors Verhaftung tat ich nichts zu seiner Verteidigung und nach seiner Hinrichtung bin ich mit Marlen aus Moskau in die relative Sicherheit von Jasnaja Poljana geflohen. Dort verhielt ich mich unauffällig, schwieg, zog Marlen groß und brachte ihn sicher an einer Universität unter. Der Geheimdienst hielt sich fern. Ich war nicht besonders glücklich, aber das war niemand, den ich kannte. Und ich war nicht tot. Dann kam eure Invasion, und anfangs war ich begeistert, weil ich überzeugt war, dass das sowjetische System kurz vor dem Zusammenbruch stand. Ich blieb sogar hoffnungsvoll, als Marlen eingezogen wurde (um das Regime zu verteidigen, das seinen Vater umgebracht hatte, das Regime, für dessen Errichtung ich einst gekämpft hatte). Wenn die Deutschen nur vernünftig sind, sagte ich mir, wird die Hälfte der Bevölkerung auf ihre Seite wechseln und die andere Hälfte wird sich raushalten. Aber wie wir heute wissen, waren die Deutschen nicht vernünftig. Als Jasnaja Poljana fiel, wurde sattsam klar, dass ihr nicht gekommen wart, um uns zu befreien oder auch nur ganz normal zu erobern, sondern um uns zu versklaven und auszurotten, und, oh, wie habe ich euch dafür gehasst. An dir und deinen Kameraden entlud sich meine ganze aufgestaute Wut, und wie *befreiend* das war. Marlens Leben war jeden Tag in Gefahr, aber nichts, was ich äußerte oder tat, konnte ihm helfen oder schaden, und darüber freute ich mich, denn endlich, *endlich* hatte ich etwas zu sagen.

Nun das Loblied auf die Sowjetherrschaft zu singen, erwies sich als vortreffliche Befreiung davon, *unter* sowjetischer Herrschaft flüstern zu müssen; und obwohl ich wusste, dass Metz mich jederzeit erschießen lassen konnte, war es mir zumindest am Anfang egal. Ich muss auch gestehen, dass es mir ein gewisses unzulässiges Vergnügen bereitet hat, mich plötzlich unter ausländischen Invasoren zu befinden, vor allem, weil sich einer von ihnen als anständiger Mensch entpuppte, denn unter Stalin brachte der Umgang mit Ausländern einen automatisch in den Gulag.

Mit der Rückkehr der Roten Armee nach Jasnaja Poljana kehrte auch meine gewohnte Feigheit zurück, aber es war nicht Angst, was mich nach dem Krieg vom Schreiben abhielt. Nein, es war einfach so, dass ich nichts Neues zu sagen hatte, geschweige denn eine neue Art, es zu sagen. In deinem Brief fragst du, ob Schriftsteller, ganz so wie Wissenschaftler, in der Lage sein sollten, die Arbeit der Giganten, die ihnen vorausgegangen sind, zu übertreffen, indem sie auf deren Schultern steigen. Ich glaube, die Antwort darauf lautet Nein. Literatur funktioniert so nicht, oder besser gesagt, sie funktioniert so, aber nur in einem engen, technischen und letztlich trivialen Sinn. Ich könnte dich langweilen mit Vorträgen über den Einfluss früherer Schriftsteller auf spätere (möglicherweise bringst du mich hier sogar auf eine Idee für ein Referat), aber ich möchte dir stattdessen eine Skulptur beschreiben, die ich 1962 in einer kleinen abgelegenen Kapelle in Neapel entdeckt habe. Sie war aus Marmor und stellte den aufgebahrten Christus dar. Sein muskulöser Körper war in ein hauchdünnes Leichentuch gehüllt, alles war außergewöhnlich detailliert modelliert, der Körper und das auf ihm liegende Tuch. Meinem ungeübten Auge erschien die Technik des Bildhauers besser als alles, was ich in Italien gesehen hatte, auch von Bernini oder Michelangelo. Doch wer war dieser Bildhauer? Selbst jetzt könnte ich es dir nicht sagen; mein Betreuer von der Botschaft hatte es eilig, und ich hatte keine Gelegenheit, den Namen des Künstlers in Erfahrung zu bringen. Ich weiß nur, dass die Skulptur Mitte des sechzehnten Jahrhunderts entstanden und so unbedeutend war, dass sie in meinem (zugegebenermaßen rudimentären) Reiseführer nicht erwähnt wurde. Hier war ein Kunstwerk, dessen Schöpfer auf die Schultern eines Giganten gestiegen war und diesen, zumindest in technischer Hinsicht, übertroffen hatte. Aber wofür? Es interessierte niemanden. Es war ein derivatives Werk und schon zur Zeit seiner Entstehung passé.

Also bitte, kein Gerede mehr darüber, dass ich wieder schreiben solle, denn dabei würde nur etwas Zweitklassiges und leicht Vergessbares herauskommen. Ich bin fertig damit. Lass mich dir lieber von Sydney erzählen, der Stadt, in der ich im Moment bin, einer subtropischen Metropole an der Ostküste Australiens, die von üppiger Vegetation gesäumt ist und in der es von Papageien und anderen exotischen Vögeln nur so wimmelt, und das alles rund um einen gigantischen Hafen, der aus mehreren Buchten besteht. Und die Strände! Goldener Sand und eine prächtige Brandung, gleißendes Licht, salzgeschwängerte Brise. Als jemand, der aus Moskau kommt, fällt mir, wie immer im Westen, der vulgäre Kommerz auf, aber trotzdem begeistert mich die Stadt. Hätten wir uns im Winter 1941 einen solchen Ort vorstellen können? Und wenn wir es getan hätten – rein gefühlsmäßig, meine ich, so wie wenn man sich den Schauplatz eines guten Romans vorstellt –, ob wir uns dann vielleicht anders verhalten hätten? Oh, ich rede Unsinn, ich weiß. Ich bin trunken von dieser Stadt, die zu einem anderen Jahrhundert, ja, sogar zu einem anderen Planeten zu gehören scheint als den, den wir 1941 zu bewohnen glaubten. Und ja, wie du betonst, verdanke ich das alles Lew Nikolajewitsch, der mich seit Jahrzehnten in Brot und Arbeit hält und mich nun regelmäßig in die weite Welt hinausführt. (Ich habe hier zwei Vorträge gehalten, einen auf Englisch und einen auf Russisch, die beide respektvoll aufgenommen wurden.)

Nun zu dem Teil dieses Briefes, den ich hinausgeschoben habe. Paul, es tut mir leid, aber wir können uns nicht direkt schreiben, geschweige denn uns persönlich treffen. Ich sage es nur ungern so unumwunden, aber ich habe zu viel zu verlieren. Wie du weißt, wird die gesamte internationale Post in die und aus der Sowjetunion geöffnet; und falls du auf einem akademischen Kongress erscheinst und länger als fünf Sekunden mit mir sprichst, würden meine Aufpasser alles daransetzen herauszufinden, wer du bist. Das wäre schon schlimm genug, wenn du ein normaler Bürger der Bundesrepublik Deutschland wärst, doch bei dir kommt noch hinzu, dass du ein ehemaliger Politiker bist. Vielleicht habe ich nicht klar genug zum Ausdruck gebracht, wie misstrauisch und unbeugsam unsere Regierung nach wie vor ist. Unter Chruschtschow hat sich unsere Lage eine Zeit lang etwas entspannt, aber sein Entstalinisierungsprogramm hat viele verschreckt, die unter Stalin etwas zu sagen hatten und dadurch in seine Verbrechen verwickelt waren, und nachdem nun Breschnew Präsident ist, sind diese Leute wieder am Drücker. Einer meiner Kollegen, ein Dichter, behauptet, das russischste aller Wörter (obwohl es ursprünglich aus dem Französischen stammt) sei »Zement«, nicht nur, weil wir bei jeder Gelegenheit mit diesem Material bauen, sondern auch, weil unsere Institutionen zu einer absoluten Unerschütterlichkeit erstarrt sind. Da es dem kommunistischen Staat an echter Legitimität mangelt (von der Art, die dein Bürgermeisteramt zweifellos genossen hat), wird er, genau wie vor ihm das zaristische Regime, wahrscheinlich eines Tages kollabieren, obwohl du und ich bis dahin vermutlich längst tot sein werden. Das Jahrhundert hat sich in uns festgebissen, fürchte ich, und schüttelt uns blindlings durch.

Wenn ich sage, dass ich zu viel zu verlieren habe, dann sei bitte versichert, dass die Korrespondenz mit dir ganz oben auf der Liste der Vergnügungen steht, die ich mir erhalten möchte. Spielt es denn eine Rolle, wenn unsere Briefe uns weiterhin unregelmäßig erreichen? Als die Briten Sydney im späten achtzehnten Jahrhundert gründeten, gab es einen bestenfalls sporadischen Postverkehr, sodass jemand, der an einen geliebten Menschen schrieb, ein Jahr oder länger auf eine Antwort warten musste. Eine derartige Verzögerung muss die Briefe zu einer Kostbarkeit gemacht haben, und ich schlage vor, dass wir unsere Korrespondenz genauso betrachten, als Himmelsgeschenk. Auf diese Weise wirst du mich weiterhin als die unerschrockene, wenn auch etwas verrückte Frau vor Augen haben, die ich früher war, und nicht als das zänkische alte Weib, das ich heute bin.

Ich für meinen Teil vermute, dass ein persönliches Treffen mit dir nur bestätigen würde, dass du immer noch unerhört gut aussiehst, noch genauso liebenswert bist und einer der nettesten Männer, denen ich je begegnet bin.

Sei liebevoll umarmt,
deine Katerina

***

Jonahstraße 28
Nürnberg
19. Dezember 1968

Liebe Katerina,
anbei erhältst du auf deine Bitte hin eine Auswahl von Zeitungsausschnitten und Artikeln über meine politische Laufbahn – einige davon mit Fotos, die deine Annahme, ich hätte mir Reste jugendlichen guten Aussehens bewahrt, zerstreuen werden.

Danke, dass du Professor Fleet gebeten hast, mir deine Bücher zu schicken. Beide haben mir sehr gut gefallen, wenn auch auf unterschiedliche Weise: *Drei Frauen* aus den üblichen Gründen, warum man einen Roman mag – eine fesselnde Handlung, gut gezeichnete Charaktere, authentische Beschreibung von Zeit und Ort; *Europa, 1975* wegen der visionären außerweltlichen Atmosphäre, die mich ein wenig an Kafka erinnert. Die junge Frau, die diese beiden Bücher geschrieben hat, mag es schon lange nicht mehr geben, aber du kannst dennoch stolz auf sie sein. Wäre es nicht möglich, eines oder beide Bücher in einer Übersetzung im Westen zu veröffentlichen? Schließlich wird die Revolution darin grundsätzlich positiv gesehen, und in diesem Sinne ähneln deine Bücher weniger den Romanen von Solschenizyn als denen von Michail Scholochow, die im In- und Ausland gleichermaßen Anerkennung zu finden scheinen.

Ich habe nicht nur deine beiden Romane gelesen (zweimal), sondern auch einige deiner wissenschaftlichen Arbeiten, die ich in verschiedenen Universitätsbibliotheken aufspüren konnte. Die Fachsprache in den Aufsätzen und dein Buch über Narratologie haben mich zwar an die Grenzen meiner Russischkenntnisse geführt, mir aber dennoch zahlreiche Denkanstöße gegeben. Genau genommen hast du mich angeregt, noch einmal *Die Kreutzersonate* zu lesen und mich darüber hinaus zum ersten Mal an zwei anderen Spätwerken Tolstois zu versuchen, namentlich *Der Teufel* und *Auferstehung* (wie du siehst, habe ich dieser Tage viel Zeit). Es sind in vielerlei Hinsicht bemerkenswerte Bücher; natürlich halten sie einem Vergleich mit *Krieg und Frieden* und *Anna Karenina* nicht stand. Dein Narratologie-Buch lenkt das Augenmerk darauf, wie stark Tolstois Spätwerk von der männlichen Abneigung gegen Frauen geprägt ist; oder, genauer gesagt, von der Selbstabscheu der Männer, die nicht verhindern können, dass sie Frauen begehren. Ich habe den Eindruck, dass auch in *Anna Karenina* einiges davon enthalten ist, aber zumindest kommt das weibliche Begehren in dem Roman zu seinem Recht (wenngleich es bestraft wird). *Krieg und Frieden* ist großmütiger, Männern *und* Frauen gegenüber. Es ist ein Buch, das *Anteil nimmt* an dem, was Menschen wollen, und das allein erklärt schon seine Größe.

Du hast mir sehr deutlich klargemacht, dass du nicht vorhast, jemals wieder einen Roman zu schreiben. Bevor ich dieses Thema ein für alle Mal ad acta lege, möchte ich anmerken, dass du, wie ich finde, auf die Skulptur des toten Christus in Neapel eine intensive Reaktion gezeigt hast; und das, obwohl es sich deinen Worten zufolge um ein Werk handelt, das die Vergeblichkeit des Kunstschaffens im Schatten berühmter Vorgänger aufzeigt. Eine Skulptur, die dich zum Nachdenken über die Kraft der Tradition, die Bedeutung von Virtuosität und (dies ist eine Annahme) die Vergänglichkeit des Körpers angeregt hat, kann nicht so wertlos sein, wie du es darstellst. Für mich klingt es, als würdest du dich genauso gut oder sogar besser daran erinnern als an die Michelangelos und Berninis, die du in Italien gesehen hast.

Aber genug davon. Wie versprochen, werde ich das Thema ab jetzt nicht mehr zur Sprache bringen. Da ich selbst nie ein Buch geschrieben habe, bin ich nicht in der Position, dir Vorhaltungen zu machen, weil du kein neues Buch schreiben möchtest. Stattdessen möchte ich mich der freudigen Neuigkeit widmen (für mich war es eine Neuigkeit!), dass dein Sohn Marlen nicht nur den Krieg überlebt, sondern dir auch eine Enkeltochter geschenkt hat. Das ist bestimmt wunderschön für dich. Als frischgebackener Pensionär muss ich zugeben, dass ich dich um die Beziehung mit deiner Enkeltochter beneide. Zweifellos wird es dir helfen, auf dem Stand der Dinge zu bleiben, wenn auch du eines Tages in Pension gehst.

Was Julius Metz und Hermann Molineux betrifft, kann ich dir mitteilen, dass beide Männer den Krieg nicht nur überlebt haben, sondern es schafften, sich von den Westalliierten gefangen nehmen zu lassen, sodass ihre Internierung recht kurz war. Metz gelang dies relativ leicht, da er gegen Ende des Krieges in einem Krankenhaus in München stationiert war und dort von den Amerikanern gefangen genommen wurde. Molineux' Weg war steiniger. Nachdem er im Gegensatz zu mir und Drexel haarscharf der Gefangennahme nahe Lemberg entgangen war, geriet er in eine Reihe weiterer Abenteuer, darunter die Aneignung eines Stabswagens, indem er sich als Albert Speers Leibarzt ausgab und damit zu den dreißig Kilometer entfernten Briten fuhr. Dies alles erzählte er mir 1952 persönlich in einem Restaurant in seiner Heimatstadt Würzburg, wohin er nach dem Krieg zurückgekehrt war, um mit seiner Frau zusammenzuleben. Er war neunundfünfzig und richtig fett im Vergleich zu unserer gemeinsamen Zeit in der Wehrmacht, aber soweit ich es beurteilen konnte, immer noch derselbe Mensch wie früher, ein Possenreißer, wie du ihn genannt hast, unberührt vom Krieg. Hinter sich gelassen hatte er ihn allerdings nicht, im Gegenteil. Tatsächlich sprach er davon, ein Veteranentreffen des Sanitätskorps organisieren zu wollen. Es überraschte mich, denn zu seiner aktiven Zeit hatte er eine äußerst skeptische, beinahe verächtliche Haltung zum Militär. Jedenfalls war er, warum auch immer, inzwischen eine Art Autorität geworden, wenn es darum ging, wer wo unter welchen Umständen gefallen war und wer überlebt hatte und was diese Personen mit ihrem Leben anfingen. Von Hermann erfuhr ich, dass Major Weidemann, unser Chefarzt in Jasnaja Poljana, Ende 1944 an dem Tag, an dem wir bei Lemberg überrannt wurden, getötet worden war. Hermann behauptete,

Weidemann sei dabei beobachtet worden, wie er während des Angriffs zu seinem Zelt gerannt war, um sein Grammophon zu retten, obwohl ich ehrlich gesagt vermute, dass er sich das ausgedacht hat, denn er hat seine Geschichten gern reißerisch ausgeschmückt. Hermann selbst starb wenige Monate nach unserem Treffen in Würzburg an einem Herzinfarkt, doch ich erfuhr zu spät davon, um an seiner Beerdigung teilnehmen zu können. Hinterher erzählte mir seine Frau, dass er gerade seinen sechzigsten Geburtstag gefeiert hatte.

Wen kanntest du noch? Von Fabian Drexel, der laut Hermann im Gulag umgekommen ist, habe ich schon berichtet, und du scheinst dich auch an den Tod meiner beiden Operationsgehilfen Karl Pflieger und Sepp Winkel sowie an den unseres Zahnarztes Volker Hirsch zu erinnern. Es gab auch einen jungen Arzt namens Zöllner, an den du dich vielleicht entsinnst; er wurde später in der Nähe von Woronesch von einer Tretmine in Stücke gerissen. Es gab noch einige andere, wie Metz' Chauffeur Egon Ehrlich, der so wie Hermann in britische Gefangenschaft geriet, und unseren Quartiermeister Norbert Ritter, der wie ich den Gulag überlebte und nach Hermanns Angaben später in Berlin einen Eisenwarenladen führte.

Das bringt mich zurück zu Metz. Bevor Hermann starb, hatte er meinen Namen und meine Adresse (ohne mein Einverständnis) in einem Rundschreiben veröffentlicht, das an die Veteranen des Sanitätskorps verschickt wurde, mit dem Ergebnis, dass ich nach einigen Wochen einen Brief von Metz erhielt. Du kannst dir sicherlich meine Überraschung vorstellen, denn wir hatten uns das letzte Mal 1941 in Jasnaja

Poljana gesehen. Sein Brief klang freundlich, beinahe überschwänglich, und den Krieg erwähnte er kaum. Von Hermann wusste ich bereits, dass Metz sich in Dortmund niedergelassen hatte, nicht als Chirurg oder praktizierender Arzt, sondern als Inhaber und Leiter einer kleinen Fabrik für Prothesen und andere medizinische Spezialgeräte; oder, wie Hermann es ausdrückte: »Um eine Geschäftslücke zu füllen, die er nach Kräften geschaffen hatte.« Viel mehr hatte Metz in seinem Brief nicht zu berichten. Die Geschäfte liefen bestens, und mit seinen dreiundsechzig Jahren freue er sich schon darauf, die Unternehmensleitung bald einem seiner Schwiegersöhne zu übertragen. Offenbar sei jede seiner drei Töchter glücklich verheiratet, und insgesamt hätten sie ihm fünf oder sechs Enkelkinder geschenkt, ein weiteres sei unterwegs. Ich antwortete ihm höflich, verzichtete aber darauf, ihn nach Nürnberg einzuladen. Er schickte mir noch einen weiteren Brief, und es gab auch einige Weihnachtskarten, aber zu dem Zeitpunkt war ich im Krankenhaus sehr eingespannt, und möglicherweise spürte er meine Ambivalenz und hörte auf, mir zu schreiben.

Zuweilen denke ich daran, wie du und ich uns in Jasnaja Poljana etappenweise – begleitet von deiner (verständlichen) Feindseligkeit – kennengelernt haben. Ich meine mich zu erinnern, dass wir ein wenig über unsere Familien gesprochen haben – du von deiner aristokratischen Herkunft, über deinen Mann und deinen Sohn, ich über meine Frau und den Bruder, den ich im Ersten Weltkrieg verloren habe. Unerwähnt ließ ich damals meine Eltern, zweifellos weil es über sie nicht viel zu erzählen gibt. Sie waren einfache fleißige Leute vom Land, und ich erwähne sie jetzt nur, weil dir zu schreiben mich an ein Ereignis im Leben meiner Mutter erinnert hat – vielleicht wäre »Entwicklung« ein besserer Ausdruck –, das sich kurz nach dem Tod meines Vaters 1928 zutrug. Meine Mutter war jünger als mein Vater, erst neunundvierzig, als er starb, und obwohl sie ihn auf ihre Weise geliebt hatte, war ihr als in sich gekehrte Frau ihre Witwenschaft vermutlich gar nicht so unrecht. Jedenfalls bin ich nie auf den Gedanken gekommen, dass sie irgendwann einen neuen Mann heiraten könnte, und ein halbes Jahr nach dem Tod meines Vaters war ich dann doch recht erschrocken, als sie mir erzählte, ein »alter Verehrer« habe sich bei ihr gemeldet, ein ehemaliger Schulkamerad, der vor langer Zeit nach Nürnberg gezogen war. Dieser ebenfalls verwitwete Verehrer hatte vom Tod meines Vaters gehört und meiner Mutter sein Beileid ausgesprochen und hinzugefügt, dass er sich »um der alten Zeiten willen« gerne mit ihr treffen würde. Als sie mir all das erzählte, wirkte ihr Verhalten völlig anders als sonst, eine Mischung aus Verschämtheit, Trotz und Stolz. Ich nahm an, dass sie meinen Segen wollte, mich vielleicht sogar um Erlaubnis bat. Nachdem ich meine anfängliche Sprachlosigkeit überwunden hatte, erteilte ich sie ihr, erklärte ihr mit größerem Enthusiasmus, als ich wirklich empfand, dass sie sich ruhig mit diesem Mann treffen solle, falls sie dies wünsche; sie sei ein freier Mensch und solle ihrem Herzen folgen. Ihre Erwiderung klang beinahe verächtlich. Sie würde ihm schreiben, sagte sie, aber ihn zu treffen habe keinen Sinn, denn die Vergangenheit sei abgeschlossen. Und so geschah es dann auch: Sie schrieben sich, trafen sich aber nie – jedenfalls nicht in den nächsten Jahren, bis der Verehrer schließlich eine andere Frau heiratete.

Warum erzähle ich dir das? Weil es mir schwerfällt, deinen Entschluss zu akzeptieren, dass wir uns nicht treffen sollten. Nicht, dass ich deinen Entschluss grundsätzlich für falsch hielte. Als sich meine Mutter dafür entschied, die Vergangenheit ruhen zu lassen, empfand ich dies als die richtige Entscheidung und betrachtete diesen Verehrer als Narren, weil er glaubte, nach dreißig Jahren plötzlich angetanzt kommen zu können, ohne das Geringste über meine Mutter zu wissen und sie auch als Schulmädchen vermutlich nur oberflächlich gekannt zu haben. Es war peinlich. Ich fragte mich, was mit alten Leuten los war (Leute um die fünfzig!), die lieber in Erinnerungen schwelgten, obwohl es eindeutig gesünder wäre, in die Zukunft zu schreiten?

Und nun schau mich an. Hier bin ich und schwelge selbst in meinen Erinnerungen, bin umgeben von Büchern, die ich noch einmal lesen möchte oder die ich bereits zwei- oder dreimal gelesen habe, ziehe die nährende Wiederholung des Alten dem Prickeln und Kitzel des Neuen vor.

Und deshalb möchte ich dir etwas vorschlagen, Katerina. Lass uns offen zusammenkommen. Lass uns den KGB überraschen, indem wir sind, wer wir sind: Paul Bauer, ehemaliger Bürgermeister von Nürnberg, ehemaliger sowjetischer Kriegsgefangener, und Katerina Trubetzkaja, angesehene Literaturwissenschaftlerin und heldenhafte Verteidigerin von Jasnaja Poljana gegen die faschistische Aggression. Herr Breschnew soll einen Propagandasieg erringen. Lass uns zu unserem Treffen die Presse einladen, und ich werde vor laufender Kamera den deutschen Militarismus anprangern. Du kannst großmütig meine Abbitte akzeptieren, und wir können uns umarmen und unsere einst verfeindeten Völker symbolisch versöhnen. Ich meine es ernst. Nach so einem Auftritt würde man uns doch sicher miteinander speisen lassen, oder? Würdest du mit mir zu Abend essen, Katerina?

In tiefer Verbundenheit
dein Paul

18

Am Abend seiner Rückkehr von der Front nach Jasnaja Poljana fiel Bauer ins Bett, erhitzt und desorientiert. Ihn plagte eine anhaltende Übelkeit, die ihn zwang, sich alle halbe Stunde zu erbrechen, zuerst noch in die Toilette draußen auf dem Flur, dann in einen Eimer, den ihm Hermann ans Bett stellte. Je weiter die Nacht voranschritt, desto tiefer wurde seine Verwirrung – mal schlief er, mal wachte er. Er träumte von klaffenden Wunden, dann von seinem Bruder, Jürgen, der noch beide Beine hatte, seine Stimme verzerrt, aber freundlich, dann unheimlich und rau. Dann war Jürgen verschwunden, und am Rand einer Klippe hielt Bauer Sepp Winkel am Handgelenk fest; Sepp flehte ihn an, ihn hochzuziehen, ihn um Gottes willen *hochzuziehen*, aber im nächsten Moment ließ Bauer ihn los. Er weinte. Er versprach seinem Vater, gut zu sein. Arm in Arm mit Clara bei einem Spaziergang durch Ulm, schaute er auf die Donau, die unter einer Brücke hindurchfloss, dann spürte er das Tageslicht, seine Pupillen zuckten unter den Lidern. Er öffnete die Augen und sah, dass die Zimmerdecke zurückgewichen war oder sein Feldbett geschrumpft, und erst später begriff er, dass er sich nicht mehr in seinem Zimmer befand, sondern in einer der Krankenstationen. Er nahm Bewegungen wahr, hörte gesprochene Wörter – die teilweise ihm galten – und schlief wieder ein. Dann war Nacht, er erwachte, und in den Betten neben ihm husteten und stöhnten Männer, rangen nach Luft. So viel Mühsal. So viel Leid. Er glitt wieder in den Schlaf.

Als er das nächste Mal aufwachte, drückte ihm jemand einen Becher an die Lippen. Er trank. Wasser. Öffnete die Augen und sah Zöllner. Wie es ihm gehe?, wollte Zöllner wissen.

»Besser«, stöhnte er, obwohl er sich selten schlechter gefühlt hatte als in diesem Moment.

»Das ist gut. Sie waren zwei Tage bewusstlos.«

Bauer fragte ihn nach dem Datum. Der Dritte, antwortete Zöllner. Dezember, fügte er hinzu.

»Mein Geburtstag«, sagte Bauer. »Ich habe ihn verpasst.«

»Das tut mir leid, Hauptmann. Dann wünsche ich Ihnen nachträglich alles Gute. Wie alt sind Sie jetzt?«

»Einundvierzig. Was habe ich denn? Typhus? Grippe?«

»Das wissen wir nicht. Vielleicht beides. Oder nichts von beidem. Endlich geht es Ihnen besser, das ist die Hauptsache.« Eine Pause entstand. »Furchtbar, das mit Ihren Männern.«

»Ja«, sagte Bauer.

»Ich habe für ihre Seelen gebetet.«

»Danke, Hans«, sagte Bauer gerührt, obwohl er eigentlich Atheist war.

»Sie werden kaum zu ersetzen sein«, sagte der junge Mann. »Besonders Sepp.«

»Das ist wahr«, sagte Bauer. Er versuchte noch etwas Bedeutsames hinzuzufügen, doch ihm fiel nichts ein, und so nickte er nur.

Am nächsten Tag stufte man seinen Zustand als nicht mehr ansteckend ein – falls er es überhaupt gewesen war – und trug ihn auf einer Bahre in sein Zimmer zurück, denn die Betten auf den Stationen waren knapp. Er litt weiterhin unter Schwindel, konnte nicht lesen oder auch nur einem Gespräch folgen. »Ich überlege, ob ich es Pabst machen lassen soll«, sagte Molineux am Abend zu ihm.

»Was soll er machen?«, brachte Bauer heraus.

»Die Brennerei. Er hat schon oft versucht, uns zu vergiften, und keiner ist gestorben, also denke ich, dass wir relativ sicher sind.«

Sobald er sich aufsetzen und einigermaßen klar denken konnte, bat er um Papier, ein Tintenfläschchen und einen Stift, um Winkels und Pfliegers Frauen zu schreiben; er wollte diese Aufgabe möglichst schnell hinter sich bringen. Ihre Männer seien bei dem Versuch gestorben, Menschenleben zu retten, schrieb er wahrheitsgemäß. Er erwog, sie als Helden zu bezeichnen, wollte aber nicht implizieren, dass sie dumme Risiken eingegangen waren. Und die genauen Umstände ihres Todes würde er auch nicht erwähnen, er ertrug es ja selbst kaum, daran zu denken: die umkippende metallene Todesfalle, das hereinströmende eiskalte Wasser – ein Seetod, Tausende Kilometer entfernt vom Meer. Nein, dies zu schildern, kam nicht infrage. Wahrheiten dieser Art ließen sich nur aus einer gewissen Distanz ertragen, etwa in einem Roman oder einem Gedicht, einem Spiegel aus Worten, in dem man der Gorgo ansichtig wurde, ohne zu Stein zu erstarren. Stattdessen schrieb er, Winkel und Pflieger wären sofort tot gewesen, als eine Granate den Panzer traf, in dem sie saßen. Sie seien »für das Vaterland« gestorben, fügte er hinzu, anstelle der von Metz in derartigen Briefen bevorzugten Formulierung »für den Führer« – eine Ausdrucksweise, die zum Beispiel Dieters Frau als einen Stich ins Herz empfunden hätte.

Dieter. Zum ersten Mal seit Wochen erinnerte sich Bauer daran, wie er geholfen hatte, ihn in den Boden herabzusenken, ein letzter Gefallen für einen Freund, wie er gedacht hatte. Aber während er den Schlamm in das Grab geschaufelt hatte, war Dieters Uniform aufgequollen und hatte sich bewegt, und als sie den Ort verließen – die schlammige Grabstelle mit dem Kreuz, an dem Dieters Erkennungsmarke hing –, hatte Bauer das Gefühl, der Mann unter der Erde würde nach ihm rufen, ihn anflehen, zu bleiben, ihn nicht allein zu lassen in diesem finsteren Loch zwischen den Bäumen.

Und von Rauschenberg, ein Mann ganz anderer Prägung, verhärteter als Dieter, aber, wie Bauer spürte, nicht weniger gut. Zufallsreisender mit Pflieger und Sepp. Dieses Land wird uns verzehren, dachte Bauer, während er die Briefe an die Familien seiner Männer zuklebte. Auf die eine oder andere Weise wird es uns alle früher oder später verschlingen.

»Metz will wissen, wann du wieder einsatzfähig bist«, sagte Molineux am Abend. »Er wagt es nicht, selbst hochzukommen. Hat Angst, sich anzustecken, glaub ich. Ist mir ein Rätsel, wie so ein zimperlicher Kerl Chirurg werden konnte.«

»Sag ihm, dass ich ab morgen wieder arbeite«, sagte Bauer, obwohl er am liebsten noch mindestens eine Woche im Bett verbracht hätte.

»Halleluja«, sagte Molineux. »Das meine ich ernst. Wir brauchen weiß Gott einen kompetenten Chirurgen. Pilcz ging schneller in Flammen auf als die *Hindenburg*, und jetzt fällt auch noch Metz auseinander.«

»Er *fällt auseinander*? Was soll das bedeuten?«

»Er verliert sein Fingerspitzengefühl. Falls ich mich nicht völlig täusche, hat er ein Muskelzittern entwickelt. Es ist ziemlich beängstigend, wenn er nahe einer Arterie schneidet.«

Bauer fiel ein, wie am Ende ihrer Marathonschicht Metz' Hände gezittert hatten. Damals hatte er es noch halbwegs nachvollziehbar gefunden. »Hast du mit ihm darüber gesprochen?«

»Bist du verrückt? Ich muss mit dem Mann zusammenarbeiten.«

»Umso mehr ein Grund, es zu thematisieren.«

»Paul, du weißt, dass das nicht geht.«

Ja, das wusste er. In anderen Bereichen, in denen Menschenleben auf dem Spiel standen – im Gaswerk oder bei der Eisenbahn –, gab es gewisse Richtlinien, die vor menschlichem Versagen schützen sollten. Nur Chirurgen und der Papst galten als unfehlbar, und obwohl er persönlich von diesem Status profitierte, bezweifelte Bauer, dass es ihn zu einem besseren Operateur machte, genauso wenig wie Molineux' Taktgefühl dazu beitrug, dass Metz den Anforderungen seines Berufes gerecht wurde.

Durch die offene Tür waren ferne Klavierklänge zu vernehmen – nicht von Weidemanns Grammophon, wie Bauer bemerkte, sondern vom Bechstein im Erdgeschoss. Für sein ungeübtes Ohr klang das Spiel tadellos, wunderbar flüssig und melodisch. »Guter Gott, wer ist das?«

»Ich bin mir nicht sicher«, antwortete Molineux. »Schubert? Brahms? Irgendwas in der Art, würde ich sagen.«

»Blödmann. Ich meine, wer da spielt?«

»Das muss dein Mann Demchak sein. Weidemann hatte angekündigt, ihn heute Abend herzuholen. Jemand sagte, er könne Klavier spielen.«

»Dieser Jemand hat keinen Scherz gemacht.« Die Musik klang wunderschön, nicht nur gekonnt vorgetragen, sondern auch, wie er zu spüren meinte, durchdrungen von Melancholie und Pathos.

Molineux lauschte einen Moment lang, blinzelte und nickte dann. »Weißt du, ich glaube, du hast recht. Ist mal was anderes als die alte Bertha. Weidemanns Schallplatten sind alle völlig zerkratzt. Ich sehe mir das mal an. Hast du was dagegen?«

»Überhaupt nicht«, entgegnete Bauer und nahm *Krieg und Frieden* in die Hand. »Ich hab noch was zu lesen.«

***

Schon das Aufstehen am nächsten Morgen war mühsam, und Bauer fragte sich, wie er den Tag überstehen sollte, vor allem, falls es mehr als die übliche Zahl von Verwundeten geben sollte. Im Flur begegnete er Molineux, der aus dem Bad zurückkehrte. »Stehst ganz schön spät auf«, sagte Molineux.

»Statt zu sterben«, entgegnete er und ging zur Toilette, wo er sich über die Kloschüssel beugen musste, weil ihn ein kurzer Schwindelanfall überkam. Das Porzellan war fein gesprungen wie ein Rembrandt oder Tizian, und schlagartig wurde ihm bewusst, dass Tolstoi persönlich in diese Toilette gekackt haben musste. Sich hier hinzuhocken, empfand er als respektlos, dafür war seine eigene Lebensleistung schlichtweg zu dürftig.

Im angrenzenden Badezimmer traf er Drexel beim Zähneputzen an, der mit dem Gesicht unnatürlich nah am Spiegel stand. Bauer grüßte ihn, und als Antwort brummte Drexel nur missmutig, was Bauer, selbst eine Nachteule, verstehen und entschuldigen konnte. Trotz der Kälte trug Drexel nur ein um die Hüften geschlungenes Handtuch, was seine gedrungene kräftige Statur offenbarte. Dichte dunkle Haarbüschel auf Brust und Bauch. Ein fast zotteliger Rücken.

Die Wanne war frei, und Bauer ließ ein wenig heißes Wasser ein, stieg hinein und wusch sich; seine untere Körperhälfte verbrühte beinahe, während die obere Hälfte fror. Drexel ließ sich Zeit mit dem Zähneputzen, schrubbte sie wie besessen, als ob er die Zähne herunterfeilen wollte. Zahnputzschaum lief ihm in einem Rinnsal über die Hand, und mit größerem Ekel, als einem Chirurgen zustand, beobachtete Bauer, wie der Schaum vom Handgelenk auf Drexels Unterarm floss. Bemerkte der Mann das nicht? Trotz des heißen Badewannenwassers war der Spiegel überm Waschbecken nur leicht beschlagen, und überhaupt, spürte Drexel seinen Arm etwa nicht mehr? Oder bekam er mit, was geschah, und es war ihm egal? Bauer schaute immer wieder zu ihm hinüber, bis Drexel sich schließlich, während ihm der Schaum nun vom Ellbogen tropfte, vorbeugte und ausspuckte, dann endlich seinen Unterarm abspülte und das Bad verließ.

Kurz darauf stieg Bauer aus der Wanne und betrachtete sich im Spiegel. Er sah furchtbar aus, dachte er: verhärmt und abgemagert, die Falten um seinen Mund deutlich tiefer als früher. Die Hälfte seiner Bartstoppeln war weiß, sein Haar ergraute an den Schläfen und über den Ohren. Soweit er sehen konnte, hatte er keine kahlen Stellen, zumindest nicht vorne, und obwohl er wusste, dass er nichts würde erkennen können, beugte er sich vor, um einen Blick auf seinen Scheitel zu werfen. Ja, unmöglich. Zweifellos gab es Teile der Seele, überlegte er, die sich ebenfalls der Inspektion entzogen.

Die Badezimmertür ging auf und Hirsch erschien, und Bauer griff schnell nach seinem Rasiermesser. Hirsch schaute erst erschrocken, dann erfreut – es sei schön, ihn wohlauf zu sehen, sagte er. Er habe ihn im Krankenhaus besucht und dann später in seinem Zimmer. Ob er es bemerkt habe?

Bauer gab zu, es nicht mitbekommen zu haben.

»Bestimmt haben Sie es irgendwie gespürt«, sagte Hirsch entschieden. »Unbewusst haben Sie meinen Besuch registriert und –«

»Mich gefreut?«

»Mut gefasst.«

Wie so vieles, was Hirsch erzählte, war auch dies irritierend, obwohl es Bauer wie immer schwerfiel, den Grund dafür zu benennen.

Hirsch deutete auf die Wanne. »Herr Hauptmann, dürfte ich vielleicht …?«

»Nur zu.«

»Obwohl Sie sich rasieren? Beschlägt der Spiegel nicht zu sehr?«

»Es wird schon gehen.«

Hirsch dankte ihm und zog sich aus. Bauer begann, sich zu rasieren. Seine Arme fühlten sich schwer und schwach an. Hirsch hatte noch mit keinem Wort Winkel und Pflieger erwähnt, und vielleicht war es das, was ihn ärgerte. Oder war es vielleicht verständlich oder sogar notwendig, den Tod ihrer Kameraden auszublenden? Im Spiegel beobachtete Bauer, wie Hirsch in die Wanne stieg, sein schwammiger, hoch aufgeschossener Körper praktisch unbehaart, vor allem im Vergleich zu Drexel; sein Penis war, wie der Rest von ihm, schlaff und lang.

Bauer kehrte auf den Flur zurück und sah, dass Molineux in ihrer offenen Zimmertür lehnte. »Faulpelz«, sagte Bauer. »Hast du nichts zu tun?«

»Ich warte auf dich, das ist alles«, sagte Molineux.

Das war rührend, oder wäre es gewesen, wenn Molineux weniger abgelenkt gewirkt hätte. »Was glaubst du, wie lange bleibt Hirsch noch im Bad?«

»Ein paar Minuten, schätze ich. Warum fragst du?«

»Wart ab, wirst schon sehen.«

Bauer ging in ihr Zimmer und begann, sich anzukleiden. »Was heckst du jetzt schon wieder aus? Du solltest ihn in Ruhe lassen.«

»Nur ein kleiner Spaß, das ist alles. Wir haben es weiß Gott nötig.«

»Hirsch auch?«

»Klar. Der auch.«

Bauer knöpfte gerade seine Uniformjacke zu, als Molineux wieder hereinhuschte. »Da ist er! Er geht in sein Zimmer!« Es dauerte noch einige Sekunden, dann ertönte ein Schrei, im Ton mädchenhaft, aber in männlicher Lautstärke.

»Ach Gottchen«, sagte Molineux, halb amüsiert, halb verärgert. »Das ruft bestimmt Metz auf den Plan.«

Eine Weile herrschte Stille auf dem Flur. Hirsch hatte sich vermutlich von dem Schock über das, was immer ihm Hermann angetan hatte, erholt. Falls »Schock« der richtige Ausdruck war – Hirschs Aufschrei hatte etwas Bemühtes an sich gehabt, etwas, in dem nicht nur Erschrecken lag, sondern auch Empörung. Dann polterten Stiefel die Treppe hinauf, und schließlich, wie vorhergesagt, verlangte Metz zu wissen, was hier vorgehe. Bauer, der noch immer mit den Knöpfen seiner Uniformjacke beschäftigt war, folgte Molineux in den Flur. Nicht nur Metz, auch Drexel und Weidemann waren dort, sowie ein Wachposten, der sein Gewehr im Anschlag hielt. Augenblicke später trat Hirsch in Unterhose aus seinem Zimmer, in der ausgestreckten Hand ein volles Wasserglas, in dem eine Kugel schwamm, ein menschliches Auge, dessen Pupille überrascht hin und her blickte.

»Was hat das zu bedeuten?«, rief Metz.

»Das stand neben meinem Bett, als ich aus dem Bad zurückkam«, sagte Hirsch, sein Gesicht auffallend weiß.

Metz nahm das Glas und hielt es hoch. »Wer ist dafür verantwortlich? Das ist ein Skandal. Undeutsch. Ich lasse ihn unter Anklage stellen, egal, wer das war.«

»Ich war es, Herr Oberstleutnant«, sagte Molineux zu Bauers Überraschung. »Nur ein kleiner Scherz.«

Metz bleckte die Zähne, wutentbrannt. »Ich hätte es mir denken können. Hauptmann, diesmal sind Sie zu weit gegangen. Ich bin ein toleranter Mensch, aber das hier kann ich nicht durchgehen lassen. Nein und nein und nein. Wo ist Ihr Sinn für Anstand? Ihr Respekt für die Toten?«

»Es war keiner von uns, Herr Oberstleutnant. Es ist ein bolschewistischer Augapfel.«

»Ein bolschewistischer Augapfel? Woher haben Sie den?«

»Von dem Iwan, der hier abgenippelt ist. Der, den Bauer mitgebracht hatte.«

Metz zögerte, sagte dann entschieden: »Trotzdem.«

»Woran ist er gestorben?«, fragte Bauer.

Metz reichte dem Wachmann das Glas und befahl ihm, es zu entsorgen. »In den Verbrennungsofen.«

»Jawohl, Herr Oberstleutnant.«

»Woran ist er gestorben?«, fragte Bauer erneut.

»Das Übliche«, meldete sich Weidemann zu Wort. »Er ist seinen Verletzungen erlegen.«

»Wir haben hier genug Zeit verschwendet«, sagte Metz, wandte sich ab und ging los.

»Was ist mit mir?«, fragte Hirsch.

Metz blieb stehen. »Was soll mit Ihnen sein?«

»Hauptmann Molineux schuldet mir eine Entschuldigung«, sagte er mit zittriger, aber entschlossener Stimme.

»Oh, und wofür?«, fragte Metz.

»Für die *Verletzung*«, sagte Hirsch, »für die … Ich würde es als Demütigung bezeichnen. In meinem eigenen Zimmer. Das ist nicht … Es ist ungehörig.«

Metz starrte ihn an, schüttelte dann verärgert den Kopf: »Um Himmels willen, Mann. Reißen Sie sich zusammen.«

***

Nach dem Frühstück bot Metz ihm an, ihn im ZIS zum Krankenhaus mitzunehmen, und aufgrund seiner schlechten Verfassung akzeptierte Bauer das Angebot gerne. »Das ist sehr freundlich von Ihnen.«

»Mit Freundlichkeit hat das nichts zu tun«, entgegnete Metz. »Ich muss Sie darüber informieren, was passiert ist während Sie faul im Bett lagen.«

Sie traten von der Veranda hinaus in den Wind, der voller

Eispartikel war. Zum Glück stand der ZIS nur wenige Schritte entfernt und der Motor lief. Er stieg hinten ein und sah, dass Ehrlich am Steuer saß, was zwar keine Überraschung war, aber dennoch unangenehm, weil es ihn an die Kameraden erinnerte, die er mehr gemocht hatte, die nun aber tot waren.

»Ja, während Ihrer Abwesenheit hat sich vieles verändert«, sagte Metz, als sie losfuhren. »Zunächst einmal habe ich Frau Kälter gefügig gemacht.«

»Tatsächlich?«

»Haben Sie jemals einen Hund ausgebildet?«

»Ich selbst nicht, nein.«

»Das merkt man, ehrlich gesagt. Hätten Sie so etwas schon mal getan, hätte dieses Weibsbild Ihnen sicherlich weniger Ärger gemacht.«

Im ersten Moment verschlug es Bauer die Sprache; Metz schien wirklich zu glauben, was er da sagte. »An dem Abend neulich schienen Sie gut mit ihr auszukommen.«

»Das würde ich nicht sagen. Man kann jeden Hund streicheln, wenn man einmal die Herrschaft über ihn erlangt hat. Sie waren zu vertrauensvoll, zu nachgiebig, und sehen Sie nur, wohin es Sie gebracht hat.« Schon näherten sie sich dem Krankenhaus. »Wie auch immer, Sie müssen nur wissen, dass Frau Kälter ab jetzt direkt mir untersteht. Sie brauchen nicht mehr mit ihr zu reden. Genau genommen, lassen Sie es bleiben – Sie würden nur meine gute Arbeit zunichtemachen.«

»Es ist mir verboten, überhaupt mit ihr zu sprechen?«

»Wenn es einen Grund gibt, mal kurz ein Wort mit ihr zu wechseln, dann sei's drum. Aber rufen Sie sich in Gottes Namen immer ins Gedächtnis, wer das Sagen hat.«

Ehrlich fuhr am Eingang des Krankenhauses vor, Metz und Bauer stiegen aus, salutierten vor dem Wachmann und gingen hinein. Sie durchquerten den Eingangsbereich und stiegen nacheinander die Treppe hinauf. Metz blieb stehen. »Warum folgen Sie mir?«

»Wollten Sie mich nicht über diverse Veränderungen ins Bild setzen?«

»Was glauben Sie denn, was ich eben getan habe? Kinderreime aufgesagt?«

***

Zöllner zufolge sei der Tod des jungen Rotarmisten nicht ungewöhnlich gewesen. Ja, seine Gegenwart habe auf der Station Aufsehen erregt, aber er sei genauso gut behandelt worden wie ihre eigenen Verwundeten. Bauer war geneigt, es zu glauben. Er selbst hatte die Überlebenschance des Jungen pessimistisch eingeschätzt; dennoch wurde er das Gefühl nicht los, dass er ihn womöglich hätte retten können, wenn er nicht krank geworden wäre – notfalls durch reine Willenskraft. Aber nein. Er hatte nun ein Opfer, Pjotr Kirow, zwanzig Jahre alt, Dienstnummer TF9 674 652.

»Was ist mit der Leiche passiert?«, fragte er.

»Frau Kälter hat sie weggeschafft«, sagte Zöllner.

»Kälter?«

»Sie hat es uns angeboten, wir haben zugestimmt.«

»Wie hat sie den Leichnam weggeschafft?«

»Auf einem Schlitten.«

»Ganz allein?«

»Mithilfe des alten Mannes. Weißer Rauschebart. Sieht aus wie Gott.«

»Tichon Wassiljewitsch?«

»Ja, der.«

»Und das fehlende Auge? Hat sie sich dazu geäußert?«

»Nicht in meiner Gegenwart.«

Er hielt es für möglich, dass Katerina annahm, der junge Soldat habe sein Auge im Kampf verloren. Falls sie ihn danach fragte, würde er sie aufklären, beschloss er, aber nur dann. Sie hatte bereits Gründe genug, sie zu verachten.

Er hatte einen anstrengenden Tag voller Operationen befürchtet, aber erfreulicherweise waren es nur sieben Fälle, sodass er sich an seine beiden neuen Assistenten gewöhnen konnte. Er nahm an, dass es sich um würdige, kompetente Männer handelte, aber er bezweifelte, dass er sich mit ihnen so anfreunden würde wie mit Pflieger und Winkel. Womöglich könnte sich das ändern, wenn sie genug gemeinsam durchgemacht hatten. Demchak war natürlich noch da, wortkarg und stoisch wie eh und je, ebenso Hirsch, dessen Nervosität Bauer wie immer unangenehm aufstieß.

Den ganzen Tag über hielt er Ausschau nach Katerina; seine mühsam errungene Akzeptanz der Vorstellung, sie nie wiederzusehen, hatte sich vollends verflüchtigt. Richtig, Metz hatte ihm aufgetragen, ihr aus dem Weg zu gehen, aber dies würde sich schon irgendwie umschiffen lassen. Was ihn mehr störte, auch wenn er es nicht zugeben mochte, war Metz' Vorwurf an ihn, mit Katerina zu sanft umgegangen zu sein. Nicht, dass er Metz' Behauptung, sie gezähmt zu haben, auch nur eine Sekunde lang geglaubt hätte; nein, er verglich sich nicht mit Metz, sondern mit Katerinas totem Ehemann, dem impulsiven Wiktor; denn ganz gleich, welche eigenen Qualitäten er haben mochte, Bauer wusste, dass er kein Draufgänger war.

Schließlich begegnete er nicht Katerina, sondern Daria Grigorjewna als Erster – in der Offiziersmesse, dem ehemaligen Salon. Draußen war es längst dunkel, als er ins Haupthaus zurückkehrte, aber Daria war immer noch bei der Arbeit, räumte Tassen und Teller vom Klavierdeckel und wischte dessen Ebenholzoberfläche. Bauer blieb in der Tür stehen und Daria wandte sich um. Sie wirkte erschrocken, vielleicht verängstigt, ihre kleinen Augen blinzelten in ihrem roten schwammigen Gesicht. Er verneigte sich leicht. »Daria Grigorjewna.«

»Da?«, fragte sie.

In holprigem Russisch erklärte er, dass er sie eine Weile nicht gesehen habe. »Seit Sepp Winkels Tod«, fügte er an.

Daraufhin wandte sie sich ab, presste den Putzlappen ans Kinn. Instinktiv ging Bauer auf sie zu, doch sie winkte ihn fort. Er blieb stehen, versuchte etwas Tröstliches zu sagen, fand aber keine Worte. »Er liebt Sie auch«, murmelte er schließlich, brachte die Zeitform durcheinander. Daria schluchzte auf und krümmte von ihm abgewandt den Rücken, als hätte es eine Explosion gegeben. Bauer zögerte, aber als sich ihre Haltung nicht änderte, zog er sich zurück, entschuldigte sich leise und ließ sie allein.

19

Falls Sie einen Moment Zeit hätten, Herr Hauptmann …«, sagte Joachim Knoll, Metz' OP-Assistent. »Auf Station drei liegt ein Patient, den Sie sich vielleicht mal anschauen könnten.«

»Warum, gibt es Komplikationen?« Bauer hatte heute keine Zeit, sich um die Patienten von anderen zu kümmern.

»Eigentlich nicht, nein.«

»Warum soll ich dann …«, fragte er, sah dann aber den flehenden Gesichtsausdruck des Unteroffiziers. »Na schön, bringen Sie mich zu ihm.«

Sie betraten die Station, und Knoll führte ihn zu einem Patienten, der mit zwei Kissen im Rücken aufrecht im Bett saß, wach und offensichtlich Herr seiner Sinne. Knoll stellte ihn als den Gefreiten Henninger vor, und Bauer sah sich seine feldmedizinische Karte an, an der ein Streifen fehlte. Auf der Karte war vermerkt, dass eine Kugel den rechten Lungenflügel durchschlagen und am Rücken ausgetreten war, ohne auch nur eine einzige Rippe zu brechen. Bauer untersuchte die Ein- und Austrittswunden, die gut verheilten. Er fragte den Patienten, wie er sich fühle.

»Gar nicht so schlecht, Herr Doktor«, antwortete er röchelnd, während ein vernehmliches Pfeifen aus seiner Lunge drang. »Ich sollte wohl … nicht mehr … am Leben sein. Ein verdammter Idiot … Entschuldigen Sie, Herr Doktor. Kein Scharfschütze … dachten wir. Den Fehler … mach ich … nicht … noch mal.«

»Nun ja, Sie weilen noch unter den Lebenden, das ist die Hauptsache«, sagte Bauer. Er schob die Karte des Mannes in die Hülle zurück, traf Knolls Blick und erkannte an dessen Miene, dass Knoll mit ihm unter vier Augen reden wollte. Bauer wünschte dem Patienten alles Gute. »Sobald Sie transportfähig sind, schicken wir Sie nach Hause. Bis dahin müssen Sie sich ausruhen.«

Auf dem Flur bedankte sich Knoll bei ihm und sagte: »Vielleicht hätte ich mich deutlicher ausdrücken sollen, Herr Hauptmann. Es geht um die Operation des Mannes.«

»Ja?«

»Der Oberstleutnant …«, begann er, nur um innezuhalten, als zwei Sanitäter an ihnen vorbeigingen. »Der Oberstleutnant hat die Operation ganz normal begonnen«, fuhr er fort, »hat die Eintritts- und Austrittswunden untersucht …«

»Und …?«

»Er schien die Operation nicht vollständig zu Ende zu bringen. Ich bin kein Arzt – ich meine, was weiß ich schon? –, aber ich habe den Oberstleutnant schon Dutzende Male bei Operationen wie dieser beobachtet, und diesmal war es anders. Er hat wie üblich das Rippenfell geflickt, und wie Sie gesehen haben, hat er auch die äußeren Wunden versorgt. Aber das war alles.«

»Keine inneren Reparaturen?«

»Genau.«

»Hat er gesagt, warum?«

»Nein, Herr Hauptmann. Der Oberstleutnant erklärt sich für gewöhnlich nicht.«

»In der Tat, das ist mir bekannt.«

»Da ist noch etwas anderes«, sagte Knoll. Er sah elend aus, seine rötlichen Augenbrauen hoben sich scharf von seiner fast lilienweißen Haut ab.

»Unterfeldwebel Knoll, Sie tun hier das Richtige. Unsere oberste Verpflichtung gilt unseren Patienten.«

»Jawohl, Herr Hauptmann.«

»Aber falls es Sie beruhigt: Ich werde Sie nicht erwähnen, wenn ich die Sache mit Oberstleutnant Metz bespreche.«

»Aber wie wollen Sie das anstellen? Die Information kommt doch von mir.«

»Ich lasse mir etwas einfallen. Darauf gebe ich Ihnen mein Wort. Also, Sie sagten, da wäre noch etwas anderes?«

Knoll seufzte. »Dem Oberstleutnant haben mächtig die Hände gezittert. Das ist mir schon ein paarmal aufgefallen, aber diesmal war es richtig schlimm. Wir haben es alle gesehen.«

»Das habe ich auch schon bemerkt. Glauben Sie, dass er es deshalb vorzog, die Lunge nicht zu debridieren?«

»Ja, der Gedanke ist mir gekommen.«

»Und alle haben es gesehen, sagen Sie? Einschließlich Hauptmann Molineux?«

»Ich bin mir nicht sicher. Er konnte es eigentlich nicht übersehen. Aber ich habe nicht mit ihm darüber gesprochen.«

»Das macht nichts. Ich danke Ihnen, Knoll. Wie gesagt, egal, was ich in der Angelegenheit unternehme, Ihren Namen lasse ich aus dem Spiel.«

»Das weiß ich zu schätzen, Herr Hauptmann. Ich danke Ihnen.«

Bauer verbrachte einen arbeitsreichen Tag in der Chirurgie, den größten Teil davon mit Amputationen von abgefrorenen Fingern und Zehen. Aber so konzentriert er bei jedem dieser Eingriffe auch war, ein Teil seines Verstands beschäftigte sich mit Metz' Zittern oder, noch dringlicher, mit dem Zustand der Lunge des Gefreiten Henninger. Nach der letzten Operation des Tages ging er nach oben, um Metz aufzusuchen, und erfuhr vom diensthabenden Schreiber, dass der Oberstleutnant Besuch von Drexel habe. Bauer ging hinüber, um am Fenster zu warten, von dem aus man einen Blick über das Dach des Nordflügels hatte; drumherum wiegten sich graue Baumkronen im Wind. In einiger Entfernung zog ein Schneegestöber auf, sodass das Gebäude wie ein Schiff in schwerer See wirkte, das in einen Sturm hineinschlingerte.

Hinter ihm ging die Tür zu Metz' Büro auf; Bauer wandte sich um und sah, wie Metz mit beiden Händen überschwänglich Drexels Hand schüttelte. Die beiden Männer bemerkten ihn im selben Moment. »Bauer!«, rief Metz. »Sie wollen mich sprechen, nehme ich an? Kommen Sie nur, kommen Sie rein. Fabian will gerade gehen.«

Drexel nickte Bauer kurz zu, tupfte sich mit einem Taschentuch den Mund ab und ging dann zur Treppe. Halb hinter dem Rücken verborgen, bemerkte Bauer die kleine Holzschatulle mit dem verzierten Deckel. Er trat vor und Metz winkte ihn heran. »Immer reinspaziert«, bekräftigte er, bot ihm einen Platz an und setzte sich dann nicht hinter, sondern neben seinen Schreibtisch, sodass sich beinahe ihre Knie berührten. Sein Atem roch schlecht, und Bauer lehnte sich unmerklich zurück. »Also, was führt Sie an diesem schönen verschneiten Tag zu mir?«

»Ich bin hier, um über einen Ihrer Patienten zu sprechen, Herr Oberstleutnant.«

»Über einen *meiner* Patienten?«

»Ja, Herr Oberstleutnant. Ein Gefreiter namens Henninger, Lungendurchschuss. Er hat Atemprobleme.«

»Ist verständlich, finden Sie nicht?«

»Größere Probleme, als man nach einer erfolgreichen Operation erwarten würde«, sagte Bauer. »Ich war besorgt und habe mir erlaubt, Ihren Operationsbericht zu lesen. Offenbar haben Sie die Lunge nicht debridiert.«

»Stimmt. Das habe ich weggelassen.«

»Warum, Herr Oberstleutnant? Das verstehe ich nicht.«

»Es war ein unnötiges Risiko. Der Patient war in einem kritischen Zustand.«

Knoll hatte nichts dergleichen erwähnt. »War das Molineux' Einschätzung?«

»Bauer, Ihnen ist hoffentlich klar, wie unverfroren es ist, mit mir diese Diskussion zu führen. Aber um Ihre Frage zu beantworten: Ich habe mir meine eigene Meinung über den Zustand des Mannes gebildet und mein Vorgehen entsprechend angepasst.«

»Und wie steht es jetzt um seinen Zustand? Wir können nicht wissen, was sich in der Lunge befindet. Womöglich gibt es Blutgerinnsel. Sie könnten purulent werden.«

»Hauptmann, das ist reine Spekulation.«

»Genau das ist mein Punkt: Wir können es nicht wissen. Sie selbst haben mir beigebracht, dass in Fällen wie diesem übermäßige Vorsicht gefährlich sein kann.«

»Nicht immer«, sagte Metz.

»Sie haben gesagt, das konservative Verfahren sei altmodisch. Es berge das Risiko, den Patienten zum Lungenkrüppel zu machen.«

»Sie erinnern sich falsch oder haben mich falsch verstanden«, entgegnete Metz. Bis jetzt schien er nicht besonders verärgert zu sein, wahrscheinlich wegen Drexels Besuch. Trotzdem, überlegte Bauer, musste er vorsichtig vorgehen.

»Herr Oberstleutnant, hätten Sie etwas dagegen, wenn ich eine Folgeoperation durchführe? Nur um sicherzugehen?«

Metz lächelte. »Großer Gott, Bauer, was sind Sie nur für ein Schlächter geworden.«

Obwohl er wusste, dass der Vorwurf völlig unangebracht war, tat er weh. »Ich würde nicht dafür plädieren, einen Patienten ein zweites Mal zu operieren, wenn ich es nicht für absolut notwendig hielte. Und natürlich ist mir bewusst, dass ich damit implizit Ihre Arbeit kritisiere. Dafür möchte ich mich entschuldigen. Ich kann nur darauf hinweisen, dass niemand von uns perfekt ist und dass ich darauf vertraue, dass

Sie das nächste Mal, wenn mir ein Fehler unterläuft – was unweigerlich passieren wird –, nicht zögern werden, mich darauf aufmerksam zu machen. Zum Wohle des Patienten. Genau genommen erinnere ich mich an mehrere Fälle in Frankreich, bei denen Sie genau das getan haben.«

»Frankreich war anders. Sie waren neu in der Kriegschirurgie.«

»Ich würde gerne glauben, dass wir unser Fachwissen weiterhin teilen werden.«

»Na gut, na gut«, sagte Metz und hob die Hände. »Tun Sie, was Sie für richtig halten. Ich werde Ihnen nicht im Weg stehen.«

»Danke, Herr Oberstleutnant«, sagte er und meinte es wirklich ernst. Es war ein großes Zugeständnis. Genau genommen kam es einem *Geständnis* gleich.

»War das alles? Ich muss noch einige Berichte schreiben.«

»Nein, Herr Oberstleutnant, das war noch nicht alles.«

»Mein Gott, was denn noch?«

»Eine weitere Unverfrorenheit. Tut mir leid.«

Metz seufzte. »Schon gut. Worum geht es? Schießen Sie los.«

»Ihre Hände. Ich habe bemerkt, dass sie manchmal zittern.«

»Aha.«

»Sie müssen es doch auch bemerkt haben.«

»Ja, manchmal zittern sie leicht. Eine Folge der Müdigkeit. Normalerweise verschwindet es während der Arbeit.«

»Das deckt sich nicht mit meinen Beobachtungen.«

»Schauen Sie«, sagte er und streckte die rechte Hand aus. »Absolut ruhig.«

»Ich sage nicht, dass Ihre Hände ständig zittern.«

»Was sagen Sie *dann*? Dass ich irgendeine schreckliche Krankheit habe?«

»Nein, ich will sagen –«

»Ihre Frau ist an disseminierter Sklerose gestorben, nicht wahr?«

Bauer zögerte, einen Moment lang sprachlos, überrascht nicht nur vom Themenwechsel, sondern auch von einem Anflug von Trauer. »Das ist richtig. Warum erwähnen Sie das?«

»Ich vermute, es hat Sie *überwachsam* gemacht. Meine Hände zittern ein bisschen, und schon wollen Sie mir einen Sarg zimmern.«

»Herr Oberstleutnant, ich denke bei alledem nicht an eine mögliche Erkrankung, sondern an das Mittel, das Drexel Ihnen spritzt.«

Metz verzog das Gesicht. »Nicht das schon wieder.«

»Ich fürchte doch.«

»Drexels Präparat beruhigt meine Nerven, es beeinträchtigt sie nicht.«

»Vielleicht nicht sofort. Aber Sie haben jetzt dieses Zittern.«

»Das ist reine Spekulation. Und wie gesagt, das alles geht Sie nichts an.«

»Mit Verlaub, da liegen Sie falsch. Was ist mit Henninger?«

Metz runzelte die Stirn. »Was wollen Sie andeuten? Dass ich zulassen würde, dass eine persönliche Schwäche – eine imaginäre persönliche Schwäche, wie ich anfügen möchte – meine Arbeitsweise beeinflusst?«

»Nun, ist es nicht so?«

Metz atmete scharf ein, doch seine Antwort klang gemessen. »Nein, das war nicht der Fall.« In gekränktem Ton fügte er hinzu: »Ich muss sagen, es überrascht mich und stimmt mich traurig, dass Sie so eine geringe Meinung von mir haben.« Bauer wollte dem widersprechen, doch Metz winkte ab. »Offensichtlich steht Ihre Meinung fest. Dann sind wir uns in dieser Sache eben uneins.«

Ermutigt erwiderte Bauer: »Herr Oberstleutnant, was immer Sie beeinträchtigt – und sei es, wie Sie sagten, nur eine gewisse allgemeine Müdigkeit –, wäre es nicht an der Zeit, einen Antrag auf Fronturlaub zu stellen?«

Metz sah ihn verächtlich an. »Bauer, das ist absurd, und das wissen Sie auch. Die nächste Offensive –«

»Es müsste ja nicht sofort sein. Wie Sie sagen, es wäre unmöglich. Man würde gewisse Vorkehrungen treffen müssen. Aber wo jetzt der Winter näher rückt, kann ich einfach nicht glauben, dass die Kämpfe mit der gleichen Intensität weitergehen werden. Die meisten meiner Fälle in dieser Woche waren Erfrierungen. Januar oder Februar wäre also ein geeigneter Zeitpunkt für einen Heimaturlaub.«

»Bauer, versuchen Sie, mich loszuwerden?«

»Ich denke nur an Ihr Wohl. Und, um ehrlich zu sein, auch an das der Patienten. Das soll keine Beleidigung sein. Man kann von niemandem erwarten, dauerhaft den hohen Standard zu halten, den Sie persönlich gesetzt haben. Und Sie waren von Anfang an dabei, nicht wahr? Seit Polen. Länger als ich.«

»Das stimmt.« Einen Moment lang glaubte Bauer, Metz würde nachgeben, doch plötzlich wurde dessen Ton wieder unnachgiebig. »Aber das kommt natürlich nicht infrage. Ich kann meinen Posten nicht räumen, nicht jetzt.«

»Wie gesagt, es wäre ja nicht sofort.«

»Wer würde *ihm* dann noch die Stirn bieten …?«

»Dem Feind?«

Metz schüttelte den Kopf. »Nein, *ihm.* Leo Tolstoi.«

***

Alles in allem war die Unterredung besser verlaufen als erwartet. Metz war relativ ruhig geblieben, und bald darauf konnte

Bauer Henninger operieren und nachholen, was Metz versäumt hatte.

Was ihn überraschte, war, wie leid Metz ihm tat. Das Zittern, seine Selbsttäuschung, der Tolstoi-Wahn – so erratisch er sich zuweilen auch verhielt, er war ein erstklassiger Chirurg, oder war es zumindest gewesen, und obwohl Bauer anderen Kollegen näher gestanden hatte, gab es niemanden, der ihm so viel beigebracht hatte.

Aber etwas musste geschehen.

Als Weidemann die Tür öffnete, sah er enttäuscht aus. »Ach, Sie sind es«, sagte er.

»Ja, ich bin es«, entgegnete Bauer.

»Ich dachte, es wäre Ehrlich.« Für einen so würdevollen Mann sah er überraschend leger aus, seine Uniformjacke war aufgeknöpft und aus dem Halsausschnitt seines Unterhemdes quoll ein Büschel weißer Brusthaare. »Kennen Sie sich mit Grammophonen aus?«

»Leider nicht, Herr Major.«

»Könnte dann das, weswegen Sie hier sind, vielleicht bis morgen warten?«

»Ja, das könnte es. Doch es wäre nicht sinnvoll.«

Weidemann nickte leicht resigniert, trat zur Seite und winkte Bauer herein. Verglichen mit den anderen Zimmern war dieses riesig; zu Tolstois Zeiten war es das eheliche Schlafzimmer gewesen, fiel Bauer ein. Weidemanns Feldbett wirkte darin fast winzig. Ein zusammenklappbarer Schreibtisch. Ein Stuhl. Ein hüfthoher Fächerschrank mit gläserner Front, in dem die meisten von Weidemanns Habseligkeiten aufgereiht waren und auf dem Bertha, das Grammophon, stand. Weidemann folgte seinem Blick und sagte: »Würden Sie trotzdem einen Blick darauf werfen? Ich kann mir beim besten Willen nicht erklären, warum es nicht mehr läuft.«

»Ich kann es versuchen.«

»Ich wäre Ihnen sehr dankbar«, sagte Weidemann und setzte sich auf den einzigen Stuhl.

Bauer versuchte das Gerät ein- und auszuschalten, und als es nicht gelang, untersuchte er alle sichtbaren Teile. »Liegt es vielleicht an der Elektrik?«, fragte er nach einer angemessenen Zeitspanne. »Tut mir leid, Herr Major, das ist nicht mein Fachgebiet.«

»Würde Bertha doch nur bluten, was?«

»Stimmt. Dann wüsste ich, was zu tun ist.«

»Danke trotzdem, dass Sie es sich angesehen haben. Wissen Sie, wer mir hätte helfen können? Sepp Winkel.«

»Das ist wahr.«

»Furchtbar, sein Tod. Ich komme nicht darüber hinweg, dass er nicht mehr unter uns weilt.«

Für einen so wortkargen Mann wie ihn war es erstaunlich persönlich. Bauer nickte. »Geht mir genauso.«

»Ich werde morgen einen unserer Funker bitten, sich das Grammophon anzuschauen. Wie kann ich Ihnen in der Zwischenzeit helfen?«

»Es geht um Metz«, antwortete er.

»Schon wieder?«

»Ich fürchte, ja«, sagte Bauer, blickte um sich und erkannte, dass es abgesehen von Weidemanns Bett keine Sitzgelegenheit für ihn gab.

»Was stört Sie? Die Sache mit dem Geist? Der Stabsgefreite Ehrlich hat mir erzählt, dass Metz ihm immer noch hinterherjagt.«

»Das hat Ehrlich Ihnen erzählt?«

»Und dass er sich Sorgen macht. Allerdings glaube ich nicht, dass Ehrlich sich so sehr an der Geisterjagd selbst stört, sondern mehr an der Beteiligung von Frau Kälter. Er traut ihr nicht. Wahrscheinlich hat er recht damit, aber in Ehrlichs Fall halte ich Eifersucht für den ausschlaggebenden Faktor. Er will

Metz für sich allein. Jedenfalls fand er, ich solle es wissen. Und jetzt sind Sie hier.«

Bauer zögerte, leicht verärgert darüber, mit Ehrlich in einen Topf geworfen zu werden. »Nun, die Geistersache ist nach wie vor ein Problem«, sagte er. »Sie ist sogar schlimmer geworden. Aber aus diesem Grund bin ich nicht hier.«

»Inwiefern schlimmer?«

»Metz wähnt sich offenbar in einer Art Konfrontation mit Tolstoi«, sagte Bauer und berichtete Weidemann von der Séance mit Katerina und Agrafena Wiktorowna.

»Metz hat schon immer in solchen Dingen geschwelgt«, sagte Weidemann.

»Ja, aber diesmal ist es mehr als Schwelgerei. Soweit ich es beurteilen kann, misst er seinem Kampf gegen Tolstoi eine kosmische Bedeutung bei. Nichts Geringeres als der Kriegsausgang hänge davon ab.«

»Wie eigentümlich.«

»Ja, aber wie gesagt, deshalb bin ich nicht hier. Ich bin hier, weil Metz' Drogengebrauch mit ziemlicher Sicherheit seine Arbeit als Chirurg zu beeinträchtigen beginnt. Er hat einen Tremor entwickelt.« Nun schilderte er den Fall des Gefreiten Henninger, ließ aber unerwähnt, dass Knoll ihn darüber informiert hatte. »Ich habe ihn darauf angesprochen, und er bestreitet, dass es ein Problem gibt. Aber als ich ihm vorschlug, auf Heimaturlaub zu gehen, hatte ich den Eindruck, er sei versucht, darauf einzugehen.«

»Aber Sie konnten ihn nicht überzeugen …«

»Sein Pflichtgefühl verhindert es. Er muss hierbleiben und den Krieg gewinnen.«

»Ja, so ist er«, sagte Weidemann.

»Ich frage mich, ob Sie über die Sache vielleicht mit einem ranghöheren Offizier sprechen könnten.«

»Wie ich Ihnen schon beim letzten Mal dargelegt habe, ist

sein Drogenkonsum nichts Ungewöhnliches innerhalb der Wehrmacht. Auch nicht sein Glaube an das Übernatürliche.«

»Und seine Probleme im Operationssaal? Das ist doch sicherlich von Bedeutung.«

»Er müsste schon reihenweise Patienten umbringen, damit es zu einer Reaktion von oben kommt. Die hohen Tiere haben andere Sorgen. Nein, Bauer, ich fürchte, da kann ich Ihnen nicht helfen.«

»Aber was ist mit Pilcz? Der wurde doch auch nach Hause geschickt.«

»Weil er Metz mit seiner zunehmenden Inkompetenz lästig wurde. Wäre Pilcz Oberstleutnant gewesen … dann hätte es anders ausgesehen. Wahrscheinlich hätte er bis zum Ende des Krieges gedient und wäre hochdekoriert worden. Nach meiner Beobachtung werden sie umso verrückter, je höher sie aufsteigen.«

»Aber Sie sind davon ausgenommen?«, fragte Bauer, worauf Weidemann die Augenbrauen hob. »Ich will Sie nicht beleidigen, Herr Major«, schob Bauer nach, »ich möchte nur zum Ausdruck bringen, dass ich in diesem Fall womöglich klarer sehe als Sie. Die Patienten …«

Weidemann nickte. »Sie haben zweifellos recht. Damit, dass ich verrückt bin, oder zumindest verrückter als Sie.« Wie um dies zu unterstreichen, stand er auf, ging abwesend zum Grammophon und versuchte erfolglos, es einzuschalten, wandte sich dann in seiner schwerfälligen Art wieder um und kehrte zu seinem Stuhl zurück. »Ich nehme an, Sie erinnern sich an Ihren ersten Tag als approbierter Arzt?«

»Den werde ich nie vergessen«, antwortete Bauer, verwirrt von dieser Gesprächswendung.

»Ich auch nicht. Ich war dreiundzwanzig. Es war der sechste August 1904. Universitätsklinikum Tübingen, Unfallstation. Ich war seit zwölf Minuten im Dienst, als mein erster

Patient eingeliefert wurde, ein Eisenbahner mit einer katastrophalen Augenverletzung, die sich als noch schlimmer herausstellte, als sie ohnehin schon aussah. Auf dem Bahngelände hatte sich ein Kranhaken vom Frachtgut gelöst und die linke Augenhöhle des armen Kerls durchbohrt und ihn dann herumgeschleudert – am Schädel sozusagen. Nun, ich tat, was ich konnte, aber wie Sie sich vorstellen können, hatte der Mann ein schweres Hirntrauma. Ich dachte immer wieder, dass er eigentlich tot sein müsste. Ich *wollte*, dass er stirbt. Hier war ich mit meinem ersten Patienten, an meinem ersten Tag als Arzt, und wünschte ihm inständig den Tod.«

»Und, ist er gestorben?«

»Nach vier langen Tagen.«

»Eine harte Einführung in die Medizin.«

»Das kann man sagen. Und ich habe zwei Lehren daraus gezogen: erstens, dass ich nicht zum Chirurgen tauge; zweitens, dass ich, um überhaupt als Arzt arbeiten zu können, eine gewisse Distanziertheit kultivieren muss. Ich konnte es mir nicht leisten, Mitgefühl für meine Patienten zu empfinden. Nicht, wenn ich ihnen von irgendeinem Nutzen sein wollte. Ich würde die Patienten nicht als Menschen, sondern als Materie behandeln müssen.«

»Es gab keinen Mittelweg?«

»Nein, für mich nicht. Entweder das, oder ich müsste mir eingestehen, dass meine Ausbildung vergebens gewesen war – dass ich sechs Jahre lang einer Berufung gefolgt war, für die ich nicht tauge.« Er starrte auf den Boden, stirnrunzelnd.

»Und deshalb wollen Sie bei Metz nicht intervenieren?«, fragte Bauer, der die Angelegenheit nicht ruhen lassen wollte. »Weil Sie Ihre Distanziertheit kultiviert haben?«

Weidemann blickte überrascht auf, dann entgegnete er traurig: »Das könnte man so sagen. Die Distanziertheit ist wohl so etwas wie eine Gewohnheit geworden, nehme ich an, so wie es mit allen häufig wiederholten Verhaltensweisen geschieht.«

»Aber Gewohnheiten kann man doch ablegen.«

»Sie gehen davon aus, dass sie ein Problem darstellt. Für mich ist es eine Lösung. Um zu sein, was ich bin. Mag sein, dass ich für jeden Beruf ungeeignet bin«, sagte er, wieder nachdenklich, »zumindest für Berufe, die mit meinen Mitmenschen zu tun haben. Aber woher hätte ich das damals wissen sollen? Als junger Mensch schmiedet man Pläne und verfolgt diese, aber man tut dies in Unwissenheit; später dann kommt Erkenntnis hinzu und mit ihr die Reue.«

War dies ein Zitat, fragte sich Bauer, eines, das er erkennen sollte? »Mit Verlaub, Herr Major, bei Ihnen klingt es, als ob Ihr Leben vorbei wäre. Aber Sie sind erst sechzig. Die Jungen stolpern aus der Kindheit direkt hinein in diesen Krieg. Sie dagegen haben den Vorteil der Erfahrung und können aufgrund Ihres Dienstalters entsprechend agieren.«

»Das Wichtigste, was mich die Erfahrung gelehrt hat, ist Vorsicht. Ich habe gelernt, mich nicht einzumischen. Und das Alter ist ermüdend, finden Sie nicht auch – oder sind Sie noch zu jung, um das zu erkennen? Moralisch ermüdend, meine ich. Vielleicht glauben Sie immer noch, Sie könnten die Welt verändern, aber das habe ich hinter mir. Ich wünsche Ihnen Glück, Bauer, und das meine ich ernst, aber irgendwann werden Sie zur gleichen Schlussfolgerung gelangen wie ich. Das garantiere ich Ihnen.«

»Wenn Sie das sagen.«

»Es gibt keinen Grund, so verbittert zu klingen. Sparen Sie sich das, bis Sie alt sind. Wenn Sie mich jetzt bitte entschuldigen würden, ich hätte gern etwas Zeit für mich. Es war ein langer Tag.«

20

Beim Frühstück am Montag, dem 8. Dezember, machte in der Offiziersmesse die Nachricht von einem Überraschungsangriff japanischer Marineflugzeuge auf die amerikanische Flotte in Hawaii die Runde. Allem Anschein nach war der Angriff verheerend gewesen. Nach dem wenigen, was Bauer über den Pazifik wusste – Kokospalmen, Baströcke und Auslegerkanus –, erschien ihm der Gedanke an einen Pazifik-Krieg nicht nur tragisch, sondern geradezu lächerlich. Laut Molineux zeigte das Thermometer auf dem Vorplatz minus dreiundzwanzig Grad an, was Hawaii unendlich weit weg erscheinen ließ. Was der japanische Angriff für den Krieg in Europa bedeutete, wusste niemand.

Nachdem er sie an den letzten beiden Tagen nirgends gesehen hatte, hoffte Bauer, heute Katerina zu begegnen, aber bei seiner Ankunft im Krankenhaus fing ihn Demchak ab und bat um ein Gespräch unter vier Augen. Der Operationssaal war leer, und sie gingen hinein.

»Ich muss ein Verbrechen melden«, erklärte Demchak.

»Was denn für ein Verbrechen?«, fragte Bauer argwöhnisch.

»Leutnant Hirsch hat versucht, mich anzugrapschen. Es geschah in der Sauna.«

Bauer runzelte die Stirn. »Sie *anzugrapschen*?«

»Er hat seine Hand auf meinen Oberschenkel gelegt, hatte es aber auf meinen Schwanz abgesehen.«

Bauer entschuldigte sich, ging zur Tür und schloss sie. »Zigarette?«, bot er Demchak an, als er zurückkehrte.

»Nein, danke, Herr Hauptmann.«

Bauer nahm eine Zigarette aus seinem Etui, zündete sie an und inhalierte. Kein Wunder, dass Demchak ihn unter vier Augen sprechen wollte. »Könnte es sein, dass Sie es falsch verstanden haben?«, fragte er. »Hat er Sie vielleicht versehentlich angerempelt?«

»Er hat seine Hand auf meinen Oberschenkel gelegt und zu meinem Schwanz hochgeschoben.«

»Und wie haben Sie reagiert?«

Demchak schaute wütend. »Ich habe seine Hand weggestoßen und bin rausgegangen. Wie hätte ich sonst reagieren sollen?«

»Beruhigen Sie sich, Gefreiter. Ich versuche nur, mir ein Bild zu machen.«

»Ich kann nicht mehr mit ihm arbeiten. Ich lehne es ab. Ich weigere mich.« Seit dessen Schimpftirade gegen den Bolschewismus auf dem Weg nach Malewka hatte Bauer Demchak nicht mehr so aufgebracht erlebt. Er hätte die Anschuldigung gern als Unsinn abgetan, aber er fand es schwierig. Athletischer Körper, hellblondes Haar, ein hübsches Gesicht, durch die vernarbte Hasenscharte vor der Beliebigkeit bewahrt: Es war gut denkbar, dass ein Mann, der in diese Richtung tendierte, Juri Demchak attraktiv fand. Abgesehen von allem anderen hatte Demchak keinen Grund, ihn anzulügen; im Gegenteil, er schuf sich selbst Probleme. Genau genommen brachte er als Ukrainer mit seinen Anschuldigungen gegen einen deutschen Offizier sogar sein Leben in Gefahr.

»Warum waren Sie überhaupt mit ihm allein in der Sauna?«, fragte Bauer.

»Am Anfang waren wir ja nicht allein. Als er reinkam, waren wir zu mehreren da. Die anderen Gefreiten sagten sofort, dass wir rausgehen würden, obwohl zu dem Zeitpunkt ja eigentlich keine Offiziere in der Sauna sein sollten. Er sagte, wir bräuchten nicht zu gehen, aber die anderen gingen trotzdem nach und nach.«

»Doch Sie sind geblieben?«

»Er hatte dort nichts zu suchen! Ich sah nicht ein, warum ich gehen sollte. Woher hätte ich wissen sollen, dass der Leutnant eine Schwuchtel ist?«

»Schon gut, schon gut. Es gibt keinen Grund, so zu reden.«

»Warum nicht? Es ist die Wahrheit.«

»Hören Sie, Demchak, überlassen Sie die Sache mir. Ich werde mit ihm sprechen. Ich werde rausfinden, was los ist.«

»Er ist ein Perverser. Mehr gibt es dazu nicht zu sagen.«

»Überlassen Sie es einfach mir.«

»Ich kann nicht mehr mit ihm zusammenarbeiten«, sagte Demchak und seine Stimme erhob sich wieder. »Das werde ich nicht tun! Weder heute noch sonst wann.«

»Sie *werden* heute mit ihm zusammenarbeiten. Ich brauche Zeit, um die Sache zu klären. Sie haben eine schwere Anschuldigung erhoben. Falls man Ihnen nicht glaubt, könnte es schwierig für Sie werden.«

»So was denke ich mir nicht aus.«

»Arbeiten Sie heute wie gewohnt mit dem Leutnant zusammen, und heute Abend kümmere ich mich um die Angelegenheit. Sie haben doch sonst niemandem davon erzählt, oder?«

»Nein, noch nicht«, sagte Demchak knapp, sodass es wie eine Drohung klang.

»Gut. Halten Sie es weiter so.«

***

Im Operationssaal wechselten Hirsch und Demchak an diesem Tag kein einziges Wort. Bauer, der sich immer noch von seiner vermeintlichen Magendarmgrippe erholte, fühlte sich schwach und unkonzentriert, im Bauch ein Ringen zwischen Hoffnung und Besorgnis – wegen Katerina und der Aussicht, sie bald wiederzusehen; und weil ihm noch bevorstand, Hirsch zu befragen, was ihn zunehmend wütend machte. Was für ein Idiot Hirsch war! Wenn Demchak sich in eine gefährliche Lage begeben hatte, dann galt das Gleiche für Hirsch, und in einer anderen Einheit hätte sich jeder der beiden Männer ohne Weiteres vor einem Erschießungskommando wiederfinden können.

Chirurgisch betrachtet war die Schicht Routine, bis er am frühen Abend den Bauch eines Grenadiers mit Verdacht auf Blinddarmentzündung öffnete und im Dickdarm des Mannes einen livide verfärbten, gummiartigen Tumor entdeckte. Die anschließende Untersuchung ergab weitere Tumore in der Magenschleimhaut, der Bauchspeicheldrüse und der Leber. Selbst seinen Assistenten war klar, was los war. Bauer entfernte so viel vom krebsbefallenen Gewebe, wie er konnte – alles zu entfernen, war unmöglich –, und verschloss den Schnitt. Der Grenadier war neununddreißig. Später würde er dem Mann die Nachricht überbringen müssen, dass er im Sterben lag – nun auch noch diese traurige Pflicht, neben der ärgerlichen Sache mit Hirsch.

Am Ende ihrer Schicht wollte er mit Hirsch sprechen, aber bevor er ihn um eine Unterredung bitten konnte, hatte Hirsch schon den Kittel ausgezogen und verschwand nach draußen. Bauer folgte ihm, und in der Eingangshalle stand er dann plötzlich Katerina gegenüber. »Sehen Sie sich an«, sagte sie, »völlig besudelt mit arischem Blut.«

Obwohl er ständig an sie gedacht hatte, überraschte ihn die unvermittelte Begegnung, und im ersten Moment brachte er keinen Ton heraus. Er blickte auf seinen Kittel herab; der blutverschmierte Bauchbereich sah aus, als hätte darauf ein

Kind mit roter Farbe herumgeschmiert. »Tut mir leid«, sagte er. Hirsch trug bereits seinen Wintermantel und steuerte auf den Ausgang zu. »Eigentlich wollte ich mit meinem Anästhesisten reden.«

Sie folgte seinem Blick. »Dann beeilen Sie sich lieber.«

»Ach, das kann warten«, sagte er entschlossen.

»Prima«, sagte sie. »Denn ich bin hier, um mit Ihnen zu sprechen.«

»Sie wissen aber, dass Sie mittlerweile direkt dem Oberstleutnant unterstellt sind, oder?«, fragte er und wünschte sich sehnlichst, dass sie nicht gleich wieder verschwände.

»Ja, das weiß ich.«

Er nickte. »Gut. Dann räume ich nur schnell auf.«

Er kehrte in den Operationssaal zurück, zog seinen Kittel aus und wusch sich Hände und Gesicht. Ihm kam in den Sinn, dass sie vielleicht wegen des armen Pjotr Kirow hier war, wegen seines fehlenden Auges, und in dem Fall würde er gleich mächtig Prügel beziehen, wenn auch unberechtigterweise.

»Wäre es hier in Ordnung?«, fragte er, als er in die Eingangshalle zurückkehrte.

»Ich glaube nicht. Können wir wieder ins Zahnarztzimmer gehen?«

»Mein Anästhesist ist auch der Zahnarzt, also ja, es ist frei.«

Er stieg vor ihr die Treppe hinauf, stirnrunzelnd, um seine plötzliche Unruhe zu verbergen und die neugierigen Blicke der Sanitäter abzuwehren, die sie beobachteten.

Im Behandlungszimmer schaltete er das Deckenlicht ein und überlegte, ob er auch die Untersuchungslampe anknipsen sollte – als er plötzlich bemerkte, dass Katerina ihn mit ihrem Blick fixierte, ihre Haltung seltsam starr. Ihre Augen schimmerten, feucht und hell, und unwillentlich erstarrte nun auch er, spürte, wie ihm das Blut durch die Fingerspitzen floss, durch die Kehle. Dann trat sie auf ihn zu, abrupt und entschlossen, und er wusste, dass sie ihn entweder umbringen oder küssen würde, und er hob sogar instinktiv schützend einen Arm, so sehr fürchtete er, dass sie ein Messer gegen ihn richten könnte. Ihr Schwung trieb ihn rückwärts gegen die Wand, und, ja, sie küsste ihn – kein vorsichtiges Erkunden seiner Lippen, nur ihre eindringende Zunge, ihre fordernden Finger auf seinem Gesicht; und er erwiderte den Kuss, hob sie an, schwenkte sie herum und setzte sie wieder ab, und gegenseitig befreiten sie sich so weit wie nötig von ihren Kleidungsstücken.

***

Sie lagen am Boden, atemlos, immer noch größtenteils bekleidet, aber in warmer, feuchter Vereinigung, er auf dem Rücken, sie auf seiner Brust, ihre amazonenhafte Kraft aufgebraucht. Er roch ihr Haar, den speziellen Duft ihrer Haut, und schwor sich, diese Gerüche niemals wieder zu vergessen – mehr noch, sie immer in sich zu tragen. Dann hielt er sie in den Armen und lag eine Weile reglos da, bis Katerina den Kopf hob und ihn aus ihren warmen braunen Augen ansah.

»Hallo«, sagte er.

»Hallo«, erwiderte sie.

Er war noch in ihr, nach wie vor erregt. »Ich dachte, ich hätte Ärger«, sagte er.

»Das hier ist kein Ärger?«

»Ich meine eine andere Art von Ärger.«

»Zum Beispiel?«

»Pjotr Kirow«, sagte er.

Sie schüttelte den Kopf, immer noch lächelnd. »Du Narr«, duzte sie ihn zum ersten Mal – eine weitere unvermittelte Intimität, die mindestens so aufregend war wie ihre körperliche

Vereinigung, wenn nicht sogar noch mehr. »Du warst doch derjenige, der ihn zu retten versucht hat.«

Er spürte, wie er erschlaffte. »Ich war derjenige, der auf ihn geschossen hat«, entgegnete er. Katerina kräuselte die Stirn, wollte etwas sagen, aber tat es nicht, rollte abrupt von ihm herunter, ließ die Kälte heran. Bauer verfluchte sich. Katerina stützte sich auf einen Ellbogen und fragte ihn plötzlich mit forensisch kühl klingender Stimme, was passiert sei. Er hatte zu viel gewollt, dachte er, war narrhaft gierig gewesen – nicht unbedingt nach Absolution (das wäre zu viel verlangt), aber doch nach uneingeschränkter Verbundenheit. Auf das Schlimmste gefasst, schilderte er ihr den Morgen der fehlgeschlagenen Offensive, das Artilleriefeuer, das Durcheinander vor dem Verbandsplatz, als er Pjotr Kirow vorbeirennen sah und ihm zurief, er solle stehen bleiben. Die Reaktion des Jungen. Der Schuss.

Als er fertig war, schwieg Katerina eine Weile. Die Gier, die er nun verspürte, bestand darin, sie für immer anzuschauen oder mit seinen Fingerspitzen die feinen Fältchen auf ihrem Gesicht nachzuzeichnen, während sie sich Jahr für Jahr vertieften und verzweigten. Sie sagte: »Ich gehe davon aus, dass du bei deinen Operationen schon mal einen Patienten zu Tode gebracht hast, oder? Ungewollt, meine ich. Hast etwas getan, das zum Tod geführt oder ihn beschleunigt hat.«

»Ja, das passiert leider zuweilen«, sagte er. »Aber das ist trotzdem nicht dasselbe, oder?«

»Es ist ähnlich«, erklärte sie. »Du hattest nicht vor, den Jungen zu töten. Jeder vernünftige Mensch hätte wie du reagiert. Ich an deiner Stelle hätte auch geschossen. Und ich war tatsächlich mal in so einer Lage, oder einer ganz ähnlichen.«

Er bezweifelte, dass er diese Vergebung verdiente, aber die Verlockung war groß, ihre Nachsicht ein süßer Segen. Er dankte ihr, und sie legte einen Schenkel auf seine Hüften. Zog ihn heran, wärmte ihn dort, wo sich ihre Körper trafen. Und da waren wieder ihre Augen, diese Iris, diese filigrane braune Musterung, die er ohne die Ausgangssperre stundenlang hätte anschauen können. Verstohlen schaute er an ihrer Schulter vorbei auf seine Uhr, doch sie spürte seine Bewegung und entschlüsselte sie augenblicklich. »Wie lange haben wir noch?«

»Noch fünfundvierzig Minuten«, antwortete er.

»Das reicht mir nicht«, sagte sie. »Kannst du mich irgendwo verstecken?«

»Mein Gott, wenn ich das nur könnte«, sagte er, zugleich frustriert und beschwingt.

»Das hast du leider schlecht hinbekommen. Die Sache mit deiner Nationalität, dass du Deutscher bist«, sagte sie.

»Stimmt«, entgegnete er. »Aber wäre ich kein Deutscher, wäre ich nicht hier.«

»Ich weiß, und dafür hasse ich dich«, sagte sie und strich ihm über die Brust.

Dann erzählte er ihr von den furchtbaren Zuständen an der Front, von der schlechten Moral seiner Landsleute und von seiner wachsenden Gewissheit, dass Deutschland den Krieg verlieren würde.

»Das sagte ich doch von Anfang an«, gab sie zurück.

»Ich musste es wohl mit eigenen Augen sehen.«

Ihm ging auf, dass sie noch nicht von dem japanischen Angriff auf Pearl Harbour wusste, und so erzählte er ihr das Wenige, was er darüber erfahren hatte.

»Das ist ein Ding«, sagte sie. »Es wird die Amerikaner nicht erfreuen.«

»Glaube ich auch nicht.«

»Jetzt werdet ihr den Krieg *auf jeden Fall* verlieren: Ist das ein Tick der Faschisten, Nationen anzugreifen, die bevölkerungsreicher sind als sie selbst?«

»Ich spreche nicht für Faschisten«, entgegnete er.

Sie tippte auf den aufgestickten Adler und das Hakenkreuz über der Brusttasche seiner Uniformjacke. »Kleidest dich aber wie einer.«

»Eine notwendige Finte«, sagte er.

»Deine Tarnung.«

Er zog sie noch näher an sich heran, und sie sagten eine Weile nichts, Bauer kraulte ihr Haar, bis sie ihr Kinn hob und sie sich wieder küssten, diesmal sanft, nicht so intensiv wie zuvor. Mit seinen Lippen erkundete er ihren Hals, ihre Ohren, küsste sie abwechselnd auf die Stirn und auf ihre Augenlider. Lange Zeit genoss er es, nicht sprechen zu müssen, bis er sich der verrinnenden Zeit bewusst wurde und sich ein wenig von ihr löste. »Warum jetzt?«, fragte er sie.

Sie traf wieder seinen Blick und lächelte. »Weil ich dich vermisst habe«, sagte sie. »Als du weg warst, habe ich dich vermisst. Ich versuchte, es nicht zu tun, aber es wurde immer schlimmer.«

»Und jetzt ist es besser, ja?«

»Noch schlimmer«, sagte sie fest, »sieh mich doch an.«

»Das tue ich.«

»Die Arme um einen Mann geschlungen, den ich verlieren werde.«

Gab es einen Begriff für das, was er empfand?, fragte er sich, für diese Mischung aus Glück und Verzweiflung? Falls ja, kannte er ihn nicht. Er erwog, Katerina zu fragen, eine Expertin, aber damit würde er die wenige noch verbleibende Zeit vergeuden, und so neigte er sich vor und legte seine Lippen auf ihre, wollte alles: das Weiche, das Harte, den Schmerz, die Freude – das Alpha und Omega ihres Körpers, ihres Herzens und ihrer Seele. Er schaute auf seine Uhr und stöhnte auf: »Du musst gleich gehen!«

»Wie bald?«

»Zu bald für mich!«

»Oh, mein armer Paul«, sagte sie und schob sich geschickt und ungestüm unter ihn. »Dann musst du dich beeilen. Ich bin noch nicht fertig mit dir.«

21

Sie trennten sich am Haupttor unter einem fast vollen Mond. *Freude*, dachte er mit brodelndem, schmerzerfülltem Herzen, *das ist pure Freude*. Am liebsten wäre er ihr hinterhergerannt, aber es gab Wachen, die ihn beobachteten, und ihm wurde klar, dass genau dies seinen Schmerz erklärte. Er und Katerina trennten sich nicht, sie *wurden* getrennt – von Umständen, von Kräften, die feindselig waren oder denen ihr Schicksal bestenfalls egal war.

Der Himmel war klar und es war gnadenvoll still. Sterne wie Eiskristalle. Im silbrigen Licht war Katerina deutlich zu erkennen, eine Silhouette mit dicker Jacke, Mütze und Stiefeln, die auf das Dorf zulief. Die beiden Wachen blickten neugierig zu ihm herüber, dem Verrückten, der freiwillig in der Eiseskälte herumstand, und weil er es noch nicht fertigbrachte, sich abzuwenden, holte er eine Zigarette heraus und rauchte nachdenklich, so, als würde er über die Herrlichkeit des Mondes und der Sterne sinnieren, nicht über die Frau, die auf der Straße verschwand.

Als er sie nicht mehr erkennen konnte, schnippte er seine Zigarettenkippe weg, nickte den Wachen zu, drehte sich um und stapfte im Dunkeln die lange Einfahrt zurück. Das Artilleriefeuer um Tula klang jetzt gedämpft, kam stoßweise, ein im Schlaf murmelnder Riese.

Zurück im Haus eröffnete ihm Zöllner, dass Hirsch bereits zu Bett gegangen sei, was Bauer mit Erleichterung zur Kenntnis nahm. Heute Abend war nicht der richtige Zeitpunkt, um sich mit so einem Problem herumzuschlagen. Stattdessen machte er sich seinerseits bettfertig, sein Herz vollständig erfüllt von Katerina, entschlossen, vorerst nicht an die Zukunft zu denken. Widerwillig wusch er sich Hände und Gesicht und legte sich hin. Ausnahmsweise schlief er schnell ein.

Als er am Morgen aufwachte, dachte er sofort an Katerina, doch neben seinem Glücksgefühl verspürte er auch ein Gefühl des Unbehagens wegen der Erkenntnis, dass etwas Bedeutsames im Leben zu haben auch bedeutete, dass man etwas zu verlieren hatte. Es war töricht, sein Glück auf diese Weise zu trüben, überlegte er, aber die jahrelange Angst und Sorge um Clara hatten ihren Tribut gefordert, sodass für ihn nun allem Guten im Leben auch die Angst innewohnte, es zu verlieren.

Während er und Molineux sich ankleideten, erschien Hirsch in der Tür. »Sieh an, sieh an«, sagte Molineux, »unser Plagegeist. Was willst du?«

»Ich habe ihn gebeten zu kommen«, erklärte Bauer.

»Weshalb?«

»Um über das Schicksal Europas zu sinnieren.«

»Ach, das schon wieder. Dann lass ich euch beide mal allein«, sagte Molineux. »Aber vergiss nicht, Hirsch, ich behalt dich im Auge.«

»Kümmern Sie sich nicht um ihn«, sagte Bauer, als Molineux weg war. »Er versucht nur zurechtzukommen, wie wir alle.«

»Indem er grausam ist?«

»Indem er andere provoziert. Aber ich gebe zu, dass es überflüssig ist.«

»Hans sagte, Sie wollen mich sprechen, Herr Hauptmann.«

»Stimmt. Nehmen Sie Platz«, sagte er, deutete auf Molineux' Bett und setzte sich auf sein eigenes. »Ich weiß nicht so recht, wie ich anfangen soll, Volker, also tue ich es einfach. Ich habe eine Beschwerde über Sie erhalten.«

»Eine Beschwerde?«

»Vom Gefreiten Demchak.«

»Von *Juri*? Weshalb denn?«

»Sie können es sich nicht denken?«

»Ich habe keine Ahnung.«

»Er sagt, Sie hätten versucht, ihn anzufassen. In sexueller Weise. Es sei in der Sauna passiert, sagt er.«

Hirsch sah überrascht aus oder gab vor, es zu sein. »Aber das ist ... verrückt. Das kann ich nicht glauben ... Warum behauptet er so etwas?«

»Also streiten Sie es ab?«

»Ja!«

»Warum, denken Sie, ist er dann zu mir gekommen?«

»Ich weiß es nicht. Ich habe keine Erklärung dafür. Er irrt sich. Oder ...«

»Oder?«

»Jemand hat ihn angestiftet.«

»Warum sollte das jemand tun?«

»Weil sie mich hassen.«

»Sie?«

»Sie hassen mich alle.«

»Ach was, das ist doch nicht wahr«, erwiderte Bauer, etwas unsicher, verblüfft von Hirschs offen demonstrierter Einsamkeit.

»Ehrlich, zum Beispiel. Er hasst mich.«

»Wie kommen Sie darauf?«

»Er schnüffelt ständig herum«, sagte Hirsch. »Durchwühlt meine Sachen. Er hat mich auf dem Kieker.«

»Er ist Ihre Ordonnanz«, sagte Bauer. »Es ist seine Aufgabe, darauf zu achten, dass Ihre Ausrüstung in Schuss ist.« Der Umstand, dass Bauer Ehrlich ebenfalls misstraute, machte es ihm aus irgendeinem Grund nicht leichter, Hirschs Vorwurf ernst zu nehmen.

»Oder Hauptmann Molineux.«

»Nun, ich weiß, dass Molineux zuweilen einen rüden Ton anschlägt, aber ich glaube nicht –«

»Oder Drexel. Sogar Metz.«

Bauer atmete tief ein und aus. »Selbst wenn all diese Leute Sie hassen würden – was ich mir, offen gestanden, nicht vorstellen kann –, scheint es mir undenkbar, dass Ehrlich oder irgendjemand anderes Ihnen so einen Ärger würde einbrocken wollen. Oder dass Demchak einwilligen würde, eine falsche Anschuldigung zu erheben.«

»Warum nicht? Er steht rangmäßig unter den anderen. Die müssen ihn irgendwie unter Druck gesetzt haben.«

Bauer hielt inne. Dies führte zu nichts. »Könnten Sie irgendetwas getan haben, das Juri falsch aufgefasst hat? Haben Sie ihn vielleicht irgendwie versehentlich berührt?«

Hirsch senkte den Blick, zog die Stirn in Falten. »Ich nehme an, es wäre möglich, dass ich ihn versehentlich berührt habe«, sagte er und schaute wieder auf. »Wir saßen dicht nebeneinander. Ich habe nicht groß darauf geachtet.«

»In Ordnung, aber dann stellt sich die Frage, warum Sie überhaupt so nah bei ihm saßen – tut mir leid, aber ich muss verstehen, wie es abgelaufen ist. Außer Ihnen beiden war ja sonst niemand da. Und was hatten Sie eigentlich in der Sauna zu suchen zu einer Zeit, die für die anderen Männer reserviert war?«

»Das war ein Fehler, ganz klar.«

»Kannten Sie den Turnus nicht?«, fragte Bauer und erinnerte sich schuldbewusst daran, dass auch er vor nicht allzu langer Zeit die Regeln ignoriert und Sepp Winkels Saunagang gestört hatte. Nicht, dass jemand nun davon erfahren würde.

»Doch. Aber ich hielt es nicht für so wichtig. Offensichtlich habe ich mich geirrt.«

»Und dass Sie so dicht neben ihm saßen?«

»Als ich reinkam, war es noch voll, und Juri – der Gefreite Demchak – machte mir auf der Bank Platz. Dann verschwanden die anderen nach und nach, bis wir nur noch zu zweit waren. Ich bin gar nicht auf den Gedanken gekommen, von ihm wegzurutschen. Es wäre unhöflich gewesen.«

Bauer hatte plötzlich die Nase voll, den Vernehmer spielen zu müssen. »Wie auch immer das Ganze zustande gekommen ist, es bringt Sie – und auch mich – in eine schwierige Lage. Sie wissen doch, was die offizielle Strafe dafür ist? Ich meine, für homosexuelle Handlungen?«

»Damit habe ich mich nie beschäftigt.«

»Sie können es sich bestimmt denken. Dazu soll und wird es zweifelllos nicht kommen. Ich erwähne es nur, um darauf hinzuweisen, wie sorgfältig wir die Sache handhaben müssen.«

»Ich bin nicht homosexuell.«

»Schön und gut. Aber ganz gleich, was Sie angeben, zu sein oder nicht zu sein, der Gefreite Demchak will künftig nicht mehr mit Ihnen zusammenarbeiten.«

»Hat er das gesagt?«

»Ja.«

»Das ist ... unfassbar. Wir sind doch Kameraden.«

»Aus seiner Sicht nicht mehr.«

Hirsch wirkte tief betroffen, bestürzter offenbar vom Gedanken an Demchaks Antipathie als von der Aussicht, standrechtlich erschossen zu werden.

Bauer stand auf, erpicht darauf, das Gespräch zu beenden. »Ich rede noch einmal mit ihm und erkläre ihm, dass es ein Missverständnis war. Dass es Ihnen furchtbar leidtut und dass so etwas nie wieder passieren wird. In Ordnung?« Hirsch starrte betreten zu Boden. »In Ordnung?«, wiederholte Bauer schärfer.

»Ja, Herr Hauptmann. Es war ein Missverständnis.«

Mein Gott, Hirsch hatte fraglos etwas Dubioses an sich. Es war nichts Bösartiges, nichts Schlimmes, doch es verstärkte Bauers Eindruck, dass man Hirsch vor jeglichen formellen Verfahren schützen musste.

»Ich tue mein Bestes«, sagte er. »In der Zwischenzeit tun oder sagen Sie nichts, was Juri falsch verstehen könnte. Nicht jetzt und auch nicht in Zukunft.«

***

Zufälligerweise hatte Metz am nächsten Morgen die erste OP-Schicht, was Bauer die Gelegenheit bot, noch einmal beruhigend auf Demchak einzuwirken, bevor er das nächste Mal mit Hirsch zusammenarbeiten würde. Zunächst aber stand für ihn die Pflichtaufgabe in der postoperativen Station an, wo er dem krebskranken Grenadier die schlechte Neuigkeit überbrachte. Der Mann nahm es gefasst auf, zumindest schien es so. Für einen kurzen Moment lachte er sogar über die Absurdität, eines natürlichen Todes zu sterben. Würde er nach Hause zurückkehren und noch einmal seine Kinder sehen können? Als Bauer dies bejahte, schien der Mann sich über alle Maßen zu freuen. Die Realität der Diagnose musste ihm vermutlich erst noch bewusst werden, aber Bauer hoffte, dass er selbst genauso gefasst sein würde, wenn er eines Tages mit seinem eigenen Tod konfrontiert wurde.

Er unterhielt sich mit Demchak im Vestibül des Krankenhauses, senkte die Stimme, sobald jemand an ihnen vorbeiging. Demchak hörte ihm schweigend zu. Als er fertig war, sagte er: »Das reicht mir nicht.«

»Oh«, sagte Bauer und verbarg seine Verärgerung. »Und was hätten Sie gern?«

»Er soll vor Gericht.«

»Wegen eines Missverständnisses?«

»Es war kein Missverständnis.«

»Hirsch sagt, es war eines.«

»Der Leutnant ist ein Perverser. Wenn es sein muss, werde ich es dem Oberstleutnant sagen.«

Bauer sah ihn mit zusammengekniffenen Augen an. »Sie wollen Hirsch vor ein Erschießungskommando bringen?«

»Wenn das die Strafe ist, ja.«

»Sie hassen ihn so sehr?«

»Ich hasse ihn überhaupt nicht.«

»Und doch wollen Sie seinen Tod?«

»Es sind Ihre Gesetze, Herr Hauptmann.«

Hier galt es, eine Debatte über Politik und Rechtsprechung zu führen, aber jetzt war nicht der richtige Zeitpunkt dafür. »Haben Sie schon darüber nachgedacht, welchen Schaden Sie dem Bataillon zufügen?«

»Welchen *Schaden*?«

»Leutnant Hirschs Dienste sind von unschätzbarem Wert«, sagte er. »Nicht nur im OP-Saal, sondern vor allem als Zahnarzt. Ich dachte, Sie wollen die Bolschewiken besiegen.«

»Das will ich. Deshalb sollte man der Gerechtigkeit Genüge tun.«

»Das müssen Sie mir erklären, ich kann Ihnen leider nicht folgen.«

»Meinetwegen«, sagte Demchak, sein Ton beleidigend geduldig. »Fragen Sie sich einfach, wofür wir kämpfen.«

»Warum sagen Sie es mir nicht?«

»Wir kämpfen, um den Bolschewismus zu besiegen. Aber was ist Bolschewismus? In erster Linie sind es die Juden. Marx war Jude. Intellektuelle sind meistens Juden.«

»Aber Volker Hirsch ist kein Jude. Und schon gar kein Intellektueller.«

»Er ist homosexuell, und damit steht er auf der Seite der Juden. Homosexuelle, Juden, die Intelligenz – sie schließen sich in Städten zusammen, und was machen sie dort? Sie brüten Ideen wie den Marxismus aus, Ideen, die sie anderen aufzwingen, egal wie viele Menschen sie dafür umbringen müssen. Der Punkt ist, dass wir dem Feind moralisch überlegen sein müssen. Wenn wir das nicht sind, was machen wir dann? Wir wollen eine bessere Welt, und Hirsch und seinesgleichen gehören nicht in diese Welt.«

Bauer betrachtete ihn einen Moment lang und sagte dann: »Ich sehe, Sie haben über die Sache nachgedacht. Ich habe sogar den Eindruck, dass Sie dabei sind, selbst so etwas wie ein Intellektueller zu werden.« Daraufhin schossen Demchaks Augenbrauen hoch, senkten sich aber gleich wieder. »Ich bin Chirurg, kein Intellektueller«, fuhr Bauer fort. »Aber genau wie Sie komme ich vom Land, und wie die meisten Leute vom Land habe ich eine praktische Ader. Sie kommen mit einem Problem zu mir, einem Problem, das einer praktischen Lösung bedarf. Die Erklärung des Leutnants stellt Sie nicht zufrieden, also, sagen Sie mir, was würde Sie zufriedenstellen? Was, wenn er zu einer anderen Einheit ginge?«

»Und dort das Gleiche macht?«

»Oder wenn wir Sie versetzen? Sie sagten doch, Sie würden gern zu einer Kampfeinheit wechseln. Vielleicht ist jetzt der richtige Zeitpunkt dafür. Mal sehen, vielleicht kann ich meine Verbindungen spielen lassen. Ihr gutes Deutsch ist ein Pluspunkt. Und das blonde Haar ist auch kein Nachteil. Wie Sie selbst sagen, wir brauchen engagierte Männer an der Front.«

Demchak zögerte, dachte über das Angebot nach, doch dann verhärteten sich seine Züge wieder. »Nicht um den Preis, die Sache unter den Teppich zu kehren.«

Bauer betrachtete ihn, diesen blonden Kreuzzügler, diesen teutonischen Ritter, so versessen auf die Läuterung durch das Schwert. Dass er ethnisch ein Slawe war, war eine Besonderheit, ein Paradox, das seinen Fanatismus teilweise erklären mochte, während der Albtraum seiner Jugendjahre für den Rest verantwortlich war. Argumentieren war vermutlich zwecklos, begriff Bauer, aber er würde es trotzdem ein letztes Mal versuchen, um Demchak vor seinem Fanatismus zu bewahren und sich selbst vor einer Menge Schreibarbeit.

»Verraten Sie mir noch mal, wie alt Sie sind«, sagte er, obwohl er die Antwort kannte.

»Ich bin zweiundzwanzig«, antwortete Demchak vorsichtig.

»Ich bin einundvierzig …«, sagte Bauer und machte eine Pause, legte sich seine Worte zurecht. »Aus der Sicht von einundvierzig ist zweiundzwanzig …« Ignorant? Schlicht? »Beneidenswert jung«, sagte er. »Zweiundzwanzig zu sein, ist in einer Weise beneidenswert, die einen Einundvierzigjährigen müde, fantasielos und in mancher Hinsicht verwirrt erscheinen lässt. Ich erkenne eine zielorientierte Klarheit bei Ihnen, die Art von Klarheit, die nötig ist, um den Krieg zu gewinnen.«

»Genau das sage ich ja, und –«

»Den wir aber verlieren werden, wenn nicht auch ältere und müdere Männer noch etwas zu sagen haben.« Er dachte an Bagration und Kutuzow in *Krieg und Frieden*, unaufgeregte Generäle, die die Grenzen ihrer Befehlsgewalt erkannten und dadurch paradoxerweise noch beeindruckender wurden. Demchak musterte ihn missmutig. Bauer fuhr fort: »Ich will Sie nicht davon überzeugen, dass Sie im Unrecht sind. Das würde mir nicht gelingen. Aber ich bitte Sie zu akzeptieren, dass jeder von uns etwas anderes in die Kriegsanstrengungen einbringt. Ich werde mich um Hirsch kümmern. Sie sind schlau, energisch und aufgrund Ihres Alters und Temperaments wahrscheinlich besser für den Kampf geeignet als dafür, am Instrumententisch zu stehen und mir Pinzetten oder Mull zu reichen. Also lassen Sie uns einen Weg finden, wie wir Sie unter Waffen stellen.«

»Als Belohnung dafür, dass ich nichts sage?«

»Ja.«

Demchak schüttelte den Kopf, diesmal nicht einmal in Versuchung geführt. »Tut mir leid, Herr Hauptmann, aber meine Prinzipien stehen nicht zum Verkauf.«

»Damit beweisen Sie, dass ich recht habe, finden Sie nicht auch? Ein älterer Mann würde sich eher auf ein solches Geschäft einlassen.«

»Werden Sie dafür sorgen, dass Hirsch angeklagt wird?«

»Nein, das werde ich nicht.«

»Weil Sie selbst homosexuell sind?«

Bauer spürte die ganze Wucht dieser Bemerkung und die Drohung darin. »Nein. Vielleicht, weil Leutnant Hirsch ein deutscher Landsmann ist«, sagte er. »Sie haben sich mir gegenüber klar geäußert, also tue ich es auch. Falls Sie die Sache über meinen Kopf hinweg in Gang bringen, werde ich Metz sagen, dass Sie lügen, dass Sie etwas gegen Hirsch haben und dass Sie ihn zu Fall bringen wollen.«

»Sie glauben, ich lüge?«

»Was ich glaube, ist unwichtig. Das haben Sie mir absolut klargemacht. Was ich sagen will, ist, dass ich Ihnen, falls Sie zu Metz gehen, das Leben so schwer wie möglich machen werde. Ich werde abstreiten, dass es dieses Gespräch gegeben hat. Ich werde Sie beschuldigen, Hirsch sexuelle Avancen gemacht zu haben und nun zu lügen, um sich selbst zu schützen.«

»Also sind Sie ein Homosexueller.«

Bauer ignorierte dies und sagte: »Was glauben Sie, wem

wird Metz glauben? Einem ukrainischen Hilfswilligen oder einem deutschen Offizier und Arztkollegen?«

Demchak musterte ihn scharf. Bauer erwiderte den Blick, äußerlich gelassen. »Ich würde das als Patt bezeichnen, Sie nicht auch?«

***

»Komm mit, auf der Stelle!«, sagte Katerina.

»Warum? Was ist denn passiert?«, fragte Bauer, seine Freude, sie zu sehen, getrübt durch ihren scharfen Tonfall.

»Daria Grigorjewna ist mit einigen deiner Soldaten weggegangen. Tichon Wassiljewitsch hat sie gesehen.«

»Wohin?«

»Zum Kusminski-Flügel.«

Er fluchte. Es war dunkel und kurz vor der Ausgangssperre; eine harmlose Erklärung war unwahrscheinlich. »Wie lange ist es her?«

»Mindestens eine Stunde.«

»In Ordnung. Ich hole meinen Mantel.«

Im Zimmer schnappte Bauer sich Mantel, Mütze und Handschuhe und polterte die Treppe wieder hinunter. Katerina wartete im Vestibül auf ihn. Sie öffnete die Tür, und gemeinsam traten sie in die Dunkelheit hinaus, passierten die Wache auf der Veranda und traten herab in den Schnee. Kein Wind. Dichter Nebel. Klirrende Kälte. Der Drang, Katerinas Hand zu nehmen, war stark, aber dies war nicht der richtige Zeitpunkt; vom Kusminski-Flügel tönte feuchtfröhliches Gejohle herüber.

»War sie in Not?«, fragte er. »Hat Tichon gesehen, wie sie aussah?«

»Deine Männer hatten Alkohol, also hat sie sich bestimmt gefreut.«

Vor ihnen tauchte die Kaserne aus dem Nebel auf, das Grölen drinnen wurde immer lauter. An der Eingangstreppe grüßte ihn der diensthabende Wachmann auffallend entspannt; Bauer erwiderte den Gruß und wandte sich dann zu Katerina. »Du wartest hier.«

Sie funkelte ihn an. »Meine Entscheidungen treffe ich immer noch selbst.«

Gemeinsam betraten sie die Eingangshalle, wo der Lärm der Feiernden noch einmal deutlich lauter zu vernehmen war. Er kam aus dem Gemeinschaftsraum, an dessen Eingang eine dicht gedrängte Menschentraube stand, über ihr Schwaden von Zigarettenrauch. »Komm mit«, sagte Bauer zu Katerina und schob sich zwischen den Sanitätern hindurch, trat in einen Pulk johlender, rhythmisch klatschender Männer, während in der Mitte des Raumes Daria Grigorjewna sturzbetrunken auf einem Tisch tanzte, bis auf ihren Schlüpfer nackt, der Oberkörper mit schwarzer Stiefelwichse eingerieben. Ohne Hoffnung, sich Gehör zu verschaffen, schob sich Bauer durch die Menge, dicht gefolgt von Katerina. Die Männer, an denen er vorbeiging, verstummten, doch selbst als er den Tisch erreichte, verstrich noch eine halbe Minute, bis im Raum endlich Stille eintrat und die Männer Haltung annahmen.

»Die Aufführung ist vorbei, meine Herren«, verkündete Bauer, während Katerina Daria half, vom Tisch herunterzusteigen.

»Wieso denn, was war denn so schlimm?«, lallte jemand – Norbert Ritter, wie Bauer an der kratzigen Stimme erkannte. Bauer blickte in die Menge, sah Ehrlich und Knoll, dann Norbert Ritter, der keine Haltung angenommen hatte, sondern locker dastand, in der von Stiefelwichse schwarz verschmierten Hand ein Schnapsbecher.

»Keine Fraternisierung mit feindlichen Zivilisten«, sagte Bauer. »Befehl des Kommandanten.«

»Es war keine Fraternisierung«, sagte Ritter. Er grinste und blickte um sich. »Es war *Kabarett*.«

Allgemeines Gelächter, was Bauer hoffen ließ, dass es kein Jenseits gab, aus dem Sepp ihnen zusah.

»Wo sind ihre Kleider?«, rief Katerina. Niemand antwortete ihr.

»Wo sind die Kleider der Dame?«, wiederholte Bauer.

»Der *Dame*«, schnaubte Ritter. »Was geht Sie das überhaupt an?«, fragte er und deutete mit seinem Becher auf Katerina. »Sie haben doch auch Ihre Muschi dabei.«

Das Gelächter, das folgte, war zurückhaltender. »Feldwebel, Sie sind betrunken«, sagte Bauer. »Raus hier und werden Sie nüchtern.«

Ritter rührte sich nicht vom Fleck, und plötzlich war Bauer zu warm in seinem Mantel, die Fiktion seines Ranges unangenehm entblößt. Dann rührte sich Ritter, schaute mit theatralisch verächtlichem Blick um sich und bahnte sich hoch erhobenen Hauptes einen Weg durch die Menge.

Bauer schaute zu den umstehenden Männern. »Die Kleidung der Frau«, wiederholte er. Es folgten Stimmengemurmel und verstohlene Blicke, dann tauchten die Sachen irgendwo am Boden auf, Darias Kleid halb zerfetzt, die meisten Knöpfe fehlten.

»So, und nun raus mit euch«, sagte Bauer.

Es gab ein allgemeines Geschiebe in Richtung Tür, untermalt von enttäuschten Ausrufen und Gemurre. Katerina stützte Daria, wodurch sie schon diverse schwarze Flecken an der Jacke und im Gesicht hatte. Bauer bot ihr seine Hilfe an, die Katerina höflich ausschlug. Er sagte ihr, dass er rausgehen und vor der Tür Wache stehen würde.

Die meisten Männer waren gegangen, rund dreißig waren indes noch da, darunter Ritter und Ehrlich; sie standen mit ihren Getränken in der Eingangshalle und auf der Treppe und begannen wieder herumzualbern. Ritter war nicht der Einzige mit geschwärzten Händen. Im Gemeinschaftsraum hörte man, wie Daria und Katerina lautstark zu streiten begannen, worauf die Männer ironisch johlten. Bauer fragte sich, ob Daria aggressiv wurde, wenn sie betrunken war; sie wog, wie er wusste, um einiges mehr als Katerina.

Nach einigen Minuten kamen die beiden Frauen heraus, eine zerlumpte Daria, die sich schwer auf Katerinas Arm stützte. Beider Frauen Gesichter waren voller Schuhcreme, Katerinas sogar mehr als das der Haushälterin. Bauer trat heran, um zu helfen, gerade als Daria zur Seite wegsackte und Katerina mit sich zu Boden zog. Im allgemeinen Gelächter, das nun einsetzte, konnte Bauer Ehrlichs hohe schneidende Stimme heraushören, wie das Bellen eines Terriers. Hatte Ehrlich eine Mutter, fragte sich Bauer, die dieses Lachen liebte und jedes Mal verzückt lächelte, wenn sie es hörte? Anzunehmen, dachte er.

In weltmüdem Tonfall bat er um Ruhe und ließ einen Schlitten holen, um Daria darauf zum Haupttor zu bringen, wo Katerina zufolge jemand mit einem Pferdeschlitten wartete. Ihr Verhalten war distanziert, ihre Sätze knapp, die Pausen dazwischen länger, als Bauer ertragen konnte.

Als sie nach draußen traten, war die Kälte wie ein Schlag ins Gesicht. *Das* war das Land, das sie erobern wollten? Allmächtiger, war es überhaupt bewohnbar im Winter? Zwei der Sanitäter, die er als Helfer abkommandiert hatte, trugen Daria auf einer Trage aus dem Haus und schnallten sie auf dem Schlitten fest. Sie breiteten schnell mehrere Decken über ihr aus, und im nächsten Moment zogen sie den Schlitten auch schon in Richtung des Haupttors. Dahinter trottete Bauer wortlos neben Katerina her. Die Kälte war betäubend, sein Kopf leer wie eine Glocke.

Wie von Katerina angekündigt, wartete der alte Tichon Wassiljewitsch hinterm Tor in einem Pferdeschlitten, Schnee in seinem Bart und auf dem in eine Decke gehüllten Klepper, der den Schlitten zog. Mithilfe des alten Mannes luden sie Daria hinten ein, und Katerina stieg zu ihr.

»Das alles tut mir furchtbar leid«, sagte Bauer.

»Ich muss sie jetzt nach Hause bringen«, erwiderte Katerina.

»Sehe ich dich morgen?«, fragte er flüsternd.

»Ich weiß nicht.«

Bauer packte die Seitenleiste des Pferdeschlittens. »Katerina, ich liebe dich«, sagte er, und nun endlich sah sie ihn an.

»Ich weiß, dass du das tust«, sagte sie. »Ich weiß.«

Mit einem Ruck setzte sich der Schlitten in Bewegung, und Bauers Handschuhe rutschten von der Seitenleiste ab; dann, mit einem Ruf und einem Peitschenknall, trieb Tichon Wassiljewitsch den Klepper an und der Schlitten nahm Fahrt auf und verschwand.

22

Er hatte sich gerade mit einer Schüssel dampfend heißem Haferbrei zum Frühstück hingesetzt, als Ehrlich herantrat und erklärte, Metz wolle ihn sehen.

»Jetzt?«, fragte Bauer und blickte auf die Haferflocken, die sein Hirn bereits im Magen wähnte.

»Unverzüglich«, sagte Ehrlich. Er sah zufrieden mit sich aus, was Bauer aufmerken und erneut über die Ursache von Ehrlichs Boshaftigkeit nachdenken ließ. Es schien zu spät zu sein, danach zu fragen.

»Na schön«, sagte er, stand auf und brachte die Kantinendose zu Pabst, der sie warm halten sollte, dann folgte er Ehrlich aus der Messe. Möglicherweise steckte rein *gar nichts* hinter der Abneigung des Stabsgefreiten gegen ihn, dachte er – jedenfalls nichts Konkretes, nichts Persönliches, seine Feindseligkeit war eher wie ein Parasit, der von einem zum anderen überspringt, sich verpuppt und in seinem Wirt windet.

Im Flur vor Metz' Büro stand Juri Demchak mit teilnahmslosem Gesicht. Du Idiot, dachte Bauer, du gottverdammter Idiot, aber er sagte nichts, behielt eine neutrale Miene. Ehrlich warf einen Blick ins Büro, kündigte ihn an, führte ihn durch die Tür und zog sich zurück.

Metz saß an seinem Schreibtisch, den Stift in der Hand, den Kopf über einige Dokumente gebeugt. »Hauptmann«, sagte er, ohne aufzublicken. »Setzen Sie sich«, fügte er hinzu und fuhr fort zu schreiben – oder so zu tun. Er schaute auf. Räusperte sich. »Ihr Hilfswilliger … Sie haben ihn doch sicher im Flur gesehen?«

»Ja, habe ich.«

»Wie heißt er noch gleich?«

»Demchak, Herr Oberstleutnant. Juri Demchak.«

»Dieser Demchak ist mit einer widerwärtigen Geschichte zu mir gekommen. Er behauptet, Leutnant Hirsch habe ihm gegenüber gewisse Annäherungsversuche gemacht. In unangemessener Weise. Annäherungsversuche sexueller Natur. Er sagt auch, Sie hätten es abgelehnt, diesbezüglich etwas zu unternehmen.«

Bauer zögerte. Er hatte Demchak gesagt, dass er alles leugnen würde, aber er brachte es nicht fertig zu lügen. »Ja, Oberstleutnant, der Gefreite Demchak hat es mir gegenüber erwähnt. Ich habe sofort darauf regiert, indem ich Leutnant Hirsch damit konfrontiert habe.«

»Und?«

»Er streitet es ab.«

»Ich bin froh, das zu hören. Dann ist Demchak also ein Unruhestifter.«

»So würde ich es nicht ausdrücken«, sagte er, noch nicht bereit, Demchak völlig aufzugeben.

»Wie würden Sie es dann ausdrücken? Ein Fremdstämmiger, der die Ehre eines deutschen Offiziers besudelt – ich wüsste nicht, wie –«

»Es war ein Missverständnis. So sollten wir es nennen. Leutnant Hirsch war dort, wo er nicht hätte sein dürfen …«

»In der Entlausungsstation, nicht wahr? In der Sauna.«

»Richtig. Sie waren in der Sauna, und ich glaube, dass Leutnant Hirsch den Gefreiten versehentlich berührt hat.«

»Ist das denkbar?«

Bauer schilderte die Chronologie der Ereignisse: Hirschs Ankunft und wie Demchaks Kameraden nach und nach verschwunden waren, sodass er und Hirsch am Ende dicht beieinandergesessen hatten.

Metz runzelte die Stirn. »Für mich klingt das, als wollte unser Hiwi eine Rechnung begleichen. Wir holen ihn noch mal rein.«

»Herr Oberstleutnant, das Ganze lenkt uns doch nur ab. Wir haben Wichtigeres zu tun.«

Metz fasste ihn streng ins Auge. »Darüber entscheide *ich*. Im Übrigen war es ein großer Fehler von Ihnen, mich nicht unverzüglich auf diese Angelegenheit aufmerksam gemacht zu haben.«

»Ich hielt es für unbedeutend.«

»Ein Anführer sollte der Moral innerhalb der Truppe stets die oberste Priorität einräumen. Es gibt zwei Arten von Anführern, Hauptmann: diejenigen, die es sich zur Aufgabe machen, über die Vorgänge in ihrer Truppe Bescheid zu wissen, und diejenigen, die das nicht tun. Und jetzt holen wir diesen Hiwi noch mal rein. *Ehrlich*!«

Ehrlich erschien, und Metz wies ihn an, Demchak erneut hereinzuführen. Demchak trat ein und nahm vor Metz' Schreibtisch Haltung an.

Metz sagte: »Ich habe mit Hauptmann Bauer über die Sache gesprochen, mit der Sie zu mir gekommen sind. Ich glaube, Sie lügen.« Demchaks normalerweise starre Augenbrauen zuckten. »Während der Hauptmann lediglich glaubt, es handele sich um ein Missverständnis.«

»Herr Oberstleutnant, ich lüge nicht«, sagte Demchak. »Und es war kein Missverständnis.«

»Dann erzählen Sie mir genau, was passiert ist. Die Einzelheiten. Dies ist Ihre Gelegenheit, die Wahrheit zu sagen.«

Demchak, der weiterhin stramm stand, straffte noch einmal den Rücken und wiederholte seine Geschichte. Dabei wählte er teilweise andere Worte als vor drei Tagen, inhaltlich aber gaben sie denselben Ablauf wieder, und in Bauers Augen erhöhte diese Mischung aus alten und neuen Formulierungen Demchaks Glaubwürdigkeit eher noch.

»Und war der Leutnant erregt, als all das geschah?«, fragte Metz.

Bauer sah ihn scharf an, unsicher, ob er richtig gehört hatte. Auch Demchak wirkte verunsichert. »Wie meinen Sie das, Herr Oberstleutnant?«

»Du meine Güte, Mann. Hatte er eine Erektion?«

»Äh, nein, keine richtige.«

»Keine richtige?«

»Es war, würde ich sagen, eine halbe Erektion, Herr Oberstleutnant.«

»Und wie war es bei Ihnen selbst? Ich meine, hatten Sie eine Erektion?«

»Nein!«, entfuhr es Demchak mit schockiert hochgeschraubter Stimme.

»Und was haben Sie sonst noch zu Ihrer Person zu sagen?«

»Nichts, Herr Oberstleutnant. Das heißt, nichts außer dem, was ich schon dem Hauptmann gesagt habe: dass ich nichts gegen den Leutnant habe, dass ich keinen Grund habe, mir etwas auszudenken. Meine einzige Sorge gilt der moralischen Gesundheit des Bataillons.«

Metz brummte und sagte dann: »Das werden wir ja sehen. Sie können wieder an Ihre Arbeit gehen. Draußen geben Sie Ehrlich Bescheid, dass er Leutnant Hirsch herbringen soll.«

»Jawohl, Herr Oberstleutnant«, sagte Demchak, salutierte und verließ den Raum.

»Verzeihen Sie, Herr Oberstleutnant«, sagte Bauer, »das ist doch alles Zeitverschwendung. Der Gefreite Demchak sagt das eine, Leutnant Hirsch das andere. Es steht Aussage gegen

Aussage, und noch einmal Hirsch zu befragen, wird uns der Wahrheit kaum näherbringen.«

»Da haben wir es wieder, Sie mit Ihren pessimistischen Ratschlägen. Es ist nicht machbar, es ist sinnlos, wir brauchen es gar nicht erst zu versuchen. Nun, zufällig betrachte ich es nicht als Aussage gegen Aussage. Hirsch ist ein Kamerad. Der Hiwi ist keiner. Er wird verschwinden müssen.«

»Wohin?«

»In ein Kriegsgefangenenlager, würde ich meinen. Wohin denn sonst?«

»Er trägt eine deutsche Uniform, und selbst wenn wir ihn in eine sowjetische stecken, könnten seine Mitgefangenen rausfinden, was es mit ihm auf sich hat, und ihn umbringen. Darf ich einen anderen Vorschlag machen?«

»Welchen?«

»Falls der Vorfall bloß ein Missverständnis war, folgt daraus, dass es ein Fehler wäre, Demchak zu opfern. Er ist ein hervorragender Operationsassistent. Solche Fähigkeiten zu verlieren, wäre jammerschade. Wir könnten die beiden Männer voneinander trennen, indem wir einen von ihnen versetzen. Wie Sie wissen, bin ich mit Hirsch als Anästhesisten nicht besonders zufrieden …«

»Nein, das kommt nicht infrage«, sagte Metz. »Ich werde Hirsch nicht büßen lassen wegen der Anschuldigungen eines Hiwi.«

»Selbst wenn wir dafür einen besseren Anästhesisten bekämen?«

»Die Sache ist erledigt. Davon abgesehen müsste ich dann einen neuen Zahnarzt suchen.«

»Na gut, dann versetzen Sie eben Demchak, vielleicht in keine medizinische, sondern in eine Kampfeinheit. Es ist wahrlich an der Zeit, dass wir Hiwi-Freiwillige unter Waffen stellen. Demchak hasst die Roten ganz besonders.«

Es klopfte an der Tür. Es war Ehrlich. »Leutnant Hirsch ist da, Herr Oberstleutnant.«

»Rein mit ihm.«

Hirsch wirkte nervös. Daran war nichts Ungewöhnliches, und um ihn etwas zu beruhigen, fing Bauer seinen Blick auf und lächelte. Im Gegensatz zu Demchak, der hatte stehen bleiben müssen, wurde Hirsch ein Stuhl angeboten.

»Leutnant«, sagte Metz, »ich habe Sie hergebeten, um mit Ihnen über diese unerquickliche Sache mit dem Hiwi zu reden. Ich glaube, Hauptmann Bauer hat Sie bereits darauf angesprochen?«

»Ja, das hat er, Herr Oberstleutnant«, sagte Hirsch und warf Bauer einen verärgerten Blick zu.

»Das ist natürlich eine ungeheuerliche Behauptung«, sagte Metz, »etwas, das nur einer kranken Fantasie entspringen kann. Sie leugnen das Ganze, nehme ich an.«

»Ich … ja, das tue ich«, sagte Hirsch mit beeindruckender Überzeugung, verdarb diesen Eindruck aber ein wenig, indem er ein weiteres »Ja« hinzufügte.

»Gut«, sagte Metz. »Haben Sie eine Idee, warum er sich so eine Schweinerei ausgedacht hat? Hegt er einen Groll gegen Sie?«

»Nicht, dass ich wüsste.«

»Also ist es reine Boshaftigkeit. Dieser Demchak stiftet Unruhe, ich habe es Ihnen doch gleich gesagt, Bauer. So viel zu Ihren blauäugigen Postulaten. Wenn die nächste Kriegsgefangenenkolonne vorbeikommt, wird unser Hiwi sich ihr anschließen. Ich werde Ritter anweisen, ihn bis dahin hinter Schloss und Riegel zu sperren.«

»Herr Oberstleutnant, wie gesagt, ich glaube, Sie machen einen Fehler«, sagte Bauer.

»Ich wette, Hirsch sieht das anders. Nicht wahr, Leutnant?«

Hirsch sah verwirrt aus. »Eine Kriegsgefangenenkolonne? Sie schicken ihn fort?«

»Er hat Glück, dass ich ihn nicht standrechtlich erschießen lasse«, sagte Metz.

Hirschs Blick sprang von einem Mann zum anderen.

»Was ist los?«, fragte Metz.

»Nun, ich muss dem Hauptmann beipflichten. Sie machen einen Fehler.«

»Ach. Warum denn?«

Hirsch schaute herunter und wieder auf. »Weil Juri die Wahrheit sagt.«

»Herrgott noch mal, halten Sie den Mund, Volker«, sagte Bauer.

»Ist schon gut«, sagte Hirsch und erhob sich. »Es spielt keine Rolle mehr.« Seelenruhig knöpfte er sein Holster auf, zog seine Pistole heraus und hielt sie sich an den Kopf.

»Nicht!«, rief Bauer und sprang aus seinem Stuhl. Der Schuss traf Hirsch in die Kopfseite, ließ Hirnmasse herausspritzen. Zu spät hielt sich Bauer die Ohren zu.

»Scheiße!«, brüllte Metz. »So eine gottverdammte Scheiße!«

Bauer kniete sich neben Hirsch hin. Er war definitiv tot. Ein Teil seiner linken Schädelseite war verschwunden und mit ihr ein Großteil seines Hirns.

»Ehrlich!«, brüllte Metz, aber Ehrlich war schon da, und als Metz weitersprach, war seine Stimme wie verwandelt, seltsam ruhig. »Wischen Sie das bitte weg, Stabsgefreiter.« Aus dem Flur ertönte das Gepolter heraneilender Männer; eine Wache platzte in den Raum, gleich dahinter folgten Drexel, Zöllner und Waldo Pabst. Metz ignorierte ihr Erscheinen, setzte sich an den Schreibtisch, zog seine Papiere heran, nahm seinen Stift und begann, die Seiten zu markieren.

»Herr Oberstleutnant?«, fragte Ehrlich.

»Machen Sie sauber.«

»Ist er tot?«

»Natürlich ist er tot. Schaffen Sie ihn raus. Und wischen Sie den verdammten Boden.« Er blickte auf und sah die Schaulustigen. »Fort mit Ihnen. Alle!«, brüllte er, plötzlich wieder wütend. »Zurück an die Arbeit, an die Arbeit. Wofür halten Sie das hier, für einen *Zoo*?« Die Männer in der Tür wichen zurück, aber langsam, einige blieben im Flur stehen. »Ich sagte *fort mit Ihnen*! Sie auch, Hauptmann, raus!«, brüllte er und Bauer ging zur Tür. Zum Wachmann gewandt, brüllte Metz: »Nicht Sie, verdammt noch mal! Helfen Sie dem Stabsgefreiten!«

Bauer erreichte die Tür und blickte just in dem Moment zurück, als Ehrlich und der Wachmann die Leiche an den Achseln und Fußknöcheln hochhoben, sodass sich weitere Schädelsplitter und Hirnmasse auf den Boden ergossen. Dort, wo der Kopf gelegen hatte, war eine Rorschach-Blutlache.

23

Stanford, Kalifornien
3. Januar 1969

Lieber Paul,
du bist ganz schön hartnäckig! Langsam begreife ich, wie du den Gulag überlebt hast. Nein, ich glaube nicht, dass jemand die von dir angedachte Übersetzung meiner Romane würde veröffentlichen wollen. Warum auch? Fünfundvierzig Jahre später, und trotz deiner wohlwollenden Kommentare ist der Wert der Bücher nicht literarischer, sondern in erster Linie soziologischer und historischer Natur, und jeder, der daran interessiert ist, kann sie auf Russisch lesen. Übrigens, wenn ich deine Kommentare als »wohlwollend« bezeichne, dann meine ich auch, dass sie etwas verwirrt sind. Du findest tatsächlich, *Europa, 1975* erinnert an Kafka? Dann vielleicht genauso, wie Walt Disneys *Bambi* an … ich weiß nicht, an *Panzerkreuzer Potemkin* erinnert. Gütiger Gott, Paul, mit einem einzigen Satz hast du mein Vertrauen in deine Fähigkeiten als Buchkritiker erschüttert.

Wie auch immer, wer interessiert sich heutzutage denn noch für Romane? Ich meine, außerhalb der Sowjetunion und ihrer Vasallenstaaten, wo die Behörden durch ihre Veröffentlichungsverbote wahre

Wunder wirken für das Ansehen guter Literatur. Je mehr Zeit ich dagegen im Westen verbringe, desto klarer wird mir, dass die visuellen Medien dazu bestimmt sind (und das nicht nur im Westen), den Roman als wichtigste Erzählform abzulösen. Das ist nicht nur eine technologische Frage, sondern auch eine der handelnden Personen. Vor einer Generation wäre ein ehrgeiziger und einigermaßen begabter Mann wie mein Sohn eher ins Verlagswesen als zum Fernsehen gegangen; und was für einen Zuarbeiter wie Marlen gilt, trifft auch auf die großen Kulturschaffenden zu. Wenn heute ein Tolstoi geboren würde, würde er dann Schriftsteller werden? Nein, natürlich nicht. Tolstoi strebte nach kultureller Relevanz, und ein Erzähler, der heute darauf abzielt, wendet sich eher dem Film zu. In der Tat war Tolstois Ego so gewaltig, dass ihm sein weltweiter Ruhm als Schriftsteller nicht genügte und er sich deshalb im späteren Leben als neuzeitlicher Buddha etablieren musste. Seine Ansichten hatten enormen Einfluss auf Gandhi, und selbst heute noch gibt es überall auf der Welt Tolstoi-Gemeinschaften, selbstredend auch hier in Kalifornien (wo ich an der ersten einer Reihe von Veranstaltungen teilnehme, die dieses Jahr weltweit stattfinden, um das hundertjährige Jubiläum von *Krieg und Frieden* zu feiern).

Um die Sache klarzustellen: Ich sage nicht, dass der Roman als Erzählform verschwinden wird, genauso wenig wie die Poesie verschwunden ist, seit sie ihren Status als prestigeträchtigste Literaturgattung verloren hat. Aber seine Bedeutung wird abnehmen. Alles vergeht irgendwann, nehme ich an, vor allem alles von Menschenhand Erschaffene, und doch komme ich nicht umhin, mich beraubt zu fühlen, weil ich diesen

Bedeutungsverlust des Romans miterleben muss, der uns all seiner Unzulänglichkeiten zum Trotz gelehrt hat, die Welt aus der Perspektive anderer Menschen zu betrachten. Um ein stalinistisches Idiom zu entlehnen: Der Roman ist eine Maschine, ein lautes, gewalttätiges Ding, dessen Produkt seltsamerweise oftmals menschliches Verständnis ist, vielleicht sogar eine Art von Liebe. Ich wage zu behaupten, dass nicht wenige Leute auf die letzten hundert Jahre zurückblicken und sagen: »Unsinn, welche Liebe?«, aber dies zu tun, ist naiv, denn die erschreckende Wahrheit ist: *Es hätte schlimmer kommen können.* Hitler hätte gewinnen können. Kennedy und Chruschtschow hätten die Welt in die Hölle bomben können. Und wer weiß, welchen anderen Schrecken wir entgangen sind, weil jemand oder jemandes Lehrer oder jemandes Mutter oder Großvater einmal einen Roman zur Seite gelegt und gedacht hat: »Mein Gott, ich bin wie dieser Fremde« oder »Dieser Fremde ist wie ich«, oder sogar »Dieser Fremde ist ganz anders als ich, und doch kann ich seine Hoffnungen und Sehnsüchte verstehen«. Und wenn in Zukunft immer weniger Menschen diese Empathie-Motoren gebrauchen, welchen Schrecken werden wir wohl dann nicht mehr entgehen können?

In letzter Zeit hege ich freundlichere Gefühle für Natascha Rostowa. Dein Brief hat mich nämlich zu meiner Arbeit über Tolstois Erzählstrukturen zurückgeführt und damit zu *Krieg und Frieden*: Ja, ich glaube, darin etwas Neues – jedenfalls für mich – über Nataschas Beinahe-Durchbrennen mit dem Schuft Kuragin entdeckt zu haben, etwas, das sie mich mit mehr Mitgefühl betrachten lässt. Nataschas archetypisches Element ist natürlich Luft, denn sie besitzt ein sonniges, temperamentvolles, unbeschwertes Wesen und ist, seien wir ehrlich, zuweilen eine hohle Nuss. Dass sie nicht imstande war, ein einziges Jahr auf Fürst Andrej zu warten, habe ich natürlich immer als Beweis für ihren grundsätzlichen Mangel an Ernsthaftigkeit betrachtet, aber bei meiner jüngsten Lektüre ist mir aufgefallen, welche Heftigkeit der Lust sie durch Kuragins Hände buchstäblich erleidet. Ihr vorrangiges Gefühl während dieser Phase ist nicht Leidenschaft, sondern Furcht. Das arme Ding ist zwanzig, hat sich kurz vor der Ehe gesehen, und nun steht sie allein da, hungrig nicht so sehr nach Liebe, sondern nach Sex. Anders ausgedrückt, die Unbekümmertheit ihres Wesens wurde verdrängt, nicht durch Feuer – das Feuer der Leidenschaft, das Feuer der Liebe –, sondern durch Erde, den gierenden stechenden Trieb der Fruchtbarkeit, der so eng mit dem Todesimperativ verbunden ist. Und so gefällt sie mir viel besser, als leibhaftiges Wesen, als Mensch ohne etwas Elfenhaftes. Seltsam ist, dass ich diesen Trieb bei Natascha nicht bemerkt habe, als ich eine jüngere Frau war und diesen Trieb selbst hatte. War ich zu unbedarft, oder war unsere Generation schlichtweg nicht in der Lage, solche Dinge zu erkennen? Kann es wirklich sein, dass ich hier etwas Neues entdeckt habe, etwas, das den bisherigen Lesern – vielleicht sogar dem Autor selbst – verborgen geblieben ist? Stell dir vor, wie ich jetzt an meinem Schreibtisch sitze und über meine Anmaßung lächeln muss. Ja, wahrscheinlich gab es viele Leser, die nicht so unbedarft waren wie ich, die Nataschas Begierde richtig einzuordnen wussten, und dieser Schlingel Tolstoi wusste sicherlich, was er tat –

Nataschas Affäre ist gespickt mit seinen verruchten Fantasien.

Danke für die Informationen über deine Kriegskameraden. Wie erfreulich, dass es Hermann Molineux gelang, sich dem Zugriff der Roten Armee und allem, was damit einhergegangen wäre, zu entziehen und sich stattdessen mit genüsslicher Völlerei ins Grab zu bringen; wenn es jemals einen Mann gab, zu dem ein tragisches Ableben nicht gepasst hätte, dann war es er. Die Nachricht vom Tod deines Major Weidemann hat mich allerdings kaltgelassen – zweifellos, weil er auch damals diese Wirkung auf mich hatte. Was Zöllner betrifft, so hatte ich Mühe, mich an ihn zu erinnern. Er war absurd gut aussehend, nicht wahr, auf diese leicht geistlose, nordische Art? (Blonde Augenbrauen – wozu sind die eigentlich gut?) Die Nachricht von seinem Tod hat mich jedoch berührt, wenn auch auf eine eher abstrakte Weise: die zerstörte Schönheit der Jugend etc. Klinge ich gefühllos? Falls ja, entschuldige ich mich dafür. Es ist nur so, dass so viele Menschen gestorben sind. Glaub mir, wenn ich könnte, würde ich sie alle betrauern, und im unwahrscheinlichen Fall, dass ich das Ende des zwanzigsten Jahrhunderts erleben sollte, werde ich am letzten Sonnenuntergang des Jahrtausends innehalten und seiner Myriaden von Toten gedenken.

Nun zu deinem Wunsch, mich persönlich zu treffen: Ebenso wie deine Bewertung meines zweiten Romans lässt mich dieser Wunsch an deinem Urteilsvermögen, wenn nicht gar an deinem Verstand zweifeln, Paul. Nein, du Einfaltspinsel, man würde uns nicht allein zu Abend essen lassen; nach deiner Fantasie-Pressekonferenz würde ein vulgäres Bankett folgen, an dem KGB-Agenten und einige unbedeutende Würdenträger der Partei teilnähmen. Was versprichst du dir überhaupt davon? Ein weiteres Treffen? Und was dann? Versuchst du, mich zu umwerben, Paul Bauer? Falls ja, dann stehen deine Chancen schlecht, fürchte ich – nicht nur wegen der Geopolitik, sondern auch, weil ich zu einer streitsüchtigen alten Kuh geworden bin. Habe ich dir das noch nicht klargemacht? Oder sind deine Motive etwa sinnlicher Natur, geht es dir darum? Falls dem so ist, solltest du wissen, dass mein Körper sich in ein unansehnliches Etwas verwandelt hat und dass du dich vor Schreck wahrscheinlich zum Fenster hinausschmeißen würdest, falls ich dich zu verführen versuchte so wie damals in Jasnaja Poljana.

Und überhaupt, hast du in deinem ersten Brief nicht darauf hingewiesen, dass eine unerfüllte Liebe kostbarer ist als eine, die sich mit der Zeit verbraucht? Weise Worte. Du solltest sie beherzigen. *Ich* sollte sie beherzigen, denn ich muss zugeben, dass ich wider besseres Wissen Marlen gefragt habe, was er von einem offiziell gebilligten Treffen zwischen dir und mir hält; schließlich könnte das Ganze Marlen mindestens so sehr schaden wie mir. Natürlich war er überrascht, von deiner Existenz zu erfahren, und da ich in meinen Schilderungen über unsere Zeit in Jasnaja Poljana einige Dinge ausgelassen habe, wundert er sich natürlich, warum ich meine Karriere riskieren würde wegen eines Deutschen, den ich aus dem Krieg kenne, selbst wenn dieser Deutsche später Bürgermeister von Nürnberg wurde. Wahrscheinlich war er misstrauisch, seine ödipalen Ganglien waren in heller Aufregung, so wie offenbar auch deine, als plötzlich der frühere Verehrer deiner Mutter auf der

Bildfläche erschien; aber genau wie du hat es auch Marlen geschafft, ruhig und vernünftig zu bleiben. Seine Meinung? Wir sollten abwarten, bis es in den Ost-West-Beziehungen Tauwetter gibt und die Partei deinem Vorschlag eher zugeneigt sein wird. Dieses Tauwetter ist seines Erachtens unausweichlich, da beide Seiten bald gezwungen sein werden, ihre Ausgaben für Waffen und Raumfahrt zu kürzen – wir, weil wir das Geld von Anfang an nicht hatten, Amerika wegen der horrenden Summen, die es in den Vietnamkrieg pumpt.

Also weder ein Ja noch ein Nein, sondern ein Vielleicht. Reicht dir das für den Moment? In der Zwischenzeit hast du meine Briefe und ich deine. Ich freue mich schon sehr auf den nächsten.

Alles Liebe
Katerina

***

Jonahstraße 28
Nürnberg
18. November 1969

Liebe Katerina,
wenn ich mir unsere Briefe anschaue (ich habe von meinen Kopien angefertigt), stelle ich fest, dass wir immer erst über die Vergangenheit sprechen, ehe wir uns dann der Gegenwart zuwenden; alles, was die Zukunft betrifft, pflegen wir an den Schluss zu stellen. Als der geringere Schreiber von uns beiden sollte ich mich vielleicht an diese Konvention halten, aber ich

habe eine Frage an dich, die zu dringend ist, um damit zu warten.

Katerina, willst du mich heiraten?

Seit mich dein letzter Brief erreicht hat, hatte ich viel Zeit, über diesen Heiratsantrag nachzudenken und mir deine Reaktion vorzustellen. Aber höre mir einfach zu. Tatsache ist, dass ich dich schon kurz nach unserer ersten Begegnung geliebt habe; und trotz allem, was uns seitdem widerfahren ist, und obwohl ich manchmal versuche, es zu unterdrücken, kann ich mich dieses Gefühls nicht erwehren. Ja, ja, ich weiß, ich habe behauptet, dass die unerfüllte Liebe die kostbarste von allen sei (ein Irrtum, auf den du dich natürlich gestürzt hast), aber erlaube mir, ausdrücklich zu erklären, dass ich meine Meinung geändert habe. Das platonische Ideal, so habe ich erkannt, ist schön und gut, aber unsere Briefe haben in mir wieder den Appetit geweckt, mich mit dem Leben *auseinanderzusetzen*, nicht nur mit seinen Freuden, auch mit seiner Unordnung, seinen Unvollkommenheiten, Ambiguitäten und Kümmernissen. Sei versichert, ich hege keine großartigen Illusionen über dich! Wenn du zum Beispiel schreibst, du seist eine streitsüchtige alte Kuh geworden, dann antworte ich: Unsinn, du warst schon immer streitsüchtig. In Jasnaja Poljana warst du eine streitsichtige Kuh in ihrer Blütezeit, und ich nehme an, du warst auch als Jugendliche streitsüchtig. Und dafür liebe ich dich. Ich *vertraue* darauf – darauf, dass alles, was du sagst, wohl durchdacht ist, geschmiedet und gehärtet im Ofen deiner Skepsis.

Und was hättest du davon, wenn du mich heiraten würdest, höre ich dich fragen? Was würdest du bekommen? Bei meinen wiederholten Versuchen, diesen Brief zu verfassen, hat mir dieser Absatz die meisten Schwierigkeiten bereitet. Ein Teil des Problems ist mein Anstand, aber die größere Schwierigkeit ist die Realität. Was bin ich eigentlich? Ein achtundsechzigjähriger Mann, der seit über dreißig Jahren sein Leben nicht mehr mit einer Frau geteilt hat; ein Mann, der zudem an einem (noch) moderaten Lungen-Emphysem leidet und deshalb vermutlich nicht über achtzig werden wird. Ich frage mich also immer wieder: Was ist für Katerina drin? Meine Antworten wirken selbst auf mich nicht überzeugend, aber in den meisten geht es darum, dir *wohlzutun* und dir durch dieses Wohltun zu helfen, deine Kräfte zu bündeln – zum Beispiel für dieses eine besondere Buch, das meines Erachtens (trotz deiner gegenteiligen Behauptungen) noch immer in dir steckt und auf seine Niederschrift wartet.

Selbst in seiner finalen Form stellt mich dieser vermaledeite Absatz nicht zufrieden. Was ihm fehlt, ist die Textur des Lebens, die alltäglichen Episoden, die ich gemeinsam mit dir erleben möchte. Zum Beispiel möchte ich dir deinen Morgenkaffee aufbrühen. (Trinkst du Kaffee? Ist Kaffee in Moskau leicht erhältlich? Ist diese Frage beleidigend? Ich muss zugeben, es gibt vieles in deinem Leben, von dem ich nichts weiß.) Ich möchte dir deine Lesebrille reichen oder mich mit dir über einen Artikel in der *Süddeutschen* oder *Iswestija* empören (dazu unten mehr). Ich möchte entdecken, dass du beim Lesen im Bett eingeschlafen bist, und die Lampe auf deinem Nachttisch ausknipsen. Ich möchte dich schnarchen hören! Und ich sehne mich danach, an deiner Seite in der Öffentlichkeit aufzutreten, auch wenn meine

Beweggründe dafür leider verdächtig sind, denn es ist mir gelungen, ein Foto von dir auf dem Kongress in Stanford aufzuspüren. Als ich es sah, kamen mir die Worte *elegant* und *schick* in den Sinn – diese Stiefel, dieser Wollrock, diese silberne Kurzhaarfrisur! Es ist an der Zeit, dass wir aufhören, unser Äußeres zu verunglimpfen, meinst du nicht auch, denn die Wahrheit ist: Ich bin mehr oder weniger vorzeigbar und du bist schön wie eh und je.

Der Sinn dieses Briefes besteht nicht darin, dich zu überzeugen, mich zu heiraten, sondern dich darum zu *bitten*; und mir ist schmerzhaft bewusst, dass du dich wahrscheinlich längst entschieden hast. Falls dem so ist und deine Antwort Nein lautet, kann der Rest dieses Briefes meine Verlegenheit nur noch vergrößern. Für den Fall aber, dass du noch unentschlossen bist oder – mein Gott – meinen Antrag annimmst, dann möchte ich einige praktische Dinge ansprechen, denn ich werde dir, wie wir wissen, monatelang nicht schreiben können. Soweit ich weiß, ist es sowjetischen Staatsbürgern grundsätzlich erlaubt, Ausländer zu heiraten, obwohl die bürokratischen Hürden natürlich immens sind. Wenn du möchtest, könntest du auch gern nach Westdeutschland kommen und hier mit mir leben. Ich gehe aber davon aus, dass du aus beruflichen und familiären Gründen in Moskau bleiben möchtest, und ich möchte dir versichern, dass ich bereit bin, dorthin zu ziehen, um bei dir zu sein, und wenn nötig die sowjetische Staatsbürgerschaft anzunehmen. Ja, mir ist bewusst, was ich hier sage – wie jeder Mensch aus dem Westen weiß auch ich, welche Probleme und Unannehmlichkeiten mir durch das Ganze entstehen würden, ganz zu schweigen von der wahrscheinlichen

Überwachung. Bedenke aber, dass ich schon weitaus Schlimmeres erlebt habe und dass mein Russisch äußerst passabel ist – sicherlich gut genug für die tägliche Konversation oder für die Lektüre der *Iswestija*. (Apropos: Müsste ich darauf verzichten, beim Frühstück über die *Iswestija* zu schimpfen, d. h., würde der KGB deine Wohnung verwanzen? Ist deine Wohnung überhaupt groß genug für zwei Personen? Könnte ich mir in der Nähe eine eigene Wohnung nehmen oder ist ein derart bohemehaftes Treiben nicht gern gesehen? Natürlich gäbe es viele Probleme zu lösen, aber wenn ich in den drei Jahren meines Ruhestands eines gelernt habe, dann, dass ein problemloses Leben fade ist.)

Natürlich kann ich nicht alle Schwierigkeiten vorhersehen, die sich ergeben könnten, oder alle deine möglichen Einwände kennen, aber Sexualität und Tod sind gewiss Themen, über die wir sprechen sollten – Ersteres, weil du es selbst erwähnt hast (wie ernst du es gemeint hast, vermag ich nicht zu beurteilen), und Letzteres, weil ich an deiner Stelle die Sorge hätte, irgendwann meine Krankenpflegerin werden zu müssen. Was die Sexualität anbelangt, so bin ich, um es milde auszudrücken, aus der Übung; nicht gänzlich ohne Begehren, aber ausreichend desinteressiert, um darauf verzichten zu können, falls du das wünschst. Auch meine Gesundheit befindet sich, soweit ich das beurteilen kann, in einem Zustand des Gleichgewichts (oder sollte ich sagen, der »Unsicherheit«?), d. h., sie ist weder ausgezeichnet noch schlecht. Wie gesagt, ich rechne nicht damit, ein hohes Alter zu erreichen, und dieser Umstand soll erstens die Direktheit dieses Briefs erklären, und zweitens macht er es wahrscheinlich, dass du dein Leben als alleinstehende Frau eines Tages wieder aufnehmen würdest. Was das Risiko betrifft, dass du meine Krankenpflegerin wirst, so muss ich dir sagen, dass ich kein Interesse an einem langsamen Sterben habe; nötigenfalls werde ich es mit pharmakologischen Mitteln vermeiden.

Ist dies der düsterste Heiratsantrag, der je gemacht wurde? In diesen Zeilen habe ich mich vor allem um Realismus bemüht, zum Teil, weil ich spüre, dass du dies vorziehst, aber vor allem, weil unsere Fähigkeit, offen miteinander zu sprechen, einzigartig ist (zumindest für mich) und den Kern der Liebe ausmacht, die ich für dich empfinde.

Eines noch: Ich kann eine Zurückweisung verkraften. Dir meine Gefühle zu offenbaren, hat mich mit einiger Bangnis erfüllt, aber es ist auch eine Erleichterung; falls du dich dazu entscheidest, Nein zu sagen, werde ich zweifellos traurig sein, aber es wäre leichter zu ertragen als das Bedauern, das ich empfände, wenn ich es gar nicht erst versucht hätte. Katerina, wie sehr ich hoffe, dass du dich ein letztes Mal dem Leichtsinn hingibst, dass deine letzte große Torheit ich sein werde. Aber falls es nicht möglich ist, sollst du wissen, dass es mir trotzdem gut gehen wird, dass ich deine Entscheidung akzeptieren und dich weiter lieben werde, so, wie ich es seit Jahren tue, dankbar für den Segen, dir überhaupt begegnet zu sein.

Dein dich liebender Paul

24

Im Schnee, der unterm wechselhaften Wind erzitterte, hielt Metz Hirschs Trauerfeier ab, auf Tolstois Grablichtung an einer Grube, die aus dem gefrorenen Boden gehackt worden war. Es war eine kurze Feier. Metz beschränkte sich auf das Formelle, und Bauer hielt eine kurze Trauerrede, wohl wissend, dass die Anwesenden dringend zurück ins Warme wollten.

Nach dem Abendessen las er normalerweise gern in seinem Buch, aber an diesem Abend begab er sich in den Gesellschaftsraum der Offiziere, um mit seinen Kameraden in irgendeiner Weise Hirschs Ableben zu würdigen. Drexel und Zöllner waren da. Ebenso Molineux und, ihm gegenüber am Schachbrett, Demchak. »Dass Juri hier ist, stört ja wohl keinen, oder?«, sagte Molineux. »Ich wollte schon ewig gegen ihn spielen.«

Bauer störte es sehr wohl, aber während alle wussten, dass Hirsch sich erschossen hatte, kannten nur Bauer, Metz und Demchak die Beweggründe, und weil Metz ihm befohlen hatte, darüber zu schweigen, musste sich Bauer auf die Zunge beißen. Zudem war Demchak nicht der Alleinschuldige; Bauer hatte selbst Schuldgefühle, weil er nicht genug getan hatte, weil er seinen Ärger über Hirsch nicht so weit beiseitegeschoben hatte, um zu erkennen, wie schlecht es dem Mann gegangen war. Wie üblich hatte Molineux Schnaps mitgebracht, und ausnahmsweise lehnte Bauer nicht ab. »Auf Volker«, sagte er und hob seinen Becher. Zum Teufel mit Demchak; er würde mit dem, was er angerichtet hatte, leben müssen.

»Auf Volker«, pflichtete Zöllner bei, der bemerkenswerterweise auch einen Becher in der Hand hielt. »Ich frage mich ständig, ob ich etwas gemerkt haben müsste. Ob ich mehr hätte tun können für ihn.«

Bauer sagte: »Von uns allen warst du am freundlichsten zu ihm.«

»Da bin ich mir nicht sicher. Immerhin haben wir uns ein Zimmer geteilt … Ich kapier es einfach nicht. Warum hat er das getan? Es ergibt nicht den geringsten Sinn.«

»Unfassbar«, sagte Molineux, »mein Turm ist weg. Ich ziehe nach vorne und dieses Wunderkind attackiert meine Flanken. Und wir haben gerade erst begonnen! Es ist wie Zauberei. Es *ist* Zauberei«, sagte er und nahm noch einen Schluck Schnaps.

»Was ist mit Hirsch?«, fragte ihn Bauer. »Willst du etwas hinzufügen?«

»Was willst du hören? Buhu, ich bin ja so traurig? Ich war traurig wegen Dieter, ich war traurig wegen Sepp, ich war traurig wegen dem armen Pflieger. Meine Trauer ist aufgebraucht. Männer sterben im Krieg. Die Hälfte der hier Anwesenden wird es wahrscheinlich erwischen, und wir haben keinen Einfluss auf den Zeitpunkt, während Hirsch es einfach selbst gemacht hat. Ich habe kein Mitleid mit ihm.«

»Allmächtiger, kannst du nicht wenigstens so tun, als täte es dir leid?«

»Pah. Warum sollte ich das tun? Du hast doch selbst gesagt, dass er beim Operieren eine Gefahr darstellte.«

»Er war gerade mal vierundzwanzig.«

»Genau das meine ich. Wie kann man ein so undankbarer Mensch sein und auf das heilige Geschenk des Lebens spucken?«

Es folgte eine lange Pause. Schließlich sagte Zöllner: »Es stimmt, Selbstmord ist eine Sünde.«

»Und es gab wirklich kein Motiv?«, fragte Drexel. »Zum Beispiel, warum hat er es vor Metz' Augen gemacht?«

»Um Aufmerksamkeit zu kriegen«, sagte Molineux.

»Sieh an, wer da spricht«, erwiderte Bauer.

Molineux fuhr herum und fiel fast vom Stuhl, wütend und betrunkener, als Bauer angenommen hatte, aber als er sein Gleichgewicht wiedergefunden hatte, lag ein breites Grinsen auf seinem Gesicht. »Stimmt«, sagte er lachend. »Jemand hat mir die Schau gestohlen! Der arme Kerl hat mir die Schau gestohlen, und das kann ich ihm nicht verzeihen!«

Drexel sagte: »Ich glaube, dass die Ursache, warum manche Menschen zusammenbrechen und andere nicht, nichts mit ihrem Leben zu tun hat, sondern mit Hirnchemie. Bringt man die in Ordnung, kann ein Mensch alles ertragen. Hätte Hirsch sich in meine Behandlung begeben, hätte ich ihn retten können.«

»Schach«, sagte Demchak zu Molineux.

»Was soll das heißen, ›Schach‹? Lüg mich nicht an, Juri, ich trage eine Waffe.« Demchak tippte auf die drohende Spielfigur, einen Springer, worauf sich Molineux nachdenklich ans Kinn fasste. »*Unglaublich*. Schwarze Magie. Fabian, gib mal die Flasche rüber.«

»Prinzipiell«, sagte Drexel und reichte ihm den Schnaps, »spricht eigentlich nichts dagegen, der gesamten Bevölkerung eine derartige Behandlung zu verabreichen, zum Beispiel über die Wasserversorgung. Das menschliche Leid wäre auf einen Schlag beseitigt.«

»Gott bewahre«, sagte Molineux, »wenn man das täte, gäbe es kein Bedürfnis nach Alkohol mehr. Und man würde damit einen Pfahl durch die Künste treiben. Literatur. Philosophie. Malerei. Bildhauerei.«

»Was ist mit dem natürlichen Leid?«, fragte Zöllner. »Jemand, der im Sterben liegt, zum Beispiel, oder – ich weiß nicht – der eine Gliedmaße oder ein Auge verloren hat?«

»Dasselbe Prinzip: Die Antwort liegt in der Hirnchemie«, sagte Drexel und tippte sich demonstrativ an den kantigen Kopf. »Der Tag wird kommen, an dem pharmakologische Interventionen selbst das schlimmste Leid erträglich machen.«

»Nicht meine Dame!«, rief Molineux. »Verflixt und zugenäht! Meine Strategie ist immer, das Zentrum zu dominieren. Dadurch diktiert man die Bedingungen. Aber du zerlegst mich in meine Einzelteile, Juri. Trotzdem, ich halte durch. Weg mit dem Läufer – *voilà*. Tod oder Ruhm, das ist mein Motto.«

Hinter ihnen ging die Tür auf und Metz schritt in den Raum, worauf alle Anwesenden Haltung annahmen. Metz sah Demchak und runzelte die Stirn. »Was hat ein gemeiner Soldat hier verloren?«

»Ich habe ihn zum Schachspielen eingeladen, Herr Oberstleutnant«, sagte Molineux.

»Dies ist der Aufenthaltsraum der Offiziere.«

»Ja, aber der Gefreite Demchak ist ein Phänomen. Sie haben ja keine Ahnung. Ich bin ein ziemlich guter Schachspieler – kein Großmeister, aber nicht schlecht, und –«

»Du«, sagte Metz und deutete mit dem Finger auf Demchak, »ab mit dir in die Kaserne. Sofort.«

»Jawohl, Herr Oberstleutnant«, sagte Demchak und verließ den Raum.

Metz fuhr zu ihnen herum. »Von jetzt an dulde ich keine Fraternisierung mehr zwischen Offizieren und Gemeinen. Habe ich mich klar ausgedrückt?«

»Aber Herr Oberstleutnant –«

»Hauptmann, Ruhe! Sie sind betrunken. Das ist beschämend. Woher haben Sie das Gesöff eigentlich?«

»Ein Geschenk meiner Frau.«

»Nun, sie sollte es besser wissen.«

»Ich werde dafür sorgen, dass sie mir nichts mehr schickt.«

»Wie auch immer. Ich bin nicht hier, um über Hauptmann Molineux und seine Frau zu sprechen«, sprach Metz nun zu allen Anwesenden im Raum. »Ich bin hier, um Neuigkeiten von wahrhaft historischer Bedeutung zu verkünden. Von *ungeheurer* historischer Bedeutung. Ich bin hier, um zu berichten, dass Reichsaußenminister Joachim von Ribbentrop vor nicht einmal drei Stunden den amerikanischen diplomatischen Geschäftsträger in unser Auswärtiges Amt einbestellt und ihm dort mitgeteilt hat, dass das Großdeutsche Reich als Reaktion auf eine Reihe von unerträglichen Neutralitätsverletzungen den Vereinigten Staaten von Amerika den Krieg erklärt.«

Mehrere Sekunden lang herrschte absolute Stille im Raum, dann ließ sich Molineux wieder auf seinen Stuhl fallen. *»Was?«*

***

Obwohl die Zimmerluft stundenlang von zwei Paar Lungen ein- und ausgeatmet worden war, war sie kalt geblieben, und als Bauer in den frühen Morgenstunden erwachte, konnte er nicht mehr einschlafen. Leise, um Molineux nicht zu wecken, knipste er die Lampe am Bett an und schlug *Krieg und Frieden* auf, hielt das Buch so, dass seine Arme unter der Bettdecke lagen. Er war am Höhepunkt des Romans angelangt, der Einnahme Moskaus und der großen Feuersbrunst, obwohl »Kulminationspunkt« vielleicht der bessere Ausdruck war für die sich hinziehenden Verwüstungen im Leben der Romanfiguren.

Etwa fünfundvierzig Minuten später drehte sich Molineux in seinem Bett um und stöhnte. Er setzte sich auf: »O Gott, das ist unerträglich.«

Bauer entschuldigte sich. »Ich dachte, davon würdest du nicht aufwachen. Ich mache das Licht aus.«

»Ich meine nicht das Licht, sondern die verdammte Kälte«, sagte Molineux. »Die Lampe könntest du mir voll aufs Gesicht richten; vielleicht würde sie mir ja die Augäpfel wärmen. Ich schwöre, sogar meine Fürze sind kalt. Wenn ich jetzt aufs Klo gehen würde, würde ich Eiswürfel kacken. Wir könnten damit den Champagner kühlen.«

»Ich versuche mir zu merken, dass ich Ritter nach einer Flasche frage.«

»Und ich dachte immer, etwas Kälteres als die Vorstellung vom Tod gibt es nicht. O ihr Götter, von einer Metapher getötet. Bauer, versprichst du mir etwas?«

»Wahrscheinlich nicht.«

»Falls ich die Nacht nicht überlebe, dann schreib meiner Frau, dass …« Er hielt inne, suchte nach den richtigen Worten.

»Dass du sie geliebt hast?«

»Dass sie mir mehr Socken hätte schicken sollen.«

Als sie zum Frühstück hinuntergingen, war es eiskalt in der Messe, die Fensterscheiben waren mit Reif überzogen. Außer Pabst und einem Helfer war nur Drexel da, seine ohnehin stämmige Statur noch verbreitert durch seinen Wintermantel und eine Decke; kurz darauf erschien Zöllner, der sogar noch fröhlicher wirkte als sonst. Als er Molineux sah, fragte er: »Hauptmann, haben Sie schon die Temperatur geprüft?«

»Sehe ich aus, als würde mich das interessieren?«, erwiderte Molineux. Zöllner schmunzelte, worauf ihn Molineux anblaffte: »Findest du das witzig?«

»Es ist nur so, dass Frau Kälter recht hatte.«

»Womit?«

»Es ist zu kalt für Sie.«

Seine Brust zog sich zusammen beim Klang ihres Namens.

»O mein Gott«, sagte Molineux. »Die Frau ist eine Seherin.«

»Oder eine Hexe«, sagte Drexel.

»Stimmt«, sagte Molineux, »eine Hexe.«

»Sag das nicht zu Metz«, meinte Bauer. »Sonst lässt er sie auf dem Scheiterhaufen verbrennen.«

»Mensch, das wär doch was«, sagte Molineux. »Wenn es weiter so kalt bleibt, würde ich sie sogar vom Scheiterhaufen zerren und selbst raufsteigen.«

»Sind Frau Kälter und Metz jetzt nicht beste Freunde?«, fragte Drexel.

»Metz bildet sich ein, dass sie Freunde wären«, sagte Molineux. »In Wirklichkeit bin ich derjenige, dem sie am nahesten ist.«

»Hat sie jemand in den letzten Tagen gesehen?«, fragte Bauer unverfänglich. Vier Tage waren vergangen, seit er und Katerina Liebe gemacht hatten, und erst zwei Tage, seit er sie auf Tichon Wassiljewitschs Pferdeschlitten hatte davonfahren sehen, aber es kam Bauer so vor, als hätte sich beides vor langer Zeit ereignet.

»Ich nicht«, sagte Zöllner.

»Ich auch nicht«, fügte Drexel an. »Und im Übrigen auch keinen ihrer Arbeiter.«

»Seht ihr«, sagte Molineux, »daran erkennt man, dass es kalt ist: Selbst die Russen haben Angst rauszugehen.«

»Das kann man ihnen nicht verdenken.« Alle wandten sich um und sahen Weidemann in der Tür stehen, seine Schulterklappen mit Schnee besprenkelt. »Draußen ist es minus einundvierzig Grad.«

***

Später am Morgen traf ein Konvoi mit Verwundeten ein, die meisten von ihnen mit Erfrierungen. Einer der Sanitäter beschrieb Bauer die Zustände an der Front. Die Handschuhe der Soldaten frören an ihren Gewehren fest und die Zündmechanismen der meisten Waffen seien vereist. Lastwagen und Panzer seien lahmgelegt. Auf jeden im Kampf gefallenen Mann kämen bis zu acht Erfrorene.

Um die Mittagszeit kam über Funk die Nachricht, dass die Sowjets rund um Moskau eine große Gegenoffensive gestartet hatten, und obwohl niemand Einzelheiten kannte, war klar, dass sich die Wehrmacht zurückzog. Sowohl unter den Sanitätern als auch unter den Patienten machte sich eine unruhige Stimmung breit, eine Mischung aus Müdigkeit und Gereiztheit, aber auch trotziger Unbekümmertheit, bombastischer Selbstbeweihräucherung und wahnwitzigem Humor. Einige Männer, wie Molineux, durchliefen alle diese Zustände. Um 16:00 Uhr erließ Metz den Befehl, dass Gespräche über die Lage an der Front ab sofort zu unterlassen seien, was jedoch kaum Wirkung zeigte. Molineux berichtete Bauer, Knoll habe ihm erzählt, einer seiner Männer habe von einem Piloten eines Krankentransportflugzeugs, einer Fieseler Storch mit Kufen, erfahren, dass die Heeresgruppe Mitte einen derart ungeordneten Rückzug aus der Region um Moskau durchführe, dass sie Waffen, Fahrzeuge und sogar Gefallene zurücklasse, nicht nur Tote, sondern zum Teil auch Verwundete.

»Um Himmels willen«, sagte Bauer, »erzähl das Letzte bloß nicht unter den Männern herum.«

Molineux sah gekränkt aus. »Natürlich nicht. Wofür hältst du mich?«

»Für eine unverbesserliche Tratschtante.«

»Bei dir klingt es wie eine tödliche Krankheit«, sagte Molineux.

»Das wäre was. Aber was mich beunruhigt, ist die Ansteckungsgefahr.«

Er dachte ständig an Katerina und brannte darauf zu erfahren, wie es ihr ging, was in ihrem Kopf, in ihrem Herzen vorging. Er sehnte sich danach, mit ihr über die Lage an der Front zu sprechen und darüber, was es für sie beide bedeutete, wenngleich ihm klar war, dass ein deutscher Rückzug für Katerina nur ein Grund zum Feiern sein konnte.

Beim Abendessen – mit Essiggurken aufgemotztes Pressfleisch, wie Molineux meckerte – war Metz gereizt und einsilbig, und da das Thema, das alle beschäftigte, tabu war, unterhielt sich kaum jemand bei Tisch.

Nach dem Essen war die Stimmung dann weniger gedämpft. »Karten!«, rief Molineux und schwang ein paar Flaschen wie Wanderstöcke, während er oben Zöllner, Drexel und Ehrlich durch den Flur folgte. »Du kommst schön mit«, sagte er und hakte sich bei Bauer ein.

»Noch mehr Glücksspiel?«, fragte Bauer.

»Das Leben ist ein Glücksspiel. Glücksspiel ist Leben.«

»Ich würde lieber lesen.«

»Jetzt sei kein Banause. *Carpe noctis!*, wie die Römer zu sagen pflegten. So etwas erleben wir nie wieder.«

Bauer zog seinen Arm frei. »Wir haben es letzte Nacht erlebt und die Nacht davor auch.« Molineux reichte Ehrlich eine seiner Flaschen und schrieb dann mit einem Kreidestück das Wort *Kasino* an die Tür des Gemeinschaftsraums.

»Das wird Katerina Dmitriewna nicht gefallen«, sagte Bauer.

»Fick sie«, sagte Molineux, blieb stehen und wandte sich zu ihm um. »Falls du das nicht schon getan hast.«

»Hermann, hör auf mit dem Quatsch.«

»Dann ist es eine himmelschreiende Schande«, sagte Molineux und stieß die Tür auf, »eine Tragödie mit kupfernem Boden. Wenn es jemals zwei Menschen gab, die füreinander geschaffen waren, dann du und Katerina Dmitriewna.

Und Ehrlich, komm mir jetzt nicht mit deinen Rassengesetzen – das Band zwischen dem Hauptmann und Katerina Dmitriewna ist rassenübergreifend, es ist gesetzesübergreifend.«

»Du hast schon etwas intus, nicht wahr?«, sagte Bauer.

»Überhaupt nicht. Ich bin total nüchtern und aufrichtig. Und erzähl mir nicht, du hättest nicht über Katerina und dich nachgedacht.«

»Was hätte das für einen Sinn?«, sagte Bauer. »Bald sind wir eh weg.«

»Jetzt hör dich einer an!«, sagte Molineux. »Ich meine es ernst, hol dein Stethoskop, halte es dir ans Herz und sag mir, dass du nicht in sie verliebt bist.« Er entkorkte seine Flasche. »Bist du sicher, dass du nicht mit uns trinken willst?«

»Nein, danke. Heute Abend nicht.«

Molineux zuckte mit den Schultern. »Dann zur Hölle mit dir.«

»Gleichfalls«, sagte Bauer, ging in ihr Zimmer, zog die Stiefel aus und legte sich mit *Krieg und Frieden* ins Bett, in der Hoffnung, sich von seinen Gedanken an Katerina abzulenken. Pierre Besuchow war nur knapp einer Hinrichtung durch die Franzosen entgangen und war nun als ihr Gefangener gezwungen, sich mit ihnen durch den Schnee aus Moskau zurückzuziehen. Die Ähnlichkeit zwischen diesen Ereignissen und dem, was sich dreihundert Kilometer weiter nördlich abspielte, war Bauer nicht entgangen, und obwohl übersinnliche Erklärungen für ihn nicht infrage kamen – wie überraschend war es, wenn eine Armee zum Rückzug gezwungen wurde? –, verstärkten die historischen Parallelen sein Gefühl, dass seine *Krieg und Frieden*-Lektüre etwas Unwiederholbares, Einzigartiges hatte, etwas, das von Katerina orchestriert oder zumindest ermöglicht worden war. Gott, wie sehr er sie vermisste. Falls sie am nächsten Morgen nicht auftauchte, würde er sich irgendwie davonschleichen, beschloss er, notfalls zu Fuß, und im Dorf nach ihr suchen.

Gegen Mitternacht begab sich Molineux betrunken ins Bett und schlief sofort ein, und obwohl Bauer wusste, dass er dasselbe tun sollte, las er weiter, wie so oft gegen Ende eines Romans gepackt von der zunehmenden Dynamik der Handlung. Lange Zeit später hörte er in der Ferne eine Detonation, schaute auf seine Uhr und fluchte. Vier Uhr morgens. Er musste sofort schlafen, aber vorher musste er noch urinieren. Er stieg aus dem Bett und stapfte den Flur hinunter in Richtung Toilette, nur um abrupt stehen zu bleiben, als er durch ein Fenster Blitze am Horizont sah, nicht im Norden um Tula, sondern im Osten, in einem Sektor, in dem es bisher ruhig geblieben war. Das Sperrfeuer klang breit verteilt, die Klangfarbe war unverkennbar die des Feindes.

25

Unsere Truppen um Tula begradigen die Front«, sagte Metz.

»Soll heißen, sie werden zurückgedrängt?«, fragte Weidemann.

»Es soll heißen, sie bündeln ihre Kräfte«, sagte Metz. Er sah nicht gut aus, fand Bauer, wie ein Mann, der seit Tagen nicht geschlafen hatte. »Kompanie B wird zusammen mit dem Rest verlegt.« Er tippte auf die Tagesmeldung, die vor ihm auf dem Schreibtisch lag, wollte wissen, ob es noch Fragen gäbe, und begann, sich zu erheben, ohne eine Antwort abzuwarten.

»Herr Oberstleutnant, ich habe eine Frage«, sagte Zöllner.

Metz hielt auf halbem Weg zwischen Sitzen und Stehen inne und ließ sich dann auf seinen Stuhl zurücksinken. »Was?«

»Besteht die Möglichkeit, dass wir uns zurückziehen müssen? Ich frage nur, weil die Männer es wissen wollen. Die Patienten auch. Sie können die Artillerie hören.«

»Nein, natürlich nicht.«

»Was sollen wir ihnen dann sagen?«

»Das, was ich Ihnen gerade gesagt habe: dass die Front vor unserem nächsten Angriff begradigt wird.«

»Jesus, Josef und Maria«, sagte Molineux leise.

»Haben Sie etwas zu sagen, Hauptmann? Wenn ja, dann seien Sie bitte so höflich, es uns mitzuteilen.«

»Es ist nichts, Herr Oberstleutnant. Ich habe mich nur gefragt, ob sich jemand um meinen Rücken kümmern könnte, nachdem die Front begradigt wurde – mein Bett bringt mich um.«

Metz stand auf, die Tagesmeldung in der Hand, und ging um den Schreibtisch herum. »Ich weiß, wie das ist«, sagte er und verließ den Raum.

Alle sahen sich an. Metz hatte noch nie eine Besprechung verlassen, ohne sie für beendet zu erklären. »War das ernst gemeintes Mitgefühl oder ein Scherz?«, fragte Molineux und drehte sich aufs Geratewohl zu Drexel um, der gerade dabei war, Speichel wegzuschlecken, und nur mit einem Achselzucken antwortete.

»Ich denke, wir sollten gehen«, sagte Weidemann.

Alle standen auf, zogen ihre Mützen, Schals und Wintermäntel an und machten sich in einer lockeren Kolonne auf den Weg zum Krankenhaus. Das Wetter war relativ freundlich: bewölkt, minus vierzehn Grad. Falls es bis zum Abend so bliebe, dachte Bauer, gäbe es keinen besseren Zeitpunkt, um nach Katerina zu suchen. Aus dem Norden tönten jetzt ebenso wie aus dem Osten die tiefen Paukenschläge der sowjetischen Geschütze. Tschaikowsky. *1812.*

Im Krankenhaus erfuhren sie, dass jederzeit mit weiteren Opfern zu rechnen war. Schlimmer noch war die Meldung, dass ein Krankenwagen der Kompanie C auf dem Weg von Chern nach Jasnaja Poljana in einen Partisanen-Hinterhalt geraten war. Sowohl der Fahrer als auch sein Helfer waren getötet worden, die mitgeführten Vorräte geplündert und das Fahrzeug zerstört. Nüchtern betrachtet sei der Verlust des Krankenwagens mindestens genauso schwerwiegend wie die beiden Toten; so sah es jedenfalls Metz, und seine ohnehin schon schlechte Laune verschlechterte sich weiter. Als die Verletzten eintrafen, war er nicht vorbereitet auf den Anblick von Wunden, die keiner von ihnen je zuvor gesehen hatte: in einem Fall ein hässlicher, aber nicht lebensbedrohlicher Schnitt quer durch das Gesicht, im anderen eine lange Risswunde am Rücken, die bis in den Unterleib reichte.

»Säbel?«, brüllte Metz entgeistert, als ein Sanitäter ihm die Ursache nannte. Im sich schnell füllenden Aufnahmeraum wurde es still, nur die Schwerverwundeten schauten nicht zu Metz auf. Wenn ein Chirurg hier als Gott galt, dann war dies eine beunruhigende Gottheit: blass, zitternd, neurasthenisch, wild. *»Säbel?«*, wiederholte er, seine Stimme nur unwesentlich weniger hysterisch.

»Kosakenangriff«, entgegnete der Sanitäter. »Ich habe es nicht selbst gesehen, Herr Oberstleutnant, aber jemand, der dabei war, hat mir davon erzählt. Es war eine Reiterhorde«, fügte er hinzu, als Metz ihn weiter anstarrte. »Sie sind aus dem Nichts aufgetaucht, haben sie umzingelt, mehrere von uns niedergemetzelt, diese beiden Jungs verstümmelt und sind verschwunden.«

Metz starrte immer noch – nicht direkt auf den Sanitäter, sondern leicht an ihm vorbei. Bauer berührte ihn leicht an der Hand und fragte ihn ruhig nach seiner Meinung über die Reihenfolge der Triage. Metz zitterte leicht, antwortete aber dennoch, wenn nicht so entschieden wie sonst, dann immerhin überzeugend, und setzte den Raum damit wieder in Bewegung. In den nächsten Stunden operierten er und Metz wie gewohnt, denn nach Hirschs Tod hatte Bauer durchgesetzt, dass er einen bestimmten Gefreiten für die Anästhesie erhielt, Juri Demchak, dessen technischem Urteilsvermögen und Geistesgegenwart Bauer weiterhin vertraute, auch wenn seine Abneigung gegen ihn zugenommen hatte. Metz schien die veränderte Rolle des Hiwi kaum zu bemerken, geschweige denn, dass es ihn kümmerte.

Am frühen Nachmittag traf die zweite Tagesmeldung aus dem Divisionshauptquartier ein. Metz las sie, bat Ehrlich,

Weidemann zu holen, und erklärte die Operationen für beendet. Zehn Minuten später entließ er die OP-Assistenten, sodass nur noch die Offiziere anwesend waren. »Wir gehen weg«, verkündete er.

Es folgte eine Pause, während der sie die Worte sacken ließen. Als Erster ergriff Weidemann das Wort. »Wie viel Zeit bleibt uns?«

»Bis morgen. Das ist natürlich nicht zu schaffen.«

Weidemann sah nachdenklich aus. »Ich stimme zu, dass es schwierig wird.«

»Unmöglich«, sagte Metz.

»Aber wir müssen es versuchen.«

Wie in Trance hörte Bauer zu, wie sie darüber diskutierten, ob es machbar war, in weniger als vierundzwanzig Stunden ein ganzes Feldlazarett und zweihundert Patienten zu verlegen. Er hatte zu lange gewartet, dachte Bauer. Er würde sie nie wiedersehen.

»Das Röntgengerät?«, sagte Metz. »Der Generator? Die Wäscherei? Die Betten? Unmöglich! Die Küche? Die Verbrennungsanlage?«

»Wir sind schon oft umgezogen«, sagte Weidemann. »Wir wissen, was zu tun ist.«

»Ja, in zwei Tagen, nicht innerhalb von zwölf Stunden.«

»In sechzehn Stunden. Vielleicht auch mehr. Falls wir Sachen zurücklassen müssen, sei's drum.«

»Ein Hirngespinst«, sagte Metz.

Ein Hirngespinst, ein Fiebertraum, dachte Bauer – war es das, was Jasnaja Poljana für ihn sein sollte? Einschließlich der an der Front verbrachten Zeit war er seit knapp sechs Wochen hier.

Weidemann wurde ungeduldig. »Herr Oberstleutnant, wenn wir uns nicht sofort an die Arbeit machen, schaffen wir es bestimmt nicht.«

»Gut, gut«, sagte Metz, »aber wir müssen Prioritäten setzen. Ich werde einen Plan aufstellen.« Er ging zu dem Buch, das seine OP-Berichte enthielt, und riss erstaunlicherweise eine leere Seite aus, nahm einen Bleistift und begann zu schreiben.

»Während der Oberstleutnant an seinem Plan arbeitet«, sagte Weidemann, »fangen wir schon mal an. Zöllner, Sie tun sich mit Bauer zusammen und veranlassen die Verlegung der schwersten Fälle nach Chern. Der Rest von Ihnen: Sie wissen, was zu tun ist.«

»Ich bin fertig!«, rief Metz. Alle Blicke richteten sich auf ihn. Er stand auf, kam herüber und wedelte mit der herausgerissenen Seite. »Hier«, sagte er und reichte sie Weidemann, der seine Brille aufsetzte und die Liste durchging, die, wie Bauer erkennen konnte, nur aus fünf, sechs Zeilen bestand.

»In Ordnung«, sagte Weidemann zurückhaltend. »Im schlimmsten Fall, ja.« Er tippte auf die oberste Zeile. »Aber ›Leo Tolstoi‹? Was meinen Sie damit?«

»Wir müssen ihn exhumieren. Das ist wichtiger als alles andere.«

»Ich bin mir nicht sicher …«, begann Weidemann.

»Kein Grund zur Sorge, Major. Darum kümmere ich mich persönlich. Ich brauche natürlich einen Arbeitstrupp. Vier Mann sollten genügen. Natürlich ist der Boden gefroren, es kann also eine Weile dauern.«

»Ich wollte sagen, ich bin mir nicht sicher, warum Sie ihn exhumieren wollen.«

»Major, Sie enttäuschen mich. Ist das nicht offenkundig?«

»Sagen Sie es mir.«

»Ich nehme Tolstoi als Geisel.«

Molineux kicherte. »Das wird ihm eine Lehre sein.«

»Genau«, sagte Metz. »Danke, Hermann. Wir dachten, wir könnten die Sowjets in wenigen Monaten besiegen. Wir haben uns geirrt. Dies wird ein langwieriger Konflikt, und wir müssen strategisch denken. Indem wir ihren Tolstoi mitnehmen, behalten wir die Initiative, unsere spirituelle Überlegenheit gegenüber dem Feind.«

»Ich verstehe«, sagte Weidemann.

»Hermann versteht das. Und Drexel hier wird mir auch recht geben – in der Tat gebührt ihm ein Teil des Verdienstes für diese Idee. Er war es, der schon vor Wochen den Einfall hatte, in Berlin ein Museum der Verdrängten Kulturen einzurichten – ein Kuriositätenkabinett, wenn Sie so wollen. Welches Objekt könnte sich dafür besser eignen als Leo Tolstois Gebeine?«

Weidemann nickte ernst und sagte: »Ich verstehe, was Sie meinen, Herr Oberstleutnant. Ihr Plan ist brillant. Meinen Glückwunsch. Ihnen auch, Drexel – gut gemacht.« Als Antwort nickte Drexel und schluckte.

Metz sah erfreut aus. »Hervorragend. Dann gehe ich jetzt sofort los.«

»Verzeihen Sie«, sagte Weidemann, »aber warum überlassen Sie die Buddelei nicht den Männern? Es ist eine elende Plackerei. Sie werden anderswo gebraucht.«

»Wo zum Beispiel?«

»In Chern. Oder sogar in Orjol. Wir wissen noch nicht, wie weit wir uns zurückziehen müssen, aber wo auch immer es sein wird, Ihre Führung ist dort von entscheidender Bedeutung.«

»Ich weiß nicht«, sagte Metz. »Ich spüre, dass mein Platz hier ist.«

»Sie haben uns immer geführt, Herr Oberstleutnant, und nun gehen wir nach Chern.«

»Ich weiß nicht. Ich würde es vorziehen, Tolstois Gebeine persönlich zu begleiten.«

»Es bleiben nur noch zwei Stunden Tageslicht«, sagte Weidemann, »und wir haben erlebt, was auf dieser Straße im

Dunkeln passieren kann. Nehmen Sie Ihre Limousine, dann sind Sie bei Einbruch der Dunkelheit in Chern. Überlassen Sie uns die Buddelei. Wir graben Tolstoi für Sie aus.«

Metz dachte einige Momente darüber nach, dann entgegnete er: »Ich nehme an, was Sie sagen, ist logisch.«

Bauer starrte ihn an, erstaunt, dass Metz eine so eklatante Unwahrheit nicht als solche erkannte. Niemand wollte ihm in die Augen sehen.

»Ich werde Ehrlich anweisen, Ihre Sachen aus dem Haupthaus zu holen«, sagte Weidemann. »Drexel?«

»Ja, Herr Major?«

»Kisten mit medizinischer Ausrüstung. Ich bin sicher, der Oberstleutnant hat nichts dagegen, einige davon mitzunehmen. Ritter soll sich darum kümmern.«

»Wird erledigt, Herr Major.«

Die Offiziere eilten los, jeder zu seiner Aufgabe, wenngleich Bauers Aufmerksamkeit zwei unterschiedlichen Dingen galt: halb der Triage, halb der Frage, wie er Katerina eine Nachricht zukommen lassen konnte. Er konnte aber über keines der beiden Probleme lange nachdenken, denn kurz darauf rief man ihn und die anderen Offiziere ins Vestibül des Krankenhauses. Dort wartete der Oberstleutnant mit aufgesetztem Helm, bereit zur Abreise, Egon Ehrlich an seiner Seite. Der ZIS stand vor der Tür.

»Auf Wiedersehen, meine Herren, und viel Glück«, sagte Metz, als sich alle versammelt hatten. »Denken Sie daran, dass Sie unterwegs Ihre Helme aufbehalten und dass die Männer das auch tun.« Zu Weidemann gewandt, sagte er: »Die Sache mit Tolstoi? Ist alles in die Wege geleitet?«

Weidemann nickte und bejahte – eine beruhigende, minimale Entgegnung.

»Gut. Dann mache ich mich jetzt auf den Weg. Nur Mut, meine Herren. Sieg Heil.« Damit wandte er sich um und ging zur Tür hinaus und weiter zum Wagen, dicht gefolgt von Ehrlich. Bauer dachte, dass eigentlich Katerina hätte da sein müssen, um ihn mit einer ihrer bissigen Bemerkungen zu verabschieden, aber so sollte es nicht sein.

»So viel zu unserem tapferen Kommandanten«, sagte Molineux.

Weidemann wandte sich zu ihm. »Wenn der Oberstleutnant jetzt nicht in Bestform ist, so liegt das nicht an mangelndem Mut, Hauptmann. Oder an einem Mangel an Herz. Eher im Gegenteil, würde ich meinen.«

»Amen«, sagte Zöllner ernst.

Weidemann entließ sie, und die Gruppe löste sich auf.

»Sind Sie jetzt zufrieden?«, fragte Bauer Drexel, während sie fortgingen, eine kindische Frage, der er aber nicht hatte widerstehen können.

»Sie meinen, ob ich es bereue, dem Oberstleutnant pharmakologische Hilfe gegeben zu haben? Nein, das tue ich nicht.«

»Was, was, was?«, fragte Molineux, blieb stehen und wartete auf sie.

»Erzähl ich dir später«, sagte Bauer.

»Jedes große Unterfangen birgt gewisse Risiken«, sagte Drexel.

»Dasselbe gilt für die Chirurgie, aber dabei gehen wir Risiken nicht unnötig ein oder aus Gründen der Selbstverherrlichung.«

»Ich weiß, dass Sie mir kritisch gegenüberstehen«, entgegnete Drexel. »Aber ich betrachte mich keinesfalls als verantwortlich für den Geisteszustand des Oberstleutnants. Ganz und gar nicht. Ohne mich könnte sein Zustand, genau genommen, noch viel schlechter sein.«

»Häh, wieso?«, fragte Molineux.

Bauer ignorierte ihn und sagte: »Aber jetzt hören Sie damit auf, nicht wahr?«

»Nun, *das* wäre unverantwortlich«, sagte Drexel. »Überhaupt nicht klug. Nein, zum Wohle des Oberstleutnants sollten Sie hoffen, dass ich es lebend nach Chern schaffe.«

***

Den Rest des Nachmittags, den Abend und die ganze Nacht hindurch arbeitete Bauer, wie alle anderen auch, fieberhaft an der Vorbereitung der Abreise, angetrieben vom Geschützlärm und, gegen Morgen, von fernen Maschinengewehrsalven. Die Funksprüche vermittelten einen verwirrenden Eindruck von den Kämpfen, aber es war klar, dass die Sowjets näher kamen, und zwar schnell. Nach Katerina zu suchen, kam nicht infrage, und die einzige Möglichkeit, seinen Kummer in Schach zu halten, bestand darin, sich kopfüber in die Arbeit zu stürzen.

Die Evakuierung sollte im Morgengrauen beginnen, und auf dem Vorplatz des Krankenhauses standen ihre Kranken- und Lastwagen bereit, doch es waren zu wenige, um die Patienten in einem einzigen Konvoi zu transportieren. Wie durch Osmose gelangten die in der Eingangshalle und in den Fluren auf Bahren aufgereihten Männer zu demselben Schluss, was die ohnehin schon angespannte Stimmung noch weiter verschärfte. Wie Zöllner betont hatte, konnten alle den Gefechtslärm hören. Auf einer sich leerenden Station packte ein Patient im Streckverband Bauer am Ärmel und bettelte darum, nicht zurückgelassen zu werden. »Schwören Sie es mir«, sagte er, »schwören Sie auf alles, was Ihnen heilig ist.« Bauer dachte automatisch an Katerina und versicherte dem Mann, er habe nichts zu befürchten.

Um 05:30 Uhr wurde der Generator abgeschaltet, sodass die Arbeit im Schein von Taschenlampen fortgesetzt werden musste. Eine halbe Stunde später rief Weidemann die

Offiziere und Unteroffiziere auf, sich im ehemaligen Aufnahmeraum zu versammeln. In dem seltsam leer gefegten Raum duellierten sich ihre Taschenlampenstrahlen wie Schwerter, ein Ärgernis, das Unterfeldwebel Knoll beendete, indem er eine einzelne Lampe auf den Boden stellte, was die Gesichter der versammelten Männer jedoch wie Schauermasken aussehen ließ.

»Sieh an, sieh an«, sagte Molineux, als Drexel den Raum betrat, »wenn das nicht Fabian ist, unser pharmazeutischer Svengali. Ich habe ein Hühnchen mit dir zu rupfen.« Drexel warf ihm den Blick eines Mannes zu, der zu müde war, um sich zu scheren. »Ich will wissen«, fuhr Molineux fort, »warum du deine dunkle Kunst nicht an mir ausprobiert hast. Ich bin genauso geeignet wie jeder andere.«

Bevor Drexel antworten konnte, rief Weidemann die Versammlung zur Ruhe. Metz habe Chern wohlbehalten erreicht, berichtete er, führe aber nach Orjol weiter. In der Zwischenzeit habe Generalmajor Oeding ihn, Weidemann, zum stellvertretenden Bataillonskommandeur ernannt. Es gab einige gemurmelte Glückwünsche.

Für Metz war es das Aus, dachte Bauer. Er fühlte sich seltsam zwiespältig, hatte aber keine Zeit, um über seine achtzehn Monate unter Metz nachzudenken. Die Patienten und alle anderen Männer würden in zwei Fahrten nach Chern gebracht werden, kündigte Weidemann an. Im ersten Konvoi würden der Großteil der Patienten, die Hälfte der Sanitäter und Offiziere sowie die wichtigsten Ausrüstungsgegenstände abtransportiert werden. Der zweite Konvoi würde die verbliebenen Personen und alles andere evakuieren. Er wollte wissen, ob es Fragen gäbe.

Drexel hob die Hand. »Wird der Konvoi überhaupt zurückkehren können, Herr Major? Selbst in südliche Richtung wird es Verzögerungen geben. Und dann noch mal gegen den Verkehrsstrom hierherzufahren ... das wird nicht einfach.«

Bauer schaute zu Weidemann hinüber, der das Krankenhaus regelgebunden, aber unauffällig geleitet und noch nie ein Bataillon kommandiert hatte, schon gar nicht während einer Krise.

»Es ist eine Fahrt von fünfundachtzig Kilometern«, sagte Weidemann. »Mit allzu langen Verzögerungen ist nicht zu rechnen, selbst wenn sich der Verkehr hier und dort stauen sollte. Aber Sie haben natürlich recht: Die Sowjets könnten hier sein, bevor unsere Fahrzeuge zurückgekehrt sind, und deshalb schlage ich vor, dass ich vor Ort bleibe, bis die Evakuierung abgeschlossen ist.«

Eine Pause entstand, dann sagte Zöllner: »Herr Major, lassen Sie mich stattdessen hierbleiben. Sie werden in Chern gebraucht.«

»Das ist lobenswert von Ihnen, Leutnant, aber Ihnen als unserem jüngsten Offizier kann ich nicht diese Verantwortung übertragen.«

»Dann übertragen Sie mir das Kommando, Herr Major«, sagte Bauer. »Leutnant Zöllner kann als mein Stellvertreter fungieren.« Weidemann musterte ihn prüfend und Bauer fuhr fort: »Als ranghöchster Offizier sollten Sie keine Gefangennahme riskieren.«

»Das lässt sich auch über unseren einzigen einsatzbereiten Chirurgen sagen.«

»Niemand zweifelt an Ihrem Mut, Herr Major – aber ich bin zwanzig Jahre jünger als Sie. Zur Not kann ich eine Evakuierung zu Fuß anführen.«

Weidemann zögerte, dann sagte er: »Na gut, ich kann Ihre Überlegungen nicht entkräften. Ich nehme Ihr Angebot an, Bauer. Ich führe den ersten Konvoi an, Sie den zweiten.«

Bauer fragte sich, ob er sich soeben aus Liebe sein eigenes Grab geschaufelt hatte – womöglich wegen der bloßen Vorstellung von Liebe, für den Fall, dass Katerina nicht mehr auftauchte –, denn so stichhaltig seine Argumente für sein freiwilliges Bleiben auch waren, seine wahren Beweggründe konnte er nicht vor sich verbergen. Wie selbstsüchtig sie waren, wurde kurz darauf deutlich, als Weidemann festlegte, wer bei ihm in Jasnaja Poljana bleiben sollte: Bauers Männer, dazu Zöllner und Ritter mit seinem Sicherheitskommando. Für die Liebe zu sterben, mochte romantisch sein; dass Unbeteiligte deshalb sterben sollten, war es nicht.

Die Besprechung war vorbei und das Verladen der Patienten begann. Draußen war es noch dunkel und bitterkalt, und wer nicht als Bahrenträger eingeteilt war, wartete in der Eingangshalle. Leise Gespräche. Auf den Holzdielen das Klappern von Kampfgeschirr, Waffen und Ausrüstung.

»Ich kann nicht behaupten, dass ich dich beneide«, sagte Molineux, als Bauer sich zu ihm stellte, um ihm Glück zu wünschen. »Ich glaube sogar, du bist verrückt.«

Der Moment der Wahrheit schien gekommen. »Ich hoffe, noch einmal Katerina Dmitriewna zu treffen.«

Molineux klatschte in die Hände. »Ich hab's gewusst!«

»Meine Güte, nicht so laut.«

»Ist es ... *Liebe*?«

»Von meiner Seite aus, ja«, sagte Bauer.

»Von ihrer nicht?«

»Das weiß ich nicht«, gestand er.

»Hast du sie gerammelt?«

Bauer blinzelte ihn an und Molineux hob die Hände. »Schon gut, schon gut. Ich verstehe das als ein Nein, sonst würdest du nicht dein Leben riskieren, um zu bleiben.«

»Ich habe sie seit dreieinhalb Tagen nicht mehr gesehen.«

»Weißt du, wo sie wohnt?«

»Nicht genau.«

»Es ist kurz vor Tagesanbruch, wie wär's, wenn ich auf unserem Weg durch das Dorf anhalte und nach ihr frage? Rausfinde, wo sie wohnt. Sie wissen lasse, dass du noch hier bist.«

»Danke, aber nein«, entgegnete er. »Es würde ein schlechtes Licht auf sie werfen.«

»Dann musst du es eben dem Schicksal überlassen«, sagte Molineux.

»Mit anderen Worten, es vergessen.«

»Weißt du, mit einigem über dich hat Metz recht, glaub ich. Du bist eine traurige Seele. Kopf hoch, mein Freund! Heute Abend werden wir in Chern unseren Kummer ertränken. Morgen früh ist Katerina Dmitriewna nur noch eine verschwommene Erinnerung.«

»Danke, Hermann, dein Mitgefühl rührt mich.«

Der letzte Patient, der hinausgetragen wurde, war der Mann im Streckverband. Bauer traf seinen Blick und nickte ihm im Vorübergehen zu. Dann kam ein Feldwebel herein und bellte den Befehl zum Aufbruch, und die Männer, die nun abfahren sollten, packten ihre Ausrüstung und verschwanden nach draußen. Weidemann kam herüber, schüttelte Bauer die Hand, wünschte ihm Glück und versprach, in Funkkontakt zu bleiben. Bauer bedankte sich, Weidemann ging hinaus und der Konvoi setzte sich in Bewegung. Unwillentlich verspürte Bauer ein schmerzhaftes Gefühl von Verlassenheit. In der schlecht beleuchteten Halle verteilten sich dreiundfünfzig Patienten, die noch in seiner Obhut waren, darunter zweiundzwanzig Gehfähige (von denen zwei erblindet waren) und einunddreißig Verwundete auf Bahren. Zu ihrer Versorgung hatte er vierundvierzig Sanitäter und Unteroffiziere sowie mit Zöllner einen Offizierskollegen.

Aus Richtung des Lagerraums erschien Ritter mit seinem Sicherheitstrupp und einigen anderen ihm unterstellten

Männern, alle schwer bewaffnet. Bauer fragte ihn, wo sie hinwollten, und Ritter antwortete, sie würden Verteidigungspositionen einnehmen. Bauer fragte sich, ob Ritter sich unter dem Einfluss von Drexels Droge einbildete, den gesamten sowjetischen Vormarsch aufhalten zu können, und trug ihm ruhig, aber bestimmt auf, den Großteil seiner Männer zur Hauptstraße zu schicken, um dort alle Fahrzeuge, einschließlich der Fuhrwerke, anzuhalten und zu prüfen, ob sie noch Platz für die Patienten hatten. »Wenn nötig, beschlagnahmen Sie sie. Sagen Sie jedem, der gesund ist, dass er zu Fuß gehen muss.«

Ritter sah verärgert aus, salutierte aber und zog mit seinen Männern ab. Sobald sie verschwunden waren, trug Bauer Zöllner auf, einen Evakuierungsbefehl niederzuschreiben, und für den Fall, dass es nicht genügend taugliche Fahrzeuge gab, schickte er ein paar Männer los, um alle verfügbaren Schlitten zusammenzusuchen. Auf diese Weise konnte er sich auf die Patienten konzentrieren, denn viele von ihnen bauten schnell ab, und alle litten furchtbare Schmerzen.

In der Stunde nach Tagesanbruch schafften Ritters Männer einen Lastwagen und zwei Fuhrwerke heran, sodass achtzehn der einunddreißig Bahrenfälle, neun der Gehfähigen und sechs Sanitäter evakuiert werden konnten. Um 09:33 Uhr meldete der Funker, dass der erste Konvoi in Chern eingetroffen sei und dass einige der Lastwagen bereits auf dem Rückweg nach Jasnaja Poljana seien. Die Fahrt nach Chern hatte fast zwei Stunden gedauert, und Bauer kalkulierte, dass die nun in die umgekehrte Richtung fahrenden Wagen erst gegen Mittag, möglicherweise sogar später, in Jasnaja Poljana eintreffen würden.

Nach einer halben Stunde traf ein zweiter beschlagnahmter Lastwagen ein, am Steuer ein sichtlich erschütterter Waldo Pabst. Es habe einen Vorfall gegeben, erklärte Pabst, eine Auseinandersetzung zwischen Ritter und dem Stabsgefreiten, der den Lastwagen gefahren hatte. Er habe sich geweigert auszusteigen. Dann sei gestritten und schließlich geschossen worden, der Stabsgefreite tödlich getroffen.

»Ritter hat ihn *erschossen*?«, fragte Bauer.

Pabst nickte, sah fix und fertig aus. Er fasste sich an eine dunkle Stelle am Hosenboden. »Sein Blut.«

Im Lastwagen hätten Passagiere gesessen, fuhr Pabst fort, Männer aus dem Infanterieregiment Großdeutschland, die zwar bewaffnet gewesen seien, aber nicht in der Lage, gegen die kaltblütige Erschießung ihres eigenen Mannes einzuschreiten. Die Sowjets seien weniger als fünf Kilometer entfernt, hätten sie gesagt und danach ihre Flucht sofort zu Fuß fortgesetzt. »Wir sollten auch verschwinden, meinen Sie nicht?«

»Ja, daran arbeiten wir gerade. Aber zuerst will ich, dass Sie zur Straße zurückkehren und Ritter sagen, er soll sich sofort bei mir melden.«

»Das kann ich nicht, Herr Hauptmann. Er ist verschwunden.«

»Wohin?«

»Keine Ahnung. Er hat sich irgendwie verdünnisiert.«

Gut, dass wir ihn los sind, wollte Bauer sagen. Falls sich Ritter noch einmal blicken lassen sollte, würde es Konsequenzen geben, nun aber gab es drängendere Sorgen. Eilig rief er Zöllner und die übrigen Unteroffiziere zusammen und befahl ihnen, sich für den sofortigen Aufbruch bereit zu machen. Der Lastwagen, für den Ritter zum Mörder geworden war, wurde mit Patienten beladen; übrig blieben fünf Verwundete auf Bahren, die von Schlitten gezogen werden mussten, sowie insgesamt dreizehn Gehfähige, die zu Fuß unterwegs sein würden, dazu eine Gruppe von Sanitätern, die bei Bedarf mit den Bahren helfen und Ausrüstung und Proviant schleppen würden. Persönliche Gegenstände mussten sie zurücklassen. Mit Schmerz dachte Bauer an sein Exemplar von *Krieg und Frieden*, das er fast ausgelesen hatte, siebzig Seiten vor dem Ende.

Dann tauchte Katerina auf.

Mein Gott, dachte er, mein Gott, die Notwendigkeit, vor den Patienten und seinen Männern die Fassung zu bewahren im Widerstreit zu seiner rasenden inneren Freude. Neben ihr stand eine der Wachen, die Ritter draußen postiert hatte; Bauer ließ den Mann abtreten und wandte sich zu Katerina. Sie sah ernst aus, doch in ihren Augen las er andere Gefühle.

»Katerina«, sagte er.

»Paul.«

Sie trug denselben schweren Rock und dieselbe Steppjacke wie am Abend ihrer ersten Begegnung, dazu ein einfaches Kopftuch, das er noch nie an ihr gesehen hatte. Ihre Wangen waren gerötet vor Kälte.

Er sagte: »Ich hätte nicht gedacht, dich noch einmal zu sehen.«

»Ich auch nicht. Wir haben eure Laster wegfahren sehen.«

»Das war der erste Konvoi. Sie kommen zurück.«

Sie sagte: »Wir sind hier, um aufzupassen. Mein Personal und ich.«

»Dann sag ihnen, dass sie sich vorsehen sollen, es könnten Versprengte auftauchen.«

»Seid ihr das nicht auch?«

»Normale Truppen, meine ich. Es werden müde Männer sein. Vielleicht verängstigt. Wahrscheinlich gefährlich.«

»Ich gehe jetzt ins Haupthaus«, sagte sie und hielt seinen Blick.

»Ich begleite dich«, sagte er. »Ich muss etwas holen.«

»Hast du denn Zeit dafür?«

»Ja«, sagte er, unsicher, ob es der Wahrheit entsprach.

»Gut«, sagte sie nur, ehe sie auf Russisch fortfuhr: »Lass dich nur nicht gefangen nehmen. Meine Landsleute würden nicht freundlich sein.«

Er holte seinen Helm, schnallte ihn an seinen Gürtel und kehrte in die Eingangshalle zu Katerina zurück. Von dort aus gingen sie durch das Vestibül, er vermutlich zum letzten Mal. Auf der Türschwelle kam ihnen Zöllner entgegen. »Ich muss noch mal rüber ins Haupthaus«, erklärte er ihm. »Während meiner Abwesenheit haben Sie das Kommando. Ich möchte, dass Sie und die Männer sofort mit den Patienten aufbrechen.«

Zöllner wirkte erschrocken. »Aber was ist mit Ihnen?«

»Ich komme nach.«

Zöllner setzte zu einer Erwiderung an, doch Bauer kam ihm zuvor, versprach ihm, sich zu beeilen, und ging nach draußen. Auf dem gefrorenen Vorplatz versammelten sich etwa fünfzig Sanitäter und Verwundete, die aufgebahrten Patienten lagen unter Bergen von Decken, festgeschnallt auf Schlitten. Etwas abseits stand Katerinas Personal; Bauer erkannte Daria Grigorjewna und ihre Schwester. Tichon Wassiljewitsch auch. Falls sie jedwede Triumphgefühle verspürten, waren die Leute klug genug, dies zu verbergen. Katerina ging hinüber und sprach zu ihnen in schnellem Russisch, dem Bauer nicht folgen konnte, dann löste sich die Gruppe auf und eilte paarweise in verschiedene Richtungen davon. Zu Bauers Missfallen hatte sich Tichon Wassiljewitsch zu Katerina gesellt. »Er besteht darauf«, sagte Katerina knapp auf Deutsch. »Ich glaube, er ahnt etwas über uns. Aber er meint es gut. Er macht sich Sorgen um mich. Wahrscheinlich hat er weiß Gott recht.«

Zu dritt machten sie sich auf den Weg zum Haupthaus. Die Luft war eiskalt und unbewegt, der Gefechtslärm beängstigend nahe, das Rattern kleinerer Waffen durchsetzt mit Maschinengewehrsalven.

»Bist du dir hierbei sicher?«, fragte ihn Katerina auf Deutsch.

»Nein. Aber ich konnte nicht gehen, ohne dich noch einmal zu sehen.«

»Ich bin so froh«, sagte sie. »Aber beeil dich.«

»Was ist mit Tichon?«, fragte Bauer. Der alte Mann war bereits zurückgefallen.

»Er weiß, wo wir hingehen.«

Tatsächlich kam bereits das Haus in Sicht. »Ich liebe dich nach wie vor«, sagte er. Jetzt nur das Allerwichtigste.

»Und ich weiß es nach wie vor«, sagte Katerina, ihre Stimme so warm, dass es kaum eine Rolle spielte, dass sie seine eines Schriftstellers ohnehin unwürdigen Worte nicht wiederholt hatte.

»Nach dem Krieg komme ich zu dir zurück«, sagte er. »Falls ich überlebe.«

»Versuch es«, sagte sie. »Finde mich. Oder aber ich werde nach dir suchen.« Sie fragte ihn nach seiner Adresse und er nannte sie ihr. Nein, sie müsse sie nicht aufschreiben.

Die Eingangstür zum Haupthaus wurde aufgestoßen, und als sie über die Schwelle traten, wischte er den Helm, der an seinem Gürtel hing, beiseite, nahm Katerina in die Arme und sie küssten sich – ihre Münder heiß und versiegelt in der Kälte. Ein Universum, das er nie mehr verlassen wollte.

Katerina war es, die sich als Erste löste. »Du wolltest etwas holen?«

»Krieg und Frieden«, sagte er. »Du hattest recht: Ich habe es nicht rechtzeitig ausgelesen.«

»*Deswegen* bist du hier?«

»Ich bin deinetwegen hier«, sagte er.

Sie nahmen zwei Treppenstufen auf einmal und gingen oben in sein ehemaliges Zimmer. Seine und Molineux' Sachen war seit dem vorletzten Morgen unberührt. Unter Katerinas neugierigem Blick stopfte Bauer *Krieg und Frieden* in seinen Tornister, steckte dann noch einige von Molineux' Habseligkeiten dazu. Den größten Teil seiner Kleidung trug er am Leib. Von unten war zu hören, wie Tichon ins Haus kam. Bauer schnallte sich den Tornister um und trat auf Katerina zu, wollte sie nur umarmen, versank aber in einem weiteren Kuss. Wie in den Träumen vom Fliegen versuchte er den Moment zu verlängern, um noch einen Augenblick in der Luft zu bleiben, von dem er wusste, dass er gleich vorbei sein würde, und in diesem Moment ertönte unten ein Feuerstoß aus einer Maschinenpistole, der sie auseinanderriss. Katerinas Augen waren schreckgeweitet, es war das erste Mal, dass er sie so sah. »Warte hier«, sagte er und ging zur Tür.

»Nein, bleib hier!«

»Es ist einer von uns«, sagte er grimmig. Eine MP 40. Unwillentlich hatte er die Sprache der Waffen gelernt.

In der Eingangshalle entdeckte er Norbert Ritter, der die unterste Treppenstufe in Brand setzte, hinter ihm am Boden Tichon Wassiljewitschs durchsiebte Leiche.

»Machen Sie es aus«, sagte Bauer von der obersten Treppenstufe aus, zog seine Pistole und zeigte damit erst auf Ritter und dann auf das kleine, noch schwelende Feuer.

»Herr Hauptmann«, sagte Ritter, »ich wusste nicht, dass Sie hier sind. Und sie auch«, fügte er hinzu und deutete mit einer Kopfbewegung auf Katerina. Bauer stieg die Treppe hinunter, seine Pistole auf Ritter gerichtet, dessen MP 40 in Hüfthöhe am Schulterriemen hing. Er wirkte weder überrascht noch wütend, weil eine Pistole auf ihn gerichtet war.

Am Treppenfuß angekommen, streckte Bauer seine Hand aus. »Ihre Waffe.«

»Der Opa hat versucht, mich umzubringen«, sagte Ritter und deutete mit einem Kopfrucken auf die Leiche. »Was hätte ich tun sollen?«

»Lastwagen abfangen.«

»Das habe ich getan!«

Katerina eilte die Treppe hinunter, stürzte zum Feuer und stieß es auseinander, bevor sie die Glut mit ihrer Jacke erstickte. Sie kniete neben Tichon Wassiljewitschs Leiche nieder.

»Sie haben mir befohlen, Lastwagen anzuhalten«, sagte Ritter. »Genau das habe ich gemacht.«

»Geben Sie mir die Waffe«, sagte Bauer. »Langsam – das ist ein Befehl.«

»Das ist eher eine Drohung, oder?«

»Machen Sie schon«, sagte Bauer und stieß die Pistole in seine Richtung.

»Ist ja gut, ist ja gut«, sagte Ritter und zog den Riemen von der Schulter.

»Langsam«, warnte Bauer. »Reichen Sie sie mir am Riemen.« Mit übertriebener Langsamkeit gab Ritter ihm die Maschinenpistole. Bauer wollte sie sich gerade um die Schulter hängen, als Katerina die Hand danach ausstreckte.

»Die nehme ich«, sagte sie. »Gib mir die Waffe. Gib her.«

Ritter wandte sich zu Bauer. »Was zum Teufel geht hier vor? Seit wann erteilt uns die Schlampe Befehle?«

»Halten Sie den Mund«, sagte Bauer, »oder ich erfülle ihr den Wunsch. Und jetzt verschwinden Sie, kehren Sie zu den Männern zurück. Ich kümmere mich später um Sie.«

Ritter warf den beiden einen verächtlichen Blick zu, stieg über Tichon Wassiljewitschs Leiche und verschwand durch das Vestibül.

Bauer wandte sich wieder zu Katerina um. »Es tut mir leid«, sagte er, »so furchtbar leid.«

»Sag das Tichons Frau und seinen Enkeln.«

»Mir tut *alles* leid.«

»Das tat es doch von Anfang an. Und jetzt geh, um Himmels willen! Hau ab oder …«

»Oder was? Ich werde gefangen genommen? Ist es nicht das, was ich verdiene?«

»Oder ich fange an zu weinen, du Tölpel.«

Er lächelte sie schief an. »Dann muss ich erst recht bleiben.«

»Sei kein Idiot – du würdest im Lager umgebracht werden oder verhungern. Also geh. Geh einfach«, sagte sie und packte ihn bei den Armen.

Seltsamerweise war es ihre Berührung, die ihn befreite, als hätte sich dadurch ein Stromkreis geschlossen, der ihn wachrüttelte. Natürlich musste er gehen – es war seine einzige Chance, sie wiederzusehen.

»In Ordnung«, sagte er, und als Antwort darauf ließ sie ihn los. Einige Sekunden lang schauten sie sich in die Augen, dann wandte er sich um und ging ins Vestibül und dort durch die Tür nach draußen. Er rannte über den Vorplatz und die lange Zufahrt hinunter, noch mit Ritters Maschinenpistole in der Hand, während der Tornister ihm auf den Rücken und der Helm gegen seinen Oberschenkel schlug. Nach einigen Minuten kam das Haupttor des Anwesens in Sicht, ein napoleonisches Tableau aus grauem Himmel, kahlen Bäumen und schneebedecktem Boden, darauf die gebeugt trottenden, weiß berieselten Silhouetten der Sanitätssoldaten, einige mit Tornistern und Waffen behangen, andere zogen die Schlitten, auf denen Tornister oder Verwundete lagen. Er keuchte, stieß riesige weiße Atemwolken aus, aber nachdem die Kolonne nun in Sichtweite war, verlangsamte er seine Schritte und schlang sich die Maschinenpistole über die Brust. Als er Jasnaja Poljanas ornamentale Tore erreichte, hakte er am Gürtel den Helm aus und setzte ihn endlich auf, dann schaute er zurück und sah am anderen Ende der Zufahrt Katerina stehen, allein im Schnee. Keiner von ihnen winkte. Ihm ging auf, dass es nicht sein Kopf war, der des Schutzes bedurfte, sondern sein Herz.

26

Die Hitze ist gewaltig, die Sonne stechend, als Katerina an einem Nachmittag im August 1975 auf dem Parkplatz gegenüber vom Tolstoi-Anwesen aus dem Schiguli ihres Sohnes steigt. Sie nimmt ihre Handtasche und einen breitkrempigen Hut aus dem Beifahrerfußraum, schultert die Tasche – die viel zu schwer ist, denkt sie –, setzt den Hut auf und macht sich mit Marlen auf den Weg über den in der Hitze schwelenden, Blasen werfenden Asphalt. In Moskau hatte sie am Morgen das Angebot ihres Sohnes ausgeschlagen, hier im Voraus anzurufen und um einen Parkplatz direkt auf dem Anwesen zu bitten; sie sei nicht so gebrechlich, dass sie eine Sonderbehandlung benötige, sagte sie ihm, außerdem wolle sie an diesem Tag in Nostalgie schwelgen, und diesen Gemütszustand erlange man am besten in der Anonymität.

Beides waren keine Lügen, überlegt sie, während sie an einer Gruppe Jungpioniere vorbeigehen, die aus einem Reisebus steigen und die Straße zum Eingangstor überqueren. Nein, sie hat Marlen nicht angelogen, sie hat nur nicht erwähnt (und was geht es ihn überhaupt an?), dass sie heute neben emotionalen Motiven auch ein praktisches Ziel verfolgt.

Am Kartenschalter gibt es eine lange Warteschlange, und einen Moment lang zweifelt sie an der Vernunft ihres Vorhabens. Die Hitze ist wirklich unerträglich, und ihr ist etwas schwindlig, aber bevor sie dies auch nur erwähnen kann, führt Marlen sie bereits am Ellbogen zu einer schattigen Sitzbank an der

Wand. In seiner üblichen Weitsicht hat er eine Thermosflasche mit Wasser mitgebracht, und nach einigen Schlucken geht es ihr schon besser. Großer Gott, der russische Sommer! Kein Wunder, denkt sie, dass dieses Land der Extreme ein Volk von so unbändiger Leidenschaft hervorgebracht hat.

Als sie das Tor passiert haben und auf dem Anwesen sind, fragt Marlen, wohin sie gehen möchte. »Zum Wolkonski-Haus«, sagt sie. »Das Haupthaus heben wir uns bis zum Schluss auf.«

»Wirst du dann nicht zu müde sein, um es zu genießen?«

»Wer bist du? Mein Vater? Bin ich dein Kind geworden? Mir geht es sehr gut, mein Lieber.«

»Ja, nachdem ich dir etwas zu trinken gegeben habe«, sagt er und lächelt zu ihr herab wie ein Vater auf seine Tochter.

»Werde nicht unverschämt«, sagt sie. »Ich brauchte nur eine Pause, das ist alles.«

Sie gehen die Einfahrt hinunter, die Buchenallee ein schattiger Tunnel.

»Wie ist es für dich, wieder zu Hause zu sein?«, fragt Marlen.

»Ein bisschen seltsam, aber weißt du, ich habe das hier nie als mein Zuhause betrachtet. Für mich war und ist Jasnaja Poljana auf immer Lew Nikolajewitschs Zuhause.«

»Nun, in meinen Augen ist es deines«, sagt Marlen. »Deine Zeit hier ist noch nicht so lange her.«

»Wie einnehmend von dir. Ich bin gerührt. Aber natürlich gehört Jasnaja Poljana dem sowjetischen Volk.«

»Natürlich«, erwidert er, ahmt dabei ihren spöttisch-frommen Tonfall nach. Könnte es sein, dass ihr Sohn im Alter etwas lockerer wird?

Sie nähern sich der Zufahrt zum Wolkonski-Haus, und wie um ihren geringen persönlichen Anspruch auf diesen Ort zu bestätigen, spaziert eine Gruppe der Jungpioniere an ihnen vorbei, quatschend und lachend, befreit aus der Enge des Reisebusses, geradezu berstend vor jugendlichem Elan. Im Handumdrehen sind sie weit voraus, ihre roten Halstücher und weißen Hemden oder Blusen scheinen aufzuleuchten in den Lücken zwischen den Bäumen, wo das gleißende Sonnenlicht hindurchflutet.

Am Eingang des Wolkonski-Hauses stellen sie und Marlen sich ans Ende einer kurzen Warteschlange. Wie viel Lebenszeit hat sie in Warteschlangen verbracht? Weniger als mit Schlafen und Essen oder Lesen und Schreiben, vermutet sie. Auch weniger Zeit, als sie dem Unterrichten gewidmet hat, selbst wenn dieser Vergleich, über ihr ganzes Leben gemessen, knapp ausgehen könnte.

»Entschuldigen Sie«, sagt einer der Pioniere, ein hochgewachsenes, etwa sechzehnjähriges Mädchen, das aus der Warteschlange getreten ist und nun mit respektvoll verschränkten Händen vor ihr steht. »Sind Sie nicht die Schriftstellerin Katerina Trubetzkaja?«

»Ja, das bin ich«, sagt Katerina.

»Ich wusste es!«

»Und wie heißt du?«

»Ach, ich bin niemand«, sagt das Mädchen, »aber ich habe Ihr Buch gelesen und wollte nur sagen –«

»Komm, du musst doch einen Namen haben.«

»Das stimmt«, sagt das Mädchen. »Ich heiße Natalja. Natalja Kirillowna Rudowa.«

»Freut mich, dich kennenzulernen, Natalja Kirillowna«, sagt Katerina. Sie schüttelt dem Mädchen die Hand, stellt Marlen vor und fragt das Mädchen dann, woher es komme. Aus Saratow, sagt Natalja, sie und die anderen Pioniere seien auf einer Exkursion.

»Den ganzen Weg von Saratow?«

»Wir sind gestern früh losgefahren.«

»Ach du meine Güte. Und das ist dein erster Besuch in Jasnaja Poljana?«

»Ja, das stimmt.«

»Dann wünsche ich dir viel Spaß. Es ist ein besonderer Ort.«

»Ich bin sehr aufgeregt«, sagt das Mädchen, »ich habe alle seine Bücher gelesen. Na ja, nicht *alle*. Aber die wichtigsten: *Anna Karenina*, *Krieg und Frieden*, *Der Tod des Iwan Iljitsch*, *Die Auferstehung*.«

»Wunderbar«, sagt Katerina und meint es ernst, immer gerührt und irgendwie überrascht, einem jungen Menschen zu begegnen, der die Literatur genauso liebt wie sie in dem Alter, obwohl sie selbstredend weiß, dass Kultur genau das ist: ein Staffelstab, der von einer Generation zur nächsten übergeht.

»Aber in Wahrheit bedeutet mir *Ihr* Roman mehr als all seine«, sagt Natalja Kirillowna.

»Meine Güte, was für ein maßloses Kompliment«, erwidert Katerina und widersteht dem listigen Drang zu fragen, welchen ihrer Romane sie meint. »Pass auf, dass dich Tolstoi nicht hört«, fügt sie an und blickt um sich.

Das Mädchen lächelt. »Sie meinen, das könnte er?«

»Natürlich. Spürst du nicht seine Anwesenheit?«

»Noch nicht. Vielleicht später an seinem Grab.«

»Vielleicht dort, ja«, sagt Katerina.

»Meine Mutter macht dir etwas vor«, sagt Marlen zu dem Mädchen. »In Wirklichkeit ist sie eine Erzrationalistin, nicht wahr, Mama?«

»Ich glaube nicht, dass ich eine Erzrationalistin bin. Nicht mehr. Ich beobachte einfach, höre hin.«

Das Gesicht des Mädchens erstrahlt. »Das ist es, was ich an *Ein Leben auf Erden* so gut finde – eines von vielen Dingen, meine ich – die schönen Details, die Farben und Gerüche, die Sinneseindrücke, die Gedanken, die Zwischentöne. Das

Gefühl, dabei zu sein, durch die Augen der Heldin zu sehen, in ihrer Haut zu stecken.«

»Das ist sehr nett von dir«, sagt Katerina höflich, in der Hoffnung, diese Lobeshymne durch einen Anflug von Förmlichkeit abkürzen zu können.

»Was gefällt dir noch daran?«, fragt Marlen.

Katerina gibt ihm einen Klaps auf den Arm. »Sei nicht frech. Er versucht, mich in Verlegenheit zu bringen«, erklärt sie.

»Aber das muss es doch überhaupt nicht«, sagt das Mädchen. »Es ist wirklich ein brillantes Buch. Ich liebe seine Integrität – das Gefühl, dass man durch die vielen sensiblen Schilderungen die wahre Lebensgeschichte einer Frau erfährt und damit auch ein Bild von der damaligen Gesellschaft bekommt, wie es war, an einem bestimmten Ort zu einer bestimmten Zeit zu leben.«

»Bei dir klingt es, als wäre ich schon tot«, sagt Katerina und lacht, um zu verdeutlichen, dass sie nicht beleidigt ist. »Aber das werde ich bald sein, wenn wir nicht aus der Sonne rauskommen.«

Das Mädchen schaut um sich. »Oh, tut mir leid.« Die Warteschlange hat sich aufgelöst; ihre Freunde sind vorgegangen. »Sollen wir reingehen?«

»Machen wir«, erwidert Katerina.

Nach dem hellen Sonnenschein kommt es ihr in der großen Eingangshalle fast düster vor, aber ihre Augen gewöhnen sich rasch daran. Die Luft ist gottlob kühler. Natalja Kirillowna zögert, offenbar noch nicht willens, sich wieder ihren Freundinnen anzuschließen. »Oh, ich wünschte, ich hätte mein Exemplar von *Ein Leben auf Erden* dabei. Ich hätte Sie gebeten, es zu signieren. Was für ein Leben Sie hatten, Katerina Dmitriewna!«

»Vielen Dank. Aber geh bitte nicht davon aus, dass alles in *Ein Leben auf Erden* wahr ist. Tatjana ist nicht ich. Viele der

Details aus ihrem Leben, die autobiografisch erscheinen, sind frei erfunden und umgekehrt. Schriftsteller sind windige Wesen. Der windigste von allen war Tolstoi«, sagt sie und hofft, das Gespräch damit in eine andere Richtung zu lenken.

Das Mädchen lächelt. »Ich würde zu gern wissen, welche Stellen in *Ein Leben auf Erden* wahr sind.« Ihre Augen leuchten auf. »Dürfte ich eine Bitte äußern?«

»Nur zu.«

»Darf ich Sie interviewen? Ich habe eine Art Kolumne in meiner Schülerzeitung. Es ist nicht viel, aber …«

»Es wäre mir ein Vergnügen.«

»Wirklich?«, ruft das Mädchen, stellt sich auf die Fußspitzen und dreht eine kleine Halb-Pirouette, ehe es sich besinnt und wieder ernst wird. »Würde es Ihnen gleich jetzt passen?«

»Vielleicht nicht *sofort*«, entgegnet Katerina, und die Züge des Mädchens verdunkeln sich. »Mir ist ganz schön heiß, weißt du. Ich bin ein bisschen müde.«

»Du hast gesagt, es geht dir gut«, sagt Marlen frohgemut.

Katerina sieht ihn strafend an und wendet sich dann mit gespielter Verzweiflung zu Natalja Kirillowna. »Siehst du, was ich ertragen muss? Die Impertinenz der Jugend.«

Das Mädchen mustert Marlen skeptisch, sein faltiges Gesicht, sein schütteres graues Haar.

»Hör mal, ich gebe dir meine Adresse«, sagt Katerina. »Du kannst mir deine Fragen per Post schicken. So kann ich klüger klingen, als ich bin.« Aus ihrer Handtasche kramt sie einen Stift und einen Zettel, schreibt ihre Adresse darauf und reicht ihn dem Mädchen, das sich herzlich bedankt. Sie schütteln sich die Hände und verabschieden sich. Das Mädchen bedankt sich noch einmal und eilt dann zu seinen Freunden.

»Das war nett von dir«, sagt Marlen.

»Nicht im Geringsten. Ich hatte lediglich Angst, womöglich den nächsten Tolstoi zu brüskieren. Oder, noch schlimmer, die nächste große Literaturkritikerin des Landes. Man sollte sich stets vergegenwärtigen, dass einige der jungen Leute uns eines Tages übertreffen oder zumindest gleichwertige Kollegen sein werden.«

»Mag sein. Aber es war auch nett von dir.«

Sie machen einen Rundgang durch das Wolkonski-Haus, das ihr von den Gebäuden des Anwesens immer am wenigsten gefallen hat, in seiner Wirkung aufgrund der Größe mehr ein institutionelles Gebäude, kein Zuhause für eine Familie.

»Mama«, sagt Marlen, »du bist nicht selbstbewusst genug, was dich und deine Arbeit betrifft. Du bist die Autorin eines der meistbeachteten Romane des Jahrzehnts und befürchtest, von einem Schulmädchen überflügelt zu werden.«

»Ich befürchte es nicht, ich bin nur realistisch.«

»Dass du von Natalja Kirillowna übertroffen wirst?«

»Wenn nicht von ihr, dann von jemand anderem. *Ein Leben auf Erden* ist kein besonders wichtiges Buch, verstehst du?« Er macht eine ungeduldige Geste und sie fügt hinzu: »Ich sage nicht, dass es schlecht ist, mein Lieber, nur, dass es nicht wichtig ist, denn in einem grundlegenden Punkt ist es nicht wahrhaftig.«

»Inwiefern? Hinsichtlich deines Lebens? Wie du zu dem Mädchen gesagt hast, alle Schriftsteller sind windig.«

»Es gibt einen Unterschied zwischen einem windigen Schriftsteller und einem windigen Buch. Ich spreche nicht von buchstäblicher Wahrheit, der Aneinanderreihung von Fakten; ich spreche von einer tieferen Wahrhaftigkeit, einer Treue zu dem, wie das Leben wirklich ist.«

»Aber du hast doch gehört, was die junge zukünftige Kritikerin gesagt hat: Dein Buch hat Integrität!«

»Wie will sie das denn beurteilen?«, sagt Katerina. »Sie hat kaum gelebt. Das Buch lässt so vieles weg, du hast ja keine Ahnung. Die Kernwahrheiten des Lebens.«

»Was zum Beispiel?«, sagt Marlen.

»Politik, beispielsweise.«

»Aber das stimmt doch gar nicht. ›Eine kraftvolle Verurteilung des Stalinismus‹ – so stand es in der *Iswestija*.«

»Aber es behandelt nicht die Politik, wie sie heute ist.«

»Weil du sonst nicht veröffentlicht worden wärst.«

»Eben. Mein Pakt mit dem Teufel.«

»Und der ›Teufel‹ ist in diesem Fall der Staat?«, fragt Marlen mit leiserer Stimme, die beiläufig klingen soll, stattdessen aber Unbehagen vermittelt.

»Wenn du so willst, ja. Aber ich wage zu behaupten, dass selbst im Westen Autoren ähnliche Vereinbarungen treffen: weltlicher Erfolg als Gegenleistung für die Entschärfung der Wahrheit.«

»Mein Gott«, sagt Marlen und wirft die Hände hoch. »Wer braucht schon Kritiker, wenn die Autorin sich selbst zerfleischt? Am Ende wirst du noch andere von deiner Meinung überzeugen, und was, wenn du falschliegst? Ein männlicher Autor würde sein eigenes Werk nicht so schmälern, wie du es tust. Diese zwanghafte Selbstkritik – liegt es daran, weil du eine Frau bist? Hast du schon mal darüber nachgedacht?«

Sie verfällt in Schweigen und fragt sich, ob ihr Sohn recht haben könnte. Gewiss sind die Wahrheiten, von denen sie spricht und die in *Ein Leben auf Erden* nicht vorkommen, größtenteils die Wahrheiten einer Frau – Abtreibungen, ihre Begierden, ihre geringe Meinung über Männer an sich, ihre Hochachtung vor einem gewissen ausländischen Feind. »Ich weiß es nicht«, gibt sie schließlich zu. »Darüber muss ich nachdenken.« Inzwischen sind sie in die Eingangshalle zurückgekehrt. »Wohin jetzt?«, fragt sie. »Sollen wir zum Grab gehen?«

Marlen lächelt. »Wenn es sein muss.«

Sie machen sich auf den Weg zum Grab, quälen sich abermals durch die Hitze. Nachdem sie ihn nun in ihre Gedanken eingeladen hat, macht Paul Bauer es sich dort eifrig bequem. Es ist derselbe Weg, auf dem sie vor so vielen Jahren gegangen sind, als sie ihn zu Tolstois Grab geführt hat, doch das Wetter hätte, wie sie sich erinnert, unterschiedlicher nicht sein können: an jenem Tag damals Schnee und Eis, die Bäume kahl und sturmgepeitscht; heute dieselben Bäume in sattem Sommergrün.

Tolstois Grablichtung ist zwar nicht gerade überlaufen, aber dennoch voller Touristen. Wie zu erwarten, ist einer davon Natalja Kirillowna, wiedervereint mit ihren Pionierfreunden. Natalja wirft ihr ein Lächeln zu, drängt aber auf keinen weiteren Kontakt, was Katerina die Gelegenheit gibt, sich von ihrem Sohn zu lösen und zu dem Hügelgrab hinüberzugehen. Wie immer fällt ihr auf, wie eckig es ist, eine Künstlichkeit, die im Widerspruch zu dem dichten Grasbewuchs steht, der das Grab vollständig bedeckt – eine feine Dissonanz, von der sie annimmt, dass sie ganz und gar zu dem verderbten unersetzbaren Mann passt, der dort unter der Erde liegt.

Von den Wehrmachtsgräbern, die diesen Ort vor vierunddreißig Jahren besetzt haben, sieht man überhaupt nichts mehr. Wer hatte recht, fragt sie sich, sie oder Paul? Hat Tolstoi obsiegt oder ist sein Andenken unauslöschlich befleckt? Vermutlich würde dieses historische Detail für Natalja und ihre Freunde, sofern sie überhaupt davon erfahren, nicht mehr sein als eben das, ein historisches Detail, eine Fußnote von geringem Interesse und ohne bleibende Bedeutung.

Sie trifft Marlens Blick. »Zum Haupthaus?«

»Ich stehe dir zu Diensten.«

Als sie gehen, verneigt sie sich kurz in Richtung des berühmten Grabes – wie eine Bäuerin, die eine Kirche verlässt, denkt sie, leicht verärgert über sich selbst. Dann schlendern sie den Hang hinunter, und erneut erinnert es sie an den Spaziergang, den sie hier vor so langer Zeit mit Paul Bauer gemacht hat, an seine halb erfrorene weiße Nase, an seine rührende Bereitschaft, ihre Anweisungen zu befolgen. Wie sehr sie ihn vermisst – nicht mehr so akut, sondern unterschwellig und permanent. Die Traurigkeit über seinen Tod ist etwas, das sie überallhin begleitet, sogar in Momenten der Freude. Und die sind häufig genug, findet sie; sie kann sich nicht beklagen. Aber Paul, Paul.

Nicht dass ihre Trauer unbefleckt wäre. Während ihrer gemeinsamen Woche vor fünf Jahren in Moskau, die sie größtenteils unter den Augen ihrer Aufpasser verbrachten, hatte sie »Ja« gesagt – ja, sie würde ihn heiraten, ungeachtet aller Hindernisse. Sie würden das bürokratische Absperrband zu Konfetti zerfetzen, sagte sie zu ihm, auch wenn sie insgeheim befürchtete, einen Fehler zu begehen. Und als sie zwei Monate später von seinem Tod erfuhr – durch einen Schlaganfall, eine Woche vor seinem siebzigsten Geburtstag –, hatte sie kurz einen beschämenden Anflug von Erleichterung verspürt, wenn auch nur, weil diese so zarte Liebe nun nicht durch die Ehemühle gepresst werden würde. Oh, aber sie hatte getrauert! Sie trauert noch immer, jeden Tag. Sie vermisst ihn. Sein offener Besuch in Moskau hat sie ihren Arbeitsplatz gekostet, was ihr wiederum ermöglicht hat, *Ein Leben auf Erden* zu schreiben. Er hat sie als Schriftstellerin wiederbelebt, wenn auch in anderer Weise als von ihm erhofft. Sein Tod war ihr, so traurig es auch ist, eine Hilfe.

Sie und Marlen erreichen den Fuß des Hangs und nehmen den Weg zum Haupthaus, wo sie sich darauf freut, aus der Sonne zu kommen. Das Alter, so hat sie irgendwo gelesen, solle man als Geschenk betrachten, als Gelegenheit zur Selbstreflexion und inneren Einkehr, eine Sichtweise, die ihrer Meinung nach allzu leichtfertig den körperlichen Verfall außer

Acht lässt und die ihr ohnehin als logischer Fehler erscheint, denn je älter sie wird, desto weniger mag sie sich, sodass die Selbstreflexion einer inneren Einkehr keineswegs förderlich ist.

Sie betreten das Haupthaus und begegnen dann fast augenblicklich Irina Petrowna am Fuß der Treppe. Es folgt eine herzliche Begrüßung, bei der Irina den beiden vorwirft, ihren Besuch nicht angekündigt zu haben. Dann beglückwünschen Katerina und Marlen sie zu ihrer Beförderung, und obschon Irina ihnen mit einer ihrer neuen Stelle angemessenen Würde zuhört, merkt Katerina, wie sehr sie sich freut. »Natürlich hätte ich die Stelle nie bekommen, wenn du nicht bewiesen hättest, dass eine Frau sie bewältigen kann«, sagt Irina.

»Unsinn, ich war nur eine Zwischenlösung. Und das ist Jahre her. Du bist perfekt für die Aufgabe.«

»Das wird sich noch zeigen.«

»Du siehst auf jeden Fall toll aus, deiner Position angemessen«, sagt Marlen und nickt anerkennend in Richtung ihrer Kleidung, ein leichtes dunkelblaues Baumwolljackett mit breitem Revers, dazu, etwas gewagt, eine passende, eng geschnittene Hose und an den Füßen elegante Sandalen.

»Bitte entschuldige meinen Sohn«, sagt Katerina zu Irina, »er ist altmodisch und versteht nicht, dass eine Frau für ihre Fähigkeiten und nicht für ihre Kleidung gelobt werden möchte.«

»Ach, das ist schon in Ordnung«, sagt Irina. »In meinem Alter freue ich mich über jedes Kompliment, das ich kriegen kann.«

Tatsache ist, denkt Katerina, dass Irinas Aussehen und Auftreten vollends ihrer Rolle entspricht – eine selbstsichere, souverän agierende Frau im mittleren Alter. Sie erinnert sich, dass Marlen als Jugendlicher ein bisschen verliebt war in Irina, was diese aber zu seinem Pech kaum bemerkte, da sie zwei Jahre älter war als er.

»Jedenfalls ist es ein Glück, dass wir dich getroffen haben«, sagt Katerina, »sonst hätte ich dich suchen müssen.« Aus ihrer Handtasche zieht sie ein großes Buch in grünem Leinenumschlag. »Aus der Bibliothek.«

»Was ist das?«, fragt Irina.

»*Krieg und Frieden* – die deutsche Erstausgabe.«

»Du hast die ganze Zeit das schwere Buch in deiner Tasche herumgeschleppt?«, empört sich Marlen. »Ich hätte es doch nehmen können.«

»Ich hatte wohl das Gefühl, dafür selbst verantwortlich zu sein«, antwortet sie – der wahre Kern der Geschichte, die sie sich zurechtgelegt hat. »Ich hatte es während der Besatzung versteckt – der deutsche Oberstleutnant wollte es verbrennen lassen. Dann gelangte es irgendwie unter meine eigenen Bücher, und als ich nach Moskau zog, habe ich es versehentlich eingepackt. Ich habe es erst kürzlich in meinem Regal entdeckt.«

»Oh, vielen Dank«, sagt Irina. »Das ist eine ziemlich lange Leihgabe.«

»Ich weiß. Es ist mir äußerst unangenehm. Und dann wäre noch Folgendes«, sagt sie, klappt das Buch auf und zeigt Irina die handschriftlichen deutschen Anmerkungen. »Sie stammen von Tolstoi.«

»Faszinierend«, sagt Irina. »Irgendetwas Interessantes? Mein Deutsch ist nicht so gut, wie es sein sollte.«

»Nichts Weltbewegendes«, antwortet Katerina. »Nur schriftstellerisches Gemurre. Wenn du möchtest, bekommst du von mir eine Zusammenfassung für den Katalog.«

»Tu das«, sagt Irina. »Musst du dafür das Buch behalten?«

»Ich habe mir die Anmerkungen aufgeschrieben, also nein.«

»Sollen wir es ins passende Regal zurückstellen?«

In der Bibliothek macht Katerina die deutsche Sammlung ausfindig und lokalisiert dann die richtige Position des Buchs: zwischen Schopenhauers *Die Welt als Wille und Vorstellung* und Tolstois *Der Tod des Iwan Iljitsch*. Als sie den schweren Einband ein letztes Mal in den Händen wiegt, verspürt sie ein so machtvolles Gefühl der Zusammengehörigkeit mit Paul, dass sie sich von Marlen und Irina abwenden muss. Natürlich wissen die beiden von Paul, der in Moskau der Presse viel von seiner Geschichte erzählt hat, aber weder die beiden noch sonst jemand (nicht einmal Simon Fleet) kennen die ganze Wahrheit. Das Schweigen bewahrt die Besonderheit dessen, was sich zwischen ihr und Paul Bauer ereignet hat, ihr zartes Einvernehmen. Katerina gefällt es so. Als sie das Buch ins Regal heim schiebt, empfindet sie räumliche Befriedigung, als hätte sie ein Puzzle fertiggestellt.

Bevor sie und Marlen den Rückweg zum Parkplatz antreten können, besteht Irina auf einen Umweg über ihr Büro im Wolkonski-Haus, wo eine Sekretärin ihnen Gläser und einen Krug mit Minze-Eiswasser bringt. Eine halbe Stunde sprechen sie über Irinas Pläne für das Anwesen, dann über den Erfolg von *Ein Leben auf Erden*, bis Katerina gesteht, erschöpft zu sein. Marlen erbietet sich, das Auto zu holen, doch sie lehnt ab, ein kleiner Spaziergang werde ihr guttun. Sie erhebt sich aus dem Stuhl und eines ihrer Knie knackt laut wie ein Gewehrschuss. Marlen und Irina sehen sie erschrocken an, und sie lacht. »Es ist nichts. Nur die beginnende Totenstarre. Auf diese Weise will mir die Natur sagen, dass ich die Dinge langsamer angehen soll.«

Die Sonne steht tiefer und die Luft ist deutlich kühler, als sie das Haus verlassen und sich auf den Weg zum Ausgang machen; das Wetter ist umgeschlagen in der kurzen Zeit, in der sie drinnen waren. In der schattigen Buchenallee fröstelt sie. »Dieses Land!«, ruft sie aus. »Jetzt ist mir doch tatsächlich kalt!«

»Hast du etwas Warmes zum Umlegen dabei?«, fragt Marlen.

»Nur ein Kopftuch. Ich habe es wegen der Sonne mitgebracht.«

»Wenn ich du wäre, würde ich es benutzen.«

»Es wird schon gehen, wenn wir ein Stück gelaufen sind«, sagt sie. »Ich muss nur in Bewegung bleiben.«

»Dann geh vor. Mein Schnürsenkel«, erklärt er und bückt sich, um ihn zuzubinden. »Ich hole dich ein.«

»Bist du dir sicher?«

»Selbstverständlich.«

»Na dann, in Ordnung«, sagt sie und geht, noch immer leicht fröstelnd, allein hinein in den schattigen Tunnel.

DANKSAGUNG

D*as Gedächtnis des Winters* ist das uneheliche Kind von *Krieg und Frieden* und einem weit weniger bekannten Buch: *Eine Frau an der Front* (1946) von Ève Curie – eine Schilderung von Curies Reisen zu verschiedenen Schauplätzen des Zweiten Weltkriegs, einschließlich eines Besuchs in Jasnaja Poljana im Januar 1942, nur drei Wochen nach der Befreiung von den Deutschen. Besonders inspirierte mich dabei die Entdeckung Curies, dass sich während der sechswöchigen Besatzung viele der Anwesenden – Sowjets und Deutsche gleichermaßen – der kulturellen, ideologischen und selbst der metaphysischen Bedeutung des Ortes als früheres Zuhause des Autors von Russlands großem Nationalepos über den Widerstand gegen eine Invasionsstreitmacht äußerst bewusst waren.

Für die Chirurgie-Szenen im Buch stützte ich mich auf *Der Sanitätsdienst des Heeres 1939–1945*, herausgegeben von Alex Buchner (1995), und auf die identisch betitelten Memoiren zweier britischer Militärärzte: *Surgeon at War* von J.C. Watts (1955) und *Surgeon at War* von Stanley Aylett (1979). *In Deadly Combat* (2000) von Gottlob Herbert Bidermann enthält nicht nur brutale Berichte über den Krieg an der Ostfront, sondern auch über Bidermanns Gefangenschaft in der Sowjetunion nach Kriegsende. Durch die Lektüre von Nadezhda Mandelstams Memoiren *Hope Against Hope* (1970) gewann ich Einblicke in das sowjetische Kultur- und Staatsleben während der Zwischenkriegszeit. Katerinas frühe Schriftstellerkarriere orientiert sich an jener der revolutionären Schriftstellerin Alexandra Kollontai, wie sie Gregory Carleton in *Sexual Revolution in Bolshevik Russia* (2004) beschreibt. Der Auszug aus *Krieg und Frieden* auf Seite 89 stammt aus der Übersetzung von Herrmann Röhl, Werner Bergengruen, Margit Bräuer, Ellen Zunk (2010). Die von Katerina auf Seite 314 beschriebene Skulptur ist Giuseppe Sanmartinos »Cristo Velato« (1753); sie befindet sich in der Cappella Sansevero in Neapel. Der Klarheit halber habe ich die Struktur der deutschen Militärverbände und das Dienstgradsystem der Wehrmacht gegen Ende 1941 etwas vereinfacht.

Während meiner Recherchen für dieses Buch ließen mich verschiedene Personen großzügig an ihrem Fachwissen teilhaben, darunter Dr. Tess Abbott (Kaiserschnitt), Dr. Paul Goggin (Anästhesie), Anne und August Tischlinger (Deutsch), Anna Kouznetsova (Russisch), Bernardo Foth (der fränkische Zungenbrecher) sowie der Historiker Jack Radley (»Rasputiza«). James Greentree verhalf Norbert Ritter in diesem Buch zu einer tragenden Rolle, wohingegen Ritter in meinem ersten Roman eine schemenhafte Figur geblieben war.

Selbstredend bin ich auch meinen Testlesern zu Dank verpflichtet: Brad Clingin, Brigid Foard, Max Kelly, Lucy Marshall und meiner Mutter, Rosemary Thomas. Susan Gray war mir eine gute Freundin und kluge Beraterin. Am Ende waren Julia Stiles und Madeleine James scharfsinnige Lektorinnen, Scott Forbes ein scharfsichtiger Korrekturleser.

HarperCollins' australische Programmchefin Catherine Milne setzte zum frühestmöglichen Zeitpunkt auf dieses Buch und hat es bis zur Ziellinie begleitet.

Mein Dank gebührt auch dem Australia Council for the Arts für die Förderung von *Das Gedächtnis des Winters* in Form eines Zuschusses für Kunstschaffende. Die finanzielle

Unterstützung war überaus nützlich, das Vertrauensvotum kostbar.

Und schließlich möchte ich mich bei Jackie Bowe bedanken, die mich beim Schreiben finanziell und emotional unterstützte und deren Vertrauen in das Buch nie nachließ. In guten wie in schlechten Zeiten war und bleibt sie mir eine unersetzliche Freundin.